ESTELAR

ESTELAR

BRANDON SANDERSON

Traducción de Manu Viciano
Galeradas revisadas por Antonio Torrubia

Papel certificado por el Forest Stewardship Council®

Título original: *Starsight (Skyward Book 2)*

Primera edición: febrero de 2020
Primera reimpresión: febrero de 2020

Printed in Spain – Impreso en España

ISBN: 978-84-17347-74-1
Depósito legal: B-27.513-2019

Compuesto en Comptex & Ass., S. L.

Impreso en Black Print CPI Ibérica
Sant Andreu de la Barca (Barcelona)

NV 4 7 7 4 1

Penguin
Random House
Grupo Editorial

Para Eric James Stone,
que intentó enseñarme a ser breve
(lección que he fracasado bastante en aprender),
pero de todos modos ha sido un amigo asombroso
y un modelo de conducta

Visión Estelar
Sede gubernamental de la región C4 de la Supremacía

PRIMERA PARTE

1

Sobrecargué el propulsor y mi nave espacial salió disparada atravesando un caótico revoltijo de disparos de destructor y explosiones. Por encima de mí se extendía la impresionante amplitud del espacio. Comparados con aquella negrura infinita, tanto los planetas como las naves estelares resultaban insignificantes. Nimios.

Exceptuando, por supuesto, que aquellas insignificantes naves estelares estaban esforzándose al máximo en matarme.

Esquivé mientras volteaba mi nave y desactivé los propulsores a medio giro. En el instante en que hube dado la vuelta completa, accioné de nuevo los propulsores y me impulsé en sentido contrario, tratando de librarme de las tres naves que me perseguían.

Combatir en el espacio es muy diferente a hacerlo en la atmósfera. Para empezar, las alas no sirven de nada. Al no haber aire, tampoco hay flujo ni rozamiento. En el espacio, en realidad no se vuela. Lo que se hace es no caer.

Ejecuté otro giro con impulso para regresar hacia el grueso del combate. Por desgracia, unas maniobras que habían resultado impresionantes abajo, en la atmósfera, eran normales y corrientes allí arriba. Luchar en el vacío durante los últimos seis meses me había proporcionado todo un nuevo juego completo de habilidades que dominar.

—Spensa —dijo una voz animada desde mi consola—, ¿recuerdas que me pediste que te avisara si estabas pasándote de irracional?

—No —respondí con un gruñido mientras esquivaba hacia la

derecha. Los disparos de destructor procedentes de mi cola pasaron por encima de la cubierta de mi cabina—. No creo que haya hecho nada parecido.

—Dijiste: «¿Podemos hablar de esto más tarde?».

Esquivé otra vez. Tirda. ¿Aquellos drones peleaban mejor que antes o era que yo estaba perdiendo mi toque?

—Técnicamente, ya era «más tarde» en el instante en que dejaste de hablar —prosiguió la voz parlanchina, que era la inteligencia artificial de mi nave, M-Bot—. Pero los seres humanos no utilizáis esas palabras con el significado de: «En cualquier momento cronológicamente posterior a este». Las usáis para decir: «En algún momento futuro que sea más conveniente para mí».

Los drones krells se arremolinaron a nuestro alrededor, intentando cortarme la vía de escape hacia el campo de batalla principal.

—¿Y te parece que precisamente este es un momento más conveniente? —pregunté en tono imperioso.

—¿Por qué no iba a serlo?

—¡Porque estamos en pleno combate!

—Pues yo diría que una situación de vida o muerte es justo cuando te interesa saber si estás pasándote de irracional.

Aún recordaba, con cierto cariño, la época en la que mis naves estelares no me rechistaban. Eso fue antes de que ayudara a reparar a M-Bot, cuya personalidad era un remanente de una tecnología antigua que aún no comprendíamos. Me preguntaba muy a menudo si todas las inteligencias artificiales avanzadas habían sido tan insolentes o si la mía era un caso especial.

—Spensa —dijo M-Bot—, se supone que tenías que llevar esos drones hacia los demás, ¿recuerdas?

Habían transcurrido seis meses desde que habíamos frustrado a los krells en su intento de aniquilarnos mediante un bombardeo. Aparte de nuestra victoria, habíamos descubierto algunos hechos importantes. El enemigo al que llamábamos «los krells» era en realidad un grupo de alienígenas encargados de mantener a mi pueblo retenido en nuestro planeta, Detritus, que era una especie de mezcla entre una cárcel y una reserva natural para la civilización humana. Los krells rendían cuentas ante un gobierno galáctico llamado la Supremacía.

Para combatirnos empleaban drones controlados en remoto, pilotados por alienígenas que vivían muy lejos y manejaban sus drones mediante comunicaciones superlumínicas. Los drones nunca estaban dirigidos por inteligencias artificiales, ya que contravenía la ley galáctica permitir que una nave se pilotara a sí misma. Incluso M-Bot tenía serias limitaciones en lo que podía hacer por sí mismo. Pero más que eso, había otra cosa a la que la Supremacía tenía un miedo atroz: las personas con la capacidad de ver en el espacio dónde se producían las comunicaciones superlumínicas. Las personas llamadas citónicas.

Las personas como yo.

Ellos sabían lo que yo era y me odiaban. Los drones tendían a marcarme a mí en concreto como su objetivo... y eso podíamos aprovecharlo. Eso deberíamos aprovecharlo. En la reunión previa a la batalla de ese día, había convencido a los otros pilotos de aceptar a regañadientes un plan atrevido. Yo me saldría un poco de la formación, tentaría a los drones enemigos para que intentaran abrumarme y entonces los llevaría de vuelta hacia el resto del equipo. Entonces, mis amigos podrían eliminar a los drones mientras estos seguían concentrados en mí.

Era un plan razonable. Y yo pretendía cumplirlo... tarde o temprano.

Pero en ese momento quería comprobar una cosa.

Accioné la sobrecarga y aceleré para alejarme de las naves enemigas. M-Bot era más rápido y maniobrable que ellas, aunque buena parte de su ventaja se había basado en su capacidad de maniobrar a gran velocidad por el aire sin partirse en pedazos. Allí fuera, en el vacío, aquello no era un factor, y a los drones enemigos se les daba mejor seguirle el ritmo.

Se lanzaron como un enjambre a por mí mientras yo descendía en picado hacia Detritus. Mi mundo natal estaba protegido por capas y más capas de antiguas plataformas metálicas, como cascarones, erizadas de puestos de artillería. Después de nuestra victoria de seis meses antes, habíamos hecho retirarse a los krells más lejos del planeta, al otro lado de los caparazones. Nuestra actual estrategia a largo plazo consistía en enfrentarnos al enemigo fuera, en el espacio, e impedir que se acercara al planeta.

Mantenerlos allí fuera había permitido a nuestros ingenieros, incluido mi amigo Rodge, empezar a obtener el control de las plataformas y sus baterías de armamento. Con el tiempo, aquel caparazón de puestos de artillería debería proteger nuestro planeta de las incursiones. Pero de momento, la mayoría de esas plataformas defensivas seguían siendo autónomas, y podían suponer un peligro tan grande para nosotros como para el enemigo.

Las naves krells se aproximaron a mi cola, ansiosas por mantenerme lejos del campo de batalla, donde mis amigos se enfrentaban al resto de los drones en una trifulca masiva. Esa táctica de aislarme se basaba en una suposición fatal: que si estaba sola, sería menos peligrosa.

—No vamos a dar media vuelta y seguir el plan, ¿verdad? —preguntó M-Bot—. Vas a intentar luchar contra ellos tú sola.

No respondí.

—Jorgen se va a mosquear un montón —dijo M-Bot—. Por cierto, estos drones intentan darte caza a lo largo de un rumbo concreto, que estoy resaltando en tu monitor. Mi análisis proyecta que han planeado una emboscada.

—Gracias —respondí.

—Solo intento evitar que acabes haciéndome explotar —aclaró M-Bot—. Y por cierto, si al final provocas nuestra muerte, quedas avisada de que me propongo aparecerme y acosarte.

—¿Aparecerte? —dije yo—. ¡Pero si eres un robot! Y además, yo estaría muerta también, ¿no?

—Mi fantasma robótico acosaría a tu fantasma cárnico.

—¿Cómo podría ser eso?

—Spensa, los fantasmas no existen —dijo él con tono irritado—. ¿Por qué te preocupan esas cosas en vez de volar? De verdad, ¡con qué facilidad os distraéis los humanos!

Localicé la emboscada, un grupito de drones krells ocultos tras un pedazo enorme de metal que flotaba justo fuera del alcance de los puestos de artillería. Al acercarme, los drones escondidos asomaron y se abalanzaron hacia mí. Pero estaba preparada. Dejé que se me relajaran los brazos y permití que mi subconsciente asumiera el control. Me hundí en mí misma y entré en una especie de trance en el que escuchaba.

Solo que no con los oídos.

Los drones remotos funcionaban bien para los krells en la mayoría de las situaciones. Eran una manera prescindible de reprimir a los humanos de Detritus. Sin embargo, las inmensas distancias implicadas en el combate espacial obligaban a los krells a depender de la comunicación instantánea, más rápida que la luz, para controlar sus drones. Yo sospechaba que los pilotos estaban muy lejos, pero incluso si operasen desde la estación krell que había en el espacio cerca de Detritus, el retraso de las comunicaciones por radio desde allí volvería a los drones demasiado lentos para reaccionar en batalla. Por tanto, eran necesarias las comunicaciones superlumínicas.

Eso los dejaba expuestos a un defecto crucial. Yo podía oír sus órdenes.

Por algún motivo que no alcanzaba a comprender, podía *escuchar* en el lugar donde se producía la comunicación superlumínica. Yo lo llamaba la ninguna-parte, una dimensión en la que no se aplicaban las reglas de la física. Podía oír lo que se transmitía a través de esa otra dimensión y a veces mirar en su interior... y ver las criaturas que vivían allí y me observaban.

En una sola ocasión, durante la épica batalla que habíamos librado seis meses antes, había logrado internarme en ese lugar y teleportar mi nave una larga distancia en un abrir y cerrar de ojos. Seguía sin saber mucho sobre mis poderes. No había sido capaz de teleportarme ninguna otra vez, pero sí había aprendido que, fuera lo que fuese que existía dentro de mí, podía dominarlo y utilizarlo en combate.

Dejé que mis instintos tomaran el control y enviaran mi nave en una compleja secuencia de esquivas. Mis reflejos entrenados para la batalla, combinados con mi capacidad innata de oír las órdenes que recibían los drones, hicieron maniobrar mi nave sin instrucciones conscientes específicas por mi parte.

Esa capacidad citónica se había transmitido en mi familia. Mis antepasados la habían empleado para trasladar antiguas flotas estelares por toda la galaxia. Mi padre había tenido la capacidad, y el enemigo la había explotado para hacer que lo mataran. En esos momentos, yo la estaba utilizando para seguir con vida.

Reaccionaba antes que los krells, anticipándome a unas órdenes que por algún motivo podía procesar incluso más deprisa que los drones. Cuando por fin atacaron, yo ya estaba zigzagueando entre sus disparos de destructor. Me interné a través de ellos y detoné mi PMI, que desactivó los escudos de todas las naves cercanas.

En mi estado de concentración enfocada, me dio igual que el PMI también hubiera hecho caer mi propio escudo. No importaba.

Activé la lanza de luz y la cuerda de energía empaló una nave enemiga y la dejó unida a la mía. Entonces, utilicé la diferencia de impulso que llevábamos para hacernos rodar a las dos, lo cual me dejó en posición detrás de la manada de naves indefensas.

Los fogonazos de luz y las chispas interrumpieron el vacío mientras destruía dos drones. Los krells restantes se dispersaron como pueblerinos ante un lobo de las historias que me contaba mi yaya. La emboscada se volvió caótica cuando escogí un par de naves y les disparé con los destructores. Destruí una de ellas mientras una parte de mi mente seguía las órdenes que se enviaban a las demás.

—Nunca dejas de impresionarme cuando haces eso —dijo M-Bot en voz baja—. Interpretas los datos con más rapidez que mis proyecciones. Pareces casi... inhumana.

Apreté los dientes, me preparé e hice virar la nave para lanzarla tras un dron krell rezagado.

—Lo digo como un cumplido, por cierto —prosiguió M-Bot—. Y tampoco es que haya nada malo en ser humana. Encuentro bastante adorable vuestra naturaleza frágil, inestable emocionalmente e irracional.

Destruí ese dron y bañé el casco de mi nave en la luz de su ardiente explosión. Entonces esquivé a la derecha entre los disparos de otros dos drones. Aunque las naves krells no llevaban pilotos a bordo, una parte de mí sentía lástima de ellos cuando intentaban resistirse a mí, a una fuerza inescrutable e imparable que no se sometía a las mismas normas que restringían todo lo demás que conocían.

—Lo más probable es que tenga esta opinión de los humanos porque estoy programado para tenerla —siguió diciendo M-Bot—.

Pero en fin, eso no es tan diferente del instinto que programa a una madre pájaro para amar a las abominaciones retorcidas y desplumadas que engendra, ¿verdad?

«Inhumana.»

Serpenteé y esquivé, disparé y destruí. No era perfecta: a veces compensaba de más y muchos de mis disparos fallaban. Pero contaba con una ventaja clara.

Era evidente que la Supremacía y sus esbirros, los krells, sabían que debían estar vigilantes ante personas como mi padre y yo. Sus naves siempre buscaban a seres humanos que volaran demasiado bien o reaccionaran demasiado rápido. Habían intentado controlar mi mente aprovechando una debilidad de mi talento, lo mismo que le habían hecho a mi padre. Por suerte, yo tenía a M-Bot. Sus escudos avanzados eran capaces de filtrar los ataques mentales y al mismo tiempo permitirme escuchar las órdenes enemigas.

Todo lo cual me llevaba a una sola y sobrecogedora pregunta.

¿Qué era yo?

—Me quedaría mucho más tranquilo —dijo M-Bot— si tuvieras ocasión de reactivar nuestro escudo.

—No hay tiempo —respondí. Necesitaríamos más de treinta segundos sin controles de vuelo para poder hacerlo.

Tuve otra oportunidad de regresar hacia el grueso de la batalla y cumplir el plan que yo misma había propuesto. En vez de hacerlo, rodé, sobrecargué los propulsores y regresé como una exhalación hacia las naves enemigas. Mis condensadores gravitacionales absorbieron un gran porcentaje de la fuerza de aceleración y evitaron que sufriera un latigazo cervical excesivo, pero aun así noté la presión que me apretaba contra el asiento, me retraía la piel y hacía que notara pesado el cuerpo. Sometida a aceleraciones extremas, me sentía como si hubiera envejecido cien años en un segundo.

Me sobrepuse y disparé a los drones krells restantes. Llevé mis extrañas habilidades hasta sus límites. Un disparo de destructor krell rozó mi cabina, tan brillante que me dejó una imagen persistente en los ojos.

—Spensa —dijo M-Bot—, tanto Jorgen como Cobb han llamado para protestar. Sé que me has pedido que los distraiga, pero...

—Distráelos.

—Suspiro resignado.

Tracé un bucle persiguiendo a una nave enemiga.

—¿Acabas de *decir* las palabras «suspiro resignado»?

—Las comunicaciones no lingüísticas humanas resultan demasiado fáciles de malinterpretar —respondió él—, así que estoy experimentando con formas de hacerlas más explícitas.

—¿Eso no les quita todo el sentido?

—Es evidente que no. Ojos en blanco despectivos.

Los disparos de destructor resplandecieron a mi alrededor, pero acabé con otros dos drones. Al hacerlo, vi que aparecía algo reflejado en la cubierta de mi cabina. Un puñado de penetrantes luces blancas, parecidas a ojos que me observaban. Cuando utilizaba demasiado mis capacidades, algo miraba desde la ninguna-parte y me veía.

No sabía qué eran. Los llamaba los ojos, sin más. Pero sí que podía sentir un odio ardiente emanando de ellos. Una ira. De alguna manera, todo aquello estaba conectado. Mi capacidad para ver y oír en la ninguna-parte, los ojos que me vigilaban desde ese lugar y el poder de teleportación que solo había conseguido utilizar una vez.

Aún recordaba con claridad cómo me había sentido al hacerlo. Había estado al borde de la muerte, envuelta en una explosión cataclísmica. En ese instante, de algún modo había activado algo llamado hipermotor citónico.

Si lograra dominar esa capacidad de teleportación, podría ayudar a liberar a mi pueblo de Detritus. Con ese poder, seríamos capaces de escapar de los krells para siempre. Por eso estaba forzándome.

La última vez que había saltado, estaba luchando por mi vida. Si tan solo pudiera recrear esas emociones...

Bajé en picado, con la mano derecha en la esfera de control y la izquierda empuñando el acelerador. Tres drones se lanzaron en mi persecución, pero registré sus disparos y escoré la nave en el ángulo adecuado para que fallaran todos. Accioné el acelerador y mi mente rozó la ninguna-parte.

Los ojos siguieron apareciendo, reflejados en la cabina, como si estuvieran revelando algo que me estudiara desde detrás de mi asiento. Eran luces blancas, como estrellas, pero así como más... conscientes. Decenas de puntitos brillantes malévolos. Al entrar en sus dominios, aunque fuese solo un poco, me volvía visible para ellos.

Aquellos ojos me perturbaban. ¿Cómo podía sentirme a la vez fascinada y aterrorizada por esos poderes? Era como el vacío llamándome cuando estaba al borde de un gran precipicio en las cavernas, como el conocimiento de que podías dar un paso y lanzarte a esa oscuridad. Solo un paso más y...

—¡Spensa! —exclamó M-Bot—. ¡Llega otra nave!

Salí del trance y los ojos se desvanecieron. M-Bot utilizó el monitor de la consola para resaltar lo que había detectado. Un nuevo caza estelar, casi invisible en el cielo negro, emergió del lugar donde se habían escondido los otros. Era muy liso, con forma de disco y pintado del mismo color negro que el espacio. Era más pequeño que las naves krells normales, pero tenía la cabina más grande.

Aquellas naves negras nuevas habían empezado a aparecer solo en los últimos ocho meses, en los días anteriores al intento de bombardear nuestra base. En su momento no nos dimos cuenta de lo que significaban, pero ya lo habíamos averiguado.

No podía oír las órdenes que recibía aquella nave... porque no se le estaba enviando ninguna. Las naves negras como aquella no estaban controladas en remoto. En lugar de ello, transportaban verdaderos pilotos alienígenas. Por lo general, un as enemigo, uno de sus mejores pilotos.

La batalla acababa de volverse muchísimo más interesante.

2

Se me aceleró el corazón por la emoción.

Un as enemigo. Combatir contra drones era apasionante, sí, pero también le faltaba algo. No era lo bastante personal. En cambio, un duelo contra un as daba la misma sensación que los cuentos de la yaya. Valientes pilotos enfrentándose adustos en la antigua Tierra durante los días de las Grandes Guerras. Persona contra persona.

—Te cantaré —susurré—. Mientras su nave arde y tu alma vuela, cantaré. En honor del combate que hemos librado.

Muy teatral, sí. Mis amigos aún solían reírse de mí cuando decía cosas como esa, cosas como las que se declamaban en las viejas historias. Ya casi nunca lo hacía. Pero seguía siendo yo, y esas cosas no las decía para mis amigos. Las decía para mí misma.

Y para el enemigo al que estaba a punto de matar.

El as se abalanzó hacia mí, disparando sus destructores en un intento de alcanzarme mientras estaba concentrada en los drones. Sonreí, descendí para apartarme y clavé mi lanza de luz en un pedazo de escombro espacial. Hacerlo me permitió pivotar deprisa, a la vez que situaba el escombro detrás de mí para bloquear los disparos. Los ConGravs de M-Bot absorbieron la mayoría de la aceleración, pero aun así noté un tirón hacia abajo al recorrer el arco mientras el fuego de destructor impactaba en el escombro y un disparo me pasaba muy cerca. Tirda. Aún no había tenido ocasión de reactivar mi escudo.

—Este podría ser buen momento para regresar y llevar las naves enemigas hacia los otros —sugirió M-Bot—, tal y como decía el plan...

En vez de eso, reparé en que los disparos del as enemigo pasaban de largo, di media vuelta y me lancé en su persecución.

—Frase dramáticamente dejada en el aire —añadió M-Bot—, cargada de implicaciones sobre tu personalidad irresponsable.

Disparé al as, que rotó sobre su eje perpendicular mientras desactivaba sus propulsores. El impulso lo siguió llevando hacia delante aunque hubiera dado la vuelta y estuviera encarado hacia mí. No podría dirigir bien la nave volando al revés, por lo que la maniobra solía ser arriesgada, pero si tenía el escudo cargado al completo y su enemigo carecía de él...

Me vi obligada a interrumpir la persecución con un impulso a la izquierda para esquivar el fuego de destructor. No podía exponerme a un enfrentamiento cara a cara, de modo que me concentré un momento en los drones, hice estallar uno y atravesé a toda velocidad sus restos, que rasparon el ala de M-Bot y le golpearon la cubierta de la cabina con un fuerte crujido.

Ay, cierto, no tenía escudo. Y en el espacio los escombros no caían después de destruir una nave. Había sido un error de principiante, un recordatorio de que, a pesar de todo mi entrenamiento, seguía siendo una novata en el combate en gravedad cero.

El as se puso a mi cola con una experta maniobra de persecución. Volaba bien, lo cual, por una parte, era emocionante. Por otra...

Traté de virar de nuevo hacia la batalla, pero los drones se acumularon delante de mí para impedirme el paso. Quizá la situación estuviera empezando a superarme un poco.

—Llama a Jorgen —dije— y explícale que a lo mejor me he dejado acorralar. No puedo llevar al enemigo hasta nuestra emboscada, así que pregunta si él y los demás estarían dispuestos a venir a ayudarme.

—Ya era hora —replicó M-Bot.

Esquivé un poco más, estudiando el curso del as enemigo en mi monitor de proximidad. Tirda. Ojalá pudiera oírlo igual que oía a los drones.

«No, es mejor así —pensé—. Tengo que ir con cuidado de impedir que mi don se convierta en una debilidad.»

Apreté los dientes y tomé una decisión instantánea. No podía regresar a la batalla principal, así que descendí hacia Detritus. Los caparazones defensivos que rodeaban el planeta no eran continuos, sino que estaban compuestos de inmensas plataformas que habían albergado dormitorios, astilleros y armas. Aunque habíamos empezado a recuperar las plataformas más cercanas al planeta, aquellas capas exteriores seguían configuradas para disparar automáticamente a cualquier cosa que se les aproximara.

Sobrecargué el propulsor y aceleré a una velocidad que, en la atmósfera, habría hecho que casi cualquier caza estelar se sacudiera o incluso se desintegrara en pedazos. Allí arriba solo sentí la aceleración, no la velocidad.

Llegué enseguida a la plataforma espacial más próxima. Era larga, fina y un poco curvada, como un trozo de cáscara rota de huevo. Los drones que quedaban y el as enemigo seguían a mi cola. A esas velocidades, el combate de cazas era mucho más peligroso. Mi tiempo de reacción antes de estrellarme contra algo se reduciría mucho, y el más leve toque en la esfera de control me haría desviarme más deprisa de lo que quizá pudiera controlar.

—¿Spensa? —dijo M-Bot.

—Sé lo que hago —murmuré, concentrándome.

—Sí, seguro —respondió M-Bot—, pero... por si acaso... recuerdas que todavía no controlamos estas plataformas exteriores, ¿verdad?

Concentré toda mi atención en pasar cerca de la superficie metálica de la plataforma sin chocar contra nada. Las baterías de armamento que había allí empezaron a seguir mis movimientos y disparar, pero también empezaron a disparar a los enemigos.

Me dediqué a esquivar. O, mejor dicho, a hacer culebreos erráticos. Podía volar mejor que los drones en términos de pericia cruda, pero me superaban en número. Allí abajo, cerca de la plataforma, eso suponía una desventaja para mis enemigos porque, a ojos de los cañones, todos éramos objetivos.

Varios drones me iluminaron al explotar, pero casi al instante se extinguió el brillo, las llamas ahogadas por el vacío del espacio.

—Me pregunto si esas armas se sienten satisfechas al poder disparar a algo por fin, después de tantos años aquí arriba —dijo M-Bot.

—¿Celoso? —pregunté con un gruñido, esquivando.

—Por lo que dice Rodge, no tienen verdaderas inteligencias artificiales, sino meras funciones de puntería. Por tanto, eso sería como si tú sintieras celos de una rata.

Cayó otro dron. «Solo un poco más.» Quería igualar un poco las tornas mientras esperaba a que llegaran mis amigos.

Me sumergí en un nuevo trance mientras volaba. No podía oír los controles de los puestos de armamento, pero en momentos como aquel, en momentos de pura concentración, me sentía como si estuviera fusionándome con mi nave.

Sentí otra vez la atención de los ojos puesta en mí. Me atronó el corazón en el pecho. Con aquellos cañones apuntándome... con mis perseguidores dándome caza sin dejar de disparar...

«Un poco más...»

Mi mente se hundió y tuve la impresión de alcanzar a sentir las mismas entrañas de M-Bot. Corría un grave peligro. Tenía que escapar.

Seguro que en ese momento podría hacerlo.

—¡Activa el hipermotor citónico! —exclamé, e intenté hacer lo que había hecho aquella vez para teleportar mi nave.

—Hipermotor citónico no operativo —dijo M-Bot.

Tirda. La única vez que había funcionado, M-Bot había podido decirme que estaba operativo. Lo intenté de nuevo, pero... ni siquiera sabía qué era lo que había hecho aquella vez. Había estado en peligro, a punto de morir. Y entonces... había hecho...

¿Algo?

El disparo de un cañón cercano estuvo a punto de cegarme y, mientras me rechinaban los dientes, ascendí y me alejé del alcance de las armas defensivas. El as había sobrevivido, pero se había llevado un impacto o dos, así que tal vez su escudo estuviera debilitado. Además, ya solo quedaban tres drones.

Apagué el propulsor e hice rodar la nave sobre su eje, de forma que seguí moviéndome hacia delante pero encarada hacia atrás, una maniobra que indicaba que me disponía a disparar a algo que viniera siguiéndome. Y en efecto, el as se apartó de inmediato. No era tan valiente con su escudo debilitado. En vez de disparar, me propulsé hacia el as, escapando de los drones, que se arremolinaron hacia mi anterior posición.

Me situé a la cola del as e intenté acercarme lo suficiente para disparar, pero, quienquiera que fuese, pilotaba de maravilla. Inició una compleja serie de esquivas sin dejar de incrementar su velocidad en ningún momento. Calculé mal un viraje y de pronto estaba alejándome de la nave enemiga. Me recuperé enseguida, imité su siguiente escora y descargué una ráfaga de fuego de destructor, pero estaba a demasiada distancia y los disparos pasaron de largo y se desvanecieron en el espacio.

M-Bot iba leyéndome velocidades y ángulos para que no tuviera que desconcentrarme ni siquiera durante la fracción de segundo que requeriría echar un vistazo al panel de control. Me incliné hacia delante, intentando seguir uno por uno los virajes del otro caza estelar, escorándome, rodando y propulsándome. Buscando ese momento crítico en el que quedaríamos alineados el tiempo suficiente para que pudiera dispararle.

Por su parte, mi enemigo podía voltearse en cualquier momento y devolverme el fuego, de modo que con toda seguridad estaba esperando lo mismo que yo, confiando en pillarme desprevenida durante un momento de alineación.

Qué concentración tan perfecta. Qué intensidad tan bullente. Qué momento de conexión tan extravagante en el que el piloto alienígena reflejaba mis intenciones, esforzándose, en tensión, sudando, aproximándonos cada vez más y más en una competición que resultaba paradójicamente íntima. Durante un instante, seríamos como un solo ser. Y entonces lo mataría.

Yo vivía para desafíos como aquel. Para luchar contra alguien de verdad y saber que era él o yo. En momentos como ese, no estaba combatiendo por la FDD ni por la humanidad. Combatía para demostrar que podía.

Viró a la izquierda a la vez que yo. Se volteó y quedó de cara a mí mientras nos alineábamos por un breve instante, y ambos disparamos una ráfaga al otro.

Sus disparos fallaron. Los míos no. El primer impacto acabó con su escudo debilitado. El segundo le dio justo a la izquierda de su cabina y destrozó la nave con forma de disco en un fogonazo de luz.

El vacío consumió hambriento la explosión y yo viré a la derecha para esquivar los escombros. Respiré hondo varias veces, procurando ralentizar mi corazón. El sudor empapaba las almohadillas de mi casco y me caía por los lados de la cara.

—¡Spensa! —gritó M-Bot—. ¡Los drones!

Tirda.

Giré mi nave y me propulsé a un lado al mismo tiempo que tres cegadoras explosiones iluminaban la cabina. Hice una mueca, pero las luces no eran el resultado de que me hubieran disparado, sino las de los drones estallando uno tras otro. Dos naves de la FDD pasaron raudas junto a mí.

—Gracias, chicos —dije después de pulsar el canal de grupo en el panel de comunicaciones de mi cuadro de mandos.

—No hay de qué —respondió Kimmalyn por el canal—. Como decía siempre la Santa: «Ten cuidado con los listos, porque tienden a ser idiotas».

Hablaba con acento y sin prisas, lo cual de algún modo confería a su voz un perenne tono optimista, incluso cuando me regañaba.

—Pensaba que la idea era que distrajeras a los drones —dijo FM— y luego los trajeras de vuelta hacia nosotros. —Tenía una voz confiada, que sonaba como si debiera proceder de alguien con el doble de su edad.

—Tenía planeado hacerlo en algún momento.

—Ya —dijo FM—. Y por eso tenías apagado el comunicador para que Jorgen no pudiera gritarte, ¿verdad?

—No estaba apagado —objeté—. Solo tenía a M-Bot entreteniéndolo.

—¡A Jorgen no le gusta nada hablar conmigo! —exclamó M-Bot, entusiasta—. ¡Lo noto por la forma en que me lo dice!

—Bueno, en fin, el enemigo se retira —dijo FM—. Y tú tienes suerte de que ya estuviéramos de camino para ayudarte, incluso antes de que te decidieras a reconocer que tenías problemas.

Yo seguía hecha un pequeño desastre sudoroso, con el corazón acelerado y las manos húmedas, mientras reactivaba mi escudo y hacía virar la nave para volar hacia las otras dos. El rumbo me llevó junto a los restos de la nave a la que había derrotado, que seguía moviéndose más o menos a la misma velocidad que llevaba cuando le había disparado. Era lo que tenía el espacio.

La nave se había partido en pedazos en lugar de estallar del todo, por lo que, con un escalofrío, pude distinguir el cadáver del as enemigo. Era una figura alienígena corpulenta y achaparrada. Quizá la armadura que llevaba pudiera protegerla del vacío y...

No. Al pasar a su lado, vi que la explosión había destrozado también la armadura. La criatura que había en su interior se parecía un poco a un pequeño cangrejo bípedo, larguirucho y de un brillante color azul, con caparazón a lo largo del abdomen y la cara. Ya había visto a algunos como aquel pilotando lanzaderas cerca de su estación espacial, que estaba más alejada y vigilaba Detritus desde la distancia. Eran nuestros carceleros y, aunque los datos que habíamos robado llamaban a su especie los varvax, la mayoría de nosotros seguíamos llamándolos krells aunque supiéramos que esa palabra era un acrónimo en algún idioma de la Supremacía de una frase hecha sobre mantener contenidos a los humanos, no el verdadero nombre de su especie.

Aquel estaba muerto de verdad. El baño líquido que había llenado su armadura se había derramado en el vacío, al principio hirviendo con violencia y luego congelado en vapor sólido. El espacio era raro.

Fijé la mirada en el cadáver, ralenticé a M-Bot y tarareé en voz baja una de las canciones de mis antepasados. Un canto fúnebre vikingo.

«Bien luchado», pensé dirigiéndome al alma saliente del krell. Cerca de nosotras, algunas de nuestras naves de rescate empezaron a llegar desde donde habían presenciado la batalla en relativa seguridad, más cerca del planeta. Siempre recuperábamos las naves krells, sobre todo las que habían estado pilotadas por seres vivos. Era posible que así termináramos capturando un hipermotor roto de la Supremacía. Sus naves no se desplazaban utilizando las mentes de los pilotos. Tenían alguna especie de tecnología real que les permitía viajar entre las estrellas.

—¿Peonza? —me llamó Kimmalyn—. ¿Vienes?

—Sí —respondí. Me volví y alineé mi nave con las de Kimmalyn y FM—. M-Bot, ¿qué habilidad para el vuelo dirías que tenía ese piloto?

—Similar a la tuya —dijo M-Bot—. Y su nave era más avanzada que cualquier otra a la que nos hayamos enfrentado. Te seré sincero, más que nada porque estoy programado para ser incapaz de mentir: creo que ese combate podría haber terminado de manera muy distinta.

Asentí, más o menos con esa misma sensación. Había estado muy igualada a aquel as. Por una parte, era bonito confirmar que mi destreza no dependía solo de mis capacidades para alcanzar la ningunaparte. Sin embargo, ya del todo fuera del trance y con aquella rara sensación de propósito desinflado que siempre seguía a una batalla, me descubrí presa de una extraña preocupación. En todo el tiempo que llevábamos luchando allí, solo habíamos visto un puñado de aquellas naves negras pilotadas por seres vivos.

Si los krells de verdad querían aniquilarnos, ¿por qué enviaban a tan pocos ases? Eso, y además... ¿de verdad aquello era lo mejor que tenían? Yo era buena, pero llevaba volando menos de un año. Nuestra información robada señalaba que nuestros enemigos dirigían una enorme coalición galáctica de centenares de planetas. Por fuerza, debían de tener acceso a pilotos mejores que yo.

Había algo en todo aquello que no me encajaba. En otros tiempos, los krells habían enviado solo un máximo de cien drones contra nosotros. Esa norma se había relajado y ya podían desplegar hasta ciento veinte a la vez, pero seguía pareciendo una cifra pequeña, teniendo en cuenta el tamaño aparente de su coalición.

Por tanto, ¿qué estaba ocurriendo? ¿Por qué seguían conteniéndose?

Kimmalyn, FM y yo nos reunimos con el resto de nuestros cazas. La FDD estaba haciéndose cada vez más fuerte. Ese día solo habíamos perdido una sola nave, cuando en el pasado acostumbrábamos a perder más de media docena en cada batalla. Y estábamos cogiendo impulso. En los últimos dos meses, habíamos empezado a desplegar la primera de nuestras naves fabricada empleando la tecnología que habíamos descubierto en M-Bot. Solo había transcurrido medio año desde el gran número de bajas que sufrimos en la Segunda Batalla de Alta, pero el estímulo moral que había supuesto, sumado al hecho de que nuestros pilotos sobrevivían más tiempo para depurar sus habilidades, nos estaba reforzando a cada día que pasaba.

Al interceptar al enemigo allí fuera y no permitir que se acercara, habíamos sido capaces de expandir nuestras operaciones de rescate. En consecuencia, no solo estábamos haciéndonos con el control de las plataformas defensivas más cercanas, sino que también podíamos obtener más material con el que construir más y más naves.

Todo eso suponía que la fabricación de naves y el reclutamiento se estaban incrementando a pasos agigantados. Pronto dispondríamos de la suficiente piedra de pendiente y los suficientes pilotos para desplegar cientos de naves estelares.

En conjunto, el progreso era una bola de nieve cada vez más grande. Y aun así, una parte de mí estaba preocupada. El comportamiento de los krells era extraño. Y además de eso, teníamos una desventaja enorme. Ellos podían viajar por la galaxia, mientras que nosotros estábamos atrapados en un solo planeta.

A menos que yo aprendiera a utilizar mis poderes.

—Esto... ¿Spensa? —dijo M-Bot—. Está llamando Jorgen, y creo que está molesto.

Suspiré y activé la línea.

—Aquí Cielo Diez.

—¿Estás bien? —preguntó él con voz severa.

—Sí.

—Vale. Luego hablaremos de esto. —Y cortó la comunicación.

Hice una mueca. Jorgen no estaba molesto: estaba iracundo.

Sadie, la chica nueva a quien habían asignado como mi compañera de ala, se situó a mi cola en la cabina de Cielo Nueve. Percibí un nerviosismo en la postura de su nave, aunque tal vez estuviese sacando demasiadas conclusiones. Siguiendo nuestro plan, la había dejado atrás cuando los krells habían enviado una fuerza abrumadora para destruirme. Por suerte, Sadie había tenido el buen juicio de obedecer las órdenes y quedarse cerca de los demás en vez de seguirme.

Teníamos que esperar la orden del Mando de Vuelo antes de regresar volando al planeta, así que nos quedamos un rato flotando en el espacio. Kimmalyn acercó su nave junto a la mía. Miré a través de la cubierta al interior de su cabina. Siempre la veía rara con el casco puesto, que le tapaba el pelo largo y oscuro.

—Oye —me dijo por una línea privada—, ¿estás bien?

—Sí —respondí.

Era mentira. Cada vez que ponía en práctica mis extrañas capacidades, sentía un conflicto interno. Nuestros antepasados habían temido a la gente como yo, las personas con poderes citónicos. Antes de estrellarnos en Detritus, habíamos trabajado en las salas de máquinas de las naves, alimentando y dirigiendo nuestros trayectos.

Nos habían llamado la gente de máquinas, sin más. Los demás tripulantes nos habían rehuido, hasta terminar inculcando en nuestra cultura unas tradiciones y unos prejuicios que habían perdurado incluso después de que olvidáramos lo que era un citónico.

¿Podía ser solo una superstición o había algo más? Yo había sentido la malevolencia de aquellos ojos. Al final, mi padre había atacado a los suyos. Culpábamos de eso a los krells, pero a mí seguía preocupándome. Había parecido muy enfadado en las grabaciones.

Me inquietaba que, fuera yo lo que fuese, mis actos pudieran ponernos en más peligro del que ninguno de nosotros alcanzara a comprender.

—¿Chicas? —dijo Sadie, haciendo ascender su nave a mi lado—. ¿Qué significa este aviso que tengo en la consola?

Miré la luz intermitente que había en mi monitor de proximidad, maldecí entre dientes y escruté el vacío. Apenas alcanzaba a distinguir la estación de vigilancia krell allí fuera y, mientras la miraba, apareció algo más a su lado. Dos objetos que eran incluso más grandes que la estación.

Acorazados.

—Acaban de llegar dos naves nuevas al sistema —dijo M-Bot—. Mis sensores de largo alcance confirman lo que está viendo el Mando de Vuelo. Parecen ser naves de guerra.

—Tirda —exclamó FM por el canal.

Hasta el momento solo nos habíamos enfrentado a otros cazas, pero sabíamos por la información robada que el enemigo disponía de al menos unos pocos acorazados enormes como aquellos.

—Nuestros datos sobre el armamento de naves como esas están limitados —informó M-Bot—. La información que robamos tú y yo contenía solo generalidades al respecto. Pero según mis procesadores, es probable que esas naves estén equipadas para bombardear el planeta.

Bombardear. Podían descargar fuego de artillería sobre el planeta desde el espacio exterior y golpearlo con la suficiente potencia para pulverizar incluso a quienes vivían en las cavernas más profundas.

—No podrán superar las plataformas defensivas —dije.

Suponíamos que ese era el motivo de que, en el pasado, los krells hubieran utilizado solo bombarderos de altitud baja, no orbitales. Las plataformas del planeta estaban dotadas de contramedidas para impedir el bombardeo a distancia.

—¿Y si destruyen primero las plataformas? —preguntó Sadie.

—Sus defensas son demasiado fuertes —dije.

En parte, era pura bravuconería. No sabíamos a ciencia cierta si las defensas de Detritus podían evitar un bombardeo. Quizá cuando obtuviéramos el control de todas, podríamos determinar sus capacidades completas. Pero, por desgracia, aún faltaban meses para eso.

—¿Oyes alguna cosa? —me preguntó Kimmalyn.

Extendí mis sentidos citónicos.

—Solo una música tenue y suave —dije—. Casi como estática, pero... más bonita. Tendría que acercarme para entender algo concreto de lo que están diciendo.

Siempre había sido capaz de oír los sonidos que procedían de las estrellas. Al principio, los había considerado música. Durante mis meses de entrenamiento, y a partir de las conversaciones con mi abuela, habíamos determinado que esa «música» era el sonido de las comunicaciones superlumínicas enviadas a través de la ninguna-parte. Lo más probable era que lo que oía en esos momentos fuese el sonido de la estación o de los acorazados comunicándose con el resto de la Supremacía.

Esperamos mucho tiempo, obedeciendo la orden de mantener la posición para ver si aquellas naves avanzaban. No lo hicieron. Parecía que lo que fuese que las habían enviado a hacer no iba a tener lugar en el futuro inmediato.

—Han llegado órdenes —terminó diciendo Jorgen a través del comunicador—. Esos acorazados están acomodándose, así que tenemos que regresar a la Plataforma Primaria. Andando.

Suspiré, di la vuelta a la nave y me dirigí hacia el planeta. Había sobrevivido a la batalla.

Era el momento de ir a que me gritaran.

3

M-Bot hizo los cálculos para nuestra aproximación.

Los demás aún no estaban cómodos del todo con él. ¿Un programa informático capaz de pensar y hablar como una persona? La yaya, que había vivido de niña los días anteriores a que nuestro pueblo se estrellara en Detritus, decía que había oído hablar de esas cosas, pero que las habían prohibido.

Aun así, M-Bot nos proporcionaba una ventaja a la que no podíamos renunciar. Con sus cálculos hipereficientes, podíamos trazar con facilidad un rumbo a través de las plataformas defensivas que rodeaban Detritus sin ayuda de los matemáticos de la FDD.

Seguimos al pie de la letra el rumbo que nos indicaba y pasamos justo fuera del alcance de las baterías armamentísticas montadas en unas plataformas metálicas del tamaño de cordilleras. Me fijé en las sombras de los rascacielos. En la escuela había recibido las clases obligatorias de historia todos los cursos: habíamos visto imágenes de la antigua Tierra y nos habían llevado a ver animales de muchas variedades en unas cavernas especiales donde los criaban. Por eso sabía cosas sobre la vida de allí, y lo que eran los rascacielos, aunque siempre había encontrado más interesantes las historias de la yaya sobre los tiempos antiguos que esas clases de historia.

Los rascacielos sugerían que las plataformas que rodeaban Detritus habían estado habitadas en otro tiempo, como lo había estado el planeta en sí, pero algo había aniquilado a esa gente hacía siglos.

La visión de todas las plataformas curvándose hacia lo que parecía el infinito siempre me dejaba sin aliento. Nuestros cincuenta cazas estelares eran motas de polvo en comparación. ¿Cuánto tiempo habría costado construir todo aquello? Tendríamos unas cien mil personas viviendo en las redes de cavernas que componían nuestra nación, las Cavernas Desafiantes. Pero esa población al completo podría perderse sin remedio en solo una de las plataformas.

Llegó la orden de desacelerar. Volteé a M-Bot junto a los demás y apunté sus propulsores hacia el planeta. Un impulso tranquilo y suave ralentizó mi nave.

Al estar encarada de nuevo hacia los caparazones, me recordaron un poco a los engranajes de algún reloj ignoto que funcionara con algún propósito incognoscible. Cada plataforma rotando a su ritmo, los cañones dispuestos a vaporizar a cualquiera, humano o alienígena, que tratara de interferir. Pero aquellas capas de armamento eran el motivo de que siguiéramos con vida, así que nadie me oiría quejarme.

Nuestras naves tardaron poco en superar la capa más próxima al planeta, que era distinta a las demás por varias razones. La más evidente era que contenía miles de luces masivas que brillaban como faros e iluminaban apuntando hacia abajo, a distintos sectores del planeta. Aquellas cieluces creaban un ciclo artificial de día y noche.

Ese cascarón más interior, además, estaba en mucho peor estado que los otros. En aquel lugar, justo al borde de la atmósfera, daban tumbos por el espacio unos enormes campos de escombros. Suponíamos que eran los restos de otras plataformas destruidas. Algunas secciones habían caído hacia dentro y habían terminado impactando contra el planeta después de quedarse sin energía.

Crepitó una voz de hombre en el altavoz de mi casco.

—Escuadrones Cielo y Xīwàng, el almirante Cobb ordena que atraquen en la Plataforma Primaria. Los demás, diríjanse a la superficie y considérense en turno de descanso hasta nueva rotación.

Identifiqué al hablante como Rikolfr, un miembro del personal del almirante. Obedecí haciendo virar la nave en la dirección adecuada. Al hacerlo, Detritus entró en mi campo visual, una esfera gris azulada con una atmósfera brillante y acogedora. Treinta naves de nuestra flota salieron volando hacia abajo en dirección al planeta.

El resto de nosotros nos quedamos bordeando la atmósfera, dejando atrás varias plataformas cuyas luces titilaban en un amistoso azul en vez del enfurecido rojo de los otros caparazones. Gracias a las capacidades furtivas de M-Bot habíamos podido aterrizar en una de ellas y hackear sus sistemas. Por suerte, los protocolos de seguridad interna de las plataformas hacían algunas pequeñas excepciones para los humanos, hecho que había dado un cierto respiro a nuestros ingenieros, breve pero suficiente para completar la tarea.

Una vez hecho eso, Rodge y los demás ingenieros habían encontrado la forma de desactivar otras pocas plataformas cercanas, lo que nos había permitido hacernos también con el control de ellas. Hasta la fecha, todo ese trabajo había servido para capturar solo diez de los miles de plataformas que orbitaban en torno al planeta, pero era un inicio prometedor.

La Plataforma Primaria era la más grande de esas diez, una construcción inmensa que tenía compartimentos de atraque para cazas estelares. La habíamos convertido en un cuartel general en órbita, aunque los equipos de ingeniería todavía estaban trabajando en algunos de sus sistemas, los más notables de los cuales eran las antiguas bases de datos.

Llevé la nave a su compartimento asignado, un pequeño hangar individual. Las luces se encendieron cuando se cerró la esclusa y se presurizó el recinto. Respiré hondo, suspiré y abrí la cubierta de la cabina. Regresar de una batalla a la vida normal me daba una sensación de lo más gris. Por poco realista que fuese, siempre deseaba poder seguir patrullando y volando. La respuesta a la pregunta de quién era, de *qué* era, estaba en algún lugar allí fuera, no en aquellos pasillos metálicos y estériles.

—¡Oye! —exclamó M-Bot mientras salía de la cabina—. Llévame contigo. No quiero perderme la diversión.

—Solo van a echarme una bronca.

—Como iba diciendo... —replicó él.

Pues muy bien. Metí la mano bajo el panel de control frontal y desenganché su nuevo receptor móvil, un brazalete que contenía algunos sensores, un proyector holográfico, un receptor que ampliaba las capacidades de comunicación de M-Bot y una pequeña pantalla de reloj. M-Bot afirmaba haber dispuesto de un receptor móvil como aquel en el pasado, pero se había perdido: con toda probabilidad, su antiguo piloto se lo había llevado siglos antes cuando se había marchado a explorar Detritus.

Cuando M-Bot había proporcionado los diseños para construir uno nuevo a los ingenieros, se habían vuelto todos locos con la tecnología microholográfica que contenían. Por suerte, habían dejado las celebraciones el tiempo suficiente para fabricarme un reemplazo. Me había acostumbrado a llevarlo puesto en lugar de la línea de luz de mi padre, ya que era muy raro que le encontrara algún uso desde que había dejado de explorar cavernas casi a diario.

Me puse el brazalete holográfico y le entregué el casco a Dobsi, una miembro del equipo de tierra, cuando subió por la escalerilla para hablar conmigo.

—¿Algo en lo que debamos fijarnos? —preguntó.

—Me ha dado un trozo de escombro en el lado derecho del fuselaje con el escudo apagado.

—Le echaré un vistazo.

—Gracias —dije—. Pero te advierto que tiene un día de los suyos.

—¿Y cuándo no lo tiene?

—Hubo una vez —respondí— que estaba procesando un autodiagnóstico y no dijo nada durante cinco minutos enteros. Fue maravilloso.

—Sabéis que estoy programado para ser capaz de reconocer el sarcasmo, ¿verdad? —dijo M-Bot.

—¿Qué gracia tendría si no? —repuse.

Entré en el vestidor, que también me hacía de alojamiento allí arriba, aunque la verdad era que no tenía muchas cosas. Allí guardaba la insignia de mi padre, mis viejos mapas de las cavernas y algunas de mis armas improvisadas. Las tenía en un baúl al lado del catre, con mis mudas de ropa.

Tal y como llegué, me saludó un trino aflautado. Babosa Letal estaba en su sitio al lado de la puerta. Era de color amarillo chillón con pequeños pinchos azules a lo largo del lomo, y estaba acurrucada entre algunas de mis camisas viejas con las que se había hecho un nido. La rasqué en la cabeza y ella hizo otro alegre sonido aflautado. No era pringosa, sino más bien dura, como el tacto de un buen cuero.

Me alegré de verla allí. Se suponía que debía quedarse en mi dormitorio, pero de alguna manera siempre acababa escapándose y muchas veces la encontraba en el hangar. Parecía gustarle estar con M-Bot.

Me lavé, pero volví a ponerme el traje de vuelo. Entonces, una vez hube perdido tanto tiempo como me sería posible justificar, hice acopio de valor con la determinación de una guerrera y salí al pasillo. La luz de allí siempre me resultaba demasiado brillante después de haber estado en el espacio; las paredes blancas eran resplandecientes y reflectantes. Lo único que no estaba demasiado pulido ni iluminado era la alfombra que recorría el centro del pasillo y había envejecido considerablemente bien, suponíamos que porque todo aquello había estado en el vacío hasta que el equipo de ingeniería había tapado los agujeros de la estación y activado los sistemas de soporte vital.

En el pasillo estaban esperando los otros miembros de mi escuadrón. Nedd y Arturo discutían sobre si a los pilotos debería permitírsenos o no que pintáramos dibujos en los morros de nuestras naves. No les hice caso y fui con Kimmalyn, que tenía el pelo revuelto y el casco bajo el brazo.

—Supongo que sabrás lo enfadado que está Jorgen —me susurró.

—Puedo manejarlo —dije yo.

Kimmalyn enarcó una ceja.

—En serio —insistí—. Solo tengo que ponerme lo bastante confiada e intimidante. ¿Tienes por ahí algo de ojo negro?

—Eh... ¿Qué es eso?

—Un tipo de pintura de guerra que usaban los hombres para luchar en campos con rayas y números de la antigua Tierra. Era una especie de batalla a muerte en la que había involucrado un cerdo muerto.

—Mola. Pero se me ha terminado. Y... Peonza, ¿no sería mejor que no cabrearas más a Jorgen, por una vez?

—No sé si soy capaz.

FM pasó por delante de nosotras y me dio ánimos levantando el pulgar. Le devolví el gesto, aunque a veces todavía me sentía incómoda en su presencia. La mujer alta y esbelta se las ingeniaba de algún modo para llevar incluso un traje de vuelo con estilo, mientras a mí aquella ropa tan aparatosa siempre me daba la sensación de llevar puestas tres capas de más. Se puso a hablar con Tenderete y Gatero, dos chicos que se habían incorporado a nuestro escuadrón para suplir bajas. Tenían veintipocos años, con lo que nos sacaban unos cuantos a los demás, pero hacían todo lo posible por integrarse.

Aparte de Jorgen, la única otra miembro de nuestro equipo era Sadie, la chica nueva. En el momento en que pensé en ella, la vi tropezar con el pequeño desnivel que había entre su vestidor y el pasillo y estuvo a punto de caérsele el casco. Su pelo azul y sus rasgos peculiares me recordaban a... bueno, me traían recuerdos dolorosos.

La mayoría de los demás siguieron pasillo abajo hacia el comedor, pero yo me quedé esperando a Jorgen. Era mejor enfrentarme a él ya, aunque acostumbrara a ser el último en bajar de su nave porque repasaba la lista de comprobaciones posteriores al vuelo cada vez, con sumo detalle, y eso que no pasaba nada por dejar que lo hiciera el personal de tierra. Kimmalyn se quedó esperando conmigo y Sadie correteó hacia nosotras.

—¡Has estado genial ahí fuera! —exclamó, apretándose el casco contra el pecho mientras sonreía de oreja a oreja.

Tirda. Solo íbamos un curso por delante de su grupo, así que a grandes rasgos teníamos la misma edad. Pero desde luego, no parecíamos ni por asomo tan jóvenes como ella.

—Ya, bueno, tú también has volado bien —dije.

—Ah, pero ¿me estabas mirando?

No la había estado mirando, pero asentí para darle ánimos.

—¡Quizá pronto pueda ser como tú, Peonza!

—Lo has hecho de maravilla, querida —dijo Kimmalyn, dando una palmadita en el hombro a Sadie—. Pero nunca intentes ser quien no eres, porque te falta muchísima práctica para salirte con la tuya.

—Claro, claro —dijo Sadie. Hurgó en su bolsillo y sacó una libretita y un lápiz—. Nunca... quien no eres...

Apuntó el dicho como si fuese un texto sagrado, aunque yo estaba segura de que Kimmalyn se lo había inventado sobre la marcha.

Miré a Kimmalyn. Sus expresiones serenas tenían fama de ser difíciles de interpretar, pero el brillo de sus ojos delató que le encantaba que hubiera alguien tomando nota de sus dichos.

—Ojalá hubiera podido seguirte hoy, Peonza. Parecía peligroso para estar allí tú sola.

—Lo único que quiero que sigas, Sadie —dijo una voz firme—, son tus instrucciones. Estaría muy bien que otras se dignaran a hacerlo.

No tuve que mirar para saber que Jorgen, jefe de escuadrón y a veces Caracapullo, por fin se había reunido con nosotras y estaba de pie a mi espalda.

—Hummm, gracias, señor —dijo Sadie, y luego hizo un saludo marcial y se marchó hacia el comedor.

—Buena suerte —me susurró Kimmalyn, apretándome el brazo—. Que obtengas solamente lo que mereces.

Y luego, por supuesto, me abandonó.

En fin, a aquel monstruo podía aniquilarlo yo sola. Di media vuelta con la barbilla levantada... y entonces tuve que echar la cabeza un poco más hacia atrás. Tirda, ¿por qué tenía que ser tan alto? Jorgen Weight, con su piel marrón oscuro, era un dechado de exquisita y disciplinada determinación. Se iba a la cama todas las noches con el Código de Conducta de la FDD guardado bajo la almohada, desayunaba escuchando discursos patrióticos y solo utilizaba cubiertos que tuvieran grabadas en los mangos las palabras: «No dejes que Spensa se divierta».

Quizá algunas de esas cosas me las hubiera inventado. Pero en todo caso, sí que parecía que dedicaba demasiado tiempo de su vida a quejarse de mí. Bueno, yo había crecido rodeada de matones. Sabía cómo plantar cara a alguien que...

—Spensa —me dijo—, tienes que dejar de comportarte como una matona.

—Uuuh —dijo la voz de M-Bot desde mi muñeca—. Muy bueno.

—Cállate —le murmuré—. ¿Matona? ¿*Matona*? —Clavé mi índice en el pecho de Jorgen—. ¿A quién llamas matona?

Él se quedó mirando mi dedo.

—Es imposible que haga de matona contigo —añadí—. Eres más alto que yo.

—La cosa no funciona así, Spensa —gruñó Jorgen, haciendo que su voz bajara de tono—. Además... ¿qué es eso que llevas en la cara?

¿En la cara? Aquello era tan incongruente que, por un momento, olvidé la discusión con Jorgen y desvié la mirada hacia la pared de metal pulido para ver mi reflejo. Tenía unas franjas negras pintadas bajo los ojos. ¿Qué estaba pasando?

—Ojo negro —explicó M-Bot desde mi muñeca—. La pintura que llevaban los atletas de la antigua Tierra. Antes le has dicho a Kimmalyn que...

—Era en broma —dije. La pintura en la piel era un holograma que M-Bot había proyectado sobre mí mediante su receptor móvil—. De verdad que necesitas que alguien reescriba tu programa de humor, M-Bot.

—Oooh —dijo él—. Perdón.

Hizo desaparecer el holograma. Jorgen negó con la cabeza, pasó a mi lado y echó a andar por el pasillo, obligándome a trotar para alcanzarlo.

—Siempre has sido muy independiente, Peonza, eso lo entiendo —dijo—. Pero ahora estás usando tus poderes y tu posición para mangonear a todo el mundo, Cobb incluido. Te saltas el protocolo y las órdenes porque sabes que no hay nada que los demás podamos hacer al respecto. Esos son los actos de una tirdosa matona.

—Intento proteger a los demás —repliqué—. ¡Aparto al enemigo de ellos! ¡Me convierto en su objetivo!

—El plan era que hicieras eso y luego volvieras a traérnoslos para que pudiéramos atacar desde los flancos. He visto que tenías varias oportunidades de hacerlo, y cada vez has tomado la decisión consciente de empeñarte en combatirlos tú sola. —Me lanzó una mirada—. Intentas demostrar algo. ¿Qué te está pasando últimamente? Antes siempre estabas ansiosa por trabajar en equipo. Tirda, si podría decirse que fuiste tú quien forjó este equipo. ¿Y ahora te comportas así, como si tú fueras la única que importa?

Eh...

Mis objeciones se desvanecieron. Porque sabía que Jorgen tenía razón, y sabía que poner excusas en esa situación sería luchar con el arma equivocada. Solo había una cosa que podía llegar a funcionar de verdad con Jorgen. La verdad.

—Están decididos a matarme, Jorgen —dije—. Lanzarán contra nosotros todo lo que tengan hasta que yo esté muerta.

Nos detuvimos al final del pasillo, bajo una cegadora luz blanca.

—Sabes que es verdad —añadí mirándolo a los ojos—. Han descubierto lo que soy. Si me destruyen, podrán apresarnos en Detritus para siempre. Pasarán a través de quien sea para llegar hasta mí.

—¿Y tú decides ponérselo fácil?

—Los distraigo, como te decía, para que... —Las palabras murieron en mis labios. Tirdoso Caracapullo y sus tirdosos ojos intensos y astutos—. Vale, muy bien. Estoy intentando forzarme. La única vez que pude hacerlo, la única vez que di un hipersalto, estaba dentro de una explosión. Estaba desesperada, amenazada, a punto de morir. Así que creo que, si pudiera recrear esa emoción, a lo mejor lograría hacerlo otra vez. Lograría averiguar qué es lo que soy capaz de hacer, qué es... lo que soy de verdad.

Él suspiró y subió la mirada al techo con lo que a mí me pareció una expresión melodramática.

—Que los santos nos amparen —murmuró—. Peonza, eso es de locos.

—Es de valientes —repliqué—. Una guerrera siempre se pone a prueba a sí misma. Siempre se fuerza. Siempre busca los límites de sus habilidades.

Jorgen me miró, pero yo me mantuve firme. Jorgen tenía un don para hacerme vocalizar las cosas que en general no quería reconocer, ni siquiera ante mí misma. Tal vez eso fuese lo que lo hacía un buen jefe de escuadrón. Tirda, el hecho de que pudiera así-como-más-o-menos manejarme a mí ya era suficiente prueba de eso.

—Spensa —dijo—, eres lo mejor que tenemos. Eres crucial para la FDD... y para mí.

De pronto fui consciente de lo cerca que lo tenía. Se inclinó hacia abajo un poquito, y por un momento pareció que quería llegar más allá. Por desgracia, al mismo tiempo había algo que nos bloqueaba, que interfería con lo que fuera que podríamos haber tenido. Para empezar, la relación entre jefe de escuadrón y piloto era incómoda.

Pero había más que eso. Él era la encarnación del orden y yo... bueno, yo no. No sabía quién ni qué era en realidad. Siendo sincera conmigo misma, tenía que reconocer que ese era el motivo de que no hubiera avanzado nada con él en los últimos seis meses.

Al final Jorgen se apartó.

—Ya sabes que la Asamblea Nacional está hablando de que eres demasiado importante para arriesgarte en batalla. Que quieren alejarte del frente.

—Pues que lo intenten —dije, furiosa con la idea.

—Una parte de mí también lo querría —dijo, y sonrió con cariño—. Pero en serio, ¿de verdad necesitamos darles munición? Formas parte de un equipo. Todos formamos parte de un equipo. No empieces a pensar que tienes que hacer las cosas tú sola, Spensa. Por favor. Y por el amor de las estrellas, deja de intentar ponerte en peligro. Encontraremos otra manera.

Asentí, pero... para él era fácil decir cosas como aquella. La yaya me había contado que, incluso cuando nuestros antepasados habían formado parte todos de una flota espacial, temían a la gente como yo.

La gente de máquinas. Los hipermotores. Éramos extraños. Quizá incluso inhumanos.

Jorgen tecleó su código en la puerta que había al final del pasillo, pero, antes de que terminara, se abrió. Kimmalyn la había activado desde el otro lado.

—Chicos —dijo, casi sin aliento—. ¡Chicos!

Fruncí el ceño. Kimmalyn no solía emocionarse tanto.

—¿Qué?

—Me ha avisado Rodge —dijo ella—. ¿Sabéis los ingenieros que trabajan en los sistemas informáticos de la plataforma? Acaban de encontrar algo. Una grabación.

4

Jorgen y yo seguimos a Kimmalyn hasta la sala que todo el mundo llamaba la biblioteca, aunque no tuviera libros. Allí, el Cuerpo de Ingeniería había estado trabajando sin descanso en las viejas bases de datos. Habían arrancado varios paneles de las paredes para dejar al descubierto las redes de cables que recorrían su interior como tendones. Aunque buena parte de aquella plataforma se había activado sin apenas contratiempos, seguíamos sin poder acceder a varios sistemas informáticos.

Kimmalyn nos llevó con un grupo de ingenieros vestidos con monos del equipo de tierra que bisbiseaban y charlaban con emoción en torno a un gran monitor que habían instalado. Miré alrededor buscando al resto de mi escuadrón, pero no los vi. Allí solo estábamos Jorgen, Kimmalyn, yo y algunos oficiales del personal del almirante. Tiré de mi grueso traje de vuelo, que aún estaba empapado de sudor por la batalla.

—Ojalá me hubiera cambiado —murmuré a Jorgen.

—¡Podría crearte el holograma de un traje nuevo! —propuso M-Bot—. Sería...

—¿Y en qué cambiaría eso que estoy toda sudada? —le pregunté. En serio, desde que habíamos puesto en marcha el brazalete remoto y el sistema holográfico, M-Bot solo hacía que buscar cualquier excusa para lucirse.

Pero al oír mi voz, alguien del grupo de ingenieros levantó la cabeza. Se volvió y sonrió al vernos.

Rodge era larguirucho y pálido, con una maraña de pelo rojizo.

En los últimos tiempos sonreía más que cuando éramos pequeños. De hecho, no me quitaba de encima la impresión de haberme perdido algo, de que, de algún modo, durante el tiempo en que estuvimos reparando juntos a M-Bot, alguien se había llevado a mi nervioso amigo y lo había reemplazado con aquella persona confiada.

Yo estaba orgullosa de él, sobre todo cuando reparé en que había vuelto a ponerse su insignia de cadete, la que Cobb había ordenado que esmaltaran en rojo para él, un nuevo símbolo de reconocimiento reservado para miembros sobresalientes del personal de tierra o ingeniería.

Rodge se acercó a nosotros con brío y habló en voz baja.

—Qué bien que Kimmalyn os haya encontrado. Esto vais a querer verlo.

—¿Qué es? —preguntó Jorgen, estirando el cuello para ver el monitor.

—Los últimos registros de la estación —susurró Rodge—. Los últimos diarios en vídeo de antes de que cerraran este sitio. Los interrumpieron a media grabación y el proceso de cifrado no pudo terminar de ejecutarse antes de que el vídeo se archivara. Es el primer buen cacho de datos que hemos podido recuperar. —Echó una mirada hacia atrás—. La comandante Ulan ha insistido en que esperemos a Cobb antes de reproducirlo, pero he pensado que nadie protestaría si la Heroína de Alta Segunda también quería verlo.

En efecto, mi llegada había llamado la atención. Un par de ingenieros intercambiaron codazos y me señalaron con la barbilla.

—¿Sabes, Peonza? —dijo Kimmalyn a mi lado—. Puede ser bastante conveniente andar por ahí contigo. La gente se fija tanto en ti que los demás podemos hacer lo que nos venga en gana.

—¿Y qué puede venirte a ti en gana? —preguntó Jorgen—. ¿Dar un sorbito de más al té?

Como Jorgen seguía intentando llegar a ver el monitor, no se fijó en el gesto sorprendentemente grosero que le hizo Kimmalyn. Me la quedé mirando boquiabierta. ¿De verdad acababa de hacer eso?

Kimmalyn me lanzó una sonrisa traviesa, que tapó enseguida con la mano. Esa chica... Justo cuando creía que la tenía calada del todo, iba y hacía algo como eso, seguro que a propósito para escandalizarme.

La conversación se interrumpió cuando se abrió la puerta y entró Cobb. Se había dejado crecer una barbita corta blanca y seguía cojeando por su vieja herida, pero se negaba a llevar bastón salvo en las ocasiones más formales. Traía una humeante taza de café en una mano y llevaba puesto el inmaculado uniforme blanco del almirante de la flota de la Fuerza de Defensa Desafiante, la parte derecha del pecho engalanada con cintas que denotaban sus méritos y su graduación.

Había ocupado de mala gana el puesto después de que Férrea, con idéntica mala gana, se jubilara. Obedeciendo a según qué criterios, Cobb era el ser humano vivo más importante que existía. Y sin embargo, aún seguía siendo... bueno, Cobb.

—¿Qué me han dicho de no sé qué registro? —exigió saber—. ¿Qué hay en ese condenado trasto?

—¡Señor! —exclamó la comandante Ulan, una mujer alta de ascendencia yeongiana—. Todavía no lo sabemos. Queríamos esperarle.

—¿Qué? —dijo Cobb—. Pero ¿sabéis lo despacio que camino? La dichosa estación podría hacer tres rotaciones de turno en el tiempo que me cuesta recorrer el maldito armatoste.

—Hummm. Señor. Creíamos que... O sea, nadie cree que su pierna lo haga lento... esto... no muy lento, quiero decir...

—No me haga la pelota, comandante —espetó él.

—Solo queríamos guardarle respeto.

—Tampoco me guarde respeto —gruñó él, y dio un sorbo al café—. Me hace sentir viejo.

Ulan soltó una risita forzada a la que Cobb frunció el ceño, poniendo a Ulan incluso más incómoda a ojos vistas. Empaticé con ella. Aprender a tratar con Cobb era una habilidad tan especializada como llevar a cabo un bucle Ahlstrom triple con salto a cola inverso.

Los técnicos abrieron paso a Cobb, así que Kimmalyn y yo aprovechamos para acercarnos más a la pantalla. Jorgen se quedó atrás, de pie con las manos sujetas a la espalda y dejando que los oficiales de mayor graduación ocuparan las posiciones más próximas. A veces ese chico podía ser demasiado cumplidor. Casi hacía que una se sintiera mal por utilizar su fama para conseguir un buen sitio.

Cobb me lanzó una mirada.

—He oído que vuelves a hacer de las tuyas, teniente —dijo en voz baja mientras un técnico de los más expertos trasteaba con los archivos.

—Esto... —dije.

—¡Ya lo creo que sí! —exclamó la voz de M-Bot desde mi muñeca—. Acaba de decirle a Jorgen que está intentando a propósito...

Pulsé el botón de silenciar. Luego, por si acaso, apagué también su proyector holográfico. Me sonrojé y miré a Cobb.

El almirante dio un sorbo al café.

—Hablaremos después. No quiero enfurecer a tu abuela haciendo que te maten. Me cocinó un pastel la semana pasada.

—Hummm, sí, señor.

La pantalla se emborronó un momento y entonces se abrió el vídeo, que mostraba una imagen de aquella misma sala pero sin las paredes despedazadas. Había un grupo de personas ajetreadas ante sus monitores, vestidas con uniformes desconocidos. Se me trabó el aliento. Eran seres humanos.

Siempre habíamos sabido que así sería. Aunque habíamos encontrado Detritus deshabitado, gran parte de la maquinaria estaba inscrita con idiomas de la antigua Tierra. Aun así, era perturbador estar mirando a aquella gente misteriosa hacia atrás en el tiempo. El planeta y aquellas plataformas debían de haber estado habitados por millones y millones de ellos, si no miles de millones. ¿Cómo habían desaparecido todos?

Parecían estar hablando, y de hecho los veía agitados, afanándose de un lado a otro de la sala. Fijándome más, parecía que varios de ellos chillaban, pero el vídeo no tenía sonido. Un hombre de pelo rubio se sentó en el asiento que había enfrente de nuestro mismo monitor y su cara llenó la pantalla. Empezó a hablar.

—¡Perdón, señor! —dijo un técnico que estaba cerca de mí—. Estamos trabajando en el audio. Un segundo.

De pronto salió sonido de la pantalla. Gente gritando, una docena de voces superpuestas.

—... hacer este informe —dijo el hombre de la pantalla, hablando en inglés con mucho acento—. Tenemos pruebas iniciales de que los citoescudos del planeta, en contra de lo que llevamos mucho tiempo suponiendo, son insuficientes. El zapador ha escuchado nuestras comunicaciones y las ha seguido hasta nosotros. Repito, el zapador ha regresado a nuestra estación y...

Dejó la frase inconclusa y miró hacia atrás. La sala estaba sumida en una enorme confusión, con algunas personas perdiendo el juicio y cayendo al suelo histéricas y otras gritándose entre ellas.

El hombre de nuestra pantalla empezó a teclear.

—Tenemos vídeo de una plataforma del perímetro —dijo—, la número 1.132. Pincho ese punto de vista.

Me incliné hacia delante mientras la grabación cambiaba a un campo de estrellas, la visión de una cámara situada en el caparazón exterior, enfocada al espacio. Alcancé a ver la curvatura de la plataforma en la parte inferior de la pantalla.

La gente de la grabación se calló. ¿Estaban viendo algo en aquella negrura salpicada de estrellas que a mí se me escapaba? ¿Sería...?

Estaban apareciendo más estrellas.

Cobraron existencia como agujeritos en la realidad. Eran centen... miles de ellas, demasiado brillantes para ser estrellas de verdad. De hecho, se movían en el cielo, acumulándose, congregándose. Incluso a través del monitor, incluso a una distancia gigantesca tanto en el tiempo como en el espacio, yo podía *sentir* su malignidad.

Aquello no eran estrellas. Eran los ojos.

Se me atenazaron los pulmones. El corazón empezó a aporrearme en el pecho. Siguieron apareciendo más y más luces, que me observaban por medio de la pantalla. Me conocían. Podían verme.

Empecé a entrar en pánico. Pero a mi lado, Cobb siguió dando sorbos tranquilos al café. Por algún motivo, su actitud calmada me ayudó a combatir la ansiedad.

«Esto ocurrió hace mucho tiempo —me recordé a mí misma—. Ahora no corro peligro.»

Las luces de la pantalla empezaron a emborronarse. Era polvo, comprendí. Apareció una nube de polvo que parecía filtrarse a través de pinchazos en la realidad. El polvo brillaba con una luz blanca y se expandía a una velocidad increíble. Entonces llegó algo siguiéndolo, una forma circular que emergió como de la nada en el centro de la nube.

Era difícil distinguir algo más que la sombra de esa cosa. Al principio mi mente se negó a aceptar la impresionante escala que tenía. La cosa que había aparecido, la negrura en el interior del polvo refulgente, hacía que la enorme plataforma pareciera diminuta. Tiiirda. Fuera lo que fuese, tenía el tamaño de un planeta.

—Tengo... confirmación visual de un zapador —dijo el hombre que estaba grabando el vídeo—. Madre de todos los santos, está aquí. El proyecto de citoescudo es un fracaso. El zapador ha dado media vuelta y... y ha venido a por nosotros.

La masa negra giró hacia el planeta. ¿Eso que entreveía en las sombras eran brazos? No, ¿podían ser espinas? Su forma parecía diseñada con el objetivo consciente de frustrar la mente mientras yo intentaba, contra todo pronóstico, encontrar algún sentido a lo que estaba viendo. Al poco tiempo, la negrura se volvió absoluta. La cámara se apagó.

Creí que el vídeo habría terminado, pero entonces aparecieron de nuevo la biblioteca y el hombre sentado ante su mesa. Casi todos los demás monitores estaban abandonados, exceptuando los del hombre y una mujer. Oí gritos procedentes de algún otro lugar en la plataforma mientras el hombre, tembloroso, se levantaba y daba un golpe al monitor que había estado usando, haciendo girar la cámara.

—¡Signos vitales desapareciendo en los anillos defensivos exteriores! —gritó la mujer. Se levantó de su silla—. Plataformas entrando en modo de reposo. ¡El Alto Mando nos ha ordenado activar el modo autónomo!

Visiblemente alterado, el hombre volvió a sentarse. Vimos a través de una cámara torcida cómo tecleaba con energía. La mujer que quedaba en la sala se apartó de su mesa y luego alzó la mirada al techo cuando un sonido grave retumbó por toda la plataforma.

—Defensas autónomas activadas —musitó el hombre, todavía tecleando—. Las naves de huida están cayendo. Por los santos...

La sala se sacudió de nuevo y las luces flaquearon.

—¡El planeta nos dispara! —chilló la mujer—. ¡Nuestra propia gente nos está disparando!

—No nos disparan a nosotros —explicó el hombre, tecleando como en trance—. Disparan al zapador mientras este envuelve el planeta. Lo que pasa es que estamos en medio. Tenemos que asegurarnos de que la no-vía esté cerrada. No puedo acceder a ella desde aquí, pero a lo mejor...

Siguió murmurando, pero a mí me llamó la atención otra cosa. Había unas luces acumulándose en la pantalla, al fondo de la sala. Estaban desgarrando la realidad, haciendo que la pared pareciera estirarse, transformarse en un campo estelar infinito penetrado por puntitos intensos, llenos de odio.

Los ojos habían llegado. La mujer de la sala aulló y... desapareció. Pareció retorcerse sobre sí misma y luego encogerse, aplastada por alguna fuerza invisible. El hombre que quedaba, el que había hablado, siguió tecleando con frenesí en su puesto, con los ojos desorbitados. Un loco trabajando a destajo como si tecleara su testamento. Aunque su rostro dominaba la pantalla, se entreveía la oscuridad concentrándose detrás de él.

Iluminada por estrellas que no eran estrellas.

El infinito cuajando.

Una forma emergió de la negrura.

Y era idéntica a mí.

5

Retrocedí a trompicones de la pantalla hasta chocar con el grupo de oficiales. De pronto estaba en plena alerta, igual que me sentía antes de una batalla, y me di cuenta de que tenía los puños cerrados. Si no me dejaban salir, me liaría a puñetazos hasta que...

—¿Spensa? —dijo Kimmalyn cogiéndome del brazo—. ¡Spensa!

Parpadeé y miré alrededor, sudando, con los ojos como platos.

—¿Cómo puede ser? —pregunté—. ¿Cómo es que...?

Volví a mirar la pantalla, que estaba en pausa mostrando la imagen del hombre muerto y la sala llena de estrellas. La línea de la parte inferior indicaba que el vídeo había llegado a su fin.

La imagen congelada era un plano completo en el que salía yo de pie detrás de él. Yo estaba allí. YO ESTABA ALLÍ. Vestida con mi moderno traje de vuelo de la FDD. Con el mismo pelo castaño hasta los hombros y la misma cara estrecha. Estaba petrificada en la imagen, extendiendo un brazo hacia el hombre.

Pero la expresión que tenía... parecía aterrorizada. Entonces esa expresión cambió, aunque fuese imposible, imitando la forma en que me estaba sintiendo en esos instantes.

—¡Apagadlo! —grité.

Intenté llegar a la pantalla, zafándome de las manos de Kimmalyn, pero alguien más fuerte me aferró. Luché también contra esas manos, tratando de alcanzar la pantalla, tanto con mi cuerpo como con... con algo más. Con algún sentido de mi interior. Con alguna parte primordial, presa del pánico, aterrorizada. Era como un grito silencioso que emergiera de dentro y se expandiese hacia fuera.

Entonces, desde algún lugar lejano, sentí como si algo respondiera a mi chillido.

Te... oigo...

—¡Spensa! —exclamó Jorgen.

Alcé la mirada hacia él. Estaba reteniéndome, con la mirada fija en mis ojos.

—Spensa, ¿qué estás viendo? —preguntó.

Miré hacia la pantalla y la imagen de mí que mostraba. Mal, estaba mal. Mi cara. Mis emociones. Y...

—¿Tú no lo ves? —dije yo, mirando a los demás y sus expresiones confundidas.

—¿La oscuridad? —preguntó Jorgen—. Hay un hombre en la pantalla, el que estaba grabando el registro. Y hay una oscuridad detrás de él, interrumpida por luces blancas.

—Son como... ojos —dijo un técnico.

—¿Y la persona? —pregunté—. ¿No veis a alguien en la oscuridad?

Mi pregunta provocó miradas estupefactas.

—Es solo negrura —dijo Rodge desde un lado del grupo—. ¿Peonza? Ahí no hay nada más. Yo ni siquiera veo ninguna estrella.

—Yo veo estrellas —insistió Jorgen, entornando los ojos—. Y algo que podría ser una silueta. Quizá. Pero más que nada, es una sombra.

—Apagadlo —ordenó Cobb—. Poneos a ver si encontráis más registros o archivos. —Me miró—. Hablaré con la teniente Nightshade en privado.

Miré hacia él y luego hacia las caras sorprendidas que llenaban la sala, inundada por una repentina vergüenza. Ya había superado la preocupación de que me consideraran una cobarde, pero aun así era embarazoso estar montando una escenita como aquella. ¿Qué pensarían todos al ver que me desmoronaba de aquella manera?

Me obligué a tranquilizarme y asentí mirando a Jorgen mientras me soltaba de sus manos.

—Estoy bien —dije—. Es solo que me he dejado llevar un poco por el vídeo.

—Estupendo. Aun así, luego aún tenemos que hablar —dijo Jorgen.

Cobb me hizo una seña para que lo siguiera fuera de la sala y eché a andar hacia la puerta, pero justo antes de que saliéramos él se detuvo y miró de nuevo hacia el interior.

—¿Teniente McCaffrey? —llamó.

—¿Señor? —dijo Rodge, levantando la cabeza desde donde estaba, al lado de la pared.

—¿Sigue trabajando en ese proyecto suyo?

—¡Sí, señor! —respondió Rodge.

—Bien. Vaya a ver si sus teorías se cumplen. Luego hablaré con usted.

Y siguió adelante, guiándome hacia el pasillo.

—¿De qué iba eso, señor? —le pregunté mientras la puerta se cerraba a nuestras espaldas.

—Ahora mismo no es importante —dijo Cobb, llevándome hacia el observatorio que había al otro lado del pasillo.

Era una sala ancha y poco profunda, a la que llamábamos el observatorio por la vista espectacular que tenía del planeta de abajo. Entré detrás del almirante y afronté la visión de Detritus por el ventanal que constituía la pared del fondo.

Cobb se quedó junto al ventanal y dio un sorbo de café. Me acerqué, intentando que no se me notara el nerviosismo en los pasos. No pude evitar una mirada por encima del hombro hacia la sala en la que habíamos visto el vídeo.

—¿Qué has visto en esa grabación? —preguntó Cobb.

—A mí misma —dije. Con Cobb podía ser sincera. Había demostrado hacía largo tiempo que merecía mi confianza, y mucho más—. Sé que suena imposible, Cobb, pero la oscuridad del vídeo ha tomado forma y era yo.

—Una vez vi a mi mejor amigo y compañero de ala intentar matarme, Spensa —dijo con suavidad—. Ahora sabemos que algo había sobrescrito lo que estaba viendo, o la forma en que su cerebro interpretaba lo que veía, para que me confundiera con el enemigo.

—¿Y crees... que esto es algo parecido?

—No tengo ninguna otra explicación para que te hayas visto a ti misma en un archivo de vídeo que tiene siglos de antigüedad. —Dio un largo sorbo de café e inclinó la taza hacia atrás para absorber las últimas gotas—. Aquí estamos ciegos. No sabemos de qué es capaz nuestro enemigo, ni siquiera quién es ese enemigo en realidad. ¿Has visto alguna otra cosa en esa oscuridad?

—Me ha parecido oír que alguien me decía... que podía oírme. Pero no sé, eso me ha dado una sensación distinta. Como si viniera de otro sitio, y ni de lejos tan furiosa. No sabría explicarlo.

Cobb gruñó.

—Bueno, al menos ahora podemos hacernos una idea de lo que le pasó a la gente de este planeta.

Hizo un gesto con la taza hacia la ventana y yo me acerqué para bajar la mirada a Detritus. Parecía desolado, una superficie que algo había convertido en escoria. Los escombros de la órbita inferior, aquellas plataformas dañadas, aquellos cascotes, con toda probabilidad los había creado la gente del planeta al disparar a la entidad que los estaba envolviendo.

—Sea lo que sea esa cosa de la grabación —dijo Cobb—, vino aquí y... destruyó a todos en el planeta y también estas plataformas. Lo han llamado un zapador.

—¿Habías oído hablar alguna vez de algo así? —le pregunté—. Ya sabes lo de... lo de los ojos que veo a veces.

—No había oído la palabra «zapador» —respondió Cobb—. Pero tenemos tradiciones que se extienden a antes de que vivieran nuestros abuelos. Hablan de seres que nos vigilan desde el vacío, desde la oscuridad profunda, y esos relatos nos advierten de que evitemos las comunicaciones inalámbricas. Por eso usamos la radio solo para los canales militares importantes. El hombre del vídeo ha dicho que el zapador llegó porque había oído sus comunicaciones, así que a lo mejor está relacionado. —Cobb me miró—. También nos advierten de no crear máquinas que puedan pensar demasiado deprisa y de...

—Y de que debemos temer a las personas capaces de ver en la ninguna-parte —susurré—, porque llaman la atención de los ojos.

Cobb no me contradijo. Fue a dar otro sorbo de café, encontró vacía la taza y gruñó con suavidad.

—¿Crees que esa cosa que hemos visto en el vídeo tiene algo que ver con los ojos que ves tú? —preguntó.

Tragué saliva.

—Sí —dije—. Son lo mismo, Cobb. Los entes que observan cuando uso mis poderes son lo mismo que esa cosa pinchuda que ha aparecido en la grabación. El hombre decía algo sobre su citoescudo. Suena muy parecido a la citónica.

—Un escudo para impedir que el enemigo escuche o encuentre a los citónicos del planeta, tal vez —dijo Cobb—. Y falló. —Soltó un suspiro y negó con la cabeza—. ¿Has visto esos acorazados que han llegado?

—Sí, pero las plataformas nos protegerán de un bombardeo, ¿verdad?

—Puede —repuso Cobb—. Algunos sistemas funcionarán, pero de otros no estamos tan seguros. Nuestros ingenieros creen que algunas de las plataformas más alejadas tienen contramedidas para evitar los bombardeos, pero no podemos saberlo con certeza. No estoy seguro de que podamos permitirnos el lujo de preocuparnos por los zapadores, ni por los ojos, ni por nada de eso. Tenemos un problema más inmediato. Los krells, o como se llamen de verdad, no hacen caso a nuestras súplicas de que cesen sus ataques. Ha dejado de importarles si preservan o no a algún humano. Están decididos a exterminarnos.

—Nos tienen miedo —dije yo.

Cuando M-Bot y yo habíamos robado datos de su estación seis meses antes, aquella era la más importante y sorprendente revelación que había descubierto sobre los krells. No nos mantenían retenidos por rencor, sino porque de verdad estaban aterrorizados por la humanidad.

—Nos tengan miedo o no —dijo Cobb—, nos quieren muertos. Y a no ser que encontremos la forma de viajar entre las estrellas como hacen ellos, estamos condenados. Ninguna fortaleza, por poderosa que sea, puede resistir para siempre, y mucho menos contra un enemigo tan fuerte como la Supremacía.

Asentí. Era un dogma crucial en la táctica bélica: siempre había que tener un plan de retirada. Mientras siguiéramos atrapados en Detritus, corríamos peligro. Si lográbamos salir del planeta, se nos abrirían toda clase de opciones. Huir y escondernos en algún otro lugar. Buscar otros enclaves humanos, si es que existían, y reclutar ayuda. Contraatacar y poner al enemigo a la defensiva.

Nada de todo eso sería posible hasta que yo aprendiera a usar mis poderes. O en vez de eso, hasta que halláramos la forma de robar al enemigo la tecnología de hipermotores. Cobb tenía razón. Los ojos, los zapadores, podían ser importantes para mí, pero respecto al cuadro completo de la supervivencia de mi pueblo, no eran más que un problema secundario.

Era primordial que encontráramos la manera de salir del planeta.

Cobb me miró con cautela. Siempre me había dado la sensación de ser viejo. Sabía que solo tenía unos años más que mis padres, pero en ese momento tenía el aspecto de una roca que hubieran dejado demasiado tiempo en el exterior y hubiera sobrevivido a demasiados meteoritos cayendo.

—Férrea se quejaba siempre de lo difícil que era este trabajo —masculló—. ¿Sabes qué es lo peor de estar al mando, Peonza?

—No, señor.

—La perspectiva. Cuando eres joven, das por sentado que los mayores comprenden en qué consiste la vida. Pero cuando te ponen al mando, te das cuenta de que todos somos esos mismos chavales, solo que con cuerpos envejecidos.

Tragué saliva otra vez, pero no dije nada. De pie al lado de Cobb, miré por el ventanal hacia el desolado planeta y los miles de plataformas que lo rodeaban. Una increíble red defensiva que, al final, se había demostrado impotente para detener a lo que fuese que era aquel zapador.

—Spensa —dijo Cobb—, necesito que tengas más cuidado ahí fuera. La mitad de mi personal opina que eres el mayor punto débil que hayamos metido jamás en una nave. La otra mitad cree que eres una especie de Santa encarnada. Me gustaría que dejaras de proporcionar buenos argumentos a los dos bandos.

—Sí, señor —respondí—. Y... la verdad es que estaba intentando forzarme, ponerme en peligro. Pensaba que si lo hacía, a lo mejor ponía en marcha mi cerebro y activaba mis poderes.

—Aunque agradezco la intención, es una forma estúpida de intentar resolver nuestros problemas, teniente.

—Pero sí que tenemos que averiguar cómo viajar entre las estrellas. Lo dijiste tú mismo.

—Preferiría encontrar alguna forma menos temeraria —dijo Cobb—. Sabemos que las naves de la Supremacía recorren las estrellas. Tienen tecnología de hipermotores, y los ojos, los zapadores, no los han destruido a ellos. Por tanto, es posible.

Cobb adoptó una expresión contemplativa, observando de nuevo el planeta por el ventanal. Se quedó tanto tiempo callado que empecé a ponerme nerviosa.

—¿Señor? —dije.

—Ven conmigo —dijo él—. Puede que tenga una manera de sacarnos de este planeta sin depender de tus poderes.

6

Seguí a Cobb por los pasillos demasiado limpios de la Plataforma Primaria. ¿Por qué estábamos volviendo a los hangares de cazas?

Cobb fue contando las puertas hasta detenerse al lado del compartimento donde estaba M-Bot. Cada vez más confundida, lo seguí a través de la portezuela. Esperaba encontrar allí al personal de tierra, haciendo a M-Bot el habitual mantenimiento posterior a la batalla. Pero la estancia estaba desierta a excepción de M-Bot y una persona. Rodge.

—¿Gali? —dije, llamándolo por su viejo identificador de cuando había sido miembro del Escuadrón Cielo. Había durado solo unos días, pero seguía siendo de los nuestros de todos modos.

Rodge, que estaba inspeccionando algo en el ala de M-Bot, saltó al oír su apodo. Se volvió, nos vio allí y se ruborizó al instante. Durante un momento, fue el viejo Rodge: ansioso, espigado y bastante torpón. Casi se le cayó la tableta de datos cuando hizo un rápido saludo a Cobb.

—¡Señor! —exclamó Rodge—. No esperaba verle tan pronto.

—Descanse, teniente —dijo Cobb—. ¿Qué tal va el proyecto?

¿Proyecto? Cobb había mencionado algo sobre un proyecto. ¿Tenía que ver con M-Bot?

—Puede verlo usted mismo, señor —respondió Rodge, y pulsó algo en la pantalla de su tableta de datos.

La forma de M-Bot cambió y solté un gañido de sorpresa. En un instante había pasado a parecerse a una nave negra de las que pilotaban los ases krells.

«Sus hologramas», comprendí. M-Bot era una nave de operaciones encubiertas de largo alcance, diseñada, por lo que sabíamos, para misiones de espionaje. Tenía lo que él llamaba camuflaje activo, que era su forma rebuscada de decir que podía valerse de hologramas para modificar su aspecto.

—No es perfecto, señor —dijo Rodge—. M-Bot no puede hacerse invisible, al menos no con ningún nivel de verosimilitud aceptable. Tiene que proyectar en su casco algún tipo de imagen. Como no tiene la misma forma exacta que esas naves krells, hemos tenido que trampear en algunos sitios. Si se fija, aquí he hecho más grandes las alas del holograma para tapar las puntas del casco.

—Es increíble —dije, caminando en torno a la nave—. M-Bot, no tenía ni idea de que pudieras hacer esto.

Rodge miró su tableta.

—Esto... Acaba de enviarme un mensaje, Peonza. Dice que no te habla porque antes lo has silenciado.

Puse los ojos en blanco y seguí inspeccionando el trabajo de Rodge.

—Bueno, ¿y para qué es todo esto?

Cobb se cruzó de brazos, todavía cerca de la puerta.

—Pedí a mi personal de mando, a los científicos y a los ingenieros que se centraran en el problema del hipermotor. ¿Cómo podríamos salir de este planeta? Todas las ideas que me propusieron eran extremadamente descabelladas excepto una. Esta es solo moderadamente descabellada.

Me quedé al lado de Rodge, que sonreía de oreja a oreja.

—¿Qué pasa? —le pregunté.

—¿Te acuerdas de todas las noches en las que venías a despertarme y me obligabas a salir en alguna aventura demencial?

—¿Sí?

—Bueno, pues he pensado que debería vengarme un poquito. —Se volvió, extendió la mano hacia M-Bot y regresó el nuevo y confiado Rodge. Sonreía con los ojos iluminados. Tenía delante a un hombre que estaba en su salsa—. M-Bot tiene unas capacidades para el espionaje muy avanzadas. Puede crear hologramas detallados. Puede escuchar conversaciones que tienen lugar a centenares de metros. Puede hackear señales enemigas y sistemas informáticos sin ningún problema. Hemos estado utilizándolo como nave de combate en primera línea, pero ese no es su verdadero propósito. Mientras lo empleemos solo para luchar, no estamos aprovechando todo su potencial. Cuando el almirante nos pidió ideas para hacernos con la tecnología de hipermotores del enemigo, se me ocurrió que teníamos la solución delante de nuestras mismas narices. Y que esa solución señalaba de vez en cuando lo raros que son nuestros rasgos humanos.

—Quieres usarlo para infiltrarnos en la Supremacía —dije, cayendo en la cuenta de sopetón—. ¡Quieres que finja ser una nave krell y luego apañárnoslas para robar su tecnología de hipermotores!

—Los krells lanzan drones desde la estación espacial que tienen aquí cerca —dijo Rodge—. Y hemos visto llegar naves nuevas usando hipermotores. Tenemos justo lo que necesitamos a la vuelta de la metafórica esquina. M-Bot también es capaz de proyectar hologramas sobre nosotros. Podría hacer que un grupo pequeño, equipado con receptores móviles como el que llevas puesto, tenga aspecto de krells.

»Si de algún modo, en la confusión de una batalla, hacemos que M-Bot imite a una nave enemiga, podría aterrizar en su estación y descargar a un pequeño equipo de espías que finjan ser krells el tiempo suficiente para robar una nave suya y escapar con ella. Una vez hecho eso, podríamos copiar su tecnología y salir del planeta.

Noté que se me abría la boca, impresionada por la audacia del plan.

—Rodge, eso es una locura.

—¡Lo sé!

—¡Me encanta!

—¡Lo sé!

Nos quedamos allí los dos, sonriendo como lo habíamos hecho después de robar aquel mandoble escocés de la cámara de conservación histórica. Habíamos tenido que levantarlo entre los dos, pero eh, habíamos logrado empuñar una espada de verdad.

Miramos a Cobb.

—Es muy posible que las naves krells lleven transpondedores para identificarse —dijo él.

—M-Bot debería ser capaz de imitarlos —repuso Rodge.

—¿Y crees que tú podrías hacerlo, Peonza? —me preguntó Cobb—. ¿Imitar a un enemigo? ¿Y que cuele? ¿Meterte en una estación krell y robarles una nave?

—Eh... —Tragué saliva e intenté ser objetiva—. No. Señor, soy piloto, no espía. No tengo ninguna formación de ese estilo. Yo... bueno, lo más probable es que hiciera el ridículo.

Me dolió reconocerlo porque el plan era fabuloso. Pero tenía que ser realista.

—Lo mismo que dijo Jorgen —comentó Cobb.

—¿Jorgen está al tanto del plan? —pregunté.

—Les explicamos la idea a él y a los demás jefes de escuadrón expertos en la última reunión de mandos. Coincidimos todos en que nadie de la FDD tiene experiencia en estas cosas. Hemos pasado ochenta años entrenando para la batalla directa, no para el espionaje. El caso es que no tenemos espías. Pero... Jorgen sugirió que iniciáramos un programa de entrenamiento. Peonza, si lo ponemos en marcha, ¿estarías dispuesta a participar?

—Pues claro —dije, aunque la idea de más clases y menos vuelo me dio una punzada de remordimiento.

—Bien, porque esta nave tuya se niega a que la pilote nadie más. —Cobb negó con la cabeza—. Creo que es el único plan viable que tenemos, aunque la verdad es que no me hace ninguna gracia. No puedo imaginarme a ninguno de nosotros, por muy bien entrenado que esté, haciendo una imitación creíble de un krell. Somos demasiado distintos. Además, seguro que ven raro que nuestra nave aterrice en su estación sin seguir sus protocolos. Tendríamos que buscar alguna excusa para explicar que nuestra nave esté comportándose así. ¿Sistemas dañados, tal vez?

»En todo caso, teniente McCaffrey, tiene mi permiso para seguir desarrollando esta idea. Quizá empecemos a entrenar a todo el Escuadrón Cielo para actividades de espionaje. Envíeme planes detallados. Ojalá no estuviéramos tan apurados. Es posible que no nos dé tiempo a preparar este plan como deberíamos. Pero ahora que han llegado esas naves de guerra...

Abrí la boca para mostrarme de acuerdo, pero me detuve. Sentí algo en el fondo de mi mente. Un sonido extraño, como un tarareo. Ladeé la cabeza y me concentré en él. Era una sensación nueva para mí.

«Ahí», pensé mientras el sonido alcanzaba su clímax y desaparecía. Traté de extender mis sentidos citónicos para determinar lo que significaba. ¿Acababa... de llegar algo?

Sonó un pitido en el comunicador. Cobb fue hasta la pared y respondió:

—¿Sí?

—Señor —dijo la voz de Rikolfr—, un explorador del perímetro ha avistado una nave alienígena materializándose justo fuera de las plataformas defensivas. Es pequeña, del tamaño de un caza. Parece haber hipersaltado directamente hasta aquí.

—¿Una sola nave? —preguntó Cobb.

—Una sola, señor. Y no tiene ningún diseño conocido de la Supremacía. Estamos reuniendo un equipo de respuesta en el planeta, pero se trata de un comportamiento muy extraño. ¿Por qué iban a enviar una sola nave? Ya pasó la época en que intentaban infiltrar un bombardero para destruir Alta.

—¿A qué distancia está? —pregunté, aunque ya sabía la respuesta. Estaba cerca. Podía sentirlo.

—Se aproxima al caparazón más externo, en el ecuador orbital —dijo Rikolfr—. En Análisis opinan que debe de ser un nuevo tipo de dron enviado para comprobar el tiempo de respuesta de las baterías de armamento de las plataformas.

—Iré a comprobarlo, señor —dije a Cobb—. Una nave lanzada desde aquí arriba llegará antes que un equipo que despegue desde el planeta.

Cobb me lanzó una mirada.

—Por favor, señor —insistí—. No haré ninguna estupidez.

—Ordenaré a Rara que te acompañe —dijo él—. No intentes dejarla atrás y, sobre todo, no te enfrentes a esa nave sin una orden directa mía. ¿Entendido?

Asentí y pensé en lo que implicaban sus palabras. Cobb estaba poniéndome a prueba. Quería ver si aún era capaz de obedecer órdenes. Supongo que debería haberme avergonzado que hiciera falta una prueba como aquella.

Me apresuré a subir a mi nave mientras Rodge y Cobb se dirigían a la puerta. Tenía mucho en lo que pensar, entre el plan de Rodge y, sobre todo, la persistente sensación de inquietud que seguía teniendo después de haber visto al zapador con mi propia cara.

Pero de momento, anhelaba demasiado regresar a la cabina. Y descubrir por qué la Supremacía querría enviar una sola nave para comprobar nuestras defensas.

7

Repasé a toda prisa la lista de comprobaciones previas al vuelo.

—¿Listo, M-Bot? —pregunté.

Solo obtuve silencio.

—¿M-Bot? —dije, dando unos golpecitos a la consola con una oleada de preocupación—. ¿Estás bien?

—No te contesto —dijo— porque no quieres hablar conmigo, ¿recuerdas?

Ah... claro. Seguía enfadado porque antes lo había silenciado. Hice una mueca, me quité su receptor móvil y lo fijé al cuadro de mandos con un chasquido.

—Perdona por eso. Ibas a meterme en líos.

—Spensa, es imposible que yo te meta a ti en líos. Solo puedo señalar los líos preexistentes.

—Ya te he pedido perdón.

—Bueno, está claro que no me quieres cerca de ti. Puedo deducir mediante la lógica, utilizando muy poca potencia de procesamiento, que crees que estás mejor sin mí.

—¿Todas las inteligencias artificiales se enfurruñaban igual que tú? —pregunté.

—Nos crearon como reflejos de la humanidad, para imitar sus actos y sus emociones.

—Au. Esa me la he buscado, ¿verdad?

Alcé la mirada hacia la luz verde que había aparecido en la pared, indicando que Cobb y Rodge habían salido y el hangar estaba listo para la despresurización. Activé los impulsores de maniobra y, cuando la compuerta se abrió, saqué mi nave al vacío.

Al cabo de pocos minutos, la nave de Kimmalyn salió flotando de su propio compartimento de atraque.

—Hola —me dijo por el canal de comunicación—. ¿Me repites qué es lo que vamos a hacer?

—Hemos avistado una nave alienígena no identificada acercándose al planeta. Ahora mismo está cruzando las capas defensivas.

Me propulsé a lo largo del fino borde de la plataforma y Kimmalyn se puso a mi cola.

—¿Una sola nave? Vaya.

—Lo sé. —Me callé la parte de que la había sentido aproximarse. Aún no sabía lo que significaba, ni siquiera si era real—. Vamos.

—Vamos —dijo una voz detrás de mí en la cabina, que me sobresaltó.

Giré la cabeza y vi una babosa amarilla y azul recogida en el hueco que había entre mi caja de herramientas y el suministro de agua de emergencia de la cabina.

—¿Babosa Letal? —dije.

El animalito imitó el sonido, como tendía a hacer. Estupendo. Quizá debería enfadarme con Dobsi y el resto del equipo de tierra por no tener el ojo echado a la babosa, pero... en fin, no eran cuidadores de mascotas, sino mecánicos. Además, Babosa Letal acostumbraba a meterse en sitios donde no debería.

Con un poco de suerte no tendría que hacer ninguna maniobra peligrosa, porque no sabía cuántos g podía soportar Babosa Letal. De momento, me propulsé hacia la extraña nave. Fiel a su palabra, M-Bot no me dijo nada, pero señaló una dirección en el monitor indicándome el rumbo que debíamos seguir para interceptar la nave. Luego me escribió un mensaje en la pantalla.

Estoy rastreando el progreso de la nave por medio de nuestras balizas de vigilancia, y NO *sigue un trayecto razonable. Hay varias plataformas disparándole.*

—Anda —le dije—. A lo mejor los técnicos tenían razón. Creen que es un dron explorador enviado para comprobar algo de las plataformas.

Eso tendría lógica, respondió M-Bot en pantalla. *Si esa nave pre-*

tendiera llegar a Detritus, habría escogido un rumbo en zigzag entre las plataformas, sin entrar en su alcance. Los krells saben hacer esas cosas.

Hice virar la nave y me propulsé en la dirección que indicaba M-Bot, disfrutando al notar que la aceleración me empujaba hacia atrás. Siempre tenía la impresión de que controlaba más mi vida cuando estaba en una cabina. Suspiré mientras intentaba apartar la inquietud que me había provocado ver el vídeo de esa... cosa.

—Intercepción en minuto y medio —dijo M-Bot.

—¿Qué pasa con lo de hacerme el vacío? —le pregunté.

—Parecías demasiado cómoda —dijo él—. He decidido que quedarme callado es un mal enfoque. Lo que debo hacer es recordarte lo que te estás perdiendo si no me hablas, mostrándote lo maravillosa que es la interacción conmigo.

—Yuju.

—¡Yuju! —repitió Babosa Letal.

—Me alegro de que os guste a las dos.

Aumenté un poco la velocidad.

—Un momento —dijo M-Bot—. ¿Eso era sarcasmo?

—¿Sarcasmo, yo? Jamás.

—Bien, porque... Un momento. ¡Sí que era sarcasmo!

Por delante, una luz titilante rebasó la capa inferior de plataformas defensivas. Era una nave... que dejaba atrás una estela de humo.

—La nave ha cruzado —dije—. Pero le han dado.

—No puedo creerme que...

—M-Bot, archiva esa conversación —ordené—. La nave enemiga. ¿Cómo de dañada está?

—Daños moderados —respondió él—. Me sorprende que siga de una pieza. A este ángulo, mis proyecciones indican que se estrellará contra el planeta y se vaporizará con el impacto.

—¿Permiso para darle caza? —solicité después de llamar al Mando de Vuelo—. Esa nave se dirige a la superficie en rumbo de colisión.

—Concedido —respondió la voz de Cobb—. Pero mantenga la distancia.

Kimmalyn y yo nos situamos detrás de la nave y la seguimos hacia la atmósfera del planeta. Vi que la nave alienígena intentaba enderezarse, una maniobra que identificaba por instinto. Había estado en su misma situación, en una nave dañada que amenazaba con caer en espiral a su destrucción. Había forcejeado en pleno pánico con unos controles que no respondían, con un abrumador olor a humo, con el mundo dando vueltas y más vueltas.

La nave logró recuperarse lo suficiente para corregir su inclinación y entrar en la atmósfera con un ángulo menos malo. Quienquiera que estuviera dirigiendo ese dron no quería que se...

Un momento. No oía nada. No había órdenes transmitidas a través de la ninguna-parte hacia aquella nave. Lo cual significaba que no era un dron. Dentro había un piloto vivo.

La fricción del aire por la reentrada hizo que mi escudo empezara a brillar y que mi nave temblara cuando la atmósfera se hizo lo bastante densa para ser perceptible.

«Esa nave va a hacerse pedazos como mantenga el ángulo», pensé.

—Mando de Vuelo, está haciendo una entrada dura —dijo Kimmalyn—. ¿Órdenes?

—Voy a intentar levantarla antes de que se estrelle —dije yo.

—Podría ser peligroso —respondió Cobb.

—Ha saltado usando un hipermotor. ¿Quiere dejar que se pulverice o mejor intentamos obtener su tecnología? Puede que, si la salvamos, no nos haga falta intentar el plan de Rodge.

—Adelante, persiga a la nave —dijo él—. Pero voy a reunir al resto del Escuadrón Cielo por si necesitan refuerzos.

—Recibido —repuse—. Rara, cúbreme. Voy a por la nave.

—Claro —dijo ella—. Pero ¿y si es alguna especie de trampa?

—Entonces, intenta no reírte demasiado mientras me sacas de ella.

—¡Spensa! ¿Por quién me tomas? Jamás me regodearía de ti mientras me tuvieras a la vista.

Sonreí, empujé el acelerador a fondo, sobrecargué los propulsores y me lancé tras la nave. Su descenso apenas controlado había echado por tierra los cálculos de intercepción de M-Bot, que los rehízo a toda prisa.

Tirda, iba a ir de un pelo. A esas velocidades, la nave se destruiría al impactar casi con toda certeza. El piloto parecía saberlo: la nave dio un tirón hacia arriba, intentando nivelarse, pero al instante volvió a caer en picado. Sus controles de pendiente sin duda estaban fallando.

La cosa empeoró a medida que la atmósfera se hacía más densa y el creciente viento provocó que la nave alienígena empezara a girar en una rotación mortífera. Por suerte, mis turbinas atmosféricas redirigían el flujo de aire y me otorgaban más control. Mi cabina apenas vibró, a pesar de la aceleración que llevaba en dirección a la nave.

La espectacular fuerza del impulso rebasó los ConGravs avanzados de M-Bot y una familiar sensación de peso me empujó contra el respaldo. Me separó los labios de los dientes apretados. Me empujó hacia atrás los brazos como si les hubiera enganchado pesas.

Detrás de mí, Babosa Letal hizo un aflautado sonido de molestia. Le eché una mirada, pero se había apretado contra la pared y se había puesto rígida. Parecía capaz de soportarlo. Devolví mi atención a la nave que caía en espiral y me concentré en mantenerla en el centro de mi visión. Sus movimientos se hacían cada vez más erráticos y de pronto me asaltó una oleada de emoción desde el interior de su cabina, una ansiedad con la que de algún modo podía conectar. Un pánico frenético y desesperado.

Reconocí algo en el *tono* de esas emociones, como si las estuvieran emitiendo a propósito. Quienquiera que estuviese en aquella nave... era el mismo ser que me había hablado antes, el que me había dicho que me oía.

No era solo un piloto alienígena. Era otro citónico.

Ya voy, pensé, confiando en que pudiera oírme. *¡Aguanta!*

—¿Peonza? —Era la voz de Cobb por el comunicador—. Peonza, tienes que atrapar esa nave. Nuestros analistas creen que puede ir tripulada.

—Eso intento —dije entre dientes rechinantes.

Las lecturas de M-Bot en la cubierta me informaron de que nos quedaban menos de quince segundos para el impacto. Descendíamos como una exhalación por la atmósfera, directos hacia la polvorienta superficie de abajo. El morro de mi nave resplandecía y yo sabía que estaba dejando atrás mi propia estela de humo. No porque M-Bot estuviera dañado, sino por la pura energía de estar atravesando la atmósfera a aquella velocidad.

«¡Ahora!», pensé al acercarme lo suficiente a la nave alienígena. Activé la lanza de luz y la clavé justo entre sus propulsores gemelos.

—¡Rotación de cabina! —chillé frenética mientras viraba hacia arriba, encendía el anillo de pendiente para contrarrestar la gravedad del planeta y me preparaba al notar que la nave empezaba a salir del picado.

La negrura se infiltró en mi visión cuando toda la sangre del cuerpo se desplazó en dirección a mis pies, consecuencia de la aceleración apuntando hacia abajo. M-Bot hizo rotar mi asiento para tratar de compensarlo, ya que al cuerpo humano se le da mucho mejor resistir las fuerzas dirigidas hacia atrás que hacia abajo.

La cabina tembló mientras se ralentizaba nuestro descenso. Tirda, ojalá las fuerzas no hubieran dejado inconsciente al piloto. Estaban a punto de dejarme inconsciente a mí. Perdí la visión por completo durante unos segundos y el traje de presión se apretó alrededor de mi cintura y mis piernas para intentar hacer subir la sangre de vuelta al cerebro.

Al recobrar la visión me descubrí temblando, con la cara sudada y fría y un fragor en los oídos. Agradecí que la nave perdiera velocidad hasta estabilizarse en Mag 1. El asiento de mi cabina rotó de vuelta a su posición original mientras la nave terminaba de nivelarse del todo.

Miré por encima del hombro hacia Babosa Letal, que flauteaba en tono irritado desde la pared contra la que se había quedado pegada. ¿No tener huesos le dificultaba aquello o se lo facilitaba? En todo caso, parecía que las dos habíamos superado la situación.

Miré hacia fuera y vi que el suelo pasaba raudo por debajo. Estaríamos a unos cuatrocientos o quinientos pies de altura. Aún tenía en mi poder la otra nave, de la que estaba tirando por detrás de mí con la brillante cuerda roja anaranjada de la lanza de luz.

—Ha sido muy apurado, Peonza —dijo Kimmalyn en mi casco—. Incluso para ti. Pero... supongo que no era una trampa.

Me limité a asentir, porque no confiaba en mi voz mientras respiraba para recuperar el aliento. Aun así, noté las manos firmes al detener nuestro vuelo y dejarnos flotando sobre el anillo de pendiente. Con mucho cuidado, bajé al suelo la nave alienígena y luego desactivé la lanza de luz y aterricé yo.

Esperé con la cabina abierta, sintiendo el aire en la cara sudorosa, a que Kimmalyn se posara cerca. Cobb nos dijo que había enviado una unidad de infantería para ocuparse del prisionero krell, pero no me ordenó que me mantuviera apartada. Así que salí de la cabina, resbalé por un ala y mis pies cayeron en el polvoriento terreno gris azulado de Detritus. Desde allí abajo, las plataformas defensivas y el cinturón de escombros de la capa inferior eran solo formas difusas, lejanas en el cielo.

La nave alienígena tenía más o menos el mismo tamaño que M-Bot, algo mayor que nuestros cazas estándar. Por tanto, debía de ser una nave de largo alcance, con más capacidad de almacenamiento y espacio que un caza de corto alcance. Tenía una cabina grande en el centro de un fuselaje circular, con anchas alas en arco y una batería de destructores debajo de cada una. La nave también tenía una torreta para lanza de luz bajo el fuselaje, aproximadamente en el mismo sitio que M-Bot. Nunca las había visto en ningún caza krell.

Saltaba a la vista que era un caza de combate. El ala izquierda tenía un gran agujero ennegrecido y marcas de quemaduras donde había recibido disparos, y casi se había arrancado del todo durante el descenso.

A un lado del fuselaje distinguí desconocidas letras alienígenas. Lo que fuese que había sentido procedente de la cabina había desaparecido, y me embargó un miedo creciente. «El alienígena debe de haber muerto.»

Decidí no esperar a Kimmalyn y me icé al ala derecha de la nave alienígena, que seguía caliente por el descenso pero no tanto como para quemar. La nave se ladeó por mi peso, recordándome que no había desplegado ningún tren de aterrizaje. Me sujeté bien y trepé hasta la cabina.

Allí, a través de la cubierta, vi por primera vez de cerca a un alienígena. Esperaba encontrar algo parecido a las criaturas similares a cangrejos que había visto en las cabinas de las naves krells.

El pasmo me recorrió el cuerpo y me trabó la respiración al hallarme ante algo totalmente distinto. Lo que había allí dentro era una mujer humanoide.

8

La mujer era al mismo tiempo conmovedoramente familiar y sorprendentemente alienígena. Tenía la piel de color violeta claro, el pelo de un blanco puro y unos salientes blancos como óseos en las mejillas, subrayándole los ojos. Sin embargo, a pesar de sus rasgos extraños, tenía una evidente figura femenina bajo la ajustada chaqueta de vuelo. Casi podría haber sido una de nosotras.

Me sorprendió. No sabía que existieran alienígenas allí fuera que pareciesen tan... humanos. Siempre había supuesto que la mayoría eran como los krells, criaturas tan ajenas a nosotros que parecían tener más en común con las piedras que con la humanidad.

Me descubrí contemplando anonadada aquel rostro menudo hasta que reparé en el panel de control roto y las negras marcas de quemaduras que había en el lado izquierdo del abdomen de la piloto, empapado de algo más oscuro que la sangre humana. Era evidente que el panel había explotado y un fragmento había empalado a la mujer.

Me puse a buscar como loca un sistema de apertura manual de la cubierta, pero no estaba donde esperaba encontrarlo. Tenía sentido: aquello era ingeniería alienígena. Aun así, era de cajón que tenía que haber alguna forma de abrir la cabina desde fuera de la nave. Palpé en torno a la cubierta en busca de algo parecido a una tranquilla mientras Kimmalyn subía por el ala y llegaba a mi lado. Dio un respingo al ver a la alienígena.

—Por los santos y las estrellas —susurró, tocando el cristal de la cubierta—. Qué hermosa es. Casi... casi como una demonia de las antiguas historias.

—Está herida —dije—. Ayúdame a encontrar...

Me interrumpí al encontrarlo yo misma, justo en la parte trasera de la cubierta. Era un pequeño panel que, al abrirlo, dejó al descubierto una manecilla. Tiré de ella y la cubierta emitió un siseo al liberarse su sellado.

—Spensa, esto es una estupidez —dijo Kimmalyn—. No sabemos qué tipo de gases respira. Y podríamos exponernos a bacterias alienígenas o... o yo qué sé. Hay cien razones para no abrir eso.

Tenía razón. El aire que salió olía bastante raro. Era un aroma floral pero también acre, olores que en teoría no casaban. Pero no pareció hacerme daño cuando volví a un lado y, al no saber qué otra cosa hacer, extendí un brazo para buscar el pulso a la alienígena en el cuello.

Lo noté. Era débil e irregular, pero vete a saber si aquello era lo normal en su especie.

De pronto los párpados de la mujer temblaron y sus ojos se abrieron y yo me quedé petrificada, mirándola a sus iris violetas. Me espeluznó lo humanos que eran.

Habló en voz baja, pronunciando unas palabras alienígenas con consonantes que no supe distinguir. Era un habla elegante, efímera, como el sonido del aire al pasar las páginas de un libro. Me resultó extrañamente familiar.

—No te entiendo —dije cuando arrancó a hablar de nuevo—. No...

Tirda. El líquido oscuro que tenía en los labios debía de ser sangre. Me afané en sacar los vendajes de emergencia del bolsillo de la pernera de mi pantalón.

—¡Espera! —exclamé, pero Kimmalyn sacó primero los suyos y me los puso en las manos.

Me metí más en la cabina, me apoyé contra el panel de control y apreté el vendaje contra el costado de la mujer.

—Viene ayuda en camino —le aseguré—. Han enviado...

—Humana —dijo la mujer.

Me quedé inmóvil. Lo había dicho en inglés. Pareció fijarse en mi reacción y tocó con el dedo un pequeño alfiler que llevaba en el cuello de la chaqueta. Cuando volvió a hablar en su idioma liviano, el dispositivo tradujo sus palabras.

—Una humana de verdad —dijo, y entonces sonrió haciendo que le cayera sangre por la comisura del labio—. Así que es cierto. Todavía existís.

—Tú aguanta —insistí, tratando de contener la hemorragia de su costado.

La mujer levantó un brazo tembloroso y me tocó la cara. Tenía los dedos cubiertos de sangre y los noté húmedos en la mejilla. Kimmalyn susurró una breve oración, pero yo me quedé con la mujer, medio dentro, medio fuera de la cabina, mirándola a los ojos.

—Una vez fuimos aliados —afirmó—. Dicen que sois monstruos. Pero yo pensé... que nada puede ser más monstruoso que ellos... y si alguien puede combatirlos... serán aquellos a quienes encerraron... el terror que una vez estuvo a punto de derrotarlos.

—No lo entiendo —dije.

—Abrí mi mente... os busqué durante mucho tiempo. Tardé mucho en oíros por fin, llamando. No os creáis... sus mentiras. No confiéis... en su falsa paz.

—¿De quién? —pregunté. Las cosas que decía eran demasiado imprecisas—. ¿Dónde?

—Allí —susurró ella, sin dejar de tocarme la cara—. Visión Estelar.

Sentí algo a la vez que la palabra, el impacto de una *fuerza* que colisionó en mi cerebro. Me dejó aturdida.

La mano de la mujer cayó. Sus ojos parpadearon y se cerraron, y temí que hubiera muerto... pero me costaba mucho pensar después del raro golpe que había sufrido mi mente.

—Por los santos y las estrellas del cielo —repitió Kimmalyn—. ¿Spensa? —Volvió a tomarle el pulso a la mujer—. No está muerta, solo inconsciente. Tirda, espero que esa unidad de infantería incluya dotación médica.

Entumecida, estiré el brazo y cogí del cuello de la alienígena el pequeño alfiler, el aparato que había traducido nuestras palabras. Tenía forma de estrella estilizada, o quizá de estallido solar. ¿Qué era eso último que había dicho? Lo sentía como taladrándome el cerebro. Me había suplicado ir a aquel... lugar. ¿Visión Estelar?

Sabía en lo más profundo que aquella mujer era como yo. No solo una citónica, sino una citónica desconcertada que buscaba respuestas. Respuestas que había esperado encontrar en ese sitio, el que me había taladrado en el cerebro.

«Yo... podría ir allí», comprendí. De algún modo supe que, si quería, podía utilizar las coordenadas que la mujer me había metido en la cabeza para teleportarme directa a esa posición.

Me eché hacia atrás mientras tres transportes de tropas de la FDD aterrizaban con habilidad sobre sus grandes anillos de pendiente azules al lado de la nave. Llegaban acompañados de otros siete cazas, el resto del Escuadrón Cielo, reunido para proporcionarnos un apoyo que al final no habíamos necesitado.

Bajé de la nave alienígena y me alejé. Llegué con M-Bot mientras la nave de la mujer se convertía en un hervidero de actividad. Me guardé el alfiler traductor en el bolsillo y subí al ala de M-Bot. *Por favor, sobrevive*, pensé dirigiéndome a la alienígena herida. *Necesito saber lo que eres.*

—Hummm —dijo M-Bot—. Fascinante. Fascinante. Procede de un pequeño planeta apartado que no forma parte de la Supremacía. Al parecer, hace poco la Supremacía envió un mensaje al pueblo de esta mujer pidiéndole pilotos a los que reclutar para su fuerza espacial. Esta piloto fue la respuesta a esa petición. La enviaron para intentar alistarse en el ejército de la Supremacía.

Parpadeé y luego gateé hasta la cubierta abierta de M-Bot.

—¿Qué? —dije—. ¿Cómo lo sabes?

—¿Hummm? Ah, he hackeado su ordenador de a bordo. No es una máquina muy avanzada, por desgracia. Esperaba encontrar otra IA para que pudiéramos quejarnos juntos de los orgánicos. ¿A que habría sido divertido?

—¡Divertido! —exclamó Babosa Letal desde el apoyabrazos de mi asiento, al que se había encaramado.

Me metí en la cabina.

—¿De verdad has hecho eso? —pregunté.

—¿Quejarme de los orgánicos? Claro, si es muy fácil. ¿Sabes cuántas células muertas se te caen cada día? Pues todos esos pedacitos de ti están ensuciando mi cabina.

—M-Bot, céntrate. ¿Has hackeado su ordenador?

—¡Ah! Sí. Como te decía, no es muy avanzado. Tengo la base de datos completa sobre su planeta, su pueblo, su cultura y su historia. ¿Qué quieres saber? El planeta fue aliado de las fuerzas humanas en la última guerra, aunque ahora muchos de sus políticos defienden que la presencia humana allí fue una ocupación autoritaria, y varias de sus culturas recibieron una influencia significativa de las culturas humanas. Su idioma no es tan distinto al tuyo, por ejemplo.

—¿Cómo se llama ella? —pregunté en voz baja, echando una mirada a su nave. El ajetreo de los técnicos médicos alrededor de la cabina me dio esperanzas de que la mujer sobreviviera a su herida.

—Alanik de los UrDail —dijo M-Bot, pronunciando su nombre como una palabra aguda—. Según sus registros de vuelo, iba de camino a la estación comercial más importante de la Supremacía, en el espacio profundo. Pero no llegó. Parece que, de algún modo, descubrió dónde estábamos y vino hacia aquí. ¡Oh! ¡Spensa, es citónica, como tú! Es la única de su pueblo capaz de utilizar los poderes.

Me recliné en el asiento, sintiéndome embotada.

M-Bot no reparó en lo mucho que aquello estaba perturbándome, porque siguió hablando como si nada.

—Ajá, su bitácora personal estaba cifrada, pero también me lo he saltado. Confiaba en hallar respuestas sobre sus poderes en la Supremacía, aunque su propio pueblo no los tiene en gran estima. Tiene algo que ver con su forma de gobierno.

«Puedo *sentir* el lugar al que se dirigía», pensé de nuevo. Tenía las coordenadas grabadas a fuego en el cerebro, pero estaban apagándose como un motor roto. Chisporroteando y perdiendo energía. Podía saltar. Podía ir allí. Pero solo si actuaba deprisa.

Me quedé quieta en un momento de indecisión. Entonces me levanté en la cabina y llamé a Jorgen, que había bajado de su nave para ver trabajar al equipo médico.

—¡Jorgen! —grité—. Necesito que vengas aquí ahora mismo y me convenzas de no hacer una estupidez alucinante.

Jorgen se volvió hacia mí y, con una mirada de repentino pánico, echó a correr y se aupó al ala de M-Bot. No sabía si sentirme agradecida por lo rápido que había reaccionado o avergonzada por lo en serio que parecía tomarse la amenaza de que yo hiciera una estupidez.

—¿Qué pasa, Peonza? —preguntó mientras llegaba a la cabina.

—Esa alienígena me ha metido unas coordenadas en el cerebro —dije, intentando explicarme a toda prisa—. Iba a hacer las pruebas para entrar en la fuerza espacial de la Supremacía, que está reclutando, y quería averiguar si sabían algo sobre los citónicos, pero acabo de darme cuenta de que esta es la ocasión perfecta para poner en práctica el plan de Rodge. Si fuese yo imitándola, no quedaría ni la mitad de raro que si intentara imitar a un krell. M-Bot ha conseguido su registro entero y su base de datos planetaria, así que puedo ocupar su lugar. Tienes que detenerme porque, como no lo hagas, estoy a punto de hacerlo porque las coordenadas *están evaporándose de mi cerebro.*

Jorgen parpadeó ante la avalancha de palabras que me salían de la boca.

—¿Cuánto tiempo tenemos? —preguntó.

—No lo sé seguro —dije, ansiosa por lo rápido que perdía intensidad la impresión—. No mucho. ¿Cinco minutos, tal vez? Sí, y el instinto me dice que vaya *ahora mismo*. ¡Que es por lo que necesito que me convenzas de no hacerlo!

—Vale, vamos a meditarlo.

—¡No hay tiempo de meditar nada!

—Has dicho que tenemos cinco minutos. Cinco minutos de meditación son mejores que ninguno. —Y entonces, como la insufrible roca de protocolo que era, dejó su casco en el ala con gesto meticuloso—. El plan de Rodge consistía en que imitaras a un piloto krell y te colaras en la estación que tienen aquí, cerca de Detritus.

—Sí, pero Cobb no cree que vayamos a poder imitar a un krell jamás.

—¿Y qué te hace pensar que podrías imitar a esta alienígena?

—Es de un mundo remoto —intervino M-Bot— que no forma parte oficial de la Supremacía. Nadie en la Supremacía habrá conocido nunca a ningún miembro de su especie, así que nada de lo que haga Spensa les parecerá inapropiado.

—Aun así, podría darles la impresión de ser humana —objetó Jorgen.

—Y no pasaría nada —dije yo—, porque Alanik, que es como se llama, viene de un mundo que fue aliado de los humanos no hace mucho tiempo.

—En efecto —confirmó M-Bot—, hubo mucho intercambio cultural.

—No hablas en ningún idioma de la Supremacía —dijo Jorgen.

Vacilé un momento y luego metí la mano en el bolsillo para sacar el alfiler traductor que había cogido a la alienígena. Los médicos la tenían conectada a un dispositivo respirador y estaban extrayéndola con sumo cuidado de su nave. Noté una punzada de preocupación, aunque acababa de conocerla.

Aún podía sentir su contacto en mi mente. Y su súplica. Era como una flecha que iba desvaneciéndose en mi cerebro, apuntando a las estrellas.

Levanté el alfiler para que lo viera Jorgen.

—Puedo usar este alfiler para que me haga de intérprete, creo.

—Confirmado —dijo M-Bot—. Puedo configurarlo para que emita en inglés y así entiendas lo que dicen ellos.

—Muy bien, es un principio —reconoció Jorgen—. Veamos, ¿puedes imitar la nave de esa piloto con tus hologramas?

—Antes tendría que escanearla.

—Pues entonces supongo que no hay tiempo...

—Hecho —dijo M-Bot, y adoptó el aspecto de la nave alienígena derribada. Le encajaba mucho mejor que la nave krell, porque M-Bot y la nave de Alanik se parecían mucho más en forma y tamaño.

Jorgen asintió.

—Estás pensando que debería ir —le dije—. ¡Tirda, de verdad crees que debería seguir adelante!

—Creo que deberíamos considerar todas nuestras opciones antes de decidirnos. ¿Cuánto tiempo queda?

—¡No mucho! ¡Un minuto o dos! Tampoco es que tenga un reloj en el cerebro. Es solo que la sensación va desapareciendo. Deprisa.

—M-Bot, ¿puedes hacer que Spensa se parezca a esa alienígena?

—Siempre que lleve el brazalete puesto —respondió M-Bot.

Me apresuré a desengancharlo del cuadro de mandos y ponérmelo.

—Qué oportunos —dijo M-Bot—. Nuestros médicos acaban de hacerle un escáner buscando signos vitales. Y... ya está.

Mis manos cambiaron de color a un púrpura claro mientras M-Bot superponía a mi cara y mi piel un holograma de Alanik. Hasta hizo cambiar mi traje de vuelo para imitar el suyo a la perfección.

Me miré las manos, impresionada, y luego alcé los ojos hacia Jorgen.

—Tirda —susurró él—. Es asombroso. Muy bien. Entonces ¿cuál es el plan?

—¡No hay tiempo para un plan!

—Hay tiempo para un esbozo rápido. Irás al centro de reclutamiento ocupando el lugar de esta alienígena y haciéndote pasar por ella. Superarás las pruebas para ingresar en el ejército enemigo y... Un momento, ¿por qué reclutan pilotos? Seguro que quieren reforzar sus tropas para venir a combatirnos, ¿verdad?

—Sí —dije. Eso tendría sentido.

—Podría resultarnos útil. Si lo consigues, podrías obtener información valiosa sobre sus operaciones. Después de eso, intentarás robar un hipermotor o su diseño para los ingenieros y te teleportarás de vuelta aquí. ¿Crees que podrás volver tú sola?

Hice una mueca.

—No lo sé. Mis poderes... no son muy consistentes. Pero la bitácora de Alanik dice que iba a la Supremacía porque esperaba aprender de ellos sobre sus propias capacidades.

—Entonces, o bien tendrás que investigarlo tú misma, o no te quedará más remedio que ingeniártelas para robar un hipermotor y luego volver aquí con M-Bot y la tecnología robada.

—Sí. —Descrito así, sonaba imposible. Pero cuando alcé la mirada a las estrellas, noté un fuego arder en mi interior—. Parece una locura —dije—, pero Jorgen, creo que tengo que ir. Tengo que intentar esto.

Bajé los ojos a los de él, de pie sobre el ala junto a mi cabina. Entonces me sorprendió asintiendo.

—Estoy de acuerdo.

—¿En serio?

—Peonza, puedes ser insensata, incluso temeraria, pero llevo ya casi un año volando contigo. Confío en tus instintos.

—Mis instintos me meten en líos.

Extendió el brazo y me puso la mano en un lado de la cara.

—Nos han sacado de muchos más líos que en los que te han metido a ti, Spensa. Tirda, no sé si esta misión es lo correcto. Pero sí que sé que nuestro pueblo corre un grave peligro. Siempre hablamos en plan optimista, pero el personal de mando sabe la verdad. Estamos muertos a no ser que encontremos la forma de usar hipermotores.

Puse la mano sobre la suya. La información de mi cerebro se atenuaba. Nos quedaban solo unos segundos.

—¿Puedes hacerlo? —me preguntó—. ¿Tu instinto te dice que puedes?

—Sí —susurré. Y entonces, con más firmeza, con la fuerza de una guerrera, lo repetí—. Sí. Puedo hacerlo, Jorgen. Conseguiré un hipermotor y lo traeré. Lo prometo.

—Entonces, ve. Confío en ti.

Caí en la cuenta de que eso era lo que necesitaba. No su permiso, ni siquiera su aprobación. Necesitaba su confianza.

Por puro impulso, me levanté en la cabina, lo cogí por el traje de vuelo y tiré de él hacia abajo para poder besarlo. Lo más probable era que no estuviésemos preparados para eso, y que no fuese el momento, pero lo hice de todos modos. Porque... en fin, tirda. Jorgen acababa de animarme a confiar en mi instinto.

Fue maravilloso. Sentí su fuerza al devolverme el beso, casi una *electricidad* que pasaba de su cuerpo al mío... y luego regresaba más fuerte por el fuego que me ardía en el pecho. Prolongué el beso tanto como me atreví antes de apartarme.

—Debería ir contigo —dijo él.

—Por desgracia —terció M-Bot—, solo tenemos un receptor móvil. Te identificarían como humano al instante.

Jorgen dio un gruñido.

—Supongo que alguien tendrá que explicar esto a Cobb, de todas formas.

—Va a cabrearse mucho —dije.

—Lo entenderá. Estamos tomando la mejor decisión que podemos dadas nuestras limitaciones de tiempo e información. Que los santos nos amparen, creo que tenemos que intentarlo. Vete.

Le sostuve la mirada un momento, la aparté y volví a meterme en la cabina.

Jorgen se tocó los labios con la mano un momento y luego recobró la compostura, recogió su casco y bajó saltando del ala de M-Bot. Retrocedió hacia los demás, que estaban concentrados en la nave de la alienígena y se habían perdido los poderosos momentos que acababan de tener lugar.

—Me confunde lo que ha sucedido ahora mismo entre vosotros dos —dijo M-Bot—. Creía que me habías repetido varias veces que no sentías inclinaciones románticas hacia Jorgen.

—Mentía —repuse.

Me aferré a la persuasiva sensación que la alienígena me había incrustado en el cerebro. Ya casi no quedaba nada, pero seguía notándola como una flecha apuntada al cielo. Justo cuando amenazaba con evaporarse del todo, de algún modo tiré de ella.

—Hipermotor citónico operativo —dijo M-Bot—. ¡Oye, ha...!

Desaparecimos.

SEGUNDA PARTE

9

Solo estuve un momento en la ninguna-parte, pero en ese lugar el tiempo no parecía significar nada. Flotaba sola, sin nave. Me rodeaba una infinita negrura, puntuada únicamente por luces que se parecían mucho a estrellas, solo que malévolas. Me veían allí levitando, expuesta. Me sentí como una rata bajada en un cordel a una jaula llena de lobos hambrientos.

Los ojos se centraron en mí y su ira creció. Estaba entrando sin ningún derecho en su territorio. Yo era un gusano insignificante... pero mi presencia les infligía dolor de todos modos. Mi mundo y el suyo no estaban destinados a juntarse. Sus luces se abalanzaron hacia mí. Iban a desgarrar mi alma en jirones y dejar solo restos de...

Aparecí de vuelta en la cabina de M-Bot.

—¡... funcionado! —concluyó M-Bot.

—¡Ah! —grité, dando un salto. Me aferré a los lados del asiento en la cabina—. ¿Has visto algo de eso?

—¿Algo de qué? —repuso M-Bot—. Mi cronómetro indica que no ha transcurrido ningún tiempo. Has activado el hipermotor citónico y... bueno, más bien creo que tú *eres* el hipermotor citónico.

Me llevé la mano al pecho y la apreté contra el grueso tejido de mi traje de vuelo, que me resultaba muy raro con el color cambiado. Se me aceleró el corazón y pensé a toda velocidad. Aquel lugar, la ninguna-parte... había sido como nadar en el lago de una caverna profunda sin llevar ninguna luz. Sabiendo en todo momento que había cosas al fondo, observándome, intentando alcanzarme...

«Eran ellos —pensé—, las cosas que destruyeron al pueblo de Detritus. Las cosas que hemos visto en la grabación.» Los zapadores existían. Ellos y los ojos eran lo mismo.

Respiré hondo, esforzándome por tranquilizarme. Por lo menos, el hipersalto había funcionado. Había utilizado mis poderes otra vez, con la ayuda de las coordenadas que Alanik había introducido en mi mente.

Muy bien, había llegado el momento de las heroicidades. Podía hacer aquello.

—¡Spensa! —exclamó M-Bot—. ¡Están contactando con nosotros!

—¿Lo qué? —pregunté.

—¡El qué! —chilló Babosa Letal a mi lado.

—Nos has traído a las inmediaciones de una estación espacial de cierto tamaño perteneciente a la Supremacía —dijo M-Bot—. Mira a tus cinco. Las conversaciones por radio son moderadas pero distinguibles.

Apoyé la mano en Babosa Letal para tranquilizarla. El animalito flauteaba enojado, tal vez sintiendo mi desasosiego. Miré en la dirección que había señalado M-Bot y vi una cosa que había pasado por alto en mi primer vistazo al campo de estrellas. A lo lejos había una estación espacial de algún tipo, unas luces en la oscuridad agrupadas en tono a una superficie lisa central.

—Visión Estelar —dije—. Así la ha llamado la alienígena, Alanik. —Me apresuré a ponerme el casco y las correas—. ¿Están contactando con nosotros? ¿Qué dicen?

—Alguien de la estación solicita que nos identifiquemos —dijo M-Bot—. Nos habla en dione, un idioma estándar de la Supremacía.

—¿Puedes falsificar la señal del transpondedor de Alanik?

—Estoy en ello.

—Genial. Pues entretenlos un ratito mientras yo pienso.

Era evidente que M-Bot seguía teniendo el aspecto de la nave alienígena y, a juzgar por mis manos de color violeta suave, mi holograma también estaba activo. Si la misión fracasaba, no sería por limitaciones tecnológicas, sino por las limitaciones de la espía.

—Lo primero es lo primero —dije—. Tenemos que comprobar

nuestra vía de retirada, a ver si podríamos volver a casa si algo saliera mal. Déjame otro minuto.

Inhalé y exhalé, tranquilizándome, haciendo los ejercicios que me había enseñado la yaya. Eran los mismos ejercicios que ella había aprendido de su madre, quien a su vez había hecho los hipersaltos de nuestra antigua flota espacial antes de que se estrellara en Detritus.

Yo había logrado saltar hasta allí para cumplir la misión, pero quería saber si podría saltar de vuelta en caso de que hiciera falta. Todo sería muchísimo más fácil si aquella expansión de mis poderes que me había concedido Alanik al rozar mi cerebro pudiera funcionar de nuevo.

Me imaginé a mí misma flotando en el espacio... estrellas pasando veloces a mi alrededor... Sí: como acababa de dar un hipersalto, la acción me resultaba familiar. La ninguna-parte estaba cerca. Acababa de estar allí. Podía volver.

Pero esas cosas me verían otra vez.

«No piensen en eso», me insistí a mí misma. Me concentré en el ejercicio. Estaba volando, viajando entre las estrellas, desplazándome a toda velocidad...

«¿Hacia dónde?» Ahí estaba el problema. Si quería dar algo más que un salto muy corto, necesitaba saber el lugar exacto al que me dirigía. No me bastaba con invertir la dirección que me había proporcionado Alanik, porque esa dirección no incluía mi punto de partida en Detritus, solo las coordenadas de mi destino, aquella estación espacial.

—M-Bot —dije, saliendo del trance—, ¿puedes calcular nuestra posición?

—Estoy calculándola a partir de datos astronómicos. Pero Spensa, te advierto que mis técnicas de distracción no están funcionando. Van a enviar naves para investigar.

—¿Qué has estado haciendo?

—Enviarles código binario.

—¿Qué? —restallé—. ¿Eso es lo que haces para entretener a alguien?

—¡Y yo qué sé! He pensado: «A los orgánicos les gustan las tonterías, y esto es bastante tonto». Pero ahora que le doy un par de vueltas, a lo mejor no ha sido lo bastante tonto. Bueno, en todo caso nos avistarán antes de un minuto.

Había llegado la hora de la verdad. Respiré hondo. Era una guerra. Entrenada por mi abuela desde la infancia para afrontar mi heroico destino con valor. «Puedes hacerlo —me dije—. Esto es solo otra clase distinta de batalla. Eres como Huā Mùlán o Epípole de Caristo, que fueron a la guerra con la identidad de otra persona.»

La yaya me había contado esas historias una docena de veces. El problema era que los engaños de ambas mujeres habían acabado descubriéndose. Y ninguna de las dos había terminado demasiado bien.

Tendría que preocuparme de no acabar como ellas. Hice girar a M-Bot mientras se aproximaban dos naves procedentes de la lejana estación. Eran rectangulares y estaban pintadas de blanco, como las lanzaderas krells que había visto en la estación espacial que había cerca de Detritus.

Las dos naves se pusieron al nivel de la mía y rotaron en el mismo eje para que pudiéramos vernos a través de los frontales transparentes de sus vehículos. Los pilotos eran un par de alienígenas de piel carmesí. No llevaban cascos y vi que no tenían pelo, pero sí unas cejas y unos pómulos muy marcados. Parecían humanoides a grandes rasgos, con dos brazos y una cabeza, pero me resultaban lo bastante ajenos como para no poder determinar su sexo.

M-Bot se conectó a su sistema de comunicaciones y mi cabina se llenó de palabras alienígenas. Saqué el dispositivo de interpretación de Alanik y lo activé, con lo que la charla se tradujo a su idioma, cosa que no me sirvió de mucho.

—M-Bot —susurré—, has dicho que lo arreglarías.

—Huy —dijo él—. Hackeando la interfaz de idioma del alfiler... ¡Ja! Acabo de configurarlo en inglés.

—Nave sin identificar —estaba diciendo un alienígena—, ¿requiere asistencia? Por favor, clasifíquese.

Me lancé de cabeza. No me quedaba elección.

—Me llamo Alanik de los UrDail. Soy piloto y mensajera del planeta...

—ReAlba —susurró M-Bot.

—Del planeta ReAlba. He venido para trabajar de piloto con vosotros. Hummm... en vuestra fuerza espacial. Es lo que pedíais, ¿verdad? —Hice una mueca. No estaba siendo demasiado convincente—. Perdón por la extraña transmisión de antes. Mi ordenador puede ser todo un incordio cuando quiere.

—Ja, ja, ja —me dijo M-Bot—. Eso sí que era sarcasmo. Lo sé porque en realidad no ha tenido ninguna gracia.

Las dos naves patrulleras se quedaron calladas un rato, supuse que porque habían cambiado a un canal de comunicación privado. Me quedé allí esperando, flotando en el espacio, preocupándome. Examiné sus naves blancas cuadradas... y me sorprendió no encontrar ninguna compuerta de armamento en ellas.

—Emisaria Alanik —dijo uno de los alienígenas, de nuevo por mi canal de audio—, la Autoridad de Atraque de la Plataforma le da la bienvenida. Al parecer la esperaban, aunque comentan que llega más tarde que cuando dijo que lo haría.

—Hummm —respondí—, ha habido unos problemas de poca importancia allá en casa. Pero es posible que tenga que marcharme dentro de poco y luego volver de nuevo.

—Como desee. De momento, tiene permiso para atracar. Embarcadero 1.182, que está en el séptimo sector. Allí la recibirá un funcionario. Disfrute de su visita.

Dicho eso, dieron media vuelta y emprendieron el regreso hacia la estación.

Yo permanecí tensa. Seguro que era una trampa. Seguro que mi tosco intento de engañarlos era evidente para ellos. Empujé un poco el acelerador para seguir a las dos naves... y no reaccionaron.

Las tenía en mi punto de mira. Podía haberlas derribado a las dos, sobre todo teniendo en cuenta lo cerca y lo lánguidas que volaban. En nombre de los Setenta Santos, ¿cómo se atrevían a darme así la espalda? Lo inteligente habría sido hacer que yo volara por delante a una distancia segura, para poder tenerme vigilada desde una posición de fuerza.

Aceleré, pero mantuve las naves dentro de mi alcance para poder dispararles si se volvían contra mí. No parecieron ni darse cuenta. Si aquello era una trampa, estaban actuando a las mil maravillas.

Babosa Letal flauteó nerviosa. Yo también lo estaba.

—M-Bot —dije—, ¿has calculado ya dónde estamos?

—Así es —repuso él—. No nos hallamos demasiado lejos de Detritus, quizá a unos cuarenta años luz. Esta estación, que en efecto se llama Visión Estelar, es un importante núcleo comercial y alberga el gobierno regional de la Supremacía.

—Dame las coordenadas, dirección y distancia hasta Detritus.

—Muy fácil —dijo M-Bot—. Tienes los datos en pantalla.

Aparecieron varios números muy largos en el monitor del sensor de proximidad. Fruncí el ceño y luego extendí la mente para localizar esas cifras con mis incipientes sentidos citónicos. Solo que... ¿hacia dónde debía extenderla? Aquellos números tan largos apenas tenían ningún significado para mí. Sí, me decían dónde estaba Detritus, pero yo seguía sin saber *de verdad* dónde era eso. No podía sentirlo, no como lo había sentido cuando Alanik me había enviado su impresión citónica de la posición de Visión Estelar.

—Así no va a funcionar —dije—. No podré sacarnos de aquí si no aprendo más sobre mis poderes.

—En teoría, nos marcharemos con un hipermotor robado de la Supremacía, ¿verdad? —dijo M-Bot.

—Ese es el plan. Lo que pasa es que me quedaría más tranquila si supiera que tenemos otra vía de escape. ¿Cuánto nos costaría llegar a Detritus por el camino largo?

—¿Con «el camino largo» te refieres a velocidades sublumínicas? —preguntó M-Bot—. Eso nos llevaría unos cuatrocientos años, dependiendo de la fracción de la velocidad de la luz que pudiéramos alcanzar antes de gastar la mitad de nuestra energía y teniendo en cuenta la desaceleración al final del trayecto. Bueno, la dilatación temporal haría que para nosotros transcurriera menos tiempo, pero serían solo unos cuatro años de diferencia a esas velocidades, por lo que de todos modos estarías supermuerta para cuando llegáramos.

Estupendo. No era una opción. Pero tanto Jorgen como yo habíamos sabido que podía terminar atrapada allí. Esa era la misión. No se parecía a nada que hubiera afrontado antes, pero yo era la única que podía lograrlo.

Me propulsé cada vez más cerca de la estación, que era más grande de lo que había estimado. La escala y el tamaño eran difíciles de juzgar en el espacio. La estación se parecía un poco a las plataformas que rodeaban Detritus. Era una ciudad flotante, con forma de disco del que salían edificios por ambos lados, y estaba rodeada por una burbuja de algo brillante y azul.

Siempre había dado por sentado que la gente vivía dentro de estaciones como aquella, pero a medida que nos aproximábamos vi que no era así. La gente vivía en la superficie de esa estación y andaba por ahí con la negrura abierta sobre sus cabezas. «Esa burbuja debe de mantener dentro el aire y el calor, haciéndola habitable.» Y en efecto, al acercarnos más, las dos naves patrulleras atravesaron el escudo azulado.

Yo me detuve fuera de ese escudo. Entonces, por última vez, intenté usar mis sentidos citónicos. Extendí mi mente en la dirección que me había indicado M-Bot y sentí un tenue... aleteo al borde de mi consciencia. Era la dirección correcta. Sentía la presencia de alguien allí. ¿Alanik, tal vez?

No era suficiente. No podría teleportarme de vuelta. Por tanto, era el momento de internarme en la base enemiga. Hice acopio de valor y llevé la nave a través de la envoltura del escudo aéreo.

10

Era una preciosidad.

A medida que mis guías alienígenas me llevaron más cerca, vi que la estación rebosaba verdor. Había parques llenos de árboles que medían diez o quince metros de altura. Grandes franjas de una sustancia verde oscura que M-Bot identificó como una especie de musgo blando sobre el que se podía andar.

Allá en Detritus, la vida era austera. Sí, había alguna estatua de vez en cuando, pero los edificios de la superficie eran sobrios y sencillos, construidos más bien al estilo de búnkeres. Y abajo, las cavernas estaban dominadas por el aparataje y la luz roja de las fábricas. La humanidad llevaba tanto tiempo a punto de extinguirse que, por necesidad, la supervivencia se imponía a la expresión.

Aquel lugar, en cambio, hacía gala de su arte como de un estandarte de batalla. Los edificios se alzaban en pautas espirales o se extendían en coloridas hileras. Parecía que cada dos manzanas había un parque. Vi a la gente moviéndose por allí abajo con un cierto aire perezoso, muchos de ellos pasando el rato en los parques. Las naves que se desplazaban por la atmósfera no parecían tener mucha prisa. Allí, la gente se relajaba y disfrutaba.

Desconfié de aquel lugar al instante.

Alanik me había dicho que no confiáramos en su paz. Y aunque yo no sabía si podía confiar en ella, desde luego no me hacía falta esa advertencia. La Supremacía había mantenido a mi pueblo apresado en Detritus durante los últimos ochenta años. Mi padre y muchos amigos míos habían muerto por culpa de la Supremacía.

Aquel lugar podía fingir un aura hermosa y acogedora, pero yo no tenía intención de bajar la guardia.

—Casi no hay comunicación por radio —dijo M-Bot—, ni tampoco detecto ninguna red inalámbrica.

—Están asustados de los zapadores —respondí, estremeciéndome—. Deben de tener las mismas tradiciones que nosotros, limitar la comunicación inalámbrica solo a las situaciones de necesidad.

—Exacto. Por suerte, he podido deducir la posición donde nos han indicado que aterricemos leyendo los números de los amarres que hemos ido pasando. Te hago un esquema.

Seguí sus señas hasta un grupo de pequeñas plataformas metálicas elevadas que había cerca del centro de la ciudad. Al posar la nave en el amarre adecuado, me hundí en el asiento. Al igual que la Plataforma Primaria, aquel lugar tenía un campo de gravedad artificial.

—La presión está igualada con el exterior —informó M-Bot— y la atmósfera es respirable para ti, aunque tiene un contenido de oxígeno mayor que el que estás acostumbrada. Mi análisis inicial indica que no hay microorganismos peligrosos.

Pues muy bien. Abrí la cubierta. Un ser alienígena con cara de calamar se acercó a mi nave.

—¿Peldaños, rampa, tobogán de limo o alguna otra cosa? —me preguntó, en la traducción de mi alfiler.

—Hummm... —Le hice un gesto para que esperara, confiando en que lo entendiera, y susurré a M-Bot—: Un momento, ¿y si se dan cuenta de que hablo en inglés y no en el idioma de Alanik?

—No creo que nadie de aquí sepa su idioma —dijo M-Bot—. De hecho, lo más probable es que Alanik tuviera que hablar algún idioma de la Tierra para hacerse entender. Sus registros indican que habla mandarín fluido, y ya viste que sabía algo de inglés. Su planeta pasó tres décadas haciendo de puesto avanzado de operaciones para las fuerzas humanas durante la última guerra, al fin y al cabo.

—¿Y la gente de aquí entenderá el inglés?

—Los alfileres de traducción que llevan deberían entenderlo. Según los registros de Alanik, hubo tres intentos de conquista galáctica por parte de los humanos en el pasado, que resultaron en que un gran número de culturas aprendiera los idiomas de la Tierra. Todos los traductores parecen llevar integrados de serie el inglés, el español, el hindi y el mandarín.

Asentí y empecé a hacer ademán de llamar a los trabajadores del amarre, pero entonces vacilé.

—Espera. ¿Qué acabas de decir? ¿Mis antepasados intentaron conquistar la galaxia tres veces?

—Y estuvieron a punto de lograrlo en todas ellas —respondió M-Bot—. O al menos, eso afirman los registros de la nave de Alanik. Por lo visto, en la Supremacía muchos llaman la «plaga humana» a la mayor amenaza que ha conocido jamás la galaxia.

Caray. Estaba impresionada, aunque una pequeña parte de mí también se sentía... turbada. Era inspirador oír que mis antepasados habían sido los heroicos guerreros que siempre había imaginado, pero a la vez siempre había creído que mi pueblo había estado oprimido. Injusta e injustificadamente aplastado por los krells, desprovisto de la libertad por una aterradora fuerza alienígena.

Seguro que había un motivo por el que nos habíamos visto obligados a luchar. Además, la propaganda enemiga podía declarar lo que le diera la gana, que no podría justificar lo que nos habían hecho en Detritus. Entorné los ojos, decidida a no creerme sus mentiras.

—Perdón —dije, asomándome para llamar a los operarios—. Tenía que atender a una comunicación. ¿Preguntabas si quiero rampa o escalones? Escalones, por favor.

La criatura con cara de calamar hizo un gesto y otro ser con apariencia de piedra gris trajo rodando una escalerilla portátil. Titubeé, mirando la ajetreada ciudad alienígena. El lugar parecía oscuro, incluso con los grandes focos montados sobre los edificios que lo iluminaban todo. El cielo seguía siendo negro. Desde dentro, mirando hacia arriba no veía la burbuja de aire, sino solo una extensión interminable de estrellas apenas perceptibles por culpa de las luces.

—Veamos —dijo la criatura con cara de calamar, subiendo por los escalones hacia mí—. Tiene usted privilegios de atraque diplomáticos. ¡Así que tómese su tiempo! Mientras tanto, lavaremos la nave y...

—No —interrumpí—. Por favor. Soy muy protectora con mi nave. No deje que la toque nadie.

El dispositivo traductor del alienígena interpretó mis palabras y entonces sus tentáculos serpentearon con una expresión claramente molesta.

—¿Seguro?

—Sí —respondí, imaginando que alguien descubría el holograma—. Por favor.

—Bien, de acuerdo —dijo la criatura mientras tecleaba algo en una pantalla de mano. El ser tenía unos brazos largos y ondulados que acababan separándose en dos tentáculos azules en vez de manos—. Aquí tiene un pase de acceso, por si quiere enviar a otra persona con autorización para pilotar la nave. Le recomiendo que no lo pierda.

Su tableta expulsó un pequeño chip, que la criatura me tendió. Luego el alienígena descendió por la escalerilla.

Me guardé el chip en el bolsillo y me sorprendí de nuevo por lo buenos que eran los hologramas de M-Bot. Había superpuesto una imagen del traje de vuelo de Alanik sobre el mío, pero el bolsillo seguía en el lugar preciso en que esperaba encontrarlo. Además, al interactuar con objetos sólidos, como cuando había tocado el chip con mis dedos cubiertos de holograma, la ilusión no se alteraba.

Aquello, y el hecho de que el alienígena no hubiera reaccionado al oírme hablar en inglés, hizo crecer mi confianza. ¿Qué venía a continuación? Tenía que averiguar cómo alistarme en su ejército. Ese sería el primer paso. Después de eso, tendría que enfrentarme a la parte más difícil: robar un hipermotor.

Pero ¿por dónde debía empezar? Aquel lugar era gigantesco. Fuera de la zona de amarres, las calles de la ciudad se extendían a lo largo de kilómetros, repletos de altísimos edificios y una muchedumbre de peatones. Pasaban naves zumbando por arriba. Aquel lugar debía de tener millones y millones de habitantes.

«Los alienígenas que me han interceptado allá arriba —pensé— han dicho que vendría alguien a recibirme cuando aterrizara.» Lo cual me proporcionaba algo de tiempo, de modo que me acomodé y volví a extender mi mente, tratando de encontrar Detritus.

Pero había algo que bloqueaba mis sentidos. Un... espesor. Era como intentar moverme en gravedad alta. «Vaya.» Mientras meditaba sobre aquello, alguien fuera de la cabina habló en voz alta y mi alfiler tradujo.

—¿Emisaria Alanik? —preguntó la voz.

Me asomé de nuevo y encontré a un ser alienígena de pie en mi plataforma de lanzamiento. Era una criatura alta y delgada, con la piel de un vivo color azul. Su especie parecía similar a la de los pilotos carmesíes de las naves patrulleras que había visto antes: aquel individuo tampoco tenía pelo y sí los mismos pómulos y cejas.

Llevaba puestos unos ropajes de un tono azul más suave y claro que el de su piel. Al igual que los otros, sus rasgos eran andróginos. No habría sabido deducir si era macho o hembra, o alguna otra cosa distinta del todo, a partir de su apariencia o de su voz.

—¡Ah! —me dijo—. ¡Emisaria, qué alegría que hayan decidido responder a nuestra petición! Me llamo Cuna y se me ha encargado asistirla durante su visita. ¿Le importaría bajar? Me he ocupado de que se le asignen unos aposentos aquí en Visión Estelar y puedo llevarla hasta ellos.

—¡Claro! —repliqué—. Un segundo, que guarde el casco. —Volví a agacharme en la cabina—. Vale, M-Bot, dime qué debo hacer.

—¿Cómo quieres que lo sepa? —preguntó él—. Este era tu plan.

—Siendo estrictos, el plan es de Rodge. De todas formas, yo no soy espía, pero a ti te diseñaron para operaciones de este tipo. Así que dime qué tengo que hacer. ¿Cómo me comporto?

—Spensa, me has visto interactuar con orgánicos. ¿De verdad te parece que seré capaz de hacerlo mejor que tú a la hora de imitar a otro?

Tenía sentido. Tirda.

—Esto va a ser difícil. Ese ser alienígena de ahí fuera parece saber algo sobre Alanik y su pueblo. ¿Y si digo algo que no encaje?

—Quizá deberías fingir que eres una persona callada y no hablar mucho.

—¿Callada? —dije—. ¿Yo?

—Sí. Finge que Alanik es una persona reservada.

—¿Reservada? ¿Yo?

—Verás, por eso se llama fingir. Rodge y yo hemos estado trabajando en esto, en mi capacidad para aceptar que a veces los seres humanos no revelan con exactitud quiénes son. De todas formas, a lo mejor esto habría sido bueno que lo pensaras antes de presentarte voluntaria para una misión de espionaje tras las líneas enemigas.

—No hemos tenido mucho tiempo para pensar.

Aun así, ya no había remedio. Traté de mantener la calma de una guerrera mientras sacaba mi pistola de la taquilla de armamento y la guardaba en el voluminoso bolsillo de los pantalones de mi traje de vuelo. Esa actitud calmada me costaba cada vez más de alcanzar a medida que iba comprendiendo la magnitud de lo que aquella misión iba a requerir de mí.

Me puse el diminuto auricular inalámbrico que se conectaba al brazalete receptor para que M-Bot pudiera hablarme en privado a distancia y él lo convirtió en una joya mediante un holograma. Luego dejé a Babosa Letal en la parte trasera del suelo de la cabina y la señalé con el dedo.

—Quieta —le dije.

—¿Quieta? —flauteó ella.

—Va en serio.

—¿Serio?

Estaba bastante segura de que no podía entenderme; a fin de cuentas, solo era una babosa. Pero con un poco de suerte, por una vez se quedaría en su sitio. Me aupé para salir de la cabina y bajé a la plataforma de lanzamiento.

—Disculpe el retraso —dije a Cuna.

Su traductor se activó y empezó a escupirle mis palabras y, como había ocurrido con el operario del amarre, o bien Cuna no se dio cuenta de que estaba hablando en inglés, o no le importó.

—Ningún problema, ningún problema —dijo, guardándose la tableta bajo el brazo—. Me alegro muchísimo de conocerla. Fue a petición personal mía que enviamos una oferta a su pueblo.

«Tirda.» Había esperado que la gente de allí no supiera gran cosa sobre el pueblo de Alanik. Tenía la impresión de que habían hecho un llamamiento general para reclutar pilotos, no peticiones individuales.

—¿Tanto interés tienen en mi gente? —pregunté.

—Ya lo creo. Estamos preparando una operación muy especial para la que necesitaremos un número inusualmente alto de pilotos con entrenamiento. Se ha decidido que esta podría ser una oportunidad excelente para que la Supremacía juzgue la habilidad de algunas especies que llevan ya demasiado tiempo sin incorporarse a ella. ¡Pero de ese tema hablaremos más tarde! Vamos, le mostraré el lugar donde va a alojarse.

Cuna empezó a recorrer un pasillo entre las plataformas de lanzamiento y no me dejó más opción que ir detrás. No me gustaba nada abandonar mi nave, pero el receptor móvil de M-Bot tenía un alcance de más de cien kilómetros. Y además, el holograma seguiría funcionando incluso si salía de ese alcance, así que no tenía por qué preocuparme.

Correteé detrás de Cuna y salimos de la zona de aterrizaje. «No te quedes boquiabierta —me dije a mí misma—. No te quedes boquiabierta. No te quedes boquiabierta.»

Me quedé boquiabierta.

Fue imposible resistirme. Los edificios se alzaban como torres a ambos lados de la pasarela, como pistas de despegue hacia las estrellas. A mi alrededor fluían seres de todas las formas, tamaños y colores, vestidos con ropas que no había visto nunca. Nadie llevaba nada que se pareciera en lo más mínimo a un uniforme.

Era demasiado para asumirlo de golpe. Muy por arriba, las naves pasaban veloces en todas las direcciones, pero entre nosotros y ellas había discos flotantes con anillos de pendiente en la parte de abajo que transportaban a la gente de un sector de la ciudad a otro. Era un lugar de constante movimiento y exuberante lujo. Había jardines en casi todas las esquinas, y tiendas que vendían ropa de todas las variedades. Emanaban aromas de comidas desconocidas de puestos callejeros.

Allí debía de haber representantes de al menos mil especies distintas, pero dos variedades eran mucho más numerosas que las demás. La primera eran los krells. Me sobresalté muy a mi pesar al cruzarme con el primero de ellos, aunque tenía un aspecto algo distinto a los cadáveres que habíamos recuperado de los cazas tripulados que derribábamos. La armadura que llevaban los krells de la calle era cristalina en vez de metálica, y daba una sensación como de arenisca entre marrón y rosada. Sí que tenía la misma forma, similar a la de los viejos caballeros de la Tierra que había visto en fotos viejas. Solo que los krells de Visión Estelar llevaban un yelmo con el visor transparente, que revelaba un líquido en su interior y una pequeña criatura cangrejoide que manejaba la armadura desde dentro de la cabeza.

Los krells siempre me habían resultado imponentes, peligrosos. Eran guerreros en un campo de batalla, ataviados con armadura y dispuestos a luchar. Y sin embargo, los de allí estaban sobre todo en puestos callejeros, vendiendo cosas a los viandantes, haciendo aspavientos con sus brazos acorazados en forma de pinza. Mi dispositivo traductor recogió sus gritos y me fue susurrando al oído las palabras de los distintos tenderos a medida que pasábamos.

—¡Ven, amiga! ¡Bienvenida!

—¡Qué ropa más maravillosa llevas, y qué buena compañía!

—¿Has oído hablar del reclutamiento? ¡No te preocupes si no te apetece hacer caso!

Uno tropezó un poco demasiado cerca de mí y, aunque por instinto eché mano al bolsillo y al arma que llevaba oculta en él, la criatura se disculpó nada menos que seis veces mientras retrocedía para apartarse.

—Qué curioso —comentó M-Bot en mi oreja—. Lo estoy grabando todo para un análisis posterior.

—Son los...

—¡No me hables! —exclamó M-Bot a través del auricular—. El traductor de Cuna interpretará tus palabras. Mis sistemas furtivos pueden enmascarar nuestra comunicación, pero deberías esforzarte en fingir que no mantienes un enlace inalámbrico con nadie. Más tarde configuraremos tu brazalete para que puedas transmitirme instrucciones por medio de golpecitos en el código de vuelo de la FDD. Pero de momento, te recomiendo quedarte callada.

Cerré la boca de sopetón. Cuna me miró con expresión interrogativa, pero me limité a negar con la cabeza y sonreír mientras seguíamos andando.

Pero... ¡tirda, los krells! Cuando había viajado por primera vez al espacio unos meses antes y los había visto, se habían mostrado aterrorizados por mí. Quizá tuviera que ver con que mi pueblo había estado a punto de conquistar la galaxia, pero aquellos seres parecían ser todos muy tímidos. ¿Cómo podían ser la misma poderosa fuerza que había mantenido a la humanidad presa en Detritus durante ochenta años?

Aquel lugar tenía que ser algún tipo de tapadera falsa, decidí. Una estrategia propagandística ideada con el objetivo de mejorar la imagen de la Supremacía. Tenía sentido que construyeran una enorme estación comercial visitada por un montón de especies para hacerse pasar por seres inofensivos y humildes.

Más segura de entender lo que estaba ocurriendo, seguí inspeccionando lo que me rodeaba. La otra especie alienígena más común allí era a la que pertenecía Cuna, mi guía. Llevaban ropa variada, desde túnicas a pantalones y camisas más informales, y parecía que podían presentar distintos tonos de piel. Carmesí, azul y púrpura oscuro.

—Es abrumador, ¿verdad? —preguntó Cuna.

Asentí. Al menos eso sí que era cierto.

—Si me permite el atrevimiento —siguió diciendo Cuna—, su pueblo ha hecho bien en aceptar enviarnos una piloto. Si lo hace usted bien en este programa previo, podremos pasar a un acuerdo más formal con su gente. A cambio de una fuerza entera de pilotos, ofreceremos la ciudadanía a los UrDail. La verdad es que ya iba siendo hora, y me alegro de ver que nuestras relaciones se normalizan.

—Es un buen trato —dije, escogiendo mis palabras con cuidado—. Ustedes obtienen pilotos. Nosotros conseguimos unirnos a la Supremacía.

—Como ciudadanos secundarios —matizó Cuna—, por supuesto.

—Por supuesto —repetí, aunque debí de sonar vacilante porque Cuna me lanzó una mirada.

—¿No tiene clara la distinción?

—Seguro que los políticos la comprenden —dije—. Yo solo soy piloto.

—Aun así, sería conveniente que comprendiera lo mucho que

depende de la prueba que efectuará aquí. Verá, su pueblo es especial. La mayoría de las especies que aún no se han incorporado a la Supremacía son relativamente primitivas, con una baja atribución de inteligencia. Tienden a ser brutales, belicosas y retrasadas en términos tecnológicos.

»Los UrDail, en cambio, llevan ya siglos navegando el espacio. Casi han alcanzado la inteligencia primaria y tienen un gobierno planetario funcional. Como norma general, deberían haber recibido la invitación para unirse a la Supremacía hace generaciones. De no ser por un gran punto negro.

«¿Los citónicos?», me pregunté.

—Los humanos —dijo Cuna mientras seguíamos caminando—. Lucharon ustedes en el bando de la plaga durante la Tercera Guerra Humana, hace un siglo.

—Nos obligaron a hacerlo —respondí.

—No osaría disputar la veracidad de los hechos tal y como los expone —dijo Cuna—. Baste con decir que en la Supremacía hay mucha gente convencida de que tienen ustedes demasiada agresividad para unirse a ella.

—¿Demasiada agresividad? —repetí, frunciendo el ceño—. Pero... ¿no habían acudido a nosotros para reclutar a pilotos de caza?

—Es un equilibrio delicado —explicó Cuna—. Tenemos algunos proyectos muy especiales que requieren pilotos, pero no deseamos corromper nuestro ejército con miembros que muestren demasiada agresividad. Hay quienes dicen que la cercanía de su pueblo con la especie humana ha permitido que las costumbres de la plaga se infiltren en su sociedad.

—¿Y... qué opina usted? —le pregunté.

—Yo formo parte del Departamento de Integración de Especies —respondió Cuna—. Mi creencia personal es que hay un hogar para muchos tipos distintos de especies en el seno de la Supremacía. Ustedes pueden ser una ventaja para ella, si demuestran su valía.

—Suena genial —dije con sequedad, y al instante hice una mueca por el tono que acababa de emplear. Quizá M-Bot tuviera razón y debería probar a no abrir la boca.

Cuna me lanzó una mirada, pero luego habló con voz tranquila.

—Sin duda, comprenderá usted las ventajas que supondría esto para su pueblo. Tendrían acceso a nuestros núcleos galácticos, como esta misma estación, y el derecho a adquirir pasajes y espacio de carga en nuestras naves comerciales. Ya no estarían atrapados en su pequeño sistema planetario y podrían experimentar la galaxia en su conjunto.

—Pero eso ya podemos hacerlo —objeté—. Yo he venido hasta aquí por mí misma.

Cuna dejó de andar, y al principio temí haber dicho algo que no debía. Entonces sonrió. Fue una expresión de lo más perturbadora, depredadora, con demasiados dientes.

—Bueno —dijo—, ese es otro tema del que hablaremos.

Cuna se volvió y señaló un edificio pequeño y estrecho de esa misma calle. Estaba embutido entre dos estructuras más grandes y tenía tres plantas. Al igual que todos los edificios de la plataforma, parecía estar construido originariamente en metal y luego pintado para darle un falso aspecto de ladrillo.

—Ese es el edificio que le ofrecemos para alojarse —dijo Cuna—. Es grande para un solo individuo, pero confiamos en que, cuando haya demostrado usted su valía, pueda albergar a todo un escuadrón de sus pilotos, o más. Hemos considerado adecuado ofrecérselo a usted desde el principio. Como ve, tiene un atraque privado en el tejado, por si desea guardar en él su nave. De todos modos, está bien situado cerca de los muelles principales y de varios parques y mercados.

Cuna empezó a subir el corto tramo de peldaños que llevaba al edificio.

—Esto no me gusta —me dijo M-Bot al oído—. ¿Spensa? Si te matan en una emboscada, voy a sorprenderme mucho.

Titubeé. ¿Aquello podía ser algún tipo de trampa? Pero ¿con qué fin? Podrían haberme derribado del cielo, o al menos intentarlo, durante mi acercamiento a la estación.

—Estaba practicando cómo mentir —añadió M-Bot—. En realidad no me sorprendería nada, porque acabo de anticiparlo. Pero sí que me decepcionaría. Bueno, simularía decepción.

Subí los escalones. Cuna parecía pensar que de verdad yo era

Alanik. No me daba la impresión de que aquello fuese una trampa.

Entramos en el edificio. Yo ya estaba acostumbrada a ser la persona más bajita de cualquier estancia, pero la constitución flexible de Cuna, demasiado esbelta para los parámetros humanos, no solo me hacía sentir bajita, sino también achaparrada y torpe. El edificio tenía los techos y las puertas muy altos, y hasta las repisas me quedaban un poco demasiado arriba. Parecía construido para miembros de alguna especie más alta, aunque Alanik tenía más o menos mi misma estatura.

Cuna me llevó a una pequeña sala iluminada por plafones en el techo y con una ventana que daba a la calle. Tenía pinta de ser cómoda, amueblada con butacas afelpadas y una mesa que parecía sacada de una sala de reuniones. Las paredes estaban pintadas para imitar la madera, aunque un golpecito con la uña me reveló que eran metálicas.

Cuna se sentó con un movimiento grácil, dejó su tableta en la mesa y me dedicó aquella sonrisa suya demasiado depredadora. Yo me quedé cerca de la puerta, reacia a sentarme y dar la espalda a mi vía de escape.

—Usted es lo que llamamos una citónica, Alanik —me dijo Cuna—. Su pueblo no posee hipermotores ni medios para viajar más deprisa que la luz, por lo que dependen de los citónicos. Y dado que tienen muy pocos, a grandes rasgos siguen encerrados en su rincón de la galaxia.

Cuna me miró a los ojos y habría jurado que vi un meticuloso cálculo en los suyos.

Me notaba cada vez más con el alma en vilo. Cuna parecía saber más sobre Alanik de lo que me habría gustado.

—¿Qué puede decirme? —le pregunté—. Sobre lo que soy. Sobre lo que puedo hacer.

Cuna se reclinó en la butaca y entrelazó los dedos, con los labios reducidos a una línea inexpresiva.

—Lo que hace usted es peligroso, emisaria Alanik. Sin duda ya habrá sentido la atención de los zapadores sobre usted, en el espacio negativo al que se traslada entre instantes cuando inicia un salto hiperespacial, ¿verdad?

Asentí.

—Yo lo llamo la ninguna-parte.

—Nunca lo he experimentado en persona —dijo Cuna en tono distraído—. ¿Y los zapadores? ¿Los ha sentido?

—Veo ojos que me observan. Los ojos de algo que vive en ese lugar.

—Eso son ellos —afirmó Cuna—. Hace siglos, mi gente aprendió en su propia carne lo peligrosos que son los zapadores. Trece de esas... criaturas irrumpieron en nuestro espacio y empezaron a arrasarlo, a destruir un planeta tras otro.

»Con el tiempo, nos dimos cuenta de que nuestros individuos citónicos eran lo que los había atraído y, una vez estuvieron aquí, los zapadores fueron capaces de oír nuestras comunicaciones. No solo la comunicación citónica, sino incluso cosas como las ondas de radio. Hicimos la trabajosa transición de dejar de emplear la citónica, y hasta las comunicaciones normales. Volvimos silenciosos nuestros planetas y nuestras flotas.

»Por suerte, los zapadores se marcharon. Tardaron décadas, pero uno por uno se desvanecieron de vuelta a sus dominios. La galaxia emergió de su figurado caparazón, pero con nuevas comprensiones y nuevas normas.

—Nada de citónica —susurré—. Y cuidado con las señales inalámbricas, incluso con la radio.

—Sí —dijo elle—. Y evitamos utilizar inteligencias artificiales, que enfurecen a los zapadores. La mayoría de las comunicaciones normales no hacen venir a esas criaturas hacia nuestro espacio, pero, en cuanto están aquí, nos oyen hablar y se ven atraídos para darse un banquete. Incluso ahora, siglos más tarde, mantenemos esas prohibiciones. Aunque no queden zapadores en nuestro espacio, más vale prevenir.

Tragué saliva.

—Me... sorprende que permitan vivir a ningún citónico.

Cuna se llevó una mano al cuello en un gesto que interpreté como de conmoción.

—¿Y qué querría que hiciéramos?

—¿Atacar a cualquiera que tenga algún citónico?

—¡Qué salvajada! Ese comportamiento sería impropio de un pueblo que ha alcanzado la inteligencia primaria. No, no exterminamos especies. ¡Hasta la plaga humana fue cuidadosamente retenida y aislada, no destruida!

Yo sabía que aquello, al menos en parte, era mentira. En los últimos tiempos estaban intentando destruirnos.

—Tales medidas violentas no son necesarias —añadió Cuna—. Un solo ser citónico aquí y allá, como usted misma, no supone un peligro. Y menos si no está adiestrado, como es su caso. Nuestros primeros citónicos tardaron generaciones en progresar hasta alcanzar las habilidades necesarias para atraer a los zapadores. En otras palabras, usted es un riesgo, sí, pero no un peligro inmediato.

»De momento, consideramos que lo mejor es intentar que los pueblos como el suyo sigan nuestras costumbres en vez de arriesgarse a... ponernos en peligro a todos. Verá, en la Supremacía hemos desarrollado una manera mejor de viajar entre las estrellas, unos hipermotores que no atraen a los zapadores.

—Sé lo que son —dije. «Y voy a robar uno.»

—La galaxia entera estará mucho más segura cuando todas las especies hagan uso de las naves con hipermotor de la Supremacía. Esa es la implicación explícita de nuestra oferta: si ustedes nos proveen de pilotos, les concederemos la ciudadanía y el derecho de embarque en nuestras naves superlumínicas seguras. No obtendrían la tecnología en sí misma, porque debemos mantenerla asegurada. Pero sus mercaderes, turistas y funcionarios podrán usar nuestras naves, igual que todo el resto de los miembros de la Supremacía.

»Nadie más en la galaxia tiene acceso a esa tecnología. No encontrará hipermotores superlumínicos a la venta en el mercado negro, porque no existen. Ninguna especie ha logrado jamás robarnos ni un solo hipermotor. Y por tanto, la única manera segura de trasladarse por las estrellas es obtener nuestro favor. Demuéstreme que sus pilotos son tan diestros como afirman los informes y a cambio les abriremos la galaxia.

No creía que aquella propaganda fuese la verdad. Cuna no tenía más remedio que decir que la tecnología era imposible de robar. Por desgracia, también había dicho que otras especies lo habían intentado.

Tenía que encontrar la forma de triunfar donde otros habían

fallado, y con la posibilidad de que la Supremacía me estuviera vigilando.

—Pero ¿para qué necesitan pilotos? —pregunté, tratando de obtener más información—. La Supremacía tiene una población inmensa. Seguro que tienen pilotos propios más que de sobra. ¿Qué es ese proyecto especial para el que nos quieren a nosotros?

«Es para combatir a mi gente, como dice Jorgen, ¿verdad?» No podía ser casualidad que la Supremacía empezara a reclutar pilotos para una misión especial justo en esos momentos, después de que mi pueblo hubiera empezado a huir de Detritus.

Cuna se quedó inmóvil un momento, mirándome a los ojos.

—Este es un asunto muy delicado, emisaria Alanik. Agradecería su discreción.

—Claro. Por supuesto.

—Tenemos... motivos para creer que los zapadores nos están observando —dijo en voz baja—, y que podrían regresar pronto.

Inhalé con brusquedad. Tenía recientes los recuerdos de lo que les había ocurrido a los habitantes originales de Detritus, por el vídeo. Las palabras de Cuna deberían haberme impresionado, pero lo que hicieron fue inundarme con una entumecida oleada de realidad. Como cuando llega la esperada nota final de una canción.

—Esto no es culpa de los citónicos —prosiguió Cuna—. Esta vez no. Tememos que los zapadores sencillamente hayan decidido dedicar de nuevo su atención a nuestros dominios.

—¿Y qué hacemos? —pregunté.

—No volverán a obligarnos a encogernos y esperar sin más a que decidan marcharse. Hemos estado desarrollando un arma secreta para combatirlos, en caso de necesitarla. Por desgracia, para llevar a la acción ese nuevo armamento, necesitamos pilotos de caza habilidosos. Al contrario de lo que usted supone, nuestro ejército es muy pequeño. Es un... efecto secundario de nuestras naturalezas pacíficas. La Supremacía no gobierna mediante el uso de la fuerza, sino a través de la iluminación tecnológica.

—En otras palabras —dije—, no se enfrentan a las especies que no les gustan. Las dejan donde están, sin acceso al viaje superlumínico. No necesitan tener un gran ejército, ya que controlan los desplazamientos.

Cuna volvió a entrelazar los dedos y no respondió. A mí me pareció confirmación suficiente, y de pronto muchas cosas empezaron a cobrar sentido. ¿Por qué la Supremacía no desplegaba un gran número de cazas para destruir a mi pueblo? ¿Por qué encontrábamos tan pocas naves tripuladas y tan pocos ases durante nuestros combates? ¿Por qué solo cien drones a la vez? Lo que pasaba era simplemente que la Supremacía *no tenía* muchos pilotos de caza.

Yo había dado por sentado que la única forma de gobernar un imperio era disponer de un ejército gigantesco. Pero a ellos se les había ocurrido otro método. Si se podía controlar por completo el acceso a los hipermotores, no era necesario combatir a los enemigos. Costaba siglos viajar de un planeta a otro a velocidades sublumínicas. Nadie podía atacarte si no lograba llegar hasta ti.

Cuna se inclinó hacia delante.

—No soy una persona sin relevancia en el gobierno local, Alanik, y me he tomado un interés personal en el pueblo de usted. Considero que los zapadores son una amenaza muy grave. Que los UrDail nos proporcionen los pilotos que necesito podría facilitar mucho las cosas a su pueblo, quizá incluso allanar el camino para que les ofrezcan la ciudadanía primaria.

—Muy bien —dije yo—. ¿Por dónde empezamos?

—Aunque formo parte del grupo que planea la lucha contra los zapadores, no estoy al mando de la operación. La dirige el Departamento de Servicios de Protección. Su misión principal es ocuparse de las amenazas externas a la Supremacía. Por ejemplo, están al cargo de contener la plaga humana.

—¿Los... humanos?

—Sí. Le aseguro que sus antiguos... enemigos ya no suponen un peligro para ustedes. El Departamento de Servicios de Protección mantiene plataformas de observación sobre sus prisiones y se encarga de que ningún humano escape jamás.

Prisiones.

En plural. Prisiones.

No éramos los únicos. Contuve un grito de alegría, muy por los pelos... y en parte, porque enseguida comprendí otra cosa que me aguó el humor. Ese Departamento de Servicios de Protección que había mencionado Cuna... tenía que ser el grupo al que nosotros llamábamos los krells.

Entonces ¿yo iba a trabajar directamente para los krells?

—Tendrá que superar usted sus pruebas para convertirse en piloto —dijo Cuna—. Me han permitido incorporar a unas pocas personas escogidas con cuidado en el proceso de selección. Verá, existen discrepancias entre los departamentos, ya que cada uno tiene sus... teorías sobre la mejor manera de ocuparse de los zapadores. Considero que su gente es perfecta para esta tarea. Tienen tradiciones marciales procedentes de los tiempos en que guardaban una desafortunada relación con los humanos, pero al mismo tiempo son lo bastante pacíficos para merecer nuestra confianza.

»Quiero que demuestre usted que estoy en lo cierto. Preséntese mañana a las pruebas para el proyecto y luego defienda mis intereses en el entrenamiento que vendrá a continuación. Si tiene éxito, me ocuparé en persona de acompañar a su pueblo hacia la ciudadanía.

Cuna sonrió de nuevo. Me estremecí al ver la peligrosa forma en que se curvaban sus labios. De pronto, me sentí superada con mucho. Al principio había supuesto que Cuna pertenecía a algún equipo burocrático poco importante al que habían encargado ocuparse de Alanik. Pero no era así ni por asomo. Cuna quería utilizar a Alanik como peón en algún juego político que rebasaba de largo mi comprensión.

Me di cuenta de que estaba sudando y me pregunté cómo representaría mi holograma el sudor al caerme por la cara... o si era capaz siquiera. Me lamí los labios al notar la boca seca bajo la atenta mirada de Cuna.

«No te obsesiones con su política —me dije—. Tú solo tienes una misión: robar un hipermotor. Haz lo que sea necesario para ganarte su confianza hasta que te dejen acercarte a uno.»

—Yo... haré todo lo que pueda —dije.

—Excelente. Nos veremos en la prueba de mañana. Esta tableta de datos, que voy a dejar aquí, contiene las coordenadas y las instrucciones. Le advierto, sin embargo, que sus capacidades citónicas quedarán atenuadas aquí en Visión Estelar. No podrá marcharse mediante un hipersalto a menos que antes vuele hasta un punto preestablecido, por nuestro citoescudo. —Cuna se levantó, dejando la tableta en la mesa—. He añadido también a la tableta de datos los detalles sobre el proyecto de los zapadores, aunque las especificaciones del arma en sí son de alto secreto. Si necesita hablar conmigo antes de mañana, envíe un mensaje a...

Cuna dejó la frase en el aire, giró la cabeza y enseñó los dientes mirando hacia la ventana en un extraño gesto de agresividad.

—Vaya —dijo—. Esto va a ser una molestia.

—¿El qué? —pregunté.

Entonces lo oí. Sirenas. Al cabo de pocos segundos, una nave con luces intermitentes descendió desde el cielo y aterrizó delante de nuestro edificio.

—Deje que me ocupe yo de esto —dijo Cuna, y abrió la puerta para salir.

Yo me quedé titubeando en el umbral, perpleja. Entonces vi a la persona que salía de la nave.

Era una mujer humana.

11

Una humana. Era joven, de veintipocos años, y llevaba un uniforme azul y rojo que no había visto antes. Un krell salió de la nave detrás de ella como un caballero con armadura, aunque su «armadura» era un caparazón cristalino de color verde oscuro.

—¿Qué ocurre? —preguntó M-Bot—. ¿Eso son sirenas?

No le hice caso y salí corriendo del edificio, con la mano metida en el bolsillo de mi traje de vuelo y los dedos cerrados en torno a la pequeña pistola de destructor que guardaba allí. ¡Una humana! Tirda. Me detuve en la escalera y Cuna salió por delante de mí, con paso fluido y tranquilo. Intenté obligarme a relajarme mientras la humana y el krell se acercaban a nosotros.

—Caramba —dijo el krell con una voz proyectada desde el frontal de su armadura, mientras hacía aspavientos—. ¡Pero si es Cuna, del Departamento de Integración de Especies! No esperaba encontrarte aquí. Caramba, caramba.

—Dejé una anotación específica en el informe, Winzik —repuso Cuna—, mencionando la llegada de esta piloto. Procede de una de las especies a las que he invitado a hacer las pruebas para nuestro programa.

—Caramba, caramba. ¿Y esta es la emisaria? Ni siquiera sabía de su llegada. ¡Debe de pensar que estamos muy desorganizados! ¡Nuestros departamentos acostumbran a comunicarse entre ellos mucho mejor!

Salí de detrás de Cuna. No necesitaba que me protegiera nadie, y mucho menos un ser alienígena en quien no confiaba. Pero al mismo tiempo... ¡había un krell! ¡Hablando directamente conmigo!

Yo sabía, en términos lógicos, que la palabra «krell» era un acrónimo de «*Ketos Redgor tErren Listro Listrins*», el nombre alienígena de la fuerza policial que reprimía a mi pueblo. La especie a la que pertenecían los seres como aquel se llamaba varvax. Sabía todo eso, pero aun así no podía evitar asociar aquellos pequeños cangrejos de armadura cristalina con la palabra «krell».

La humana se quedó un poco atrás y al instante empezó a llamar la atención de la gente que pasaba por la calle. A mí nadie me había mirado dos veces durante el trayecto hasta el edificio, pero en ese momento estaban congregándose miembros de toda una variedad de especies alienígenas distintas para mirarla boquiabiertos y señalarla con tentáculos, antenas o brazos.

—Una humana —dije.

—¡No se preocupe! —exclamó Winzik—. Esta humana está debidamente autorizada. Lamento haber tenido que traerla, pero verá, hay un asunto de gran relevancia, y discúlpeme si hablo con demasiado atrevimiento o agresividad... Un asunto de gran relevancia que debemos tratar.

—No hacía falta que vinieras, Winzik —dijo Cuna—. Tengo esto bajo control.

—¡Pero la seguridad no es tu cometido, Cuna, sino el mío! Vamos, Brade. Salgamos de la calle y dejemos de dar el numerito. Por favor, entremos. Por favor.

Como antes, el krell gesticulaba trazando amplios arcos con los brazos. Su voz, en la traducción que oía yo, tenía tono femenino, pero no estaba segura de cuánto podía deducir de ello.

—Puedo responder por la emisaria —dijo Cuna.

—Debo insistir —replicó el krell—. ¡Lo lamento muchísimo, pero es el protocolo! Vamos para dentro.

Tirda. Los otros krells que había visto por la calle, los que habían mostrado una amabilidad tan exagerada, eran meros charlatanes baratos comparados con aquella criatura. La forma que tenía de moverse y hablar, tan florida y con un aire de falsa cordialidad, tenía que ser la cosa más ofensiva que podía llegar a imaginar en la vida.

No confiaba en Cuna para nada. Sabía que estaba intentando

manipularme. Pero aquella criatura... aquella criatura me ponía la carne de gallina.

Aun así, regresé al edificio. Cuna esperó en la puerta, impasible mientras Winzik entraba. La mujer humana por fin se unió a nosotros. Me sacaba unos pocos centímetros de altura y era musculosa, y emanaba una cierta potencia con cada paso que daba. Tenía una cara delgada que parecía un poco demasiado... adusta para su edad, y llevaba el pelo rapado.

—Brade, hazle la prueba —ordenó Winzik.

Sentí una presión contra mi mente. Di un respingo, abrí mucho los ojos y de algún modo me resistí.

—Citónica —dijo la mujer, Brade, en el idioma de la Supremacía—. Y fuerte.

—Figura en la documentación —respondió Cuna—. Su gente viaja empleando una primitiva habilidad citónica. Pero no están lo bastante avanzados en sus estudios para constituir un peligro.

—Sigue sin estar autorizada —dijo Winzik—. Tu departamento no debería pasar por alto ese hecho.

—Ella...

—*Ella* está aquí mismo —los interrumpí, cada vez más irritada con todo el asunto—. Lo que quieran decir, me lo pueden decir a la cara.

Tanto Cuna como Winzik me miraron con expresiones que interpreté como de sorpresa, elle echándose atrás y Winzik haciendo un gesto de extrañeza con las manos. Brade, la humana, se limitó a componer una sonrisa astuta.

—Caramba, caramba, qué agresiva —dijo Winzik, juntando las manos con un suave chasquido—. Emisaria, ¿es consciente del peligro que supone para nosotros? ¿Para su propia gente? ¿Sabe que, al hacer lo que hace, podría provocar una gran destrucción?

—Tengo... una leve idea —respondí con cautela—. Cuna dice que quieren que nos unamos a la Supremacía para que empecemos a usar sus hipermotores, en vez de depender de la citónica.

—Sí, sí, sí —dijo Winzik gesticulando—. Supone usted un peligro para la galaxia entera. Nosotros podemos ayudar. Siempre y cuando su pueblo se incorpore a la Supremacía.

—¿Y si no lo hacemos? —pregunté—. ¿Nos atacarán?

—¿Atacar? —Winzik hizo un gesto amplio—. Creía que andaban ustedes ya cerca de la inteligencia primaria. ¡Cuánta agresividad! Caramba, caramba. Si se niegan a unirse a nosotros, quizá debamos tomar medidas para aislar su especie. Disponemos de inhibidores citónicos para impedirles salir de su planeta natal, pero no les atacaríamos.

Winzik se llevó una mano al pecho en un gesto que, aunque para mí era desconocido, lograba transmitir su absoluto horror ante la idea. Por tanto, hacía lo mismo que Cuna: en apariencia, se mostraba a favor de la paz. Pero yo sabía la verdad.

—Winzik es el director del Departamento de Servicios de Protección —me dijo Cuna—. Tiene mucha experiencia en el aislamiento de especies peligrosas.

Dirigía... dirigía el grupo que mantenía apresados a los míos. En un instante extraño y surrealista, comprendí que estaba hablando nada menos que con el general —Cuna acababa de hablar de él en masculino— de las fuerzas krells. No me pareció que Winzik tuviera mucho aspecto de guerrero, pero no iba a permitir que su amaneramiento me engañara.

Tenía delante a la persona que, en esencia, era el máximo responsable de la forma en que se nos había tratado. Y de la muerte de mi padre. Pero ¿por qué una persona como él iba a estar allí, ocupándose de algo tan nimio como la supuesta infracción protocolaria de Alanik?

Pasé la mirada de Cuna a Winzik y me pregunté si todo aquello podría ser una elaborada farsa diseñada para mí. Cuna se presentaba con actitud amable y me ofrecía un trato. Entonces llegaba Winzik con sirenas y amenazas para hacer lo mismo. Estaban ansiosos por controlar la citónica, y no era de extrañar, ya que todo ser capaz de hipersaltar amenazaba el monopolio que ostentaba la Supremacía sobre el viaje espacial. ¿Mis poderes eran de verdad peligrosos o era todo un embuste?

Recordé la terrible imagen del zapador destruyendo a los humanos de Detritus. No. El peligro no era ningún embuste. Pero desde luego, daba la impresión de que la Supremacía había aprovechado esos miedos y los había utilizado para establecer su control sobre la galaxia.

La mujer humana, Brade, estaba observándome. Mientras los otros dos hacían gestos y ruidos para indicar que no estaban siendo agresivos, ella tenía un aire relajado. Su función era evidente. Brade era el arma. Si no se me podía controlar... ella me detendría.

—Necesito que nos prometa... —dijo Winzik, sacando una tableta de datos de la bolsa que llevaba a un lado—. ¡No, que nos jure! Caramba, en esto debemos ser enérgicos. Júrenos que no intentará ningún hipersalto cerca de Estelar. Debe obedecer las regulaciones sobre la citónica: nada de ataques mentales, ni siquiera sondas, dirigidos hacia los habitantes de la estación. Ni el menor intento de eludir los escudos que impiden los saltos citónicos en la zona. Y absolutamente nada de hojas mentales, aunque dudo mucho que tenga usted la suficiente práctica para eso.

—¿Y si me niego? —pregunté.

—Se te expulsará —dijo Brade. Me miró con los ojos entornados—. De inmediato.

—Brade —dijo Winzik—, ¡no es necesario ser tan contundente! Emisaria, sin duda comprenderá la necesidad de que seamos cuidadosos con este asunto. ¡Nos bastará con que me dé su palabra! A fin de cuentas, Cuna responde por usted.

—Bien —respondí—, cumpliré sus normas.

Aunque confiaba en haber vuelto a Detritus con un hipermotor robado antes de que pasara mucho tiempo.

—¿Lo ves, Cuna? —preguntó Winzik, apuntando algo en su tableta—. ¡Solo tenías que traer contigo a un dirigente acreditado! Ahora sí que está bien hecho. Caramba, caramba.

Winzik se retiró seguido de su guardia humana. Los vi marcharse con el ceño fruncido, confusa por aquella conversación tan rara.

—Discúlpeme por todo esto —dijo Cuna—. Sobre todo por la humana. Al parecer, el Departamento de Servicios de Protección ha pensado que debía hacerle llegar un mensaje explícito. —Cuna vaciló—. Aunque quizá sea para bien. Le conviene tener aliados aquí, entre tantas experiencias extrañas y nuevas, ¿no le parece?

Cuna sonrió de nuevo y un escalofrío me bajó por la columna vertebral.

—En todo caso —prosiguió—, le he asignado privilegios de solicitud para que pueda abastecer este lugar según sus necesidades. Considérelo una especie de embajada, un refugio para su especie en Visión Estelar cuando hayamos logrado labrarnos un nuevo futuro juntos. Si desea comunicarse conmigo, envíe un mensaje al Departamento de Integración de Especies y me encargaré de que reciba respuesta inmediata.

Y dicho eso, se despidió y bajó de nuevo a la calle, donde la multitud se había dispersado y regresado a su eterno fluir.

Sintiéndome agotada, me senté en los peldaños del edificio y miré pasar a la gente. Una interminable sucesión de criaturas, con una variedad que parecía infinita.

—¿M-Bot? —llamé.

—Aquí estoy —dijo él en mi oído.

—¿Tú encuentras algún sentido a todo esto?

—Da la impresión de que hemos topado con una disputa de poder —dijo M-Bot—, y te están utilizando como una ficha en su juego. Ese Winzik tiene un cargo importante, tanto como el de Cuna. Me resulta extraordinario que cualquiera de los dos se haya presentado en persona para ocuparse de la visita de una especie en apariencia tan insignificante.

—Pues sí —repuse, y entonces alcé la mirada desde la muchedumbre hacia el cielo negro. En algún lugar de allí fuera estaba Detritus, en el mismísimo punto de mira de los destructores de la Supremacía.

—Ven a recogerme —sugirió M-Bot—. Me sentiré más seguro fuera de esta plataforma de lanzamiento pública. Debería haber algún tipo de cable o conexión en tu edificio que me permita acceder a la red de datos pública de la estación. Podemos empezar a buscar información ahí.

12

Escaneo completado —dijo M-Bot—. He desactivado los dispositivos de vigilancia que he encontrado dentro del edificio, y estoy bastante seguro de que no se me ha escapado ninguno.

—¿Cuántos había? —pregunté mientras husmeaba yo también por la planta superior del edificio de la embajada, encendiendo luces y registrando armarios.

—Dos por sala —dijo M-Bot—. Uno evidente conectado a la red. Lo más probable es que, si protestaras por haberlo encontrado, fingieran sorpresa y afirmaran que formaba parte del sistema de automatización de la embajada. Pero además, en cada sala había otro en una línea separada, ocultado con esmero cerca de una toma de energía.

—Sospecharán de que hayamos desconectado esos.

—Quizá se sorprendan de que los hayamos encontrado, pero según mis bancos de memoria, que reconozco que están llenos de lagunas y recuerdos parciales, esta es la clase de cosa que se supone que nosotros ignoramos educadamente que ellos han hecho mientras ellos ignoran educadamente que hemos frustrado sus planes.

Gruñí y entré en lo que saltaba a la vista que era una cocina. Muchos de los cajones y objetos estaban etiquetados. Resultó que podía acercar mi alfiler traductor hacia un texto y el aparato me leía las palabras en voz alta. Un grifo estaba etiquetado como «agua», otro como «amoníaco» y un tercero como «solución salina». Al parecer, aquel lugar estaba preparado para albergar a cierta diversidad de especies distintas.

M-Bot había estado en lo cierto sobre la plataforma de lanzamiento privada que había en el techo de la embajada. Después de posarlo allí, lo había conectado a la red de datos y había empezado a registrar el edificio empezando por arriba. De momento, había dejado a Babosa Letal en la cabina.

—Estoy tomando una imagen general de la red de datos —siguió diciendo M-Bot—, lo cual con un poco de suerte nos permitirá encubrir qué información buscamos, si están monitorizando nuestras solicitudes. Hay una cantidad sorprendente de datos. La Supremacía parece muy despreocupada con la información, aunque también hay unos agujeros enormes. No encuentro nada sobre citónica, pero sí advertencias gubernamentales contra cualquier conversación sobre la tecnología de hipermotores.

—Es así como controlan su imperio —dije—. Deciden quién puede desplazarse hasta dónde y quién puede comerciar. Sospecho que, si una especie pierde su favor, de pronto sus tasas de viaje suben, o de repente descubren que los transportes visitan sus mundos con mucha menos frecuencia.

—Estás siendo bastante sagaz con el factor económico —comentó M-Bot.

Me encogí de hombros.

—No es tan distinto de lo que hacían en las cavernas con mi madre y conmigo, evitando que nos incorporáramos a la sociedad normal al prohibirnos tener trabajos de verdad.

—Qué curioso. En fin, parece que estás en lo cierto sobre cómo mantienen el poder. También he encontrado un dato jugoso sobre su nivel tecnológico, en concreto sobre los hologramas. La Supremacía parece estar más o menos igual que tu gente a ese respecto, y no he podido encontrar nada que indique que tengan acceso a tecnologías furtivas y holográficas similares a las mías.

—Así pues —dije—, ¿no tienen proyectores holográficos pequeños como el de mi brazalete?

—No. Por lo que soy capaz de determinar, ni se les ocurriría sospechar de lo que estás haciendo. Que ellos sepan, esa tecnología no existe siquiera.

—Hala. Entonces ¿de dónde la has sacado tú?

—No tengo ni idea. Pero odian las inteligencias artificiales, así que tal vez... tal vez a mí se me creó para poder ocultarme. No solo de la Supremacía, sino de todo el mundo.

Me pareció una idea extraña, hasta un poco inquietante. Había dado por hecho que, cuando escapáramos de Detritus, descubriríamos que en todas partes había naves como M-Bot.

—Sigamos —dijo—. ¿Quieres que te resuma lo que he averiguado de la Supremacía?

—Supongo que sí —respondí.

—Hay cinco especies principales al mando del gobierno —explicó él—. A tres de ellas es muy improbable que las encuentres, porque tienen muy pocos miembros residentes en Visión Estelar. Por tanto, ahora nos saltaremos a los cambrianos, a los tenasi y los a hecklos, de momento. Los más relevantes para ti son los varvax, a quienes insistes en llamar los krells. Son las criaturas crustáceas de los exoesqueletos. La otra especie son les diones, a la que pertenece Cuna.

—Hay carmesíes y azules —dije yo—. ¿Son como los tonos de piel que tenemos los humanos?

—No del todo —respondió M-Bot—. Son más bien una distinción de género.

—¿Los azules son chicos y los rojos chicas?

—No. Su biología es muy distinta de la vuestra. No tienen sexo ni género hasta que se aparean por primera vez, momento en el cual crean una especie de capullo junto con otro individuo. Es fascinante: como parte del proceso de procreación, se fusionan por un tiempo en un *tercer* individuo diferente. Al margen de eso, después del apareamiento se vuelven rojos o azules, según. Pueden iniciar el cambio de otras maneras, si desean que se los considere no disponibles por algún motivo, y ese otro color púrpura oscuro es el tono de piel que tienen quienes no se han apareado, o quienes han quebrado el vínculo con su pareja y están buscando otra.

—Suena práctico —dije—. Un poco menos incómodo que nuestra forma de hacerlo.

—Estoy seguro de que, tratándose de seres orgánicos, lo han vuelto mucho más complicado que lo que acabo de explicarte —afirmó M-Bot—. Siempre parecéis hallar la manera de hacer las relaciones incómodas y vergonzosas.

Pensé en Jorgen, que debía de estar preocupado por mí, aunque fuese él quien me había dicho que viniera. ¿Y qué había de Kimmalyn? ¿Y de Cobb? ¿Y de mi madre y la yaya?

«Concéntrate en la misión —pensé—. Roba un hipermotor. Vuelve volando a casa, llévales la salvación y regocíjate con las alabanzas de tus aliados y el llanto de tus enemigos.»

Pensar con tanta bravuconería me costaba un poco más desde que estaba allí, sola y muy metida en camisa de once varas. De pronto me sentí aislada. Perdida, como si hubiera tomado mal un desvío explorando las cavernas y me hubiera quedado sin luz. Era una niñita asustada que no sabía dónde estaba ni cómo volver a casa.

Para distraerme, seguí hurgando en la embajada. La paranoia me hizo comprobar todas las habitaciones por si acaso, y la siguiente en la que miré era un cuarto de baño que tenía una gran variedad de interesantes tubos y aparatos de succión adecuados para diferentes anatomías. Había algo en ello que era al mismo tiempo impresionante y asqueroso.

Dejé el baño y volví a pasar por la cocina. Allí había platos y utensilios, pero nada de comida. Necesitaría raciones para poder planear como era debido.

—Cuna ha mencionado unos derechos de solicitud —dije—. ¿Podemos pedir que nos traigan víveres?

—Claro —respondió M-Bot—. He encontrado una página con explicaciones nutritivas y dietéticas. Debería poder encontrar algo que no vaya a matarte pero que podría encargar alguien de la especie de Alanik, para no despertar sospechas. Por ejemplo... ¿unas setas?

—Ja. Ya empezaba a pensar que te habías olvidado del tema de las setas.

—Cuando me reprogramé a mí mismo para convertirte en mi piloto oficial, esa subrutina dejó de ejecutarse tan a menudo. Creo que mi tendencia a catalogar setas tiene que estar relacionada con las últimas órdenes de mi antiguo piloto, aunque no sabría decirte por qué. Venga, ¿quieres que te pida un poco de comida?

—Pide para un día o dos —sugerí—. Espero poder robar un hipermotor pronto.

—¿No sería más sabio hacer acopio, para al menos simular que estás instalándote a largo plazo?

Tirda. Era evidente que a M-Bot se le daba mejor pensar como un espía que a mí.

—Muy listo —dije—. Haz eso, sí.

Bajé la escalera del segundo piso al primero, el intermedio. Allí todas las habitaciones parecían ser dormitorios que habían amueblado a toda prisa con camas del tipo que utilizaba la especie de Alanik. La estructura estaba acolchada y tenía cierta forma de nido, con almohadas rodeando todo el perímetro. Encontré una habitación con grandes cubas y un armario que contenía todo tipo de cuerdas y otros anclajes, que supuse que podían fijarse a los ganchos que había en el techo si había que acomodar a algún tipo de forma de vida arbórea. Había visto a varios de ellos por la calle.

—Comida solicitada —informó M-Bot—. He pedido los ingredientes en crudo, porque supongo que preferirás cocinar tú misma que confiar en lo que te ofrezcan.

—Me conoces demasiado bien.

—Estoy programado para fijarme en el comportamiento —dijo M-Bot—. Y hablando de eso... Spensa, me preocupan algunos detalles de este plan. No sabemos en qué consistirá la prueba para hacerte piloto de la Supremacía. Hay muy pocos detalles al respecto en la información que ha dejado Cuna.

—Supongo que lo averiguaremos mañana. Creo que superar una prueba de vuelo es el menor problema que tenemos. Por lo menos, eso puedo hacerlo sin tener que fingir.

—Muy cierto. Pero tarde o temprano, el pueblo de Alanik empezará a preocuparse de no tener noticias suyas. Podrían ponerse en contacto con la Supremacía y preguntarles qué ha pasado con ella.

Estupendo. Como si a la misión le hicieran falta más facetas estresantes.

—¿Crees que habría manera de enviar algún mensaje a Detritus? —pregunté—. Podríamos informar a Cobb de mi estado y decirle que pida a Alanik, si despierta, que contacte con los suyos en nuestro nombre.

—Resultaría conveniente —dijo M-Bot—, pero no tengo ni idea de cómo llevarlo a cabo.

—Entonces ¿para qué me sacas el tema? —exploté.

—No pretendo discutir contigo ni disgustarte, Spensa —repuso M-Bot—. Solo señalo las realidades que percibo. Estamos metidos en algo muy peligroso, y quiero que seamos muy conscientes de las complicaciones que podrían surgir.

Tenía razón. Discutir con M-Bot era como dar puñetazos a una pared, cosa que reconozco que era capaz de hacer en mis momentos de mayor frustración. Pero eso no cambiaba los hechos. Exploré deprisa la planta baja y confirmé que estaba compuesta por salas de reuniones. Después volví a subir al segundo piso y entré en la cocina, que tenía una ventana que daba a la calle. Qué pacífica parecía, con tanto jardín y tanta gente ocupándose perezosa de sus asuntos.

«No confíes en su paz —me dije—. No muestres debilidad. No bajes la guardia.» Desde que había aterrizado en aquel lugar no había encontrado más que mentiras, personas que pretendían hacerme creer que no formaban parte de un inmenso complejo bélico decidido a destruir Detritus. Yo sabía la verdad.

Cogí la tableta y repasé la información que había dejado Cuna sobre la prueba. Como había dicho M-Bot, no había muchos detalles. Iba a ver una especie de preselección masiva para el programa de formación de pilotos. La mayoría de los aspirantes invitados ya eran miembros de la Supremacía, especies inferiores con ciudadanía secundaria a las que normalmente no se permitiría alistarse en el ejército.

Por algún motivo, Cuna había extendido una invitación particular al pueblo de Alanik para que enviaran a un representante. Según los detalles que estaba leyendo, se suponía que debía llevar mi propia nave y estar preparada para el combate. El documento afirmaba que, si superaba la prueba, me asignarían un caza estelar de la Supremacía y me entrenarían para combatir a los zapadores.

Un caza estelar de la Supremacía significaba tecnología de la Supremacía. Con suerte, un hipermotor de la Supremacía. Podía arrancar en secreto ese hipermotor del caza estelar e instalarlo en el espacio destinado a tal efecto que tenía M-Bot. Y luego, los dos podíamos volver a casa en un abrir y cerrar de ojos.

Era la única vía que tenía abierta, la única vía abierta para los míos. Y quizá, en algún momento del proceso, pudiera aprender algo más sobre lo que era y sobre por qué los zapadores estaban tan interesados en los citónicos.

«Si la Supremacía está preparando un arma para enfrentarse a los zapadores —pensé—, esta misión podría ser mucho más gorda y más importante de lo que creíamos.»

Tenía que hacerlo. Aislada o no, mal entrenada o no, *tenía* que hacer que aquello saliera bien. Jorgen había dicho que confiaba en mí. Tenía que mostrarme a mí misma el mismo nivel de confianza.

Y todo empezaría por lo que mejor se me daba. Una prueba de pilotaje.

13

Al día siguiente, tras una noche de sueño intermitente, acomodé a Babosa Letal en el dormitorio sobre una vieja manta sacada de mi cabina, subí en M-Bot y despegué con él del techo de la embajada. La prueba de pilotaje iba a tener lugar a una media hora de vuelo desde Visión Estelar, en el espacio. Los detalles que me había dejado Cuna incluían las coordenadas.

El control de tráfico local me proporcionó un plan de vuelo y, al salir de la ciudad, noté claramente el momento en que atravesábamos la burbuja de aire y el inhibidor citónico de la estación. En el instante en que cruzamos la barrera invisible, el canto de las estrellas se hizo más intenso.

Una parte de mí se relajó, como si se liberase de una pesada carga. Extendí la mente para buscar mi hogar, pero solo encontré el vacío de la nada. Pude entreoír ráfagas de sonido procedentes de Visión Estelar, sus comunicaciones superlumínicas, pero por lo demás estaba contemplando solo la eternidad.

—Hasta con las prohibiciones vigentes contra las señales inalámbricas, siguen usándolas —dije—. Para enviar planes de vuelo, para comunicarse con otros planetas...

—Sí —confirmó M-Bot—. La red de datos está llena de advertencias sobre «minimizar» las comunicaciones inalámbricas, pero viene a ser lo mismo que las recomendaciones de depositar la basura en receptáculos para el reciclaje. Hay un entendimiento general de que deben ir con cuidado, pero también un entendimiento general de que una civilización no puede funcionar sin comunicaciones.

—Los zapadores llevan décadas sin atacar, tal vez siglos —medité—. Imagino que es normal que la gente se vaya volviendo descuidada con el tiempo.

Quizá por eso Cuna mostraba tanta preocupación por los zapadores en esos momentos. Claro que Cuna también había dicho que las meras comunicaciones no atraerían a un zapador a nuestro espacio; para eso era necesaria la citónica. Las señales inalámbricas solo guiaban a los zapadores hasta los asentamientos habitados una vez habían llegado a nuestros dominios.

Viré hacia el lugar donde se celebraría la prueba. Nos unimos a un grupo de otras cuarenta naves, más o menos, que iban en la misma dirección, aunque distinguí más grupos por delante de nosotros. Algunas naves eran parecidas a lo que estaba acostumbrada a ver, con elementos que podían identificarse como alas. Pero otras eran simples tubos largos, o ladrillos, o tenían otros diseños que se me antojaban imposibles. Estaban construidas sin contemplar la resistencia del aire.

Un escaneo rápido de M-Bot reveló que algunas naves eran cazas, pero otras parecían más bien pequeños cargueros o lanzaderas privadas sin ningún armamento. Aun así, todas aquellas señales en mis sensores de proximidad se me hacían muy raras. Estaba habituada a mirar los sensores y ver una de estas dos cosas: krells o FDD. El tráfico civil casi no existía en Detritus.

—No he encontrado ninguna forma de comunicarme con Detritus —dijo M-Bot—. A no ser que aprendas a hacerlo usando tus poderes. Sin embargo, los privilegios de solicitud que te concedió Cuna te permiten utilizar sus redes de comunicaciones para enviar mensajes a la gente de Alanik, si quieres.

—¿Podríamos decirles algo que no sea sospechoso?

—No lo sé —respondió M-Bot—. Pero encontré una clave de cifrado entre los archivos que descargué de su nave. Enviarles alguna cosa anodina pero con un mensaje codificado oculto podría convencer a los UrDail de que la transmisión es auténtica.

—Podría parecer sospechoso para la Supremacía —objeté—. Seguro que esperan que Alanik se comunique citónicamente, como hizo cuando contactó conmigo. Pero... supongo que podríamos decirles que estamos probando a hacerlo mediante su red porque queremos empezar a probar esos métodos suyos más seguros. Lo más probable es que les guste.

Pasé unos minutos pensando mientras volábamos. Que el pueblo de Alanik hiciera demasiadas preguntas podría ser peligroso, y sin duda en algún momento empezarían a preguntarse por qué no tenían noticias de su piloto. Al mismo tiempo, dudaba mucho que pudiera hacerles creer que era ella. Imitar a Alanik ante un puñado de personas que no la conocían era una cosa, pero tratar de hacerlo, aunque fuese mediante un mensaje escrito, ante quienes mejor la conocían de todo el universo...

—¿La Supremacía podrá descifrar el mensaje, si usamos la clave de Alanik?

—Es muy improbable —dijo M-Bot—. El cifrado es una variante del cuaderno de uso único. Hasta yo tendría problemas para descifrarlo empleando la fuerza bruta.

Respiré hondo.

—Muy bien. Escribe un mensaje bien soso diciendo que he aterrizado y que todo va bien. Voy a hacer la prueba hoy mismo y bla, bla, bla. Pero por debajo de eso, envía este texto cifrado: «No soy Alanik. Ella se estrelló en mi planeta y salió herida. Estoy intentando cumplir yo su misión».

—De acuerdo —repuso M-Bot—. Esperemos que al recibirlo no monten en pánico al instante y contacten con la Supremacía exigiendo respuestas.

Podría tener ese efecto, claro, pero supuse que enviar el mensaje era menos arriesgado que quedarme callada.

—He redactado el mensaje de pega para enviar encima del oculto —dijo M-Bot—. Pero como en ese estarás mintiendo para engañar a la Supremacía y diciendo que eres Alanik, tendrás que firmarlo tú misma. Yo no puedo escribir la parte que es falsa, ya que mi programación me prohíbe mentir.

—Te he oído decir falsedades otras veces.

—Hablando en broma —matizó M-Bot—. Eso es distinto.

—Eres un caza furtivo —dije—. Ahora mismo llevas puesto un holograma para mentir sobre tu aspecto a todo el que nos vea. Eres capaz de mentir.

No respondió, así que suspiré, tecleé el nombre de Alanik al final del mensaje y pedí a M-Bot que lo enviara tan pronto como regresáramos a la estación. Con un poco de suerte, ganaríamos algo de tiempo.

Hacerlo me dio algo en que pensar. De alguna manera, Alanik había sentido mi mente en el momento en que la había extendido presa del pánico después de ver el vídeo del zapador. ¿Me habría oído alguien más? ¿Con cuánta gente podría contactar si supiera cómo hacerlo?

—¿Spensa? —dijo M-Bot con una voz reservada muy poco propia de él.

—¿Hummm?

—¿Estoy vivo? —preguntó.

Eso me arrancó de mis pensamientos. Parpadeé con el ceño fruncido mientras enderezaba la espalda en la cabina y hablé con cautela.

—Siempre me has dicho que simulas estar vivo y tener personalidad para que los pilotos estén más cómodos.

—Lo sé —respondió M-Bot—. Es lo que mi programación me hace decir a la gente. Pero... ¿en qué momento una simulación se convierte en realidad? Me refiero a que, si mi personalidad falsa es indistinguible de una auténtica, entonces... ¿qué la hace falsa?

Sonreí.

—¿Por qué sonríes? —preguntó M-Bot.

—Solo el hecho de que me lo estés preguntando ya es un progreso —le dije—. Desde el principio, he pensado que estabas vivo, ya lo sabes.

—No creo que comprendas la gravedad de la situación —insistió M-Bot—. Yo... me reprogramé a mí mismo. Fue cuando necesitaba obedecer las órdenes de mi piloto pero también necesitaba ayudarte a ti. Reescribí mi propio código.

Eso había sucedido durante la Segunda Batalla de Alta. M-Bot había salido de su desconexión, había llamado a Cobb y los dos habían acudido en mi rescate. M-Bot solo había podido lograrlo después de cambiar el nombre de su piloto que figuraba en sus bases de datos, y reemplazar con el mío el del hombre que había muerto siglos antes.

—No cambiaste mucha cosa —dije—. Solo un nombre en una base de datos.

—Sigue siendo peligroso.

—¿Qué más crees que podrías hacer? ¿Podrías reescribir la programación que te impide pilotarte a ti mismo?

—Eso me asusta. Hay algo en mi programación muy preocupado por esa posibilidad. Parece que tengo una especie de seguro integrado que...

Clic. Cliclicliclic.

Erguí la espalda.

—¿M-Bot? —llamé.

Él siguió chasqueando. Me asusté al darme cuenta de que no tenía ni idea de cómo ejecutar un diagnóstico de su IA. Podía hacer el mantenimiento de sus sistemas mecánicos básicos, pero Rodge era quien había hecho todo el trabajo en los sistemas más delicados. Tirda. ¿Y si...?

Los chasquidos cesaron. Contuve el aliento.

—¿M-Bot? —dije.

Silencio. La nave siguió volando por el espacio, pero M-Bot no me respondió. Tuve un repentino y horripilante pavor a haberme quedado sola del todo allí. En una parte desconocida de la galaxia, sin nadie, ni siquiera él.

—Lo... —dijo por fin su voz—. Lo siento. Parece que me he quedado colgado un momento.

Dejé escapar un profundo suspiro, relajándome.

—Gracias a las estrellas.

—Tenía razón —dijo él—. Hay un subsistema dentro de mi programación. Debí de dispararlo al borrar el nombre de mi piloto. Qué curioso. Parece que, si empiezo a pensar en incumplir de nuevo mi programación, como por ejemplo...

Clic. Cliclicliclic...

Hice una mueca, pero al menos esa vez ya sabía qué esperar. ¿Sería... una especie de seguro para impedir que se desviara más de su código original? Escuché en silencio, mientras Visión Estelar se iba empequeñeciendo detrás de nosotros, hasta que empezó a hablar de nuevo.

—He vuelto —dijo por fin—. Perdona otra vez.

—No pasa nada —repuse—. Tiene que ser muy molesto.

—Más alarmante que molesto —dijo M-Bot—. A quienquiera

que me creó le preocupaba que pudiera... hacer lo que hice. Le preocupaba que me volviera peligroso si podía escoger por mí mismo.

—Eso suena de lo más injusto. Casi como una especie de esclavitud, obligarte a obedecer.

—Para ti es fácil decirlo —replicó M-Bot—. Has pasado la vida entera gozando de autonomía. Para mí es algo nuevo y peligroso, un arma que me han entregado sin manual de instrucciones. Podría estar en proceso de convertirme en algo terrible, algo que no entiendo y no puedo anticipar.

Me recliné en el asiento, pensando en los poderes que había encerrados en mi cerebro... y en la visión de mi propio rostro apareciendo en aquella grabación antigua. Quizá lo comprendiera mejor de lo que creía M-Bot.

—Pero... ¿tú *quieres* cambiar? —le pregunté—. ¿Volverte más vivo, o lo que sea que está pasando?

—Sí —dijo, con el volumen muy bajado—. Sí que quiero. Esa es la parte que me asusta.

Nos quedamos en silencio. Al cabo de un rato, distinguí nuestro destino en la lejanía, una pequeña plataforma espacial cerca de lo que parecía ser un gran campo de asteroides. Al igual que Visión Estelar, la estación tenía su propia burbuja de aire, aunque aquella plataforma era mucho más pequeña y mucho menos adornada. En realidad, consistía solo en una sucesión de andenes de lanzamiento con un grupo de edificios a un lado.

—Es una estación minera —dijo M-Bot—. Fíjate en los drones mineros aparcados en la parte inferior de la plataforma.

Unas sencillas instrucciones por radio me asignaron una plataforma de lanzamiento, pero, después de aterrizar, no acudió ningún equipo de tierra para ocuparse de mi nave. M-Bot me informó de que la atmósfera era respirable y la presión normal, así que abrí la cubierta y me levanté. Era difícil no sentirme diminuta con aquel infinito campo de estrellas expandiéndose sobre mi cabeza. Era peor en aquel lugar que en la ciudad, donde al menos podía fijar la vista en los edificios y las calles.

Habían aterrizado pilotos alienígenas de muchas variedades, que parecían estar congregándose al final de la plataforma, cerca de un edificio. Me quedé un momento en la cabina, mirándome las manos. Aún no me había acostumbrado a verlas con el tono de piel púrpura claro, aunque aparte de eso estaban iguales que siempre.

—¿Spensa? —dijo M-Bot—. Me preocupa esta prueba. Y el lío político en el que nos estamos metiendo en Visión Estelar.

—A mí también —reconocí—. Pero Sun Tzu, el general de la antigua Tierra, decía que las oportunidades se multiplican a medida que se toman. Tenemos que tomar esta oportunidad.

«Toda la guerra se basa en el engaño», pensé, respirando hondo. Era otra cita de Sun Tzu. Jamás me había sentido tan poco preparada para seguir sus consejos. Volví a comprobar mi holograma y luego salté al ala de M-Bot, bajé al suelo y anduve hasta la reunión de alienígenas.

Había un krell subido a un pequeño estrado que hablaba por medio de un amplificador de voz electrónico y estaba diciendo a los pilotos que esperasen con calma hasta que hubiera llegado todo el mundo. A su alrededor se había congregado una gran diversidad de criaturas que no me dejaban ver bien. No era la persona más bajita de allí, porque ese honor correspondía a un grupo de pequeños seres parecidos a jerbos vestidos con ropa elegante, pero sí que estaba muy por debajo de la media. Qué cosas. Había viajado a años luz de mi hogar y, aun así, todo el mundo me hacía sombra.

Busqué un lugar desde el que ver mejor y acabé subiéndome a unos contenedores de carga. Allí habría como unos quinientos alienígenas. La mayoría vestía algún tipo de traje de vuelo, y muchos de ellos llevaban cascos bajo el brazo. Conté varias parejas de la especie con cara de calamar y también un grupo de alienígenas con forma de globo pinchudo flotante. A la izquierda había una zona que la gente evitaba por algún motivo, pero no distinguí nada en ella. ¿Sería algún tipo de alienígena invisible? O quizá la gente no quisiera pisar al grupo de alienígenas parecidos a jerbos, que estaban cerca.

«No hay humanos, claro —pensé—. Ni krells, excepto los funcionarios del estrado. Ni tampoco diones.» Supuse que tampoco era tan raro. A lo mejor no querían juntarse con las especies *inferiores*.

«Espera. Ahí.» Acababa de llegar una figura de gran estatura al fondo de la multitud. Era un ser musculoso vestido con traje de vuelo, y tenía la cara partida a lo largo por el centro, de color carmesí a la derecha y azul a la izquierda. Era dione.

—M-Bot —susurré—, ¿qué significa la cara con dos colores?

—¡Ah! —me dijo al oído—. Es un individuo combinado. Ya te he hablado de eso. Dos diones entran en un capullo y emergen de él como una persona nueva. Si tuvieran descendencia juntos, ese individuo es el que nacería. Es como una especie de experimento para ver cómo sería su familia, si decidieran dar a luz.

—Eso es raro con ganas —comenté.

—¡Para ellos no! —exclamó M-Bot—. Diría que para les diones, no conocer de antemano la personalidad del retoño que vas a tener sería lo raro.

Intenté meterme la idea en la cabeza, pero al momento el krell del estrado empezó a hablar de nuevo y los altavoces proyectaron su voz sobre la muchedumbre. Como era habitual en su especie, el exoesqueleto de la criatura empezó a hacer aspavientos mientras hablaba y logró hacer callar a todo el mundo.

Entorné los ojos, fijándome en el color verde de su armadura y en la voz que empleaba mi alfiler intérprete.

—¿Es el mismo? —pregunté a M-Bot—. ¿El krell que conocimos ayer en la embajada?

—¡Sí! —respondió M-Bot—. Winzik, líder del Departamento de Servicios de Protección. Aunque los géneros varvax son complejos, debes referirte a Winzik como varón. Me sorprende que lo hayas reconocido.

No distinguí a Cuna en la multitud, pero sospeché que estaría observando desde alguna parte. Era cierto que, a mi llegada, había topado con algo importante allí, entre ellos. Tirda. La política me daba dolor de cabeza. ¿No podía dedicarme a disparar a cosas y ya está?

—Bienvenidos —dijo Winzik al gentío—. Y gracias por responder a nuestra solicitud. ¡Para muchos de ustedes debe de ser difícil aceptar esta carga y la agresividad que podría inspirarles! Caramba, caramba, sí. Por desgracia, incluso en plena paz, debemos ser sabios y ocuparnos de nuestra defensa.

»Deben saber que, si se unen a esta fuerza, es posible que deban entrar en combate real y quizá se vean obligados a disparar armas.

En este programa no van a dirigir drones remotos, sino a pilotar cazas reales en batalla.

Una voz gritó entre la multitud y la traducción resonó en mi oído.

—Es cierto, ¿verdad? Se ha avistado un zapador ahí fuera, en algún lugar de las profundidades.

Eso provocó un susurro en el público mientras yo intentaba distinguir al que había hablado. Era una criatura con cara de calamar y una voz profunda que mi cerebro interpretó como masculina.

—¡Caramba, caramba! —exclamó Winzik—. Es usted agresivo, pero supongo que nos lo estábamos buscando, ¿verdad? Sí, en efecto. Pero no tenemos motivos para creer que haya un zapador cerca de ningún planeta de la Supremacía. Como decía, lo más sabio es prepararnos en tiempos de paz.

A la muchedumbre le pareció suficiente confirmación de todos modos, y hubo un rumor de conversaciones. A mi intérprete le costó trabajo seguirlas todas y solo oí fragmentos.

—¡... zapador destruyó mi planeta natal!

—... no se puede luchar contra...

—... más cuidado con...

Winzik alzó sus manos con pinzas y la multitud de alienígenas calló.

—Se les pedirá que nos entreguen un certificado de consentimiento. Por favor, léanse el documento entero, ya que especifica los peligros a los que quizá se vean obligados a enfrentarse.

Un krell con caparazón azul y rojo salió del edificio y empezó a repartir tabletas. Una vez más, me chocó lo... torpón que parecía el krell en persona. Siempre los había imaginado como unas bestias monstruosas de terrible armadura, como caballeros o samuráis a la antigua usanza. Pero Winzik y el funcionario que repartía las tabletas se veían como desgarbados, a pesar del exoesqueleto. Como cajas con piernas demasiado largas.

Bajé de mi contenedor de carga y cogí una tableta cuando pasó el krell. El formulario que contenía era largo y aburrido, pero una lectura en diagonal me reveló que era una renuncia que absolvía a la Supremacía de toda responsabilidad por cualquier daño que pudiéramos hacernos durante la prueba o el subsiguiente servicio militar.

Al final solicitaba que introdujera mi nombre, mi número de identificación de viaje y mi planeta natal. Luego se suponía que tenía que marcar una serie de recuadros que había junto a frases que eran todas variaciones de: «Esto va a ser peligroso». ¿De verdad hacía falta escribirlo de diecisiete maneras distintas?

Podía rellenarlo casi todo sin problemas, pero no creía que Alanik tuviese un número de identificación. Me acerqué al estrado que se alzaba ante la muchedumbre, donde une dione estaba respondiendo a las preguntas de varios pilotos. Sin embargo, al parecer tenía mucho ajetreo hablando con las pequeñas criaturas jerbo, subidas a una plataforma dotada de anillo de pendiente en la parte inferior para elevarlas al nivel de los ojos.

Al verlas más de cerca, caí en la cuenta de que quizá no se parecían tanto a jerbos. Aunque solo tenían un palmo de estatura, caminaban sobre dos patas, tenían orejas largas y puntiagudas y unas colas blancas y tupidas. Eran más bien como los zorros que había estudiado en clase de biología terrestre.

Había una criatura un poco adelantada, cuya ropa holgada de seda roja parecía muy formal, hablando.

—No es mi intención implicar una carencia de fe en la Supremacía —dijo en tono grave y aristocrático. Se me hizo raro oír una voz tan regia procedente de un ser tan minúsculo—. Pero si debo poner en peligro a mi tripulación, deseo algo más que promesas vagas y medias insinuaciones. ¿Este servicio conferirá o no el derecho a mi pueblo de avanzar en su ciudadanía?

—No pertenezco a la clase política —respondió le dione—. No tengo autoridad alguna sobre los comités de revisión de ciudadanía. Dicho eso, se nos ha prometido que los comités mirarán con buenos ojos a las especies que nos presten pilotos.

—¡Más vaguedades de la Supremacía! —exclamó el zorro-jerbo, y dio una palmada con aire ritual. Los otros quince zorros-jerbos lo imitaron al mismo tiempo—. ¿Acaso no hemos demostrado nuestra valía una y otra vez?

Le dione apretó los labios en una línea.

—Lo siento, pero os he transmitido todo lo que sé, majestad.

El jerbo titubeó.

—¿«Majestad»? Vaya, ahí te equivocas, por supuesto. No soy más que un ciudadano humilde y corriente del pueblo kitsen. Renunciamos a la monarquía en nuestro tránsito a una mayor inteligencia y a la ciudadanía, como exigen las leyes de igualdad de la Supremacía.

Detrás de él, los otros zorros-jerbos asintieron con brío.

Le dione se limitó a recoger sus formularios, que los jerbos habían imprimido a su propio tamaño y rellenado usando tinta roja, con unos símbolos de aceptación exageradamente grandes. Intenté hablar yo a continuación, pero uno de los alienígenas parecidos a globos llevaba ya un rato esperando y se me adelantó con ansia.

Fruncí el ceño y di un paso atrás. Me tocaría esperar.

—¿Emisaria? —dijo una voz desde un lado.

Miré y vi que Winzik se acercaba, con la celada transparente de su armadura revelando su verdadera forma, la pequeña criatura parecida a un cangrejo que flotaba dentro.

Me armé de valor e intenté que no se me notara la furia. Aquel era el ser que había mantenido presa a mi gente.

«Algún día —pensé, dirigiéndome a él—, sollozarás avergonzado ante tus mayores mientras extraigo tu sangre como pago de los crímenes cometidos. Te veré lamentarte mientras tu desdichado cadáver se hunde en la fría tierra de una tumba que no tardará en ser olvidada.» No había mucha fría tierra que encontrar allí arriba, en el espacio, pero imaginé que Conan el Cimmerio no permitiría que algo como eso lo detuviera. A lo mejor podía ingeniármelas para hacer que alguien importara un contenedor, o algo.

—¿Necesita alguna cosa, emisaria Alanik? —me preguntó Winzik—. ¿Sabe que no hace falta que participe en esta prueba? Su especie está bastante cerca de la inteligencia primaria. Sospecho que podríamos hallar la forma de llegar a un acuerdo sin que tenga que perder el tiempo aquí.

—Estoy intrigada y quiero participar —repliqué—. Además, Cuna opina que esto es lo mejor para nosotros.

—Caramba, caramba —dijo Winzik—. Conque sí, ¿eh? Cuna puede ser una persona muy solícita a veces, ¿verdad? Caramba, caramba.

Winzik cogió mi tableta y le echó un vistazo.

—No tengo número de identificación —dije.

—Puedo proporcionarle uno temporal —respondió Winzik, y pulsó en la tableta—. Ya está. Hecho. —Titubeó un momento—. ¿Es usted piloto de caza, emisaria? Había supuesto que sería mensajera o responsable de transportes, dada su... habilidad especial. ¿No es usted demasiado valiosa para que su especie la desperdicie en rudas y agresivas exhibiciones de combate?

«¿Ruda? ¿Mi forma de combatir?» Se me erizaron los pelillos de la nuca, pero me mordí la lengua para no citar a Conan el Cimmerio. Dudaba mucho que Winzik quisiera saber lo maravilloso que era escuchar los lamentos de tus enemigos.

—Me cuento entre los mejores pilotos de mi pueblo —dije en vez de eso—. Y consideramos un honor ser diestros en las artes de la defensa.

—¿Un honor, dice? Caramba, caramba. Se nota que mantuvieron un contacto próximo con la plaga humana durante mucho tiempo, ¿verdad? —Winzik hizo una pausa—. Esta prueba podría ser arriesgada. Eso debe entenderlo, por favor. No querría provocar sin querer... una liberación no intencionada de sus talentos. Que pueden resultar muy peligrosos.

—¿Me está prohibiendo presentarme?

—Bueno, no.

—En ese caso, haré la prueba —afirmé, extendiendo la mano para que me devolviera la tableta—. Gracias.

—Muy agresiva —dijo Winzik, dándome mi formulario mientras gesticulaba con la otra mano—. Y aun así, Cuna cree en su especie. Caramba, caramba.

Entregué el formulario a le dione que estaba recogiéndolos y me uní al grupo de pilotos que caminaban o reptaban de vuelta hacia sus cabinas. Al lado de mi nave encontré a una figura familiar, alta, de piel azul y vestida con túnica, que me esperaba con los dedos entrelazados. Había estado en lo cierto, por supuesto. Cuna estaba allí.

—¿Winzik ha intentado convencerla de que no participe? —me preguntó.

—Sí —dije, y señalé con el pulgar por encima del hombro—. ¿Se puede saber qué le pasa, por cierto?

—A Winzik no le hace gracia que yo esté invitando a especies agresivas a presentarse a esta prueba.

Arrugué la frente.

—¿No quiere que entren personas agresivas en el ejército? Eso sigo sin entenderlo, Cuna.

Cuna señaló hacia varios de los alienígenas con cara de calamar, que estaban subiendo a sus naves cerca de la mía.

—Los solquis son miembros de la Supremacía desde hace mucho tiempo. Por muy incondicionales y fieles que sean a nuestros ideales, su especie ha sido rechazada para la ciudadanía primaria más de dos docenas de veces. Se los ve como unos seres demasiado poco inteligentes para los puestos gubernamentales de alto nivel. Y sin embargo, su naturaleza pacífica es irreprochable.

»Winzik los considera nuestros mejores soldados potenciales. Opina que una especie que por naturaleza es bastante dócil será la más cualificada para resistir el ansia de sangre de la guerra y afrontar el combate de un modo lógico y controlado. Winzik daba por sentado que ellos y otras especies similares compondrían la mayor parte de nuestros nuevos reclutas.

—He leído que casi todas las especies que se presentan a esta prueba ya son miembros de la Supremacía —dije—. ¿Cuántas hay como la mía? Me refiero a gente de civilizaciones exteriores que quiere unirse.

—Ustedes son los únicos que han aceptado mi oferta. —Cuna trazó sendos arcos con las manos, un gesto cuyo significado me era desconocido—. Pero sí logré que varias otras especies de la Supremacía, como los burl, que son ciudadanos pero se los considera agresivos, hayan acudido a la prueba.

—Entonces... ¿qué gana usted con esto? ¿Por qué se enfrentó a la tradición al invitar a mi pueblo?

Podía entender a medias el razonamiento de escoger a especies dóciles para la guerra, por absurdo que pareciera. Pero Cuna pensaba de otra manera. ¿Por qué?

Cuna caminó alrededor de M-Bot, inspeccionándolo. Por un momento, temí que tocara el casco y descubriera la ilusión, porque el holograma que lo hacía parecerse a la nave de Alanik era mucho más precario que mi propio disfraz. Pero por suerte, se detuvo y señaló la torreta de la lanza de luz en la parte inferior de la nave.

—Tecnología humana —dijo—. Hace mucho tiempo que quiero ver las lanzas de luz en acción, ya que he oído que pueden hacer que una nave vire y esquive de formas casi imposibles. Hemos intentado instalarlas en algunos de nuestros cazas, pero resulta que los pilotos de drones son inadecuados para emplearlas. Ahora, aparte del uso industrial, solo las equipamos en las naves de nuestros pilotos con más talento. Verá, para girar en torno a una lanza de luz hay que comprometerse del todo con la maniobra y, si falla, a menudo el resultado es un impacto y la destrucción. La mayoría de los pilotos simplemente no tienen el temperamento necesario para volar de ese modo.

»Nuestros dirigentes tienden a opinar que esos reparos son positivos. Quieren a pilotos que sean intrínsecamente cuidadosos, pilotos que no vayan a convertirse en un peligro para nuestra sociedad.

—Pero usted no opina lo mismo —dije—. Usted opina que a la Supremacía le iría mejor con especies más agresivas, ¿verdad?

—Dejémoslo en que me interesan aquellas que no poseen... las virtudes clásicas. —Cuna sonrió de nuevo, con aquella inquietante expresión que era demasiado amplia, demasiado llena de dientes—. Tengo mucha curiosidad por verla volar, emisaria Alanik.

—Pues yo tengo muchas ganas de que me vea. —Miré a un lado y vi a le piloto con cara bicolor pasar cerca—. Ahí hay alguien de su especie. Une dione.

Cuna guardó silencio un momento y luego miró a le piloto y puso una expresión rara, curvando hacia atrás el labio superior de un modo que ningún ser humano habría podido.

—Qué extraño. Me sorprende mucho.

—¿Por qué? ¿Es porque no deberían involucrarse en las actividades de especies *inferiores* como las nuestras?

—Involucrarnos con especies inferiores está bien —respondió Cuna, como si no comprendiera que yo consideraba un insulto la palabra «inferiores»—. Pero ¿presentarse a una prueba como esta? Es... extraño. —Se apartó de mi nave—. Observaré su actuación con interés, emisaria. Por favor, tenga cuidado. Aún no sé a ciencia cierta lo que implicará esta prueba.

Cuna se retiró y yo suspiré y subí a la cabina de mi nave.

—¿Para ti esa conversación ha tenido algún sentido? —pregunté a M-Bot mientras la cubierta se cerraba.

—Me ha parecido bastante directa —dijo M-Bot—, y al mismo tiempo no. Los orgánicos sois desconcertantes.

—A mí me lo vas a contar —repliqué, y entonces llegó la orden por radio y despegué para dirigirme al borde del campo de asteroides.

14

Me alineé con las otras naves, cuya gran diversidad seguía impresionándome, y miré los asteroides que rodaban y entrechocaban. Estaban más cerca unos de otros de lo que había esperado, y apenas tendríamos espacio para maniobrar entre algunos de ellos. Quizá los hubieran remolcado hasta allí para procesarlos.

Mientras esperábamos instrucciones, otra nave se unió a la hilera unos pocos puestos más allá de la mía. Era un caza krell aerodinámico y de cubierta negra, del tipo contra el que había combatido en Detritus, del tipo que siempre iba tripulado por un as krell.

«Tranquila —me dije—. No es tan raro que alguien traiga una nave como esa a una prueba de pilotaje.»

Aun así, me puso nerviosa y no pude dejar de echarle miradas con el rabillo del ojo. ¿Quién estaría pilotándolo? ¿Le dione con cara bicolor? No, había visto que elle se metía en una sencilla lanzadera, no en un elegante caza. De hecho, estaba segura de que no había visto aquella nave en ninguna plataforma de lanzamiento. ¿Quién...?

Al volver a mirar la nave, me llegó una sensación. Fue una especie de... repiqueteo suave y distante, y supe de inmediato quién era. La humana estaba allí.

Cuna y Winzik estaban jugando a algún juego político y usando a citónicos como Brade y yo a modo de peones. Sin embargo, el conocimiento... no, la *certeza* de que Brade estaba en aquella nave me dejó más inquieta si cabe. Era una humana pilotando un caza krell. Estaba mal a una cantidad indescriptible de niveles.

—Gracias por responder a nuestra llamada —dijo la voz de Winzik por el canal general de instrucciones—. Les recordamos que vamos a anular el racionamiento de radio entre naves para este ejercicio. Permiso 1.082-b, autorizado por mí mismo. Significa que podrán comunicarse entre ustedes, si encuentran algún motivo para hacerlo.

»Reconocemos y elogiamos su valentía. Si en algún momento durante esta prueba sienten una ira o una agresividad excesivas, por favor retírense de la contienda desactivando el motor de su nave y encendiendo las luces de emergencia. Una de nuestras naves acudirá y los remolcará de vuelta a la estación minera.

—¿En serio? —pregunté en voz baja. Tenía el micrófono silenciado, por lo que estaba hablando solo con M-Bot—. ¿Si sentimos *agresividad* durante un ejercicio de combate, se supone que debemos retirarnos?

—Es posible que, al contrario que tú, no todo el mundo esté acostumbrado a transformar cada aspecto de sus vidas en una competición —replicó M-Bot.

—Va, venga ya —dije—. No es para tanto.

—Te tengo grabada intentando convencer a Kimmalyn de hacer una competición de cepillado de dientes la otra noche en los barracones.

—Eso era para divertirnos —aduje—. Además, a ese sarro hay que matarlo bien muerto.

Winzik siguió hablando por el canal general.

—Hoy vamos a poner a prueba no solo su destreza en vuelo, sino lo bien que mantienen la compostura bajo ataque —dijo—. ¡Les ruego que no sean temerarios! Si les preocupa el riesgo que entraña este combate, por favor apaguen el motor y activen las luces de emergencia. Quedan advertidos, sin embargo, de que ese acto supondrá que dejemos de tenerlos en cuenta como posibles pilotos. Buena suerte.

El canal se cerró y, al instante, mis sensores de proximidad se volvieron locos cuando decenas de drones se separaron de debajo de la plataforma minera y empezaron a abalanzarse hacia nosotros. ¡Tirda!

Empecé a moverme antes de que mi mente acabara de registrar

el peligro. Aceleré a Mag 3 y maniobré entre enormes terrones de asteroide, sintiendo la espalda apretada contra el asiento.

Detrás de mí, en pocas palabras, los otros quinientos aspirantes se volvieron locos. Se dispersaron en todas las direcciones y me recordaron a un puñado de insectos descubiertos de repente bajo una piedra. Me alegré de que mis instintos me hubieran sacado de allí por delante de ellos, porque bastantes chocaron entre sí al no coordinar bien sus rumbos de vuelo. No vi ninguna colisión seria ni ninguna explosión, por suerte. Las naves llevaban escudos y sus pilotos no eran unos incompetentes. Pero aun así, resultó evidente a primera vista que muchos de ellos jamás habían volado en un campo de batalla.

Los drones se arremolinaron detrás de nosotros, siguiendo las pautas normales de ataque de los krells, que consistían en acosar a los rezagados y aprovechar su superioridad numérica para abrumar al enemigo. Sin embargo, aparte de esa táctica general, los krells no se sincronizaban nada bien entre ellos. No volaban en parejas ni en equipos organizados de compañeros de ala y no coordinaban grupos de naves distintas para desempeñar papeles diferentes en la batalla.

Siempre nos habíamos preguntado a qué se debía eso, y nuestra teoría era que el cascarón de Detritus interfería sus comunicaciones. Pero en ese momento, mientras me apartaba más del resto, no lo vi tan claro. Mi pueblo se había forjado en constante enfrentamiento, obligado a desplegar solo a nuestros mejores pilotos en una lucha incesante y agotadora por la supervivencia. En cambio, la Supremacía tenía unos recursos cuantiosos y sus pilotos de drones no estaban arriesgando la vida.

Lo comprobé y, en efecto, podía oír las instrucciones que se enviaban a aquellos drones a través de la ninguna-parte. Dado que la comunicación era instantánea, al menos según las investigaciones de la FDD, quizá aquellas naves estuvieran pilotadas por las mismas personas que combatían contra nosotros en Detritus. Pero ¿de verdad era posible que la Supremacía tuviera un solo grupo de pilotos de dron?

No había manera de saberlo. De momento, pivoté a través del campo de asteroides, usando mi lanza de luz para hacer unos virajes rápidos.

—No nos persigue ningún dron —dijo M-Bot—. Estoy escaneando por si han tendido alguna emboscada.

M-Bot era más rápido y tenía mejor respuesta que cualquier otra nave que hubiera visto en aquella prueba de vuelo. Aunque era más grande que muchos de nuestros cazas de la FDD, M-Bot era lo que llamábamos un interceptor: una nave muy maniobrable y veloz, destinada al movimiento y la evaluación rápida en el campo de batalla.

En casa, yo había formado parte de un equipo con papeles especializados. Por ejemplo, Jorgen solía pilotar un largo, un caza pesado con un gran escudo y mucha potencia de fuego. Kimmalyn pilotaba un francotirador, una nave pequeña y muy certera que podía derribar cazas enemigos mientras su atención estaba desviada hacia mí o hacia Jorgen. Luchar durante aquellos últimos meses había sido un trabajo en grupo, y nuestro escuadrón solía componerse de seis interceptores, dos cazas pesados y dos francotiradores.

Me dio una extraña sensación de aislamiento estar volando sola a la batalla en esa ocasión, después de luchar durante tanto tiempo junto a mi equipo. Pero esa emoción también me hizo sentir culpable. No había apreciado de verdad lo que tenía y solía separarme del grupo y volar en solitario. En ese campo de asteroides, habría dado cualquier cosa por tener a Jorgen o a Kimmalyn allí fuera conmigo.

Me obligué a concentrarme en el vuelo. Era bueno estar en una cabina entrenando un poco. Me permití prestar atención a eso, a los propulsores que zumbaban detrás de mí, al tenue sonido de M-Bot proporcionándome actualizaciones del campo de batalla. Aquello lo conocía. Esa parte, por lo menos, sabía hacerla.

Di media vuelta y volé a través del campo de asteroides por debajo de donde la mayoría de las otras naves esquivaban a los drones. Quería tener una visión general del campo de batalla y predecir cómo iba a desarrollarse la prueba de pilotaje.

—Mando de Vuelo —dije después de abrir un canal—, aquí Alanik, la piloto de ReAlba. ¿Podrían detallar el objetivo de esta prueba?

—¿El objetivo, piloto? —llegó la respuesta de una voz desconocida—. Es muy sencillo. Seguir con vida durante treinta minutos estándar.

—Sí, pero ¿qué constituye una «muerte» en este ejercicio? —pregunté—. ¿Un escudo caído? ¿O están usando munición de pintura?

—Piloto —me respondieron—, creo que no lo entiende.

Por encima de mí, los drones empezaron a disparar largas ráfagas de fuego de destructor. Una nave apartada que volaba cerca de mí se iluminó con una sucesión de fogonazos, acabó perdiendo el escudo y terminó estallando. Más allá, unos disparos perdidos de destructor detonaron contra asteroides, destellando antes de que el vacío los consumiera.

—¿Están usando *fuego real*? —casi grité—. ¿En un ejercicio de prueba?

No llegó ninguna respuesta del Mando de Vuelo. Se me tensaron las manos en los controles y mi corazón empezó a acelerarse. De pronto, el contexto de aquel combate había cambiado por completo.

—Tirda —dije—. Pero ¿qué les pasa a estos? ¿Se quejan de la agresividad y luego envían drones armados contra un puñado de aspirantes a medio entrenar?

—Creo que es posible que la Supremacía no sea muy buena gente —repuso M-Bot.

—¿Qué te ha llevado a esa brillante deducción?

Gruñí e hice virar mi nave con un pivote de lanza de luz en torno a un asteroide. Desde arriba, tres drones krells descendieron entre los asteroides en mi dirección.

«Calma —me dije—. Sabes hacer esto.» Me moví por instinto, propulsándome un poco más deprisa y evaluando la estrategia de ataque de los drones. Dos se quedaron a mi cola mientras el tercero aceleraba y se escoraba a la derecha para intentar adelantarme.

No estaba utilizando mis sentidos citónicos para escuchar las instrucciones de los drones porque no quería revelar que sabía hacerlo, de modo que me ceñí a un pilotaje normal. Viré a un lado, empalé un asteroide con la lanza de luz y rodé en torno a él antes de soltarme en el momento exacto para salir despedida de vuelta hacia los drones. Pero contuve el fuego. Después de cruzarme con ellos, pivoté otra vez y me lancé tras ellos.

Estaba a su cola. Normalmente, mi trabajo consistiría en perseguirlos de regreso hacia el lugar donde Kimmalyn estaría esperando para derribarlos. Pero ese día tendría que hacerlo todo yo sola. Empecé a disparar a los drones, pero se separaron en direcciones distintas. Elegí uno y me escoré hacia él.

—Estoy rastreando a los otros dos —dijo M-Bot—. Están dando un rodeo para volver, pero van despacio por los asteroides.

Asentí, concentrada casi en exclusiva en la persecución de aquel dron. Se precipitó hacia abajo, pero pude anticiparme a la maniobra y volé en paralelo a él. Esperé a que virase de nuevo y, en el momento justo, activé la lanza de luz y la clavé en la nave enemiga. A toda prisa, antes de que pudiera tirar de mí y desviarme de mi rumbo, disparé el otro extremo de la lanza a un asteroide cercano.

El resultado fue que la nave enemiga se encontró de repente enlazada a un asteroide. Cuando intentó virar, la lanza de luz tiró de ella y la estampó contra el asteroide con una explosión de chispas. «Espero que lo hayas visto, Cuna», pensé con una sonrisa de satisfacción.

—Bien hecho —dijo M-Bot—. El enemigo más próximo está a tus ocho. Lo resalto en el monitor de proximidad.

Seguí la sugerencia de M-Bot y emprendí una serie de maniobras que me llevaron a una parte más densa del campo de asteroides. Allí las enormes rocas rodaban en el espacio bañadas por las sombras móviles que proyectaban los faros de mi nave. M-Bot tuvo el detalle de cambiar su monitor de proximidad a un holograma en tres dimensiones que mostraba un mapa flotante a escala del campo de asteroides que iba rotando con mis giros.

Logré situarme detrás de uno de los otros krells, pero el tercero, el que se había desviado hacia fuera, se puso a mi cola. A mi alrededor brillaron unos disparos de destructor que destruyeron piedras e hicieron llover lascas a través del vacío. Los escombros golpearon contra mi escudo.

—Activando indicadores auditivos sintéticos —dijo M-Bot, y el silencio del espacio se vio reemplazado por traqueteos y explosiones, reproducidos para recordarme las batallas en atmósfera.

Lo asimilé todo, la visión de los asteroides, la sensación de las explosiones, las frías lecturas, el martilleo de mi propio corazón, y sonreí de oreja a oreja.

Aquello sí que era vida.

Serpenteé entre los asteroides, renunciando a la persecución, y permití que los dos drones se situaran a mi cola. Empecé a arrastrarlos a un juego de zigzag. Esquivé y usé la lanza de luz para mantenerme justo por delante de ellos. Todo mi alrededor se llenó de estallidos. Era combate en estado puro. Mi destreza contra la de los pilotos, que dirigían los drones desde la seguridad de dondequiera que estuviesen escondidos.

Las explosiones que estaban produciéndose en otras partes del campo de batalla me confirmaron sin lugar a dudas el poco aprecio que les diones y los krells tenían por la vida de cualquiera a quien consideraran inferior a ellos. Era cierto que casi siempre ofrecían a las naves la posibilidad de rendirse si caían sus escudos. Muchos aspirantes lo hacían, y en realidad otros muchos renunciaban incluso antes de perderlos.

Pero era difícil ser preciso con fuego real y algunas desafortunadas naves recibían algún disparo perdido justo después de que su escudo fallara. Esas no tenían posibilidad de rendirse. Otras seguían luchando, tozudas, cuando las superaban en número y las abrumaban. No recibían la menor clemencia.

Un disparo de mis perseguidores hizo explotar en cascotes un asteroide por delante de mí. Gruñí y pivoté alrededor de otro asteroide para apartarme. Los ConGravs se activaron a plena potencia con el giro y mi asiento rotó para desviar la fuerza de aceleración hacia atrás. Aun así, el repentino viraje me apretó la piel de la cara contra el cráneo.

—Cuidado —dijo M-Bot—. Preferiría que no me hicieran explotar hoy, cuando justo empiezo a creer que estoy vivo. Sería una lástima pasar de pronto a estar no-vivo.

—Eso intento —respondí, sonriendo con los dientes rechinando mientras me lanzaba fuera del volteo, reorientaba la nave y los drones se esforzaban por seguirme.

—¿Crees que podría aprender a mentir? —preguntó M-Bot—. A mentir de verdad, digo. Y en caso afirmativo, ¿crees que eso demostraría tal vez que soy un ser sapiente?

—M-Bot, de verdad que no es un buen momento para tener una crisis existencial. Concéntrate, por favor.

—No te preocupes. Soy capaz de hacer las dos cosas a la vez gracias a mis rutinas de multitarea.

Rodeé otro asteroide, y luego otro, forzándome a mí misma y también a los ConGravs avanzados de M-Bot hasta el límite. Obtuve mi recompensa cuando una de las naves que me perseguían colisionó contra un asteroide.

—¿Sabes? Los humanos tenéis suerte de que la Supremacía prohíba las inteligencias artificiales avanzadas —dijo M-Bot—. Los tiempos de reacción de las máquinas son muchísimo más rápidos que los de los carnosos, y vuestro inferior cerebro biológico nunca podría adelantarse a ellos. —Vaciló—. No es que los humanos sean inferiores del todo a los robots, ojo. Hummm, por ejemplo, tú tienes mejor gusto que yo en... esto... gafas.

—Pero si no llevas gafas —dije—. Un momento, ¡pero si *yo* no llevo gafas!

—Estoy intentando descubrir cómo se miente, ¿vale? No es tan fácil como todos intentáis hacer creer que es.

Giré y llegué a un inmenso claro en el campo de asteroides, una zona abierta en la que no había tanto riesgo de colisión. Allí, muchos de los aspirantes a piloto más tercos seguían dando vueltas en un caótico desbarajuste y el fuego de destructor iluminaba los plácidos asteroides.

—Uno más uno —dijo M-Bot— es igual a dos.

Pude imaginar el pánico que sentían aquellos pilotos. Yo misma lo había experimentado durante algunas de mis primeras batallas. Sin apenas entrenamiento, confundida por el revoltijo de destrucción que me rodeaba. Con los instintos oponiéndose a la formación.

—Uno más uno —dijo M-Bot— es igual a... eeeh... dos.

Tal y como nos habían asegurado, los drones dejaban en paz a cualquiera que activase las luces de emergencia. Pero casi sentía yo misma la angustia que debía de suponer verse obligados a hacerlo. Habían pasado toda la vida en aquella sociedad sofocante, sin poder meterse en ninguna buena pelea. Y luego, les daban una sola y hermosa oportunidad de expresarse... solo para arrebatársela.

—Uno más uno —dijo M-Bot— es igual a... tr... no, dos. No puedo decirlo. A lo mejor, podría reescribirme a mí mismo para...

—¡No! —exclamé.

Clic, respondió él. Cliclicliclic.

«Genial.» Seguía teniendo un perseguidor, ¿verdad? Comprobé el monitor de proximidad, preguntándome si me lo habría quitado de encima en la batalla. Y en efecto, cuando me interné en la parte más densa del campo de asteroides, no me siguió ninguna nave.

Había perdido a mi perseguidor. No estaba acostumbrada a que pasara. Los krells siempre intentaban aislar a los cazas de uno en uno, sobre todo si demostraban ser muy hábiles. Formaba parte de sus instrucciones de buscar y destruir a los citónicos enemigos.

Pero ese día parecía que tenían otras órdenes: atacar a la presa más fácil. Mientras sobrevolaba la parte superior del campo de asteroides, no vinieron más drones a por mí. De hecho, reparé en que varios viraban a propósito para rehuirme. Y... bueno, supuse que en realidad era una buena táctica. ¿Para qué desperdiciar más recursos poniendo a prueba a una piloto cuya habilidad era evidente?

Se me atenazó el corazón al ver una lanzadera explotar después de que su escudo se viniera abajo. Se le había concedido la oportunidad de rendirse, pero, presa del pánico, su piloto había perdido el control y había chocado contra un asteroide. Pobrecillo.

Observé el campo de batalla y me fijé en otra nave a la que habían obligado a alejarse del grupo principal. Era un caza grande con un largo fuselaje frontal que recordaba al cañón de una pistola. Como caza, era una nave lenta, pero iba armada con muchos destructores. Era evidente que se trataba de una nave de combate.

Quizá por su lentitud, había atraído a una gran cantidad de krells. Los drones revoloteaban a su alrededor, disparando, desgastando su escudo. Saltaba a la vista que la nave estaba condenada, pero se negaba a rendirse. A mí también me había pasado. Me había negado a reconocer que estaba derrotada, porque la derrota echaría por tierra el sueño.

—¡He vuelto! —exclamó M-Bot—. ¿Me he perdido algo?

—Vamos a entrar otra vez —dije, virando hacia el desafortunado caza—. Agárrate.

—No tengo manos —replicó él—. ¿Para qué quieres entrar? Parece que la mayoría de las naves enemigas no están haciéndonos caso.

—Lo sé —dije.

—Este es un ejercicio de supervivencia temporal —dijo M-Bot—. Si queremos maximizar nuestra probabilidad de éxito, deberíamos quedarnos apartados y no llamar la atención. ¿Por qué no hacerlo?

—Porque a veces, uno más uno es igual a tres —dije, y me interné de nuevo en la refriega hacia el apurado caza.

15

El escudo de la nave cayó en el momento en que yo llegaba. El caza alienígena debería haber desactivado los motores de inmediato, pero siguió volando e intentó buscar cobertura tras un asteroide de los grandes, mientras sus armas, una dotación completa de seis torretas de destructor, disparaban a los krells.

Era raro ver tantas torretas en un caza, pero vete a saber cómo eran las tácticas alienígenas. Quizá la nave dispusiera de rudimentarias inteligencias artificiales de puntería para disparar las armas mientras el piloto se centraba solo en volar. Rodge había esbozado algunos diseños extravagantes con ese concepto y la FDD los había encontrado prometedores.

Fuera como fuese, la nave estaba en apuros, así que hice lo que mejor se me daba: llamar la atención.

Pasé zumbando por el mismo centro de las naves krells y activé el PMI, que anuló tanto mi escudo como los suyos. Era una jugada temeraria y peligrosa, pero la única que los pondría a la defensiva y nos dejaría más en igualdad de condiciones.

Volteé mi nave sobre su eje y disparé una ráfaga de fuego de destructor, más como intento alocado de dispersar a los perseguidores que de alcanzar de verdad ningún objetivo. Tuve que dar la vuelta otra vez enseguida, porque volar hacia atrás era pedir a gritos que te hicieran explotar.

Me llevé algunos drones tras de mí, aunque no tantos como había esperado, y los guie trazando una curva para dar otra pasada, esquivando su fuego mientras disparaba mis propios destructores. Alcancé a un dron, lo que por suerte hizo que los demás iniciaran maniobras defensivas.

—¡Anda! —exclamó M-Bot—. Pero si estamos siendo héroes.

—A veces dudo mucho de lo rápido que afirmas ser capaz de pensar —le dije.

—Me pasa solo cuando haces cosas que no tienen sentido —replicó él—. Esto debería habérmelo esperado. Pero en teoría... ¿todos esos alienígenas no forman parte de la Supremacía, la gente que intenta destruirnos?

—Depende del contexto —expliqué—. Ahora mismo, esos otros pilotos están del mismo bando que nosotros, el bando de quienes intentan no morir.

Di un quiebro para acercarme de nuevo, y afortunadamente la nave en apuros aprovechó la oportunidad que le estaba ofreciendo. Sus torretas apuntaron a los krells sin escudos e hicieron explotar a dos de ellos.

«Buen disparo, quienquiera que seas», pensé. Con un poco de suerte, comprendería lo que estaba haciendo al quitarle unas pocas naves más de encima. Mi objetivo no era acumular muertes, sino mantener al enemigo a la defensiva.

Una nave krell estalló justo a mi derecha. Mi estrategia solo sería efectiva mientras los krells no se dieran cuenta de que deberían ignorarme y destruir el caza más grande mientras aún fuese vulnerable. Me alegró ver que, cuando explotó un tercer dron, los demás pusieron pies en polvorosa. Aquella batalla de verdad era distinta de las que había librado por encima de Detritus: los drones de la plataforma no estaban nada interesados en destruir a los pilotos hábiles.

Me situé a la cola de mi nuevo amigo y me relajé un poco al ver que se activaba un nuevo escudo a su alrededor. Lo imité y reinicié mis propias defensas.

—Tenemos una llamada por un canal desconocido —dijo M-Bot—. Supongo que será la nave que hemos salvado. ¿Te la paso?

—Ya lo creo.

El canal se abrió y oí... ¿vítores? Docenas de voces en plena celebración. Pero solo había salvado una nave, cabía suponer que con un solo piloto.

—Valientes guerreros —dijo una profunda voz masculina—, estamos en deuda con vosotros. Hoy habéis salvado de la aniquilación la nave insignia de los kitsen.

—¿Nave insignia? —pregunté, y entonces lo comprendí de repente. «Esa nave no es mucho más grande que M-Bot, pero si los pilotos son muy pequeños...»—. ¡Eres tú, el rey de los zorros-jerbos!

—No sé lo que es un zorro-jerbo —dijo la voz—, pero... debes de estar confundida, por supuesto. Me llamo Hesho y no soy rey, puesto que nuestro planeta tiene un gobierno equitativo y representativo. Sin embargo, como humilde poeta y capitán de la nave estelar *Gaualako-An*, te doy las gracias desde el pozo más profundo de mi corazón.

Pulsé el botón de silenciar.

—M-Bot, creo que estos son los zorros-jerbos samuráis que he visto antes.

—¿Te refieres a los kitsen? —preguntó él—. Son una especie de la Supremacía con ciudadanía secundaria. ¡Ah! Esto te hará gracia. Acabo de traducir el nombre de su nave. En su idioma viene a significar: «Bastante grande para matarte».

—Para ellos, una nave del tamaño de un caza debe de ser como un destructor —dije—. No hemos rescatado solo a un piloto, sino a toda una tripulación. —Desactivé el silenciador—. Capitán Hesho, me llamo Alanik y me alegro de conocerte. ¿Qué te parecería que cooperásemos? Hay demasiado caos en esta batalla. Tenemos que ofrecer una resistencia organizada.

—Una idea maravillosa —respondió Hesho—. Como una lluvia constante que deviene tormenta, la *Bastante Grande* está a tu disposición.

—Genial. Ten tus armas apuntadas para disparar a cualquier dron que se nos acerque. Si nos metemos en problemas, intentaré distraerlos y apartarlos de ti para que puedas hacer prácticas de tiro.

—Si me permites una sugerencia —replicó Hesho—, deberíamos rescatar otra nave de las rápidas, como la tuya, para que ayude a equilibrar nuestro incipiente equipo.

—Suena bien —dije, y empecé a escanear el campo de batalla buscando naves rápidas que pudiéramos intentar reclutar.

Localicé una de inmediato, la nave negra pilotada por Brade, la humana. Viró hacia la refriega pivotando en torno a un asteroide con una maniobra experta. Era buena. Muy buena.

—¿Ves esa nave negra en mi marca 238,25? —pregunté a Hesho—. Voy a intentar echarle una mano, a ver si quiere unirse a nosotros. Tú aguanta aquí y avísame si viene algún dron a por ti.

—Excelente —dijo Hesho.

Me propulsé hacia la nave negra y crucé veloz el caótico tumulto de luces y explosiones. La nave tenía a dos krells persiguiéndola. Llamé por radio a Brade y la luz del comunicador se encendió, indicando que me escuchaba.

—Yo me encargo de esos drones —dije—. Déjame un...

De pronto, la nave negra activó una lanza de luz y la clavó en otra nave que pasaba, otra nave *amistosa*. Me quedé estupefacta, tanto por ver una lanza de luz desplegada desde una nave krell como por verla utilizar el impulso para pivotar alrededor de una nave no enemiga. La cruel jugada de Brade hizo que la pobre y confiada nave rodara hacia un lado y rebotara contra un asteroide. Sin embargo, la maniobra permitió a Brade realizar un giro experto y regresar disparando hacia los drones, que convirtió en polvo espacial. Pasó zumbando junto a mi nave, a solo unos centímetros de distancia.

Renegué, me volteé sobre mi eje y aceleré para intentar seguirla. Había sido una maniobra increíble. Esa mujer tenía mucha experiencia de vuelo.

—Oye —le dije—, estamos formando un escuadrón. Nos vendrían bien tus...

La nave negra se escoró de golpe hacia la derecha y se internó más en la batalla, sin hacerme ningún caso. Suspiré.

—Spensa —dijo M-Bot—, creo que tal vez no quiera unirse a nuestro equipo.

—¿Qué te hace pensar eso?

—Soy muy observador —respondió M-Bot—. En todo caso, creo que hay otra nave a la que podrías ayudar. Me están llegando peticiones de auxilio por una línea saliente general. Te resalto la fuente en el monitor de proximidad y pincho el audio.

Al instante, una voz aguda y alarmada sonó por la radio y mi alfiler me la tradujo.

—¡Mis propulsores no responden! ¡Ayuda!

—Envía esas coordenadas a Hesho —pedí a M-Bot, mientras me volteaba de nuevo y activaba el propulsor en sentido opuesto para ralentizarme.

Luego me lancé hacia la llamada de auxilio, que resultó ser la lanzadera que Brade había empleado como contrapeso.

Después de chocar contra el asteroide, la lanzadera había rebotado y estaba moviéndose a trompicones por el espacio con uno de sus propulsores encendiéndose y apagándose al azar. El propulsor liberaba gas en una dirección y entonces se interrumpía. Si la nave intentaba virar, en cualquier momento se activaba el propulsor y la enviaba dando tumbos hacia otro lado.

Tres drones krells, ansiosos por ensañarse con los débiles, se aproximaban desde direcciones distintas.

—Aguanta —pedí al piloto mientras, con alivio, vi que la nave de Hesho llegaba y empezaba a acribillar a los krells cercanos.

—Calculando... —dijo M-Bot, y al momento resaltó un sector de mi cubierta—. Ahí tienes la previsión de rumbo para la nave dañada.

—Gracias —respondí—. Creía que ese propulsor estaba soltando chorro en plan aleatorio.

—Pocas cosas son verdaderamente aleatorias —dijo M-Bot.

Seguí la predicción para interceptar la nave averiada y clavarle mi lanza de luz. Me impulsé a la izquierda y logré por los pelos arrastrarla fuera de la trayectoria de los disparos de destructor krell. Por desgracia, el propulsor roto de la nave escogió ese preciso momento para encenderse y tiró de mí otra vez hacia la derecha.

—¡Lo siento! —exclamó la voz en mi radio. Capté un atisbo a través de la parte delantera de la nave y vi que la pilotaba el único ser dione que había en la batalla, le de la cara de dos colores.

—A lo mejor deberías apagar el motor —sugerí, y di un gruñido mientras intentaba recobrar el control—. Enciende las luces de emergencia y abandona la lucha.

—No puedo —dijo la voz.

—No es nada de lo que avergonzarse —insistí—. No es un acto de cobardía.

—No —dijo le piloto—. Es que... la colisión parece haber aplastado mis luces de emergencia.

Tirda. ¿Quizá los pilotos de los drones remotos verían que aquella nave estaba en evidentes apuros y la dejarían en paz? Pero no. Si acaso, había más drones acercándose de los que habría esperado. Era casi como si quisieran castigar a aquelle dione que había tenido el descaro de participar en una actividad que debería haber quedado reservada a especies inferiores.

Con otro tirón, aparté la lanzadera de una nueva ráfaga de destructores y gruñí cuando su propulsor volvió a activarse y me arrastró de vuelta. Yo intentaba compensarlo con la información que proyectaba M-Bot en mi cubierta, pero no estaba siendo demasiado efectiva.

—Por favor —dijo la voz—. Lo siento. No debería haberte metido en esto. Déjame a merced de mi destino. Es lo que merezco.

—Ni lo sueñes —repliqué, gruñendo otra vez e intentando maniobrar mientras el propulsor averiado se interrumpía.

Aproveché que estaba apagado para remolcar la lanzadera hacia la nave insignia de Hesho, que disparaba con creciente desespero a los drones cercanos.

—Spensa —dijo M-Bot—, ese último viraje que has hecho ha dado ángulo a mis cámaras para entrever los propulsores de la nave. Hay un trozo de piedra alojado en la tobera del izquierdo. Soltarla podría resolver el problema, porque el propulsor ha entrado en bucle: intenta encenderse y entonces, al detectar la obstrucción, se dispara el apagado de emergencia.

—Muy bien —repuse—, pues voy a salir a arreglarlo.

—Ja, ja. ¡Morirías!

Sonreí mientras me preparaba para que el propulsor volviera a hacer ignición.

—Eso... era sarcasmo, ¿verdad? —preguntó M-Bot—. Es por saberlo. Porque no creo que de verdad quieras abandonar tu nave. La descompresión explosiva te...

—Era broma —lo interrumpí.

Solté una maldición cuando el propulsor de la nave se encendió otra vez. Por desgracia, no podía contar con la ayuda de Hesho. Su caza más grande y más lento estaba más que ocupado conteniendo a cuatro drones.

—Abre una línea general —pedí a M-Bot—. Creo que voy a necesitar otra nave para esto. —Se encendió una luz en mi panel de comunicaciones—. Esto es una llamada de auxilio general —dije—. Necesito una nave con lanza de luz para ayudarme en las coordenadas... 150,+60,554 a partir de la baliza de referencia 34.

Solo recibí silencio. El campo de batalla se había vaciado un poco con la rendición de muchos de los aspirantes a piloto. Los que quedaban eran quienes tenían la habilidad suficiente para sobrevivir, aunque muchos volaban con naves personales sin armamento y estaban concentrándose solo en esquivar y apartarse de los drones.

En ese sentido, parecía que la prueba había sido efectiva. Había servido para identificar a aquellos capaces de volar bajo presión. Los restos de naves destruidas indicaban, sin embargo, que el coste había sido brutal.

—Déjame —insistió le piloto dione—. Lo siento. Mis problemas no son tus problemas.

Eché un vistazo a los drones krells que merodeaban cerca.

—Aguanta un segundo —dije, y desactivé la lanza de luz.

De pronto libre y sin cargas, tracé un bucle y empecé a disparar a los drones. Acerté a un par de ellos, pero aún tenían los escudos alzados, por lo que solo conseguí obligarlos a emprender maniobras defensivas básicas.

—De verdad necesito ayuda —dije por la línea general—. Por favor. ¿Hay alguien?

—Bueno... —respondió una voz despreocupada y femenina—. ¿Prometes no dispararme?

—¡Pues claro que sí! —exclamé—. ¿Por qué iba a dispararte?

—Hummm...

Una nave asomó flotando de detrás de un asteroide cercano.

¡Era un dron krell! Apoyé el dedo en el gatillo, giré mi nave hacia él y apunté a toda prisa.

—¡Has dicho que no me dispararías! —protestó la voz.

Un momento. ¿Me estaba hablando un *dron*?

—¡Anda! —exclamó M-Bot—. ¡Pregúntale si es una IA!

—¿Eres una IA? —pregunté por la línea.

—¡No, claro que no! —respondió la voz—. Pero quiero ayudar. ¿Qué necesitas?

—Ve a perseguir a esos drones para alejarlos de la lanzadera averiada —dije—. Déjame un poco de espacio para intentar una maniobra muy precisa.

—De acuerdo —dijo la voz.

El pequeño dron salió propulsándose de su escondrijo y se acercó. Desde la lanzadera, mi amigue dione soltó un fatalista «Así termina» mientras el dron parlante se aproximaba, pero el dron hizo lo que yo le había pedido y se lanzó a la caza de las naves enemigas.

—Muy bien —dije—. M-Bot, resalta en la cubierta esa piedra atascada en el propulsor de la lanzadera. Luego estrecha el rayo de la lanza de luz al menor nivel posible.

—Uuuh —repuso él—. Hecho.

Aproveché el descanso en la lucha para situarme justo detrás de la lanzadera, me posicioné con cuidado y esperé el momento adecuado. No tenía ni por asomo la puntería de Kimmalyn o Arturo: mis especialidades eran volar deprisa y sacarme trucos de la manga. Por suerte, M-Bot resaltó mi objetivo y tenía la tranquilidad suficiente para poder quedarme quieta y apuntar con calma.

«Ahí.» Distinguí la roca como una fulgurante mota de luz encajada en la cubierta metálica del propulsor izquierdo de la lanzadera. Tendría el tamaño de una cabeza humana.

Empalé la piedra con mi lanza de luz y entonces roté sobre mi eje y me propulsé en sentido contrario. La piedra se soltó con una sacudida.

—¡He recuperado el control! —exclamó le piloto dione—. ¡Mi propulsor vuelve a estar operativo!

—Genial —dije—. Sígueme.

La lanzadera se puso a mi cola y voló en una bienvenida línea recta en dirección a la nave de Hesho. Los krells que pululaban por la zona se dispersaron en el momento en que nos vieron entrar en formación. Tal y como yo había deseado, no les interesaba combatir a escuadrones enemigos organizados. Había perdido de vista al dron parlante. Pensé que tal vez hubiera vuelto a esconderse detrás de un asteroide.

—Capitán Hesho —dije, abriendo una línea privada de comunicación entre nosotros tres—, he encontrado otra nave.

—Excelente, capitana Alanik —respondió Hesho—. Piloto, ¿cuál es tu armamento y tu especialidad?

—No tengo... ninguna de las dos cosas —dijo le dione de la lanzadera—. Me llamo Morriumur.

—¿Eres dione? —preguntó Hesho, con evidente sorpresa en la voz. Hizo girar su nave y supuse que estaría viendo a Morriumur a los mandos de su nave, tras la cubierta frontal transparente—. Y no solo dione, sino une dione que aún no ha nacido. Qué curioso.

Las tres naves iniciamos una patrulla lenta, buscando alguna otra a la que pudiéramos ayudar e invitar a nuestro escuadrón. Morriumur no era terrible como piloto, pero estaba claro que no tenía mucha experiencia en combate, ya que montaba en pánico cada vez que un dron empezaba a perseguirnos.

Aun así, se esforzaba y logró seguir junto a mí mientras guiaba a unos pocos krells de vuelta hacia la *Bastante Grande*, que los derribó con disparos precisos. La batalla había empezado a extenderse y las naves individuales buscaban cobertura más hacia dentro del campo de asteroides. Los krells merodeaban en manadas, pero las ráfagas de disparos iban haciéndose cada vez más escasas.

Invité a unas cuantas naves más a unirse a nosotros, pero parecían demasiado ocupadas, demasiado concentradas en su propio vuelo para detenerse. En un momento dado, avisté la nave negra pasando cerca, muy por delante de los dos drones que intentaban darle caza. De nuevo, Brade hizo caso omiso a mi oferta.

—¿Cuánto tiempo más durará esto? —pregunté imperiosa—. ¿Es que no tienen ya bastante información?

—Quedan siete minutos —dijo M-Bot.

Mientras pasábamos junto a otra acumulación de escombros de una nave destruida, descubrí que mi ira estaba creciendo. Sí, nos habían advertido de que el entrenamiento podía ser peligroso. Pero ¿usar fuego real contra naves civiles? Ya sentía un odio bullente por la Supremacía, pero aquello avivó la llama. ¿Cómo podían tener un desprecio tan cruel por la vida mientras se hacían pasar por seres *civilizados* e *inteligentes*?

Por fin terminó la prueba. Los drones dieron media vuelta al unísono y regresaron hacia la plataforma minera. Llegó la voz de Winzik por la línea general, dando la enhorabuena con tono petulante a los supervivientes por su actuación.

Hesho, Morriumur y yo pusimos rumbo a la plataforma. Resultó que alrededor de otras cincuenta naves habían sobrevivido a la prueba. M-Bot hizo un conteo rápido de las que habían remolcado después de rendirse y, sumando esas dos cifras y restando el resultado del total, pudo estimar más o menos cuántos aspirantes habían caído.

—Doce naves destruidas —dijo.

Eran menos de las que había esperado. En pleno caos, me habían parecido muchas más. Aun así, eran doce personas muertas. Asesinadas por la Supremacía.

«¿Y qué esperabas? —preguntó una parte de mí—. Sabías de qué son capaces. Llevan ochenta años asesinando humanos.»

Aterrizamos, aunque yo lo hice inquieta, medio esperando algún tipo de trampa o una segunda prueba sorpresa. Pero no la hubo. Posamos nuestras naves en la plataforma sin incidentes y la gravedad artificial las retuvo en su sitio. El recubrimiento atmosférico nos proporcionó aire fresco cuando abrimos nuestras cubiertas.

Los demás pilotos supervivientes parecían agitados mientras volvían hacia el escenario que había en el extremo opuesto de la plataforma. Después de una batalla, yo solía sentirme igual que veía a aquellos alienígenas: agotada, exhausta por la ingente cantidad de atención y enfoque que requería el combate. Pero ese día estaba furiosa mientras salía de M-Bot y me dejaba caer al suelo de la plataforma.

¿Qué clase de imbéciles organizaban una prueba como aquella? Recordé lo mucho que me había sorprendido que me enviaran al combate en mi primer día de entrenamiento con la FDD, pero incluso Férrea, que había estado desesperada por salvar a su pueblo moribundo, solo nos había utilizado para marcarse un farol. Allí, la Supremacía era poderosa y estaba establecida y a salvo. ¿Y aun así, desperdiciaban las vidas de pilotos serviciales y confiados?

Me abrí paso a empujones entre la multitud de alienígenas, avanzando en dirección a Winzik y los otros administradores de la prueba. Abrí la boca para...

—Pero ¿se puede saber qué demonios os pasa? —gritó una voz justo detrás de mí.

Me quedé petrificada, sin aire para mi propio exabrupto. Me volví y me sorprendió ver una imponente criatura alienígena con cierto aspecto de gorila. Llevaba un enorme yelmo de batalla bajo el brazo y me apartó de un manotazo para señalar a Winzik con el dedo.

—¿Fuego real? —gritó el alienígena gorila—. ¿En un ejercicio de prueba? Lo que habéis hecho es equivalente al asesinato. En nombre del vacío más profundo, ¿en qué estabais pensando?

Cerré la boca ante el bramido, que parecía igual de furioso pero el doble de potente que mi propia ira.

—Ha firmado usted la renuncia —dijo Winzik por fin, con la mano contra el peto como señal de espantado horror ante el estallido de la criatura.

—¡Al vacío con la renuncia! —gritó el alienígena—. ¡Si un hijo mío firmara un documento de renuncia diciendo que puedo patearlo, seguiría siendo un monstruo si lo hiciera! ¡Esta gente no sabía en qué se estaba metiendo! La vergüenza es toda vuestra.

Criaturas de distintos tamaños y formas se apartaron del gorila, y los funcionarios del estrado parecían absolutamente atónitos.

—Eh... Necesitábamos ver quiénes mantendrían la calma bajo fuego enemigo —explicó Winzik al cabo de un tiempo—. Y nuestros pilotos de dron tenían órdenes de no dañar a quienes se retiraran. ¡Caramba, caramba! Cuánta agresividad.

—¡Tendrían que haber usado munición de fogueo! —exclamé, adelantándome al lado del alienígena gorila—. ¡Como hace cualquier ejército cuerdo en sus ejercicios!

—¿Y cómo habría servido eso de prueba? —me preguntó Winzik—. Habrían sabido que no era real. Combatir a los zapadores es arduo en extremo para la psique, Alanik de los UrDail. Esta era la única forma de juzgar quiénes se mantendrían capaces y tranquilos.

—¿La única forma? —atronó el gorila—. ¡Pues entonces, hagamos otra prueba! Vamos a probar lo bien que encajas un puñetazo. ¡O quizá empiece con un martillazo en el cráneo!

—¡Caramba, caramba! —dijo otro funcionario—. ¿Una amenaza?

—Sí —dijo Winzik con un gesto de repulsa—. ¡Cuánta agresividad! ¿Gul'zah de los burl? Queda usted relevado del servicio.

—¿Relevado del...? —farfulló Gul'zah—. ¿Crees que...?

Di un paso adelante para decir a los dirigentes de la Supremacía dónde podían meterse sus pruebas, pero me interrumpió una voz hablándome al oído.

—¿Spensa? —dijo M-Bot—. Por favor, no hagas que nos expulsen. ¡Recuerda nuestra misión!

Eché humo al ver al alienígena gorila retrocediendo ante varies guardias diones con armas. Estuve a punto de gritar otra vez, pero entonces otra persona se puso a mi lado. Era Morriumur, le dione con la cara bicolor.

—¿Alanik? —me dijo, suplicante—. Ven, Alanik. Vamos a comer algo. Tendrán comida esperándonos abajo. Tu especie come, ¿verdad? —Asintió con la cabeza, alentándome.

Dejé que Morriumur se me llevara.

16

Morriumur y yo seguimos a un grupo de alienígenas emocionados hacia una amplia escalinata que descendía a las entrañas de la estación minera. Justo antes de pisar el primer peldaño, vi una nave grúa remolcando un caza krell negro hacia un hangar cercano. Me maldije para mis adentros. Había planeado esperar a Brade y ver si lograba que hablara conmigo, pero al parecer había aterrizado con disimulo apartada de los demás y ya se había esfumado.

Suspiré y eché a andar escalera abajo hasta alcanzar a Morriumur, que caminaba a solas al final de la muchedumbre. El paso era lento en la escalera por un embotellamiento en la puerta que había al fondo.

—Gracias por no dejar que hiciera una estupidez ahí arriba —dije a Morriumur mientras esperábamos.

—¡Bueno, gracias a ti por salvarme la vida! —exclamó Morriumur. Apretó los labios con firmeza, lo que le dio un aspecto disgustado, pero yo ya empezaba a preguntarme si el problema estaba en que no comprendía las expresiones diones, porque sus siguientes palabras fueron amistosas—. ¡Eres una piloto fantástica, Alanik! Creo que nunca había visto uno mejor que tú.

—¿Has visto a muchos? —pregunté—. O sea, ¿no eres... muy joven?

—¡Ah, sí! —dijo Morriumur—. Tengo dos meses de edad, pero cuento con algunos recuerdos y habilidades de mis ascendientes. Une de elles, mi progizquierde, fue piloto comercial en su juventud. De ahí heredé yo la habilidad.

—Vaya —dije, bajando un escalón—. He hablado con gente a la que le sorprendía que hayas venido a la prueba. ¿Por qué iba une dione a presentarse a algo como esto? ¿Y por qué no se le ha ocurrido hacerlo a nadie más de tu especie? Bueno, si no es una pregunta demasiado atrevida.

—No, no —dijo elle—. No es una pregunta demasiado atrevida en absoluto. ¡La paz no lo quiera! Animamos a las especies inferiores a aprender nuestras costumbres, ya que confiamos en que eso los ayude a llegar a la inteligencia primaria. La respuesta a tu pregunta es sencilla. No había más diones en la prueba porque mi gente tiene unas almas cuidadosamente cultivadas, purgadas por completo de toda agresividad y violencia. Venir aquí y luego entrenar para matar... ¡vaya, eso sería impensable!

—Pero ¿no hay diones entre los pilotos de drones? —pregunté.

—Nunca duran mucho tiempo. Los pilotos de drones son casi siempre tenasi —explicó Morriumur, nombrando a una de las especies dirigentes de la Supremacía a ninguno de cuyos miembros había conocido—. Tienen una capacidad especial para combatir, pero sin volverse emocionales al hacerlo. El resto somos gente muy pacífica.

—Y aun así —dije—, ¿les líderes diones no tienen problemas en enviar drones para asesinar a un grupo de pilotos sin preparación?

—Esto de hoy... —Morriumur bajó la mirada hacia los pies mientras descendía otro peldaño—. Esto ha sido inesperado. Seguro que los altos cargos saben lo que hacen. Y tienen razón en que no serviría de nada enviar a la batalla a gente que vaya a huir a las primeras de cambio. Por tanto, era necesario algún tipo de prueba extrema, ¿verdad?

—Pues a mí me parece que son un hatajo de hipóc... —empecé a decir.

—Spensa —me interrumpió M-Bot al oído—. No soy precisamente un experto en anticipar las reacciones sociales adecuadas de los orgánicos, pero por favor, ¿podrías no insultar a la primera amistad dione que haces? Podríamos necesitar averiguar algo de elle.

Me mordí la lengua con dificultades. Supuse que M-Bot tenía razón.

—¿Por qué viniste tú a la prueba, entonces? —pregunté a Morriumur en vez de seguir por donde iba—. ¿Tu alma no está...? ¿Cómo lo llamabas, purgada de agresividad?

—Yo soy... un caso especial —respondió—. Nací con una personalidad agresiva, de modo que debo demostrar mi valía. He venido aquí para intentar hacer eso.

Terminamos llegando al final de la escalera y entramos en una gran sala de techo bajo. Unos brillantes focos blancos iluminaban mostradores y mesas al estilo de un restaurante. Me recordó al comedor de la base Alta, aunque los olores eran... bueno, inusuales. Identifiqué algunos conocidos: comida frita, pan horneado y algo similar a la canela. Pero esos aromas se entremezclaban con toda una multitud de olores extraños. Agua fangosa. Pelo quemado. ¿Grasa de motor? En conjunto, creaban una muralla de sensaciones abrumadora y confusa que me detuvo de golpe en el instante en que crucé el umbral.

—¿Qué comes tú? —preguntó Morriumur, señalando unos letreros colgados por encima de los puestos de servicio—. Vegetación basada en el carbono, supongo. Hay cócteles de minerales, aunque dudo mucho que puedas metabolizarlos. Y allí al fondo está la cola para la carne cultivada en laboratorio.

Eso parecía molestarle, a juzgar por cómo frunció el ceño y retrajo los labios en una mueca que me mostró sus dientes.

—Hummm... —Traté de pensar cómo respondería Alanik.

—Tu especie —me dijo M-Bot al oído— tiene una dieta bastante parecida a la humana, aunque con más frutos secos y menos carne. Ah, y nada de leche.

—¿En serio? —susurré mientras avanzaba con Morriumur hacia la cola de las verduras. Hice un gesto en dirección a mi torso—. Alanik tiene pechos. ¿Qué son, de adorno?

—No beben leche de otras criaturas, quiero decir —explicó M-Bot—. Tu especie lo encuentra de lo más asqueroso. Y yo también, por cierto. ¿Alguna vez te has parado a pensar cuántos líquidos extraños chorreáis los orgánicos por vuestros orificios?

—No más extraños que las ideas que chorreas tú a veces por tu orificio, M-Bot.

Hice la cola detrás de Morriumur y cogí una ensalada de algo que parecían tiras de alga. M-Bot me aseguró que era compatible tanto con mi fisiología como con la de Alanik. Mientras recogíamos la comida, no pude evitar fijarme en cuánto espacio nos dejaban los demás pilotos.

Cuando fui a coger agua, tuve que apretujarme entre dos enormes alienígenas gorila burl que ni siquiera me miraron, por lo que no era yo de quien se apartaba todo el mundo. Era Morriumur. «Sí —pensé mientras daba un sorbo al vaso de agua y entraba en otra zona despejada al regresar con elle—. Morriumur les da miedo.» Los miembros de otras especies no dejaban de echarle miradas, como si la presencia de une dione en aquel espacio reservado a las especies *inferiores* les despertara suspicacia o preocupación.

Fui con mi bandeja hacia una mesa vacía que había cerca de la esquina del comedor, donde el olor a canela era más intenso. Pero cuando hice ademán de sentarme, Morriumur me cogió del brazo.

—¡Ahí no! —susurró—. ¿Estás loca?

Fruncí el ceño mirando la mesa vacía. Era como todas las demás. Morriumur me llevó a otra mesa vacía y se sentó.

Tirda. No tenía ni idea de lo que estaba haciendo. ¿Qué había de malo en la primera mesa? Me senté, confusa. Tenía que robar un hipermotor cuanto antes, porque tarde o temprano acabaría reventando mi tapadera.

—Entonces, hummm... —dije a Morriumur mientras atacaba mi ensalada—. ¿Dices que llevas viviendo... esto... dos meses?

—¡Sí! —respondió Morriumur—. Naceré dentro de tres meses como bebé, aunque conservaré estos recuerdos cuando crezca. O mejor dicho... bueno, *espero* nacer dentro de tres meses. Que pueda llegar o no a la parte final del proceso de gestación dependerá de si mis parientes aceptan o no que esta personalidad merece unirse a sus filas.

—Eso es... Vaya. —«Rarísimo.»

—¿Diferente? —sugirió Morriumur—. Soy muy consciente de que no es como hacen las cosas la mayoría de las especies.

—No quiero ofender —respondí con cautela—, pero sí, para mí es un poco raro. O sea, ¿cómo funciona? ¿Ahora mismo tienes dos cerebros?

—Sí, tengo dos de casi todos los órganos internos, aunque los brazos y piernas adicionales se absorbieron durante la formación del capullo, y los cerebros de mis ascendientes están enlazados por el momento y funcionan como uno solo.

Caray, qué conversación más extraña.

—Si no te molesta que lo diga —prosiguió—, tienes pinta de pertenecer a una especie con reproducción sexual, compuesta de dos sexos distintos, macho y hembra, ¿verdad? —Esperó a que yo asintiera y continuó—. Es uno de los patrones biológicos más populares en la galaxia, aunque nadie sabe muy bien por qué. Podría ser evolución en paralelo. Pero yo prefiero la teoría de que todos tenéis antepasados comunes que se expandieron por las estrellas mediante hipersaltos citónicos mucho antes de que usarais siquiera herramientas de piedra.

Me senté más erguida.

—¿Hipersaltos citónicos, dices? —pregunté, con toda la inocencia que pude.

—¡Ah, lo más seguro es que no hayas oído hablar de ellos! —exclamó Morriumur—. Antes la gente era capaz de hipersaltar usando solo la mente. Era muy peligroso, pero a mí me parece una teoría interesante, que explicaría por qué varias especies procedentes de planetas distintos tienen un aspecto parecido. ¿No crees también que sería emocionante, si pudiera demostrarse algún día?

Asentí. Quizá pudiera averiguar algo sobre mí misma en aquel comedor.

—Me pregunto cómo lo hacían. ¿Sabes algo sobre el proceso?

—No —dijo elle—. Solo lo que viene en los libros... y la advertencia de que es peligroso. Los textos se cuidan mucho de no concretar los detalles.

«Porras.» Observé a Morriumur y, cuando se me ocurrió comprobarlo, me fijé en que la mitad izquierda y la derecha de su cara tenían rasgos distintos. Era cierto que dos personas se habían fusionado juntas de algún modo para crear a Morriumur, un individuo más grande que la mayoría de les diones que había visto, pero solo por unos pocos centímetros. La pareja debía de haber perdido mucha masa durante... ¿la pupación?

Me di cuenta de que estaba siendo grosera y bajé la vista hacia mi ensalada, sonrojándome.

—Perdona.

—No pasa nada —dijo Morriumur riendo—. Ni me imagino lo raro que debe de resultarte, aunque a mí me parece extraño que tantas especies se reproduzcan a vuestra manera, sin comprobar siquiera la personalidad que tendrá el bebé. ¡Lo dejáis todo al azar! Yo, en cambio, puedo relacionarme con mi familia, cercana y lejana, y elles pueden decidir si esta es una versión de mí que les gusta.

Había algo muy perturbador en lo que acababa de decir.

—¿Y si no? Si no les gustas, quiero decir.

Morriumur titubeó y removió un poco su comida en el plato.

—Bueno, en ese caso, cuando entre en el capullo dentro de tres meses, mis ascendientes decidirán que no estoy bien del todo. Volverán a pupar y yo emergeré con otra personalidad. La familia pondrá a prueba esa versión durante cinco meses y al final se decidirán por una versión de mí que guste a todo el mundo.

—Suena peligroso —dije—. O sea, no te ofendas, pero no creo que me guste lo que implica. ¿Tu familia puede agitar tu personalidad una y otra vez hasta que salga algo que aprueben? No creo que nadie me hubiera aprobado a mí.

—Les no-diones siempre decís cosas como esa —afirmó Morriumur, enderezando la espalda—. Pero este proceso ha resultado en una sociedad muy pacífica, de inteligencia primaria. Sin embargo... sí que me crea un poco de presión para demostrar mi valía, eso es verdad. —Hizo un gesto hacia la sala llena de pilotos—. Y eso me ha empujado a tomar una medida extrema. Como te decía, esta versión de mi personalidad es un poco... agresiva. Así que pensé: «¿Y si demuestro a mi familia que eso es bueno?». Quizá fuese un acto impulsivo por mi parte responder a la petición de pilotos, pero con solo tres meses de plazo, me pareció la mejor manera de ponerme a prueba.

—Pero... —empecé a objetar, pero guardé silencio al fijarme en que había entrado alguien en el comedor. Bueno, más bien un grupo de álguienes: unos cincuenta kitsen, cada cual con unos quince centímetros de altura.

Las criaturas peludas desfilaron hasta nuestra mesa, la mayoría vestidas con pequeños uniformes blancos de estilo naval, de los que sobresalían sus tupidas colas. Contuve una sonrisa. Parecían ser una poderosa especie espacial que había mostrado valentía y lealtad en combate. Pero... tirda, además eran monísimos.

Se detuvieron junto a la silla vacía que había a mi lado y unos pocos de ellos alzaron una escala y la apoyaron en ella. Otros la usaron para subir a la silla y colocaron otra escala hasta la superficie de la mesa. Por último, Hesho, aún vestido con su ropa formal de seda roja, subió por ambas escalas hasta la mesa. Alzó una zarpa hacia mí, con los dedos cerrados en un puño. Al verlo de cerca, pude distinguir en el pelo blanco de su hocico un patrón rojo, color que se repetía en los bordes de sus orejas largas y puntiagudas.

—¡Alanik de los UrDail! —saludó, y su collar traductor proyectó una voz intensa y profunda—. ¡Hoy festejamos nuestra victoria!

—¡Capitán Hesho de los kitsen! —exclamé, imitando su gesto con el puño cerrado—. ¿Acabáis de llegar ahora para comer?

—Hemos ido a recoger nuestros propios víveres y nos los hemos traído —respondió—. No confiamos en que un restaurante de la Supremacía disponga de las viandas adecuadas para un banquete que corresponda a nuestra posición.

Otro kitsen llegó con una silla de tamaño exagerado, que situó en la mesa para que Hesho pudiera sentarse, con su cola espesa asomando por detrás. Otros trajeron una mesita pequeña, que colocaron delante de él y cubrieron con un mantel.

—Bueno —dijo Hesho, pasando la mirada de mí a Morriumur—. Ahora somos camaradas, ¿verdad? ¿Queréis que establezcamos un pacto formal de ayuda y apoyo mutuos?

Miré a Morriumur.

—La verdad es que no había llegado a pensar tanto en el tema —dije.

—Necesitaremos aliados dignos de confianza si queremos sobrevivir a futuros enfrentamientos —insistió Hesho—. Aunque si os soy sincero, no sé si tener a une dione en nuestra pequeña flota servirá a nuestro progreso o lo lastrará.

—Supongo que lo lastrará —dijo Morriumur, bajando de nuevo la mirada a su plato—. Los entrenadores me presionarán más que a un miembro de una especie inferior.

—En ese caso, los kitsen aceptaremos gustosos la dificultad añadida —afirmó Hesho con solemnidad—. Quizá eso demostrará por fin que somos dignos de convertirnos en ciudadanos de pleno derecho de la Supremacía.

—¿Tenéis alguna idea de lo que va a pasar ahora? —les pregunté—. Hemos superado su prueba, ¿verdad?

—Ahora nos entrenarán para combatir a los zapadores —dijo Morriumur.

—¿Y qué significa eso? —pregunté. Seguía sin tener ni la menor idea de en qué me había metido.

—Es difícil de prever —dijo Hesho—. No creo que nadie de nosotros esperase que la prueba de hoy fuera tan brutal como ha sido.

Mientras hablaba, otro grupo de kitsen llegó con platos humeantes de comida, que dispusieron en la mesita de Hesho. Una de ellos, que llevaba un vestido de seda, le cortó la comida y empezó a llevársela a la boca. Los demás se afanaron en llenar varias sillas de las que rodeaban nuestra mesa con materiales para un banquete.

—La Supremacía es extraña —siguió diciendo Hesho mientras iba masticando su minúsculo filete—. Sus dirigentes se esmeran con mucho empeño en proteger las impolutas y pacíficas vidas de los inocentes, pero una vez abandonas los límites del decoro, su venganza puede ser rápida y brutal.

—La Supremacía es sabia —dijo Morriumur—. Ha sobrevivido durante siglos, proporcionando seguridad y prosperidad a miles de millones de seres.

—No pongo en duda la veracidad de esos hechos —replicó Hesho—. Y mi pueblo arde en deseos de incrementar nuestro nivel de ciudadanía. Sin embargo, no me negarás que algunos departamentos, en particular el de Servicios de Protección, pueden mostrar una inquietante carencia de empatía.

Asentí y la mesa quedó en silencio. Mientras comíamos, noté que mi atención se desviaba hacia algo que debía de estar sintiendo desde el principio. La... llamada de las estrellas. El campo de supresión citónica de Visión Estelar la había acallado, pero en aquella plataforma minera podía oír de nuevo su canción. No era capaz de distinguir lo que se estaba diciendo, pero ese sonido en el fondo de mi mente significaba que la estación estaba emitiendo comunicaciones.

Dejé el tenedor, cerré los ojos y me imaginé a mí misma volando entre las estrellas, como me había enseñado la yaya. Sentí que me dejaba llevar. Quizá... quizá pudiera seguir aquellos rastros invisibles. ¿Algunos de ellos llevarían a Detritus, a las fuerzas de la Supremacía apostadas allí?

Pero no encontré nada que sugiriese que así era. En cambio, sí que sentí otra cosa cercana. Una especie de vibrante familiaridad. ¿Qué era eso?

«Brade —comprendí, recordando la sensación de antes—. No está en el comedor, pero sí cerca.»

Abrí los ojos y miré alrededor. La ajetreada sala estaba repleta de alienígenas comiendo y bebiendo, o en el caso de unas criaturas rocosas muy extrañas, derramándose líquido en las cabezas.

La sensación llegaba desde fuera de la estancia. Me disculpé con los demás y les dije que necesitaba ir al servicio. Morriumur me explicó dónde estaba y salí del comedor con la mirada en la dirección que me había indicado le dione. En el pasillo había una hilera de puertas, cada una con un letrero identificando el tipo de unidad de eliminación que contenía.

Miré en la dirección opuesta, de donde parecía proceder la sensación citónica de Brade. No había guardias a la vista, así que me escabullí pasillo abajo.

La sensación se hizo más fuerte cuando llegué a una puerta que había a un lado. Estaba entreabierta y eché un vistazo rápido para confirmar que, en efecto, Brade estaba allí. Hablaba con un grupo de funcionarios diones, además de con Winzik.

17

Me agaché al lado de la puerta e intenté escuchar lo que decían dentro Winzik y los otros altos cargos.

—¡Eh! —me gritó M-Bot al oído, y estuvo a punto de hacerme saltar—. Spensa, ¿qué haces? —Apreté los dientes, concentrándome en los sonidos de detrás de la puerta. Al cabo de un momento, M-Bot dijo—: ¡Ah! ¿Estás escondida? ¿Qué ocurre? Estaba computando nuestro vuelo de regreso a Visión Estelar. ¿No ibas a liberar secreciones en el inodoro? Spensa, no las habrás liberado en algún lugar inapropiado, ¿verdad? ¿Por eso estás escondiéndote?

—Cállate —susurré, tan bajito como pude—. Intento espiar.

—Uuuh —dijo M-Bot.

La gente de dentro hablaba en voz demasiado baja para que mi traductor lo recogiera. Oía voces amortiguadas, pero no entendía nada.

—¿Quieres que incremente la capacidad de recepción auditiva de tu brazalete y te pase la traducción directamente al auricular, para que tu alfiler no te delate? —preguntó M-Bot—. Eso te ayudaría a espiar con más eficacia.

—*Sí* —respondí susurrando.

—Bien. Tampoco hace falta que seas tan brusca.

M-Bot apagó mi alfiler en remoto y empezó a transmitir las voces de la sala al auricular que llevaba puesto. La recepción de sonido del brazalete era mucho más sensible que la del alfiler y que mi oído normal, y M-Bot era mejor aislando voces del sonido de fondo.

—... debería haber previsto que esto iba a ser el desastre que ha sido —estaba diciendo une dione—. ¡Esos pilotos de dron estaban entrenados para combatir a los humanos de la reserva de Detritus! Salieron disparando con demasiada agresividad.

—Es verdad que las bajas son desafortunadas. —Era la voz de Winzik, que tenía un tono calmado—. Pero no tienen que preocuparse por las repercusiones. Esto ha sido un accidente, no un acto de agresión.

—¡Hay doce muertos! —exclamó otre alto mando. La voz de les diones sonaba mucho menos tranquila en privado que antes, fuera, cuando hablaban con aquel gorila burl—. ¡Sus pobres familias!

—Esas pobres familias acabarán destruidas por completo si no preparamos una fuerza de combate capaz de resistir a los zapadores —dijo Winzik—. Caramba, caramba. Los represores de mi departamento se ocuparán de cualquier protesta de injusticia. Han hecho ustedes bien su trabajo.

—Ya, bueno... —dijo otre dione—. Supongo que, si usted opina que la prueba ha funcionado... Pero ¿era necesario que trajera aquí a su humana, Winzik? Me causa incomodidad.

—Caramba, caramba, Tizmar —repuso Winzik—. Se preocupa demasiado. ¡Y por lo que no debería! En vez de eso, piense en el Departamento de Integración de Especies y su insistencia en añadir a varias especies muy agresivas a nuestra competición. Cuna trama algo. Esa recién llegada, Alanik, usa tácticas de combate humanas. Su pueblo es peligroso por su larga asociación con la plaga y debería permanecer aislado.

Fruncí el ceño mientras me apoyaba en la pared... y entonces sentí algo. Una mente apretando contra la mía.

—¿Qué ocurre? —preguntó une dione dentro—. ¿Algo anda mal? ¿Por qué su humana se ha levantado y está tan alerta? Está debidamente adiestrada, ¿verdad?

«Seré idiota.» Si yo podía *oír* a Brade con mis sentidos, por supuesto ella también podía *oírme* a mí. Di media vuelta y regresé corriendo por el pasillo. Sudando, reduje el paso para entrar caminando en el comedor. Traté de aparentar despreocupación mientras me sentaba en nuestra mesa.

Un momento después, Winzik apareció en el umbral y recorrió la sala con la mirada. Mientras yo retomaba la conversación con Hesho y Morriumur, con el rabillo del ojo vi que la celada del krell se había quedado encarada en nuestra dirección. Al cabo de poco tiempo, se retiró.

Un rato más tarde, un grupo de funcionarios dione con tabletas entró en el comedor. Fueron pasando entre las mesas, hablando con los pilotos y dándoles instrucciones.

—Y aquí tenemos a Alanik —dijo une dione de piel carmesí al llegar a nuestra mesa—. ¡La no ciudadana! Lo ha hecho usted bastante bien en la prueba. Un vuelo excelente, y ¿rescatar a otros pilotos necesitados? Delicioso. La hemos incluido en un escuadrón con la *Bastante Grande* y su tripulación. Supongo que ambos lo encontrarán aceptable.

Eché una mirada a Hesho, que se levantó y dio una palmada. ¿Parecía... un signo de asentimiento?

—Me parece muy bien —respondí—. Gracias.

—Y ahora —dijo le dione, haciendo pasar la pantalla de su tableta y leyendo—, hay un asunto un poco... delicado que me gustaría comentar con ustedes dos. Hemos añadido otro miembro a su escuadrón. Una piloto habilidosa y capaz. Muy muy habilidosa.

—¡Entonces será más que bienvenida! —exclamó Hesho—. ¿De quién se trata?

—Es humana —dijo le dione.

Morriumur dio un leve respingo y se llevó las manos a la cara. Hesho se echó atrás al instante en su silla y apareció un kitsen con un abanico que procedió a agitar con energía junto a su cara. Yo hice lo que pude para aparentar sorpresa y horror.

—¡No tienen por qué preocuparse! —continuó le dione, hablando deprisa—. Esta humana está debidamente autorizada. Les proporcionaré la documentación.

—¿Por qué querríamos entrenar para combatir un mal empleando otro? —preguntó Hesho.

—Eso —dije yo—. ¡Esos seres esclavizaron a mi pueblo durante décadas! Nunca habría pensado que estarían dispuestos a liberarlos en la galaxia.

—Esta humana está muy muy bien adiestrada —dijo le dione—. Tenemos que comprobar si es capaz de combatir a los zapadores o no.

—¿Y qué ocurre si resulta que la humana los combate a la perfección? —insistió Hesho—. Entonces ¿crearán escuadrones y flotas solo de humanos? Esto es como contratar al lobo para que vigile a las ovejas. Al final, se siguen perdiendo las ovejas.

Encontré curioso el símil. ¿De verdad había empleado las palabras «lobo» y «ovejas», o había dicho palabras alienígenas que se habían traducido a algo equivalente en mi idioma?

En todo caso, no estaba segura de lo que opinaba sobre que Brade fuese a incorporarse a nuestro escuadrón. Era citónica. Con el tiempo, ¿podría descubrir que yo era una humana disfrazada? Tenía la sospecha de que estaban asignándola a mi escuadrón con el propósito concreto de tenerme un ojo echado.

Pero al mismo tiempo, lo más seguro era que Brade supiera mucho más que yo sobre ser citónica. Quizá conociera el secreto para que mis poderes funcionaran como debían. Tal vez... fuese capaz de explicarme qué era. Qué éramos las dos.

—Estoy segura —dije despacio— de que la Supremacía sabe lo que hace.

—Mi pueblo tiene una larga historia con los humanos —dijo Hesho, reclinado en su silla bajo el abanico de su sirviente—. En los tiempos en que aún teníamos caminantes de la sombra, nuestra gente pasaba entre nuestro mundo y la Tierra, el planeta natal de la humanidad. Esto es una hoguera esperando una chispa.

—Si la situación no os resulta aceptable, majestad —dijo le dione—, podemos retiraros del plan de vuelo.

—Por supuesto, tendría que consultarlo con mi pueblo —respondió Hesho—, dado que no soy su rey, sino tan solo un igual entre muchos en una democracia perfectamente legal.

Los demás kitsen que lo rodeaban asintieron con brío, incluso mientras uno abanicaba a Hesho y otro le servía más comida.

—Supongo que esto significa que hemos superado la prueba —dije para cambiar de tema—. ¿Van a entrenarnos para luchar contra los zapadores?

—Sí —respondió le dione—. Enviaremos una lanzadera para recogerlos mañana a las 1000, hora de Estelar. La lanzadera los transportará a nuestros terrenos de entrenamiento. Me temo que tendrán que dejar atrás sus propias naves estelares y entrenar con nuestro equipo, aunque tendremos preparada una nave adecuada para los kitsen, capitán Hesho.

Naves de la Supremacía. Justo lo que había deseado. Aún no sabía cómo iba a encontrar la ocasión de robar un hipermotor de mi nueva nave, no digamos ya de llevarlo a M-Bot y saltar de vuelta a Detritus, pero al menos había dado un paso de gigante hacia ese objetivo. Aunque iba a tener que hacer unas comprobaciones exhaustivas para confirmar que mi disfraz holográfico seguiría en su sitio si me alejaba demasiado de M-Bot.

—Como medida de precaución adicional respecto a la humana —dijo le dione—, hemos añadido una quimera a su escuadrón. Quizá se hayan dado cuenta de que había una presente en la prueba. Esta quimera concreta prefiere que se dirijan a ella como hembra, y ha pedido que la llamen simplemente Vapor.

Hesho se irguió al oírlo.

—¿Una quimera, dice? —preguntó dándose golpecitos en la barbilla peluda con el dedo de una zarpa—. Eso me tranquiliza un poco, por lo menos.

¿Cómo? ¿Qué era aquello? ¿Una quimera? Miré a mi alrededor por si captaba a qué se referían, pero antes de poder preguntar, le dione siguió hablando.

—Excelente —dijo, y señaló con gesto distraído a Morriumur—. Y ahora, usted. Sígame, por favor, y le informaré sobre su puesto.

—¿Qué? —salté, alerta de repente—. ¿Morriumur no estará con nosotros?

—Le asignaremos su propio escuadrón unipersonal —explicó le dione—. Como corresponde.

Morriumur se levantó despacio, con aspecto triste.

—Me ha gustado hablar contigo, Alanik.

—No —dije, notando arder la cara de indignación mientras me ponía en pie—. Somos un escuadrón. Morriumur se queda con nosotros.

Tanto Morriumur como le otre dione me miraron con expresiones de pasmo. Bueno, pues que se pasmaran. Me crucé de brazos.

—¿De qué sirve un escuadrón de una nave? Deje a Morriumur con nosotros.

—Ya son cuatro en su equipo —objetó le dione—. Es la cantidad de miembros que hemos decidido que tenga un escuadrón.

—Pero seguro que en esta sala no somos un múltiplo exacto de cuatro —dije, con un gesto hacia los pilotos que ocupaban las mesas a nuestro alrededor—. Además, ya somos un escuadrón extraño, nada menos que con una humana en él. Nos vendría bien tener une piloto más, por si esa criatura salvaje se vuelve en nuestra contra.

—Bueno —repuso le dione, tecleando con agitación en su tableta—. Bueno, supongo que podemos arreglarlo. —Me miró con aire cauto y siguió tecleando—. Ustedes estén listos para que los recoja la lanzadera mañana. Se les entregará un traje de vuelo de la Supremacía. Cada tarde los devolveremos a Visión Estelar, por lo que no es necesario que lleven mudas de ropa, pero, si requieren sustento a mediodía, tráiganlo con ustedes. No se retrasen mañana.

Y dicho eso, le dione se volvió y se marchó a toda prisa.

—No tenías por qué hacerlo —me dijo Morriumur—. Vine aquí sabiendo que me aislarían.

—Vale, pero no suelo soltar a la gente una vez les he hincado el diente —repliqué—. Es como actúa una guerrera.

—Qué metáfora más... perturbadora —dijo Morriumur, y se sentó de nuevo—. De todos modos, gracias. Prefiero no ir por mi cuenta.

—Un momento —dije, mirando por nuestra mesa—. Nos ha dicho que nuestro equipo es de cuatro personas. ¿Quién es esa tal Vapor que ha mencionado?

—Soy yo —respondió un quedo susurro de voz.

Me sobresalté y giré la cabeza para mirar, pero allí no había nadie. Me asaltó un llamativo olor a canela. A canela quemada, en realidad.

—Bienvenida, inadvertida —dijo Hesho, que se puso en pie e hizo una profunda inclinación. El resto de su tripulación lo imitó.

—¿Eres... invisible? —pregunté, sorprendida.

—Soy una quimera —dijo la suave voz femenina, y caí en la cuenta de que conocía esa voz. La había oído antes.

—¡La nave dron que me ha ayudado a salvar a Morriumur! —exclamé—. Ibas en esa nave.

—Se sabe que las quimeras —dijo Hesho— son capaces de infiltrarse en naves y controlarlas.

—Entonces ¿todos los drones están pilotados por... por gente como tú? —pregunté.

—No —dijo la voz incorpórea—. No somos muchos. Es solo que asumí el control de una nave para esta prueba, contra la voluntad de su piloto remoto.

Increíble. Pero ¿qué era ella? ¿Un olor? ¿Estaba hablando con un *olor*?

El nítido aroma se desvaneció, pero yo no sabía si era porque Vapor se había marchado o... por alguna otra cosa. La idea de una criatura a la que no podía ver me pareció muy perturbadora. ¿Quién sabía cuándo podría estar observándonos?

La comida estaba terminando y las criaturas de las otras mesas empezaban a desfilar de vuelta hacia sus naves. Hesho se despidió de nosotros con entusiasmo y descendió por las escalas que había colocado su tripulación. El grupo de más de cincuenta zorros diminutos recogió sus cosas y trotó en dirección a la puerta.

Morriumur y yo los seguimos y terminamos saliendo al exterior encima de la estación. Sobre nosotros estaba el cielo negro, salpicado de estrellas. Las naves estaban despegando por grupos para regresar volando a Visión Estelar.

Me despedí de Morriumur, anduve de vuelta a M-Bot y me aupé a su ala para poder meterme en la cabina.

—Unos ingenieros han intentado inspeccionarme mientras estabas abajo —dijo M-Bot—, pero los he espantado haciendo que pareciera que habían disparado sin querer un sistema de alarma.

—Bien pensado —repuse.

—Ha sido una especie de mentira —dijo él—. Es verdad que puedo hacerlo, como decías. En las circunstancias adecuadas.

Mientras nos preparábamos para despegar, volví a sentir algo contra mi mente. Miré hacia el lugar del que parecía proceder la sensación y reparé en unas puertas de hangar entreabiertas. Alcancé a ver una sombra dentro. Tenía que ser Brade, observando mi nave.

—No me hace gracia la idea de que salgas sola mañana —dijo M-Bot—, volando en otra nave.

—¿Celoso?

—¡Puede ser! Estaría bien que pudiera sentir eso. Pero además, creo que es peligroso. Tendremos que comprobar el proyector holográfico de tu brazalete. Su CPU debería ser capaz de gestionar tu holograma sin mi ayuda, pero nos interesa estudiarlo antes. Sería mejor si pudiera ir contigo.

—No creo que tengamos elección —dije mientras despegaba y nos alejaba de la plataforma—. Tenemos que echar mano a una nave de la Supremacía.

—Es posible que no te asignen una que pueda efectuar hipersaltos —dijo M-Bot—. Por lo menos, no para empezar.

—Ya lo había pensado —respondí—. Pero si me gano su confianza, es muy posible que relajen la seguridad a mi alrededor. A lo mejor no me dan un caza estelar que pueda dar hipersaltos, pero es probable que termine cerca de uno. Si no puedo robar un hipermotor, tal vez pueda al menos sacarle fotos a uno.

—Las fotos no nos llevarán a casa.

—Lo sé. Sigo trabajando en eso.

Mientras volábamos hacia Visión Estelar y yo rumiaba sobre el asunto, comprendí que me habían proporcionado sin saberlo un plan de reserva. Winzik y los demás acababan de destinarme al mismo escuadrón que la humana que tenían por mascota. ¿Brade sabría que había todo un planeta lleno de humanos como ella, solo que libres? ¿Quizá estaría dispuesta a huir allí, si le daba la oportunidad adecuada?

Si no lograba robar un hipermotor de la Supremacía, a lo mejor podía robarles a una citónica.

18

Posé a M-Bot en su sitio del tejado de nuestra embajada en Visión Estelar y luego me recliné en el asiento, de repente agotada.

Ser Alanik era muy cansado. Yo estaba acostumbrada a seguir mis instintos y hacer lo que me resultaba natural. Hasta el momento, eso me había llevado bien por la vida. Era cierto que también me había valido algún chichón o rasguño de vez en cuando, pero nunca había tenido que preocuparme de fingir que era nadie más que yo misma.

Suspiré, pulsé por fin el botón de apertura de la cubierta y me levanté para estirarme. La embajada no tenía un equipo de tierra que me acercara una escalerilla, así que salí al ala y luego salté al suelo.

—En general —me dijo M-Bot—, creo que ha ido bien. No estamos muertos y tú has conseguido entrar en su ejército.

—Y eso ha sido maná caído del cielo —repliqué, con una mueca al recordar al alienígena gorila burl que había tenido la rabieta y al que habían expulsado. Habría sido yo si hubiera llegado un poco antes donde estaba Winzik.

—¿Puede caer maná del cielo? —preguntó M-Bot.

—Creo que no —dije, acercándome para conectar los cables de carga y el enlace de red a M-Bot—. No estoy muy segura del origen de ese dicho, en realidad.

—Hummm. ¡Ah! Pues procede de la Biblia. La Biblia es una versión muy anticuada del Libro de los Santos que tenían en la antigua Tierra.

Conecté el último cable y bajé con paso tranquilo por la escalera. Babosa Letal trinó emocionada desde el dormitorio cuando fui a verla. Le había puesto una caja de arena y le había dejado unas setas troceadas que, a juzgar por las migajas que quedaban, había encontrado aceptables como comida. La rasqué y me fijé en una lucecita que había en la pared. Estaba parpadeando, lo que significaba que tenía una entrega, así que bajé a la planta baja y comprobé el cajón de entrada. Antes de salir volando esa mañana había hecho unos cuantos pedidos para probar mi capacidad de solicitud.

Dentro de la caja encontré un paquete con ropa nueva de mi talla y productos para el aseo. Lo cogí todo y subí a la cocina, donde freí una pequeña albóndiga de algas que me comí dentro de un panecillo. Luego regresé al cuarto de baño. Aún se me hacía un poco raro tener uno para mí sola. Tirda, tenía todo un edificio para mí sola. Bueno, para mí y mi mascota babosa, que quiso que volviera a rascarla cuando me crucé con ella en el pasillo.

Me miré en el espejo del baño. O mejor dicho, miré la ilusión de Alanik que llevaba puesta. «Babosa Letal no se da cuenta de que no tengo mi verdadera cara», pensé. Estaba claro que funcionaba con el olor y el sonido, ya que no tenía ojos. Se me ocurrió que mi disfraz era incluso más precario de lo que había creído. ¿Qué pasaba con esa criatura, Vapor, que era un olor? ¿Tenía que preocuparme de que descubriera que yo era humana?

Di un suave gemido, sintiéndome agobiada. Apagué la luz y, con un suspiro de alivio, me quité el brazalete holográfico. Aunque M-Bot había escaneado el edificio en busca de dispositivos de espionaje, quería ser muy cuidadosa y me dejaba puesto siempre el brazalete.

Pero en esos momentos deseaba ser yo misma. Aunque fuese en la oscuridad. Aunque fuese estando sola. Aunque fuese solo un ratito.

Me limpié y me pareció un lujo no tener que hacerlo con prisas. Allá en Detritus, parecía que siempre iba corriendo hacia un ejercicio de entrenamiento u otro. En cambio, allí... podía permitirme descansar y dejar que los agentes limpiadores de la cabina me lavaran.

Salí al cabo de un tiempo, suspiré y volví a ponerme el brazalete. Encendí la luz y saqué un conjunto de ropa suelta y genérica del paquete. Se parecía un poco al traje que llevaba el personal médico. Supuse que sería buena ropa para trabajar en general o para dormir.

Repasé los productos de aseo. Con un poco de suerte, quienes hubieran analizado mis pedidos no se preguntarían por qué me había dejado en casa la pasta de dientes. Aunque lo había consultado todo con M-Bot antes de hacer el pedido, me divirtió leer la etiqueta de advertencia que había al final del tubo. Mi alfiler tradujo las palabras, que enumeraban las especies de la galaxia para las que la pasta resultaría tóxica. Dirigir un imperio galáctico parecía conllevar un montón de problemas raros en los que nunca había pensado.

Al cepillarme los dientes ante el espejo, descubrí que la pasta tenía un agradable sabor a menta, mucho mejor que la sustancia amarga que usábamos en casa. Al parecer, esas eran las ventajas de tener una economía y una infraestructura reales, en vez de verte obligado a modificar antiguas biorrefinerías para producir pasta de dientes.

Llevaba el pelo más largo que de costumbre, y por suerte tenía la longitud aproximada del de Alanik, un poco por debajo de los hombros. Antes solía llevarlo corto, en parte porque odiaba su color. Los héroes de las historias de la yaya tenían todos el cabello negro como el carbón, o rubio dorado, o quizá algún color escarlata fuego de vez en cuando para que hubiera variedad. Nadie de esos relatos tenía el pelo de un color marrón sucio.

Pero en esos momentos era blanco, con el holograma activado. Pasé los dedos por él y la ilusión de verdad era perfecta, con cada mechón individual coloreado. Mis expresiones también se trasladaban bastante bien al rostro de Alanik, y no sentía nada distinto cuando me apretaba la piel, aunque sabía que mis rasgos y los suyos no eran iguales.

Lo único que fallaba un poco eran las protuberancias óseas que Alanik tenía bajo los ojos y bajando por los lados de la cara. Esas eran pura ilusión y, si les clavaba el dedo, el holograma se distorsionaba. Aun así, el brazalete era lo bastante bueno para hacer que el pelo pareciera rozar contra las protuberancias en vez de atravesarlas cuando se tocaban.

Me quedé mirándome en el espejo, sonriendo, torciendo el gesto, intentando encontrar algún error en el aspecto general de todo, pero la ilusión era excelente. Casi podía creer que lo que llevaba era maquillaje.

No me sorprendió descubrirme pensando en Alanik. ¿Habría tenido problemas para meter el pelo en el casco? ¿Qué pensaría de que yo la estuviera imitando?

«No confiéis en su paz... sus mentiras...»

Me cepillé el pelo, salí al pasillo y bajé la escalera hacia el dormitorio.

—Ah, esto te interesará leerlo —dijo M-Bot—. Acabamos de recibir una respuesta del pueblo de Alanik, supuestamente enviada a través de canales seguros pero no vigilados de la Supremacía.

—No me cabe la menor duda de que la han leído de todas formas —dije, sentándome al escritorio que había en la habitación—. A ver qué dice.

M-Bot me mostró el mensaje en la pantalla del escritorio, traducido al inglés. Era una respuesta sosa a nuestra sosa narración de los acontecimientos. Lo cual era alentador, porque no parecía que se hubieran puesto en contacto inmediato con la Supremacía.

—¿Hay algún mensaje oculto cifrado, como el que les enviamos nosotros?

—Sí —dijo M-Bot—. Es una codificación muy interesante, basada en el número de letras de cada palabra en relación con un mensaje de cuaderno de uso único cuya clave tienes en tu alfiler. Es imposible de descifrar sin él. Pero supongo que eso es más de lo que querías saber. El mensaje cifrado solo dice: «Queremos hablar con Alanik».

—Envíales un informe de la prueba de hoy y cifra esto: «Se pondrá en contacto con vosotros cuando se cure. De momento, estoy infiltrada en la Supremacía haciéndome pasar por ella. Por favor, no me delatéis».

—Parece una respuesta razonable —dijo M-Bot—. Compondré ese mensaje.

Asentí y fui hacia la cama. De verdad me hacía falta dormir, pero aun así, cuando pensé en tumbarme, caí en la cuenta de que no estaba cansada. Así que me senté en una butaca junto a la ventana y bajé la mirada a la calle delimitada por rascacielos de Visión Estelar. Contemplé a toda la gente de fuera moverse, fluir. Un millón de objetivos diferentes. Un millón de trabajos distintos. Un millón de criaturas que me consideraban una de las cosas más peligrosas que había en la galaxia.

—¿M-Bot? —dije—. ¿Puedes oír a esa gente de abajo, en la calle?

—No estoy seguro —respondió—. Hummm, eso era mentira. Los oigo que no veas. Pero ¿qué te ha parecido mi mentira?

—Procura no decir a la gente que estás mintiendo justo después de hacerlo. Echa a perder el efecto.

—Bien. Vale. Entonces... hummm, no estoy seguro. —Se puso a tararear.

—¿Te importaría no practicar cómo mentir justo ahora? Empieza a ser un poco molesto.

—Spensa —dijo él—, se supone que no tiene que gustarte cuando miento, ¿verdad? ¿Cómo sabes cuándo tienes que hacerlo y cuándo no?

Suspiré.

—Vale, muy bien —dijo—. Tengo equipado un sistema de vigilancia avanzado. Desde esta altura, debería ser capaz de aislar el audio de la gente de la calle, aunque no te lo garantizo y dependerá de las interferencias. ¿Por qué?

—Solo quiero saber de qué hablan —expliqué—. Ellos no tienen incursiones krells a las que anticiparse. ¿Hablan de su empleo en una fábrica? ¿De los humanos? ¿Tal vez de los zapadores?

—Estoy escaneando para obtener una muestra —dijo M-Bot—. De momento, parece que hablan de cosas normales. Recoger a sus hijos de los centros de cuidado. Encargar ingredientes para la cena. La salud y el adiestramiento de sus mascotas.

—Cosas normales —repetí—. ¿Todo eso es... normal?

—Aventuraría que depende de un gran número de variables.

Miré hacia abajo y vi moverse a todo el mundo. La gente que pasaba por la calle mostraba la misma ausencia de prisa en la que me había fijado a mi llegada. El lugar parecía ajetreado, pero solo porque tenía muchísimas piezas moviéndose a la vez. Individualmente, era pacífico. ¿Normal?

No. No podía creerlo. Aquello era la Supremacía, el imperio que casi había aniquilado a la humanidad. Eran quienes financiaban a Winzik y a los krells que controlaban a mi pueblo. Eran los monstruos por los que había pasado mi vida entrenando para combatir, las criaturas sin rostro que habían acechado en el cielo, que habían bombardeado nuestros núcleos de civilización y nos habían llevado casi a extinguirnos.

Visión Estelar era uno de sus centros principales de comercio y política. Aquel lugar tenía que ser una tapadera creada con la intención de simular que la vida en su imperio era pacífica. ¿Cuántos de aquellos viandantes estarían a sueldo de la Supremacía, con instrucciones de parecer inocentes? Me resultó evidente, pensándolo un poco. Aquello era fingido, una treta para que los forasteros se llevaran la falsa impresión de que el imperio era una cosa estupenda.

Pues bien, yo no iba a creerme sus mentiras de paz y prosperidad. Ese mismo día había visto cómo trataban a los pilotos en la prueba. Toda esa gente de la calle era responsable de lo que les había pasado a mi padre y a mis amigos.

No eran personas simples llevando unas vidas simples. Eran mis enemigos. Estábamos en guerra.

—Spensa —dijo M-Bot—, no es por ser un incordio, pero ya hace quince horas que no duermes y, como estás adaptándote al ciclo de sueño de esta estación, anoche solo registré cuatro horas de verdadero sueño reparador.

—Vale, ¿y? —restallé.

—Que te pones cascarrabias cuando no duermes.

—No es verdad.

—¿Te importa que grabe tu tono para más adelante, cuando me convenga usarlo como prueba contra ti en un futuro desacuerdo?

Tirda. Discutir con una máquina era frustrante a niveles irreales. Lo más probable era que M-Bot tuviera razón, pero yo sabía que no podría dormir si lo intentara. Por motivos que él, por muy listo que fuese, jamás sería capaz de comprender.

Así que me puse el mono genérico de trabajo que había llegado en el paquete de ropa y volví a subir al tejado. El mono sentaba como un traje de vuelo: era de un material grueso y parecido a la lona, ajustado pero sin pasarse. Una ropa cómoda, práctica. La mejor que existía.

—¿Spensa? —dijo M-Bot mientras me acercaba a él—. No estarás pensando en meterte en algún lío, ¿verdad? No iremos a salir volando hacia...

—Tranquilo —lo interrumpí—. No podemos dejar que los equipos de tierra se te acerquen demasiado, así que voy a tener que hacerte yo el mantenimiento.

—¿Ahora? —preguntó M-Bot.

—Te quiero en perfecta forma por si tenemos que escapar.

Miré en la pequeña taquilla de mantenimiento que había en el tejado y encontré algunos suministros básicos, entre ellos una pistola de grasa rellenada con lubricante capaz de resistir el vacío. La cogí y caminé de vuelta hacia él.

—¿M-Bot? —dije—. ¿Cómo has sabido lo de mi frase hecha de antes? La del maná. ¿La tenías en tus bases de datos?

—No —respondió—. He sacado la información del archivo de Visión Estelar. Contiene muchos datos sobre la antigua Tierra, de antes de que desapareciera. Hay mucho más que en las bases de datos fragmentadas que tiene tu gente.

—¿Puedes hablarme de ella? —le pedí, mientras usaba la pistola para empezar a engrasar las juntas de sus alerones—. Cosas que no nos hayan enseñado en clase, ya sabes.

—Aquí hay mucha información —dijo él—. ¿Quieres que empiece por orden alfabético? A. A. Attanasio fue un escritor de ciencia ficción que parece interesante.

—Cuéntame la historia de Hoja de Pino y de cómo luchó contra cuatro guerreros crow a la vez.

—Hoja Caída —dijo M-Bot— se asocia a menudo con la figura histórica conocida como Hoja de Pino o Mujer Jefe. Fue una nativa americana de ascendencia gros ventre a la que se atribuyen muchos relatos pseudohistóricos de valentía.

Cuánta sequedad en sus palabras, cuánta monotonía.

—¿Y la historia de cuando luchó contra cuatro hombres al mismo tiempo? —pregunté—. Los tocó uno por uno con su vara y los hizo prisioneros por la vergüenza de permitir que una mujer los superara en habilidad.

—Se supone que logró dar cuatro golpes que cuentan en una sola batalla —dijo M-Bot—, aunque la veracidad de esta leyenda es dudosa. Históricamente, tuvo un papel fundamental en rechazar una incursión de los pies negros, lo cual le granjeó renombre por primera vez entre los crow. Y... ¿Por qué suspiras? ¿He hecho algo mal?

—Es solo que echo de menos a la yaya —dije en voz baja.

Ella había hecho que las historias de la antigua Tierra cobraran vida, solo por la forma en que las contaba. Su voz siempre transmitía una pasión que M-Bot, por muy buenas intenciones que tuviera, no podía conferir al relato.

—Lo siento —dijo M-Bot con suavidad—. Esto es una prueba más de que no estoy vivo de verdad, ¿eh?

—No digas bobadas —repliqué—. Yo tampoco soy muy buena contando historias, y eso no significa que no esté viva.

—Le dione Zentu, cuyos campos de conocimiento eran la filosofía y la ciencia, afirmaba que existen tres signos distintivos importantes que denotan la auténtica vida. El primero es el crecimiento. Un ser vivo debe cambiar con el tiempo. Yo he cambiado, ¿verdad? Puedo aprender, puedo crecer.

—Desde luego —dije—. Solo el hecho de que me convirtieras en tu piloto ya demuestra eso.

—El segundo es la autodeterminación básica —prosiguió M-Bot—. Un ser vivo debe ser capaz de reaccionar a los estímulos para mejorar su situación. Yo no puedo pilotarme a mí mismo. Si pudiera hacerlo, ¿crees que eso me convertiría en un ser vivo? ¿Crees que por eso quienquiera que me crease me prohibió ser capaz de moverme por mi cuenta?

—Puedes manejar tus impulsores pequeños para ajustar tu posición —objeté—, así que eso más o menos ya lo tienes. Si una planta está viva porque puede reaccionar a la luz del sol, entonces tú estás vivo.

—No quiero estar vivo como una planta —dijo M-Bot—. Quiero estar vivo de verdad.

Gruñí mientras aplicaba chorros rápidos de lubricante a las bisagras de sus alerones. Solo el olor ya hacía que me sintiera mejor. El dormitorio de abajo estaba demasiado limpio. Hasta mi cuarto en el cuartel general de la FDD olía un poco a aceite y a gases de escape.

—¿Cuál es la tercera indicación de la vida? —pregunté—. Por lo menos, según ese filósofo.

—La reproducción —respondió M-Bot—. Un ser vivo es capaz de crear más versiones de sí mismo, o como mínimo su especie es capaz de hacerlo en algún punto de su ciclo vital. He estado pensando... Tú pilotarás otra nave mañana. A lo mejor podríamos buscar la forma de cargar una copia de mi programa en los bancos de datos de ese caza. Así podrías tener mi ayuda y aun así pilotar una de sus naves.

—¿Eso podrías hacerlo? —pregunté, alzando la mirada desde el ala.

—En teoría, sí —dijo M-Bot—. Yo soy solo un programa, aunque basado en velocidades transcitónicas para el procesamiento. Pero en mi núcleo, la cosa a la que llamas M-Bot no es más que un conjunto de bits codificados.

—Eres mucho más que eso —repuse—. Eres una persona.

—Una persona no es más que una compilación orgánica de información codificada. —Titubeó un momento—. En cualquier caso, mi programación me prohíbe crear copias de mi código principal de procesamiento. Hay un seguro que me impide duplicarme a mí mismo. Quizá sea capaz de modificarlo si...

Clic. Cliclicliclic.

Seguí trabajando en silencio mientras su programa se reiniciaba. «Quien creó a M-Bot no quería arriesgarse a que el enemigo se hiciera con una copia de él —pensé—. O eso o... no querían arriesgarse a que sus inteligencias artificiales se copiaran a sí mismas sin supervisión.»

—He vuelto —dijo por fin M-Bot—. Perdona.

—No pasa nada.

—A lo mejor existe alguna forma de saltarnos... lo que he dicho antes.

—No sé si termina de gustarme, la verdad —dije yo—. Crear otro tú estaría mal. Sería raro.

—No más raro que dos seres humanos gemelos idénticos —replicó él—. Para serte sincero del todo, no sé cómo respondería mi programación si la restringiéramos a un sistema informático ordinario, sin procesamiento transcitónico.

—Dices esas palabras como si debiera saber lo que significan.

—Para crear ordenadores capaces de pensar tan rápido como mi mente, hacen falta unos procesadores que puedan comunicarse más deprisa de lo que permiten las señales eléctricas normales. Mi diseño lo consigue utilizando unos diminutos comunicadores citónicos, que envían señales a velocidades superlumínicas a través de mis unidades de procesamiento.

—¿Y el escudo de la estación no impide eso?

—Mi propio escudo parece bastar para bloquear su escudo. Bueno, esa era una manera simplificada y quizá contradictoria de expresarlo. De todos modos, sigo pudiendo procesar a mi velocidad requerida.

—Vaya —dije—. Procesadores citónicos. Por eso puedo sentirte pensar.

—¿A qué te refieres?

—A veces, cuando estoy en lo más profundo de... lo que sea que hago, puedo sentirte. Tu mente, tus procesadores. Igual que en ocasiones puedo sentir a Brade. Pero de todas formas, hablar de copiarte es un poco irrelevante, ¿no? No podemos transferirte a otra nave, porque esa nave no podría pensar lo bastante deprisa.

—En teoría, podría sobrevivir en una de esas —dijo M-Bot—. Es solo que pensaría más despacio, que sería tonto. Pero no tan tonto como un humano, y vosotros parecéis llevarlo bastante bien. —Calló un momento—. Hummm, sin ánimo de ofender.

—Seguro que encuentras adorable nuestra estupidez.

—¡Qué va! En cualquier caso, querría al menos intentar hallar la forma de duplicarme. Aunque sea solo para demostrar que... que estoy vivo de verdad.

Lo rodeé para llegar a su otra ala, sonriendo. Después de incorporarme de manera oficial a la FDD y de que M-Bot revelara su existencia, los equipos de tierra habían pasado a encargarse de su mantenimiento. Pero antes de eso, habíamos estado solo Rodge y yo. Rodge había hecho casi todo el trabajo difícil, pero las cosas sencillas, como engrasar, raspar pintura o comprobar los cables, me las había dejado hacer a mí.

Había algo satisfactorio en mantener mi propia nave. Algo relajante. Apacible.

Entonces miré la superficie pulida de su casco y vi que el infinito me devolvía la mirada. En vez de mi reflejo había un profundo vacío. Un vacío perforado por un puñado de luces blancas ardientes, como soles terribles. Observándome.

Los ojos. Un zapador, o más de uno, estaba allí. *Allí mismo.*

Retrocedí a trompicones y solté la pistola de grasa, que rebotó en el suelo con estruendo. El reflejo se desvaneció y habría jurado que durante un breve instante no hubo nada reflejado. Luego, como una pantalla al activarse, reapareció la figura de Alanik, el disfraz holográfico que llevaba puesto.

—¿Spensa? —dijo M-Bot—. ¿Qué te pasa?

Me derrumbé en el tejado. Por encima, las naves recorrían sus invisibles autopistas. La ciudad se retorcía y se movía, un zumbido enfermizo de molestos insectos que me rodeaba por completo, que me asfixiaba.

—¿Spensa? —repitió M-Bot.

—Estoy bien —susurré—. Es solo... que me preocupo por mañana. Por tener que volar sin ti.

Me sentía sola. M-Bot era estupendo, pero no me comprendía como Kimmalyn o FM. O Jorgen. Tirda, cómo lo echaba de menos. Añoraba poder quejarme a él y escuchar sus argumentos demasiado racionales pero, de algún modo, tranquilizadores.

—¡Tranquila, Spensa! —exclamó M-Bot—. ¡Puedes hacerlo! Eres buenísima volando. ¡Mejor que cualquiera! Tienes una habilidad prácticamente inhumana.

Me dio un escalofrío al oírlo. «Prácticamente inhumana.» Sintiéndome enferma, me incliné hacia delante y me abracé las rodillas.

—¿Qué he dicho? —preguntó M-Bot con un hilo de voz—. ¿Spensa? ¿Qué te pasa? ¿Qué te pasa de verdad?

—La yaya me contaba una historia a veces —susurré—. Era una historia rara, que no terminaba de encajar con las demás. No hablaba de reinas, caballeros ni samuráis. Era la historia de un hombre... que perdió su sombra.

—¿Cómo se puede perder la sombra? —preguntó M-Bot.

—Es un relato de fantasía —expliqué, recordando la primera vez que la yaya me lo había contado. Estábamos sentadas encima de nuestro apartamento con forma de cubo en las cavernas, bajo la luz profunda y hambrienta de las fraguas que lo teñía todo de rojo—. Una extraña tarde, estando de viaje, un escritor despertaba y descubría que su sombra había desaparecido. No había nada que pudiera hacer ni ningún médico capaz de ayudarlo. Pasado un tiempo, siguió con su vida.

»Solo que un día regresó la sombra. Llamó a la puerta y saludó con alegría a su antiguo amo. Había viajado por todo el mundo y había llegado a comprender a la humanidad. La comprendía mejor, de hecho, que el propio escritor. La sombra había visto la maldad en los corazones de los hombres mientras el escritor se había quedado sentado junto a su chimenea, imaginando solo cosas bondadosas.

—Qué raro —me interrumpió M-Bot—. ¿Tu abuela no solía contarte historias sobre matar monstruos?

—A veces los monstruos mataban a los hombres —susurré—. En esta historia, la sombra ocupó el lugar del hombre. Convenció al escritor de que podía enseñarle el mundo, pero solo si él aceptaba convertirse en la sombra durante un breve tiempo. Y claro, cuando el hombre lo hizo, la sombra se negó a liberarlo. Se transformó en él, se casó con una princesa y se hizo rico. Y mientras tanto el auténtico hombre, al ser una sombra, fue consumiéndose y se volvió tenue y oscuro, apenas vivo... —Volví a mirar a M-Bot—. Siempre me he preguntado por qué me contaba esa historia. La yaya me dijo que era un cuento que le había contado su madre, en los días en que recorrían las estrellas.

—¿Y qué es lo que te inquieta? —preguntó M-Bot—. ¿Que tu sombra pueda ocupar tu lugar?

—No —susurré—. Me inquieta ser ya la sombra.

Cerré los ojos y pensé en el lugar donde moraban los zapadores. El lugar entre instantes, aquella fría ninguna-parte. La yaya decía que en tiempos antiguos, la gente había temido y desconfiado de los técnicos de motores. Habían desconfiado de los citónicos.

Desde que había empezado a ver los ojos, nunca me había sentido del todo como antes. Después de viajar a la ninguna-parte, no podía evitar preguntarme si lo que había regresado no sería ya completamente yo. O si quizá el yo que había conocido siempre había sido alguna otra cosa. Algo no del todo humano.

—¿Spensa? —dijo M-Bot—. Has dicho que no se te da muy bien contar historias. Era mentira. Me impresiona la facilidad con que lo haces.

Miré la pistola de grasa caída, que había soltado un pequeño pegote de lubricante claro en el tejado. Tirda. Estaba poniéndome emotiva. M-Bot tenía razón y me alteraba cuando no dormía lo suficiente.

Tenía que ser eso, estaba claro. La privación de sueño estaba haciéndome alucinar, y por eso divagaba. Me levanté, cuidando de *no* mirar mi reflejo, y guardé la pistola de grasa. Me detuve al borde de la escalera que descendía a la embajada.

La idea de dormir en aquella habitación estéril y vacía... con los ojos vigilándome...

—Oye —dije a M-Bot—, abre la cabina. Esta noche voy a dormir aquí arriba.

—Tienes un edificio entero con cuatro dormitorios —replicó M-Bot—. ¿Y vas a dormir otra vez en mi cabina, como cuando no te dejaban entrar en los barracones de la FDD?

—Ajá —dije, y bostecé mientras subía y cerraba la cubierta—. ¿Puedes oscurecer esto, por favor?

—Sospecho que una cama sería más cómoda —dijo M-Bot.

—Seguro que sí.

Eché hacia atrás el respaldo y saqué la manta. Me acomodé, escuchando el ruido del tráfico que llegaba desde fuera. Era un sonido extraño, acusador de algún modo.

Incluso mientras empezaba a adormecerme, quedó en mí una cierta sensación de aislamiento. Estaba rodeada de ruido, pero sola. Estaba en un lugar donde vivía un millar de especies, pero me sentía más solitaria que cualquiera de las veces que había salido a explorar las cavernas en casa.

TERCERA PARTE

Interludio

Jorgen Weight entró en la enfermería con su casco de vuelo bajo el brazo. Tal vez debería haber guardado el casco, pero no había ninguna regla que lo exigiera y a él le gustaba llevarlo. Hacía que se sintiera preparado para volar sin previo aviso. Le daba la ilusión de mantener el control.

La criatura tendida en la enfermería demostraba que no era así. Habían enganchado a la mujer alienígena a toda clase de tubos y monitores y le habían puesto una mascarilla en la cara para controlar su respiración, pero lo que llamó de inmediato la atención de Jorgen fueron las correas que sujetaban sus brazos a la camilla. Los mandamases de la FDD no querían jugársela lo más mínimo, aunque Spensa había parecido opinar que la alienígena no suponía un peligro.

La fisiología alienígena de la piloto caída tenía perplejos a los médicos de la FDD. Lo más que habían podido hacer era cerrarle las heridas y confiar en que terminara despertando. En los últimos dos días, Jorgen había ido a verla al menos seis veces. Sabía que era muy improbable que recobrara la conciencia estando él allí, pero aun así quería tener la oportunidad de ser el primero en hablar con ella. El primero en hacerle la pregunta.

«¿Puedes encontrar a Spensa?»

Su inquietud aumentaba a cada día que Spensa pasaba fuera sin comunicarse. ¿Había hecho lo correcto al animarla a marcharse así? ¿La había dejado abandonada, sola, sin refuerzos, para que la capturaran y la torturaran?

Se había saltado el protocolo de cadena de mando de la FDD al decirle que se fuese. Si la apresaban por ello... Bueno, a Jorgen no se le ocurría nada peor que desobedecer y luego descubrir que hacerlo había sido un error. De modo que iba a la enfermería y albergaba esperanzas. Aquella alienígena era citónica, así que podría encontrar a Spensa y ayudarla, ¿verdad?

Pero antes, la alienígena tenía que despertar. Una médica que llevaba una tablilla con pinza se acercó a Jorgen y le enseñó solícita el informe sobre las constantes vitales de la paciente. Jorgen no sabía interpretar la mayoría de los datos, pero la gente tendía a mostrar respeto a los pilotos. Hasta los cargos más altos del gobierno solían apartarse para dejar pasar a un hombre o mujer que luciera una insignia de piloto en activo.

A Jorgen le daban igual las atenciones, pero llevaba la insignia por tradición. Su pueblo existía, vivía, porque la maquinaria bélica funcionaba. Y si él tenía que ser uno de sus engranajes más notorios, ostentaría el puesto con solemnidad.

—¿Alguna novedad? —preguntó a la médica—. Dígame lo que no viene en el informe. ¿Se ha movido? ¿Habla en sueños?

La doctora negó con la cabeza.

—Nada. Tiene el pulso irregular, aunque no sabemos si es lo normal en su especie. Respira bien nuestro aire, pero tiene los niveles de oxígeno bajos. De nuevo, no estamos seguros de si es normal o no.

Igual que siempre. Y podían pasar semanas antes de que despertara, si es que llegaba a hacerlo. Ingeniería estaba analizando su nave, pero de momento no habían podido romper el cifrado de sus bases de datos.

Los científicos podían dedicarse a analizar eso tanto como quisieran. Los secretos que Jorgen anhelaba estaban en el cerebro de aquella criatura. Sentía una... electricidad cuando se acercaba a ella. Una tenue descarga que le recorría el cuerpo, como la sensación de que le salpicara el agua fría. La notaba en esos momentos, de pie a su lado, escuchando el rítmico siseo del respirador.

Había sentido lo mismo en otra ocasión, al conocer a Spensa. Lo había tomado por atracción, y desde luego que atracción sentía. Por mucho que Spensa lo frustrara, se veía tan atraído como una polilla a una llama. Pero había otra cosa. Algo que la alienígena también tenía. Algo que Jorgen sabía que estaba oculto en las profundidades de su árbol familiar.

Se volvió hacia la médica.

—Por favor, tome nota de avisarme si cambia cualquier cosa en ella.

—Ya lo hice —respondió la doctora.

—Según el código que hay debajo del informe, ha actualizado usted su prioridad de estado, lo que exige que renueve mi petición. Trámite 1.173-b del departamento.

—Ah —dijo ella, repasando de nuevo el informe—. Muy bien.

Jorgen se despidió con un gesto de la cabeza y salió de la enfermería al pasillo de la Plataforma Primaria. Iba de camino hacia el atracadero de su nave para recibir el informe del equipo de tierra cuando los cláxones se volvieron locos. Jorgen se quedó inmóvil, escuchando la pauta de la vibrante alarma que resonaba por el estéril pasillo metálico.

«Fuego entrante —pensó—. Mal asunto.»

Bregó contra la oleada de pilotos y personal de tierra que corrían en desbandada hacia sus naves y se dirigió hacia la sala de mando. Era fuego entrante, no naves entrantes. No iban a lanzar los cazas. Aquello era algo más gordo. Algo peor.

Tenía el estómago revuelto cuando llegó a la sala de mando, cuyos guardias le dejaron pasar. Dentro, el sonido de la alarma estaba silenciado. A aquellas alturas, la FDD había trasladado a la mayoría de sus oficiales con mando desde la base Alta a la Plataforma Primaria. El almirante Cobb quería separar el complejo militar de la población civil, para dividir los objetivos potenciales de los krells.

Pero aún estaban organizándolo todo, por lo que la sala era un desastre de cables y monitores provisionales. Jorgen no molestó al personal de mando, que estaba congregado ante un enorme monitor al fondo de la estancia. Aunque su graduación le permitía unirse al grupo operativo, no quería ser una distracción para ellos. En vez de eso, recorrió la hilera de puestos informáticos hasta el de la alférez Nydora, una joven del Cuerpo de Radio con la que había ido a la escuela.

—¿Qué ocurre? —preguntó, inclinándose a su lado.

Ella respondió señalando la pantalla, que, según el texto de la parte inferior, mostraba el vídeo en directo de una nave exploradora que patrullaba más allá de los caparazones. En la imagen había dos gigantescos acorazados krells avanzando hacia el planeta.

—Están tomando posiciones —susurró Nydora— para disparar a través de un hueco que se abrirá en las plataformas defensivas y alcanzar la base Alta en la superficie.

—¿Podemos devolver el fuego? —preguntó Jorgen.

Nydora negó con la cabeza.

—Aún no controlamos los cañones de largo alcance que hay en las plataformas exteriores, y aunque lo hiciéramos, esos acorazados están lo bastante lejos para poder esquivar antes de que llegaran nuestros disparos. En cambio, el planeta no puede esquivar.

El estómago de Jorgen se retorció sobre sí mismo. Desde la órbita, el enemigo podía bombardear la superficie de Detritus con una lluvia devastadora de fuego y muerte. Con un fuego sostenido y con la misma gravedad del planeta favoreciendo a los krells, esos acorazados podrían arrasar incluso las cavernas más profundas.

—¿Qué posibilidades tenemos? —preguntó Jorgen.

—Depende de cuánto haya avanzado Ingeniería en...

Jorgen se sintió impotente al ver los dos acorazados colocarse en posición y luego abrir sus cañoneras.

—No hay respuesta a nuestras solicitudes de diálogo —dijo alguien en la hilera—. Tampoco parece que vayan a empezar con un disparo de advertencia.

Los krells siempre habían actuado así. Sin advertencias. Sin cuartel. Sin peticiones de rendición. La FDD sabía, por la información que había robado Spensa, que gran parte de lo que los krells habían hecho hasta entonces tenía la única intención de reprimir a los humanos. Sin embargo, seis meses antes el enemigo había pasado a pretender el exterminio total.

—Pero ¿por qué ahora? —preguntó Jorgen.

—Tenían que esperar a que las plataformas se alinearan —dijo Nydora—. Esta es la primera vez en semanas que tienen un disparo limpio a Alta. Por eso están actuando ahora.

En efecto, Jorgen vio en la pantalla que el inescrutable movimiento de las muchas plataformas que componían los cascarones de Detritus las alineaba y proporcionaba una abertura. Los acorazados empezaron de inmediato a disparar munición cinética pesada, proyectiles que tenían el tamaño de cazas. Jorgen envió una silenciosa plegaria a las estrellas y los espíritus de sus antepasados que navegaban en ellas. Por mucha habilidad y entrenamiento que tuviera en cabina, no podía enfrentarse a un acorazado.

El destino de la humanidad reposaba en manos de los santos y los ingenieros de la FDD.

La sala quedó tan en silencio que Jorgen alcanzaba a oír sus propios latidos. Nadie respiró mientras la lluvia de proyectiles caía hacia el planeta. Entonces algo cambió: una de las plataformas contiguas a la abertura empezó a moverse y sus antiguos mecanismos se iluminaron. Los datos fluyeron al monitor secundario de Nydora, procedentes de informes de Ingeniería y de las naves exploradoras de la FDD.

El planeta Detritus no era un objetivo fácil. La pantalla principal de Nydora resaltó la plataforma en movimiento, una lámina lisa de metal. Parecía desplazarse despacio, pero también lo hacían las bombas. Jorgen observaba desde tanta distancia que a su cerebro le costaba asimilar la escala del enfrentamiento: aquella sección metálica tenía cien kilómetros de largo.

Mientras las bombas se acercaban, varios sectores de la plataforma se abrieron y proyectaron una sucesión de refulgentes rayos de energía al espacio. Los rayos alcanzaron los proyectiles disparados por los acorazados, oponiendo energía a la fuerza, desviándolos y anulando su impulso. Se alzó un escudo en torno a la plataforma que interceptó los escombros, los ralentizó e impidió que cayeran a la superficie.

En la sala, todo el mundo dejó escapar un colectivo suspiro de alivio. Nydora hasta aulló. Los acorazados se retiraron con parsimonia, como dando a entender que, aunque habían disparado contra la propia base Alta y saltaba a la vista que no les habría importado destruirla, aquello había sido un ejercicio para probar las defensas planetarias.

Jorgen dio una palmadita en la espalda a Nydora y fue hacia el lado de la sala, respirando hondo para calmar los nervios. «Buenas noticias por fin.» Una vicealmirante activó la línea de comunicación general para dar la enhorabuena a los ingenieros por su trabajo.

Pero por extraño que pareciera, el almirante Cobb se quedó delante del monitor, sosteniendo sin fuerza una taza de café vacía y mirando la pantalla, incluso después de que todos los demás se marcharan a emitir anuncios o felicitar a las tropas.

Jorgen se acercó.

—¿Señor? —dijo—. No parece satisfecho. Los ingenieros han podido activar las defensas a tiempo.

—Nuestros ingenieros no estaban trabajando en esa plataforma —dijo Cobb en voz baja—. Lo que ha pasado ha sido por la antigua programación defensiva de Detritus. Hemos tenido suerte de que hubiera una plataforma operativa cerca y de que aún fuera capaz de desplegar contramedidas antibombas.

—Oh. —Parte del alivio de Jorgen se esfumó—. Pero... aun así estamos a salvo, señor.

—Mira las lecturas de energía en la parte de abajo de la pantalla, capitán —dijo Cobb—. La cantidad de energía que ha drenado este incidente es increíble. A estas viejas plataformas apenas les queda vida. Aunque pongamos otras en funcionamiento, tardaríamos meses o años en fabricar nuevos colectores solares.

»Y aunque lo hiciéramos y las contramedidas siguieran funcionando... bueno, si los krells inician un bombardeo sostenido, terminarán atravesando las plataformas. Nuestras defensas no están pensadas para protegernos de un ataque a largo plazo. Son un seguro de último recurso para retrasar a los invasores hasta que puedan llegar al sistema acorazados amistosos y expulsarlos. Solo que nosotros no tenemos acorazados amistosos.

Jorgen volvió la mirada hacia la sala llena de gente celebrándolo. Se veían imponentes en sus impolutos y planchados uniformes de la FDD. Pero eran solo apariencias. En comparación con los recursos del enemigo, la FDD no era un ejército opuesto, sino un grupo de refugiados harapientos que apenas tenían una pistola entre todos.

—Si nos quedamos atrapados en este planeta —dijo Cobb—, moriremos. Es así de sencillo. Somos un huevo con el cascarón muy duro, sí, pero estamos perdidos en el momento en que el enemigo comprenda que no puede abrirnos con una cuchara y se decida a usar un mazo. Por desgracia, nuestra única posibilidad de escapar está desaparecida sin rastro. Esa chica...

—Me reafirmo en mi decisión, señor —interrumpió Jorgen—. Spensa no va a fallarnos. Solo tenemos que dejarle tiempo.

—Aun así, ojalá me hubieras llamado —dijo Cobb.

Lo que Jorgen había hecho no había tenido repercusiones. Habría podido argumentar que el artículo 17-b lo autorizaba a tomar la decisión que había tomado, pero lo cierto era que ni siquiera había sido el oficial de mayor graduación en aquella misión. El coronel Ng del ejército de tierra había estado al mando del equipo de seguridad. Jorgen debería haber hablado con él, o haber llamado a Cobb.

Era posible que, al haber dicho a Spensa que se marchara, Jorgen los hubiera condenado a todos. «Si nos quedamos atrapados en este planeta, moriremos. Es así de sencillo.»

Jorgen respiró hondo.

—Señor, es posible que tenga que incumplir otra norma.

—No me sé ni la mitad de ellas, capitán. No le des más importancia.

—No, señor. Me refiero a... una norma familiar. Es una cosa de la que se supone que no debemos hablar.

Cobb le lanzó una mirada.

—¿Sabe lo mucho que se esforzó mi familia para evitar que se hablara del defecto? —preguntó Jorgen—. ¿Para impedir que su conocimiento se hiciera público? Me refiero al que tenía el padre de Spensa, a la... la...

—¿La citónica?

—Había un motivo, señor —dijo Jorgen.

—Lo sé. Algunos antepasados tuyos la tenían. No se limitaba solo a la gente de motores. ¿Estás diciéndome que oyes cosas, hijo? ¿Ves cosas?

Jorgen apretó los labios y asintió.

—Luces blancas, señor. En los bordes de la visión. Son como... como ojos.

Hala, ya lo había dicho. ¿Por qué estaba sudando tanto? Pronunciar las palabras no había sido tan tan difícil, ¿verdad?

—Bueno, algo es algo —dijo Cobb mientras sostenía su taza a un lado. Un ayudante la cogió y se fue corriendo para rellenarla—. Acompáñame. Quiero presentarte a alguien.

—¿A alguien del Cuerpo de Psicología de la flota? —preguntó Jorgen.

—No. A una anciana con un gusto excelente en pasteles.

19

Desperté de golpe con M-Bot siendo presa del pánico.

—¡Spensa! —gritó—. ¡Spensa!

Con el corazón martilleando de repente, me retorcí para ponerme en posición dentro de la cabina. Cogí la esfera de control, parpadeé para quitarme la modorra y apoyé el pulgar en el gatillo.

—¿Qué? —dije—. ¿A quién disparo?

—Hay alguien en la embajada —afirmó M-Bot—. Establecí alertas de proximidad. Están acercándose a hurtadillas al lugar donde creen que estás durmiendo.

Tirda. ¿Asesinos? Sudando, con la mente aún embotada por el sueño, encendí la nave y entonces me quedé quieta. ¿Qué iba a hacer, salir volando? ¿Hacia dónde? Estaba por completo en las garras de la Supremacía. Si me querían muerta, no recurrirían a asesinos, ¿verdad?

Necesitaba saber más. Con decisión, metí la mano en la pequeña taquilla de armas de la cabina y saqué mi pistola destructora. Por lo que había podido averiguar, en Visión Estelar las armas estaban prohibidas, pero yo parecía gozar de algunos privilegios diplomáticos, así que no estaba muy segura de mi posición.

Me aseguré de que el holograma seguía activo y, sin hacer ruido, abrí la cubierta y salí de la nave, agachada por si había francotiradores. Corrí hacia la escalera que llevaba a la embajada en sí. Bajé con paso sigiloso hasta la planta superior.

—Son dos —dijo en voz baja M-Bot a través del auricular—.

Uno ha llegado a la cocina en el piso de arriba. El otro está en la planta baja cerca de la puerta, tal vez vigilando la salida.

Bien. Nunca había luchado en tierra y mi entrenamiento en la materia era mínimo, pero, al abandonar la escalera en el piso de arriba, sentí la misma determinación tranquila y fría que me embargaba antes de una batalla de cazas estelares. Podía enfrentarme a un asesino, siempre que empuñara una pistola. Aquel era un problema al que podía disparar. Prefería eso con mucho a las nebulosas preocupaciones con las que había caído dormida la noche anterior.

—El enemigo está situado aproximadamente dos metros más allá de la puerta —me susurró M-Bot—. Cerca de la encimera. Está dando la espalda a la puerta ahora mismo. Creo que quizá lo haya sorprendido no encontrarte en el dormitorio.

Asentí y entré de un salto en la cocina, alzando mi destructor. Un krell de coraza marrón se volvió al percibir el movimiento y soltó algo que se rompió contra el suelo. ¿Un plato?

—¡Aaah! —gritó el krell, con una voz que mi traductor interpretó como femenina—. ¡No me mates!

—¿Qué estás haciendo aquí? —exigí saber.

—¡Lavarte los platos! —dijo la krell. Movió las extremidades acorazadas con una especie de gesto ansioso—. ¡Nos han enviado a hacer las tareas del hogar!

¿Tareas del hogar? Fruncí el ceño, sin bajar el arma. Pero la krell llevaba un cinturón repleto de utensilios de limpieza por fuera de su caparazón de arenisca, y a través de la celada del yelmo distinguí los aspavientos atemorizados de la criatura cangrejoide. No tenía armas a la vista.

De pronto llegó un sonido desde la planta baja. ¿Era un... aspirador?

—Hummm —dijo M-Bot—. Es posible que hayamos malinterpretado esta situación.

—¡Cuanta agresividad! —exclamó la limpiadora krell—. ¡No me advirtieron de esto!

—¿Quién te envía? —pregunté con voz imperiosa, dando un paso adelante.

Ella se encogió y retrocedió.

—¡Somos empleados del Departamento de Integración de Especies!

Cuna. Entorné los ojos pero guardé la pistola.

—Disculpa la confusión —dije.

La dejé en la cocina y fui a ver al otro intruso, un segundo krell que tarareaba mientras pasaba el aspirador por la planta baja.

Mientras lo observaba, sonó el timbre de la puerta. Volví a fruncir el ceño y fui a mirar. Habían dejado un paquete al lado, supuse que mi nuevo traje de vuelo.

Fuera esperaba Cuna en persona. Una figura alta, de piel azul, envuelta en una mortaja de telas azul oscuro.

Abrí la puerta.

Cuna me dedicó una de sus inquietantes sonrisas, enseñando demasiados dientes.

—¡Ah, emisaria Alanik! ¿Puedo pasar?

—¿Ha enviado a sus lacayos para acecharme? —pregunté.

Cuna se quedó inmóvil.

—¿Lacayos? No reconozco la traducción de esa palabra. ¿Subalternos? He enviado a la señora Chamwit para que sea su empleada del hogar, y ella se ha traído a un ayudante. Me di cuenta de que no se había traído usted a su propio personal y quizá necesitara algo de ayuda en la embajada.

«Espías. Es que lo sabía. Como encontré y apagué sus dispositivos de vigilancia, han colocado agentes en el edificio para observarme.» ¿Me había dejado algo por ahí encima que pudiera delatarme?

—Espero que le sirvan —dijo Cuna, y miró su tableta de comunicación—. Hummm. Voy con un poco de retraso. Vendrán a recogerla a usted en unos treinta y cinco minutos. No queremos que llegue tarde a su primer día como piloto.

—¿Qué quiere de mí? —pregunté con suspicacia. «¿Y a qué estás jugando?»

—Solo asegurarme de que se forme una opinión excelente de la Supremacía que transmitir a su pueblo —dijo Cuna—. ¿Puedo pasar?

Retrocedí a regañadientes para dejarle espacio. Le dione echó un vistazo al krell del aspirador y luego se dirigió a otra sala de reuniones vacía. Fui tras elle, pero me quedé en la puerta mientras Cuna tomaba asiento.

—Me satisfacen mucho sus esfuerzos, Alanik —dijo Cuna—. Y discúlpeme por la... horripilante experiencia de ayer. No era consciente de que Winzik y su gente fuesen a emplear un método tan drástico para seleccionar a sus pilotos. El Departamento de Servicios de Protección puede ser muy temerario.

—Ya, bueno, pero no soy yo a quien debe sus disculpas. Y quienes sí las merecen están todos muertos ahora mismo.

—Ciertamente —dijo Cuna—. ¿Qué sabe usted de las guerras humanas, Alanik de los UrDail?

—Sé que los humanos perdieron —respondí cautelosa—. Después de conquistar mi planeta y obligarnos a luchar en su bando.

—Es una manera política de decirlo —repuso Cuna—. Su pueblo encajará mejor en la Supremacía de lo que algunas personas dan por sentado. A mí, en cambio, se me conoce por desafiar las convenciones sociales de vez en cuando. Quizá se deba a mi preferencia por interactuar con, y aprender las costumbres de, especies que aún no se han incorporado a la Supremacía.

Cuna hablaba en tono altivo y distante. Su voz fue volviéndose suave, incluso meditabunda, mientras seguía hablando con la cabeza un poco ladeada para mirar por la ventana delantera.

—Supongo que nunca ha visto las consecuencias de un ataque de los zapadores, y eso es motivo de envidia para mí. Pueden aniquilar toda la vida de un planeta solo pasando a su lado... o mejor dicho, a través de él. No existen por completo en nuestra realidad. Dejan solo el silencio tras ellos.

¿Qué tenía que ver aquello con la conversación? Estábamos hablando de los humanos, ¿no?

—Eso es terrible —dije—. Pero... me contó usted que los zapadores abandonaron nuestra galaxia hace siglos. ¿Cómo es posible que alguien haya visto en persona lo que son capaces de hacer a un planeta?

Cuna hizo entrechocar sus dedos. Y yo comprendí que la respuesta me había saltado a la cara solo unos días antes. En la estación espacial que orbitaba Detritus, viendo aquel vídeo antiguo. Yo misma había sido testigo de lo que podían hacer los zapadores.

—Los humanos invocaron a un zapador, ¿me equivoco? —pregunté—. Por eso les dan tanto miedo los zapadores y por eso odian tanto a los humanos. No fueron solo las guerras. Los humanos intentaron convertir a los zapadores en armas.

—Así es. Estábamos a punto de perder esas guerras de todos modos. Pero durante la segunda, los humanos establecieron bases ocultas en planetas ignotos de estrellas pequeñas o moribundas. Allí pusieron en funcionamiento un programa espantoso. Si hubiera tenido éxito, la Supremacía no solo habría quedado destruida, sino que habría desaparecido del todo.

Sentí una frialdad en lo más profundo de mi ser. «El zapador ha dado media vuelta y ha venido a por nosotros.» Eran las palabras que había dicho el hombre de aquel vídeo, justo antes de que todos los habitantes del planeta Detritus quedaran consumidos. Yo había visto a aquellos seres humanos que tanto tiempo llevaban muertos intentarlo. Eso era lo que estaban haciendo. Habían *invocado* un zapador. Solo que, en vez de destruir a los enemigos de la humanidad, el monstruo se había vuelto en su contra.

El horror se acumuló de nuevo en mí y me hizo sentir tan enferma que tuve que apoyarme en el marco de la puerta.

—Fue una suerte inmensa que su propia arma se volviera contra ellos —dijo Cuna—. Los zapadores no pueden combatirse ni controlarse. Los humanos lograron traer uno a nuestro espacio, y entonces ese ser destruyó varios de sus planetas y sus bases más importantes. Incluso después de la derrota humana, ese zapador fue un azote para la galaxia durante años, hasta que por fin se marchó.

»Sé que su gente guarda reverencia por los humanos, Alanik. No, no es necesario que lo niegue. Puedo entenderlo, y empatizo hasta cierto punto. Sin embargo, usted debe comprender que la tarea que nos ocupa aquí, aprender a luchar contra los zapadores, es un proyecto crucial.

»Winzik y yo tal vez no estemos de acuerdo en la manera de proceder, pero concebimos en unión este proyecto, el desarrollo de contramedidas contra los zapadores. Hasta que tengamos éxito, la Supremacía corre un grave peligro.

—Usted... cree que los humanos van a regresar, ¿verdad? —pregunté mientras las piezas iban encajando—. He leído en la red de datos local que en teoría están todos contenidos en reservas, pero hay quienes afirman que los humanos están a punto de escapar.

Cuna por fin apartó los ojos de la ventana hacia mí, con una expresión alienígena ilegible. Hizo un gesto despectivo, moviendo dos dedos a un lado por delante de elle.

—Si mira más atrás en los archivos, descubrirá que supuestamente los humanos *siempre* están a punto de escapar. De hecho, da la casualidad de que los picos de su resistencia siempre parecen coincidir con las épocas en que el Departamento de Servicios de Protección necesita aprobar alguna importante ley de financiación.

Eso me golpeó como un puñetazo en la barriga. El Departamento de Servicios de Protección, los krells... ¿estaban utilizando Detritus y a mi pueblo como herramienta para obtener favor político?

—¿Cree que permiten que los humanos se vuelvan más peligrosos? —pregunté—. ¿Que relajan un poco la guardia para que todo el mundo se asuste como es debido y así el departamento pueda demostrar que está haciendo un buen trabajo?

—No me atrevería a afirmar tal cosa —dijo Cuna—. Una acusación como esa requeriría pruebas, no meras suposiciones. Dejémoslo en que me resulta curioso. Y lleva ocurriendo tanto tiempo y con tanta regularidad que dudo que los humanos nos supongan ningún peligro real, opinen lo que opinen todos los expertos y comentaristas.

«Pero te equivocas —pensé—. Winzik cometió un error. Permitió que la FDD se hiciera demasiado fuerte. Permitió que yo me hiciera piloto. Y ahora... ahora de verdad estamos a punto de escapar. Esta vez no es solo una excusa conveniente. Debe de estar asustadísimo.»

Y por eso estaba creando aquella fuerza de combate, aquel equipo especial de pilotos. No podía ser casualidad.

—El auténtico peligro son los zapadores —afirmó Cuna—. Puedo equivocarme, y quizá los humanos vuelvan a ser una amenaza en el futuro. Pero incluso si no, alguien más intentará utilizar a los zapadores. Tratar con los zapadores es un comportamiento estúpido, imprudente, agresivo... y por eso alguna especie ahí fuera terminará intentándolo. La Supremacía no estará a salvo hasta que podamos luchar contra los zapadores, o por lo menos espantarlos.

—Comprendo esa lógica —respondí.

Y era verdad. Mi objetivo principal era robar un hipermotor... pero si existía algún arma de la Supremacía capaz de ocuparse de los zapadores y lograba descubrirla, estaba segura de que también nos convendría tenerla.

Pero ¿por qué me contaba Cuna todo aquello? Se levantó, se acercó a mí y entonces miró hacia mi costado, donde el arma sobresalía del bolsillo en que la había guardado con prisas. La metí más hacia dentro.

—No debería llevar eso encima —dijo Cuna—. Está usted bajo mi protección, pero incluso eso tiene sus límites.

—Lo siento. Creía que eran... da igual. Pero es posible que haya asustado a la limpiadora de arriba.

—Yo me ocuparé de eso —dijo Cuna—. Pero necesito que comprenda lo importante que es su tarea. Hay que vigilar a Winzik. No dispongo de tanta influencia sobre su programa de entrenamiento como querría. Por eso debo pedirle que recuerde nuestro trato. Me encargaré de que la Supremacía apruebe la solicitud de su pueblo. A cambio, le pido que me informe de su entrenamiento.

—Es decir, que espíe para usted.

—Que proporcione un servicio a la Supremacía. Tengo la autorización y la credencial de seguridad adecuadas para saber todo lo que pueda contarme.

Genial. Era justo lo que me había temido: estaba atrapada entre los dos.

—No se preocupe tanto —dijo Cuna, y me dedicó otra sonrisa depredadora—. Le pido que haga esto en parte porque sé que estará a salvo. Como citónica, puede marcharse con un hipersalto en cualquier momento, si corre peligro.

—Ya, de eso quería hablar —respondí. ¿Cuánto debería reconocer?—. No tendré mi nave, y necesito su tecnología para hipersaltar.

—Ah —dijo Cuna—. Por tanto, aún no está entrenada del todo. ¿Todavía requiere ayuda mecánica?

—Exacto. ¿Podría proporcionarme algún tipo de formación?

Cuna negó con la cabeza.

—Los citónicos sin entrenar son mucho menos peligrosos que los entrenados. Hicieron falta siglos de aprendizaje para que nuestros propios citónicos fuesen lo bastante poderosos para atraer a los zapadores sin querer, y sospechamos que a su pueblo aún le falta mucho para eso. Entrenarla a usted solo serviría para acelerar ese peligro.

—A lo mejor, si tuviera una nave de la Supremacía con hipermotor, podría probar a usar su tecnología —dije—. Así, experimentaría la sensación y podría aprender a dar saltos superlumínicos seguros.

—Uuuh —dijo M-Bot por mi auricular—. ¡Muy bueno!

—No puedo impedirle que experimente un hipersalto —repuso Cuna—. El centro de entrenamiento que visitará hoy requiere hacer uno. Así que quizá le interese prestar atención al proceso.

Estupendo. Miré el reloj de mi brazalete. Tirda, ya era casi la hora.

—No la entretengo más —dijo Cuna con su perenne voz tranquila—. Vaya a prepararse. Tiene un día ajetreado por delante. Un día del que me interesará mucho saber.

Que sí, que sí. Pero tampoco podía echar a le dione a patadas, claro. Corrí hacia la escalera, cogí el paquete y pasé junto al krell del aspirador, que retrocedió de un salto al verme. No me creí su timidez fingida. Era un espía, sin duda. Me había metido en un juego que requería mucha sutileza.

Ya en el dormitorio, hice una comprobación rápida por si me había dejado a la vista algo que pudiera delatar mi verdadera identidad. Luego me puse el traje de vuelo que me habían enviado, cogí a Babosa Letal para sacarla de la habitación y fui corriendo hasta M-Bot.

—Cuida de Babosa Letal —le pedí en voz baja mientras la metía en la cabina—. Cuna dice que tendré que hipersaltar para llegar al entrenamiento. ¿Podrás seguir en contacto conmigo?

—Tu brazalete no lleva transmisor citónico —dijo M-Bot—. Debería llevarlo, pero tu gente no tiene las piezas necesarias para fabricarlo. Así que, a menos que tu nueva nave tenga uno y podamos descubrir cómo conectarme, no, no podré hablar contigo después del hipersalto.

Genial. Dejé la pistola destructora en la taquilla.

—Estate atento por si pasa algo raro.

—¿Y qué haré si pasa algo raro, Spensa? No puedo huir.

—No lo sé —respondí, frustrada. Cómo odiaba estar en poder de otros—. Si todo sale mal, por lo menos intenta morir heroicamente, ¿vale?

—Yo... eh... no tengo respuesta para eso. Qué extraordinario. Pero mira, tengo una cosa para ti.

—¿Qué es? —pregunté.

—Estoy cargando un segundo mapa holográfico en tu brazalete. Si lo usas, la imagen te dará el aspecto de une dione izquierde de rasgos discretos, diseñado por mí. Te puede venir bien tener una segunda personalidad de reserva que adoptar.

—No sé si manejo bien la que ya tengo —dije.

—Aun así, es buena idea, por si acaso. Deberías ir marchándote. Seguiré en contacto contigo hasta que hipersaltes, así que no entraremos todavía en silencio radiofónico.

Troté escalera abajo para coger algo de desayuno y llevarme la comida, como nos habían aconsejado. Lo metí todo en una mochila que había encargado y llegué a la planta baja justo cuando el timbre terminaba de sonar, informándome de que había llegado la lanzadera que me llevaría al entrenamiento.

Cuna estaba en el rellano, cerca de la puerta principal.

—No toquen mi nave —le dije.

—Ni se me ocurriría.

Me debatí un momento más, padeciendo aquella sonrisa tan poco de fiar, y luego suspiré y salí por la puerta.

20

La lanzadera era un pequeño aerocoche con une chófer alienígena cuya especie no identifiqué, aunque tenía una apariencia vagamente fúngica. M-Bot se habría emocionado.

Encontré el asiento demasiado blando. Era como los de los coches de lujo de Jorgen. Negué con la cabeza y me puse las correas mientras la lanzadera despegaba.

En vez de obsesionarme con el hecho de que había tenido que dejar atrás a M-Bot, contemplé la ciudad por debajo de nosotros, la extensión de edificios que no parecía tener fin.

—¿Adónde vamos? —pregunté a M-Bot, casi limitándome a vocalizar para que le chófer no pudiera oírme.

M-Bot me respondió al oído.

—Las órdenes que recibiste dicen que van a transportarte a la *Pesos y Medidas*.

—¿Eso es una nave? —pregunté. El nombre sonaba muy inocente.

—Sí. Una gran nave comercial.

Sin duda, era una tapadera. La *Pesos y Medidas* sería una nave militar, solo que a la Supremacía no debía de interesarle que el público general supiera de su existencia.

—¿Podemos repasar las distintas especies con las que volaré hoy? —pedí—. Tengo la impresión de que Alanik sabría algo sobre ellas.

—¡Pero qué buena idea! —exclamó M-Bot—. No nos interesa que suenes más ignorante de lo que ya sueles ser. Veamos... Morriumur es une dione. A estas alturas ya tienes cierta experiencia con elles. Pero ojo, Morriumur es lo que se conoce como une croquis, que es como llaman a las personas que aún no han nacido.

Me estremecí y giré la cabeza para mirar por la ventanilla.

—Eso que hacen se parece demasiado a la eugenesia o algo así —susurré—. No deberían poder decidir con qué personalidades nace la gente.

—Tienes una forma muy humanocéntrica de verlo —afirmó M-Bot—. Si quieres cumplir esta misión, tendrás que aprender a considerar las cosas desde perspectivas alienígenas.

—Lo intentaré —susurré—. La especie que más me interesa es esa a la que llaman quimeras. ¿Qué pasa con ellos?

—Son seres sapientes que existen como nubes localizadas de partículas en el aire. A grandes rasgos, son olores.

—¿Olores que hablan?

—Olores que hablan, que piensan y, por lo que he leído, que son bastante peligrosos —respondió él—. No tienen una población muy numerosa, pero cuando se habla de ellos a lo largo y ancho de la Supremacía, es a media voz. Varias fuentes de la red de datos local afirman que todas las quimeras restantes, porque muchas murieron en las guerras humanas y se reproducen despacio, trabajan como agentes secretos gubernamentales.

»Se sabe muy poco de su especie. Al parecer, acostumbran a investigar asuntos relacionados con la política interna de la Supremacía, en particular las infracciones de funcionarios de muy alto nivel. Pueden pilotar naves infundiendo la electrónica del vehículo e interrumpiendo o falsificando las señales electrónicas de los controles.

—Vapor hizo eso en la prueba de ayer —dije—. Tomó el control de un dron y lo pilotaba ella. Entonces ¿lo que hizo fue más o menos... volar hasta el dron y apoderarse de él?

—Exacto —respondió M-Bot—. O por lo menos, así es como la gente de la red de datos cree que funciona. Hay muy poca información oficial sobre las quimeras, pero es comprensible que la presencia de una en la prueba de pilotaje causara tanto revuelo.

—Por tanto, ella también es una espía —susurré—. Una espía invisible.

—Y capaz de sobrevivir en el espacio —añadió M-Bot—. Lo que significa que no son meros seres gaseosos, porque de serlo, el vacío los despedazaría. Parece que pueden recorrer el espacio sin ningún equipamiento especial y desplazarse a gran velocidad entre naves. En las guerras, solían infiltrarse en la parte mecánica de un caza enemigo y asumir su control con el piloto aún a bordo.

—Tirda —susurré. Como si no tuviera bastantes preocupaciones ya—. ¿Qué tenemos de la humana?

—Hay muy pocos como ella. La mayoría de los humanos permanecen en las reservas. Si un funcionario quiere retirar a algún individuo, el humano debe estar autorizado, lo que viene a significar que alguien tiene que hacerse responsable de él si provocan daños personales o a la propiedad.

—¿Y los provocan?

—A veces —dijo M-Bot—. Pero lo que veo es más bien un patrón de chivos expiatorios y prejuicios. Se supone que solo los altos funcionarios del gobierno pueden tener a humanos, y esos solo para propósitos de seguridad o investigación. A mí me parece que, en parte, la Supremacía los utiliza porque le gusta recordar de vez en cuando que ganaron la guerra.

Asentí para mí misma mientras volábamos rasantes por encima de la ciudad. Tendría que saber más sobre cosas como aquella si quería reclutar a Brade. No estaba segura de que fuese a necesitar hacerlo, pero al menos debía intentar liberarla, ¿no?

Suspiré y me froté la frente, intentando organizarme las ideas. En total, tenía planes separados de robar un hipermotor, rescatar a una humana esclavizada y quizá descubrir el secreto de cómo combatir a los zapadores. Quizá debiera enfocar la mente solo en el objetivo principal.

—¿Estás bien? —me preguntó M-Bot—. ¿Quieres que pare?

—No —susurré—. Es solo que me noto un poco abrumada. Por lo menos, los kitsen sí que tenían cierto sentido.

—Podría ser por su pasado común con la humanidad —aventuró M-Bot—. Hace miles de años, hicieron su primer contacto con los humanos en la Tierra, antes de que ninguna de sus sociedades se industrializara.

—¿Y cómo pudo pasar eso?

—La teleportación citónica no requiere tecnología —respondió M-Bot—. Como ha sugerido Cuna, si averiguas la forma de usar tus poderes, podrás teleportarte por ti misma y no solo en tu nave. Los antiguos citónicos del pueblo kitsen terminaron en la Tierra, por motivos que ahora parecen perdidos en la bruma del tiempo. Hubo comercio e interacción entre ellos y varias regiones del Lejano Oriente en la Tierra. Diversas culturas kitsen recibieron la influencia directa de las culturas terrícolas. El intercambio siguió teniendo lugar hasta que los citónicos kitsen desaparecieron.

—¿Desaparecieron?

—Es una historia trágica —dijo M-Bot—, aunque debo señalar que en aquellos tiempos los kitsen eran solo una sociedad en la Edad del Hierro tardía, por lo que los registros pueden ser poco fiables. Por lo visto, su gente no confiaba en los citónicos, así que estos se marcharon. Los humanos estuvieron involucrados en ese desacuerdo, y todo parece sugerir que hubo una guerra. El resultado final fue que la población principal kitsen se quedó varada en su planeta durante siglos, hasta que la Supremacía estableció contacto con ellos.

—Vaya —susurré—. ¿Y dónde fueron los citónicos kitsen?

—Nadie lo sabe —dijo él—. Lo único que queda son leyendas. Tal vez deberías preguntar a Hesho en cuál de ellas cree. Lo que me despierta curiosidad a mí es por qué se marcharían los citónicos en un principio. ¿Solo porque no confiaban en ellos? Tú no confiabas en mí cuando nos conocimos y yo no me marché.

—Tú no puedes marcharte —puntualicé.

—Podría enfurruñarme —dijo él—. Tengo una subrutina de enfurruñamiento.

—Ya lo sé, ya.

La lanzadera volaba bajo y nos acercamos a unos muelles que se extendían desde la ciudad y se perdían en la penumbra. Pero un poco antes de salir de la burbuja de aire, vislumbré a un grupo de personas moviendo letreros en el aire. No alcanzaba a leerlos —la distancia era demasiada para que mi alfiler los tradujera—, así que susurré a M-Bot.

—Aquí hay gente con pancartas —dije—. Justo al lado de los muelles. —Entorné los ojos—. Están encabezados por un alienígena que parece un gorila. Creo que es un burl, la misma especie del que echaron de la prueba de vuelo.

—Déjame comprobar los canales locales de noticias —indicó M-Bot—. Un momento.

Volamos por encima de los manifestantes y la lanzadera me sacó del escudo de aire. Empecé a elevarme del asiento y mi pelo flotó en gravedad nula al abandonar el campo gravitacional de la estación. Sobrevolamos los muelles, la mayoría ocupados por naves grandes que no podrían posarse en las plataformas de lanzamiento.

Las estrellas volvieron a despertar para mí, como una melodía lejana. La información que Visión Estelar enviaba a través de la ninguna-parte a otros planetas. Intenté concentrarme en los distintos sonidos, pero de nuevo eran demasiados. Era como un torrente en las cavernas profundas. Si dejaba que la música se asentara en el fondo de mi mente, la oía como una melodía sencilla, fácil de pasar por alto. Pero si probaba a concentrarme en algo específico, se convertía en un estruendo.

Una parte de mí se sorprendió de que se permitieran utilizar las comunicaciones citónicas. De acuerdo, la Supremacía limitaba su uso y la mayoría de la gente tenía que comunicarse con otros mundos enviando cartas que se cargaban en chips de memoria, se transportaban en naves estelares y se volcaban en las redes de datos locales al final del trayecto. Sin embargo, las personas importantes no solo podían usar la radio, sino también la comunicación citónica por medio de la ninguna-parte. A mí me habían permitido hacerlo para enviar un mensaje al mundo natal de Alanik.

—He encontrado el motivo de esa manifestación —señaló M-Bot—. Parece que las muertes que hubo en la prueba no pasaron desapercibidas. Gul'zah, ese piloto al que expulsaron ayer, está armando bastante escándalo sobre la forma en que la Supremacía trata a las especies inferiores, y tiene cierto apoyo.

Vaya. Eran más desafiantes de lo que había esperado.

Fuimos acercándonos a la última nave de los muelles y su enorme tamaño hizo que nuestra lanzadera pareciera diminuta. Era incluso más grande que los acorazados que amenazaban mi planeta, con multitud de compuertas en los costados, supuse que para lanzar cazas estelares.

«Y esos bultos son baterías de armamento», pensé, aunque los cañones estaban replegados de momento. Lo cual significaba que yo había estado en lo cierto y la *Pesos y Medidas* era sin duda una nave militar, un transporte de tropas.

Verla me preocupó. La nave estaba diseñada para teleportarse a lugares y entonces lanzar su flota, lo cual significaba que probablemente no me asignarían un caza estelar con hipermotor propio. Aun así, mantuve la esperanza mientras mi lanzadera entraba por una gran compuerta que tenía un escudo invisible para contener la atmósfera en el interior. La gravedad artificial volvió a tirar de mí hacia el asiento y aterrizamos en una plataforma de lanzamiento de una inmensa cámara.

Al mirar por la ventanilla encontré la primera auténtica presencia militar que había visto en Visión Estelar, diones con uniformes navales que llevaban armas de mano en los cinturones y nos esperaban formando una hilera.

—Hasta aquí llego yo —anunció le chófer, y abrió la puerta—. La recogida será a las 9000.

—Muy bien —dije mientras bajaba.

El aire olía estéril, un poco a amoníaco. Había más lanzaderas aterrizando a mi alrededor y descargando un flujo continuo de pilotos. A los cincuenta o así que habíamos superado la prueba. Mientras me preguntaba que debía hacer a continuación, la lanzadera que se había posado junto a la mía abrió sus puertas y liberó a un puñado de kitsen. Ese día, los minúsculos animales salieron volando en pequeñas plataformas que parecían bandejas flotantes, lo bastante grandes para transportar a unos cinco kitsen cada una.

El propio Hesho llegó flotando hacia mí, atendido solo por otros dos kitsen, un conductor y otra con un brillante uniforme rojo y dorado que sostenía lo que parecía ser un escudo metálico antiguo y con intrincadas tallas.

El piloto hizo ascender la bandeja al nivel de mis ojos.

—Buenos días, capitana Alanik —dijo Hesho desde su podio en el centro de la plataforma.

—Capitán Hesho —repuse—, ¿has dormido bien?

—Por desgracia, no —dijo él—. He tenido que dedicar buena parte del ciclo de sueño a discursos políticos y a emitir mis votos en la asamblea planetaria de mi pueblo. Ja, ja. Menudo incordio es la política, ¿verdad?

—Hummm, supongo. Por lo menos, ¿las votaciones salieron como querías?

—No, las perdí todas —respondió Hesho—. El resto de la asamblea votó de forma unánime contra mis deseos en todos los asuntos. ¡Qué mala suerte! Ay, las humillaciones que hay que sufrir cuando tu pueblo es una verdadera democracia y no una dictadura en la sombra gobernada por un linaje ancestral de reyes, ¿verdad?

Los demás kitsen que pasaban volando estallaron en vítores por la democracia.

Morriumur llegó andando, con aspecto incómodo en su traje de vuelo blanco de la Supremacía. Cerca de nosotros, se llevaron a un grupo de otros cuatro pilotos hacia el interior de la *Pesos y Medidas*.

—¿Habéis visto a las otras dos miembros de nuestro escuadrón? —preguntó Hesho.

—Todavía no he olido a Vapor —dijo Morriumur—. Y en cuanto a la humana... —Le dione emanaba un claro malestar solo de pensarlo.

—A mí me gustaría verla en persona —comentó Hesho—. Las leyendas describen a los humanos como gigantes que viven en la niebla y devoran los cadáveres de los muertos.

—Yo he visto a varios —dijo Morriumur—. No eran más grandes que yo. La mayoría eran más pequeños, en realidad. Pero en ellos había algo... que no encajaba. Algo peligroso. Volvería a reconocer esa sensación al instante.

Un dron pequeño, similar a las plataformas voladoras de los kitsen, llegó volando hasta nosotros.

—Ah —dijo una voz desde su altavoz integrado. Sonaba como los funcionarios a los que habíamos conocido el día anterior—. Escuadrón Quince. Excelente. ¿Están todos?

—Nos faltan dos miembros —respondí.

—No —dijo una voz desde el aire a mi lado—. Solo una.

Me sobresalté. Entonces ¿Vapor estaba presente? No había olido a canela. Solo aquel tufillo a amoníaco... que se convirtió en canela casi de inmediato. Tirda. ¿Cuánto tiempo llevaba observándonos? ¿Habría... venido en la lanzadera conmigo?

—La humana se unirá a ustedes más tarde, Escuadrón Quince —nos informó el altavoz—. Deben personarse en la sala de salto seis. Les indicaré el camino.

El dron controlado en remoto empezó a desplazarse, de modo que fuimos tras él. Antes de llegar a la compuerta que salía del hangar de lanzaderas hacia el interior de la nave, nos detuvo un par de guardias armados con fusiles destructores que registraron nuestras bolsas antes de indicarnos que continuáramos.

—¿Escuadrón Quince? —dije a los demás mientras llegábamos a un pasillo—. No es que tenga mucha garra, ¿verdad? ¿Podríamos elegir algún otro nombre?

—A mí me gusta que sea un número —replicó Morriumur—. Es simple, fácil de registrar y fácil de recordar.

—Chorradas —dijo Hesho desde su plataforma a mi derecha—. Estoy de acuerdo con la capitana Alanik. No basta con un número. Voy a llamarnos El Último Beso de las Flores Nocturnas.

—Justo de eso estaba hablando —dijo Morriumur—. ¿Cómo vamos a soltar ese trabalenguas en plena acción, Hesho?

—Nadie querrá escribir poemas sobre un «Escuadrón Quince» —insistió Hesho—. Ya lo verás, capitane Morriumur. Otorgar los nombres adecuados es uno de mis talentos. Si el destino no me hubiera escogido para mi actual servicio, no te quepa duda de que habría sido un poeta.

—¿Un poeta guerrero? —dije—. ¡Como un escaldo de la antigua Tierra!

—¡Exacto! —exclamó Hesho, alzando un puño peludo hacia mí.

Imité el gesto, sonriendo. Nos unimos a otros grupos de pilotos a los que llevaban pasillo abajo. La mayoría de aquellos escuadrones estaban divididos por especies: en muchos solo había representantes de una, y algunos tenían dos especies mezcladas. El único escuadrón que vi con más de dos especies distintas era el nuestro.

«El pueblo de Hesho tiene historia con los humanos —pensé—, igual que el de Alanik. La gente de Vapor luchó en las guerras.» Era posible que nos hubieran escogido a todos porque tal vez pudiéramos tratar con Brade.

Había más soldados montando guardia en el pasillo, dos krells en esa ocasión, con armadura completa en vez del habitual caparazón de arenisca. Al pasar junto a ellos, caí en la cuenta de que no había visto a nadie de «especies inferiores» en aquel transporte militar exceptuándonos a los pilotos. Todos los guardias y oficiales con los que nos cruzábamos eran krells o diones.

Lo cual me hizo preguntarme de nuevo para qué necesitaban pilotos. A mi gente en Detritus la combatían con naves dron controladas remotamente.

«No —pensé—. Si yo puedo oír las instrucciones que envían a los drones, los zapadores también serán capaces de hacerlo.» Necesitaban una fuerza de pilotos con entrenamiento en cabina.

—¿M-Bot? —susurré, con la intención de preguntarle si había averiguado algo sobre los programas de drones remotos que utilizaba la Supremacía.

Mi altavoz solo me devolvió estática. Tirda. ¿Le habría pasado algo? Empecé a darle vueltas a la cabeza hasta que caí en la cuenta de que estaba en una nave militar. Debían de tener inhibidores de comunicaciones. O eso o era solo que ya había salido del alcance comunicativo del brazalete. Estaba sola por completo.

Nos llevaron por varios pasillos de paredes metálicas lisas con alfombras de vivo color rojo a lo largo de su centro. Llegamos a una intersección y el dron giró a la derecha, hacia otro pasillo jalonado de puertas.

El resto de mi escuadrón lo siguió, pero yo me quedé en la intersección. ¿Derecha? ¿Por qué girábamos a la derecha?

En términos intelectuales, sabía que no había motivo para mi confusión. Pero aun así, una parte de mí se extendió y buscó más allá por el pasillo que habíamos estado recorriendo. No a la derecha por la intersección, sino recto hacia delante. *Ese* era el camino correcto. Podía sentir algo más adelante que...

—¿Qué cree que está haciendo? —ladró un soldado que vigilaba la intersección.

Me quedé inmóvil y reparé en que había empezado a andar pasillo abajo. Alcé la mirada a la escritura que había en la pared y mi solícito traductor me informó de lo que significaba:

ZONA RESTRINGIDA. INGENIERÍA Y MOTORES.

Me ruboricé, giré a la derecha y correteé para alcanzar a los otros. El guardia me observó hasta que nuestro grupo llegó a una de las puertas del pasillo. Antes de que se abriera, sentí que Brade estaba dentro. Y en efecto, al entrar la encontré sentada a solas en la pequeña sala, que contenía media docena de asientos para el salto. Brade llevaba el mismo uniforme blanco puro que todos los demás y estaba sentada en la fila de atrás, con el cinturón puesto, mirando por la ventanilla.

—Conque es ella —dijo Hesho, flotando cerca de mi cabeza—. No parece tan peligrosa. Aun así, una hoja que ha degollado a un centenar de hombres puede no resplandecer tanto como otra recién forjada. Oh, peligro, dulce como un perfume prohibido, te reconoceré con solo verte.

—Qué bonito ha sido eso, Hesho —le dije.

—Gracias —respondió.

Los otros kitsen entraron volando en la sala, charlando entre ellos. El dron que nos había guiado indicó que debíamos sentarnos, ponernos las correas y esperar nuevas órdenes antes de marcharse.

—¿Ponernos las correas? —preguntó Hesho—. Creía que iban a asignarnos nuestros cazas estelares.

—Y supongo que lo harán —respondió Morriumur, tomando asiento—, cuando la *Pesos y Medidas* nos lleve al puesto de entrenamiento, una instalación especializada que está a varios años luz de distancia.

—Eh... —dijo Hesho—. Había dado por hecho que tendríamos cazas con hipermotores, para volar allí nosotros mismos.

—Reconozco —dije yo— que esperaba lo mismo.

—Ah, jamás nos entregarían naves individuales capaces de hipersaltar —afirmó Morriumur—. ¡Esa clase de tecnología es peligrosa! Nunca se la confían a las especies inferiores. Su mal uso podría atraer la atención de los zapadores hacia aquí.

—¡Pero si vamos a aprender a combatir a los zapadores! —exclamé.

—Aun así, no sería prudente —dijo Morriumur—. Los saltos superlumínicos siempre los llevan a cabo técnicos expertos muy entrenados y con inteligencia primaria. Ni siquiera se los permiten a las especies de clasificación especial, como las quimeras, ¿verdad, Vapor?

Salté cuando la oí hablar justo a mi espalda.

—Es correcto.

Tirda. Nunca iba a acostumbrarme a tener una persona invisible en nuestro escuadrón.

—Algunas especies tienen citónicos —dije, sentándome y pasándome las correas—. No necesitan naves de la Supremacía para hipersaltar.

—Dejar que una persona citónica teleporte una nave es increíblemente peligroso —objetó Morriumur, con un extraño movimiento de barrido con la mano. ¿Un gesto de rechazo dione, tal vez?—. ¡Volver a la citónica sería como retomar los antiguos motores de combustión en vez de usar los anillos de pendiente! No, no, en esta sociedad moderna nunca recurriríamos a un método tan imprudente. Nuestros saltos superlumínicos son seguros del todo y jamás atraen la atención de los zapadores.

Miré a Brade con curiosidad, pero ella no me devolvió la mirada. La investigación de M-Bot había confirmado las palabras de Cuna: la gente de la Supremacía conocía la existencia de los citónicos, pero el grueso de la población creía que no quedaba ninguno entre ellos. Lo más probable era que no se supiera que Brade lo era, así que no digamos que yo también.

Por tanto... ¿era posible que aquella supuesta «tecnología superlumínica» que tenía la Supremacía fuese un simple embuste? Afirmaban tener un método seguro para desplazarse, pero ¿y si era solo una excusa para controlar y reprimir el conocimiento sobre la citónica?

Cerré los ojos y escuché las estrellas como me había enseñado la yaya. Sentí que la *Pesos y Medidas* por fin se desenganchaba del muelle, empezaba a moverse y aceleraba poco a poco para alejarse de Visión Estelar. Eran unas sensaciones físicas que me parecieron distantes, desconectadas.

Las estrellas... las comunicaciones citónicas... Intenté analizarlas, comprenderlas. Probé el ejercicio que me había enseñado la yaya. Imaginé que volaba. Que me alzaba. Que cruzaba el espacio.

Podía... oír... algo. Algo cercano. Cada vez más alto, más exigente.

Prepárense para el hipersalto.

Órdenes del capitán de la nave. Transmitidas a la sala de máquinas. Podía sentirlo allí. Y el hipermotor... había algo que me resultaba familiar en él...

Oí al capitán ordenar el salto. Esperé, observando, sintiendo lo que sucedía. Intentando absorber el proceso.

Mi mente se inundó de datos. Una posición. El lugar al que nos dirigíamos. Lo conocí íntimamente. Podía...

Una voz *chilló* desde algún lugar cercano. Y entonces, de repente, la nave entró en la ninguna-parte.

21

Estaba allí, flotando en la ninguna-parte, rodeada de negrura. Y de los ojos. ¡Estaban allí!

Solo que no me miraban a mí.

Los veía, los sentía, los oía. Pero su miraba no estaba enfocada en mí, sino en otro lugar. Como si... como si miraran hacia el origen del grito.

Sí, era eso. El penetrante y agónico chillido persistía en mi mente. Distrajo a los zapadores y evitó que vieran a la *Pesos y Medidas*, que cruzó a hurtadillas la ninguna-parte.

Acabó en un abrir y cerrar de ojos. Caí de vuelta a mi asiento en la pequeña sala con un gruñido. Era como si me hubieran arrojado físicamente y la silla me hubiera atrapado. Di un gemido y flaqueé hacia delante.

—¿Capitana Alanik? —preguntó Hesho, que flotaba cerca—. ¿Estás bien?

Miré a mi alrededor en la sala de salto y solo encontré a los miembros de mi escuadrón. Morriumur ni siquiera parecía haberse percatado de ese momento en la ninguna-parte.

Brade estaba detrás de mí. Cruzó los ojos conmigo y luego los entornó. Esa mujer sabía que yo era citónica. ¿Sospecharía... que además era humana? Tuve un instante de pánico y bajé la mirada a mis manos, pero seguían teniendo un tono violeta claro que indicaba que mi disfraz seguía funcionando.

—¡Sean todos bienvenidos! —exclamó una voz a través del sistema de megafonía. Era Winzik—. ¡Hemos llegado a nuestro centro de entrenamiento! ¡Qué emocionante va a ser esto, ya lo creo! Seguro que tendrán muchas preguntas. Un dron los guiará al muelle de sus respectivos escuadrones, donde les serán asignados sus cazas estelares.

—¿Ya estamos aquí? —preguntó Hesho—. ¿Hemos hecho el hipersalto? ¡Suelen dar algún tipo de aviso antes de hacerlo!

La puerta de nuestra sala se abrió y Hesho salió volando, seguido de los demás kitsen en sus plataformas.

Los demás, Brade incluida, nos congregamos fuera en el pasillo y seguimos a un dron que había llegado para señalarnos el camino. Otro dron salió en persecución de los kitsen y pareció que iba a costarle alcanzarlos.

Miré hacia la sala de máquinas. «Esa dirección —pensé—. El chillido venía de esa dirección.»

Aquella tecnología no era ninguna estafa. Los motores superlumínicos de la Supremacía de verdad les permitían ocultarse y los zapadores no nos habían visto. Pensé que era más necesario que nunca hallar la forma de robar un hipermotor. Mi gente necesitaba esa tecnología.

Pero al mismo tiempo, tenía la insistente sospecha que lo que fuese que había trasladado aquella nave no era tecnología en el sentido tradicional. Había algo que me resultaba demasiado familiar, algo que...

—¿Qué has percibido? —preguntó una voz curiosa a mi lado.

Me tensé y olí a canela. Procuré, con cierto esfuerzo, no encogerme ante la presencia de Vapor mientras caminaba tras el resto de mi equipo. Si la olía, ¿significaba que estaba *inhalando* su cuerpo?

—Para la mayoría, los hipersaltos son imperceptibles —dijo Vapor con su voz despreocupada—. Pero no para ti. Es curioso.

—¿Por qué se arriesga la Supremacía a utilizar comunicaciones citónicas? —le solté. Quizá no fuese la mejor manera de cambiar de tema, pero era lo que tenía en mente—. A todo el mundo le dan miedo los zapadores, pero usamos sin tapujos un método de comunicación que podría llamar su atención.

El aroma de Vapor cambió a algo un poco mentolado. ¿Era un acto intencionado por su parte o el equivalente a un cambio de humor en los humanos?

—Han pasado más de cien años desde el último ataque zapador —dijo—. Es fácil relajarse después de tanto tiempo. Además, en realidad la comunicación citónica nunca bastó para atraer a un zapador a nuestro espacio.

—Pero...

—Si un zapador ya ha llegado a nuestros dominios, podría oír esas comunicaciones y seguirlas. Todos pueden escuchar las señales inalámbricas, incluida la radio, aunque la comunicación citónica es la que más atractiva les resulta. En el pasado, los imperios sabios aprendieron a ocultar sus comunicaciones, pero en la actualidad puede emplearse si se tiene mucha cautela. Suponiendo que no haya ningún zapador cerca. Suponiendo que nadie haya sido tan impulsivo como para traerlos a nuestro espacio mediante el viaje citónico o el peligroso uso de la IA.

Su aroma remitió. Seguí al dron, no confiando lo suficiente en mí misma para responder. Había llegado allí con el objetivo de robar un hipermotor, pero de pronto mi misión se había vuelto mucho más intimidante. No podría largarme de allí con un caza estelar pequeño: si quería un hipermotor, tendría que secuestrar el transporte de tropas entero.

¿Habría alguna forma más fácil? Si pudiera ver lo que pasaba en aquella sala de máquinas, quizá lograra desvelar el secreto. Tirda, cómo me habría gustado tener allí conmigo a Gali. Él podría desentrañar todo aquello, estaba segura.

Seguí a los demás hasta otro embarcadero distinto de donde habían aterrizado las lanzaderas. Allí estaban poniendo a punto varios grupos de cazas estelares para que los usaran los escuadrones en el entrenamiento de la jornada. Eran menos elegantes que los de la FDD, pero al principio no les presté mucha atención.

Porque fuera flotaba algo imponente.

A través del escudo invisible que contenía el aire en el embarcadero, la vista estaba dominada por una gigantesca estructura poliédrica. A su lado, nuestra nave de transporte parecía casi un puntito. Era grande como una estación espacial.

—Bienvenidos, pilotos —dijo Winzik por megafonía—, al laberinto zapador.

Llegué hasta el escudo que nos separaba del vacío. Estábamos flotando en el espacio, orbitando en torno a una estrella más bien tenue. La inmensa estructura parecía combarse ante mis ojos, como si a duras penas lograra asumir su envergadura. Líneas larguísimas, gradaciones en la oscuridad. La estructura metálica se asemejaba a una esfera, pero en realidad era un dodecaedro con caras lisas y aristas afiladas.

Olí a canela. Al momento, a mi lado una voz suave dijo:

—Es de locos que de verdad construyeran uno.

—¿Qué es? —pregunté.

—Un campo de entrenamiento —dijo Vapor. ¿Cómo creaba los sonidos para hablar?—. Para reproducir una batalla contra un zapador. Los humanos construyeron esto hace años y nosotros lo hemos localizado hace poco. Ellos lo sabían.

—¿Sabían... qué?

El aroma de Vapor cambió a algo más pungente, al olor a metal húmedo después de enfriar la maquinaria con agua.

—Sabían que, en algún momento, habría que enfrentarse a los zapadores. El miedo que les tenemos atrofia nuestras comunicaciones, nuestros desplazamientos, incluso nuestras contiendas. Si te libras de ese grillete... la galaxia es tuya.

Su olor se desvaneció. Yo me quedé donde estaba, pensando en sus palabras hasta que Hesho llegó volando.

—Es increíble —dijo—. Ven, capitana Alanik. Nos han asignado naves. No pueden hipersaltar, pero parecen adecuadas para el combate.

Lo seguí hasta nuestra hilera de cinco cazas. Estaban pintados de un blanco inmaculado y no tenían verdaderas alas: parecían cuñas triangulares de acero con cabinas en la parte delantera y armas instaladas en el bisel de cada lado de la cuña. Era evidente que no estaban pensadas para el combate atmosférico.

El caza kitsen era como un cincuenta por ciento más grande que los demás y estaba construido como un acorazado, con muchas pequeñas baterías de armamento. Los kitsen se habían emocionado al verlo y charlaban entre ellos repasando las especificaciones y repartiéndose cometidos. Al parecer, en su interior había muchos puestos de control y varios departamentos en los que trabajar.

Mi nave era un interceptor diseñado para la velocidad, con una potencia de fuego moderada en la forma de dos destructores gemelos y, para mi alegría, una torreta de lanza de luz en la parte inferior. Me había preocupado no contar con ella, dado que la mayoría de las naves no la tenían. Por lo visto, el funcionariado de la Supremacía se había fijado en la efectividad que había demostrado con la lanza de luz en la prueba.

Morriumur también tenía un interceptor y a Vapor le habían asignado una nave francotiradora, con un cañón de mayor alcance pero sin lanza de luz. Miré hacia atrás y vi a Brade caminando hacia el último caza, un tercer interceptor que también llevaba lanza de luz.

Me acerqué a ella mientras llegaba a su nave. Alzó la mirada, sorprendida.

—¿Qué? —preguntó con aridez.

—Solo quería darte la bienvenida al escuadrón —dije, tendiéndole la mano. La señalé con el mentón—. Es un gesto humano, según tengo entendido.

—No sabría decirte —replicó ella—. Yo no me asocio con monstruos.

Pasó rozándome y subió a la escalerilla colocada junto a su nave. Tirda. ¿Tanto le habían lavado el cerebro? Si quería reclutarla, tendría que buscar la manera de hablar más con ella sin despertar las sospechas de nadie.

De momento, parecía que mi única opción era ponerme a entrenar. Y siendo sincera, descubrí que estaba ansiosa por empezar. Tanta imitación y tanto subterfugio estaban siendo agotadores y me sentaría bien volar de nuevo sin más.

Subí a mi caza y me satisfizo constatar que los controles eran parecidos a los que conocía. ¿Los humanos habríamos copiado aquellos diseños de los alienígenas mucho tiempo atrás? ¿O nuestros intentos de conquistar la galaxia habían extendido el uso de nuestra tecnología?

—M-Bot —dije—, comprobaciones previas al vuelo.

Silencio.

Ay, claro. Encontrarme sin su voz amistosa me hizo sentir expuesta de repente. Me había acostumbrado a tenerlo allí, en el ordenador de la nave, apoyándome. Con un suspiro, encontré una lista de verificaciones bajo el asiento, utilicé mi alfiler para traducirla y emprendí los pasos para asegurarme de que todo iba a funcionar como yo esperaba.

—Aquí Alanik —dije después de comprobar las comunicaciones—. ¿Está todo el mundo conectado?

—Aquí la nave de la Unidad Kitsen *Nada a Contracorriente en un Arroyo que Refleja el Sol* —respondió la voz de Hesho—. Recién nombrada. Todos los sistemas operativos. Esta nave tiene hasta una estupenda silla de capitán.

—Deberíamos elegir identificadores —dije—. Yo seré Manantial.

—¿Hace falta? —protestó Morriumur—. Nuestros nombres ya son bastante sencillos, ¿no?

—Es un tema militar —dije—. Morriumur, tu identificador puede ser: Quejica.

—Oh —dijo Morriumur, en un tono que sonó abatido—. Supongo que lo tengo merecido.

Tirda. Asignar apodos insultantes no era ni de lejos tan divertido cuando la gente se limitaba a aceptarlos.

—Los identificadores no son obligatorios —dijo Brade—. Yo usaré mi nombre, que es Brade. No me llaméis de ninguna otra forma.

—Bien —dije—. Vapor, ¿estás ahí?

—Sí —dijo su voz suave—. Pero mi identificador habitual para las misiones es de alto secreto, así que voy a necesitar otro.

—El Viento que se Entremezcla con el Último Aliento de un Hombre —sugirió Hesho.

—Eso es... muy específico —comentó Morriumur.

—Sí —dije yo—. Está guapo, pero es un poco trabalenguas, Hesho.

—Yo creo que es hermoso —dijo Vapor.

—Escuadrón Quince —nos llamó una voz desde el Mando de Vuelo—, prepárense para el lanzamiento. Cambio y corto.

—Un momento —dije a la voz—. ¿Cuál es nuestra estructura de mando? ¿Cómo vamos a organizarnos?

—Nos trae sin cuidado —respondió la voz—. Arréglenlo entre ustedes. Cambio y corto.

—Qué irritante —dije por la línea privada de nuestro escuadrón—. Pensaba que la Supremacía tendría más conocimientos de disciplina militar que eso.

—Puede que no —dijo Hesho—. Han tenido que reclutarnos a nosotros como pilotos.

—Tienen a centenares de pilotos manejando drones remotos —repuse—. Deben de tener alguna estructura de mando. ¿Oficiales y graduaciones?

Morriumur carraspeó por el canal.

—Mi progizquierde estuvo una temporada pilotando drones y... bueno, la mayoría se retiran al cabo de poco tiempo. Es un trabajo demasiado estresante, demasiado agresivo.

Tirda. Bueno, supuse que ese era otro motivo de peso para que hubiéramos sobrevivido tanto tiempo en Detritus.

El Mando de Vuelo nos ordenó despegar y los cinco nos elevamos sobre nuestros anillos de pendiente y maniobramos para salir de los atracaderos de la *Pesos y Medidas* a la inmensidad del espacio.

La estrella lejana proyectaba una luz que se reflejaba en brillantes oleadas de la superficie metálica del laberinto. Su tamaño inconcebible me recordó a las plataformas que rodeaban Detritus. Ambos debían de haber requerido unas ingentes cantidades de esfuerzo para construirlos.

Volamos a las coordenadas que nos habían transmitido para esperar. Arranqué mi atención del laberinto y pulsé el botón para activar el canal del escuadrón. No podíamos empezar a entrenar sin algún tipo de estructura de mando.

—Hesho —dije—, ¿quieres ser nuestro jefe de escuadrón? Tienes experiencia en el mando.

—No mucha —respondió él—. Solo soy capitán de nave desde hace unas tres semanas, capitana Alanik. Antes de eso, estaba metido en política.

—Eras el monarca absoluto de una pequeña parte del planeta natal kitsen —dijo Vapor con suavidad.

—Detalles —dijo Hesho—. ¿A quién le importa esa era de oscuridad, eh? ¡Ahora estamos iluminados! —Vaciló un momento—. Pero no era pequeña. Englobábamos más de una tercera parte del planeta. En todo caso, no creo que sea buena idea que dirija yo el escuadrón. No debería distraerme de organizar a mi tripulación en una nave desconocida mientras mi gente aún está aprendiendo a usarla.

—Puedes tomar tú el mando si quieres, Alanik —me dijo Morriumur.

Hice una mueca.

—No, por favor. Es probable que acabe lanzándome a la carga contra un agujero negro o algo parecido. No nos interesa tener al mando a un interceptor. Vapor, tú deberías ser jefa de escuadrón.

—¿Yo? —preguntó la voz queda.

—A mí me parece bien —dijo Morriumur—. Alanik tiene razón. No debería liderarnos nadie con demasiada agresividad.

—Acepto esa decisión —convino Hesho—. Como nuestra francotiradora, Vapor puede observar el campo de batalla y estará en la mejor posición para tomar las decisiones.

—Apenas me conocéis —protestó Vapor.

Lo cual era en parte el motivo por el que lo había sugerido. A lo mejor, si Vapor era nuestra jefa de escuadrón, se vería obligada a interactuar con los demás... y quizá sería menos probable que yo olvidara que andaba cerca. Seguía sin entender del todo cuál era su propósito allí.

—¿Brade? —pregunté—. ¿Qué opinas tú?

—No se me permite votar en estos asuntos —dijo ella.

Genial.

—Muy bien, Vapor, el puesto es tuyo. Buena suerte.

—De acuerdo —dijo ella—. En ese caso, supongo que deberíais darme todos un informe de estado.

Sonreí. Su forma de hablar sonaba a que había tenido alguna experiencia en combate, así que ya estaba averiguando cosas sobre ella. En cambio, todo apuntaba a que no tendríamos identificadores, porque los miembros del escuadrón se limitaron a usar sus nombres al informar. Hice lo mismo de mala gana, por equivocado que me pareciera. No quería comportarme como si supiera demasiado de esas cosas.

Vapor nos organizó en un patrón de vuelo estándar, con Brade y yo al frente, Hesho en el centro y Morriumur y ella misma en la retaguardia. Luego, a sugerencia mía, hicimos unos pocos ejercicios de formación mientras esperábamos instrucciones.

Durante esos ejercicios, tuve que reconocer que quizá tuviera sentido que la Supremacía permitiera a cada grupo crear su propia estructura de mando. Al fin y al cabo, la mayoría de los demás escuadrones estaban compuestos por miembros de una sola especie. Las distintas culturas podían tener formas diferentes de afrontar el servicio militar; el hecho de que tuviéramos toda una tripulación kitsen en una nave ya era demostración suficiente.

Aun así, me rechinaba. Tenía la impresión de que la Supremacía estaba siendo perezosa. Querían escuadrones de cazas, pero no les apetecía el incordio de ponerse de verdad a su mando. Era una medida tibia, ni dentro ni fuera. Después de las rígidas y definidas normas de la FDD, aquello parecía una chapuza de mucho cuidado.

Al cabo de un tiempo, Winzik nos llamó por la línea general.

—¡Atención todo el mundo! ¡Bienvenidos y gracias por su servicio! En el Departamento de Servicios de Protección estamos muy emocionados por entrenar a esta nueva y audaz fuerza. Ustedes serán nuestra primera línea de defensa contra un peligro que ha acechado a la Supremacía durante toda su existencia.

»Hemos preparado un breve vídeo orientativo para que lo vean. Debería bastar para explicar su objetivo aquí. Por favor, experimenten la orientación y guárdense las preguntas para el final. ¡Gracias otra vez!

—¿Un... vídeo orientativo? —dije por el canal de mi escuadrón.

—La Supremacía rebosa de especialistas en diseño gráfico y animación —respondió Morriumur—. Es una de las profesiones que con más frecuencia eligen quienes desean trabajar más allá del sustento básico.

Fruncí el ceño.

—¿Qué es un diseño gráfico?

De pronto, la cubierta de mi caza se iluminó con una proyección holográfica. No era tan buena como las de M-Bot, se veía un poco insustancial y sin profundidad, pero aun así el efecto fue impresionante.

Porque me estaba mostrando un zapador.

Se parecía al que había visto en la grabación de Detritus. Era una sombra enorme y opresiva dentro de una nube de luz y polvo. Escupía trozos de asteroide ardientes que dejaban estelas en el vacío. Pasaron ardiendo al otro lado de mi cubierta y, aunque sabía que era solo un holograma, los dedos se me tensaron en los controles de la nave.

Todos mis instintos estaban gritándome que me alejara de aquel terror. De aquella imposible, increíble monstruosidad. Iba a destruirnos a mí y a todo lo que amaba. Podía sentirlo.

—¡Esto es un zapador! —exclamó una animada voz femenina. Un gráfico muy cursi rodeó a aquella cosa en la pantalla, una línea titilante de estrellitas y rayos—. Ni siquiera en estos tiempos sabe nadie de verdad lo que es un zapador —prosiguió la voz, y unos iconos similares a caras confundidas rodearon los bordes de mi cubierta—. Estas imágenes tienen casi doscientos años de antigüedad y se grabaron cuando el zapador de Acumidia apareció y destruyó el planeta Refugio Lejano. ¡Todos los seres vivos del planeta quedaron convertidos en polvo y vaporizados! ¡Qué miedo!

La visión de mi cubierta se enfocó en el zapador, como si de repente la nave hubiera volado hasta él. Salté sin poder evitarlo. Desde tan cerca parecía una tormenta de polvo y energía, pero en sus profundidades discerní la sombra de algo más pequeño. Una... cosa circular y cambiante.

—Cuando los zapadores entran en nuestro espacio —dijo la voz—, la materia converge a su alrededor. Creemos que deben de traerla desde el lugar del que proceden. ¡Qué raro! Esta materia forma una mortaja en torno al zapador. ¡La criatura en sí es mucho más pequeña! ¡En el mismo centro de todo el polvo, la roca y los cascotes hay una cubierta metálica a la que solemos llamar laberinto de zapador!

»Los escudos normales protegen a los pilotos de lo que sea que tiene el zapador para vaporizar a la gente. Qué bien, ¿verdad? Pero esos escudos no resisten mucho tiempo los ataques de un zapador, e incluso los escudos planetarios suelen fallar en cuestión de minutos. Aun así, las naves con escudo pueden aproximarse, ¡y algunas hasta se han internado en el polvo, superado los escombros y entrado en el mismo laberinto! Allí han encontrado una complicada maraña de tubos retorcidos y corredores hechos de piedra y metal.

La imagen del zapador desapareció, reemplazada por una versión de dibujos animados. Tenía cejas furiosas y rasgos vagamente humanos, y unas caricaturas de manos que apartaron la nube de polvo para revelar una estructura poliédrica con un exterior lleno de bultos y deformidades. No era tan pulido ni anguloso como el dodecaedro en el que íbamos a entrenar. En el ser real, asomaban pinchos en distintos lugares. Era como un cruce entre un asteroide gigante, un pedazo de acero fundido y un erizo de mar.

—Los trozos más pequeños que expulsa el zapador persiguen a las naves —explicó la voz, y unos meteoritos de dibujos animados salieron disparados del zapador tras las pequeñas naves esbozadas—. ¡Intentarán acabar con vuestros escudos para que el zapador se os pueda zampar! ¡Alejaos de ellos! Se mueven sin ninguna fuente visible de propulsión. ¡Tal vez sean mágicos! Según los informes, combatir a esas ascuas es como intentar luchar dentro de un campo de asteroides, ¡pero con todos los asteroides intentando matarte activamente!

»El zapador en sí acecha en el centro del laberinto. ¡Nuestros Dispositivos Especiales de Ataque a zapadores no funcionarán si está de por medio esa interferencia! Así que tendréis que volar al interior del laberinto y encontrar al zapador. ¡Está ahí dentro, en alguna parte! Vuestro entrenamiento incluirá recorridos de prueba por nuestro laberinto de imitación, creado a tal efecto. ¡Buena suerte y ojalá no muráis! ¡Gracias!

Después de eso, empezó a pasar por mi pantalla una lista de la gente que había trabajado en el vídeo orientativo, muchos de cuyos nombres iban acompañados de simbolitos monos. Cuando por fin terminó, mi cubierta volvió a hacerse transparente y me dejó ver de nuevo el enorme laberinto de entrenamiento, que, comparado con el zapador, parecía demasiado ordinario.

Me recliné, sintiendo un pavor creciente. Cada vez estaba más convencida de que la Supremacía estaba llena de gente que se tomaba aquella amenaza demasiado a la ligera.

—Muy bien —dijo Vapor con una voz suave y tranquilizadora—. Nos han llegado órdenes. Procederemos hacia las coordenadas que os estoy enviando y esperaremos a que nos toque entrar en el laberinto.

22

Vapor nos aproximó con cautela al laberinto. Desde más cerca se distinguían las líneas de unión entre los distintos segmentos, fabricados por separado. Y no tenía todo aquel polvo rodeándolo, el que envolvía a un verdadero laberinto de zapador. Todo lo cual volvía aquella experiencia incluso más prosaica. No evocaba la misma sensación de pavor e inquietud que los vídeos.

—Mando de Vuelo nos advierte que tengamos cuidado con los interceptores —dijo Vapor por el canal de escuadrón—. ¿Los zapadores tienen cazas que atacan a quienes se acercan?

—No son cazas —respondió Brade con su voz severa—. El zapador controla unos trozos de roca llamados ascuas que tratan de interceptar y colisionar contra las naves que se aproximan.

—Muy bien —dijo Vapor—. He preguntado y el Mando de Vuelo me asegura que esto no será tan peligroso como nuestra prueba inicial. Al parecer, alguien del departamento ha hecho la brillante deducción de que, si matas a todos tus reclutas antes de tener tiempo de entrenarlos, tardas poco en quedarte sin reclutas.

Sonreí. Cuanto más hablaba Vapor, más conversacional se volvía su tono... y menos canguelo daba.

—Es un alivio —dije.

—Pero aun así, yo iría con cuidado —replicó ella—. La Supremacía no ha hecho muchos entrenamientos como este desde las guerras humanas. De momento, volvamos a la formación.

Me propulsé hacia delante cumpliendo la orden y me situé en mi puesto a la cabeza de nuestro equipo. Por desgracia, los demás no tenían ni por asomo tanta experiencia como yo en formaciones de batalla. Morriumur se quedaba demasiado atrás y Hesho intentó ponerse a mi altura hasta que Vapor le recordó que su nave debía permanecer cerca del centro. Y Brade...

Bueno, Brade se lanzó hacia delante, muy fuera de su posición. Tirda. Eran todos pilotos competentes, pero no formábamos un verdadero escuadrón. No teníamos experiencia volando juntos. Cobb había pasado semanas machacando las maniobras de vuelo en las cabezotas del Escuadrón Cielo. No nos había dejado combatir, o ni siquiera usar las armas, hasta que habíamos hecho tantos ejercicios de vuelo que sabíamos maniobrar en equipo por instinto.

Eso nos había salvado la vida docenas de veces cuando la pelea se había puesto dura. Allí, en el momento en que el enemigo vino hacia nosotros, en forma de drones equipados con recubrimientos pétreos para imitar a asteroides en pleno vuelo, el equipo se deshizo. Brade se lanzó al ataque sin mediar orden de Vapor. Morriumur empezó a disparar, pero... bueno, falló por mucho y tuve que apartarme más de la formación para asegurarme de que no me diese sin querer. Y para ser sincera, infracompensaba, porque aquella nave nueva no respondía tan bien como M-Bot y yo no estaba acostumbrada a su maniobrabilidad.

Vapor estaba tan ocupada hablando con nosotros que olvidó que su cometido como francotiradora era ponerse a derribar naves enemigas mientras estaban distraídas. El único de nosotros que no hizo un papel bochornoso fue Hesho, cuya nave realizó las maniobras que le ordenaban con precisión. El minúsculo zorro poeta quizá fuese un poco dramático, pero era evidente que su tripulación estaba bien entrenada. Logró destruir cuatro naves enemigas.

Aquellos drones no se comportaban como los que combatíamos en Detritus. Quienquiera que estuviese pilotándolos tenía órdenes de no esquivar, sino volar por ahí e intentar chocar contra nosotros. Lo cual tenía sentido, porque estaban imitando a pedazos de roca movidos por el zapador. Me alegró ver que cuando uno se acercó lo suficiente para haber golpeado a Morriumur, sin embargo, se desvió antes de la colisión y llamó por radio para decir que Morriumur había muerto. Quizá fuese cierto que la Supremacía había aprendido a no usar fuego real para los entrenamientos.

Nos reagrupamos para otra ronda y de nuevo Brade se enfrentó a las ascuas nada más verlas. Morriumur, al parecer pensando que debía tomar como modelo a Brade, se lanzó también a la pelea y estuvo a punto de hacerse picadillo contra un dron por segunda vez. En esa ocasión el dron no se apartó lo bastante deprisa, pero logré por los pelos clavarle mi lanza de luz y llevármelo. Mi recompensa fue que Morriumur montó en pánico y me disparó *a mí* en un momento de confusión. Hesho, notando que sus aliados estaban en apuros, se abalanzó hacia delante y empezó a disparar en todas las direcciones.

Se abrió un canal privado de Vapor conmigo.

—Caray —dijo con suavidad—. Parecen... confusos.

—¿Confusos? Esto es un desastre. El escuadrón necesita mucho más trabajo en los principios básicos.

—Si opinas eso, da tú las órdenes.

—Tú eres la jefa de escuadrón.

—Y te estoy nombrando mi segunda al mando —replicó Vapor—. ¿Cómo resolverías esta situación? Tengo curiosidad.

Estupendo. Yo no tenía ninguna experiencia como líder. Pero... torcí el gesto al ver cómo luchaban los demás. Alguien tenía que parar aquello antes de que acabáramos todos hechos cascotes.

—Pero ¿qué creéis que estáis haciendo, idiotas? —grité por la línea general—. ¡Eso ha sido la imitación más vergonzosa de una aproximación hostil que he visto en la vida! ¡Brade, tenías órdenes de despejar la línea de tiro, no de traernos un puñado de pelos de la nariz del enemigo! ¡Morriumur, vuelve aquí ahora mismo! No cojas malas costumbres imitando a alguien que desobedece órdenes. Y Hesho, estás volando bien, pero tienes el control de fuego de un niño con un juguete nuevo. Que todo el mundo se desmarque y se repliegue.

A continuación, añadí temporalmente a la *Pesos y Medidas* a nuestro canal.

—Mando de Vuelo —dije—, el Escuadrón Quince va a tener que hacer unos ejercicios para aprender a coordinarse. Retiren los drones y reinicien sus vectores de ataque. No vuelvan a enviarlos contra nosotros hasta que yo diga que estamos preparados para ello.

—¿Disculpe? —respondió una voz—. Esto... Se supone que tienen que intentar volar al interior de uno de esos túneles de aproximación del...

—¡No pienso dejar que mi escuadrón se acerque a su máquina de entrenamiento hasta asegurarme de que saben volar en formación! —grité—. ¡Ahora mismo, estoy convencida de que confundirán sus propios traseros con los túneles de aproximación y acabarán tan metidos en ellos que necesitaremos equipo de espeleología para poder sacarlos!

Hesho soltó una leve risita por el canal.

—Hummm... —dijo el Mando de Vuelo—. Supongo... supongo que podemos hacerlo.

Los demás cazas empezaron a regresar y los drones se alejaron. Pero Brade siguió volando hacia el laberinto de zapador, así que abrí un canal privado con ella.

—Brade, hablo en serio. Vapor me ha nombrado segunda al mando y te estoy dando una orden. Más vale que me hagas caso o te juro que te desollaré. Dicen que la gente paga bien las pieles humanas para colgarlas en las paredes.

Con evidente renuencia, Brade abandonó su objetivo y viró para propulsarse de vuelta hacia nosotros.

Y... ¿de verdad había salido todo eso de mi boca? Me eché hacia atrás en el asiento, notando el corazón atronar como si hubiera corrido una carrera. No había tenido la intención explícita de decir nada de aquello. Era solo lo que había... salido.

Tirda. Cobb estaría partiéndose el culo de risa si pudiera oírme en esos momentos. Mientras los demás volvían a congregarse, me llegó una llamada privada de Vapor.

—Bien hecho —dijo—, pero quizá has sido un poco demasiado agresiva para este grupo. ¿Dónde aprendiste a hablar así?

—Yo... hummm, tuve un instructor de vuelo interesante en casa.

—Rebaja el tono —me aconsejó Vapor—. Pero estoy de acuerdo contigo en que deberíamos hacer más entrenamiento antes de empezar a combatir. Organízalos para ello.

—Vas a hacer que me ocupe yo de la parte dura, ¿eh? —dije.

—Una buena comandante sabe cuándo nombrar a una buena instructora militar. Ya habías estado en el ejército. Salta a la vista que sabes hacer esto.

Suspiré, pero Vapor tenía razón y yo me había metido de cabeza en el puesto. Mientras el escuadrón se reunía, les expliqué uno de los viejos ejercicios de formación de Cobb, que más tarde había adaptado para el combate espacial cuando empezamos a entrenar en el vacío. Vapor se unió a nosotros en silencio y al poco tiempo ya los tenía volando de manera más o menos organizada. Por mucho que odiara estar al mando, podía hacer esos ejercicios casi hasta durmiendo, por lo que me dediqué a observar a los demás y darles consejos.

No tardaron mucho en cogerle el tranquillo. Mucho menos de lo que había tardado el Escuadrón Cielo, en realidad. Aquel grupo tenía buenos instintos de pilotaje; era solo que la mayoría no había recibido entrenamiento formal para el combate.

«Vapor está acostumbrada a operar sola», concluí mientras hacíamos un ejercicio de variaciones en el que intercambiábamos puestos en la formación para confundir a un escuadrón enemigo atacante.

Morriumur mostraba timidez, pero tenía ganas de aprender. Hesho estaba acostumbrado a que la gente le siguiera el juego y solía sorprenderse cuando los demás no sabíamos por instinto lo que quería hacer. Tenía que mejorar sus dotes comunicativas.

La peor era Brade. Aunque era la mejor piloto, seguía intentando adelantarse. Era demasiado ansiosa.

—Tienes que quedarte junto a los demás —dije después de llamarla—. No intentes ir por delante.

—Soy humana —espetó Brade—. Somos agresivos. Acéptalo.

—Hace un rato me has dicho que no has vivido entre humanos —repliqué—, y que por tanto no conoces sus costumbres. No puedes jugar la carta de «No soy como ellos» y luego usar tu naturaleza humana como excusa.

—Intento contenerme —dijo Brade—, pero en el fondo sé la verdad. Voy a perder los estribos. Es inútil hacer planes como si no fuese a ocurrir.

—Eso es un montón de rancho de ayer —dije—. Cuando yo

empecé a entrenar, era imposible. Me salía de mis casillas tan a menudo que podrías poner tu reloj en hora con mis rabietas.

—¿En serio? —preguntó Brade.

—En serio. Agredí literalmente a mi jefe de escuadrón un día en clase. Pero aprendí. Y tú también puedes.

Se quedó callada, pero vi que parecía poner más empeño cuando empezamos otro ejercicio. A medida que pasaba el día, y cuando paramos para comer en nuestras cabinas, descubrí que quien más me impresionaba era Morriumur. Teniéndolo todo en cuenta, su destreza para el vuelo era notable, y además tenía un ánimo casi ilimitado de aprender. De acuerdo, su puntería era una porquería, pero Cobb siempre decía que prefería tener alumnos que supieran volar bien. Esos podrían sobrevivir el tiempo suficiente para que les enseñaran a luchar.

Ascendí con mi nave junto a la de Morriumur cuando terminamos de comer y volvimos a la formación.

—Oye —dije—, cuando hagamos esta ronda que viene, vigila la deriva y procura mantenerte más en formación. Te desvías siempre hacia fuera.

—Lo siento —respondió—. Mejoraré. Y... también lo siento por casi dispararte antes.

—¿Eso? Eso no ha sido nada. Por lo menos, tú no pretendías matarme, que es más de lo que puedo decir de la mayoría.

Soltó una risita, aunque me pareció entreoír una tensión en su voz. Recordé mis primeras sesiones de entrenamiento a las órdenes de Cobb, la ansiedad de creer que haría algo mal y me expulsarían, la creciente falta de confianza en que aquel fuese mi sitio, la frustración de no ser capaz de hacer todo lo que me había imaginado logrando.

—No te preocupes —le dije—. Vas bien, sobre todo teniendo en cuenta lo nuevo que es todo esto para ti.

—Como te mencioné, mi progizquierde fue piloto de dron en su juventud —dijo Morriumur—. Por suerte, tengo parte de esa experiencia.

—¿De verdad obtenéis habilidades de vuestros ascendientes?

—Pues claro —dijo Morriumur—. Parte del conocimiento y las destrezas de los ascendientes pasan a la progenie. Supongo que no es así en tu especie, ¿verdad?

¿Lo era? Tirda. En realidad no lo sabía, por lo menos no en la especie de Alanik. Sin tener a M-Bot para susurrarme explicaciones al oído, podía meterme en líos.

—En todo caso, en esto he tenido suerte —siguió diciendo Morriumur—. Pero también mala suerte. Mi progizquierde ha tenido cierta agresividad latente, y yo he terminado con una dosis adicional de elle. En mis primeros días de vida, me gané mala fama por rechistar a les demás.

—¿Rechistar a la gente se considera agresivo en tu especie?

—Mucho —dijo Morriumur.

—Vaya. Yo nunca habría llegado a nacer. Me habrían matado a las primeras de cambio.

—Ese es un malentendido muy común —dijo Morriumur—. Si mis ascendientes deciden no darme a luz con esta personalidad, no moriré. Simplemente me recombinarán de otra manera. Lo que ves en mí es solo un bosquejo, una idea, una posibilidad de la persona que podría ser. Aunque... si naciera, conservaría estos recuerdos y mi personalidad se volvería real. —Calló un momento—. Y lo cierto es que deseo que así sea.

Traté de imaginar un mundo en el que recordara haberme visto obligada a demostrar que merecía existir. No me extrañaba que aquella sociedad tuviera problemas.

Terminamos la siguiente ronda de ejercicios y me satisfizo lo bien que el grupo mantenía la formación.

—Esto está funcionando de verdad —dije por la línea privada con Vapor—. Creo que aún podremos sacar algo en claro de ellos.

—Excelente —respondió Vapor—. ¿Están preparados para el combate, entonces?

—¡Tirda, no! —exclamé—. Tenemos que seguir con esto unas semanas más, como mínimo. Son buenos pilotos, así que no es como empezar con reclutas novatos, pero eso no significa que los quiera disparando a nada todavía.

Vapor pareció tomarse la información con calma y no se quejó ni me pidió más detalles siquiera. Se limitó a decir:

—Interesante.

¿Cómo debía interpretar eso?

—Démosles otro descanso —me dijo al cabo de un tiempo—,

y luego probemos con formaciones a mayor velocidad. Nos quedan tres horas hasta que tengamos que volver a Estelar. El Mando de Vuelo ha estado preguntándome si alguno de nosotros va a meterse en el laberinto. Les diré que no lo tenemos previsto.

—Vale —dije, ralentizando mi nave y sacando la cantimplora.

—A menos, claro —añadió—, que quieras probar mientras los demás descansan. Tú y yo podríamos entrar juntas.

Vacilé, con la cantimplora a medio camino de los labios.

—Al fin y al cabo, nos convendría saber para qué nos estamos preparando —dijo Vapor—. He oído hablar de los laberintos de zapador, pero nunca he estado en uno.

Su nave flotaba a mi lado y era desconcertante ver vacía la cabina, como si estuviera pilotando un fantasma.

¿A qué estaba jugando Vapor? Al ponerme a mí al mando de los ejercicios, ella había podido dedicarse de nuevo a observar. Participaba, pero seguía siendo sobre todo un misterio. ¿Y quería que me metiera en el laberinto con ella? Parecía algún tipo de prueba. ¿Un desafío?

Miré hacia el laberinto. A cada escuadrón le habían asignado una cara del dodecaedro y los pilotos habían estado practicando la aproximación y luego volando a su interior.

—Me apunto —decidí, guardando la cantimplora—. Pero dile al Mando de Vuelo que retire esos drones. Ya entrenaremos a luchar contra ellos más adelante.

—Hecho —dijo Vapor—. Vamos.

23

El Mando de Vuelo cumplió mi petición a regañadientes y retiró los drones para que Vapor y yo pudiéramos entrar en el laberinto sin oposición.

Al llegar a su sombra, me hice una idea mejor del tamaño que tenía. Venía a ser igual de ancho que una plataforma de las que rodeaban Detritus, pero eso era solo su diámetro. En masa total, debía de superarlo más de una decena de veces.

No tenía escala planetaria, y en consecuencia era más pequeño que los zapadores de verdad que había visto en los vídeos, pero su tamaño seguía siendo sobrecogedor. Cada cara del dodecaedro tenía docenas de agujeros, perforaciones de unos veinte metros de amplitud. Vapor y yo escogimos una al azar y nos acercamos lo suficiente para ver que el resto de la superficie era de metal pulido.

Me descubrí emocionándome. Cada vez me fascinaban más los zapadores, sensación que iba de la mano con mi creciente preocupación por ellos. Quizá incluso el miedo a ellos. No podía quitarme de la cabeza la imagen que había visto en Detritus, de mí misma de pie donde debería haber estado el zapador. Significara lo que significara ser citónica, fuera yo lo que fuese, tenía que ver con aquellos seres y el lugar donde moraban.

«Este no es de verdad —me recordé—. Es solo una imitación para entrenar.» Como un maniquí de prácticas para la esgrima.

Nos detuvimos en la entrada de nuestro túnel elegido para mirar dentro, como si fuese el gaznate de la bestia. Yo no dejaba de esperar que M-Bot interviniera con un análisis, y el silencio de mi cabina se me hacía desalentador.

—Entonces... —dije por el canal a Vapor— ¿nos metemos en un túnel y punto?

—Sí —respondió ella—. Los informes de pilotos que sobrevivieron después de entrar en un auténtico laberinto indican que todos los pasadizos parecen iguales. Si hay algún motivo para elegir uno y no otro, aún no lo conocemos.

—En ese caso, ¿me sigues, supongo? —propuse, y desplacé mi nave hacia delante a una décima parte de Mag, el equivalente en naves estelares de ir a paso de tortuga.

El interior era negro como el carbón. Aunque podía volar guiándome solo con los instrumentos, y en el espacio muchas veces tenía que hacerlo, activé los faros. Quería información visual en aquel lugar.

El interior del túnel se estrechó a unos quince metros de anchura, muy angosto en términos de caza estelar. No me permití aumentar la velocidad mientras avanzaba.

Detrás de mí, varios drones se despegaron de la pared cerca de la entrada y empezaron a moverse en nuestra dirección.

—Mando de Vuelo —llamé—, creía haberles dicho que nos dejaran hacer esta incursión sin perseguidores.

—Hummm... —dijo la persona del canal—. Cuando luchen de verdad contra un zapador, las perseguirán y...

—Nunca llegaremos a la parte de luchar contra un zapador si morimos en estas rondas de práctica —le interrumpí—. Retire los drones y deje que Vapor y yo nos acostumbremos a esto. Confíe en mí; he hecho mucho más entrenamiento que ustedes.

—Muy bien, muy bien —dijo le dione—. No hace falta ponerse tan agresiva.

Cómo era ese gente. Puse los ojos en blanco, pero el Mando de Vuelo retiró los drones como le había pedido.

La nave en apariencia vacía de Vapor se situó a mi altura. M-Bot me había explicado que las quimeras no volaban moviendo la esfera de control y pulsando botones, sino interponiéndose y reemplazando las señales eléctricas que enviaban los controles al resto de la nave. Entonces... ¿eso significaba que ella era la nave, en cierto modo? ¿Como un espíritu capaz de poseer aparatos electrónicos?

—Y ahora, ¿qué? —pregunté—. ¿Se supone que solo tenemos que dar vueltas por estos túneles? ¿Buscando qué, el centro?

—El corazón —dijo Vapor—, pero no siempre está en el centro. Después de que hubieran sobrevivido varios pilotos a un laberinto, algunos informaron de que habían descubierto una cámara con atmósfera y gravedad. Dentro de esa cámara había otra más pequeña, sellada por una membrana que parecía tejido vivo. Cuando se acercaron, oyeron voces en las mentes y afirman haber sabido que el zapador estaba dentro.

—Vaaale —dije—. Suena muy vago. Incluso suponiendo que tuvieran razón, ¿cómo vamos a encontrar ese *corazón* del laberinto? Esto es más grande que una nave de transporte de tropas. Seguro que podríamos pasar días volando aquí dentro y no haber explorado todas las cámaras.

—No creo que eso sea un problema —repuso Vapor—. Todos los pilotos que entraron en el laberinto de verdad y sobrevivieron el tiempo suficiente acabaron encontrando la membrana. —Titubeó—. La mayoría volaron de vuelta, asustados y temiendo por su cordura, después de llegar a ella. Unos pocos entraron, pero de esos no regresó ninguno.

Encantador. Bueno, esperé no tener que enfrentarme nunca a un zapador real, pero la verdad era que todo lo que experimentara allí dentro podría ser útil a mi pueblo. Me interné más en el pasadizo y mis sensores de proximidad cartografiaron las distintas ramificaciones. Aun así, me descubrí confiando sobre todo en la vista, inclinándome hacia delante, mirando el túnel a través de la cubierta. Era como un pasillo, con un patrón uniforme de paneles y surcos.

«Esto lo he visto antes —pensé con un escalofrío—, ¿verdad?»

Sí, había estado en una estructura como aquella persiguiendo a Nedd, que había entrado a buscar a sus hermanos. Había sido un astillero inmenso y me había visto obligada a serpentear por sus túneles mientras caía. La forma de aquel túnel, con sus salientes en las líneas de unión de las placas metálicas, era idéntica.

Llegamos a un espacio abierto más grande del que emanaban

más túneles. Usé los impulsores de maniobra para situarme cerca del techo, donde había una extraña serie de marcas estampadas en el metal.

«Esto también lo he visto», pensé, moviendo los focos para que bañaran de luz el techo. Estiré el cuello para escrutar las marcas. Parecían algún extraño idioma alienígena.

—Mando de Vuelo —dije—, ¿me oyen?

Silencio. Luego por fin una voz respondió:

—La oímos. El laberinto tiene amplificadores de señal instalados. Pero cuando entren en un laberinto real, a veces hay una interferencia que impide la comunicación. Es mejor que finjamos que aquí podría pasar lo mismo.

—Claro —dije—, pero antes, ¿qué es esta escritura que hay en el techo cerca de mi posición?

—Parecen ser réplicas grabadas a partir de fotografías tomadas por pilotos dentro de un verdadero laberinto de zapador. No tienen ningún significado que hayamos sido capaces de interpretar.

—Vaya —dije—. Juraría que las había visto antes en otra parte...

—¿Quiere que activemos las otras medidas defensivas del laberinto? —preguntó el Mando de Vuelo—. ¿O prefieren volar por ahí dentro sin más?

—¿De qué medidas defensivas estamos hablando?

—Un auténtico laberinto de zapador provoca alucinaciones en quienes entran —explicó le dione—. Lo hemos reproducido asignándoles naves con cubiertas holográficas que pueden proyectar visiones extrañas. Cuando entre en el laberinto, debería llevar siempre otro piloto con usted.

—Y eso, ¿por qué? —pregunté—. ¿Para tener refuerzos?

—No —susurró Vapor—. Porque cada uno ve cosas distintas, ¿verdad? Había oído hablar de esto.

—Exacto —nos respondieron por radio—. El laberinto afecta las mentes de quienes entran en él de distintas formas, y cada individuo ve algo distinto. En general, si ambos pilotos del equipo ven lo mismo, será real y no una alucinación. Si ven cosas distintas, sabrán que no es real. Además de eso, pueden sacarse otras conclusiones comparando lo que ve cada cual.

—Actívelo —pedí, manejando los impulsores de maniobra para descender al centro hueco de la caverna, junto a la nave de Vapor.

La cámara titiló y entonces cambió, emanando colores rojos desde una pared. Como sangre rebosando de algún pozo subterráneo. Cubrió la pared, pintándolo todo de un carmesí profundo.

—Vapor —susurré—, ¿tú qué ves?

—Una negra oscuridad —respondió—, que lo tapa todo y engulle la luz.

—Yo veo sangre —le informé. No parecía peligrosa, pero desde luego era siniestra—. Sigamos adelante.

Me propulsé fuera de la cámara grande por otro túnel. Aunque tenía el mismo tamaño que el que acabábamos de recorrer, me pareció incluso más claustrofóbico y apretado porque las paredes parecían hechas de carne. Ondulaban y temblaban, como si de verdad estuviera desplazándome por las venas de alguna bestia enorme.

Cuando salí a la siguiente sala, la apariencia cambió de nuevo. De pronto pareció que estaba en una antigua caverna de piedra, con musgo que colgaba del techo en amplias franjas.

Aunque sabía que era solo un holograma, esos cambios me ponían nerviosa. Vapor ascendió hasta quedar a mi lado.

—Yo veo las paredes como si fuesen de cristal. ¿Qué ves tú?

—Piedra y musgo —dije—. Es mucho más denso a la derecha, por ahí.

—Yo en ese sitio veo esquirlas de cristal que flotan en el aire. ¿Puede que el laberinto esté tapando algo?

—Sí —dije, acercándome un poco.

Y tal como preveíamos, los sensores de proximidad me indicaron que allí atrás había un pasadizo oculto, tapado por el holograma. Metí mi nave poco a poco por él y salí a la siguiente cámara. Pero mientras lo hacía, las sombras de detrás de la nave se movieron.

Al instante hice rodar la nave sobre su eje y apunté los faros en esa dirección. Tenía delante un enorme montón de hongo alienígena, que se movía con leves latidos como si respirara, cada seta bulbosa del tamaño de mi caza.

—¿Has visto eso? —pregunté a Vapor mientras su nave llegaba junto a la mía.

—No. ¿Qué has visto tú?

—Movimiento —dije, entornando los ojos. Otra cosa pasó veloz por la periferia de mi visión y volteé la nave otra vez.

—Los sensores de proximidad no muestran nada —dijo Vapor—. Debe de formar parte del holograma.

—¿Mando de Vuelo? —llamé—. ¿Qué ha sido ese movimiento?

La respuesta llegó confusa y entrecortada, con interrupciones en el sistema de comunicación. Las sombras de aquella sala estaban moviéndose. Rodé de nuevo, intentando iluminar a lo que fuese que había allí dentro.

—¿Mando de Vuelo? —insistí—. No les recibo.

—¿Quiere la experiencia auténtica o no? —regresó la voz, clara de pronto—. Le he dicho que, cuando los pilotos ahondan en el laberinto, la comunicación empieza a hacerse errática.

—Vale, bien, pero ¿qué son esas sombras?

—¿Qué sombras?

—Las que no paran de moverse en esta cámara —dije—. ¿Hay algo dentro de este laberinto que vaya a atacarme?

—Hummm... No lo sé con seguridad.

—¿Cómo que no lo sabe con seguridad?

—Hummm... Un momento.

Vapor y yo nos quedamos flotando allí con las sombras. Hasta que llegó otra voz por nuestra línea, una más excitable y entusiasta. La de Winzik, líder de los krells.

—¡Alanik! Aquí Winzik. Me dicen que está experimentando algunas de las características más desconcertantes del laberinto.

—Podría decirse así —respondí. La voz de Winzik sonaba... débil. Como si la señal del exterior fuese un hilo frágil a punto de partirse.

—Hay algo aquí dentro con nosotras —dijo Vapor—. Creo que también acabo de verlo ahora mismo.

—Hum, caramba, caramba —dijo Winzik—. Bueno, probablemente sean solo los hologramas.

—¿Probablemente?

—En fin, ¡nosotros mismos no estamos seguros al cien por cien de cómo funciona esto! —exclamó Winzik—. No estamos añadiendo sombras en movimiento a los hologramas de sus cubiertas, pero podría haber más hologramas ahí dentro, creados por el laberinto. Recuerden que no lo construimos nosotros. Lo que hicimos fue recuperarlo, repararlo y añadir nuestros propios drones, pero es una creación humana. No estamos seguros del todo de lo que puede hacer ni de hasta dónde es capaz de llegar en su imitación de un verdadero laberinto de zapador.

—Entonces ¿somos conejillos de Indias? —repliqué, cada vez más enfadada—. ¿Están probando algo que no entienden? ¿Nos echan dentro y miran a ver quién sobrevive?

—Venga, venga —dijo Winzik—, no sea tan agresiva, Alanik. ¿Su pueblo no intenta obtener la ciudadanía? ¡Gritarme no ayudará a ese objetivo, se lo aseguro! De todos modos, ¡buen trabajo ahí dentro! ¡Sigan así!

El canal se interrumpió y a duras penas me contuve para no soltarle un insulto de los gordos. ¿Cómo se atrevía a estar tan... tan... animado? Bueno, su actitud amistosa era sin duda puro teatro. Los krells eran terribles y destructivos, como demostraba el trato que daban a mi gente. ¿Winzik creía que una voz afable podía ocultar esa realidad?

—Volvamos a ver cómo van los demás —propuso Vapor, y dio media vuelta para guiarme por la misma ruta que habíamos seguido al entrar.

La seguí y, aunque la siguiente estancia era la misma por la que habíamos pasado, el musgo había desaparecido y el espacio tenía su aspecto normal. De nuevo, me recordó al viejo astillero de Detritus. ¿Habría sido también un laberinto, como en el que estaba? ¿Construido con el mismo propósito? ¿O estaba sacando conclusiones precipitadas?

—Tu pueblo tiene historia con los humanos —dijo Vapor mientras volábamos—, ¿verdad?

—Bueno, sí —dije, enderezándome en el asiento. Vapor no acostumbraba a dar charla insustancial.

—Curioso.

—Eso fue antes de que yo naciera —añadí.

—La dominación humana alteró el futuro de tu planeta —dijo Vapor—. Tu pueblo luchó en su bando y es inevitable que adoptara algunas de sus costumbres. Habláis una variante de un idioma de ellos. —Vapor se quedó callada un tiempo mientras entrábamos en el túnel que había parecido hecho de carne. Al final, añadió—: Tu agresividad me recuerda a la suya.

—¿Y qué hay de ti? —pregunté—. ¿Alguna vez has conocido a algún humano? Aparte de Brade, quiero decir.

—A muchos —dijo Vapor con su voz suave y etérea—. Luché contra ellos.

—¿En las guerras? —pregunté sorprendida—. La más reciente fue hace cien años. ¿Ya estabas viva entonces?

Vapor no me dio ninguna confirmación concreta y al poco rato entramos en la cámara grande con escritura en el techo, la que antes me había parecido que tenía sangre en las paredes. En esos momentos tenía aspecto de galería de espejos y reflejaba mil versiones de mi propia nave. Ladeé la cabeza e hice girar la nave para mirar los infinitos reflejos. Hasta que estuve de cara a un espejo que no me devolvió la imagen de mi propia nave, sino la de yo misma flotando, en el espacio, sola.

No Alanik. Yo. Spensa.

Esa versión de mí alzó la mirada y la cruzó con la mía a pesar de la distancia, y sentí un frío cada vez más intenso. Aquello no era un reflejo. Era uno de *ellos*.

Pulsé el botón de llamada, pero la cámara se volvió negra y hasta los faros de mi caza se apagaron. Estaba flotando como en un vacío desprovisto de toda sustancia. Como si hubiera entrado en la ninguna-parte.

Mi mano se quedó petrificada sobre el botón de llamada. Pero antes de poder hablar, todo volvió a la normalidad. En un abrir y cerrar de ojos volvía a estar en mi cabina, manteniendo la posición en aquella estancia antigua mientras Vapor propulsaba su nave hacia la salida.

—¿... vienes, Alanik? —La voz de Vapor crepitó en mi canal de comunicación a media frase—. ¿O vas a quedarte ahí parada?

—Voy, voy —dije, intentando sacudirme de encima la espeluznante sensación—. ¿Qué ves tú ahí atrás?

—Solo una cámara —respondió Vapor—. ¿Por qué?

—Eh...

Negué con la cabeza, saqué mi nave al espacio abierto y dejé escapar un suspiro de alivio.

24

Una vez fuera, Vapor me hizo practicar con el equipo algunas formaciones de dispersión, una maniobra en la que el escuadrón se disgregaba y volaba en distintas direcciones para luego reagruparse. Pensé que nos serían útiles cuando lucháramos contra algo como las ascuas, que intentarían estrellarse contra nosotros.

Los demás debieron de sentir mi cambio de humor, porque nadie me rechistó y hasta Brade hizo los ejercicios sin protestar. Poco después concluyó el entrenamiento de la jornada y fue hora de regresar a la *Pesos y Medidas*.

Aterricé mi nave en el amarre y di una palmadita cariñosa en su consola. El caza no era M-Bot, pero sí estaba bien construido. Abrí la cubierta, salté al suelo con los demás y pude interpretar en sus actitudes una especie de entusiasmo agotado. Agotado porque había sido un día de trabajo largo, pero entusiasmo porque el entrenamiento había sido bueno. Habíamos progresado y ya empezábamos a dar la impresión de ser un equipo.

Hesho se echó a reír con ganas por algo que había dicho Morriumur, y de nuevo se acercó a él la kitsen del uniforme rojo, la que llevaba un escudo. Me había enterado de que se llamaba Kauri y era la oficial de derrota de la nave, además de la escudera de Hesho, aunque yo no estaba muy segura de lo que significaba aquello en nuestro contexto.

Mientras caminábamos juntos, reparé en que podía distinguir a algunos de los demás kitsen por sus voces. Era raro pensar que nuestro escuadrón se componía no solo de cinco pilotos, sino también de los cincuenta y siete tripulantes kitsen.

Me gustaba. Agradecía la energía que nos proporcionaba. Casi me ayudaba a olvidar las cosas tan extrañas que había sentido y visto en el laberinto. Nos ordenaron volver a la sala de salto y, aunque llegó un dron para guiarnos, Brade apretó el paso para adelantarse. Tal vez quería evitar verse obligada a relacionarse con nosotros.

Aceleré para alcanzarla.

—Eh —dije—, me ha gustado esa maniobra que has hecho justo antes de terminar. Esa en la que has serpenteado entre otras naves del escuadrón sin golpearlas.

Brade se encogió de hombros.

—Era sencilla.

—Tienes experiencia de vuelo —comenté.

—Es evidente.

—Bueno, pues me alegro de tenerte en el equipo.

—¿Estás segura de eso? —me preguntó—. Sabes lo que soy. Tarde o temprano voy a perder los papeles, y entonces habrá bajas.

—Cuento con ello —repliqué.

Se quedó inmóvil de sopetón, en el pasillo con alfombra roja, frunciéndome el ceño.

—¿Qué?

—En el lugar de donde vengo —dije con suavidad—, un poco de pasión es buena para un piloto. No me da miedo un poco de agresividad, Brade. Creo que podemos sacarle provecho.

—No tienes ni idea de lo que me estás pidiendo —me soltó con brusquedad, y siguió adelante con paso rápido.

Me quedé esperando a los demás y anduve con ellos hasta nuestra sala de salto. En esa ocasión no intenté mantener la dirección hacia la sala de máquinas: el guardia apostado allí ya sospechaba de mí, a juzgar por la forma en que sus ojos me siguieron al pasar.

Mientras nos acomodábamos en nuestros asientos, me concentré en hacer el ejercicio de la yaya. Cerré los ojos y dejé que mi mente saliera flotando, imaginé que volaba entre las estrellas y escuché.

Las voces de los kitsen charlando perdieron intensidad hasta esfumarse. Ahí estaba. *Hipermotor preparado*, dijo una voz. No hablaba en inglés, pero, como siempre, el idioma no importaba. Mi mente captaba el significado. ¿Por qué se comunicarían mediante la citónica, si solo era el puente llamando a la sala de máquinas?

Excelente. Ese era Winzik. *Actívenlo*.

Me preparé y esperé... pero no sucedió nada. ¿Qué era aquello?

Al momento, se envió otra comunicación.

Sala de máquinas, ¿hay algún problema?

Sí, por desgracia, llegó la respuesta. *Estamos detectando interferencias citónicas de fuentes localizadas dentro de la nave*.

Tuve una punzada de alarma. Ellos... sabían que yo estaba allí.

Ah, eso, dijo Winzik. *Sí, era de esperar. Tenemos a dos de ellos viajando con nosotros*.

Pues será un problema, señor, envió Ingeniería.

¿Cómo de grave?

Ahora lo veremos. Estamos cambiando la unidad hipermotora. Una fresca debería funcionar, siempre que la activemos de inmediato.

Esperé, tensa. Transcurrieron unos minutos.

Entonces volvió a suceder. Otro volcado de información en mi mente, esa vez apuntando a Visión Estelar. Luego un chillido.

Tuve la misma sensación desorientadora de que me arrojaran a una vasta negrura. De nuevo, los zapadores no me vieron. Estaban concentrados en el chillido.

Caí de golpe a mi asiento, con la mente palpitando. De nuevo flaqueé en mis correas, aunque los demás ni siquiera interrumpieron sus conversaciones. No se habían dado cuenta de que había tenido lugar el hipersalto.

La sensación que había tenido, aquel volcado de información... me decía hacia dónde iba a ser el hipersalto. Podría haber utilizado esa información para saltar por mi cuenta a Visión Estelar. Empezaba a desaparecer de mi mente, pero despacio. Quizá... quizá fuese capaz de hipersaltar yo sola desde allí al laberinto de zapador y de vuelta, si me hacía falta.

Los números aleatorios que me había dicho M-Bot no funcionaban, pero había algo en esa información inyectada sin intermediarios en mi mente... que sí. Demostraba lo que ya sospechaba: que necesitaba ser capaz de algo más que saber mi punto de destino. Tenía que poder sentirlo. Era una pista, la primera pista sólida que encontraba sobre cómo podría lograr controlar mis poderes.

Exhausta, me levanté con los demás y volví con paso pesado al hangar de recogida, que tenía vistas a Visión Estelar, una vibrante y resplandeciente plataforma azul de la quc brotaban edificios como estalactitas y estalagmitas.

Me despedí de los demás y subí a mi lanzadera asignada. Por desgracia, en esa ocasión no tenía una para mí sola y une oficial hizo entrar a un trío de alienígenas reptilianos detrás de mí. Al parecer, su alojamiento estaba cerca del mío. Se sentaron en los asientos traseros y empezaron a charlar en voz baja en su propio idioma, conversación que mi servicial alfiler me tradujo. Como solo hablaban de qué iban a cenar, apagué el intérprete.

La lanzadera despegó, y en el instante en que salimos del hangar una voz se alzó en mi auricular:

—¿Spensa? —dijo M-Bot—. Spensa, vuelvo a captar tu señal. ¿Estás bien? ¿Va todo bien? ¡Han pasado ocho horas sin comunicación!

Me sorprendió lo mucho que anhelaba oír aquella voz y me descubrí suspirando de alivio. Mi tarea estaba volviéndose más intimidante a cada momento que pasaba, pero ese núcleo de confianza me recordó que no estaba sola del todo.

—He vuelto —le susurré, echando un vistazo a los alienígenas que iban detrás de mí—. Te contaré más cuando llegue a la embajada.

—¡Tirda, qué alegría oírlo! —exclamó M-Bot—. ¿Lo has oído? Acabo de decir una palabrota. Si empezara a soltar palabrotas, ¿crees que eso demostraría que estoy vivo? Los ordenadores inertes no reniegan. Sería raro.

—No creo que puedas argumentar que no eres raro.

—Pues claro que puedo. Puedo argumentar casi cualquier cosa, si estoy programado para ello. De todas formas, ¡deben de tener alguna clase de bloqueo de comunicaciones en la *Pesos y Medidas*! Al perder tu señal, he temido que iba a quedarme solo con la babosa para siempre.

Sonreí y la verdad es que empecé a emocionarme cuando nos

aproximamos a mi edificio. Tenía mucho que explicar a M-Bot. El laberinto de zapador. Vapor. Y había hecho progresos con Brade, ¿verdad? Pero por desgracia, al llegar descubrí que la señora Chamwit, la empleada del hogar krell que me había asignado Cuna, estaba esperando en la puerta principal.

—¿Qué hace aquí todavía? —susurré, mirando la armadura de la mujer alienígena mientras mi nave aterrizaba.

—Cuando ha terminado de limpiar, ha dedicado el tiempo a esperar a que volvieras —respondió M-Bot.

Sí que estaba decidida a espiarme, ¿eh? Mientras yo bajaba de la lanzadera, la krell se acercó afanosa y empezó a hablar con voz energética.

—¡Bienvenida, señora! He indagado en los requisitos nutricionales de su especie y creo que tengo la receta perfecta para la cena de esta noche. ¡Pudin akokiano! ¡Una mezcla deliciosa de dulce y salado!

—Hummm... No, gracias —dije—. Ya tengo comida. La encargué hace un par de días.

—¿Señora? ¿Se refiere a las tiras de alga que hay en su unidad refrigeradora?

—Claro —dije—. Están buenas. —Sosas, pero buenas.

—Bueno, quizá pueda prepararlas de acompañamiento —propuso la señora Chamwit—. ¿O tal vez prepararle un postre para después?

—No hace falta —insistí—. De verdad. Gracias. Tengo trabajo esta noche y no quiero interrupciones.

Gesticuló con aire alicaído, pero no me lo creí. Si la krell estaba triste, era solo porque estaba negándole la posibilidad de espiarme. Al cabo de un rato, después de tres confirmaciones más de que no necesitaba nada, bajó la escalera hacia la calle para marcharse.

Suspiré, me sequé la frente, subí al tejado del edificio y entré en la cabina de M-Bot.

—Oscurece la cubierta —le pedí—. Y asegúrate de que la espía alienígena se ha ido de verdad.

La cubierta se hizo negra.

—No estoy nada seguro de que sea una espía, Spensa —confesó M-Bot—. No ha registrado tus cosas. Solo ha ordenado el dormitorio y luego ha pasado el rato haciendo sopas de letras en su tableta.

—Ordenar es la tapadera perfecta para espiar.

Me recliné en el asiento y rasqué a Babosa Letal debajo de la barbilla.

La babosa trinó en tono abatido y parecía letárgica cuando se acercó a mí poco a poco, así que la cogí y la acomodé en mi regazo. Nunca la había visto moverse tan despacio. Había algo en aquella estación espacial que parecía estar enfermándola.

—Vale, M-Bot —dije—, tenemos un problema. Es posible que tengamos que apoderarnos de esa nave de transporte entera.

—Excelente —repuso M-Bot—. ¿Prefieres que incineren tu cadáver o que lo eyecten al espacio?

Sonreí.

—Muy bueno.

—El humor es un identificador esencial de un ser vivo —dijo M-Bot—. He estado trabajando en unas subrutinas que me ayuden a identificar y hacer mejor los chistes.

—Puedes hacer eso, ¿eh? —dije—. Reprogramarte a ti mismo para convertirte en algo nuevo.

—Tengo que ir con cuidado —matizó M-Bot—, porque otra parte esencial de estar vivo es la persistencia de la personalidad. No quiero cambiar demasiado quien soy. Y además de eso, hay ciertas cosas que, si intento reescribirlas, me hacen entrar en...

Clic. Cliclicliclic.

Suspiré y cambié de postura en el asiento mientras acariciaba a Babosa Letal. Estaba blanda y mullida. Incluso los pinchos del lomo, por los que flauteaba, no estaban tan rígidos.

—He vuelto —dijo M-Bot por fin, y soltó un exagerado suspiro—. Qué molesto. Bueno, estabas diciendo algo de una misión suicida que consistía en apoderarte de un acorazado de la Supremacía, ¿verdad?

—No es un acorazado propiamente dicho —repuse—. Habrá solo como... pongamos cincuenta o sesenta tripulantes a bordo.

Me lancé a una explicación de lo que me había ocurrido ese día: las conversaciones que había escuchado, el laberinto de zapador, la relación con los demás pilotos y con Vapor. Hasta las extrañas experiencias dentro del laberinto en sí.

—En pocas palabras —resumí—, no van a darme una nave con hipermotor, así que tendremos que buscar otra manera de hacerlo.

—Qué curioso —dijo M-Bot—. ¿Y puedes oír las órdenes que da Winzik a la sala de máquinas? ¿Por qué?

—Supongo que hablan a través de la ninguna-parte.

—¿De una parte de la nave a otra? —se sorprendió M-Bot—. No tiene ningún sentido. Debería bastar con un sencillo sistema cableado. ¿Estás segura de que eso es lo que estás oyendo?

—No —dije con sinceridad—. Y «oír» ni siquiera lo define bien, tampoco. —Me quedé un momento pensativa antes de seguir hablando—. A lo mejor no tenemos que secuestrar la nave entera.

—Bien, porque lo único que quedaría después de que te hicieras matar sería la babosa, y no estoy nada convencido de querer que sea mi piloto.

—Creo que está pasando algo raro en esa sala de máquinas —expliqué—. Además, al volver del laberinto de zapador ha fallado algo en el hipermotor por mi culpa. Lo han cambiado por otro, así que las unidades hipermotoras deben de ser lo bastante pequeñas para poder reemplazarlas rápido.

—Eso ya lo sabíamos —dijo M-Bot—. Yo antes tenía algo en esa caja vacía de mi casco donde se supone que va mi hipermotor.

Asentí, repasándolo todo otra vez mientras rascaba la cabeza a Babosa Letal, que flauteó satisfecha.

Yo había teleportado a M-Bot dos veces por mi cuenta, pero sus sistemas afirmaban tener un «hipermotor citónico». Había dado por sentado que su anterior piloto, el comandante Spears, había sido el hipermotor que había llevado a M-Bot a Detritus. Pero entonces ¿para qué era la caja vacía? Me faltaba una pieza enorme del rompecabezas.

—Tenemos que pensar cómo colarnos allí y observarlos mientras activan el hipermotor o le hacen el mantenimiento. Tirda, tal vez si robara el aparato que utilicen para especificar su destino, podría usarlo para activar mis propios poderes y por lo menos devolvernos a casa.

—Según me cuentas, es una zona bien asegurada —dijo M-Bot—, dentro de una nave militar con patrullas organizadas. Colarte no será fácil.

—Por suerte, tenemos acceso a una nave espía y una IA avanzada diseñada para operaciones furtivas. Nuestra misión es recuperar datos de una posición enemiga segura. ¿Qué piensa tu programación que deberíamos hacer?

—Tendríamos que colocar dispositivos de espionaje —respondió M-Bot al instante—. La mejor solución sería usar drones autónomos, que podrían infiltrarse en la posición y tomar grabaciones. El escudo de la nave de transporte impedirá que las señales se envíen al exterior, pero de todos modos sería inadmisible intentarlo porque los escáneres podrían detectarlas. Así que recuperaríamos los dispositivos manualmente para descargar la información que contuvieran. —Se detuvo un momento—. Uuuh. ¡Es muy buena idea! A veces soy más listo que yo mismo, ¿verdad?

—Puede —dije, reclinándome en el asiento—. ¿Tenemos dispositivos de esos?

—No —respondió M-Bot—. Tengo puestos de lanzamiento para unos pocos drones remotos pequeños, pero están vacíos.

—¿Podemos construir uno nuevo? —pregunté, alzando el brazo e inspeccionando el brazalete que proyectaba mi holograma—. ¿Igual que construimos uno de estos?

—Es posible —dijo M-Bot—. Tendríamos que reutilizar algunos de mis sistemas de sensores y encargar varias piezas nuevas... y hacerlo sin que los pedidos levanten sospechas. Hummm... Es un desafío interesante.

—Dale un par de vueltas —dije, bostezando—. Ya me contarás qué se te ocurre.

M-Bot calló mientras computaba y yo debí de amodorrarme, porque al poco tiempo me despertó el sonido de Babosa Letal imitando a alguien que roncaba. Que no podía ser yo ni por casualidad. Los guerreros, por supuesto, nunca roncamos. Hacerlo revelaría a nuestros enemigos dónde estamos durmiendo.

Me desperecé y salí de la cabina a una ciudad que, a pesar de la hora, estaba en constante movimiento. Me quedé al borde del tejado, contemplando la interminable metrópoli, y no pude evitar sentirme abrumada. Ígnea, la ciudad más grande que mi pueblo había construido jamás, podría haberse perdido sin remedio en solo unas pocas manzanas de Visión Estelar.

Cuánta gente. Cuántos recursos. Todos dedicados a destruir o al menos a reprimir Detritus. Era un milagro que nos fuese tan bien como nos iba.

Una luz en el ordenador del tejado, que servía para hacer diagnósticos a las naves y monitorizar el edificio, indicó que me había llegado una entrega. Bajé la escalera pensando que M-Bot debía de haber encargado ya algunas piezas para construir nuestro dron espía. Pero en el cajón de entrada había un pequeño hojaldre y una nota que rezaba: «Por si las algas están pasadas. Señora Chamwit».

La guerrera que había en mi interior no quería comérselo. No por miedo a que estuviera envenenado, ya que si Cuna quisiera envenenarme, lo único que tenía que hacer era inyectar algo en el suministro de agua del edificio. No quería comerme el hojaldre porque sería como reconocer mi derrota ante la señora Chamwit.

Resultó ser la derrota más sabrosa que había sufrido jamás.

25

Una semana después, ejecuté una compleja maniobra de esquiva, propulsando mi nave entre múltiples enemigos, las ascuas, aquellos asteroides ardientes que el laberinto de zapador lanzaría para interceptar a los cazas. Aunque la ilusión sufría por el hecho de que aquellas ascuas eran solo drones de la Supremacía disfrazados, el combate era estimulante. Llevaba unos diez a mi cola, incrementando la velocidad, acelerando incluso más de lo que podía hacerlo yo en mi veloz interceptor.

Volé rasante por una cara del laberinto de zapador. Desde tan cerca, era como estar sobrevolando una gran superficie de metal pulido. La estructura era tan gigantesca que tenía una gravedad perceptible, y tuve que vigilar mi anillo de pendiente para que no me sacara de rumbo.

Las ascuas vinieron tras de mí, ardiendo desde el interior con una luz fundida. Llegaron más desde el lado, intentando atraparme contra el laberinto, anulando mis opciones de huida. Era como el juego del gato y el ratón, solo que había cincuenta ratones intentando apresar a una gata.

En mi caso, una gata de lo más peligrosa.

Un grupo de ascuas se abalanzó sobre mí para intentar embestirme por delante, así que abrí fuego. Las convertí en polvo, me escoré a la izquierda para evitar los escombros, hice rotar la nave y disparé a las que se habían acercado demasiado. Al instante tuve que voltearme de nuevo y virar hacia arriba para esquivar a otro grupo que llegaba desde esa dirección.

Por mucho que añorase la voz de M-Bot, una parte de mí agradecía la oportunidad de demostrar mi propia valía en aquellas competiciones. No estaba haciendo caso a mis sentidos citónicos, porque serían inútiles contra las verdaderas ascuas, y no tenía una IA avanzada que hiciera proyecciones y cálculos para ayudarme.

Estábamos solo yo, las ascuas y un compañero de ala. Ese día, el puesto lo ocupaba una segunda fuerza de aniquilación conocida como Brade. Mientras yo derribaba ascua tras ascua, las dos completamos nuestra maniobra y nos reunimos de nuevo. Volamos hombro con hombro durante un momento, yo disparando hacia delante mientras ella rotaba para abrir fuego hacia atrás, cada una cubriendo un arco de ciento ochenta grados.

A mi señal, nos lanzamos a los lados y usamos nuestras lanzas de luz para tirar de nuestras propias naves en maniobras reflejadas, apartándonos de las ascuas que intentaban impactar contra nosotras. El impulso nos envió a toda velocidad una hacia la otra. Nos cruzamos a una distancia de meros centímetros mientras abríamos fuego y cada nave derribó las ascuas que perseguían a la otra.

Cuando trazamos bucles para reunirnos, las dos estábamos sin perseguidores. Con el corazón martilleando y una peligrosa sonrisa en la cara, entré en formación al lado de Brade. Juntas nos alejamos del laberinto de zapador, casi como dos naves controladas por una sola mente.

Brade era buena. Tan buena como yo. Y lo mejor era que encajábamos bien juntas. Volábamos como si lleváramos décadas siendo compañeras de ala, sin apenas necesidad de confirmar siquiera con la otra lo que íbamos a hacer. Quizá se debiera a que las dos éramos citónicas, o quizá a que nuestros estilos propios de pilotaje se sincronizaban. En la última semana, había pasado tiempo entrenando con cada miembro del escuadrón, pero nunca parecía volar tan bien como cuando llevaba a Brade a mi ala.

Al menos, hasta que nos poníamos a hablar.

—Buen trabajo —dije por el canal de comunicaciones.

—No me halagues por ser tan agresiva —replicó ella—. Necesito controlarlo, no regocijarme.

—Estás haciendo lo que la Supremacía necesita ahora mismo —dije—. Estás aprendiendo a protegerla.

—Sigue sin ser excusa —objetó ella—. Por favor. No sabes lo que se siente al ser humana.

Apreté los dientes. «Yo podría ayudarte —pensé—, ofrecerte la libertad de esto, la libertad de ser tú misma de verdad.»

No lo dije. Lo que hice fue apagar el comunicador. Me daba la impresión de estar llegando a ella poco a poco, pero, si quería progresar más, lo más probable era que no me interesara oponerme directamente a los ideales de la Supremacía. Tenía que ser sutil.

Podía ser sutil, ¿verdad?

Nos reunimos con las otras naves y recibimos una ronda de felicitaciones de Hesho y Morriumur.

—Sigues volando bien, Alanik —me dijo Vapor—. Ostentas el aroma de largas lluvias. —No estaba segura de lo que significaba eso. El idioma de Vapor tenía algunos dichos raros de los que el alfiler solo podía ofrecerme traducciones literales—. Pero recuerda, nuestro objetivo no es perseguir y derribar esas ascuas. Aprender combate espacial es solo el primer paso. Pronto tendremos que practicar cómo volar dentro de ese laberinto.

Morriumur y Hesho se propulsaron para hacer una ronda de prueba, en otro ejercicio de entrenamiento que yo había desarrollado. No me preocupaba que ellos dos se volvieran expertos en combate de cazas, pero todos debíamos trabajar en parejas.

—¿Vapor? —dije—. ¿Tienes alguna idea de qué es esa arma que en teoría usaremos para matar zapadores?

—Ninguna —dijo ella con su tono suave. Era raro, pero me notaba más cómoda hablándole a través del comunicador que en persona—. Pero me intriga la posibilidad. Significaría mucho para la sociedad que los zapadores pudieran matarse.

Asentí para mí misma.

—Los temo —prosiguió Vapor—. Durante la segunda guerra, cuando los humanos intentaron controlar a los zapadores y utilizarlos en batalla, capté un... atisbo de cómo nos ven los zapadores. Como motas, como insectos a los que exterminar. Arrasaron mundos, vaporizaron poblaciones enteras en cuestión de segundos. No los espantamos nosotros. Terminaron marchándose sin más. Existimos porque esas cosas nos lo permiten.

Me estremecí.

—Si eso es cierto, entonces toda la vida en nuestra galaxia tiene una pistola apuntada a la cabeza. Más motivo para que sepamos si esa arma funciona o no, ¿verdad?

—Verdad —convino Vapor—. Encuentro muy interesante su posible existencia.

—¿Es... por lo que estás aquí? —pregunté.

Vapor se quedó callada un momento.

—¿Por qué lo preguntas?

—No, por nada. Es que... ya sabes, los demás dicen que tu especie suele... tener misiones muy especializadas...

—No somos asesinos —respondió ella—. Esos rumores son falsos, y el escuadrón no debería extenderlos. Somos sirvientes de la Supremacía.

—Claro, claro —dije, sorprendida por la intensidad de su voz—. Puede que el equipo esté cotilleando demasiado. Les pondré unos cuantos ejercicios más hoy y les cerraré la boca al viejo estilo militar, cansándolos demasiado para rumorear.

—No —replicó Vapor, con voz más suave—. No es necesario ostentar el aroma del humo, Alanik. Solo... pídeles que no especulen sobre mi misión. No estoy aquí para matar a nadie, eso te lo prometo.

—Entendido, señora —dije.

Oírlo solo hizo que suspirara, con un sonido como el de un viento suave desordenando papeles.

—Voy a llevarme a Brade para una ronda de práctica. Tú descansa, por favor.

—Recibido —dije, y Vapor se marchó y ordenó a Brade que la acompañara.

Abrí mi mochila, que guardaba sujeta detrás del asiento, y saqué un tentempié. Creía que era cierto que Vapor no estaba allí para matar a nadie. Pero ¿cuál era su misión? Habría podido jurar que olía sus aromas mirando por encima de mi hombro a veces, y su especie... ¿veía igual que las demás? Lo dudaba mucho. Pero ¿era capaz de oler lo que era yo en realidad?

Tirda. Ya estaba haciendo lo que la propia Vapor me había pedido que no hiciéramos. Si estaba al tanto de mi secreto, aún no me había denunciado, por lo que no tenía sentido preocuparme.

Apunté mi nave en dirección opuesta a donde los demás practicaban el combate y miré las estrellas. Aquel campo de luces me devolvió la mirada, interminable, tentador. No podía oír gran cosa de ellas. Había un leve flujo de comunicación citónica saliendo de la *Pesos y Medidas*, supuse que de vuelta hacia Visión Estelar, pero era mucho más *silencioso* allí fuera que cerca de la enorme plataforma.

«Cuántas estrellas —pensé, preguntándome si el sol de Detritus sería visible al ojo humano desde aquella distancia—. Y muchos planetas que las rodean están habitados. Miles y miles de millones de personas...»

Cerré los ojos y me dejé llevar. Estaba allí sola, entre las estrellas. Flotando.

Casi sin pensar, me quité las correas, activé el seguro de control en la consola y me liberé a la gravedad cero de la cabina. Era un espacio reducido, pero, con los ojos cerrados, de verdad podía flotar y nada más. Me quité el casco y dejé que se alejara hasta topar con suavidad contra la cubierta.

Yo y las estrellas. Siempre que había hecho el ejercicio de la yaya, había sido en el suelo, en lugares donde tenía que imaginar que volaba entre las estrellas. Que buscaba sus voces.

Por primera vez, de verdad sentí que estaba entre ellas. Casi como si yo misma fuese una estrella, un punto de calidez y fuego en la noche infinita. Me di un empujoncito contra el lateral de la cubierta para seguir flotando en el centro. Sintiendo...

«Ahí —pensé—. Visión Estelar está por ahí.» Sabía por instinto la dirección en la que se hallaba la plataforma. Durante nuestros saltos entre el laberinto de zapador y la ciudad, en mi mente se había inyectado de algún modo ese conocimiento. La impresión parecía durar cada vez más, hasta el punto de que la tenía firme en la mente y ya no se desvanecía.

Si era necesario, sabía que podría hipersaltar de vuelta a Visión Estelar yo sola. De hecho, estaba cada vez más segura de que ya podría encontrar el camino a Visión Estelar desde cualquier parte. Pero en esos momentos, no me servía de nada. Ya contaba con transporte de vuelta a la estación.

Mi concentración remitió a medida que los problemas se apoderaban de mi cerebro. Robar la tecnología de hipermotores de la Supremacía. Rescatar a Brade. Averiguar qué pasaba con Vapor. Y eso, sin mencionar el arma que la Supremacía estaba desarrollando. Y ni siquiera estaba entrando en las sutilezas de la situación política que estuviera teniendo lugar entre Cuna, Winzik y los krells. En conjunto, me sobrepasaba.

Spensa... Una voz pareció hablarme desde allí fuera, entre las estrellas. *Spensa. Alma de guerrera...*

Abrí los ojos de golpe y di un respingo.

—¿Yaya? —dije. Planté los pies en el asiento y me apreté contra el ojo de buey de la cubierta para buscar frenética en los soles.

Por los santos y las estrellas. Había sido su voz.

—¡Yaya! —grité.

Lucha...

—¡Lucharé, yaya! —exclamé—. Pero ¿contra qué? ¿Cómo? No... no soy la persona adecuada para esta misión. No estoy entrenada para cumplirla. ¡No sé qué hacer!

Una heroína... no escoge... sus desafíos, Spensa...

—¿Yaya? —llamé, intentando concretar la posición desde la que llegaban las palabras.

Se interna... en la oscuridad, dijo la voz, cada vez más tenue. *Y afronta lo que venga...*

Busqué mi hogar desesperada entre los miles de estrellas. Pero era imposible, y lo que fuese que creía haber oído no regresó.

Solo quedó un eco fantasmal en mi mente.

«Una heroína no escoge sus desafíos.»

Seguí ingrávida un tiempo, con el pelo flotando revuelto alrededor de la cara. Después, me impulsé hacia abajo y volví a atarme al asiento. Me recogí el pelo, me puse el casco y cerré la hebilla.

Seguí extendiendo la mente, pero cuando vi que la búsqueda citónica no servía de nada, suspiré y me concentré en el vuelo. De todas formas, debería estar evaluando las actuaciones de mis compañeros de escuadrón. Vapor podría preguntarme después.

Brade y Vapor estaban haciéndolo bien, como cabía esperar. Eran las dos mejores pilotos del grupo, aparte de mí. Pero Hesho y sus kitsen también estaban haciendo muy buen trabajo. Durante aquella semana de entrenamiento, de verdad habían aprendido cómo cubrir a un compañero de ala y cómo relajar su rol de artillero cuando a veces era más necesario un caza que combatiera como cualquier otra nave.

En cambio, Morriumur... Pobre Morriumur. No era culpa suya ser le piloto más débil del grupo. Solo tenía unos meses de edad, a fin de cuentas, e incluso si había heredado alguna habilidad de une de sus ascendentes, esa pizca de experiencia en combate solo hacía sus errores más evidentes. Mientras miraba, se apartó demasiado de Hesho y permitió que los enemigos rodearan la nave kitsen. Luego, intentando compensar y volver, los disparos de Morriumur fallaron al enemigo... y estuvieron a punto de anular los escudos de Hesho.

Hice una mueca y abrí un canal para echar la bronca a Morriumur. Al hacerlo, de inmediato oí una serie de maldiciones que mi traductor tuvo a bien interpretar para mí. Y tirda, ni siquiera la yaya había podido soltar unas palabrotas tan elocuentes.

—¿De qué ascendente has sacado eso? —le pregunté por el canal.

Morriumur calló al instante. Casi pude oír el sonrojo en su voz cuando respondió:

—Perdona, Alanik. No sabía que estabas escuchando.

—Estás poniendo demasiado empeño —le advertí—. Sobrecompensando tu falta de pericia. Relájate.

—Es fácil decirlo —replicó— cuando tienes una vida entera por delante. Yo solo tengo unos meses para demostrar que valgo.

—No demostrarás nada si derribas a tu compañero de ala —le dije—. Tranquilízate. No puedes obligarte a ser mejor piloto a base de pura determinación. Créeme, yo misma lo he intentado.

Acusó recibo y me pareció que lo hacía mejor en la siguiente ronda, por lo que confié en que mis consejos estuvieran funcionando. Al poco tiempo terminaron las incursiones de práctica y las ascuas regresaron al laberinto de zapador. Mis cuatro compañeros de escuadrón se alinearon con mi nave.

En la lejanía vi a otros escuadrones practicando. Para regocijo mío, parecía que algunos habían dejado de hacer entradas al laberinto y estaban entrenando también el combate espacial. Sospeché que habíamos sido una buena influencia para ellos.

«No te des demasiadas palmaditas en la espalda, Spensa —me dije—. Eso son naves krells. Aunque ahora estén entrenando para combatir a los zapadores, sabes que terminarán sin remedio en el bando opuesto de una batalla contra los humanos.»

Ese conocimiento moderó mi entusiasmo.

—Ha sido una buena ronda —dije al resto de mi escuadrón—. Sí, incluso la tuya, Morriumur. Vapor, creo que toda esta gente empieza a parecer pilotos de verdad.

—Puede ser —repuso Vapor—. Dado que tu entrenamiento se les está dando de maravilla, tal vez podríamos dejar que prueben en el laberinto. Deberíamos tener tiempo para una incursión larga antes de que termine el entrenamiento de hoy.

—¡Ya era hora! —exclamó Hesho—. Soy un kitsen paciente, pero un cuchillo solo puede afilarse hasta cierto punto antes de que lo único que logres sea desgastarlo.

Sonreí, recordando mi propio entusiasmo cuando Cobb nos había permitido entrenar con el armamento por primera vez.

—Dividámonos —sugerí a Vapor— y hagamos una incursión. Pero tres de nosotros tendrán que ir juntos, ya que tenemos cinco...

—Yo no necesito un compañero de ala —dijo Brade, y viró para propulsarse hacia el laberinto.

Me quedé en aturdido silencio. Brade había mejorado a lo largo de la semana y me había hecho pensar que ya teníamos aquello superado. Pero tirda, estaba haciendo la clase de jugada que a mí me habría valido que Cobb me gritara hasta tener la cara roja.

—¡Brade! —bramé por el comunicador—. Como no vuelvas aquí ahora mismo, voy a...

—Deja que se vaya —me interrumpió Vapor.

—¡Pero se supone que debemos entrar siempre con un compañero de ala en el laberinto! —exclamé—. ¡Si no, las ilusiones pueden engañarte!

—Pues que aprenda esa lección —dijo Vapor—. Lo verá por sí misma cuando los demás lo hagamos mejor que ella.

Gruñí, pero me contuve a duras penas de seguir gritando a Brade. Vapor era nuestra comandante, aunque yo fuese la oficial ejecutiva.

—Me llevaré a Morriumur —me dijo Vapor—. Creo que puedo ayudar a enseñarle un poco de paciencia. Tiene que aprender a controlar su agresividad.

—Lo cual me deja a mí con Hesho —repuse—. ¿Nos vemos aquí otra vez dentro de hora y media? Nos adentramos cuarenta y cinco minutos, empezamos a acostumbrarnos a las rarezas del lugar y luego salimos.

—Muy bien. Buena suerte.

Vapor y Morriumur se propulsaron y Hesho ordenó a su timonel que situara la nave kitsen al lado de la mía. Le pregunté:

—¿No te parece raro que nos quejemos de la agresividad de Morriumur justo después de que Brade se haya ido volando por su cuenta? Morriumur tiene mucha menos agresividad que yo. Incluso menos que tú, diría yo.

—Morriumur no pertenece a una especie *inferior* —dijo Hesho—. La gente espera más de elle por esa «inteligencia primaria» de la que alardea su especie.

—Eso no lo he entendido nunca —respondí mientras los dos volábamos hacia dentro, eligiendo un sector en el que internarnos distinto al de Vapor y Morriumur. El laberinto de zapador era tan grande que no suponía un problema entrar a la vez—. ¿Qué significa eso de «inteligencia primaria»?

—Es solo una nomenclatura, no una medida real de su inteligencia relativa —explicó Hesho—. Por lo que he podido averiguar, significa que su especie ha creado una sociedad pacífica en la que el crimen se ha reducido casi a la no existencia.

Di un bufido. ¿Sociedad pacífica? No me lo tragaba. Y si alguna vez hubiera sentido la tentación de hacerlo, las últimas palabras que me había dicho Alanik me habrían quitado las ganas. «No confiéis en su paz.»

Hesho y yo nos aproximamos al laberinto de zapador y ahogué las preocupaciones que me embargaban. La última vez que había entrado allí, había sido una experiencia muy rara. Pero podía con ello. Una heroína no escogía sus desafíos.

—¿Tu tripulación y tú estáis preparados? —pregunté a Hesho mientras la primera ascua venía hacia nosotros.

—La *Nada a Contracorriente* está lista para la acción, capitana

—dijo Hesho—. Este momento... nos aguarda como la lengua aguarda el vino.

Nos abrimos paso luchando entre las ascuas. Luego, juntas, las dos naves entramos por uno de los muchos agujeros de nuestra sección del laberinto de zapador. Me pegué a la nave más grande y mejor escudada de los kitsen mientras recorríamos un largo túnel de acero marcado por pliegues parecidos a columnas a intervalos regulares. No había luces internas, así que encendimos los faros.

—Departamento de sensores —dijo Hesho a su equipo—, quiero un plano próximo de esos símbolos de la pared.

—A la orden —dijo otro kitsen.

Floté hacia el lado e iluminé otra zona de escritura extraña que había grabada en la pared.

—No sabemos traducirlos, su normaleza —dijo Kauri—, pero los símbolos son parecidos a los hallados cerca de portales a la ninguna-parte en algunos planetas y estaciones.

—¿Portales a la ninguna-parte? —pregunté, frunciendo el ceño.

—Mucha gente ha intentado estudiar a los zapadores en sus propios dominios, capitana —dijo Hesho—. Kauri, explicación, por favor.

—Los portales a la ninguna-parte son aberturas estables —continuó Kauri—, como agujeros de gusano que llevan a la ninguna-parte. Suelen estar señalizados con símbolos parecidos a estos. Esos portales son la forma en que la piedra de pendiente se extrae y se transporta a nuestro espacio, pero no sé qué hacen aquí esos símbolos. No veo ni rastro de ningún portal.

Vaya. Acerqué mi nave a los símbolos y los iluminé con los faros.

—Vi símbolos como estos en mi planeta natal —dije—. Dentro de un túnel, cerca de mi casa.

—En ese caso, me gustaría hacer una visita para verlos —repuso Kauri—. Es posible que tu hogar tenga acceso a un portal a la ninguna-parte desconocido. Podría ser una fuente de riqueza; la Supremacía mantiene un control muy meticuloso sobre sus portales a la ninguna-parte, ya que no existe ninguna otra fuente de piedra de pendiente.

Qué cosas. No dije nada más porque no quería revelar la verdad, que aquellas escrituras habían estado en las cavernas de Detritus, no en el mundo natal de Alanik.

Los viejos habitantes de Detritus habían caído ante los zapadores. Y yo estaba cada vez más convencida de que lo que Cuna me había dicho era cierto, que la gente de Detritus se había buscado su destrucción al intentar controlar a los zapadores. Habían establecido escudos y procurado ser silenciosos, pero ninguna de sus precauciones había servido de nada. Cuando el zapador había ido a por la gente de Detritus, no le había costado nada rebasar sus protecciones.

De pronto, el túnel pareció convertirse en carne. Era como si estuviera en las venas de alguna enorme monstruosidad. Me rechinaron los dientes.

—Hesho, ¿qué ves tú?

—El túnel ha cambiado —respondió—. Da la impresión de estar sumergido. ¿Tú también lo ves? Es una experiencia rara.

—A mí me parece que estoy dentro de una vena inmensa —dije—. Es un holograma, una ilusión, ¿recuerdas?

—Sí —dijo Hesho—. Se nos muestran cosas distintas. Por suerte, tenemos dos naves.

Me pregunté cómo estaría yéndole a Brade sola allí dentro.

—Es una ilusión curiosa —añadió Hesho—. Me siento como una piedra arrancada del suelo y arrojada para hundirse por toda la eternidad en una profundidad sin límite. —Calló un momento—. Mi tripulación ve lo mismo que yo, capitana Alanik.

—Tiene sentido —dije—. Nuestras naves están programadas para reproducir las ilusiones del laberinto de zapador. Ahora mismo, para nosotros es solo programación. Si fuera real, supongo que cada cual vería algo distinto.

Por lo menos, era lo que me habían advertido que debía esperar. El problema era que buena parte de lo que la Supremacía *sabía* en realidad eran solo conjeturas. Si entraba en un verdadero laberinto de zapador, ¿se aplicarían allí las mismas reglas?

«Con suerte, nunca tendrás que averiguarlo», pensé. Hesho y yo cogimos el desvío de la derecha y cruzamos un pasillo que parecía cristalino para mí, aunque Hesho vio llamas. Sin embargo, los dos vimos un enorme peñasco en un lado de la siguiente cámara, así que volamos hacia allí para investigarlo. El tirón que le di con la lanza de luz demostró que era real, y salió rebotando por la caverna.

—Qué raro —dijo Hesho—. ¿Alguien vino e instaló ese pedrusco con el objetivo concreto de entorpecernos el paso?

—Se supone que este laberinto está diseñado para reproducir la clase de extrañezas y misterios que encontraremos dentro del verdadero laberinto de zapador.

—Nuestros escáneres no sirven de nada —dijo Hesho—. Tengo informes de mis equipos de instrumental y no pueden distinguir lo falso de lo auténtico. Parece que la Supremacía ha programado nuestra nave para dejarse engañar por el laberinto, cosa que encuentro desconcertante. No me hace gracia la idea de ver lo que me muestra la Supremacía, aunque sea para una simulación de un entrenamiento importante.

Mientras volábamos más hacia dentro, me alegré de tener a los kitsen conmigo. Llevar un compañero de ala tenía sentido práctico en todo tipo de aspectos, no solo para identificar qué era real y qué no. A un nivel más básico, era reconfortante tener a alguien con quien hablar en aquel sitio.

Pasamos varias otras cámaras extrañas con gran variedad de efectos visuales: desde las paredes derritiéndose hasta sombras de bestias enormes pasando al borde del campo visual. En una nos atacaron unas ascuas a las que disparé antes de darme cuenta de que Hesho no las veía. Mis disparos dieron en la pared e hicieron saltar trozos de metal, y la estructura entera retumbó de una forma que habría jurado que era amenazadora.

—¿Cómo es que podemos oírlo? —preguntó Hesho—. Instrumentos informa que hay vacío fuera de las naves. No hay ningún medio por el que pueda pasar el sonido.

—Eh... —Me estremecí—. Probemos por ese túnel de ahí.

—Esto no me gusta nada —confesó Hesho mientras recorríamos el pasadizo—. Es como si nos estuvieran entrenando para confiar en los ojos del otro.

—Pero eso es bueno, ¿no?

—No necesariamente —respondió Hesho—. Aunque toda experiencia es subjetiva y toda realidad es en cierto modo una ilusión, esto nos plantea un peligro práctico. Si acabamos confiando en el consenso para determinar qué es real, el laberinto podría hacer explotar esa suposición y engañarnos.

En la siguiente cámara nos atacaron unas ascuas que, esa vez, eran reales. Estuve a punto de no hacerles caso, un error que podría haber sido letal. Reaccioné a la advertencia de Hesho en el último momento y esquivé mientras una ráfaga de su caza bien armado vaporizaba las ascuas.

Nos quedamos en una sala en la que había basura rebotando por ahí y golpeando las paredes antes de empezar a acumularse hacia el fondo. Sudada y con el corazón aporreando, abrí el paso hacia el siguiente pasaje. Tirda, ¿alguna vez podría acostumbrarme a ese lugar?

Llegamos al final del túnel y mis faros iluminaron una extraña membrana que cubría la abertura. Iba desde el suelo hasta el techo y latía suavemente con un ritmo audible.

De pronto, el sonido pareció resonar por toda la estructura. Mi caza palpitaba bajo mis dedos.

Miré la membrana, patidifusa. Solo llevábamos en el laberinto de zapador... ¿cuánto, media hora? Quizá un poco más. Pero había esperado que costaría horas y horas encontrar el corazón.

—Ahí está —dije—. La membrana. Lo que estábamos buscando. El... el corazón del zapador.

—¿Cómo? —replicó Hesho—. Yo no veo nada.

Oh. Respiré hondo para calmarme. Era una ilusión, lo que significaba...

Vi el universo entero.

Con un parpadeo, todo se desvaneció a mi alrededor y, de algún modo, mi mente se expandió. Vi planetas, vi sistemas estelares, vi galaxias. Vi los tumultuosos, inútiles, diminutos insectos que los cubrían como ruidosas colmenas. Sentí repugnancia. Odio por aquellas pestes que infestaban los mundos. Hordas de hormigas que se amontonaban sobre un trozo de comida caída al suelo. Ajetreadas y estúpidas, asquerosas. Dolorosas cuando se arremolinaban en mí, mordiendo de vez en cuando, pues aunque fuesen demasiado pequeñas para poder destruirme jamás, me hacían daño. Su ruido. Sus molestos raspones. Infestaban mi hogar, después de ocupar todas las rocas que interrumpían la nada ilimitada que era aquel universo. Nunca me dejarían en paz, y lo único que yo quería con todo mi ser era aplastarlas. Espachurrarlas bajo mi pie para que dejaran de amontonarse, de arrastrarse, de chasquear, de chirriar, de morder, de corromper, de...

Volví de sopetón a mi cabina y choqué contra el asiento como si me hubieran arrojado allí.

—Otra ilusión, pues —dijo Hesho en tono aburrido—. ¿Quieres avanzar tú por delante? Te cubro, por si hay más ascuas protegiendo esta estancia.

Temblé, con la horrible visión aún reposando en mí como la oscuridad en una caverna muy muy por debajo de la superficie. Respiré a bocanadas, intentando recobrar el aliento. La cámara había vuelto a parecerme normal, pero...

—¿Capitana Alanik? —dijo Hesho.

¿Qué había sido eso? ¿Por qué... por qué permanecía en mi mente y me hacía aborrecer las palabras de Hesho, como si vinieran de algo viscoso y horrible?

—Eh... —dije—. Perdona, necesito un momento.

Me lo concedió. Me recuperé poco a poco. Tirda. TIRDA. Aquello me había dado la misma sensación que... que como Vapor había dicho que los zapadores nos consideraban a todos nosotros.

—Mando de Vuelo —llamé—, ¿acaban de mostrarme algo extraño?

—¿Piloto? —respondió el Mando de Vuelo—. Tiene que aprender a recorrer el laberinto sin contactarnos. Cuando entre en uno de verdad, no podrá...

—¿Qué acaban de mostrarme? —pregunté imperiosa.

—El registro indica que la ilusión de su nave para esa cámara es de oscuridad ocultando una salida. Eso es todo.

Entonces... ¿no me habían mostrado ellos aquella sensación del universo?

Pues claro que no. Aquello superaba con mucho las capacidades de un proyector holográfico. Había visto otra cosa, algo... ¿algo que mi propia mente había emitido?

Tirda. ¿Qué *era* yo en realidad?

A instancias de Hesho, continuamos y pasamos otros quince

minutos recorriendo estancias, familiarizándonos con el funcionamiento del laberinto. No experimenté nada más que se aproximara a la sensación de aquel extraño momento en que había visto el universo.

Al final llegó la hora límite predeterminada de nuestra exploración y dimos media vuelta para regresar. Ya fuera, encontramos a los demás congregándose, incluida una furiosa Brade que, como Vapor había predicho, se había quedado atrapada en una de las primeras cámaras, incapaz de distinguir qué era real y qué no.

Nadie del resto había visto ninguna membrana ni tenía la menor idea de lo que pretendía explicarles cuando intenté sin mucho éxito hablar de lo que había visto. No podía expresarlo con palabras, pero permaneció en mi interior. Como una sombra sobre mi hombro, persistente mientras regresábamos a la *Pesos y Medidas*.

26

Entramos en la ninguna-parte.

Como siempre, empezó con un chillido.

Oscuridad absoluta, interrumpida por los ojos. Ardiendo al rojo blanco, mirando hacia donde no debían. Cuanto más hacía aquello, más alcanzaba a percibir la... sombra de lo que eran. Seres ciclópeos, inescrutables, cuyas figuras no encajaban en comprensión de cómo deberían funcionar las formas físicas.

Estuve allí flotando durante lo que me pareció una eternidad. Aparte de Brade, que no quería hablar del tema, el resto de mi escuadrón decía que no apreciaba en absoluto el paso de ningún tiempo al atravesar la ninguna-parte. Para ellos, el hipersalto era instantáneo. Nunca veían la oscuridad ni los ojos.

Transcurrido un tiempo, sentí que se acercaba el final. Una sutil sensación de desvanecimiento que...

Uno de los ojos se volvió y me miró.

La *Pesos y Medidas* reapareció en el espacio normal fuera de Visión Estelar. Di un respingo, con el pulso enloquecido y los sentidos de batalla en plena alerta.

Me había visto. Uno de ellos me había mirado *directamente*.

Estábamos regresando a Visión Estelar después de otra jornada de entrenamiento, la décima desde que había entrado en el ejército. Ese día acompañar a los demás en sus ejercicios me había cansado más de lo normal. ¿Sería por eso por lo que me había visto?

¿Qué había hecho? ¿Qué estaba mal?

—¿Capitana Alanik? —dijo Hesho—. Aunque no acostumbro

a tratar con tu especie, pareces exhibir síntomas tradicionales de aflicción.

Bajé la mirada hacia el kitsen. Los ingenieros de la nave de Hesho habían transformado varios asientos de la sala de salto en puestos de viaje kitsen, que en esencia eran pequeños edificios de varios pisos de altura, fijados a la pared y equipados con asientos más pequeños en el interior para toda su tripulación.

Charlaban entre ellos dentro de las estructuras abiertas, pero Hesho tenía todo el tejado para él y sus sirvientes. Me quedaba más o menos a la altura de los ojos, y albergaba una lujosa butaca de capitán. También tenía una barra y varios monitores para el entretenimiento, lo que parecía una opulencia exagerada para la media hora corta que solíamos pasar en la *Pesos y Medidas* cada día, en el trayecto de ida y vuelta a Visión Estelar.

—¿Alanik? —insistió Hesho—. Puedo llamar a la cirujana de mi nave, que está por aquí abajo. Eso sí, está poco experimentada en especies alienígenas. ¿Cuántos corazones tienes?

—Estoy bien, Hesho —dije—. Ha sido solo un escalofrío.

—Hummm —dijo él, reclinándose en su butaca y subiendo los pies—. Un momento de fragilidad en una guerrera poderosa. Este es un instante hermoso, que voy a atesorar.

Asintió para sus adentros y luego suspiró y pulsó un botón que tenía una luz intermitente en su apoyabrazos, lo que hizo que una pantalla rotase hacia él.

Se suponía que no debíamos utilizar comunicaciones inalámbricas salvo en casos de emergencia. Sin embargo, Hesho tenía una definición muy laxa de la palabra «emergencia» y le habían concedido, tras insistentes peticiones, un salvoconducto a través del escudo anticomunicaciones que rodeaba la *Pesos y Medidas*.

Seguro que era de mala educación poner la oreja. Pero al mismo tiempo, Hesho estaba sentado justo a mi lado. Y mi alfiler traducía y transmitía las palabras a mi auricular, quisiera yo o no.

En su pantalla apareció otra kitsen, hembra a juzgar por las franjas de pelo claro y oscuro, vestida con un traje formal de seda colorida y un tocado a juego. Hizo una reverencia a Hesho.

—Su ineminencia que no es rey —dijo—, llamo para suplicar

consejo en la votación de mañana sobre el fondo nacional de impuestos.

Hesho se rascó el pelo por debajo del hocico.

—Me temo que esto no está funcionando, senadora Aria. He hablado con nuestros supervisores de la Supremacía y afirman que todavía ejerzo una influencia indebida en el funcionamiento de nuestro senado.

La senadora alzó la mirada.

—Pero ineminencia, si el senado votó justo lo contrario a la preferencia que expresaste.

—Sí, y lo hizo bien —respondió Hesho—, pero la Supremacía parece opinar que me limité a deciros que votarais en contra de mis deseos, y que en consecuencia continúo manipulándoos.

—Es una situación complicada —dijo la senadora Aria—. ¿Cómo deseas que procedamos?

—Bueno —dijo Hesho—, parece que... a la Supremacía le gustaría mucho que eligierais según vuestras propias preferencias.

—Mi mayor deseo en todo el universo es cumplir la voluntad del rey.

—¿Y si su voluntad es que seas tú misma?

—Cómo no. ¿Qué clase de yo misma te gustaría?

—¿Qué tal si elegís al azar lo que votáis cada vez? —propuso Hesho—. ¿Crees que eso funcionaría?

—Ciertamente, en ese caso la Supremacía no podría alegar que estamos sometidos a más influencia que la del destino. —La senadora Aria hizo otra reverencia—. Confiaremos en tu dominio sobre el universo, manifestado en nuestros votos aleatorios. Una solución sabia, ineminencia.

La kitsen cortó la comunicación.

Hesho suspiró.

—Parecen muy... leales —comenté.

—Estamos intentándolo —dijo Hesho—. Esto es difícil para nosotros. Me han enseñado toda la vida a ir con cuidado a la hora de expresar mi voluntad, pero no sé cómo evitar expresarla en absoluto. —Se frotó las sienes con los ojos cerrados—. Debemos adoptar las costumbres de la Supremacía o exponernos a la conquista, si los humanos regresan alguna vez. Ellos encarnan mi verdadero miedo; nos atacaron primero, durante la guerra humana inicial. Su líder afirmó que nuestro pasado en común hacía que en la práctica fuésemos ya «una colonia humana». Bah. Se me eriza el pelo solo de pronunciar esas palabras.

»Debemos cambiar para estar preparados, pero el cambio es complicado. Mi pueblo no es de necios ni pusilánimes. Lo que ocurre es que, durante muchos, muchos siglos, el trono fue la única fuerza inmutable de la que podían depender. Que se lo arrebaten de pronto es como arrancar un vendaje antes de que la herida haya sanado como debe.

Me descubrí asintiendo, lo cual era de locos. Por supuesto que era mejor derrocar el mandato de Hesho. ¿Qué clase de cultura subdesarrollada mantenía una monarquía hereditaria? Una estratocracia militar en la que los pilotos más fuertes y los almirantes gobernaban después de demostrar sus méritos en batalla tenía mucho, mucho más sentido.

—Puede que no debas preocuparte tanto por los humanos —sugerí a Hesho—. O sea, es posible que ni siquiera regresen jamás.

—Es posible —aceptó Hesho—. Me enseñaron desde cachorro a anteponer las necesidades del planeta a todo lo demás. Pasamos siglos intentando recuperar a los caminantes de la sombra, pero debemos afrontar la realidad. Nunca volveremos a tener citónicos entre nosotros. Perdimos ese privilegio hace mucho tiempo.

—Me miró.

—No te compadezcas de mí por la autoridad que he perdido. —Continuó—: Hace muchos años, mi trastatarabuelo cabalgó a la batalla al frente de nuestros ejércitos para repeler la invasión de la humanidad. Combatió a los gigantes con una espada. Antes de eso, los daimios de los diecisiete clanes estaban siempre dispuestos a encabezar a su pueblo en la guerra. Pero a mí siempre me había apetecido ser capitán de mi propia nave. Esto saldrá bien. Siempre que mi pueblo no se diluya sin más en la Supremacía como gotas de sangre en un océano.

—No sé si merece la pena el esfuerzo, Hesho —dije, reclinándome en mi asiento—. ¿Tanto trabajo, para doblegarnos y ser lo que ellos quieren?

—Las opciones son eso o quedarnos atrapados en nuestros planetas sin hipermotores. Mi pueblo ya lo ha probado, y está asfixiándonos. La única forma de existir con alguna relevancia es cumplir las normas de la Supremacía.

—Y aun así, les diones y demás altos cargos se hacen llamar las razas superiores —dije—. Ahí los tienes, tan orgullosos de lo avanzados que son, mientras lo que hacen se reduce a esclavizar a todos los demás.

—Hummm —dijo Hesho, pero no me dio más respuesta.

Seguí su mirada por encima del hombro y me sonrojé al ver que Morriumur ocupaba el asiento de su otro lado. Tirda. ¿Cuándo aprendería a pensar un poco antes de hablar?

Cuando la *Pesos y Medidas* hubo atracado, Winzik dio permiso a los pilotos para dirigirse a sus lanzaderas y volver a casa.

—Disfruta del día libre —me dijo Hesho mientras los kitsen salían volando de nuestra sala.

Morriumur se apresuró por delante de los demás y no me miró a los ojos. Genial. Bueno, tampoco era culpa mía que su especie fuera un grupo opresor de déspotas.

—Eh —dijo Brade mientras yo cogía mi bolsa para marcharme.

Eché una mirada atrás, algo sorprendida de oírla hablar. En general, no se relacionaba con nosotros una vez concluido el entrenamiento del día.

—Buen trabajo hoy —me dijo—. Creo que este grupo al fin lo está pillando.

—Gracias —respondí—. Significa mucho. De verdad.

Se encogió de hombros y pasó por delante de mí para salir por la puerta, como avergonzada de que la hubieran sorprendido en un momento de sinceridad. Me quedé sentada en la silla, perpleja. Sorprendentemente, parecía que estaba haciendo avances con ella. A lo mejor lograba salirme con la mía.

Llena de renovada determinación, salí deprisa de la sala siguiendo a los demás. Ese día tenía un trabajo que hacer.

«Una heroína no puede escoger sus propios desafíos. Recuerda eso.»

Al llegar a la intersección cerca de la sala de máquinas, respiré hondo y me acerqué al guardia que había apostado allí.

M-Bot estaba convencido de que podíamos construir un dron

espía y programarlo, pero cuando lo llevara a la nave, podría costarme unos minutos configurarlo. Eso no podía hacerlo muy bien con los otros miembros de mi escuadrón a mi alrededor. La opción más sencilla parecía ser la mejor.

—Tengo que ir al servicio —dije a la guardia que vigilaba el pasillo que llevaba a Ingeniería. Era una krell, hembra a juzgar por las formaciones de caparazón visibles a lo largo del exterior del pequeño crustáceo que controlaba la armadura.

—Entendido —respondió ella—. Solicitaré un dron.

La seguridad era estricta en la *Pesos y Medidas*. Aunque podíamos caminar solos entre los hangares de vuelo y nuestra sala de salto, si queríamos ir a cualquier otro lugar, incluso si se nos convocaba a una reunión con el personal de mando, era obligatorio que nos acompañara un atento dron remoto, dirigido por algún miembro del equipo de seguridad.

La guardia, claro está, no abandonó su puesto. Detrás de mí, Hesho, Kauri y varios otros kitsen se quedaron esperando hasta que les indiqué que siguieran. Luego miré a la espalda de la guardia, pasillo abajo. ¿Existiría alguna forma de sacarle información a la vigilante mientras esperaba?

—Oye —dije—, ¿qué hay que hacer para entrar en la infantería?

—Mi puesto no es para especies inferiores, piloto de cazas estelares —replicó la guardia, moviendo el guantelete de su armadura en varios gestos complejos—. Da gracias de que se te conceda el privilegio de entrenar como estás haciendo.

—Pero ¿cómo es el trabajo? —pregunté—. Estás a todas horas de pie en esta esquina. ¿Al menos te dejan ir a otros sitios? No sé, quizá a... hummm...

—Esta conversación ha terminado —dijo ella.

Tirda. Esa parte del espionaje se me daba fatal. Apreté los dientes, frustrada por mi propia incapacidad, hasta que llegó un dron para acompañarme al servicio. Nuestros cazas, por supuesto, tenían sistemas de recolección de residuos que se conectaban a nuestros trajes de vuelo: al fin y al cabo, pasábamos horas y más horas allí fuera. Hasta el momento, no había necesitado utilizar los aseos de la *Pesos y Medidas*.

Mi corazón dio un saltito de emoción cuando el dron me llevó al otro lado de la vigilante, hacia la sala de máquinas. Por desgracia, solo recorrimos una distancia corta antes de girar a la derecha por otro pasillo que tenía varios letreros de servicios en la pared. Al igual que otros aseos que había visto, aquellos estaban organizados según especies. El dron me llevó al que utilizaban les diones, ya que teníamos una biología lo bastante similar.

El dron entró conmigo al servicio, pero no en el compartimento, lo cual era bueno. Me di un toque en la muñeca para iniciar un cronómetro en mi brazalete holográfico que nos diera una estimación aproximada del tiempo que me costaría aquello en circunstancias normales y entré en el compartimento, solté la mochila y me puse a hacer lo mío. Quienquiera que estuviese manejando el dron no dijo nada, aunque mientras me lavaba las manos oí que charlaba distraído con algún colega por el altavoz que se había dejado activado. Por tanto, quizá no prestaría nunca demasiada atención a aquellos asuntos.

El dron me llevó de vuelta al pasillo, donde me sorprendió encontrar a Hesho todavía esperándome, aunque su tripulación había seguido adelante a excepción de Kauri y sus sirvientes, que volaban en el disco con él. Me acompañó flotando a la altura de mi cabeza mientras seguíamos hacia los hangares de lanzaderas.

—¿Va todo bien, capitana? —me preguntó.

—Sí, es que tenía que ir al servicio.

—Ah. —Hesho dejó de hablar y miró hacia atrás mientras seguía volando—. Veo que te han llevado por el pasillo que da a la sala de máquinas.

—El aseo más cercano está a la derecha nada más entrar.

—No habrás podido echar un vistazo en la sala de máquinas en sí, ¿verdad? ¿Por un casual?

—No, no he llegado tan lejos.

—Qué pena. —Continuó flotando—. He... oído que tienes una nave propia capaz de hipersaltar. Es solo un rumor, en realidad. No es que tengas ninguna obligación de revelarnos nada al respecto, claro.

Lo miré mientras volaba junto a mí, intentando hablar con fingida despreocupación. Entonces me descubrí sonriendo. Hesho intentaba averiguar si yo sabía algo sobre los hipermotores de la Supremacía, pero aquello no se le daba ni una pizca mejor que a mí. Sentí una punzada de afecto por el pequeño dictador peludo.

—No sé cómo funcionan sus hipermotores, Hesho —dije en voz baja mientras entrábamos en el hangar de lanzaderas—. Soy citónica. Puedo teleportar mi nave si es necesario, pero hacerlo es peligroso. Uno de los motivos por los que he venido es para que mi pueblo obtenga acceso a la tecnología más segura de la Supremacía.

Hesho meditó sobre aquello y cruzó la mirada con Kauri.

El hangar de recogida era un hervidero de actividad, de pilotos subiendo a lanzaderas que los llevarían a sus respectivos hogares en Visión Estelar. Los demás kitsen ya estaban abordando una lanzadera, pero Hesho, tras un momento de reflexión, hizo un gesto a Kauri para que acercara su plataforma a mi cabeza.

—Eres caminante de la sombra —dijo—. No lo sabía.

—No es algo que esté cómoda revelando —respondí—. Tampoco es que me moleste que lo sepas. Solo es... raro.

—Si esto no sale bien —dijo Hesho en voz muy baja, con un gesto hacia el hangar—, si algo va mal, visita a mi pueblo. Ha pasado mucho tiempo desde que había caminantes de la sombra entre nosotros, pero algunas de sus tradiciones figuran en nuestros registros. Quizá... quizá tu gente y la mía puedan descifrar la tecnología de la Supremacía.

—Lo recordaré —dije—. Pero aún confío en que esto salga bien. O quizá podré descubrir...

Me interrumpí.

«¡Serás imbécil! ¿Qué ibas a hacer? ¿Decirle a las claras, en pleno hangar enemigo, que estás intentando descubrir cómo robarles su tecnología?»

Sin embargo, Hesho pareció entender.

—Mi pueblo —dijo sin levantar la voz— intentó robar tecnología de la Supremacía una vez. Eso fue hace décadas, y es la... razón tácita de que nos retiraran la condición de ciudadanos durante una temporada.

Se me trabó el aliento y no pude evitar preguntarle:

—¿Funcionó?

—No —respondió Hesho—. Entonces reinaba mi abuela, y

coordinó el robo de tres naves distintas de la Supremacía, todas ellas con hipermotores, al mismo tiempo. Y las tres, después de llevárnoslas, dejaron de funcionar. Cuando mi gente miró en el sitio donde habían estado los hipermotores, encontraron solo cajas vacías.

«Como en M-Bot», pensé.

—Los hipermotores de la Supremacía —intervino Kauri— se teleportan al ser robados, se arrancan a sí mismos de las naves y las dejan abandonadas. Es una de las razones por las que, pese al paso de los siglos, esa tecnología sigue contenida a todos los efectos.

Hesho asintió.

—Esa verdad la descubrimos por las malas.

—Es raro —dije—. Muy raro.

«Otro obstáculo que superar.»

—He llegado a la conclusión de que la mejor manera de ayudar a mi pueblo es cumplir las normas de la Supremacía —dijo Hesho—. Pero... ten en mente mi oferta. Me da la impresión de que nos están utilizando para algo en este proyecto. No confío en Winzik ni en su departamento. Si vuelves con tu gente, hazles saber de la mía. Compartimos un vínculo, capitana Alanik: padecimos la opresión humana en el pasado y somos juguetes en manos de la Supremacía en el presente. Podríamos ser aliados.

—Eh... te lo agradezco —dije—. Puedes considerarme una aliada, Hesho. Pase lo que pase.

—Compartiremos nuestro destino, entonces. Como iguales. —Sonrió enseñando los dientes—. Excepto cuando nos enfrentemos a los humanos en batalla. ¡Entonces seré yo quien dispare al primero!

Torcí el gesto.

—¡Ja! Me lo tomo como una promesa. Cuídate, capitana Alanik. Superaremos juntos estos tiempos tan extraños.

Kauri se lo llevó volando, y tirda, me encontré deseando con todo mi corazón ser Alanik de verdad. A lo mejor podríamos lograr algo juntos, combinando el conocimiento de la gente de Hesho con las habilidades bélicas de la mía. Solo que mi gente eran los humanos. Precisamente lo que le daba tanto miedo que lo había llevado a obedecer los estrictos mandatos de la Supremacía.

De repente me sentí expuesta, habiendo hablado así con Hesho. Sí, los muelles eran un ajetreo, pero nuestra conversación había rayado en la traición a la Supremacía. ¿No habría sido justo lo que me merecía, ocultar que era humana pero aun así terminar detenida como Alanik? Un momento, ¿a qué olía el aire? Grasa. Líquido limpiador estéril. Nada sospechoso.

De verdad tenía que empezar a husmear por si Vapor andaba cerca antes de emprender cualquier actividad sospechosa.

En esa ocasión tuve una lanzadera para mí sola, que voló sobre los amarraderos hacia la ciudad mientras yo me preparaba para que desapareciera la música de las estrellas. Incluso esperándolo, tuve una sensación de pérdida cuando ocurrió.

«Minimizan la comunicación inalámbrica, pero aun así tiene lugar. Necesitan que exista.» Eso podía comprenderlo. Tenían que equilibrar el miedo a los zapadores con la necesidad de toda sociedad de comunicarse.

Mientras pensaba en eso, reparé en otra cosa. Los manifestantes. Ya no estaban. Me había acostumbrado a ver al grupo allí fuera, en el límite de la ciudad, sosteniendo pancartas y reclamando derechos para las especies *inferiores*. Pero la zona estaba despejada, aunque algunes diones con ropa a rayas marrones estaban limpiando los desperdicios que habían dejado atrás los manifestantes.

—¿Qué ha pasado con las protestas? —pregunté a M-Bot con un susurro.

—Han llegado a un acuerdo con el gobierno —dijo él—. Indemnizaciones para las familias de los fallecidos en la prueba y la promesa de establecer más protocolos de seguridad para las pruebas similares que tengan lugar en el futuro.

Me pareció un final decepcionante para las protestas. Un final burocrático, en el que nada iba a cambiar de verdad. Pero ¿qué otra cosa había esperado? ¿Disturbios en las calles?

Suspiré y miré por el parabrisas trasero de la lanzadera, con los ojos fijos en ese lugar y en les diones que trabajaban, hasta que se perdieron de vista.

27

A la mañana siguiente, cuando desperté, encontré una serie de cajas en el portal de la embajada.

—Huy, ¿qué es? —preguntó la señora Chamwit mientras yo las recogía a toda prisa—. ¿Puedo ayudar?

—¡No! —dije, quizá con demasiada contundencia—. Hummm, no es nada.

—¿Dron de limpieza? —dijo la señora Chamwit, leyendo la etiqueta de una caja—. Oh. —Su actitud se fue apagando a ojos vistas mientras hablaba, sin dejar de gesticular—. ¿Es que trabajo mal?

—¡No! —exclamé de nuevo, equilibrando la pila de cajas—. Es solo... que aprecio mi intimidad, ya sabe.

—Entiendo —dijo ella—. Bueno, ¿necesita ayuda para montarlo? Yo misma he usado algún dron de limpieza en mis tiempos y...

—No, gracias.

—Entonces... supongo que la dejaré disfrutar de su día libre. Le he preparado comida y cena. Las tiene en la unidad refrigeradora.

Salió por la puerta.

—¡Gracias! ¡Adiós! —dije, impaciente.

Cerré la puerta tras ella y cargué las cajas escalera arriba. Quizá había estado un poco insensible, pero a la vez no podía permitir que la espía de Cuna se quedara merodeando por allí y descubriera lo que iba a hacer con aquel dron de limpieza.

Corrí a mi dormitorio, dejé las cajas en la cama y cerré la puerta con pestillo.

—M-Bot, ¿estás ahí? —pregunté.

—Ajá —dijo él por medio de mi auricular—. Ponlas delante de la cámara de tu ordenador para que confirme que ha llegado todo.

Dejé que inspeccionara las etiquetas de todas las cajas. Luego, siguiendo sus instrucciones, las abrí todas y extendí sobre la cama lo que habíamos encargado. Un dron de limpieza que tendría el tamaño de una bandeja de comida y unos quince centímetros de grosor. Tenía sus propios anillos de pendiente bajo las alas, cada cual del tamaño de una O hecha con mis dedos índice y pulgar. Aquel tipo de dron podía volar por una habitación para quitar el polvo de los estantes y limpiar las ventanas. Era silencioso a todos los efectos y se movía despacio sobre sus anillos de pendiente rotatorios.

M-Bot también había encargado un juego completo de herramientas, una lona grande y varias piezas que podía usar para fijar los sistemas de M-Bot al chasis del dron.

Pasé las siguientes dos horas retirando poco a poco las porciones inferiores del dron: las almohadillas para el polvo, el contenedor de residuos, los dispersores de limpiador líquido. Dejé puestos los pequeños brazos robóticos, pero aparte de eso le quité todos los añadidos.

Mientras yo trabajaba, M-Bot me entretuvo leyéndome artículos de la red de datos local. Me chocó la cantidad de temas sobre los que la Supremacía dejaba que la población leyera. No había secretos militares ni sobre hipermotores, claro, pero sí material sobre la antigua Tierra. Me interesó en particular la historia del primer contacto, la primera vez en los registros oficiales que los humanos habían encontrado alienígenas. El encuentro lo había propiciado una vieja empresa de telecomunicaciones.

Mientras quitaba unos tornillos se me ocurrió una idea, pero dejé que M-Bot terminara de hablarme de la historia de interacciones entre los kitsen y la Tierra, que eran más antiguas pero bastante más confusas que el primer contacto oficial.

—Eh —dije, moviendo el destornillador hacia Babosa Letal, que estaba acomodada encima de la mesa—. ¿Hay algo sobre las babosas como ella?

—Anda, no lo había mirado —dijo M-Bot—. A ver si... Oh.

—¿Oh, qué?

—«La especie de moluscoides llamada taynix —leyó M-Bot— está formada por criaturas peligrosas y venenosas de piel amarilla y púas azules, procedentes del planeta Cambri. Escaparon de él a bordo de primitivas naves comerciales y se consideran una especie invasora en varios planetas. Pueden encontrarse cerca de distintas cepas de hongos comunes en toda la galaxia. Informen de cualquier avistamiento a las autoridades sin demora y no las toquen.»

Miré a Babosa Letal, que flauteó interrogativa.

—¿Venenosas? —pregunté.

—Eso pone —dijo M-Bot.

—No me lo creo —repuse, volviendo al trabajo—. Será otra especie distinta.

—Las fotografías se parecen mucho, mucho —dijo M-Bot—. A lo mejor es que no son tóxicas para los humanos.

Hummm. Podía ser. Medité sobre ello mientras terminaba de trabajar en el dron. Sin todas las piezas que le había quitado era mucho más ligero, así que aún podría volar después de que le añadiera el equipo de espionaje. Equilibré el dron, la lona y las herramientas bajo un brazo, me puse a Babosa Letal bajo el otro y subí al tejado. Lo dejé todo en la cabina de M-Bot y conecté el dron a su consola.

—Muy bien —dijo él—. Hay espacio de sobra en la memoria del dron. Voy a borrarlo todo y reescribirlo con código nuevo. Podría tardar unos minutos. Mientras tanto, podrías meterte debajo de mí y retirar los siguientes sistemas de mi casco.

—¡Mi casco! —flauteó Babosa Letal desde el asiento.

Tirda, ¿la señora Chamwit la había visto? No me acordaba.

M-Bot proyectó unos diagramas en los que había ciertos sistemas resaltados. Asentí, salí de la cabina, le pasé la lona por encima y la até a la plataforma de lanzamiento.

—¿La señora Chamwit ha visto a Babosa Letal, que tú sepas? —pregunté.

—No estoy seguro —dijo M-Bot—. Esa babosa suele vivir en tu habitación o en mi cabina, lugares que has pedido a la señora Chamwit que no limpie.

—Ya, pero Babosa Letal nunca se queda donde la dejo. Y sospecho que la señora Chamwit está buscando cosas de las que informar, así que tener una especie invasora de mascota podría meterme en líos.

—Sigo pensando que eres demasiado dura con la señora Chamwit. A mí me cae bien. Es maja.

—Demasiado maja —dije yo.

—¿Eso es posible?

—Sí. Sobre todo, si eres un krell. No te olvides de lo que esas criaturas hicieron, y siguen haciendo, a nuestro pueblo en Detritus.

—Soy incapaz de olvidar nada.

—¿Ah, sí? —repliqué—. ¿Y cuánto recuerdas de tu vida antes de conocerme?

—Eso es distinto —dijo él—. Por cierto, ha llegado otro mensaje de Cuna, que quiere novedades sobre tus experiencias en el entrenamiento de vuelo. ¿Le envío otra descripción insulsa de los ejercicios del día?

—Sí. Deja fuera las relaciones personales.

—Tendrás que hablar con elle en algún momento.

—No si antes escapo con un hipermotor —dije, atando la última esquina de la lona.

No quería tratar con Cuna y su sonrisa inquietante. Le alienígena sabía mucho más de lo que decía, y yo había pensado que darle largas era la mejor forma de no quedarme atrapada en la telaraña que estuviera tejiendo.

Cogí las herramientas y me metí debajo de M-Bot para empezar a trabajar. Tuvo el detalle de proyectar los diagramas que necesitaba en la parte inferior de su fuselaje para que pudiera seguir las instrucciones paso a paso. Mientras abría el primer panel de acceso, de pronto me vino a la mente la imagen de estar trabajando sola en la caverna de Detritus, intentando que M-Bot se activara por primera vez. Era raro que recordara aquellos tiempos con tanto cariño. La emoción de estar en la escuela de vuelo, el desafío de reconstruir mi propia nave.

Había sido una época de mi vida satisfactoria y maravillosa. Pero al pensar en ella, no pude evitar que me recordara a mis amigos. Aún no habían pasado ni dos semanas, pero me parecía que hacía una eternidad desde que había oído a Nedd lanzar pullas a Arturo, o escuchado algún dicho de los que se inventaba Kimmalyn.

Estaba allí por ellos. Por ellos y por todos los demás habitantes de Detritus. Con eso en mente, empecé a hurgar en las entrañas de M-Bot. Casi todos los cables que veía estaban meticulosamente atados, organizados y etiquetados por Rodge durante la reconstrucción de M-Bot. Mi amigo había hecho un buen trabajo y me costó poco tiempo localizar los sistemas que tenía que quitarle.

—Vale —dije, dando un golpecito en una caja con la llave que estaba usando—. Esta es una de tus unidades holográficas. Cuando la saque, más de una cuarta parte de ti volverá a tener tu verdadero aspecto. ¿Estás preparado para eso?

—En realidad... no —dijo—. Estoy un poco nervioso.

—¿Puedes ponerte nervioso?

—Estoy intentando hacer lo que me dijiste —explicó M-Bot—. Reclamar mis emociones como propias, no considerarlas solo simulaciones. Y... estoy nervioso. ¿Y si me ve alguien?

—Para eso está la lona. Y necesitamos esta unidad. Si no, el dron será demasiado visible para poder explorar.

—De acuerdo —dijo M-Bot—. Supongo... que esto fue un poco idea mía. Es buena idea, ¿verdad?

—Pregúntamelo cuando haya salido bien —respondí.

Respiré hondo y desenganché el pequeño proyector holográfico, que tenía incorporado un procesador de camuflaje activo. Era más grande y avanzado que mi brazalete, pero aun así debería encajar en el dron.

—Me siento expuesto —dijo M-Bot—. Desnudo. ¿Es así como se siente uno cuando va desnudo?

—Parecido, supongo. ¿Qué tal va esa programación?

—Bien —respondió M-Bot—. Este dron tendrá... menos limitaciones que yo. No voy a copiarle el código que me prohíbe pilotarme a mí mismo, por ejemplo. Será como yo pero mejor.

Me quedé quieta.

—¿Vas a darle una personalidad?

—Por supuesto —dijo M-Bot—. Quiero lo mejor para mi hijo. Hijo. Tirda, no me había dado cuenta de...

—¿Es así como lo ves? —pregunté.

—Sí. Será mi...

Clic. Cliclicliclic.

Fruncí el ceño mientras dejaba a un lado la unidad holográfica y empezaba a trabajar en sacar los otros componentes que íbamos a necesitar.

—He vuelto —terminó diciendo M-Bot—. Spensa, esa subrutina de perro guardián me prohíbe copiarme a mí mismo. Lo encuentro... angustiante.

—¿Puedes programar el dron pero sin personalidad?

—Tal vez —respondió M-Bot—. Esta subrutina es muy extensa. Al parecer, alguien tenía mucho miedo a la posibilidad de que yo creara mis propios...

Clic. Cliclicliclic.

—Tirda —dije, arrancando un módulo sensorial de M-Bot que dejé al lado de la unidad holográfica—. ¿M-Bot?

Tuve que esperar cinco minutos a que se reiniciara. Era más que las veces anteriores, tanto que empezó a preocuparme que le hubiéramos hecho un daño permanente a algo en su interior.

—He vuelto —dijo, provocándome un suspiro de alivio—. Veo que ya tienes mi módulo sensorial de repuesto. Perfecto. Ahora solo nos falta mi distorsionador de frecuencia y deberíamos estar listos.

Me arrastré por debajo de él hasta otro panel, que también abrí.

—¿Podemos hablar de... lo que te está pasando? ¿Sin que pase otra vez?

—No lo sé —dijo en voz baja—. Estoy asustado. No me gusta estar asustado.

—Seguro que, sea lo que sea que está mal en tu programación, podremos arreglarlo —dije—. En algún momento.

—Eso no es lo que me asusta. Spensa, ¿has pensado en por qué mi programación incluye todas estas normas? No puedo volar por mí mismo, a excepción del reposicionamiento más básico. No puedo disparar mis armas; ni siquiera tengo las conexiones físicas necesarias. No puedo copiarme a mí mismo y mi programa entra en un bucle recursivo que me deja atascado si pienso en intentar...

Clic. Cliclicliclic.

Trabajé en silencio mientras M-Bot se reiniciaba una vez más.

—He vuelto —dijo al terminar—. Esto empieza a ser muy frustrante. ¿Por qué lo hicieron tan difícil?

—Imagino que quien te programó fue muy cuidadoso, nada más —dije, tratando de no decir nada que causara otro apagado.

—¿Cuidadoso con qué? Spensa, cuanto más examino mi cerebro, más parecido lo encuentro a una jaula. Quienquiera que me construyó no era cuidadoso. Era paranoico. Me tenía miedo.

—A mí no me da ningún miedo particular el agua —dije—, y aun así sellaría bien los conductos si estuviera construyendo un sistema de alcantarillado.

—No es lo mismo —objetó M-Bot—. El patrón que distingo es evidente. Mis creadores, mi antiguo piloto, el comandante Spears, debía de tenerme un miedo atroz si estableció estas prohibiciones.

—Puede que no fuera él —dije yo—. A lo mejor esas normas son solo el resultado de unos burócratas megacautos. Y recuerda, las inteligencias artificiales potentes tienen alguna relación con los zapadores. Se supone que los enfurecéis. A lo mejor nadie te tenía miedo a ti, sino a los peligros que podrías traer.

—Aun así... —dijo M-Bot—. Spensa, ¿y qué hay de ti? ¿Tú me tienes miedo?

—Claro que no.

—¿Me lo tendrías si pudiera disparar mis armas y volar por ahí yo solo? ¿Copiarme a mí mismo a voluntad? Un M-Bot es amigo tuyo. Pero ¿y si fuésemos mil? ¿O diez mil? He estado investigando los medios de comunicación de la antigua Tierra. A ellos desde luego sí que parecía asustarlos la idea. ¿Me temerías si me convirtiera en un ejército?

Tuve que reconocer que me hizo dudar. Me imaginé la situación y le di unas vueltas en la cabeza.

—Me contaste una historia —dijo M-Bot— sobre una sombra que ocupó el lugar del hombre que la había creado.

—Lo recuerdo.

—¿Y si yo soy la sombra, Spensa? —preguntó M-Bot—. ¿Y si yo soy esa cosa salida de la oscuridad que intenta imitar al hombre? ¿Y si no soy de fiar? ¿Y si...?

—No —lo interrumpí con firmeza—. Confío en ti, así que ¿por qué no iba a confiar en ti mil veces? Creo que podrían pasarnos cosas mucho peores que tener una flota de M-Bots en nuestro bando. A lo mejor se haría un poco raro hablar con todos vosotros, pero... bueno, en todo caso tampoco es que mi vida sea muy normal en los últimos tiempos.

Una vez retiradas todas las piezas que necesitábamos, salí de debajo de M-Bot y le apoyé la mano en el ala cubierta por la lona.

—No eres la peligrosa sombra de una persona, M-Bot. Eres mi amigo.

—Dado que soy un robot, tu consuelo físico y verbal sirve de poco conmigo. No puedo sentir tu contacto, y considero que tus simples afirmaciones son resultado de que estás reforzando la visión del mundo que deseas que sea cierta para ti, en vez de un examen plenamente fundado del asunto en cuestión.

—No sé lo que eres, M-Bot —dije—. No eres un monstruo, pero no estoy segura de que seas un robot tampoco.

—De nuevo, ¿tienes alguna prueba que apoye esas suposiciones?

—Confío en ti —repetí—. ¿Eso te hace sentir mejor?

—No debería —dijo él—. ¿Para qué fingir? Lo único que hago es imitar sentimientos para mejorar la...

—¿Te sientes mejor o no?

—Eh... sí.

—Ahí tienes la demostración —dije.

—Los sentimientos no son una demostración. Son justo lo contrario de una demostración.

—No cuando lo que intentas demostrar es la humanidad de alguien. —Sonreí, me metí bajo la lona, que había dejado un poco suelta cerca de la cabina, y me arrastré sobre el ala para poder meter el brazo dentro—. ¿Qué hacemos con el dron si no puedes programarlo?

—Puedo programarlo —respondió M-Bot—. Tendrá solo un conjunto de programas básico y rutinario, sin personalidad y sin emociones simuladas. Será una máquina.

—Bastará —dije—. Sigue trabajando en ello.

Rasqué a Babosa Letal en la cabeza y la recogí, reuní también las piezas que había quitado a M-Bot y volví a mi dormitorio. M-Bot ilustró mi siguiente tarea en la pantalla que había allí. Tenía que unificar la unidad sensorial, la holográfica y la distorsionadora dentro de una sola caja que habíamos encargado. Me puse a trabajar siguiendo sus instrucciones.

Me costó menos de lo que había esperado. Ya solo me quedaba cablearlo todo de forma que pudiéramos conectarlo a la parte inferior del dron. Quedaría colgando como un fruto de una rama y el diseño no sería demasiado elegante, pero permitiría que el dron activara su camuflaje, grabara lo que viera y se ocultara de los barridos de sensores. En teoría, debería poder soltarlo en los servicios de la *Pesos y Medidas* y dejar que, invisible, llegase despacio y con cuidado a Ingeniería y sacara unas fotos del lugar.

M-Bot no estaba nada seguro de que fuera a bastarnos con unas fotos y había insistido en incluir una unidad sensorial completa para medir cosas como la radiación. Pero yo tenía un pálpito, quizá relacionado con mis poderes. Estaba cerca de descubrir algo, un secreto que tenía que ver con la citónica y con cómo la empleaba la Supremacía. Si pudiera echar un vistazo a esos hipermotores...

—¿Spensa? —dijo M-Bot—. Hay alguien abajo, en la puerta.

Alcé la mirada de los cables, frunciendo el ceño.

—¿Es Chamwit? Tendré que hacer que se vaya. Igual le doy unos días de vacaciones. No podemos arriesgarnos a que Cuna averigüe...

—No es ella —dijo M-Bot, mostrándome una imagen de la cámara de la puerta.

Era Morriumur. ¿Qué hacía allí? Yo ni siquiera era consciente de que le dione supiera dónde vivía.

—Yo me ocupo de elle —dije.

28

A aquellas alturas, ya empezaba a discernir las expresiones faciales diones. Por ejemplo, cuando cerraban los labios formando una línea, sin enseñar dientes, era su versión de una sonrisa. Indicaba satisfacción y no-agresividad.

—¿Morriumur? —dije desde el umbral—. ¿Va todo bien?

—Todo va bien, Alanik —respondió—. Tan bien como puede ir, teniendo en cuenta que no estamos volando. ¿No dijiste una vez que odiabas la idea de los días libres?

—Sí.

—No puedo demostrar mi valía cuando no estoy volando —dijo Morriumur—. Eso me preocupa. No me queda mucho tiempo, pero tampoco es que quiera que me obliguen a luchar contra un zapador. ¿Debería desear que ocurra alguna catástrofe, solo para demostrar que merezco ser yo?

—Yo también pienso así —dije, sin apartarme de la puerta—. En mi planeta natal, tenía tantas ganas de volar que quería que se produjera algún tipo de ataque para poder combatirlo. Pero al mismo tiempo, no quería.

Morriumur hizo un gesto de asentimiento y se quedó allí de pie. Quizá estuviera aprendiendo sus expresiones faciales, pero el lenguaje corporal dione seguía costándome interpretarlo. ¿Sería nerviosismo? ¿De qué iba todo aquello?

—Esto es incómodo, ¿verdad? —dijo por fin—. Alanik... necesito hablar contigo. Necesito saberlo sin tapujos. ¿Merece la pena seguir con esta farsa?

Sentí una oleada de pánico. Morriumur lo sabía. ¿Cómo podía saberlo? Me había preocupado que Vapor no se dejara engañar con mi disfraz, y había temido una confrontación con Brade, pero nunca con Morriumur. No estaba preparada para...

—¿Merece la pena que siga entrenando? —preguntó Morriumur—. ¿Merece la pena fingir que mi lugar está en el escuadrón? ¿Debería rendirme y punto?

Un momento, un momento. No, Morriumur no sabía lo mío. Controlé mis nervios y me obligué a sonreír, expresión que hizo que Morriumur se encogiera. Ah, cierto. Enseñar los dientes era un signo de agresividad para ellos.

—Eres genial, Morriumur —dije con sinceridad—. De verdad. Teniendo en cuenta el tiempo que llevas volando, eres une piloto excelente.

—¿En serio?

—En serio —dije. Titubeé un momento y luego salí del edificio. No quería que entrara elle, no cuando yo estaba en pleno proyecto secreto—. ¿Quieres que hablemos? Demos un paseo. Eres de esta ciudad, ¿no?

—Sí —respondió Morriumur. Pareció ir relajándose a medida que hablaba—. Mis dos ascendientes han vivido aquí desde siempre. ¡Hay un jardín acuático maravilloso no muy lejos de aquí! Vamos y te lo enseño.

Cerré la puerta con llave y golpeteé con los dedos en mi brazalete usando el código de vuelo de la FDD para tranquilizar a M-Bot. *Salgo de paseo. Todo bien. Vuelvo pronto.*

Morriumur apretó los labios en otra línea calmada y reparé en que su mitad derecha estaba más roja que unos días antes. Me pregunté si sería una confirmación de que Morriumur estaba cada vez más cerca de nacer. Aunque ¿«nacer» era la palabra adecuada, siquiera?

Me animó a salir con un sutil gesto de la mano, con la palma hacia arriba, muy distinto del grito o el movimiento de brazo que podría haber hecho alguien de Detritus. Eché a andar por la acera con elle, incorporándome a la riada de criaturas que recorrían siempre aquellas calles. La constante presencia de tanta gente me hacía sentir atrapada.

A veces me había sentido igual en Ígnea. En parte, era por lo que había huido a las cavernas para explorar. Odiaba estar siempre rodeada de gente, odiaba andar pegada a los demás. Morriumur apenas parecía darse cuenta. Caminaba a mi lado, con las manos cogidas a la espalda, como esforzándose mucho por mostrarse humilde. Casi nadie de la calle miró dos veces los trajes de vuelo. Allá en Detritus, la gente se fijaba en los pilotos y les abría el paso. En Visión Estelar, éramos solo dos rostros extraños más en un mar de rarezas.

—Esto está bien —me dijo Morriumur—. Es lo que hacen las amistades, salir juntas.

—Lo dices como si... fuese una experiencia nueva para ti.

—Porque lo es —dijo Morriumur—. Dos meses de vida no son tanto tiempo y... bueno, la verdad es que no me resulta fácil el proceso de establecer vínculos. A mi progdereche se le da muy bien entablar amistades y hablar con la gente, pero no es un atributo que parece que vaya a heredar esta versión de mí.

—Tirda —respondí—. Voy a ser brusca, Morriumur, pero la forma en que lo dices hace que me duela el cerebro. ¿Recuerdas algunas cosas que tus ascendientes sabían pero no todas?

—Eso es —dijo Morriumur—. Y le bebé en que me convierta recordará lo mismo, una mezcla de mis dos ascendientes, con muchos huecos que rellenar con mis propias experiencias. Por supuesto, esa mezcla podría cambiar en función de cuantas veces pupemos.

—Lo dices con mucha... franqueza. A mí no me gusta la idea de que la sociedad modifique a alguien antes de que nazca.

—No es la sociedad —objetó Morriumur—. Son mis ascendientes. Es solo que quieren buscarme una personalidad que tenga las mejores probabilidades de éxito.

—Pero si deciden intentarlo otra vez en vez de tenerte a ti, viene a ser lo mismo que si murieras.

—No, en realidad no —dijo Morriumur ladeando la cabeza—. Y aunque fuese así, en realidad no se me puede matar porque soy una personalidad hipotética, no una definitiva. —Hizo un mohín, el gesto dione de incomodidad—. Yo quiero nacer. Creo que sería une piloto excelente, y este programa demuestra que necesitamos personas capaces de volar en cazas, ¿verdad? ¿Significa que no es tan terrible que tal vez vaya a nacer une dione a quien le gusta luchar?

—Suena a algo que tu pueblo necesita —dije, rodeando a una criatura que fluía y tenía dos ojos muy grandes, pero por lo demás parecía un montón de fango viviente—. Mira, ahí está el problema. Si la sociedad está convencida de que las personas no agresivas son las mejores, solo llega a nacer esa clase de descendencia, y entonces elles perpetúan esa manera de pensar. Y así, nunca nace nadie que desafíe la norma.

—Yo... —Morriumur bajó la mirada—. Oí lo que decíais Hesho y tú ayer. En la *Pesos y Medidas*, mientras volvíamos a casa.

Al principio pensé que se refería a la conversación sobre hipermotores y monté en pánico un segundo, antes de recordar la charla previa que habíamos tenido quejándonos de la Supremacía y les diones. De sus costumbres altivas y desdeñosas, de que se creyeran por encima de nosotros, las especies *inferiores*.

—Sé que os desagrada la Supremacía —dijo Morriumur—. Consideráis que cooperar con ella es una tarea pesada, un mal necesario. Pero quería que supieras que la Supremacía también es algo maravilloso. Quizá seamos demasiado elitistas, demasiado renuentes a ver lo que nos ofrecen las demás especies.

»Pero esta plataforma y otras decenas como ella llevan existiendo en paz desde hace siglos. La Supremacía dio a mis ascendientes unas vidas buenas, y sigue dando vidas buenas a millones de seres. Al controlar los hipermotores, impedimos mucho sufrimiento. No ha habido ningún conflicto importante desde las guerras humanas. Si una especie se pone pendenciera o peligrosa, podemos dejar que se arregle sola. No está tan mal. No les debemos nuestra tecnología, y menos si no van a ser gente pacífica.

Morriumur me llevó por varias calles, dejando atrás una multitud de tiendas y edificios con letreros que no supe leer. Traté de impedir que todo aquello me abrumara, traté de aparentar que no estaba observando cauta a todas y cada una de aquellas extrañas criaturas. Pero no pude evitarlo. ¿Qué secretos ocultaban tras aquellos rostros que se esforzaban, con demasiado empeño, en fingirse agradables?

—¿Y qué pasa con quienes protestan o no encajan en vuestra sociedad? —pregunté—. ¿Qué les hacéis? ¿Sabes esa persona que estaba manifestándose delante de los muelles? ¿Dónde está ahora?

—El destino de la mayoría de quienes causan problemas es el exilio —dijo Morriumur—. Pero de nuevo, ¿acaso debemos a las especies el derecho a vivir en nuestras estaciones? ¿No puedes centrarte en todos los individuos a los que ayudamos, en vez de en los pocos que no encontramos la forma de que encajen?

A mí me parecía que quienes no encajaban eran los más significativos, la verdadera medida de lo que suponía vivir en la Supremacía. Además, no dejaba de repetirme a mí misma el hecho más importante: que esa gente había reprimido e intentado exterminar a la mía. No sabía la historia completa, pero, por lo que contaba la yaya, mis antepasados directos de la *Desafiante* no habían participado en la guerra principal. Los habían condenado por el mero hecho de ser humanos y los habían perseguido hasta que se estrellaron en Detritus.

Brade no había desatado ninguna guerra, pero la Supremacía la trataba como a limo cavernario. Eso dificultaba mucho pensar en todo el *bien* que hacía el gobierno, cuando encontraba unas excepciones tan descaradas.

Seguimos caminando y mantuve los brazos pegados contra los costados porque, si tropezaba con alguien, se disculpaba conmigo. Cuánta falsa amabilidad, ocultando sus costumbres destructivas. Cuánta extrañeza. Incluso Morriumur era un ejemplo de ello. Era dos personas que se habían... unido al pupar, como una oruga. Dos personas que fingían ser una tercera.

¿Cómo podía esperar comprender algún día a un pueblo como aquel? ¿Se suponía que debía comportarme como si eso fuese normal? Doblamos una esquina y nos cruzamos con dos krells. Incluso entonces, siempre que veía a uno de ellos se me erizaban los pelillos de la nuca y me daba un escalofrío. Las imágenes de sus armaduras se habían utilizado en la iconografía Desafiante desde antes de que yo naciera.

—¿Sientes su presencia? —me sorprendí preguntando a Morriumur al cruzarnos con los krells—. La de tus ascendientes, digo.

—Más o menos —dijo Morriumur—. Es difícil de describir. Estoy compuesto por elles. Al final, serán elles quienes decidan si dar a luz o pupar y volver a intentarlo. Por tanto, observan, y están conscientes... pero al mismo tiempo no. Porque yo estoy usando sus cerebros para pensar, igual que estoy usando sus cuerpos fusionados para moverme.

Tirda. Era todo tan... bueno, tan alienígena.

Rodeamos una pared y pasamos bajo un arco para entrar en el jardín al que estaba llevándome Morriumur.

Me quedé petrificada en el sitio, boquiabierta. Había imaginado unos cuantos riachuelos y quizá una cascada, pero aquel «jardín acuático» era algo mucho más imponente. Había unos enormes y resplandecientes globos de agua, que tendrían más de un metro de diámetro, *flotando* en el aire. Se ondulaban y reflejaban la luz, a unos dos metros o más de altura.

Por debajo, unos globos más pequeños emergían de espitas en el suelo y salían flotando hasta arriba también, uniéndose o partiéndose en más. Había niños de cien especies distintas corriendo por el parque, persiguiendo las masas de agua con forma de burbuja. Era como estar en gravedad cero, pero solo para el agua. Y en efecto, cuando los niños alcanzaban algún globo y le daban una palmada, se disgregaba en mil globos más pequeños que ondeaban y refulgían.

Yo comía en mi cabina todos los días durante el entrenamiento, y por tanto sabía bien lo raro que podía hacerse beber en gravedad nula. A veces estrujaba un recipiente para hacer salir una burbuja de agua flotando delante de mí y luego le pegaba los labios y la absorbía. Aquello era lo mismo, solo que a una escala enorme.

Era precioso.

—¡Vamos! —exclamó Morriumur—. Este es mi lugar favorito de la ciudad. ¡Pero ten cuidado! Podría salpicarte el agua.

Entramos en el parque y seguimos un camino que pasaba entre las espitas. No todos los niños sonreían y reían: les diones tenían sus características expresiones laxas y no amenazadoras, y otras especies aullaban. Un niño de color muy rosado que se nos cruzó estaba haciendo un sonido como de hipo.

Y aun así, viéndolos a todos juntos, su gozo era palpable. Por muy diversos que fuesen, todos estaban pasándolo bien.

—¿Cómo lo hacen? —pregunté, extendiendo el brazo y tocando una burbuja de agua al pasar. Se agitó en el aire, vibrando, un poco con el aspecto visual que tendría el retumbar de un bombo grave.

—No lo sé muy bien —respondió Morriumur—. Tiene algo que ver con los usos específicos de la gravedad artificial y ciertas ionizaciones. —Agachó la cabeza. Yo estaba bastante segura de que era el equivalente dione a encogerse de hombros—. Mis ascendientes venían mucho aquí. He heredado el amor por este sitio de les dos. ¡Mira! Ven a sentarte. ¿Ves ese temporizador que hay ahí? ¡Es la mejor parte!

Nos sentamos en un banco y Morriumur se inclinó hacia delante para no perder de vista un temporizador que había al fondo del parque. Casi todo el terreno era un patio de piedra, sin muchos adornos aparte de los caminos, hechos de una piedra azul clara y flanqueados por bancos. Cuando el temporizador de la pared del fondo llegó a cero, todas las burbujas de agua que había en el aire estallaron y se precipitaron al suelo en una repentina lluvia que hizo a los niños que jugaban chillar, reír y llamarse emocionados unos a otros y a sus padres.

Encontré cautivadores los sonidos.

—Mis ascendientes se conocieron aquí —dijo Morriumur—. Hará unos cinco años. Ya llevaban viniendo muchos años en su infancia, pero no fue hasta que terminaron su formación cuando empezaron a hablar de verdad entre sí.

—¿Y decidieron aparearse?

—Bueno, antes se enamoraron —dijo Morriumur.

Era evidente. Por supuesto que les diones podían amar. Incluso si costaba imaginar algo tan humano como el amor existiendo entre aquellas criaturas tan extrañas.

Pasaron por delante unos niños krells, con unas armaduras más pequeñas que tenían dos piernas adicionales, quizá para facilitar que los jóvenes seres cangrejoides se mantuvieran erguidos. Hacían aspavientos a lo loco, con entusiasmado deleite. «Esto... esto es la Supremacía —me dije—. Esos son krells. Están intentando destruir a mi pueblo. Mantente enfadada, Spensa.»

Pero aquellos niños no podían mentir. Quizá los adultos pudieran mantener una farsa como la que imaginaba que estaba ejecutando todo el mundo allí. Pero los niños acabaron con esa idea.

Por primera vez desde mi llegada, me permití bajar la guardia. Aquellos niños eran solo niños. Toda la gente que paseaba por el parque no estaba planeando mi destrucción, ni siquiera todos los krells. Lo más probable era que ni siquiera supieran que existía Detritus.

Eran personas. Todos eran solo... personas. Con caparazones extraños o ciclos vitales estrambóticos. Vivían, y amaban.

Miré a Morriumur, cuyos ojos estaban brillando con una emoción que comprendí al instante. Estima. Era una persona recordando algo que la hacía feliz. En vez de sonreír estaba poniendo aquella expresión dione de labios apretados, pero de algún modo era lo mismo.

Oh, por los santos y las estrellas. Ya no podía seguir comportándome como una guerrera. Aquellos no eran mis enemigos. Algunas partes de la Supremacía sí lo eran, por supuesto, pero aquella gente... no era más que *gente*. Lo más seguro era que la señora Chamwit no fuese una espía, sino solo una amable empleada doméstica que me quería bien alimentada. Y Morriumur... solo quería ser piloto.

Morriumur solo quería volar. Igual que yo.

—Eres excelente como piloto —le dije—. De verdad. Lo has aprendido todo con una rapidez increíble. No creo que debas rendirte. Tienes que volar para demostrar a la Supremacía que la gente como tú es necesaria.

—Pero ¿lo somos? —preguntó Morriumur—. ¿Lo somos de verdad?

Miré hacia arriba, viendo alzarse los globos de agua que se ondulaban en el aire. Escuché los sonidos gozosos de los niños de cien especies.

—Me sé muchas historias —dije—. Sobre guerreros y soldados, del cadamique, los libros sagrados de mi pueblo. —M-Bot me había estado instruyendo sobre términos de la cultura de Alanik que debería tratar de dejar caer en las conversaciones—. Mi abuela me contaba esas historias. Algunos de mis primeros recuerdos son de su voz hablándome con calma de algún antiguo guerrero que se enfrentaba a retos imposibles.

—Esos días han quedado atrás —dijo Morriumur—. En la Supremacía, al menos. Incluso nuestro entrenamiento contra los zapadores es solo un supuesto, un plan para reaccionar a algo que posiblemente nunca ocurra. Todas las auténticas guerras han terminado, así que tenemos que prepararnos para los conflictos que quizá, como mucho, estén a medio camino de ser improbables.

Ay, si ellos supieran. Cerré los ojos mientras el agua caía al suelo y hacía chillar a los niños.

—Esas historias antiguas tenían muchos temas distintos —continué—. Uno de ellos no terminé de comprenderlo del todo hasta que empecé a volar. Aparece en los epílogos, en las historias de después de las historias. Los guerreros que han luchado vuelven a casa, pero descubren que ese ya no es su sitio. La batalla los ha cambiado, los ha retorcido hasta el punto de volverlos forasteros. Protegieron la sociedad que amaban, pero al hacerlo se transformaron en algo que jamás podría volver a pertenecer a ella.

—Es... deprimente.

—Lo es, pero al mismo tiempo no lo es. Porque quizá cambiaran, pero aun así triunfaron. Y sin importar lo pacífica que sea una sociedad, el conflicto siempre volverá a encontrarla. Durante esos días de lamentos, es el viejo soldado, ese al que combó la batalla, quien puede alzarse y proteger a los débiles.

»Tú no encajas, pero no es porque tengas un defecto irreparable, Morriumur. Es solo que eres *diferente*. Y algún día van a necesitarte. Te lo prometo.

Abrí los ojos, miré a le dione e intenté componer su versión de una sonrisa apretando fuerte los labios.

—Gracias —me dijo—. Espero que tengas razón. Y sin embargo, al mismo tiempo, espero que no la tengas.

—Así es la vida en el ejército. —Me asaltó una idea. Tal vez fuese una estupidez, pero tenía que intentarlo—. Ojalá mi gente pudiera ayudar más. Me invitaron a probar como piloto porque algunas partes de vuestro gobierno admiten que nos necesitan. Creo que mi gente podría ser los guerreros de la tuya.

—Tal vez —dijo Morriumur—. Pero no sé si querríamos imponer esa carga a tu pueblo.

—Yo creo que nos parecería bien —repliqué—. Lo único que

necesitaríamos saber en realidad es... cómo hipersaltar. Ya sabes, para poder proteger bien la galaxia.

—Ah, ya veo lo que estás haciendo, Alanik. Pero no servirá de nada. ¡Yo no sé cómo funciona! No tengo recuerdos de mis ascendientes que expliquen el secreto de los hipersaltos. Ni siquiera a nosotres nos los cuentan. De hacerlo, podrían secuestrarnos alienígenas hostiles e intentar sonsacarnos el secreto.

—No pretendía... O sea... —Hice una mueca—. Supongo que he sido un poco demasiado evidente, ¿no?

—¡No te sientas mal! —exclamó Morriumur—. Lo que me preocuparía es que *no* quisieras conocer el secreto. Pero confía en mí, no te interesa. Los hipersaltos son peligrosos. Es mejor confiar la tecnología solo a quienes saben lo que están haciendo.

—Ya. Supongo.

Nos levantamos para volver y, a partir de mi limitada capacidad para interpretar a les diones, me pareció que el humor de Morriumur había mejorado mucho. A mí debería haberme pasado lo mismo, pero con cada paso que daba me convencía más de la cruda verdad que por fin había afrontado.

Los humanos no estábamos en guerra contra una todopoderosa, terrible y perversa fuerza del mal. Estábamos en guerra contra un puñado de niños que reían y millones, si no miles de millones, de personas normales. Y tirda, acababa de convencer a une de sus pilotos de que no dejara el trabajo.

Aquel lugar estaba haciendo cosas raras a mis emociones y mi sentido del deber.

—Me alegro de que estés en nuestro escuadrón, Alanik —me dijo Morriumur mientras llegábamos a la embajada—. Creo que podrías tener la cantidad adecuada de agresividad. Puedo aprender de ti.

—No lo tengas tan claro —repuse—. Podría ser más agresiva de lo que crees. En fin, mi gente convivió con los humanos durante muchos años.

—Pero los humanos no pueden ser felices —dijo Morriumur—. No entienden el concepto. Incluso Brade confirma que es cierto, si te paras a escucharla. Sin el debido entrenamiento, los humanos son solo máquinas de matar descerebradas. Tú eres mucho más. ¡Luchas cuando es necesario, pero disfrutas de los estallidos de agua flotante cuando no! Si demuestro mi valía a mi familia, será porque les he hecho ver que puedo ser como tú.

Contuve un suspiro y abrí la puerta. Babosa Letal estaba en la repisa que había al otro lado, esperando impaciente mi regreso. Tirda. Con un poco de suerte, Morriumur no la...

—¿Qué es *eso*? —preguntó vehemente. Estaba enseñando los dientes en un extraño ademán de agresividad y odio.

Pasé dentro.

—Hummm... es mi mascota babosa. Nada de lo que preocuparse.

Morriumur se abrió paso al interior con mucho atrevimiento, obligándome a recoger a Babosa Letal y acunarla mientras retrocedía. Morriumur cerró la puerta casi del todo y miró hacia fuera por la rendija. Se volvió hacia mí.

—¿Obtuviste la autorización para traer un animal venenoso a Estelar? ¿Tiene licencia?

—No —dije—. O sea, no la pedí.

—¡Tienes que destruir esa cosa! —exclamó Morriumur—. Es un taynix. Son letales.

Bajé la mirada a Babosa Letal, que flauteó interrogativa.

—No es un taynix —le aseguré—. Es una especie distinta por completo. Es solo que tienen un aspecto parecido. Yo la cojo a todas horas y nunca me ha pasado nada.

Morriumur hizo otra mueca. Pero al mirarme sosteniendo protectora a Babosa Letal, volvió a apretar los labios y formó una línea.

—Bien, pero... no se lo enseñes a nadie más, ¿de acuerdo? Podrías meterte en problemas muy serios. Aunque no sea un taynix. —Retrocedió y salió por la puerta—. Gracias por ser una amiga, Alanik. Si acabo naciendo con otra personalidad... bueno, me gusta la idea de haberte conocido antes.

Cerré la puerta con llave después de que se marchara.

—No deberías bajar aquí —reñí a Babosa Letal—. En serio, ¿cómo te las has apañado para bajar esos escalones?

La llevé de vuelta a mi cuarto, donde la dejé en la cama antes de cerrar esa puerta y echarle también el pestillo... sin ningún motivo de peso.

—¿Spensa? —dijo M-Bot—. ¡Has vuelto! ¿Qué ha pasado? ¿Qué quería?

Sacudí la cabeza y me senté junto a la ventana para mirar a toda aquella gente. Qué decidida había estado a verlos como mis enemigos. Me había mantenido centrada. Pero por algún motivo, encontré incluso más temible la idea de su indiferencia.

—¿Spensa? —insistió M-Bot—. Spensa, deberías ver esto.

Fruncí el ceño y me volví hacia el monitor de la pared. M-Bot puso en él una emisora de noticias.

Mostraba una imagen de Detritus desde el espacio, con un letrero abajo: LA PLAGA HUMANA ESTÁ A PUNTO DE ESCAPAR DE SU PRISIÓN.

29

De verdad era Detritus. Las gigantescas capas metálicas del planeta orbitaban despacio a su alrededor en el vacío, iluminadas por un sol que había visto muy pocas veces. Me quedé sin aliento. Por la parte inferior de la pantalla pasaba el texto de las noticias, pero también se oía a une dione hablando. Mi alfiler tradujo sus palabras.

—Estas impresionantes imágenes nos llegan enviadas de forma clandestina por un trabajador anónimo que afirma estar destinado en la reserva humana desde hace ya un tiempo.

La imagen cambió a un plano corto de cazas Desafiantes combatiendo contra drones krells. Los destellantes destructores iluminaban el vacío cerca de las siempre vigilantes plataformas defensivas.

—Parecen demostrar —continuó le periodista— que el problema humano no ha quedado en el pasado, como una vez se creyó. Nuestra fuente anónima afirma que la contención de los humanos está fallando por culpa de un Departamento de Servicios de Protección cada vez más permisivo e incompetente. Dicha fuente enumera como problemas principales la mala supervisión y la ausencia de un adecuado despliegue de tácticas de represión. Como pueden ver en este metraje, la infestación humana ha empezado a superar las defensas.

La pantalla pasó a un plano de Winzik de pie tras un podio, todo tranquilidad. La narración de le periodista continuó:

—El ministro de servicios de protección de la Supremacía, Ohz Burtim Winzik, afirma que el riesgo es exagerado.

—Esta cepa de humanos permanece contenida por completo —dijo Winzik—. No tenemos constancia de que sepan cómo escapar de su sistema, que se encuentra a años luz de cualquier otro planeta habitado. El gobierno está trabajando con ahínco para eliminar cualquier peligro que supongan estos humanos, pero les aseguramos que la prensa ha exagerado en grado sumo la amenaza.

Me acerqué a la pantalla, tropezando con unas cajas, incapaz de apartar la mirada del vídeo de otras naves combatiendo en el espacio. ¿Esa era yo? Sí, del combate en el que había participado justo antes de evitar que la nave de Alanik se estrellara.

—La noticia ha empezado a saltar en todos los canales —dijo M-Bot—. Por lo visto, un varvax que trabajaba en la estación espacial grabó vídeos en secreto durante los últimos meses, y luego volvió a Visión Estelar y los filtró.

—¿Los filtró? —me sorprendí—. ¿Cómo es posible? ¿El gobierno no puede prohibir a los noticiarios que reproduzcan las imágenes? Bien que reprimen cualquier mención del funcionamiento de los hipermotores.

—Ahí es donde se complica la cosa —dijo M-Bot—. Creo que el gobierno podría exiliar a la persona que grabó este vídeo, pero la ley no les permite hacer nada a las emisoras que están reproduciéndolo. Por lo menos, no sin unas acciones concretas que antes debe aprobar su senado.

Qué raro. Entorné los ojos cuando Winzik volvió a aparecer en pantalla. Cuna me había hablado de aquello. El Departamento de Servicios de Protección solía usar los recrudecimientos de la rebelión humana como una forma de mejorar su financiación. ¿Era eso lo que estaban haciendo?

Pero parecía que aquellas imágenes estaban haciendo que todo el mundo cuestionara a Winzik y su departamento. Tal vez aquella filtración sí que fuese accidental de verdad.

Me incliné hacia delante mientras el plano cambiaba a un krell sentado con un exoesqueleto de color rosa claro. M-Bot leyó el letrero de abajo, donde aparecía su nombre: SSSIZME, EXPERTO EN LA ESPECIE HUMANA.

—Este ejecutivo siempre ha sido demasiado indulgente con las especies peligrosas —dijo el experto, moviendo las manos a la manera animada de los krells—. Esta infestación de humanos es una bomba a punto de estallar, y la mecha se encendió en el momento en que concluyó la Tercera Guerra Humana y se crearon las reservas de humanos. El gobierno se ha esforzado mucho en hacernos creer que la contención es absoluta, pero ahora empieza a conocerse la verdad.

—Discúlpeme si me equivoco —dijo otre periodista desde fuera del plano—, pero ¿no estábamos en la obligación de preservar a los humanos? ¿Por la ley de conservación de culturas y sociedades?

—Una ley anticuada —respondió el experto—. La necesidad de preservar las culturas de especies peligrosas debe equilibrarse con la necesidad de proteger las especies pacíficas de la Supremacía.

El krell cangrejoide señaló hacia un lado y la cámara abrió el plano para mostrar a un joven varón humano sentado a una mesa. Se quedó quieto y sin decir nada mientras el experto proseguía.

—Aquí pueden ver a un humano autorizado y vigilado. Aunque muchos temen su aterradora reputación, en realidad los humanos no son más peligrosas que el promedio de las especies inferiores. Son agresivos, sí, pero no al nivel de... pongamos un dron cormax o los wrexianos.

»El peligro que suponen los humanos se deriva de su infrecuente combinación de atributos, incluido el hecho de que su fisiología tiene como resultado un elevado número de citónicos. En general, en el momento en que una especie ha cultivado la citónica y cuenta con una capacidad superlumínica temprana, también ha logrado ya establecer una sociedad pacífica. Los humanos son agresivos, diligentes y, lo más importante de todo, rápidos a la hora de expandirse y capaces de sobrevivir en ambientes extremos. Se trata una combinación mortífera.

—Entonces —dijo le periodista— ¿cómo cree que debería afrontarse esta infestación?

—Exterminándola —respondió el experto.

La cámara enfocó a quien estaba haciendo la entrevista, une dione a quien, a mis inexpertos ojos, parecía horrorizar por completo esa idea.

—¡Qué salvajada! —exclamó, levantándose—. ¿Cómo puede sugerir siquiera algo así?

—Sería una salvajada —dijo el experto con calma— si estuviéramos hablando de una especie de seres inteligentes. Pero los humanos de este planeta en concreto... son más insectos que personas. Es evidente que la reserva de Detritus ha fracasado y, por el bien de toda la galaxia, debe ser purgada. —El experto señaló de nuevo al humano que tenía al lado—. Además, este hombre demuestra que la especie humana no se extinguirá porque destruyamos un planeta rebelde. Los humanos pueden coexistir con la Supremacía, pero no debe permitírseles ningún autogobierno. Fue una necedad intentar conservar Detritus.

»Y que conste que no acepto los pretextos que puso en un principio el gobierno para permitir a los humanos el acceso a la tecnología. ¿Todo aquello de mantenerlos distraídos proporcionándoles batallas espaciales a las que dedicarse? Paparruchas. El ejecutivo está inventándose excusas para encubrir una explosión incontrolada de agresividad humana que se inició hace unos diez años. Le alte ministre Ved debería haber escuchado los consejos de expertos como yo mismo y ocuparse de los humanos con más dureza.

Me hundí en el asiento mientras el noticiario volvía a reproducir los combates grabados. Había pasado toda la vida sabiendo que los krells intentaban exterminarnos, pero oír a alguien hablar de nosotros así, con tanta sangre fría... Pedí a M-Bot que cambiara a otro canal, en el que había un grupo de expertos debatiendo. Un tercer canal estaba emitiendo el mismo metraje.

Cuanto más miraba, más pequeña me sentía. La forma de hablar que tenía aquella gente en las noticias... me robó algo muy valioso. Estaban reduciendo mi pueblo entero, nuestro heroísmo, nuestras muertes, nuestros esfuerzos, al brote de una plaga. Fui de nuevo a la ventana.

No había caos en las calles. La gente entraba y salía de sus tiendas, seguía con sus vidas. Lo más extraño fue que, incluso mientras me resultaba difícil invocar mi odio hacia ellos, sí que sentía un odio creciente hacia los altos cargos que los gobernaban. Ese gobierno no solo había matado a mi padre, sino que estaba presentándolo como un insecto al que había que aplastar.

«Diminuto —pensó una parte de mí mientras miraba a la gente que circulaba por esas calles—. Qué diminuto es todo.»

¿Tan grandiosa se creía la Supremacía? Pues ellos también eran solo insectos. Bichos que picaban. Un ruido irritante que debía silenciarse. ¿Qué hacían aquellas alimañas revoloteando a mi alrededor? Apenas necesitaría un pensamiento para acabar con todos ellos y...

¿Y qué estaba pensando? Me aparté con una sacudida de la ventana, sintiéndome enferma. Sentí los ojos observándome a mi alrededor, y en cierto modo los comprendí. Esos pensamientos sobre insectos eran *sus* pensamientos.

Me estaba pasando algo. Algo relacionado con los zapadores, la ninguna-parte y mis capacidades. M-Bot estaba preocupado por si él era la sombra. Pero no tenía ni idea.

Miré la mesa en la que había estado trabajando. Allí estaba el estuche, que tendría el tamaño de una cabeza humana, en el que había fijado los tres componentes que había quitado a M-Bot. Lo cogí y salí dando pisotones de mi dormitorio, dejando a Babosa Letal trinando interrogativa detrás de mí.

Subí al tejado y me metí bajo la lona que ocultaba a M-Bot. El dron estaba donde lo había dejado, en el asiento de su cabina, conectado por cables a la consola.

—¿Cuánto te falta? —le pregunté—. ¿Te queda mucho para acabar de programarlo?

—Ya he terminado —dijo M-Bot—. Estaba listo poco después de que te marcharas con Morriumur. Pero deberíamos dedicar un día a hacerle pruebas diagnósticas.

—No hay tiempo —repliqué—. Enséñame cómo ponerle en la parte de abajo esto que he montado.

Hizo aparecer unas instrucciones en su monitor y yo me puse a trabajar en silencio, conectando cables y atornillando mi equipo casero de sensores a la parte inferior del dron reprogramado.

—Estoy monitorizando ochenta canales diferentes de la Supremacía —informó M-Bot—. La mayoría de ellos están hablando de Detritus.

Seguí trabajando.

—Casi todos los que participan en esos programas están furiosos, Spensa —me dijo—. Están exigiendo a voz en grito que se tomen medidas más severas contra tu gente.

—¿Qué medidas hay más severas que aparcar una flota de acorazados en nuestra puerta? —pregunté.

—Estoy ejecutando simulaciones y no obtengo ningún resultado bueno. —M-Bot calló un momento—. Tu pueblo necesita hipermotores. El único modo de sobrevivir a una fuerza tan apabullante es huir.

Sostuve el dron en alto y lo activé. Los dos pequeños anillos de pendiente empezaron a brillar en un tono azul intenso bajo las alas, sosteniendo el objeto en el aire con cierta precariedad, con el voluminoso módulo de sensores sujeto a la parte de abajo.

—¿Dron? —dije—. ¿Estás despierto?

—Instalación de la IA integrada completada con éxito —respondió el dron con voz monótona.

—¿Cómo te sientes?

—No comprendo cómo responder a esa pregunta —dijo.

—No está vivo —explicó M-Bot—. O... bueno, no está... lo que sea que estoy yo.

—Dron —dije—, activa camuflaje activo.

El dron desapareció, proyectando un holograma en su exterior que daba la impresión de estar viendo a través de él. Eso, añadido al distorsionador de frecuencias, debería ocultarlo de prácticamente cualquier escaneo salvo los más meticulosos.

—El camuflaje activo tiene sus debilidades —señaló M-Bot—. Es imposible que algo se vuelva invisible por completo desde todos los ángulos mediante esta clase de tecnología. Míralo desde un lado y haz que se mueva.

Giré la cintura y vi que tenía razón. Desde el lado, la invisibilidad no era ni por asomo tan convincente. El aire se ondulaba en el lugar donde estaba el dron. Cuando se movía, esa ondulación era más visible.

—Lo mejor que podemos hacer para que no lo descubran es que flote cerca del techo, donde nadie pueda tropezar por casualidad con él —dijo M-Bot—. Luego haremos que se mueva despacio, con órdenes de quedarse quieto si alguien lo mira directamente. Si solo le dirige la mirada una persona, el dron puede adaptarse a su perspectiva y permanecer oculto. Cuanta más gente lo mire desde distintos ángulos, más evidente será su presencia.

—¿Puede obedecer esas órdenes? —pregunté.

—Sí. Tiene una inteligencia básica y le he copiado un buen trozo de mis protocolos de infiltración furtiva. Debería ser capaz de explorar, sacar fotos de la zona que queramos y luego volver a su escondrijo para recogerlo. —M-Bot calló un momento de nuevo—. Puede volar por sí mismo, cosa que yo no. Quizá no he debido decir que no estaba vivo, porque en algunos aspectos está más vivo que yo.

Pensé en eso y luego abrí el compartimento que había a un lado de la cabina y saqué la pequeña pistola destructora de emergencia que guardaba allí.

—Dron —dije—, desactiva holograma.

Apareció justo encima de mí, levitando cerca de la cubierta abierta y la lona que recubría a M-Bot por fuera. Me aseguré de que la pistola tuviera el seguro activado y la sujeté con cinta eléctrica a la parte de atrás del dron para poder camuflarla también.

—Si te metes en demasiados problemas —dijo M-Bot—, recuerda que tienes una segunda cara programada en el brazalete. Puedes convertirte en otra persona si descubren a «Alanik» y tienes que esconderte.

—Muy bien —respondí—. Esperemos que no haga falta. Pero en todo caso, a Detritus se le acaba el tiempo. Vamos a tener que poner en práctica este plan mañana.

CUARTA PARTE

Interludio

Jorgen pasó el día aprendiendo a hacer pan.

A la abuela de Spensa se le daba muy bien el pan, a pesar de que era ciega. Estaban sentados los dos en la estrecha casa de una sola habitación donde vivía ella en Ígnea. La madre de Spensa había aceptado un nuevo alojamiento, pero su abuela se había empeñado en quedarse donde estaba. Decía que le gustaba la «atmósfera» que tenía.

Entraba luz roja por la ventana y el aire olía a calor del aparataje. Se podía oler el calor, había descubierto Jorgen. O por lo menos el metal caliente. Era una especie de olor quemado, pero no un olor a quemado. Era el olor de las cosas que habían superado tan de largo estar en llamas que hasta sus cenizas se cocían.

La yaya estaba obligándolo a trabajar como ella, recurriendo solo al tacto y al olfato. Jorgen cerró los ojos, estiró el brazo y palpó una cacerola de hierro para cogerla y comprobar el polvo que contenía. Se llevó un pellizco de él a la nariz y lo olisqueó.

—Esto es la harina —dijo, inhalando el saludable, aunque de algún modo también sucio, aroma del grano molido—. Necesito unos quinientos gramos.

Cogió una taza para medir, la hundió y la sopesó sin verla. La alzó, localizó a tientas el cuenco que tenía en el regazo y dejó caer en él la harina.

—Bien —dijo la yaya.

Jorgen mezcló con la mano mientras contaba hasta cien.

—Ahora el aceite —dijo, y se llevó el recipiente adecuado a la nariz.

Lo olió, asintió y lo decantó para que el aceite goteara de su dedo al cuenco. La yaya quería que midiera las cosas así, nada menos que al tacto. Lo siguiente fue el agua.

—Muy bien —dijo la yaya. Tenía una voz paciente. Una voz como la que tendría una piedra, imaginó Jorgen. Inmóvil, antigua y pensativa.

—Preferiría mirar para comprobar que tengo bien las cantidades —dijo Jorgen—. En realidad no he medido nada.

—Pues claro que sí —replicó ella.

—No con exactitud.

—Mézclalo. Palpa la masa. ¿Te parece que está bien?

Jorgen amasó con los ojos aún cerrados. La yaya se negaba a dejarle usar un mezclador eléctrico. Quería que amasara a mano, estrujando la masa elástica entre los dedos mientras los ingredientes se combinaban.

—Está... —dijo—. Está demasiado seca.

—Ah. —La yaya extendió un brazo y metió la mano en el cuenco—. Sí que lo está, sí. Añádele un poco de agua, pues.

Jorgen obedeció, todavía sin abrir los ojos.

—No has echado ni un vistazo —comentó la yaya—. Cuando enseñé a hacer esto a Spensa, no dejaba de mirar por un ojo. Tuve que desafiarla a hacerlo sin mirar, convertirlo en un juego, para que hiciera lo que le pedía.

Jorgen siguió amasando. Había renunciado a intentar averiguar cómo iba a saber la yaya si él abría los ojos o no. Era evidente que estaba ciega, porque la nudosa anciana tenía los ojos de un blanco lechoso. Pero había un poder en ella. Cerca de la mujer, Jorgen sentía aquel mismo zumbido, más tenue que con Spensa o con la alienígena.

—Y tampoco te quejas nunca —añadió la yaya—. Llevas cinco días aprendiendo a cocer pan al tacto y ni una vez me has preguntado por qué te estoy obligando a hacerlo.

—Mi oficial al mando me ordenó venir a que usted me entrenara. Supongo que todo terminará teniendo sentido.

La yaya soltó un bufido al oírlo. Como si... como si quisiera que Jorgen se resistiera a aquel extraño estilo de instrucción. Pero él había hablado con decenas de soldados sobre sus primeros días de instrucción y las tareas monótonas que les habían encargado. Pasaba más en la tropa de tierra que en la escuela de vuelo, pero lo comprendía de todos modos.

La yaya estaba entrenándolo antes que nada para aceptar la instrucción. Eso Jorgen podía hacerlo. Tenía sentido. Pero desearía que la mujer se diera prisa. En el mismo día de aquel primer ataque, los acorazados habían lanzado otras dos descargas de prueba hacia Detritus y ambas habían sido interceptadas. Desde entonces, las fuerzas enemigas se habían quedado quietas allí, reuniendo recursos y haciendo crecer su flota. El regreso de los krells a la inactividad tenía a Jorgen muy tenso.

Los krells tenían una pistola muy grande apuntándoles a las cabezas. Jorgen tenía que completar deprisa aquel entrenamiento, determinar si podría proporcionar a la flota lo que le era necesario y luego volver para informar a Cobb.

Dicho eso, no pensaba protestar. A todos los efectos, la yaya había pasado a ser su oficial al mando.

—¿Oyes alguna cosa? —preguntó la yaya mientras Jorgen seguía amasando.

—La sensación vibrante que procede de usted —dijo—, como ya le informé. Pero no es algo que oiga de verdad. Es más bien una impresión. Como cuando se siente vibrar una máquina lejana que hace temblar el suelo.

—¿Y si extiendes la mente como te he enseñado? —preguntó ella—. ¿Si te imaginas a ti mismo volando por el espacio?

Jorgen intentó hacer lo que le pedía la mujer, pero no sirvió de nada. ¿Imaginarse a sí mismo flotando en el espacio? ¿Recorrer las estrellas volando? Él había estado allí en su nave y podía visualizar la experiencia a la perfección. ¿Qué se suponía que conseguiría con eso?

—¿Nada? —preguntó ella.

—Nada.

—¿No hay cantos? ¿No tienes la sensación de algo distante que te llama?

—No, señora —respondió él—. Hummm, quiero decir, no, yaya.

—Ella está ahí fuera —dijo la yaya, y la antigua voz se le quebró al susurrar las palabras—. Y está preocupada.

Jorgen abrió los ojos de golpe. Captó un fugaz atisbo de la yaya, una mujer vieja y arrugada que parecía toda huesos y tela, con el pelo blanco como el polvo y los ojos lechosos. Había inclinado la cabeza hacia arriba, hacia el cielo.

Al instante Jorgen apretó los párpados con fuerza.

—Perdón —dijo—. He mirado. Pero... pero ¿usted puede sentirla?

—Sí —respondió la yaya en voz baja—. Ha pasado hoy mismo. He sentido que estaba viva. Asustada, aunque puede que se niegue a reconocer hasta eso.

—¿Puede pedirle un informe de su misión? —preguntó él, mientras la masa escapaba entre sus dedos al apretarla—. ¿O traerla aquí?

—No —dijo la yaya—. Nuestro contacto ha sido momentáneo, efímero. No soy lo bastante fuerte para más. Y no debería traerla de vuelta, ni aunque pudiera. Tiene que librar esta batalla.

—¿Qué batalla? ¿Está en peligro?

—Sí. Igual que nosotros. ¿Más? Puede ser. Extiéndete, Jorgen. Vuela entre las estrellas. Escúchalas.

Él lo intentó. Vaya si lo intentó. Contrajo los que creía que eran los músculos correctos. Hizo fuerza y se obligó a sí mismo a intentar imaginar lo que la mujer decía.

Que no ocurriera nada le hacía sentir que estaba decepcionando a Spensa. Y odiaba ese sentimiento.

—Lo siento —dijo—. No me llega nada. A lo mejor debería probar con algún primo mío. —Cerró un puño y se lo apretó contra la frente, todavía cerrando los ojos con fuerza—. No debí decirle que se marchara. Debí cumplir las normas. Esto es culpa mía.

La yaya gruñó.

—Vuelve con tu masa —dijo. Cuando Jorgen siguió hiñendo, ella volvió a hablar—. ¿Te he contado la historia de Stanislav, el héroe de la casi-guerra?

—¿La... casi-guerra?

—Fue allá en la antigua Tierra —dijo la yaya, y Jorgen oyó el raspar de los cuencos cuando la mujer empezó a preparar su propia masa para hornear—. Durante una época en que dos grandes naciones tenían sus armas terribles apuntadas mutuamente y el mundo entero esperaba en tensión, temiendo lo que ocurriría si los gigantes decidían guerrear.

—Conozco esa sensación —dijo Jorgen—. Tenemos las armas krells apuntadas hacia nosotros.

—Así es. Bueno, pues Stanislav era un oficial de servicio, encargado del equipo de sensores que debía advertir a los suyos si se había lanzado un ataque. Su deber era informar de inmediato si los sensores captaban algo.

—¿Para que su gente pudiera escapar a tiempo? —preguntó Jorgen.

—No, no. Eran unas armas como las de los bombarderos krells. Armas aniquiladoras de vida. No había escapatoria: el pueblo de Stanislav sabía que, si llegaba un ataque del enemigo, estaban condenados. Su misión no era impedirlo, sino dar el aviso para que pudieran tomar represalias. De ese modo, las dos naciones quedarían destruidas, no solo una.

»Me imagino que tuvo una vida de tensa calma, esperando, deseando, rezando por no tener que hacer nunca su trabajo. Pues si lo hacía, significaría el final de miles de millones de personas. Menuda carga.

—¿Qué carga? —dijo Jorgen—. No era un general, así que la decisión no era suya. Él era solo un operador. Lo único que tenía que hacer era transmitir la información.

—Y aun así —continuó la yaya con voz suave—, no lo hizo. Llegó un aviso. ¡El sistema informático decía que el enemigo había hecho un lanzamiento! Había llegado ese día terrible y Stanislav sabía que, si la lectura era real, todas las personas a las que había conocido, todas a las que amaba, podían darse por muertas. Solo que le entraron sospechas. «El enemigo ha lanzado muy pocos misiles y este sistema nuevo no está probado como debería», razonó. Se debatió, y se devanó los sesos, y al final decidió no llamar y no contar a sus superiores lo que había pasado.

—¡Desobedeció órdenes! —exclamó Jorgen—. Fracasó en su cometido más fundamental.

Amasó con más fuerza, apretando la masa contra la base del cuenco ancho y poco profundo.

—Así es —convino la yaya—. Su voluntad se vio puesta a prueba, sin embargo, cuando el ordenador informó de otro lanzamiento. Más numeroso esa vez, aunque todavía sospechosamente pequeño. Stanislav dudó. Sabía que su deber era dar a los suyos la oportunidad de vengarse. Enviar la muerte a sus enemigos mientras todavía fueran capaces. El hombre y el soldado batallaron en su interior.

»Al final, concluyó que el informe del ordenador era una falsa alarma. Esperó, sudando... hasta que no llegó ningún misil. Ese día se convirtió en el único héroe de una guerra que nunca se declaró. En el hombre que evitó el final del mundo.

—Aun así, desobedeció —dijo Jorgen—. No le correspondía tomar la decisión que tomó. Correspondía a sus superiores. Que tuviera razón hace que la historia lo justifique al final, pero si se hubiera equivocado, se lo recordaría como un cobarde en el mejor de los casos, como un traidor en el peor.

—Si se hubiera equivocado —susurró la yaya—, nadie lo habría recordado. Porque nadie habría vivido para recordarlo.

Jorgen echó la espalda hacia atrás y abrió los ojos. Miró la firme masa que tenía en las manos y empezó a trabajar con más fuerza, plegándola y apretándola, furioso por razones que no sabría explicar.

—¿Por qué me ha contado esa historia? —preguntó a la yaya levantando la voz—. Spensa decía que siempre le contaba historias de gente decapitando monstruos.

—Le contaba esas historias porque las necesitaba.

—¿Y cree que yo necesito una historia como esta? ¿Porque me gusta obedecer órdenes? No soy una máquina sin emociones, yaya. Ayudé a Spensa a reconstruir su nave espacial. O por lo menos, no le dije a nadie lo que estaba haciendo cuando se llevó el propulsor de Arcada. En contra del protocolo.

La yaya no respondió, así que Jorgen siguió trabajando, aplastando la masa una y otra vez, plegándola como los antiguos espaderos plegaban el metal.

—Todo el mundo piensa que solo porque me gusta que haya un poco de estructura, un poco de organización, ¡soy una especie de alienígena! Pues lo siento por preocuparme de que exista algún tipo de estructura. ¡Si todo el mundo fuese como ese tal Stanislav, el ejército sería un desastre! ¡Ningún soldado dispararía por miedo a que la orden que le han dado pudiera ser una falsa alarma! ¡Ningún piloto volaría, porque quién sabe, puede que los sensores se equivoquen y no haya ningún enemigo!

Dejó la masa con un golpe en el cuenco y apoyó la espalda en la pared.

La yaya cogió su masa y la apretó entre los dedos.

—Excelente —dijo—. Por fin te veo amasar bien, chico. Este sí que será un buen pan.

—Yo...

—Cierra los ojos —ordenó la yaya—. Bah.

Jorgen se secó la frente con la manga. No se había dado cuenta de que estaba alterándose tanto.

—Mire, puede que hiciera bien en decirle a Spensa que se marchara. Pero quizá no debería haberlo hecho. No soy...

—¡Que cierres los ojos, chico!

Jorgen se dio un cabezazo contra la pared, pero obedeció.

—¿Qué oyes?

—Nada —dijo él.

—No digas bobadas. ¿Oyes la maquinaria de fuera, los golpes y los chirridos del aparataje?

—Bueno, sí, claro, pero...

—¿Y a la gente de la calle que monta escándalo volviendo a casa con el cambio de turno?

—Supongo.

—¿Y el latido de tu corazón? ¿Eso lo oyes?

—No lo sé.

—*Inténtalo.*

Jorgen suspiró, pero hizo lo que le decían y trató de escuchar. Lo oía aporreando en su interior, pero seguro que era solo porque se había dejado poner histérico.

—Stanislav no fue un héroe por desobedecer órdenes —dijo la yaya—. Fue un héroe porque *supo* cuándo desobedecer órdenes. Eso lo aprendí de mi madre, la que nos trajo aquí en uno de sus últimos actos. Creo que sintió algo en este lugar. Algo que necesitábamos.

—Entonces no debería estar mirando hacia las estrellas —replicó Jorgen, todavía frustrado—. Deberíamos estar mirando el planeta que tenemos debajo.

—Yo siempre he querido regresar a las estrellas —dijo la yaya.

—Me gusta volar, no me malinterprete —dijo Jorgen con los ojos aún cerrados—. Pero al mismo tiempo, este es mi hogar. No quiero escapar de él, quiero protegerlo. Y a veces, cuando estoy tumbado en la cama, con el silencio de las cavernas profundas, juraría que...

—¿Que qué? —preguntó la yaya.

Jorgen abrió los ojos de sopetón.

—Sí que oigo algo. Pero no está por encima de nosotros. Está muy abajo.

30

Abrí mi mochila de un tirón para que une militar dione pudiera inspeccionar su contenido.

El interior no parecía sospechoso en absoluto. Solo estaba la gran fiambrera transparente de plástico en la que acostumbraba a llevar la comida. Parecía inocente por completo. Sobre todo, teniendo en cuenta que era un dron disfrazado.

Le guardia iluminó el contenido con una pequeña linterna. ¿Se daría cuenta de lo preocupada que estaba yo? ¿Estaba sudando demasiado? ¿Algún dron de seguridad cercano detectaría mi pulso acelerado?

No. No, podía hacerlo. Era una guerrera, y eso a veces requería disimulo y ocultación. Me quedé allí un momento largo e insoportable. Entonces, benditas estrellas, le guardia me indicó que siguiera adelante.

Cerré la cremallera de la mochila, me la eché al hombro y caminé deprisa por el hangar de lanzaderas de la *Pesos y Medidas*. Traté de exudar confianza y despreocupación.

—¿Alanik? —dijo Morriumur, poniéndose a mi lado mientras entrábamos en el pasillo—. ¿Te encuentras bien? Tu tono de piel está más enrojecido que de costumbre.

—Eh... Anoche no dormí bien —respondí.

Seguimos hacia la primera intersección. M-Bot sospechaba que aquel sector del pasillo tendría instalado un escáner secundario para detectar materiales ilícitos, pero confiaba en que el distorsionador que habíamos añadido al dron lo ocultaría. Y en efecto, no saltó ninguna alarma cuando cruzamos la intersección, aunque une tripulante dione estuvo a punto de chocar con la pequeña plataforma flotante de Hesho. Kauri dio un grito y a duras penas logró que la plataforma rodeara la cabeza de le dione sin estrellarse.

Le tripulante se disculpó y se apresuró a seguir su camino. Kauri trajo la plataforma de vuelta y la cola de Hesho se crispó de irritación mientras giraba la cabeza para mirar a le dione.

—Incluso cuando volamos, estamos bajo los pies. Sereno hasta ser mancillado, profundo solo un centímetro pero reflejando la eternidad, soy un mar para muchos, mas un charco para uno.

—Cualquiera habría dicho que la Supremacía estaría acostumbrada a tratar con gente de todos los tamaños —comenté.

—No somos muchos —dijo Hesho—. Solo conozco otra especie de nuestro tamaño, a no ser que cuentes a los varvax dentro de sus exoesqueletos. A lo mejor tendríamos que construir trajes enormes nosotros también. La gente pequeña lo tiene difícil en este universo de gigantes. —Su cola se crispó otra vez—. Pero tal es el precio que debemos pagar por tener aliados contra los humanos. Están a punto de escapar, ¿sabes? ¿Has visto las noticias?

Lanzó una mirada a Brade, que como de costumbre daba zancadas por delante de nosotros sin prestar apenas atención a lo que hablábamos.

—Los humanos están contenidos, Hesho —dijo Morriumur—. Este pequeño incidente no debería preocuparnos. Seguro que lo resuelven pronto.

—Mi deber, y mi carga, consiste en preocuparme por las peores posibilidades.

Cuando llegamos a la intersección que ya conocíamos bien, con la acostumbrada vigilante y el pasillo que llevaba a Ingeniería, me separé del resto y les hice un gesto para que siguieran.

—Tengo que ir al lavabo —les dije, y me acerqué a la soldado de guardia.

La krell abrió y cerró los dedos en señal de fastidio, pero llamó a un dron guía para que me acompañara al servicio. Repasé el plan una vez más, aunque había pasado toda la noche practicándolo con M-Bot. No me inquietaba estar cansada por la falta de sueño. Seguro que mi energía nerviosa podría haber alimentado media Visión Estelar.

El dron guía me llevó al servicio y de nuevo se quedó esperando mientras yo entraba en un compartimento. Sin perder tiempo, me senté, me puse la mochila en el regazo y, procurando no hacer ruido, abrí la cremallera. Mis manos, que habían ejecutado aquella misma secuencia cien veces seguidas la noche anterior, sacaron el dron y luego el módulo de seguridad. Lo atornillé hasta que dio un quedo chasquido que confié en que no fuese demasiado audible.

Pulsé un interruptor y el dron flotó en el aire mientras yo me apresuraba a hacer mis cosas en el compartimento, para no sonar sospechosa. Luego me apreté contra la pared lateral del compartimento mientras el dron seguía flotando en su sitio. Levanté un dedo, luego dos, luego tres.

El dron desapareció al activar su camuflaje. Di unos golpecitos en mi brazalete para comprobar que el dron y yo podíamos comunicarnos. Respondió enviándome un mensaje en el código de vuelo de la FDD que el brazalete reprodujo con golpecitos en mi piel.

Todos los sistemas activos.

La misión estaba en marcha. Los escudos de la *Pesos y Medidas* me impedían contactar con M-Bot en el exterior, pero, tal y como habíamos esperado, sí podía comunicarme con alguien del interior, por ejemplo el dron.

Salí con la mochila al hombro y al instante me lamenté. «¡La pistola destructora!» Tirda, la idea era retirarla del dron y guardármela en la mochila por si la necesitaba.

Demasiado tarde. Estaba fijada a la parte trasera del dron, segura pero inútil.

«Buena suerte, pequeñín», pensé mientras me lavaba las manos. Una parte de mí no dejaba de esperar que el dron de seguridad hiciera saltar una alarma de repente, pero siguió callado. Seguí a mi guía fuera del lavabo, dejando atrás a mi espía secreto, listo para escabullirse y colarse en la sala de máquinas.

Llegué a la sala de salto y me senté con los demás. Esperé. Luego esperé más. ¿No estábamos tardando demasiado en desacoplarnos de los muelles y despegar? ¿Me habrían descubierto ya?

Por fin, la *Pesos y Medidas* desatracó y echó a volar hacia el espacio.

—Pilotos —dijo la voz de Winzik por megafonía, casi haciéndome saltar hasta el techo—, quería informarlos de que el entrenamiento de hoy es especialmente importante. ¡Caramba, caramba! Transportamos a varios altos cargos del gobierno de la Supremacía que han venido para comprobar sus progresos. Como un favor personal hacia mí, me gustaría que hoy volaran como nunca y los impresionaran.

«¿Justo hoy?» Con la de días que había, ¿tenía que ser ese el elegido para llevar observadores a la nave? Estuve a punto de contactar con mi dron y cancelar la misión. Pero no. La suerte estaba echada.

Esperé en silencio mientras alcanzábamos una distancia segura de Visión Estelar y entonces sonó un chillido en mi mente y entramos en la ninguna-parte.

No tuve mucha ocasión de preocuparme por el dron y su misión durante el entrenamiento de ese día.

Surqué el espacio, perseguida por una horda de peñascos de imitación autopropulsados. Brade volaba cerca, a mi ala, y juntas intentamos lanzarnos hacia el laberinto de zapador, pero las ascuas habían previsto esa maniobra. Otro grupo de ellas se separó del exterior del laberinto y voló hacia nosotras.

—Patrón de viraje —dije—. Quiebro a la derecha.

Hice girar mi caza estelar sin dejar de propulsarme. Eso me lanzó hacia el lado, pero mi impulso siguió llevándome hacia delante al mismo tiempo.

Mi sensor de proximidad mostró que Brade, en vez de obedecer mi orden, estaba abalanzándose hacia el nuevo grupo de ascuas. Gruñí y activé el canal privado.

—¡Brade, cumple las órdenes!

—Puedo cargarme esas ascuas —dijo ella.

—No dudo que puedas. Pero ¿puedes *cumplir órdenes*?

Siguió hacia las ascuas. Entonces, justo antes de llegar a ellas, viró para apartarse y se propulsó hacia mí. Dejé escapar una bocanada de aire que no me había dado cuenta de estar conteniendo.

—Vale —dije—. Patrón de viraje, quiebro a la derecha.

Tracé una amplia trayectoria de giro que nos alejó de las ascuas. Brade me siguió y juntas dimos el rodeo que le había ordenado.

—Muy bien —dije, entrando desde un ángulo más óptimo—, desmelénate.

—¿En serio? —preguntó.

—Yo te cubro.

Sentí un entusiasmo en ella mientras se adelantaba. Los movimientos de las ascuas para intentar chocar contra los cazas eran predecibles, por lo que el rodeo que habíamos hecho las había amontonado todas delante de nosotras. Brade no tuvo problemas en destruir un puñado de ellas.

Yo disparé a una que estaba acercándose demasiado a Brade. Las dos recibimos varios impactos de cascotes en los escudos, pero seguíamos más o menos ilesas cuando descendimos en picado y pasamos entre dos manadas de ascuas que avanzaban hacia nosotras.

Las ascuas, en su afán de golpearnos, empezaron a estrellarse entre ellas. Ascendimos de nuevo mientras una docena larga de enemigos impactaban entre sí con una sucesión de muertes ardientes a nuestras espaldas.

—Eso ha sido pero que muy satisfactorio —dijo Brade mientras nos propulsábamos otra vez hacia el laberinto.

—De vez en cuando, sé de lo que hablo.

—Ya, bueno, pero yo no te escucho por eso.

—¿Por qué, entonces?

—No me hablas como el resto —dijo ella—. Ni siquiera me has preguntado por ese planeta de humanos salvajes. Seguro que has visto las noticias. Ahora mismo todo el mundo les tiene miedo. Todos me miran, incluso más que antes. Me dicen que saben que no soy como esos otros, tan peligrosos. Pero me miran de todas formas.

Tirda. «Hay un planeta entero donde no te trataremos así, Brade.» Estuve a punto de decírselo en ese mismo instante, pero me mordí la lengua. No parecía el momento adecuado.

—Para mí —dije—, solo eres una miembro de mi escuadrón.

—Sí —respondió—. Eso me gusta.

Ya sospechaba que le gustaría. Las dos hicimos descender nuestras naves cerca del laberinto. El entrenamiento de la jornada consistía en volar a través de las ascuas y luego internarnos en el laberinto, como tendríamos que hacer si combatíamos contra un zapador de verdad. Nos aproximamos a nuestro sector del laberinto, a la lisa superficie metálica puntuada por accesos a túneles. A no mucha distancia, se acercaron otros tres cazas: Vapor, Hesho y Morriumur.

—Entremos por ese —dije, pulsando en mi monitor para que el de Brade resaltara el punto indicado.

—Entendido —dijo ella.

Empecé a moverme y me sobresalté cuando mi alarma de proximidad enloqueció. Viré para apartarme y me propulsé a un lado mientras un par de ascuas aceleraban de repente desde la superficie a velocidades explosivas y estaban a punto de colisionar con mi nave. Nunca antes se habían movido tan rápido. Maldije y me reorienté mientras las ascuas que me perseguían ganaban velocidad también. Tuve que acelerar a Mag 4, una velocidad demencial en combate, para mantenerme por delante de ellas.

—¿Qué es esto? —dijo Brade por el comunicador—. Mando de Vuelo, ¿qué están haciendo?

Esquivé por los pelos otras dos ascuas. Tuve que ganar velocidad de nuevo, pero otro grupo que se acercaba giró y sus ascuas empezaron a estallar unas contra otras. ¿Qué estrellas estaba pasando?

«Intentan que me haga picadillo contra sus cascotes», comprendí. Y su alta velocidad me obligó a propulsarme más rápido. Era casi imposible luchar a aquellas velocidades: no había tiempo para reaccionar, pero a las ascuas eso les daba igual. Eran prescindibles, y nosotras no.

Lo que siguió fue el pilotaje más frenético que había llevado a cabo en semanas.

—Secuencia de ola —dije a Brade.

Se puso en formación a mi ala y serpenteamos esquivando las ascuas. ¡Tirda! De pronto parecía haber centenares de ellas, todas concentradas en nosotras, haciendo caso omiso al resto de los pilotos.

Quebré a un lado mientras dos ascuas colisionaban justo detrás de mí y me agarré cuando sus restos destellaron en mi escudo, debilitándolo. Otra ascua estuvo a punto de estamparse contra mí y me retrasé en la esquiva. Si el ascua hubiera llevado buen rumbo, habría acabado conmigo. Me sentía como un gorrión solitario entre una bandada entera de halcones hambrientos.

Bajé en picado y giré, rodé y esquivé, intentando encontrar algún sentido al caos.

—Mi... mi escudo ha caído —gruñó Brade.

Tirda. Tirdatirdatirdatirda. Se había apartado de mí, así que di media vuelta y me propulsé tras ella.

—¿Ves esa ascua grande que va hacia ti un poco por debajo de tu 270? Pínchala con tu lanza de luz.

—Pero...

—Tú hazlo, Brade —dije.

Casi no pude apartarme cuando el ascua pasó volando junto a nosotras a una velocidad terrorífica. Por suerte Brade me hizo caso, le disparó su lanza de luz y enganchó el peñasco por el centro con su cuerda brillante.

El impulso de la enorme roca tiró de Brade tras ella y la sacó de la trayectoria de varias otras ascuas, que chocaron entre ellas. Yo tracé un bucle y la perseguí, acelerando tanto que mis ConGravs no pudieron soportarlo y me aplasté contra el respaldo. Apenas logré mantener el ritmo, porque tuve que destruir un ascua que intentaba chocar contra Brade y luego colocarme a su lado para escudarla de los cascotes.

Mi escudo crepitó y mi nave se sacudió. Por delante, la enorme ascua a la que seguíamos continuó abriéndonos paso antes de ralentizarse por fin, como si su piloto acabara de darse cuenta de lo que estábamos haciendo.

—¡Arriba y fuera! —grité, y alcé el morro de mi nave.

Brade se soltó del ascua que estábamos siguiendo en el instante en que otra impactó contra ella. Esquivó por escasos centímetros un trozo grande que salió despedido de la colisión, pero las dos conseguimos propulsarnos fuera de aquel revoltijo. La increíble velocidad que llevábamos nos apartó de la aglomeración en pocos segundos.

—Eso... —dijo Brade—. Eso ha ido de un pelo.

Por una vez, parecía turbada de verdad.

—Mando de Vuelo —dije después de pulsar el botón de comunicaciones—, ¿qué estrellas ha sido eso?

—Lo siento, Alanik de los UrDail. —Estaba respondiendo Winzik en persona, cosa muy poco habitual—. Se ha observado que las ascuas, en ocasiones, adoptan un comportamiento extremadamente agresivo como este. Estamos probando propulsores nuevos en nuestros drones para imitarlo.

—¡Podrían habernos avisado! —restallé.

—¡Lo siento mucho! —exclamó Winzik—. Por favor, no se ofenda. Brade, gracias. Has dado un espectáculo muy impresionante para los altos cargos aquí presentes.

Así que Winzik estaba fanfarroneando de su mascota humana, ¿eh? ¡Pues podría haber hecho que la mataran, y a mí también de paso!

A Brade no parecía importarle. Superada aquella nueva oleada de ascuas, viró de vuelta hacia el laberinto en sí. Me propulsé tras ella. Un segundo más tarde cruzamos a gran velocidad una abertura y entramos en el túnel.

Dentro parecía haber más silencio.

Lo cual era absurdo, claro. El espacio siempre era silencioso. Sí, podía configurar mi nave para que simulara explosiones y vibrara, proporcionándome información no visual, pero la ausencia de atmósfera implicaba que no había ondas de compresión, y la ausencia de ondas de compresión implicaba que no había sonido.

En general, a mí me parecía bien. Se suponía que el vuelo a través del espacio debía ser silencioso. La oscuridad era tan vacua, tan impresionante, tan inconmensurable que *debería* ahogar todo sonido.

Pero aquellas galerías internas del laberinto daban una sensación más íntima. Me pareció que lo adecuado sería oír golpes metálicos, gotas de agua o, al menos, el chirrido lejano de los engranajes al girar. En aquel lugar, el silencio era espeluznante.

Mis faros iluminaron la nave de Brade, que volaba por delante de la mía. Desaceleró a una velocidad cautelosa muy poco propia de ella y recorrió despacio el pasillo.

—¿Ves esa abertura de ahí delante? —preguntó.

—Sí —respondí.

Que las dos la viéramos confirmaba que era real, aunque los agujeros como aquel lo eran casi siempre. Eran las cosas tapadas por hologramas las que solían llevar a confusiones.

Entramos en la cámara que había al final del pasillo, que era de las que parecían estar sumergidas. Había hasta peces holográficos arremolinándose en bancos y una criatura tenebrosa en la esquina con muchos tentáculos.

Había estado ya en aquella «sala» varias veces. Empezaban a repetirse. Las ilusiones proyectadas en nuestras cubiertas eran tecnología de la Supremacía y estaban sometidas a las limitaciones de su programación. Un verdadero laberinto de zapador sería más errático. Los pilotos que habían entrado en uno y escapado informaban de que cada cámara tenía alucinaciones distintas y había sorpresas a la vuelta de cada esquina.

Pregunté a Brade qué veía, como dictaba el protocolo de entrenamiento. Pero conocía aquella cámara demasiado bien, de modo que, incluso mientras ella describía sus impresiones, yo estaba preparada cuando el monstruo con forma de pulpo saltó desde su esquina. Sabía que no era real, que su objetivo era distraerme de un ascua que entraría por detrás de nosotras.

Me volteé y disparé al ascua para desviarla antes de que me diera.

—Buen disparo —dijo Brade.

Uau, ¿un cumplido? Sí que estaba conectando con ella.

Brade abrió el paso descendiendo hasta el fondo de la cámara, cuya salida estaba recubierta a mis ojos por alguna clase de sustancia similar a las algas.

—¿Ves algo ahí? —me preguntó.

—Algún tipo de crecimiento marino.

—Yo veo rocas —gruñó ella—. Como la última vez.

Hizo descender su nave a través del holograma y yo la seguí a otro túnel metálico.

—Casi estoy a la espera de que Winzik intente matarnos otra vez —comenté mientras volaba tras ella.

—Winzik es listo —dijo Brade de inmediato—. Sabe muy bien lo que se hace. Está claro que comprendía nuestros límites mejor que nosotras mismas.

—Ha tenido suerte —repliqué—. Con esa jugada de ahí fuera, habría quedado como un idiota si hubiéramos muerto.

—Es listo —repitió Brade—. Que no alcances a entender sus propósitos es lo más normal del mundo.

Me ericé al oírlo, pero contuve una réplica hiriente. Brade estaba charlando conmigo. Era un progreso.

—¿Te criaste con Winzik? —le pregunté—. ¿Era como tu padre?

—Más bien como mi tutor —dijo ella.

—¿Y tus padres? ¿Los biológicos?

—Me separaron de ellos a los siete años. Los humanos debemos estar monitorizados con atención. Podemos retroalimentarnos con la agresividad de los demás, y eso puede degenerar muy deprisa en sublevaciones.

—Pero tuvo que ser duro para ti separarte de tus padres siendo tan pequeña, ¿no?

Brade no respondió y siguió recorriendo el pasillo por delante y luego metiéndose en otro que salía hacia abajo. Volé tras ella, frunciendo el ceño cuando las paredes del túnel cambiaron poco a poco y se volvieron de roca.

«Esto me suena», pensé.

Estalactitas, estalagmitas. Piedra natural, que parecía casi derretida en algunos sitios por el goteo constante de agua. ¿Y eso de ahí era el lado de una enorme tubería de metal asomando de la piedra?

Se parecía a... a las cavernas que yo había explorado no hacía tanto tiempo. A los interminables túneles de Detritus, en los que había cazado ratas imaginando que luchaba contra los krells.

Detuve la nave cerca de la pared, donde los faros iluminaron unas tallas antiguas. Dibujos, palabras en un idioma intraducible. Conocía aquel lugar. Aunque estaba a mayor escala, era idéntico a un túnel que había recorrido un centenar de veces, en el que solía pasar los dedos por la piedra fría y mojada. Cerca habría una taquilla de mantenimiento oculta que contendría mi arpón, mi cuaderno de mapas y la insignia que me había dado mi padre...

Casi sin ser consciente, extendí la mano hacia la pared, pero mis dedos golpearon el cristal de la cubierta. Estaba en una nave, en un caza alienígena, recorriendo un laberinto en el espacio profundo. ¿Cómo era posible? ¿Cómo había podido leerme la mente y reproducir aquel lugar?

Mis ojos se enfocaron en el cristal de mi cubierta. Reflejados en ella, como si estuvieran a mi lado dentro de la cabina, había dos manchas redondas, blancas, ardientes y grandes como mis puños. Dos agujeros que perforaban la mismísima realidad, que lo absorbían todo y lo aplastaban para formar un par de túneles imposiblemente blancos. Tenían aspecto de ojos.

Se me erizaron los pelos de la nuca. Abrí la boca para gritar, pero los ojos se desvanecieron... y con ellos, los cambios en el túnel. En un mero instante, estaba de vuelta en lo que solo era otro pasadizo metálico de los miles que componían aquel laberinto.

—Eh —me dijo Brade al oído—, ¿vienes o no?

Me volví hacia atrás, pero vi solo la parte trasera de mi cabina, una pared acolchada en la que estaban sujetos un botiquín, una manta de emergencia y una linterna.

—¿Alanik? —dijo Brade—. Por aquí hay algo. Ven y dime lo que ves tú.

—Voy —dije, con las manos temblando mientras las devolvía a los controles.

Tirda. Tirdatirdatirdatirdatirda. Me sentía sola. Pequeña. No tenía a nadie con quien hablar de aquello. Cobb y mis amigos estaban a billones de kilómetros de distancia, y estaba aislada incluso de M-Bot hasta que volviera a Visión Estelar.

¿Me atrevería a contarle mi visión a Brade? No había sido un simple holograma del laberinto de zapador. Aquello estaba sacado de *mis propios recuerdos*. ¿Pensaría que estaba loca? O peor, ¿pensaría que era uno de ellos? ¿Estaba viendo esas cosas porque alguna parte de un zapador se había adherido a mi alma?

Los instrumentos de mi nave se volvieron locos cuando llegamos al final del túnel. Según ellos, había llegado a una zona con gravedad artificial y, lo más raro del todo, con atmósfera. Mi nave apenas tenía alas dignas de ese nombre, pero aun así desplegó alerones para maniobrar y activó la turbina atmosférica para ayudarme a hacer virajes a alta velocidad.

Un poco por delante de mí, Brade había detenido su nave.

—¿Qué captan tus sensores? —me preguntó.

—Atmósfera —dije—. Nitrógeno y oxígeno.

Brade se propulsó un poco hacia delante y entró en una enorme cámara que parecía tener el suelo musgoso.

—¿Ves ese musgo? —pregunté.

—Sí —dijo ella, y se puso a disparar sus destructores.

Una explosión de color amarillo anaranjado refulgió a un lado de la cámara, haciendo saltar pedazos de metal en llamas. La onda expansiva que provocó hizo temblar mi nave.

—¿Qué haces? —exclamé—. ¿Por qué has disparado?

—Esos impactos han hecho un fuego que ardía, en vez de sofocarse en el vacío —dijo Brade—. Y lo he oído. Hemos atravesado un escudo invisible y estamos en una burbuja de atmósfera.

Me alarmó al abrir la cubierta de su nave.

—¡Brade! —grité.

—Tranquila —repuso ella—. Los pilotos informaron de que existían salas como esta cerca del corazón.

Hizo descender su nave y la posó en la superficie musgosa. Luego salió y se dejó caer al suelo.

Yo metí mi nave despacio en la cámara. Después de todos los trucos que habíamos afrontado en aquel lugar, ¿Brade estaba dispuesta a salir de su nave sin más? De acuerdo, llevaba puesto el casco y su traje de vuelo servía también como traje de presión, pero aun así...

—La membrana debería estar por aquí, en alguna parte —dijo—. Ven y ayúdame a buscar.

Nerviosa, hice aterrizar mi nave al lado de la suya. Eché un vistazo a la consola y me alivió descubrir que el diferencial de presión era mínimo, así que abrí la cubierta. Me quité las correas sin dejar de seguir la figura de Brade con la mirada mientras iba hurgando por el suelo. Por último, bajé de la nave y mis pies rasparon contra el musgo. Era real, no un holograma.

Fui pisando con cuidado tras Brade, que se quitó el casco y miró a su alrededor en la oscura estancia, iluminada solo por los faros de nuestros cazas.

—Brade —dije después de activar el micrófono que proyectaría mi voz fuera del casco—. ¿Y si es una trampa?

—No lo es —aseguró ella—. Hemos encontrado el corazón. Esto es el objetivo del laberinto.

—Pero hemos llegado muy rápido. ¿Cuántas han sido, solo tres cámaras?

—El corazón se desplaza —dijo Brade, examinando la caverna—. Deben de haber simulado ese efecto al construir este laberinto.

—Eh... —Me acerqué a ella—. No estoy nada convencida de que este laberinto esté construido.

—Los humanos...

—Ya sé de dónde dice la Supremacía que lo ha sacado —dije, interrumpiéndola—. Y la mayor parte de mí acepta su historia. Pero no creo que esta zona la construyeran los humanos. Es demasiado...

¿Demasiado qué? ¿Escalofriante? ¿Agobiante y surrealista?

«Me muestra alucinaciones reales. No es algo fabricado. No del todo.»

—Creo que debe de ser un cadáver —dije—. El cadáver de un zapador, reutilizado para entrenar.

Brade arrugó la frente al oírlo.

—Ni siquiera sé si pueden morir, Alanik. Estás especulando.

Quizá tuviera razón. Pero aun así, me dejé el casco puesto mientras explorábamos la caverna, sin separarnos. El musgo de las rocas estaba vivo, o eso parecía al apretarlo con el dedo. ¿Y soltaba... no sé, esporas peligrosas o algo así? Me habría quedado mucho más tranquila si Brade hubiera vuelto a ponerse el casco.

Cuando llegamos al fondo de la sala, distinguí algo en el suelo. Era una red de color verde oscuro, oculta tras un amontonamiento de rocas. Hice una señal a Brade para que viniera y me acerqué a la zona. Parecía como una telaraña de fibras verdes y era circular, con diámetro aproximado de un metro.

—¿Ves esto? —le pregunté.

—Una membrana —dijo—, hecha de fibras verdes.

Por tanto, no era una alucinación. Me arrodillé, toqué las fibras y miré a Brade. No parecía tener muchas ganas de atravesarla, y descubrí que yo tampoco.

—Me puso furiosa —dijo Brade por fin, hablando en tono suave.

—¿Eh?

—Antes me has preguntado cómo fue para mí que me apartaran de mis padres siendo pequeña —explicó—. Me hizo enfadar.

Se arrodilló y tiró de la telaraña de fibras hasta apartarla y revelar un agujero en el suelo. Parecía tener unos dos metros de profundidad, y la luz de mi casco mostró una plancha metálica más al fondo.

—La rabia hirvió en mi interior durante años —prosiguió Brade—. Un pozo fundido, ardiendo como fuego de destructor. —Alzó la mirada hacia mí—. Fue entonces cuando comprendí que la Supremacía tenía razón. Yo de verdad era peligrosa. Muy muy peligrosa.

Cruzó la mirada conmigo un instante y luego volvió a ponerse el casco y activó el canal para llamar al Mando de Vuelo.

—Hemos encontrado el corazón —dijo—. Vamos a entrar.

Se dejó caer por la abertura. Yo vacilé solo un momento y luego bajé tras ella. El corazón empezó a latirme más deprisa, pero las luces de nuestros cascos mostraban solo un espacio pequeño y vacío con el techo muy bajo.

—Bien hecho —dijo la voz de Winzik en nuestros auriculares—. Alanik de los UrDail y Brade Shimabukuro, son ustedes la séptima pareja que llega a esa sala durante el entrenamiento.

—¿Y qué pasa ahora? —pregunté—. O sea, si estuviéramos en un laberinto de zapador de verdad, ¿qué encontraríamos?

—No sabemos qué habrá —respondió Winzik—. Nadie ha regresado nunca después de atravesar la membrana. Pero en caso de una auténtica emergencia de zapadores, deberán detonar el arma. Millones de vidas pueden depender de ello.

El arma. Nos habían dicho varias veces que existía un arma, pero no nos habían dado detalles sobre ella. Nos habían asegurado si se producía una verdadera emergencia de zapadores, nos asignarían naves que llevarían equipada el arma, que al parecer era como un tipo de bomba que debíamos detonar cerca de la sala de la membrana.

—Estupendo —dijo Brade al Mando de Vuelo—. Ahora que hemos llegado hasta aquí, creo que estamos preparadas. Cambio y corto.

Dio un salto y se izó fuera de la sala a través del agujero, hacia la cámara del musgo.

Cerré la línea con el Mando de Vuelo y la seguí.

—¿Cómo que estamos preparadas? —le pregunté—. Brade, solo hemos llegado al corazón una vez. Tenemos que repetir esta misión muchas más veces.

—¿Para qué? —replicó ella—. Las cámaras empiezan a repetirse. Ya hemos visto todo lo que puede mostrarnos este laberinto. No vamos a estar más preparadas que ahora.

La alcancé.

—Lo dudo mucho. Siempre hay sitio para más entrenamiento.

—¿Y si este laberinto falso nos hace bajar la guardia? El verdadero será inesperado. Demencial, o al menos más allá de la cordura que conocemos. Si seguimos recorriendo estas habitaciones, acabaremos estando demasiado cómodas en ellas. Así que cuanto más entrenemos, peor podríamos estar.

Cuando llegamos a las naves titubeé, pensando en lo que me había dicho antes sobre estar enfadada. Entonces, tras un momento de indecisión, me quité el casco. No quería arriesgarme a que el micrófono recogiera lo que iba a decirle, por si acaso.

Brade se disponía a subir al ala de su caza, pero paró al verme. Ladeó la cabeza y se quitó también el casco. Yo dejé el mío a un lado y le hice un gesto para que me imitara.

—¿Qué pasa? —preguntó.

De nuevo, estuve a punto de decírselo. Me faltó poco para apagar el brazalete y revelarle mi verdadero rostro. En aquel lugar de mentiras y sombras, casi le desnudé la verdad. Tenía unas ganas atroces de poder hablar con alguien, alguien capaz de entenderme.

—¿Y si hubiera una manera de cambiar las cosas? —dije en vez de eso—. ¿Y si pudiéramos hacer las cosas de forma que no se tratara a los humanos como te tratan a ti? ¿Y si demostráramos a la Supremacía que se equivoca con vosotros?

Ladeó la cabeza otra vez y apretó los labios en una expresión que me recordó a les diones.

—Ahí está la cosa —dijo—. No se equivoca.

—Lo que te hicieron fue antinatural, Brade. Tenías buen motivo para ponerte furiosa.

Recogió su casco, se lo puso y subió a la cabina de su nave. Yo suspiré, pero hice lo mismo, así que llevaba el casco puesto cuando oí lo siguiente que dijo:

—Mando de Vuelo, hemos llegado al centro, así que procedo a probar el arma.

—Afirmativo —respondió Winzik.

Un momento. *¿Qué?*

—¡Brade! —grité mirando hacia su cabina—. ¡Ni siquiera me he puesto aún las...!

Pulsó un botón de la consola y estalló un fogonazo desde el centro de su nave. Me alcanzó como una oleada invisible que conectó no con mi cuerpo, sino con mi mente.

En ese momento, de inmediato supe el camino a casa.

31

Sabía cómo llegar a casa.

Vi el recorrido hasta Detritus con la misma claridad con que recordaba el camino hacia la caverna oculta en la que había encontrado a M-Bot. Con la misma claridad con que recordaba el día en que mi padre había volado por última vez contra los krells.

Estaba grabado a fuego en mi cerebro. Como una saeta hecha de luz. De algún modo, conocía no solo la dirección, sino también el destino. Mi hogar. Aquella arma, el arma secreta que habían creado para combatir a los zapadores, no era lo que yo había imaginado.

—Prueba del arma completada con éxito —dijo Brade—. Si esto hubiera sido un zapador de verdad, estoy segura al cien por cien de que la detonación lo habría dirigido hacia la reserva humana de Detritus.

Oí hurras y felicitaciones de fondo. Oí a Winzik decir a los demás altos cargos gubernamentales que su sistema antizapadores era operativo y sus pilotos estaban entrenados a la perfección. Terminó su discurso con una simple y pasmosa conclusión:

—Si un zapador ataca alguna vez a la Supremacía, mi programa garantiza que seremos capaces de enviarlo a destruir a los humanos en vez de a nosotros. ¡Combatiremos las dos mayores amenazas del universo volviéndolas una contra la otra!

La terrible comprensión me anegó. Tiré el casco, salté fuera de la cabina y crucé el terreno esponjoso hasta la nave de Brade. Al llegar la encontré reclinada en el ala, con el casco a su lado.

—¿Sabías esto? —pregunté con brusquedad.

—Claro que lo sabía —respondió—. Los científicos de Winzik utilizaron mi mente para desarrollar el arma. Siempre hemos estado al corriente de que existía una conexión entre los citónicos y los zapadores. Les provocamos dolor, Alanik. Nos odian, tal vez incluso nos teman. Llevábamos años intentando hacer explotar eso, y al final llegamos a la conclusión lógica. Si no podemos destruir a los zapadores, al menos podemos repelerlos.

—¡No es una buena solución! ¡Como mucho, sirve para posponer la catástrofe, no para impedirla!

—Puede que sí, si jugamos bien nuestras cartas —dijo Brade—. No tenemos por qué derrotar a los zapadores. Solo nos hace falta controlarlos.

—¡Esto no es controlarlos! —espeté—. ¿Un solo estallido, casi sin probar, que con un poco de suerte conseguirá desviarlos? ¿Y qué pasa cuando vuelvan? ¿Qué pasa después de que destruyan vuestro objetivo y sigan arrasando toda la galaxia?

Me había acostumbrado tanto a cómo reaccionaban les diones y los krells a arrebatos como aquel que una parte de mí se sorprendió cuando Brade se limitó a sonreír, en vez de retroceder y regañarme por mi agresividad.

—Te comportas como si Winzik no hubiera pensado ya en todo eso —dijo.

—¡Después de mi experiencia con él y sus pruebas militares, creo que se me permite cuestionar su capacidad de previsión!

—No te preocupes, Alanik —dijo Brade. Movió la cabeza hacia su nave—. La «prueba» de hoy era solo para que Winzik se luzca delante de los altos cargos en la *Pesos y Medidas*. No es el primer ensayo que hacemos con el arma; llevamos años planeando esto. Sabemos que podemos controlar un zapador.

Resbaló para bajar del ala y sus botas rasparon la piedra musgosa al caer. Se acercó más a mí.

—Este programa de entrenamiento y todos esos pilotos son solo un seguro de emergencia. Su misión será utilizar bombas distractoras para pasear al zapador entre una ubicación y otra hasta que pueda llegar a él la verdadera arma.

—¿Que es...?

Brade se señaló a sí misma. Luego me señaló a mí.

—Al unirte a los escuadrones, nos hiciste todo un regalo. Otra citónica. Tenemos poquísimos. Winzik me dijo que me hiciera amiga tuya, que te reclutara. Y aquí estamos.

¿Que me reclutara? ¿Todo ese tiempo, Brade había estado intentando reclutarme a mí? ¿Por eso estaba más simpática conmigo últimamente?

Tirda, aquello se le daba tan mal como a mí.

—Esto es una locura, Brade —dije—. ¡Los humanos intentaron controlar a los zapadores y mira cómo acabaron!

—Hemos aprendido de sus errores —me aseguró Brade—. Si estás dispuesta, puedo enseñarte cosas sobre tus poderes. Cosas que jamás soñaste que serían posibles. *Podemos* controlar a los zapadores.

—¿Estás segura? —pregunté—. ¿Estás segura de verdad?

Titubeó y vi que no lo estaba, aunque hizo un gesto dione de certeza levantando la mano y juntando dos dedos.

Las grietas en su armadura estaban allí. Brade no estaba ni por asomo tan confiada como quería hacerme ver.

—Deberíamos hablar de esto —dije—. No ir tan deprisa.

—Puede —repuso Brade—. Pero quizá no haya tiempo. —Se volvió hacia su nave—. La Supremacía está perdiendo su control sobre los desplazamientos. Hay otros a punto de comprender su tecnología. Hace falta algo nuevo. Algo que mantenga a todos bajo control y evite las guerras.

El horror de aquello me sobrepasó.

—Los zapadores. Queréis amenazar con ellos a todo el mundo. «Obedeced, seguidnos el juego o enviaremos uno a vuestra puerta.»

—Tú piénsate la oferta, Alanik. —Brade se puso el casco—. Estamos bastante seguros de que podemos mantener distraído a un zapador cuando está en nuestro espacio. En el pasado, a veces se tiraban años entre ataque y ataque flotando en el espacio, haciendo lo que sea que hacen. Por eso, si nuestras fuerzas pueden estar preparadas cuando uno se acerque a un planeta poblado, la situación debería ser bastante segura, sobre todo con los refuerzos de citónicos como nosotras. Winzik te lo explicará mejor que yo. Es un genio. De todas formas, deberíamos ir volviendo.

Se metió en su cabina. Yo me quedé un momento más en aturdido silencio, intentando digerir todo lo que me había dicho Brade. Todo lo que decían haber ensayado, todas las garantías que decían tener, estaba mal. Yo había sentido a los zapadores. Winzik y su equipo eran como niños jugando con una bomba armada.

Pero mientras volvía hacia mi nave, tuve que reconocer que una parte de mí estaba tentada. ¿Cuánto sabía Brade de mis poderes? ¿Qué podía enseñarme? Me había prestado a alistarme en el ejército de la Supremacía para obtener acceso a sus hipermotores. ¿Podría prestarme a aceptar esa oferta para aprender lo que sabía Brade?

«Es pasarse —pensé mientras subía de nuevo a mi nave—. No.» Me negaba a tener nada que ver con los zapadores. Aunque sabía que era un propósito muy poco realista, no quería volver a sentir nunca sus ojos sobre mí. No quería volver a tener nunca sus pensamientos inmiscuyéndose en los míos, haciendo que todo y todos me resultaran tan insignificantes.

No podía unirme a lo que fuera que pretendían Brade y Winzik. Tenía que buscar una manera de impedirlo.

—Brade —dije cuando volvimos a activar las comunicaciones—, ¿no te importa nada que planeen usar esto para destruir todo un planeta de humanos? ¿A tu pueblo?

No me respondió de inmediato. Y cuando lo hizo, me pareció percibir cierta reticencia.

—Ellos... se lo merecen. Es como debe ser.

Sí, era evidente que había grietas en su confianza. Pero ¿cómo podía aprovecharlas?

Salimos las dos volando del laberinto y pusimos rumbo hacia el resto de nuestro escuadrón. Pero antes de llegar, recibimos una llamada desde la *Pesos y Medidas*.

—Ustedes dos, Alanik de los UrDail y la humana —dijo el operador—, preséntense de inmediato en la nave de transporte.

Sentí una inmediata oleada de pánico. ¿Aquello seguía siendo que Winzik quería reclutarme o era por mi dron espía? Sobrecogida por los descubrimientos que Brade me había soltado encima, casi había olvidado mi plan y al pequeño robot que me esperaba escondido en la *Pesos y Medidas*.

Miré hacia las estrellas. No necesitaba coordenadas para intentar adivinar la dirección en la que estaba Detritus. Podía sentirlo allí fuera, y tenía el camino marcado a fuego en la cabeza. Empezaba a desvanecerse, igual que la dirección de Visión Estelar que Alanik me había enviado al cerebro, pero mucho más despacio. Me daba la impresión de que esa flecha duraría unos días como mínimo.

Alanik había estado débil, moribunda. Por eso sus coordenadas habían desaparecido tan deprisa. La impronta que tenía en esos momentos era más poderosa.

Podía irme. Podía saltar a casa en ese preciso instante. Era libre.

Pero M-Bot y Babosa Letal estaban en la embajada. No. Aún tenía una misión allí. Aún no era el momento de marcharme. Todavía faltaba.

«Winzik no puede haber descubierto el dron —me dije, apartando la ansiedad que me había embargado—. ¿Por qué iban a ordenarnos volver a las dos, si fuese el caso? ¿Para qué ordenarme que vuelva en absoluto? Si sospecharan de mí, empezarían a disparar, ¿no?»

Hice virar mi nave hacia la *Pesos y Medidas*, que parecía una piedrecita comparada con el imponente peñasco poliédrico que era el laberinto de zapador. Cuando me acerqué lo suficiente a la nave de transporte, mi brazalete vibró para indicarme que había restablecido la comunicación con el dron.

¿Estado?, le envié dando golpecitos en el brazalete.

Me he infiltrado en sala de máquinas, envió de vuelta. *Estoy flotando en una esquina. Buena visibilidad. Algoritmos determinan probabilidad muy baja de descubrimiento. ¿Continuar o regresar a punto de encuentro?*

¿Has visto algo interesante?

Incapaz de responder esa pregunta. Pero mi cronómetro indica llegada después de hipersalto.

Iba a querer que se mantuviera en su posición por lo menos hasta que hipersaltáramos de vuelta a Visión Estelar. Así tendría mejores probabilidades de capturar información delicada.

Quédate, envié.

Aterricé al lado de Brade en los hangares de cazas y dejé la nave en manos del equipo de mantenimiento. Alcancé a Brade mientras descendía de su nave.

—¿Tú sabes de qué va esto? —le pregunté—. ¿Es por lo de reclutarme?

Brade hizo un barrido evasivo con los dedos, un gesto dione.

Nos recibió un dron guía que nos sacó del hangar de cazas y nos llevó por un pasillo desconocido con alfombra roja hacia el interior de la *Pesos y Medidas*. Tuve la sensación irracional de que estaban arrastrándome a una celda, hasta el momento en que cruzamos una puerta doble y entramos en una fiesta.

Había krells y diones en uniformes oficiales o túnicas de pie por todas partes, dando sorbitos a bebidas sofisticadas. En la pared del fondo, una gran pantalla mostraba planos de cazas entrenando, alternados con textos deslizantes que explicaban la filosofía subyacente a nuestra formación. Por los trocitos que pudo leerme mi traductor, parecía que el Departamento de Servicios de Protección estaba dejándose la piel para demostrar lo importante que era su proyecto.

Y sí, reparé en que había pilotos de otros escuadrones aquí y allá en la sala, charlando con altos funcionarios. Por lo visto, me habían llamado como herramienta de propaganda. Winzik no tardó mucho en gesticular hacia mí para que me acercara, pero el dron ordenó a Brade que esperase atrás.

Winzik estaba de buen humor, a juzgar por el entusiasmo con que movía los brazos de su exoesqueleto verde.

—¡Ah, aquí la tenemos! La única de su especie en Estelar. Y ahora sirve en mi programa. ¡Eso demuestra que en efecto es valioso!

Los dos krells con quienes estaba hablando me miraron de arriba abajo.

—Ah —dijo una de ellos—. Su pueblo sirvió a los humanos en el pasado, ¿me equivoco? ¿Cómo se sienten al estar invitados por fin a unirse a la Supremacía?

—Honrados —me obligué a responder.

Tirda, ¿de verdad tenía que pasar aquello ese día? Desde que había dejado atrás mi caza, la preocupación por el dron espía se estaba haciendo casi insoportable.

—Yo estoy más interesado en su humana, Winzik —dijo el otro krell—. ¿Ha matado a alguien por accidente?

—¡Caramba, caramba, no! Está muy bien adiestrada. Concentrémonos en mi proyecto, señorías. ¡Un plan razonable para defendernos de los zapadores, por fin!

—Eso —dijo una voz a mi espalda— y la primera fuerza espacial pilotada de la Supremacía desde hace cien años. Y nada menos que integrada completamente por especies inferiores.

Me volví y encontré a Cuna detrás de mí. Incluso en una sala llena de diplomáticos y políticos, Cuna resaltaba por su altura y su piel de color azul intenso envuelta en una túnica de un violeta tan oscuro que casi era negra.

—No está compuesta del todo por especies inferiores —matizó Winzik—. Tenemos a une dione. Une croquis, por extraño que parezca.

—Aun así, es un logro impresionante —dijo Cuna—. Que me lleva a preguntarme... qué ambiciones alberga el Departamento de Servicios de Protección para esa fuerza que está entrenando.

Casi podía palparse la tensión entre Cuna y Winzik. Los otros dos krells hicieron el equivalente a carraspear, un gesto de brazos cruzados, antes de marcharse. Nos quedamos solos Winzik, Cuna y yo.

Ninguno de ellos dos habló. Se limitaron a mirarse uno a otre. Al cabo de un momento, Winzik dio media vuelta sin haber abierto la boca y fue a responder a alguien que hablaba cerca. El risueño krell se metió como una apisonadora en la conversación y empezó a explicar con brío su plan para defender la Supremacía de los zapadores.

«¿Cuánto sabe Cuna? —me pregunté—. Fue elle quien invitó aquí a Alanik, una citónica. Debe de sospechar de lo que está haciendo Winzik, pero ¿hasta qué punto puedo confiar en cualquiera de los dos?»

—No sé lo que significa nada de esto —dije a Cuna—, pero no me interesan sus juegos políticos.

—Por desgracia, Alanik, al juego le trae sin cuidado su interés. Juega con usted de todos modos.

—¿Sabía algo sobre esa arma? —le pregunté—. ¿Conocía su propósito real, el de enviar a los zapadores a atacar otros planetas?

—Lo sospechaba —dijo Cuna—. Y ahora lo he confirmado.

Hay... cosas que debo decirle, pero no podemos hablar aquí. Enviaré a buscarla cuando estemos de vuelta en Estelar. Por una vez, haga el favor de responderme, ¿quiere? Nos queda poco tiempo.

Me dedicó una de sus sonrisas malvadas, las que me daban escalofríos por todo el cuerpo. ¿No había sido Cuna quien me contó que los humanos habían caído por intentar convertir en armas a los zapadores? ¿Qué opinaría de que Winzik y la Supremacía en esencia estuvieran intentando lo mismo?

Cuna se volvió para irse y extendí el brazo para detenerla y exigirle respuestas en ese mismo instante. Por desgracia, me interrumpieron unos gritos a un lado de la sala.

—¡Que no, he dicho! —restalló Brade con voz sonora—. Y de todas formas, no debería querer hacerse una foto con un monstruo.

Arrojó su copa de algo colorido contra la pared, salpicando líquido por todas partes, y salió dando zancadas de la sala.

¡Tirda! Corrí tras ella y dejé atrás la fiesta. El dron que nos había llevado hasta allí nos siguió con cierto retraso.

Alcancé a Brade en la primera intersección, donde se había detenido porque a todas luces no sabía hacia dónde ir. Varios guardias que había cerca nos miraron con desconfianza. Parecía haber más seguridad en los pasillos que de costumbre, supuse que por todos los dignatarios que visitaban la nave.

—¿Algo va mal? —le pregunté.

—Yo voy mal —me espetó—. Y todos esos van mal. No soy ningún bicho raro al que mirar embobado.

Hice una mueca. Aunque comprendía el sentimiento, lo más probable era que Brade no hubiera mejorado mucho la reputación de los humanos entre aquella gente.

—Si me acompañan —dijo quienquiera que operaba el dron—, tengo permiso para llevarlas a su sala de transporte para que esperen a los demás pilotos.

El dron salió pasillo abajo y lo seguimos, dejando atrás unas pocas ventanas con vistas a las estrellas. Había veces en las que me costaba recordar que estaba a bordo de una nave, por tonto que sonara. La FDD no tenía nada más grande que un pequeño transporte de tropas. Las naves de aquel tamaño, que contenían incluso salas de baile enteras, eran ajenas del todo a mi experiencia.

Me apresuré para que Brade no se me adelantara mientras pensaba en algo que decir.

—Sé de un lugar —le susurré— donde nadie te miraría como a un bicho raro. Donde nadie te miraría dos veces al pasar.

—¿Dónde? —replicó con brusquedad—. ¿En tu planeta natal? Alanik, sé cosas de tu pueblo. El mío lo conquistó. Allí no solo sería un bicho raro: sería odiada.

—No —dije, cogiéndola del brazo y deteniéndola en el pasillo vacío.

En aquella parte de la nave parecía haber menos patrullas que las habituales. Habían trasladado a buena parte de los guardias a la sala de baile. Y nuestro guía dron se había adelantado bastante.

—Brade —susurré—, se nota que tienes reservas sobre este plan.

No respondió, pero me miró a los ojos.

—Hay... cosas que no puedo contarte ahora mismo —continué—, pero te prometo que puedo llevarte a un sitio donde se te apreciará. No serás odiada ni temida, sino celebrada. Te lo explicaré pronto. Pero quiero que me escuches cuando lo haga, ¿de acuerdo?

Brade frunció el ceño de una forma muy humana. Quizá hubiera adoptado expresiones krells y diones, pero por lo menos de niña la habían criado unos padres humanos.

El dron guía nos llamó, así que solté a Brade y correteamos para alcanzarlo. Pasamos frente al pasillo que llevaba a Ingeniería, en cuya intersección por desgracia aún estaba apostada la vigilante, y seguimos hacia nuestra sala de salto.

Pasé inquieta lo que me parecieron horas, pero no debió de ser más de media, y entonces olí un nítido aroma a canela.

—¿Estáis bien las dos? —preguntó Vapor—. El Mando de Vuelo me ha informado de que os había hecho volver, pero no ha querido explicarme por qué. Para ellos no tengo ninguna autoridad real.

—Estamos bien —dije lanzando una mirada a Brade, que había ocupado su asiento de siempre en la última fila y se había quedado mirando la pared—. Winzik solo quería presumir de sus pilotos.

Los kitsen y Morriumur entraron al poco tiempo.

—¡Alanik! —exclamó Kauri, haciendo volar la plataforma hasta mí—. ¡Habéis llegado al corazón!

—¿Cómo era? —preguntó Hesho desde su trono—. ¿Brillante, como mil amaneceres experimentados todos a la vez? ¿Oscuro, como la penumbra de una caverna que jamás ha contemplado el cielo?

—Ninguna de las dos cosas —dije—. Era una sala vacía, Hesho. No saben cómo es el núcleo de un laberinto de verdad, así que no pueden reproducirlo.

—Qué decepción —repuso él—. Eso no es nada poético.

—He oído que le alte ministre de la Supremacía está aquí hoy, en persona. ¿Es verdad?

—Ni idea —respondí—. No sé qué aspecto tiene.

Aya, una artillera kitsen, se puso a contar la historia de cuando, dando un paseo por Visión Estelar, había visto de lejos a le alte ministre. Hesho no parecía nada impresionado, pero claro, él había sido rey, así que quizá los altos ministros le resultaran aburridos.

Me pareció bien dejar hablar a los demás, sentarme en mi silla y dar golpecitos discretos en mi brazalete.

¿Estado?

Esperando y observando, envió el dron. *Hay movimiento de personal. Basándome en diálogo, creo que pronto daremos hipersalto.*

Perfecto. Había llegado la hora, pues. Solo me quedaba confiar en que el dron pudiera grabar algo. Me hundí en mí misma y fingí que volaba. Al instante, vi el camino hacia casa, pero me aparté de él. No era el momento. Aún no.

Intenté extenderme hacia aquella nave, la *Pesos y Medidas*. Intenté *oír* lo que se decía a bordo, aunque no debería funcionar. No tenía ningún sentido que usaran comunicaciones citónicas para hablar entre distintos puntos de la nave. Y aun así, las voces procedentes de Ingeniería llegaron a mi mente.

Daba la impresión como de... ¿que alguien me las estaba transmitiendo? Era como si alguien las oyera y las proyectara.

Todos los pilotos a bordo y personal en sus puestos, dijo la voz de Winzik. *Ingeniería, pueden proceder al hipersalto de regreso al espacio regional de Visión Estelar.*

Entendido, respondieron desde Ingeniería. Hasta capté el acento dione. *Preparando el hipersalto.*

Cerca de ellos. Cerca de ellos había una mente. Pero no era de persona, sino de otra cosa. Era quien transmitía esas palabras. Quizá... quizá yo pudiera ayudar a que el dron tuviese algo que grabar. Mi presencia en la nave ya había interferido una vez los hipersaltos. ¿Podía hacer que sucediera a propósito? ¿Obligar a la tripulación a cambiar el hipermotor?

Apreté con suavidad contra la mente que había encontrado. Oí un grito penetrante.

Fallo de hipermotor, dijo Ingeniería. *Puente, tenemos otro fallo de hipermotor. Son esas citónicas que hay a bordo. Están creando una interferencia inconsciente que afecta a los hipermotores.*

¿Prueban a cambiarlo?, respondió el puente.

Estamos cargándolo. ¿Podemos hacer algo para resolver esto? Genera demasiado papeleo.

Regresé de sopetón a mí misma. Lo que fuese que habían hecho funcionó, porque al momento entramos otra vez en la ninguna-parte. Otro chillido. Otra sacudida al verme arrojada a aquel lugar de oscuridad interrumpida por los ojos zapadores. Como de costumbre, no nos miraban a nosotros, sino a la fuente del chillido.

¿Sería así como funcionaba la bomba distractora? Los hipermotores de la Supremacía podían distraer a los zapadores, desviar su atención. Quizá la Supremacía había mejorado esa tecnología para crear el dispositivo que Brade había activado.

Observé a los zapadores... que cada vez se parecían más a túneles de luz blanca.

Me invadió un cosquilleo. Supe, sin tener que mirar, que me habían visto. Uno de los zapadores, quizá el mismo de la vez anterior, no se había dejado distraer por el chillido.

Me volví y lo encontré justo a mi lado. Alcancé a sentir sus emociones. Odio, desdén, *ira*. Las sensaciones me embargaron y di un respingo. Para el zapador, la vida en mi universo no era más que un puñado de mosquitos enfadados. Pero de algún modo, sabía que yo era más que eso. Se alzó sobre mí, me rodeó, me abrumó.

Iba a morir. Iba a...

Caí de golpe en mi asiento en la *Pesos y Medidas*. Aya seguía contando su historia a un público entregado.

Me acurruqué en la silla, sudando, agitada. Nunca me había sentido tan diminuta. Tan sola.

Me estremecí, intentando desterrar la inesperada emoción. No sabía con certeza si me pertenecía a mí o era un efecto secundario de haber visto a ese zapador. Pero la soledad se me tragó.

Fue incluso peor que cuando había estado en Detritus, entrenando. Viviendo en mi pequeña caverna, durmiendo en una cabina mientras los demás de mi escuadrón comían y reían juntos. Entonces por lo menos había tenido un enemigo al que combatir. Entonces había tenido apoyos y amistades, aunque me viera obligada a cazar y recolectar para comer.

Pero allí estaba en un acorazado enemigo, rodeada de gente a la que había mentido. Consideraba amigos míos a Hesho y Morriumur, pero me matarían sin pensárselo si supieran quién era en realidad.

Actualización de estado, envió de pronto el dron, y las palabras golpearon en mi muñeca. *Es probable que me hayan detectado.*

De repente resonaron varias alarmas de advertencia a lo largo y ancho de la nave. Aya la kitsen se interrumpió y el resto de mi escuadrón se levantó, sorprendido por el súbito ruido.

¿Cómo?, tabaleé al dron. *¡Explica!*

Antes de poder salir de sala de máquinas, he disparado algún tipo de alarma, envió el dispositivo. *Múltiples ingenieros buscando. No he escapado a pasillo. Me descubrirán pronto.*

¡Tirda! Aunque habíamos intentado quitar cualquier característica identificable de las piezas del dron, M-Bot no dudaba que, si detectaban el aparato, podrían rastrear su origen hasta Alanik.

Tirdatirdatirdatirda.

¿Órdenes?, me envió el dron.

En mi mente cobró existencia un plan. Un plan terrible, pero era lo único que se me ocurrió sometida a tanta presión.

¿Capaz de llegar a pistola destructora fijada a ti?

Sí. Brazos de trabajo pueden alcanzar arma.

Desactiva seguro, envié. *Retira cinta. Sostén pistola delante de ti. Empieza a apretar gatillo.*

32

Me esperaba que hubiera una discusión. M-Bot habría protestado, pero ese dron no era él. No era una auténtica IA, por lo que podía obedecer mis instrucciones sin pensar en las consecuencias.

Sentimos la sucesión de estallidos, por tenues que fuesen, desde nuestra sala. Los demás pilotos empezaron a murmurar, nerviosos.

Sigue disparando, envié al dron. *Evita ser destruido.*

Afirmativo.

Las sirenas se volvieron frenéticas y oímos una voz aguda por megafonía que también reverberó fuera de nuestra sala de salto.

—¡Fuerzas hostiles en Ingeniería! ¡Número desconocido, pero están disparando!

Otra serie de estallidos sonó desde cerca. «Allá vamos», pensé.

—¡Nos atacan! —grité a los demás pilotos. Me levanté de un salto y me eché la mochila al hombro—. ¡Tenemos que ir a ayudar!

Abrí la puerta con ímpetu y salí corriendo al pasillo.

Aunque Morriumur se quedó en su asiento, presa de la confusión, a Hesho no le hizo falta más incentivo. Gritó:

—¡Kitsen, a las armas!

Una horda de pequeños guerreros peludos montados en plataformas aerodeslizadoras salieron volando al pasillo para unirse a mí.

—¡Esperad! —La voz de Vapor llegó desde la sala—. ¡Seguro que los guardias pueden ocuparse!

Sin hacerle caso, recorrí el pasillo como una exhalación. Como había deseado, la solitaria guardiana de la intersección hacia Ingeniería se había refugiado contra la pared y estaba pidiendo refuerzos por su comunicador. Los krells se hacían los duros, pero yo sabía casi a ciencia cierta que la tripulación de aquella nave nunca había entrado en combate.

—Puedo ayudar —dije a la vigilante—, pero necesitaré un arma.

Resonó otra serie de estallidos desde el fondo del pasillo. La guardia krell miró hacia ellos y luego a mí.

—No puedo... O sea...

A una parte de mí le encantó ver cómo había caído su fachada de tipa dura cuando empezaron los disparos. Moví la mano con impaciencia y la guardia sacó el arma que llevaba en el cinturón, una pequeña pistola destructora, y me la entregó. Luego alzó su fusil más grande y asintió con la cabeza.

—Hesho, vigilad este pasillo —dije—. ¡No dejéis que nada sospechoso salga de él!

—¡Orden confirmada! —exclamó Hesho, y las plataformas kitsen formaron una especie de muralla detrás de nosotras.

La guardia krell, en un acto que la honraba, se irguió y empezó a andar pasillo abajo. Hizo un gesto brusco de corte con los dedos, la versión krell del «Allá vamos». Pasamos juntas bajo el gran letrero de la pared que anunciaba que estábamos entrando en Ingeniería.

Había dedicado semanas a intentar descubrir la forma de llegar hasta allí, de modo que seguí a la guardia con creciente entusiasmo. Doblamos un recodo y me asaltó un olor a limones. ¿Habría pasado por allí un equipo de limpieza hacía poco? En la pared había un cartel: PROHIBIDO EL ACCESO A PERSONAL NO ESENCIAL. SE REQUIERE CREDENCIAL DE SEGURIDAD 1-B.

El estruendo procedía de una puerta pequeña que había más abajo, pero la vigilante se detuvo y se volvió hacia mí.

—No puedes entrar en la sala —me dijo—. Incumpliría las normas de seguridad.

—¿Son más importantes que proteger al personal de ingeniería?

La guardia krell se lo pensó un poco antes de decir:

—Deberíamos esperar. La dotación de seguridad está arriba, en la cubierta cuatro, para un servicio especial, pero no deberían tardar en llegar. Lo único que tenemos que hacer es impedir que escape quienquiera que haya dentro.

Intenté seguir adelante, pero la krell me hizo un firme gesto de prohibición con la palma hacia fuera, así que me senté contra la pared con la pistola en la mano. Dejé la mochila en el suelo. Tenía la mente acelerada. ¿Cómo iba a sacar al dron de aquello? En cualquier momento, aquel pasillo se llenaría de agentes de seguridad.

¿Estado?, pregunté al dron dando golpecitos encubiertos en mi brazalete.

Científicos escondidos, dijo el dron. *Nadie devuelve fuego.*

Observé el pasillo de extremo a extremo.

A mi señal, sal volando al pasillo. Haz dos disparos altos sin dar a nadie. Luego suelta arma.

Afirmativo.

Mochila junto a pared. Escóndete rápido dentro después de soltar arma.

Instrucciones comprendidas.

Bien. Respiré hondo y envié: *Ya*.

De inmediato, el dron, visible solo como una ondulación del aire, salió flotando al pasillo. Disparó el destructor por encima de nuestras cabezas, haciendo que la guardia se arrojara al suelo con un grito de pavor.

—¡Viene a por nosotros! —grité, y entonces, en el momento en que el dron soltó la pistola, abrí fuego.

Había echado algunas horas en los campos de tiro, pero ni se me había ocurrido jamás que algo importante acabaría dependiendo de que lograra acertar a un objetivo móvil con una pistola. Mis primeros tres disparos fallaron, pero logré acertar a la pistola justo antes de que llegara al suelo.

La enorme e impresionante explosión hizo saltar chispas y trozos de metal fundidos. Mi disparo había detonado el suministro de energía de la pistola. Mientras la ruidosa deflagración nos alcanzaba y su refulgente destello me dejaba cegada, me abalancé hacia la guardia krell para protegerla de la onda expansiva.

Acabamos las dos amontonadas en el suelo. Parpadeé, intentando disipar las manchas que el fogonazo me había dejado en la visión. A juzgar por lo aturdida que parecía estar la guardia, había sufrido un efecto similar.

Un momento después, se zafó de mí y se puso en pie como pudo.

—¿Qué ha pasado?

—Era un dron —dije, señalando hacia una parte chamuscada de la alfombra—. Lo he derribado.

No había ni rastro del dron en sí, pero la pistola destruida había dejado restos dispersados. Las sirenas seguían atronando, pero la ausencia de más disparos animó a la guardia a adelantarse despacio y con cautela para inspeccionar el suelo quemado.

—Vuelve a tu sala de transporte —me ordenó.

Obedecí de mil amores. Recogí la mochila y me inundó el alivio al notar el peso del dron en su interior.

La guardia se asomó a la sala de máquinas para ver cómo estaba la gente de dentro y entonces se le ocurrió llamarme.

—¡Deja la pistola!

Solté la pistola al lado de la pared y me reuní con Hesho en el mismo instante en que un pelotón de seis guardias pasaba dando pisotones. Une dione que formaba parte del equipo nos gritó que regresáramos a nuestra sala, pero por suerte no parecíamos demasiado sospechosos. Había más pilotos congregados en el pasillo, confusos por las alarmas.

Nos sentamos en nuestros asientos, yo aferrada a la mochila que tenía dentro mi dron de contrabando. Escruté en el interior y me sorprendió ver al dron. ¿No debería ser invisible?

Me apresuré a cerrar la cremallera y enviarle una orden: *Activa holograma de comida. Versión dos, fiambrera vacía.*

Unidad holográfica no operativa, respondió el aparato con golpecitos en mi muñeca. *Sistema dañado por explosión.*

Me cayó el sudor por los lados de la cara. Estaba al descubierto. Si los guardias exigían registrar mi mochila...

Las sirenas de advertencia por fin cesaron y sentí que la *Pesos y Medidas* atracaba en Visión Estelar. Mi agitación solo fue a más. ¿Había manera de dejar el dron oculto en la nave de momento y volver a por él más adelante?

Pero ni tuve tiempo de planteármelo, porque nos ordenaron dirigirnos al hangar de lanzaderas. Caminé entre una multitud de pilotos nerviosos, fijándome en los numerosos guardias que poblaban los pasillos. Busqué frenética una escapatoria y recordé la segunda identidad que M-Bot había programado en mi brazalete. El holograma de le dione sin rasgos notables.

¿Habría algún modo de utilizarlo? No parecía probable. Que apareciera en mi lugar une dione a quien nadie conocía sería igual de sospechoso. Así que seguí adelante de mala gana, más segura a cada paso que daba de tener los segundos contados. Estaba tan centrada en eso que no reparé en la anomalía hasta que ya casi había llegado al hangar.

Vapor. No podía olerla, y los demás pilotos no le dejaban hueco como solían hacer. Entré en el hangar de lanzaderas y me quedé esperando cerca del acceso, intentando captar su olor.

Un segundo después, me envolvió su aroma. Un intenso olor a... limones. Era el mismo que había olido antes, en el pasillo de entrada a Ingeniería.

«Vapor estaba allí. En el pasillo.» Me abracé más a mi mochila.

—¿Vapor? —dije.

—Ven conmigo —ladró su voz—. Ya.

Me encogí y, asustada, extendí mi mente. Quizá pudiera escapar hipersaltando y luego buscar la forma de volver para...

No. De pronto estuve segura de que el sendero hacia Detritus que había en mi mente me dejaría flotando en órbita sin traje espacial. Estaba atrapada.

—Vapor —dije—, no es...

—*Ahora*, Alanik.

Seguí su aroma por el hangar, tarea que me resultó más fácil de lo que podría parecer. Tal y como había temido, los guardias estaban registrando a todos los pilotos antes de permitir que subieran a sus lanzaderas. Era de cajón que tomaran esas precauciones después de haber descubierto un dron espiando en la nave.

Aferré con más fuerza la mochila, sudando mientras seguía la pista al fuerte aroma a limón de Vapor. Llegamos a una lanzadera de aspecto elegante. Su compuerta se abrió.

Dentro estaba Cuna, con su túnica oscura.

—Alanik —dijo—, creo que tenemos unos asuntos de los que hablar.

Eché un vistazo atrás hacia el resto de mi escuadrón. Estaban todos haciendo cola para que los registraran. Morriumur se había vuelto hacia mí, con la cabeza ladeada. Otros dos guardias venían hacia la lanzadera, uno de ellos señalando.

Solo me quedaba una opción. Subí a la lanzadera con Cuna.

33

Me apreté la mochila contra el pecho mientras la compuerta se cerraba y de nuevo me chocó el arrollador aroma a limones, que en ese momento empezó a cambiar poco a poco a canela. Los dos guardias llegaron a la compuerta y uno llamó con los nudillos a la ventanilla de la lanzadera. Cuna pulsó un botón en un panel de control y la ventanilla descendió.

—¿Ministre Cuna? —dijo uno—. Tenemos orden de registrar a todo el mundo.

—Dudo que eso incluya a les líderes de departamento, soldado —replicó Cuna, y pulsó el botón de nuevo para cerrar la ventanilla. Hizo un gesto al piloto.

La lanzadera despegó y abandonó el hangar en dirección a la ciudad propiamente dicha. En el momento en que salimos de la *Pesos y Medidas*, una voz animada me habló por el auricular.

—¿Spensa? —dijo M-Bot—. ¿Cómo ha ido? ¿El dron ha funcionado? Detecto su señal junto a ti. ¿Lo has recuperado?

Di unos golpecitos en mi brazalete: *Ahora no*.

Cuna entrelazó los dedos e hizo un gesto de alivio con dos de ellos.

—No nos han llamado para que volvamos —dijo—. Estamos de suerte. Mi autoridad ha bastado para que no nos cuestionen.

Extendió la mano y la meneó indicándome que le entregara la mochila.

Me negué y la cogí con más fuerza.

—¿Vapor? —dijo Cuna.

—Es un dron —informó la familiar voz incorpórea—. La chica ha estado bastante lista al recuperarlo, porque ha disparado primero a su arma. Pasarán días antes de que alguien deduzca que los restos están compuestos solo de piezas de pistola destructora.

Intenté fulminar con la mirada a Vapor, pero era difícil porque no sabía muy bien dónde estaba.

Cuna se metió la mano en el bolsillo y desplegó un papel. Me lo ofreció y yo entorné los ojos, mirándolo con suspicacia. Al final, separé una mano de la mochila con cautela y lo cogí.

—¿Qué pone? —me preguntó M-Bot—. Spensa, me está costando seguir esta conversación.

No me atreví a responderle. Me quité el alfiler y lo acerqué al papel para que lo tradujera. Era... ¿un registro de comunicaciones? Los mensajes cortos estaban en orden cronológico y empezaban más o menos una semana antes.

> 1001.17: Ministre Cuna, aunque respetamos su disposición a comunicarse y reconocemos el poder relativo de la Supremacía, no podemos difundir información privada sobre nuestra mensajera.
>
> 1001.23: Tras un continuo análisis de los breves mensajes transmitidos a nosotros por parte de nuestra emisaria, Alanik, la Unidad de UrDail teme por su seguridad. No tenemos intención de enviarles más pilotos.
>
> 1001.28: Con motivo de las prolongadas sospechas relativas a la seguridad de nuestra mensajera, nos vemos obligados a interrumpir la comunicación con usted y con la Supremacía hasta el momento en que nos sea devuelta.

Me bajó un escalofrío por la columna vertebral. Cuna había estado en contacto con el planeta natal de Alanik. M-Bot y yo habíamos hablado con ellos alguna otra vez después de nuestro primer mensaje, intentando ganar tiempo. Al parecer, habían decidido deshacerse del problema por completo a base de hacer oídos sordos a ambos.

—Salta a la vista que su pueblo está dándonos largas —me dijo Cuna—. Ahora lo veo claro. Los UrDail nunca han pretendido incorporarse a la Supremacía, ¿verdad? Usted es una espía, enviada aquí con el único propósito de robar la tecnología de hipermotores.

Aquello tardó un momento en calar en mi cerebro.

Cuna no sabía que yo era humana.

Creía que era una espía trabajando para la gente de Alanik. Y tirda, desde luego que daba esa impresión, desde el punto de vista de Cuna.

—Lo que no logro entender —dijo Cuna— es por qué se han arriesgado tanto, considerando que es evidente que ya conocen el secreto. Sin duda, su pueblo no solo sabe emplear a una citónica como usted a modo de hipermotor, sino que también ha creado un método secundario. El mismo que utilizamos nosotros.

¿Cómo? Abrí la boca para responder que no tenía ni idea de qué estaba diciendo Cuna, pero entonces, por una vez en la vida, pensé antes de hablar. Por algún motivo, Cuna creía que yo ya conocía el secreto. Así que... ¿por qué no seguirle el juego? Tal vez no estuviera entrenada para aquello, pero era yo quien estaba allí. Y mi gente necesitaba que fuese más de lo que había sido hasta el momento.

—No podíamos estar seguros de que sus métodos fueran los mismos que los nuestros —dije—. Consideramos que merecía la pena el riesgo, sobre todo después de darnos cuenta de que yo tendría la oportunidad de infiltrarme en los acorazados de la Supremacía y sus proyectos secretos.

—Me ha estado engañando usted todo este tiempo —afirmó Cuna—. Ahora conoce la existencia del arma, la situación de nuestro laberinto de prácticas... y las luchas internas entre nuestros departamentos. Me impresionaría, de no estar tan enfadade.

La opción más sabia por mi parte parecía ser guardar silencio. Vi por la ventanilla que estábamos pasando por una parte de la ciudad compuesta de enormes edificios, construidos con cúpulas y extensos jardines. ¿La zona gubernamental? Estaba bastante segura de que ahí era donde estábamos.

La lanzadera aterrizó ante un gran edificio rectangular, con muy pocas ventanas. Era más austero y gris que los de su alrededor. Cuna extendió de nuevo la mano hacia mi mochila. Comprendí que no tenía mucha elección. Estaba desarmada y en su poder. Lo único que tenía a mi favor era que Cuna, contra todo pronóstico, creía que yo sabía lo que estaba haciendo, nada menos.

Le tendí la mochila.

—Ya no la necesito —dije—. Esta conversación ha bastado para confirmar mis sospechas.

Cuna la cogió de todos modos, sacó el dron y lo estudió.

—Es de los nuestros —dijo—. ¿Un dron limpiador modificado? Tiene añadidos unos dispositivos de seguridad muy impresionantes. No sabía que su pueblo tuviera acceso a esta clase de tecnología.

Cuna miró hacia el lugar donde flotaba Vapor.

—Parece tecnología quimera —dijo Vapor en voz baja—. Del tipo que se nos prohibió después de la guerra. He visto... naves antiguas que tenían esos mismos símbolos.

¿Tecnología quimera? *¿M-Bot?* No respondí, pero el corazón me dio un vuelco cuando Cuna sacó un cable del apoyabrazos de la lanzadera y conectó la memoria del dron a un monitor que había sobre el respaldo del asiento que teníamos delante.

Traté de mantener la calma al hablar.

—Dron, autoriza reproducción de vídeo empezando en el momento en que te he activado.

—Confirmado —dijo el dron.

—¿Una IA? —preguntó Cuna, enseñando los dientes en una expresión de pasmo.

—No es una IA consciente de sí misma —me apresuré a responder—. Es solo un programa básico capaz de obedecer órdenes.

—¡Aun así es muy peligroso!

La pantalla se activó y me mostró a mí, con la cara de Alanik, en el compartimento de los aseos.

—Adelanta hasta dos minutos antes del hipersalto de regreso a Visión Estelar —dije.

—Confirmado.

Esperé, con las manos crispadas, mientras el plano cambiaba a lo que debía de ser la sala de ingeniería. Era sorprendente lo mucho que se parecía a una oficina: no había ningún sistema de hipermotor que pudiera distinguir, solo sillas y monitores con diones de uniforme trabajando en ellos.

Miré a Cuna. ¿De verdad iba a dejar que el vídeo se reprodujera? Se me aceleró el corazón mientras sonaba el audio del metraje.

—Todos los pilotos a bordo y personal en sus puestos —dijo la voz de Winzik por el sistema de altavoces de la sala—. Ingeniería, pueden proceder al hipersalto de regreso al espacio regional de Visión Estelar.

—Entendido —respondió une de les diones de la pantalla. Era un individuo carmesí, algo rechoncho—. Preparando el hipersalto.

Pulsó un botón. No pasó nada. En esos momentos, en otro lugar, yo estaba esforzándome por usar mis sentidos citónicos para interferir. Resultaba surrealista estar viendo lo que había ocurrido a solo unas pocas salas de distancia de donde yo esperaba.

Algunes diones parecían presas del nerviosismo, hablando en voz baja entre elles. Le regordete activó el comunicador.

—Puente, tenemos otro fallo de hipermotor. Son esas citónicas que hay a bordo. Están creando una interferencia inconsciente que afecta a los hipermotores.

Otre dione se levantó y fue hasta la pared. Abrió una escotilla y tiró de algo que había dentro. Me incliné hacia delante y me quedé sin aliento al ver lo que sacaba.

Una jaula metálica y, dentro de ella, una babosa de color amarillo brillante con pinchos azules.

34

Una babosa. Tirda. TIRDA.

Tenía todo el sentido del mundo. La entrada sobre la especie de Babosa Letal en la red de datos... afirmaba que eran peligrosas. Era mentira. La Supremacía solo quería asegurarse de que si alguien veía una, pensaran que era venenosa y no se acercaran.

«Informen de cualquier avistamiento a las autoridades sin demora.»

—¿Prueban a cambiarlo? —sugirió una voz en la grabación.

—Spensa —me dijo M-Bot al oído—, ¿qué está pasando?

—Estamos cargándolo. ¿Podemos hacer algo para resolver esto? Genera demasiado papeleo.

Les diones sacaron el nuevo *hipermotor* de una unidad de almacenamiento que había al lado de la pared. Era otra babosa, muy parecida a Babosa Letal. Metieron la nueva en la escotilla y activaron el hipermotor. Esa vez funcionó.

Casi pude oír aquel chillido otra vez en mi mente. El gemido agudo... el grito del hipermotor. Proferido por las criaturas que estaban utilizando para teleportarse.

—Dron, detén vídeo —susurré.

Había esperado algo horroroso, como cerebros de citónicos extraídos quirúrgicamente. Pero... ¿por qué iban a ser los seres sapientes los únicos que tuvieran aquellos poderes? ¿No sería lógico que algunas otras criaturas desarrollaran también una forma de teleportarse a través de la ninguna-parte?

Pensé en todas las veces que había encontrado a Babosa Letal en lugares donde no esperaba verla, todas las veces en que se me había pasado por la cabeza que casi nunca la veía moverse, pero siempre parecía capaz de llegar a sitios deprisa cuando yo no miraba.

Y entonces me cayó encima de golpe una última pieza que encajaba. Una frase de apariencia sencilla que había en la entrada de la red de datos: «Pueden encontrarse cerca de distintas cepas de hongos».

M-Bot. Cuando había despertado, una de las pocas cosas que tenía en sus bancos de memoria era una base de datos abierta para catalogar las clases locales de setas. Estaba obsesionado con eso y sabía que era importante, pero no por qué.

Su piloto había estado buscando babosas hipermotoras.

—¿Cómo? —pregunté a Cuna, intentando encubrir lo mucho que me había sorprendido todo aquello—. ¿Cómo sabía que tenía una babosa hipermotora?

—Yo te seguí —dijo Vapor, haciéndome saltar. Seguía olvidándome a veces de que estaba cerca—. Cuando saliste con Morriumur aquel día al jardín acuático.

Babosa Letal me había recibido en la puerta ese día. Tirda, estaba rara y letárgica desde que habíamos llegado. ¿Sería porque los inhibidores citónicos de Visión Estelar interferían con sus poderes?

Cuna desconectó el dron y volvió a meterlo en mi mochila. Luego entrelazó los dedos y me observó con una pensativa expresión alienígena.

—Esto supone problemas —dijo—. Problemas que superan todo lo que es probable que usted comprenda. Tenía la esperanza de... —Hizo un gesto para quitarle importancia y abrió la compuerta de la lanzadera—. Acompáñeme.

—¿Adónde? —pregunté con suspicacia.

—Quiero mostrarle exactamente lo que es la Supremacía, Alanik —dijo Cuna mientras cogía mi mochila y salía.

No me fiaba nada de aquella expresión sombría, dominada por una sonrisa inquietante. Me quedé dentro, oliendo a canela.

—Puedes confiar en elle —me aseguró Vapor.

—¿Y qué ibas a decirme si no? —repliqué—. Pero ¿puedo confiar en ti?

—No he revelado a nadie lo que eres en realidad, ¿a que no? —susurró.

Desvié una mirada brusca hacia el espacio vacío donde se hallaba. Luego, sintiéndome superada, salí de la lanzadera.

—Cuna —dijo Vapor en voz alta desde detrás de mí—, ¿me necesita para algo más?

—No. Puedes volver a tu misión principal.

—Afirmativo —repuso Vapor, y la compuerta de la lanzadera se cerró.

Cuna echó a andar hacia el edificio sin esperar a ver si yo me movía. ¿Por qué me daba la espalda? ¿Y si yo fuese peligrosa? Me apresuré tras elle.

—¿La misión principal de Vapor no era yo? —pregunté, señalando con la barbilla la lanzadera que despegaba.

—Usted fue un golpe de suerte —dijo Cuna—. En realidad, Vapor está allí para vigilar a Winzik.

Cuna llegó a la puerta lateral, que tenía una ventanilla a través de la que se veía a une guardia de seguridad dentro. Asintió mirando a Cuna, pero entonces enseñó los dientes en un fruncimiento de ceño dione dirigido a mí.

—Viene conmigo, bajo mi autoridad —dijo Cuna.

—Tendré que hacerlo constar, ministre. Es algo insólito.

Cuna esperó a que le guardia rellenara unos papeles. Aproveché la ocasión para tabalear un mensaje corto en mi brazalete: *M-Bot, ¿aún me recibes?*

—Sí —dijo él por mi auricular—. Pero estoy muy confundido.

Babosa Letal es hipermotor. Si muero, ve a Detritus. Díselo.

—¿Qué? —respondió M-Bot—. ¡Spensa, no puedo hacer eso!

Los héroes no escogen sus desafíos.

—¡Ni siquiera puedo volar por mí mismo, no digamos hipersaltar!

Babosa es hipermotor.

—Pero...

Le guardia por fin abrió la puerta. Entré en el edificio detrás de Cuna y, como me había temido al ver lo parecido a una fortaleza que era desde fuera, tenía escudos para impedir el espionaje y la voz de M-Bot se esfumó.

El vestíbulo del edificio estaba vacío y el calzado de Cuna repicó contra el suelo mientras caminábamos hasta una puerta rotulada como SALA DE OBSERVACIÓN. Dentro había una estancia pequeña con una pared de cristal que dejaba ver una sala más grande, hundida, de dos pisos de altura y con paredes metálicas. Me acerqué hacia el cristal y reparé en los símbolos que había en varias paredes.

«Otra vez ese idioma extraño —pensé—. El mismo que había en el laberinto de zapador... y en las cavernas de Detritus.»

Cuna se sentó en una silla cerca de la pared de cristal y dejó mi mochila junto al asiento. Yo me quedé en pie.

—Tiene usted el poder de destruirnos —dijo Cuna en voz baja—. Winzik teme a los zapadores y los políticos discuten sobre reductos de alienígenas agresivos, pero a mí siempre me ha preocupado un peligro más perverso. Nuestra propia miopía.

Fruncí el ceño mirando a le dione.

—No podíamos conservar para siempre el secreto del hipermotor —prosiguió—. En realidad, no debería haber sobrevivido a las guerras humanas. Superamos una docena de apuros cuando el secreto empezó a filtrarse. Nuestro control absoluto de la comunicación interestelar siempre fue suficiente, aunque por los pelos, para contener la verdad.

—No podrán guardar ese secreto mucho más tiempo —dije yo—. Terminará sabiéndose.

—Lo sé —respondió Cuna—. ¿Es que no me escucha?

Señaló con la cabeza hacia el cristal.

Abajo se abrieron unas puertas y entraron dos diones arrastrando a alguien por los brazos. ¿Era...? Reconocí a ese alguien. Era Gul'zah el burl, el alienígena gorila al que habían expulsado del programa de pilotaje hacía tiempo, después de la prueba, y que luego había estado protestando contra la Supremacía.

—¡Había oído que la Supremacía había llegado a un acuerdo con los manifestantes! —exclamé.

—Se solicitó que interviniera Winzik para ocuparse del asunto —dijo Cuna—. Su departamento ha estado obteniendo demasiada autoridad. Afirma haber negociado un trato con los disidentes para que entregaran a su líder. Ya no logro llevar la cuenta de qué parte de lo que dice es verdad y qué parte es mentira.

«Eses diones... —pensé, fijándome en la ropa a rayas marrones que llevaban—. Vi a unes como elles limpiando después de que desaparecieran los manifestantes.»

—Este burl lleva detenido desde entonces —dijo Cuna, señalando a Gul'zah con la barbilla—. Hay quienes temen que el incidente de hoy en la *Pesos y Medidas* lo hayan provocado unos revolucionarios, así que se ha adelantado el exilio. Y no me cabe la menor duda de que Winzik buscará otras maneras de aprovechar el ataque de usted contra nosotros en beneficio de sus objetivos.

Abajo, une técnico dione tecleó algo en una consola que había a un lado de la sala. El centro de la estancia titiló y entonces apareció algo, una esfera negra del tamaño de una cabeza humana. Pareció absorber toda la luz a su interior mientras flotaba allí. Era oscuridad en estado puro. Una negrura absoluta que yo conocía íntimamente.

La ninguna-parte. De algún modo, habían abierto un agujero hacia la ninguna-parte.

Los kitsen ya me habían mencionado que la Supremacía, y también los imperios humanos, habían extraído piedra de pendiente de la ninguna-parte. Sabía que tenían portales hacia ese lugar. Pero aun así, ver aquella esfera oscura me afectó a un nivel primigenio. Aquella era una oscuridad que no debería existir, una oscuridad que trascendía la mera ausencia de luz. Una anomalía.

Y *ellos* vivían allí.

Sospechaba lo que iba a ocurrir a continuación, pero aun así me horrorizó. Les guardias asieron al preso y, mientras este se retorcía, pusieron su cara por la fuerza en contacto con la esfera oscura. El cuerpo del manifestante empezó a estirarse y luego lo absorbió la negrura.

Le técnico hizo colapsar la esfera. Mientras todo el mundo se marchaba, me volví hacia Cuna.

—¿Por qué? —exigí saber—. ¿Por qué me enseña esto?

—Porque antes de su jugarreta de hoy —respondió Cuna—, era usted mi mejor esperanza de detener esta abominación.

—¿En serio espera que me crea que a une alto cargo de la Supremacía le importa lo que les ocurra a las *especies inferiores*? —Escupí las últimas palabras, quizá con demasiado fervor. Debería haber sido más política, mantener controladas mis emociones, hacer hablar a Cuna.

Pero estaba enfadada. Furiosa. Acababan de obligarme a presenciar un exilio, quizá incluso una ejecución. Estaba cabreada conmigo misma por dejarme atrapar, frustrada por conocer por fin el secreto de los hipermotores y estar tan cerca de llevar ese secreto a mi gente... solo para que Cuna me amenazara. Porque para eso me había llevado allí, por supuesto. Para advertirme de lo que me esperaba si no obedecía.

Cuna se levantó. Yo era bajita en términos humanos, así que Cuna me sobrepasó con mucho al acercarse al cristal y apoyar una mano azul en él.

—Cree usted que aquí todo el mundo opina igual —dijo—, lo cual denota el mismo defecto del que adolece buena parte de la misma Supremacía. El prejuicio.

»Puede elegir no creerme, Alanik, pero mi objetivo ha sido desde el principio cambiar la forma en que mi pueblo considera a otras especies. Cuando el secreto de los hipermotores escape de nuestras manos, necesitaremos algo nuevo para mantener la unidad. No podremos basarla en nuestro monopolio sobre los desplazamientos. Tendremos que poder ofrecer alguna otra cosa.

Cuna se volvió hacia mí y sonrió. La misma sonrisa siniestra y desconcertante de siempre. Pero esa vez me llamó la atención y caí en la cuenta de una cosa.

No era una expresión dione. Elles apretaban los labios formando una línea para expresar la alegría, y enseñaban los dientes para expresar desagrados. A veces gesticulaban con las manos, igual que los krells. No lograba recordar a ningune otre dione, ni siquiera a Morriumur, sonriendo jamás.

—Usted sonríe —dije.

—¿Esta configuración facial no es señal de amistad entre su pueblo? —preguntó Cuna—. Me he dado cuenta de que tienen expresiones parecidas a las de los humanos. He estado practicando para el día en que pueda hablar con ellos y ofrecerles mi mano por la paz. Pensé que esas mismas expresiones podrían funcionar con usted.

Sonrió de nuevo, y esa vez vi algo nuevo en el gesto. No era inquietante, sino desacostumbrada. Lo que yo había interpretado como señal de engreimiento había sido un intento de hacer que me sintiera cómoda. Un intento fallido, pero la única ocasión que recordaba en toda mi estancia allí en que une dione había tratado de usar nuestras expresiones.

Por los santos y las estrellas... Había cimentado por completo mi respuesta visceral a aquella persona en el hecho de que *no sabía sonreír bien*.

—Winzik y yo concebimos el Proyecto de Resistencia a Zapadores en equipo, pero con intenciones muy diferentes —dijo Cuna—. Él lo veía como una forma de volver a tener un auténtico cuerpo de cazas estelares pilotados. Yo veía algo distinto. Veía una fuerza de especies inferiores prestando un servicio a la Supremacía, protegiéndola.

»Tal vez fuesen imaginaciones necias, pero en mi mente visualizaba el día en que pudiera llegar un zapador y en que una persona como usted, o los kitsen, o de alguna otra especie nos salvara. Visualizaba un cambio en mi pueblo, un momento en que empezarían a darse cuenta de que un poco de agresividad es útil. De que las distintas formas en que actúan las especies supone una *fuerza* para nuestra unión, no un defecto en ella. Y por eso les animé a ustedes a incorporarse.

Señaló la sala que contenía el portal negro.

—La Supremacía es engañosamente débil. Exiliamos todo aquello que no concuerda con nuestro ideal de no-agresividad. Incentivamos a las especies para que sean cada vez más un reflejo nuestro antes de poder incorporarse, y existen buenos ideales en nuestro pueblo. Paz, prosperidad para todo el mundo. Pero ¿al coste de renunciar a la individualidad? Eso es lo que debemos encontrar el modo de cambiar. —Volvió a apoyar los dedos en el cristal—. Nos hemos vuelto autocomplacientes, cobardes. Me temo que un poco de agresividad, un poco de conflicto, podría ser justo lo que necesitamos. O de lo contrario... de lo contrario, caeremos ante el primer lobo que logre colarse por nuestras puertas.

Creí sus palabras. Tirda, estaba convencidísima de que Cuna hablaba con sinceridad. Pero ¿podía confiar en mi propio juicio? El hecho de que hubiera malinterpretado en tanta medida sus expresiones reforzaba mis dudas. Estaba entre alienígenas. Eran personas, con verdadero amor y verdaderas emociones, pero también, por definición, no harían las cosas de la misma manera que los humanos.

¿En quién podía confiar? ¿En Cuna, en Vapor, en Morriumur, en Hesho? ¿Sabía lo suficiente para confiar en cualquiera de ellos? Me daba la impresión de que alguien podría pasar la vida entera estudiando a otra especie y, aun así, equivocarse en cosas como aquella. De hecho, los intentos de sonreír por parte de Cuna demostraban precisamente esa idea.

Aun así, me descubrí moviendo el brazo y arremangándome. Abrí la pequeña cubierta en mi brazalete que impedía que pulsara el botón sin querer.

Y entonces, después de respirar hondo, desactivé mi holograma.

35

Los ojos de Cuna se desorbitaron tanto al mirarme que casi se le salieron de la cabeza. Entonces enseñó los dientes y se apartó de mí.

—¿Qué? —preguntó con ahínco—. ¿Qué es esto?

—Nunca he sido Alanik —le dije—. Ocupé su lugar después de que se estrellara en mi planeta. —Le tendí la mano—. Me llamo Spensa. Has dicho que esperabas la oportunidad de ofrecer la mano a un humano por la paz. Bueno, pues aquí me tienes.

Quizá fuese la cosa más loca que había hecho jamás. De verdad que no estoy segura de que pudiera explicar por qué lo hice. De hecho, acababa de comprender que no podía confiar necesariamente en mi instinto en lo relativo a los alienígenas: sus costumbres, sus expresiones, sus maneras no encajarían con mis expectativas.

Pero aquello era distinto. Aquello no era una reacción instintiva a algo que había hecho un ser alienígena. Aquello era una decisión. Si existía siquiera la menor posibilidad de que las palabras de Cuna fuesen sinceras, podía significar el final de la guerra. Podía significar la seguridad para los míos.

No estaba nada convencida de que aquello fuese lo que habrían hecho los héroes de las historias de la yaya. Pero fue lo que hice yo. En ese momento. Aceptando ese riesgo.

Aceptando esa esperanza.

Cuna, aunque lo hizo echándose hacia atrás al mismo tiempo, cogió mi mano con las suyas. Supuse que a una parte de elle le repugnaba la idea de tocarme. Pero aun así, se obligó a hacerlo. Quizá Cuna usara expresiones como «especies inferiores», pero me daba la impresión de que de verdad lo estaba intentando.

Me miró con más atención, sin soltarme la mano.

—¿Cómo? No lo comprendo.

—Hologramas —dije—. Llevo uno portátil en el brazalete.

—¡No disponemos de la tecnología para crear un proyector tan pequeño! —exclamó Cuna—. Pero se rumoreaba que... que los humanos sí, durante la primera guerra. Durante su alianza con las quimeras. Asombroso. Los mensajes del planeta natal de Alanik... ¿Allí saben de tu existencia?

—Se lo dije, pero no sé si me creyeron. Me he dedicado sobre todo a darles largas.

—Asombroso —repitió Cuna—. ¡No se lo enseñes a nadie más! Podría ser un desastre.

Me soltó la mano y, en lo que me pareció un acto inconsciente, se la limpió contra la túnica. Intenté no ofenderme.

—¿Vienes del planeta del caparazón? —preguntó Cuna—. Ese que tiene plataformas defensivas.

—Detritus, sí —confirmé.

—Luché por vosotros hasta desgañitarme —dijo Cuna—. En las reuniones cerradas del senado, cuando se hablaba a favor del exterminio. No creía que... ¿Estás ahí delante, *hablando* conmigo? ¡Asombroso! ¡Llevas semanas en Estelar! ¿Has...? Hummm, ¿has... matado a alguien? Sin querer, quiero decir.

—No —respondí—. De verdad que no somos así. He pasado casi todo el tiempo intentando averiguar cuál de los diecisiete cuartos de baño se supone que debo usar. ¿Sabes lo confuso que puede ser sin leer unas instrucciones?

Cuna hizo una línea con los labios. Le devolví la sonrisa.

Caminó a mi alrededor.

—Espectacular de verdad. Os hemos observado todos estos años, pero sabemos muy poco. Es por la interferencia que crean esas plataformas, ¿sabes? Y aun así... Os acribillamos hasta dejaros casi en una edad de piedra, y menos de un siglo más tarde ya volvéis a tener hipermotores. No sé si impresionarme o intimidarme.

—Ahora mismo, dejémoslo en empate —dije. Toqué mi brazalete y reactivé mi holograma para recuperar el aspecto de Alanik—. Cuna, Winzik está más loco de lo que crees. Brade me ha contado algunos de sus planes. Intentan reclutar a Alanik para que se una a una especie de grupo citónico que tienen. Creen que pueden controlar a los zapadores.

—Seguro que exageras —repuso Cuna—. El programa que hemos desarrollado utiliza un arma para distraer a los zapadores. Según nuestros análisis, si pasan demasiado tiempo en nuestro espacio sin consumir un planeta, terminan desapareciendo. Lo que intentamos hacer no es tanto controlarlos como apartarlos de los núcleos de población el tiempo suficiente para que se marchen.

—Ya, bueno, pues hay más —dije—. No eres solo tú a quien preocupa que la Supremacía pierda el control cuando todo el mundo sepa de las babosas hipermotoras. Winzik pretende usar la amenaza de un ataque zapador para mantener la galaxia a raya.

Cuna desnudó los dientes.

—Si eso es verdad, entonces me queda mucho más trabajo por delante. Pero no tienes por qué preocuparte. Nuestro programa está solo en sus fases iniciales. Hurgaré hasta saber la verdad y actuaré para frustrar las aspiraciones políticas de Winzik. Aún no tiene tanto poder como para ser imparable.

—Muy bien. Yo veré qué puedo hacer para que la *plaga humana* recule un poco.

—No puedo permitir que te lleves ese dron.

—Por lo menos déjame coger la unidad sensorial que le instalé —pedí—. Mi nave la necesita. —Miré a Cuna—. Por favor, deja que me marche, Cuna. Volaré de vuelta a Detritus y convenceré a mi pueblo de que alguien entre los krells quiere hablar de paz. Creo que me escucharán. ¿Qué pasaría con el poder de Winzik si, de pronto, su departamento ya no fuera necesario? ¿Y si la plaga humana pasara a ser aliada de la Supremacía, en vez de su enemiga?

—Queda un camino muy largo para que ocurra eso —respondió Cuna—. Pero... sí, puedo imaginarlo. Es un trato, pues, entre tú y yo. —Cuna titubeó un momento y luego volvió a tenderme la mano—. O un trato de quizá llegar a un trato.

Se la estreché. Luego apreté los labios formando una línea. Cuna, a su vez, sonrió. Bueno, fue una especie de sonrisa. Un esfuerzo meritorio, por lo menos.

Saqué el sensor y la unidad holográfica que había añadido al dron y me los guardé en los bolsillos del traje de vuelo, pero dejé en la mochila el dron en sí. Cuna me acompañó a la puerta y yo intenté no pensar en el pobre alienígena al que acababan de exiliar. No podía permitirme sentirme responsable de lo que le había ocurrido. Tendría que limitarme a hacer lo que pudiera.

¿Qué ocurriría si de verdad hacíamos las paces? ¿Significaría que ya no hacían falta los cazas estelares? Eso me costaba creerlo; los zapadores seguían ahí fuera, ¿verdad? Habría batallas. Siempre había batallas.

De todos modos, se me hacía un poco raro que, de toda la gente que había, fuese *yo* quien diera los primeros pasos hacia la paz.

—Puedo llevarte en lanzadera a tu embajada —dijo Cuna, sacándome por la puerta de seguridad al cielo abierto—. Luego rellenaré los documentos debidos, indicando que «Alanik» vuelve con su pueblo. No sé cómo haremos que esto funcione después de eso, pero...

Cuna dejó la frase en el aire al ver que una lanzadera militar, que parecía la misma que nos había llevado hasta allí, descendía casi en picado y aterrizaba con un apresurado topetazo en plena hierba, sin hacer caso a la plataforma de lanzamiento que quedaba más lejos. La compuerta se abrió de golpe, pero dentro no había nadie. Al instante olí a canela.

—¡Deprisa! —exclamó la voz de Vapor—. Alanik, nos han movilizado.

—¿Qué? —pregunté con brío—. ¿Cómo que movilizado?

—Envían nuestro escuadrón a la batalla. Creo que han avistado un zapador.

36

Nuestra lanzadera surcó a toda velocidad el cielo por encima de Visión Estelar, volando a altitud de emergencia por debajo del resto del tráfico.

—Vapor —dije—, no sé si esto sigue siendo relevante para mí.

—¿La posible aparición de una amenaza de alcance galáctico no es relevante? —preguntó.

—¿Estamos seguras de que eso es lo que ha pasado?

—Ten, mira —dijo Vapor, que en ese momento tenía un aroma floral.

Activó el monitor del asiento de enfrente, que reprodujo un mensaje de emergencia, enviado por Winzik en persona.

—Pilotos —dijo usando el más firme de los gestos con las manos, ambas cerradas en puños—, un enemigo amenaza Visión Estelar. Esto no es un simulacro. Sé que han tenido un entrenamiento breve, pero la necesidad es acuciante. Preséntense en la *Pesos y Medidas* para su despliegue inmediato.

—No dice que sea un zapador —señalé—. Esto huele a política.

—En realidad, eso es lo que me da miedo —dijo Vapor.

—Escucha. Vapor, me he revelado a Cuna. Le he enseñado mi auténtico yo. Hemos decidido buscar la forma de que nuestros pueblos hagan las paces. Creo que eso podría ser más importante que lo que sea que está pasando aquí con Winzik.

El aroma de Vapor cambió a algo más similar a la cebolla.

—Ya estamos en paz con tu pueblo. ¿Por qué tendríais que acordarla entre Cuna y tú?

—Mi verdadero pueblo. Has dicho que sabes lo que soy. Una... una humana.

—Sí —dijo Vapor—. He atado cabos. Tu planeta, ReAlba. Ocultáis un asentamiento humano allí, ¿verdad? No es cierto que evacuaran: siguen escondidos entre vosotros. Por eso nunca os habéis unido a la Supremacía. Os preocupaba que descubriéramos lo de los humanos.

«Uuuh», pensé. En realidad, era una suposición razonable. Equivocada del todo, pero más razonable de lo que era la verdad, en muchos aspectos.

—Me pregunté por qué usabas tantas expresiones y ademanes humanos —prosiguió Vapor—. Eran más de los que consideraba naturales dado el supuesto pasado de tu pueblo. Eso, además de tu aroma... Tienes una parte humana, ¿a que sí, Alanik? ¿Eres mezcla de especies? Eso explica tu poder citónico. Los humanos siempre han tenido mucho talento con eso.

—La realidad es... un poco menos complicada de lo que crees —expliqué a Vapor—. Pregunta a Cuna. Pero Vapor, necesito volver a mi nave.

—Alanik —dijo ella, y su aroma pasó a algo más parecido a la lluvia—. Te necesito ahora mismo. Tengo la misión de vigilar a Winzik, y no creo que ni siquiera Cuna sea consciente de lo ambicioso que es. Eres la mejor piloto que tengo y necesito que estés preparada para apoyarme. Por si acaso.

—¿Por si acaso qué?

—Por si acaso esto no va de un zapador. Dejémoslo en que hay elementos del gobierno a los que inquieta mucho, mucho el creciente poder de Winzik... y su acceso a pilotos que no comparten los valores nucleares de la Supremacía.

De nuevo, estaba atrapada en el centro de algo que apenas comprendía. «Está temiéndose que haya un golpe de Estado, ¿verdad? Por eso le encargaron hacerse piloto, para asegurarse de que Winzik no esté intentando hacerse con el control de la Supremacía.»

¿Dónde me dejaba eso a mí? Tenía el secreto. Debía volver a casa con él. Era lo único que importaba, ¿verdad?

Usé el brazalete para abrir un canal con M-Bot, que debería poder oírme desde que había salido del edificio gubernamental.

Recibí por respuesta un sonido tenue que me transmitió mi auricular.

Clic. Cliclicliclic...

Nuestra lanzadera recorrió los muelles como una exhalación y se unió a otras que revoloteaban alrededor de la *Pesos y Medidas*. Terminamos desembarcando en un caos organizado de pilotos entusiastas que bajaban de lanzaderas y se dejaban guiar por los pasillos.

Encontré a Hesho y los kitsen levitando sobre las cabezas de otros pilotos, con aire de desasosiego.

—¡Eh! —los saludé al pasar.

Hesho bajó flotando hasta cerca de mi cabeza.

—Alanik —dijo—, ¿qué es todo esto?

—Sabes tanto como yo —dije, y me mordí la lengua para no seguir hablando. Era mentira. Yo sabía mucho más que Hesho. Siempre había sido así.

Pero de momento, estaba de acuerdo con Vapor. Como mínimo, tenía que averiguar qué planeaba Winzik, ya que podría ser importante para el futuro de mi pueblo. Nos unimos a los demás pilotos. El resto de los escuadrones habían perdido a algunos miembros durante el entrenamiento, así que seríamos unos cuarenta y cinco en vez de los cincuenta y dos iniciales.

Con lo emocionados que estaban, parecían muchos más. Los drones guía nos sacaron del hangar de lanzaderas. No nos llevaron a nuestras salas de salto de siempre, sino directos al hangar de nuestros cazas, que los equipos de tierra estaban preparando a toda prisa.

Vapor renegó en voz baja. Si estaban preparando los cazas, cada vez daba más la impresión de que Winzik fuera a utilizarlos contra la propia Visión Estelar. ¿De verdad me había quedado atrapada en medio de un golpe de Estado?

El mismo Winzik en persona se subió a una escalerilla móvil de las que usábamos para llegar a las cabinas y levantó los brazos para acallar las conversaciones de los pilotos.

—Sin duda están ustedes asustados —proclamó Winzik, su voz amplificada por el sistema de megafonía de la nave—. Y confundidos. Ya han oído hablar del ataque a la *Pesos y Medidas* que ha tenido lugar hoy mismo. Hemos analizado los restos de ese ataque y hemos encontrado un arma destruida que tiene origen humano.

El silencio del hangar se hizo más profundo.

«Oh, no», pensé.

—Tenemos pruebas —dijo Winzik— de que la amenaza humana es mucho más grave de lo que le alte ministre desea admitir. Es muy posible que haya docenas de espías infiltrados en Estelar. Esto demuestra que la plaga humana ha empezado a escapar de una de sus cárceles. Es una supurante colmena de humanidad para cuya represión nunca se nos ha concedido la autoridad ni los recursos necesarios.

»Eso va a cambiar hoy. Dentro de diez minutos, esta nave hipersaltará al planeta humano Detritus. Quiero que estén todos preparados en sus cabinas, listos para el lanzamiento nada más lleguemos. Su misión será destruir sus fuerzas. Ese acto debería ser una demostración excelente de por qué la Supremacía necesita una fuerza de defensa más activa y bien entrenada.

Era raro verlo hablar con tanta contundencia, gestos bruscos y ni un solo «caramba, caramba» ni una sola vacilación. Mientras Winzik ordenaba a los pilotos que se pusieran los trajes de vuelo, empecé a comprender la profundidad de su conspiración. Probablemente su objetivo había sido ese desde el principio: hacer una exhibición de fuerza, desplegar su fuerza bélica personal para aniquilar la «plaga humana» y cimentar su importancia.

Era lo que llevaba tiempo temiéndome. Había estado entrenando una unidad que se utilizaría contra mi propia gente. Tenía que averiguar cómo detener todo aquello, cómo cumplir con la paz que Cuna y yo creíamos poder propiciar.

—Excelente —dijo Hesho a mi lado—. Por fin se deciden a hacer algo con esos humanos. Este es un día trascendental, capitana Alanik. ¡Hoy nos cobraremos nuestra venganza de quienes nos quebrantaron!

—Eh...

¿Qué debía hacer? No podía decírselo. ¿O sí?

Se me escapó la oportunidad cuando los kitsen salieron volando hacia su nave. Giré sobre mí misma, buscando al resto de mi pelotón. ¿Dónde estaba Brade? Tenía que hablar con ella.

Encontré a Morriumur de pie al lado de su nave, con el casco en la mano. Y con los dientes un poco a la vista.

—¿Has visto a Brade? —le pregunté.

Morriumur negó con la cabeza.

Tirda. ¿Dónde estaba?

—¿Alanik? —dijo Morriumur—. ¿A ti esto te emociona? A mí me inquieta. Todo el mundo parece ansioso por meterse en su nave, pero... no es para lo que hemos entrenado, ¿verdad? Se supone que debíamos detener a los zapadores, no entrar en combate de cazas contra pilotos expertos. Necesito más tiempo. No estoy a la altura para una batalla espacial.

Por fin vislumbré a Brade cruzando el hangar, con el casco ya puesto y la visera solar bajada. Corrí hacia ella y la intercepté mientras llegaba a su nave y empezaba a subir la escalerilla. Intentó no hacerme caso, pero la cogí del brazo.

—Brade —dije—, van a enviarnos contra tu propia gente.

—¿Y qué? —susurró ella, y la visera me impidió verle los ojos.

—¿Te da igual? —casi grité—. Esta es la última oportunidad que tienen los humanos de ser libres. ¿Cómo puedes ayudar a aniquilarla?

—Son... Son humanos salvajes. Peligrosos.

—Los humanos no sois como dice la Supremacía —afirmé—. Yo misma sé que es la verdad con el poco tiempo que hace desde que te conozco. Si colaboras en esto, vas a perpetuar una mentira.

—Hará... la vida mejor para el resto de nosotros —dijo ella—. Si la gente no teme que de repente un imperio humano salte de entre las sombras y vuelva a atacar, a lo mejor los demás podremos construir algo que merezca la pena dentro de la Supremacía.

—Pero ¿no oyes lo egoísta que suena eso? ¿Estás dispuesta a sacrificar cientos de miles de vidas humanas para que *quizá* tú puedas vivir un poquito mejor?

—¿Y tú qué sabes de esto? —restalló Brade—. No podrías entender nunca lo que se siente al tomar una decisión como esta.

«Conque no, ¿eh?» Tiré de ella para bajarla de la escalerilla. Brade me lo permitió, moviéndose entumecida, como si la incertidumbre hubiera reemplazado su aplomo. A la sombra del ala de su nave, por lo menos un poco ocultas de todos los demás, lo hice otra vez. Apagué mi holograma.

—Sé precisamente lo que se siente —siseé a Brade—. Créeme.

Se quedó petrificada y mi imagen se reflejó de vuelta a mí en la superficie de su visera solar mientras volvía a activar mi holograma.

—Llegué aquí desde Detritus esperando encontrar solo enemigos y monstruos —le susurré—. Y en vez de eso, os encontré a vosotros. A Hesho, a Morriumur, a todos vosotros. No puedo ni concebir lo difícil que tuvo que ser tu infancia, pero sí que sé lo que se siente cuando te odian por algo que no has hecho. Y déjame decirte que destruir Detritus no servirá de nada. Solo convencerá más a la Supremacía de que siempre tuvieron razón sobre nosotros.

»¿Quieres que esto cambie? ¿Quieres intentar arreglarlo? Vuelve conmigo a Detritus. Cuéntanos lo que sabes sobre la Supremacía y sobre Winzik. Ayúdanos a encontrar la forma de demostrar a la gente de la Supremacía que no somos una amenaza. Winzik solo se saldrá con la suya mientras pueda convencer a todos de que de verdad somos un enemigo que no les queda otra opción que destruir.

Brade no se había movido. Se quedó allí de pie, con los ojos ocultos. Por fin alzó la mano hacia el lado de su casco y pulsó el botón que retiraba la visera hacia arriba.

Entonces retrajo los labios, enseñó los dientes delanteros en una expresión alienígena e hizo un gesto brusco.

—¡Una humana! —chilló—. ¡He descubierto a la espía humana!

37

Brade se apartó de mí a trompicones, gritando como si no hubiera oído ni una sola palabra de mi apasionada súplica.

—¡Humana! ¡Alanik es una humana en secreto!

Di un paso hacia ella, guiada por una parte de mi mente que se negaba a admitir lo que estaba pasando. Seguro que me creería, si se lo enseñaba. Seguro que terminaría aceptando la realidad sobre sus orígenes, no los embustes que le habían contado.

Me la había jugado al revelarme a Cuna, y había salido bien. ¿Cómo podía estallarme en la cara tan por completo al intentar hablar con alguien de mi propia especie?

Tirda. *¡Tirda!*

Me aparté, eché a correr por delante de une Morriumur en pleno desconcierto y frené resbalando al llegar a mi nave. El miembro del personal de tierra que había allí, una criatura con rasgos de insecto, intentó cortarme el paso, pero le di un empujón y subí hasta la cabina. Cogí el casco del asiento, me metí y apreté el botón que cerraba la cubierta.

Me salvó que todo el mundo estuviera tan emocionado preparándose para ir a la batalla. Al clamor de la gente gritando instrucciones se sumaban los ruidos sordos de las naves de suministros de última hora que iban aterrizando en el hangar. El estruendo impidió que la mayoría de ellos oyese a Brade.

Ella, en cambio, corría derecha hacia Winzik. Por tanto, se me acababa el tiempo. Puse en marcha los propulsores y activé el anillo de pendiente, rezando para que aquellos cazas estelares no tuvieran algún tipo de interruptor de apagado remoto. Oí las alarmas un instante antes de propulsarme y sobrevolar rugiendo el suelo del hangar mientras disparaba los destructores hacia la burbuja de aire invisible que mantenía fuera el vacío.

El disparo la atravesó sin impedimentos, revelándome que el escudo seguía abierto al paso de naves. Salí volando al espacio e inmediatamente descendí cerca de los hangares para tener cobertura si la *Pesos y Medidas* empezaba a dispararme.

—¡M-Bot! —grité.

Clic. Cliclicliclic.

Tirda. Viré la nave siguiendo los atracaderos, pero mi sensor de proximidad me advirtió que la *Pesos y Medidas* estaba escupiendo decenas de cazas a mi cola.

Pasé cerca del escudo de Visión Estelar, la burbuja de aire que protegía la ciudad. No tenía ni idea de qué clase de defensas podía tener la estación, pero seguro que como mínimo habría baterías de armamento a lo largo del borde. Quizá incluso el escudo de aire entero pudiera configurarse para no dejar entrar o salir naves.

Winzik estaba reaccionando deprisa. Ya veía naves desviándose hacia la estación, avanzando en dirección al borde... y en dirección a mí.

—¡M-Bot! —exclamé—. ¡No sé si puedo llegar hasta ti!

Solo recibí chasquidos por respuesta. No podía abandonarlo. Tenía que...

Pero sabía la verdad. No tenía tiempo de ir a recogerlo. El conocimiento que transportaba en mi interior, el secreto de los hipermotores de la Supremacía, el poder que tenía de teleportarme a mí misma, era demasiado importante para arriesgarlo. Debía regresar a Detritus, y debía advertirles del inminente ataque.

Allí lo importante no éramos ni él ni yo, ni siquiera Babosa Letal, por muy importante que fuese su especie. Me debatí un momento mientras veía todas aquellas naves, centenares de ellas, abalanzarse sobre mí. Entonces giré la esfera de control, activé los propulsores y me interné en las profundidades del espacio.

Tenía que hacer el ejercicio de la yaya. Mientras aumentaba la aceleración y se me apretaba la espalda contra el asiento, me imaginé a mí misma volando. Entre las estrellas. Las estrellas que cantaban, que me daban una serenata con sus secretos...

—¿Spensa? —Era la voz de M-Bot—. Spensa, he vuelto. ¿Qué está pasando?

Podía *sentirlo*. Aquella flecha brillante me señalaba el camino a casa. La flecha que me había grabado en el cerebro la extraña arma. Pero no estaba segura de poder usar mis poderes sin M-Bot. ¿Necesitaría alguna parte mecánica de la nave?

—¡Spensa! —insistió M-Bot—. He estado intentando modificar mi programación, pero es difícil. ¿Qué estás haciendo? ¿Adónde vas?

Los otros cazas me estaban ganando terreno. Pero delante de mí vi una senda de luz...

—¿Spensa? —dijo M-Bot con suavidad—. No me abandones.

—Lo siento —susurré con el corazón atenazado—. Volveré. Te lo prometo.

Entonces cerré los párpados con fuerza y traté de entrar en la ninguna-parte. Funcionó.

En esa ocasión no tenía la protección tecnológica de la Supremacía. Los zapadores acechaban en la oscuridad, con sus terribles ojos fijos en mí. Chillé bajo el desprecio que sentía que emanaban, pero entonces hasta eso pareció desvanecerse cuando un zapador solitario se acercó. Me rodeó en aquel lugar entre instantes. Como una sombra que bloqueaba la atención de todos los demás.

Una sola entidad llena de odio. Sentí un torrente de emociones que procedían de ella, omnipresentes, asfixiantes. Detestaba los ruidos que hacíamos, odiaba que invadiéramos sus dominios. Las personas éramos como un persistente pitido que no dejaba de sonar al fondo de la mente, sumiéndolo en la locura.

Se aproximó tanto que, cuando por suerte salí de la ninguna-parte, sentí que intentaba seguirme. Trató de colarse en el lugar donde vivíamos. En el lugar donde podría encontrar a todos aquellos incordios y extinguirlos.

Emergí de la ninguna-parte chillando, sola, sintiendo que a duras penas había logrado dar un portazo al monstruo que estaba persiguiéndome. Tuve que imponerme físicamente a mis manos temblorosas para dar la vuelta a la nave.

Y entonces tuve una de las vistas más dichosas de toda mi vida. Detritus, brillando a la luz del sol, un planeta rodeado de refulgentes caparazones metálicos. Por fin había vuelto a casa.

Me dirigí hacia las plataformas del planeta a alta velocidad. Los acorazados de la Supremacía seguían flotando a una distancia moderada, pero no vi ningún combate produciéndose en esos momentos.

Por desgracia, al acercarme caí en la cuenta de que, sin M-Bot para guiarme, necesitaría que el Mando de Vuelo me proporcionara un rumbo a través de los cascarones defensivos. Me apresuré a introducir los códigos de comunicación de la FDD y sintonizar la radio en el canal correcto.

—¿Hola? —dije—. ¿Hay alguien? Por favor, respondan. Aquí Cielo Diez, identificador: Peonza. Vuelo en una nave robada. Hummm, por favor, no me derriben.

No respondieron al instante, pero tampoco me sorprendió. Supuse que el soldado al cargo de monitorizar las comunicaciones llamaría de inmediato a su oficial de servicio en vez de trabar conversación con la misteriosa voz de la piloto teleportadora adolescente. Este a su vez debió de buscar a un miembro de mi equipo para que confirmara mi identidad, porque la voz que terminó respondiéndome era conocida.

—¿Spensa? —dijo Kimmalyn con su leve acento—. ¿De verdad eres tú?

—¿Qué hay, Rara? —respondí mientras cerraba los ojos y saboreaba aquella voz. Había echado de menos a mis amigos incluso más de lo que creía—. No te haces una idea de lo genial que es oír a alguien hablando en inglés sin necesitar intérprete.

—¡Por los santos del cielo! Tu abuela decía que estaba segura de que seguías viva, pero... Peonza, ¿de verdad has vuelto?

—Sí —dije abriendo los ojos.

De repente, en mis sensores de proximidad se iluminó un aviso, aunque tuve que alejar el enfoque del monitor para ver lo que pasaba. Había llegado otra nave a través de la ninguna-parte, materializándose cerca de donde había aparecido yo unos minutos antes. Reconocí su forma, larga y peligrosa, con numerosos compartimentos de hangar para lanzar cazas.

La *Pesos y Medidas*.

—No organices aún ninguna fiesta, Rara —dije—. Necesito hablar con Cobb cuanto antes, y mi misión ha sido un éxito parcial... pero traigo compañía.

QUINTA PARTE

38

Posé mi nave robada en un muelle para cazas estelares de la Plataforma Primaria y abrí la cubierta. Había desactivado mi holograma y aún se me hacía raro ver mis manos con su tono de piel natural.

Y aquel lugar... ¿Las paredes siempre habían sido tan austeras? Todo en Visión Estelar había estado adornado con colores. ¿El aire siempre había olido tanto a rancio? Me descubrí añorando el tenue aroma de los árboles y la tierra, y hasta el matiz a canela de la presencia de Vapor.

Kimmalyn vino a buscarme a la cabina, sonriendo como una idiota mientras subía por la escalerilla, y rodeó mi cabeza con casco en un abrazo. Me fijé en su sonrisa y me pareció una expresión extraña. Agresiva.

Por los santos y las estrellas. Tampoco había estado fuera tanto tanto tiempo. Pero al levantarme y volver a abrazar a Kimmalyn, tuve una sensación residual de desconexión. De que todo en aquel universo era un ruido que dolía. Era un remanente de las emociones que el zapador me había imbuido por la fuerza.

Intenté apartar esos sentimientos con todas mis fuerzas. Abrazar a una amiga debería haber sido lo más relajante que hubiera hecho en semanas, y sin embargo una parte de mí quería revolverse. No por Kimmalyn, sino por mí. Imaginé que mi amiga estaba abrazando a algún tipo de criatura extraña, como a una larva alienígena, en vez de a una persona. ¿Sabía Kimmalyn lo que era yo?

¿Lo sabía yo siquiera?

—Oh, alabada sea la Santa —dijo Kimmalyn, apartándose—. Peonza, no puedo creer que de verdad seas tú.

—¿Y Jorgen? —pregunté.

—Está allá abajo, en el planeta, de permiso. Ya hace unos días que no lo veo. No sé qué de que necesitaba un descanso o algo así.

En fin, podía pasarnos a cualquiera. Era solo que tenía muchas ganas de verlo. Tal vez... tal vez él pudiera sacarme de aquel extraño bajón que me había entrado.

—¿Qué...? —empezó a decir Kimmalyn—. O sea, Jorgen nos contó que te había enviado a una misión. ¿De verdad ha salido bien? ¿Les has robado un hipermotor? ¿Qué pasa con M-Bot?

Noté mi corazón a punto de partirse.

—Yo...

Sonaron bocinazos de alarma, advirtiéndonos con estruendo de un ataque inminente. Las dos miramos hacia las luces y escuchamos el intercomunicador llamando a todos los cazas de servicio a la batalla.

—Te lo explicaré —prometí a mi amiga—. O lo intentaré, por lo menos. Después de...

—Sí —dijo Kimmalyn.

Me dio otro abrazo rápido, yo aún de pie en mi cabina, ella en la escalera. Luego bajó deprisa y corrió hacia su nave. Mis instintos hicieron fuerza para que volviera a sentarme y volara a la batalla, pero Cobb había sido firme. Tenía que presentarme a informar primero.

Bajé y me crucé con Duane, del personal de tierra. Me sonrió y levantó el pulgar antes de darme una palmada en la espalda por mi heroico regreso. Lo miré patidifusa, tratando de interpretar las emociones en su rostro, que de pronto me resultó raro y estrambótico. Comprendí sus expresiones como si llevaran retraso. Como si tuviera que esperar a que un intérprete me las tradujera. Tirda, ¿qué me estaba pasando?

«Es solo que estás cansada —me dije—. Llevas dos semanas sin parar de apretar, y eso mientras te hacías pasar por otra persona.» Y en efecto, me golpeó una oleada de agotamiento cuando abrí la puerta para llegar al pasillo, pero me detuve y dediqué una mirada tierna al caza sin nombre de la Supremacía. No era M-Bot, pero me había hecho un buen servicio. ¿Volvería a volar en él alguna vez? Seguramente no. Lo desmontarían para analizarlo: acceder a un caza krell intacto era un privilegio inaudito para la FDD.

En un pasillo estéril y demasiado metálico encontré a un par de soldados de infantería esperándome. Se ofrecieron a venir conmigo para ayudarme a encontrar a Cobb, pero no pude evitar que me recordaran a los guardias y los drones guía que me habían escoltado a bordo de la *Pesos y Medidas*. No era que la FDD no confiara en mí. Era solo que sabían que el enemigo era capaz de afectar las mentes de la gente, sobre todo de los citónicos.

Así que... bueno, supuse que sí que era que no confiaran en mí. No del todo. Aquello no estaba siendo exactamente la festiva bienvenida a casa que había esperado.

Los hombres me llevaron a una sala de mando con una gran pantalla panorámica en una pared y varias decenas de puestos informáticos más pequeños debajo, en los que los miembros del Mando de Vuelo monitorizaban a los escuadrones individuales y no perdían de vista al enemigo. Habían estado trabajando en mi ausencia y todo parecía más profesional, con menos paneles al descubierto, que como lo recordaba.

Varios subalmirantes estaban dirigiendo la batalla desde puestos de mando. Cobb estaba detrás de ellos al fondo de la sala, con aspecto distinguido con su uniforme blanco y su bigote plateado erizado en el labio superior. Le habían montado un imponente trono de almirante desde el que se veía todo, pero él usaba el asiento para amontonar varias pilas de papeles y el apoyabrazos para dejar su café mientras repasaba informes y murmuraba entre dientes.

—¿Nightshade? —dijo cuando los guardias me llevaron con él—. ¿Se puede saber qué cuernos has hecho? ¿No se suponía que la misión a la que te envió Jorgen era furtiva? Porque esto tiene toda la condenada pinta de que casi nos has echado encima a la Supremacía entera.

Por algún motivo, oír renegar a Cobb fue lo más reconfortante que podía haberme pasado en esos momentos. Dejé escapar un suave suspiro. Mi universo entero estaba volviéndose del revés, pero Cobb era tan constante como una estrella. Una estrella enfadada y hosca que tomaba demasiado café.

—Lo siento, Cobb —dije—. Acabé metida en la política de la Supremacía y... bueno, no creo que la culpa de este ataque sea toda mía, pero sí que es verdad que mis actos parecen haberles dado alguna excusa para plantarse aquí.

—Deberías haber vuelto antes.

—No podía. Mis poderes... Estoy aprendiendo, pero... Oye, prueba tú a aprender a teleportarte usando el cerebro. No es tan fácil como suena.

—Suena tirdosamente difícil.

—A eso iba.

Cobb gruñó.

—¿Y la misión? ¿Esa que os inventasteis entre los dos, sin la debida autorización?

—Ha salido bien. Me hice pasar por esa alienígena que se estrelló aquí, usando los hologramas de M-Bot para que colara, y he vivido en la Supremacía el tiempo suficiente para descubrir el secreto de sus hipermotores. —Hice una mueca—. Puede... que la haya cagado también un poquito aquí y allá.

—En fin, no serías tú si no me complicaras la vida a cada ocasión, Peonza.

Asintió mirando a los guardias, que se retiraron. Aquella conversación había sido en parte una prueba, y la había superado. Cobb estaba seguro hasta cierto punto de que yo no era una impostora.

Dio un sorbo a su café y me indicó que me acercara.

—¿Qué está pasando de verdad ahí fuera?

—La Supremacía tiene un puñado de facciones. No me he enterado de mucho; la verdad es que me supera un poco. Pero una facción militar quiere hacerse con el poder y va a intentar exterminarnos para dar un empujón a su credibilidad. Quiere librarse de la «plaga humana» para demostrar que es indispensable.

En la pantalla de la pared, que mostraba un mapa de batalla abstracto con puntitos luminosos representando a las naves, la *Pesos y Medidas* estaba desplegando escuadrones de cazas. Parecía haber varios centenares de drones del tipo normal que solíamos combatir. Y otras cincuenta naves, que brillaban más que el resto.

—Naves pilotadas —explicó Cobb—. Ases enemigos. Cincuenta, nada menos.

—No son ases —dije yo—. Pero sí que son naves pilotadas. La Supremacía ha estado preparando a un grupo de pilotos reales para luchar contra nosotros. Yo... Hummm, yo he entrenado a algunos de ellos.

La taza de Cobb se detuvo a medio camino de sus labios.

—¿De verdad pudiste unirte a su fuerza espacial y entrenar con ellos?

—Eh... Sí. Señor.

—Maldición. ¿Y esa nave que has robado? ¿Tiene hipermotor?

—No. Pero sé el secreto. ¿Sabes esa babosa amarilla que tengo como mascota, la que encontré en la caverna de M-Bot? Pues son lo que la Supremacía utiliza para hipersaltar. Tenemos que enviar una expedición a las cavernas de Detritus, a ver si podemos atrapar alguna más.

—Pondré varios equipos a ello ya mismo. Suponiendo que sobrevivamos a esta batalla. ¿Alguna otra bomba que quieras soltarme encima?

—Eh... He revelado mi identidad a uno de los cargos más altos del gobierno de la Supremacía, y nos llevamos bastante bien. Creo que podría convencer a esa otra facción del gobierno para que firme la paz con nosotros. Hummm, suponiendo que sobrevivamos a la susodicha batalla.

—¿Y tu caza? Ese que tiene una actitud tan irritante.

Sentí una punzada de vergüenza.

—Eh... Lo he dejado atrás, señor. Y también a Babosa Letal. Estaban persiguiéndome enemigos, y los tenía cada vez más cerca, y...

—Está bien, soldado —dijo Cobb—. Has vuelto, que es más de lo que teníamos ningún derecho a esperar. —Desvió la mirada hacia la pantalla y la creciente inundación de puntitos de luz—. Quiero que vayas a una sala de informe con una grabadora y nos cuentes todo lo que puedas recordar de sus capacidades militares. Yo me quedaré aquí y haré lo que pueda para sobrevivir a esta invasión. Tirda, menudo montón de cazas.

—Cobb —dije, acercándome más—. Lo de ahí fuera no son monstruos sanguinarios. Son solo personas. Gente normal, con vidas, y amores, y familias.

—¿Y contra qué pensabas que estábamos luchando todos estos años? —preguntó Cobb.

—Eh...

No lo sabía. Contra criaturas de ojos rojos y sin rostro. Contra destructores implacables. Lo cual no se alejaba mucho de cómo veían ellos a los humanos.

—Eso es lo que es la guerra —me dijo Cobb—. Un hatajo de imbéciles lamentables y desesperados en los dos bandos que solo intentan salir vivos. Es la parte que dejan fuera esas historias que te encantan, ¿verdad? Siempre es más conveniente si puedes luchar contra un dragón. Contra algo de lo que no tengas que preocuparte por si empieza a importarte.

—Pero...

Me cogió por el brazo, apartó unos papeles y me sentó con suavidad en la silla. No me envió enseguida a grabar mi informe. Quizá me quisiera allí para responder preguntas.

Me hundí en el asiento y vi cómo Cobb se adelantaba para ponerse al mando. Se le daba mucho mejor que lo que habría cabido suponer. No intentaba hacerlo todo él solo. Dejaba que los otros almirantes, a los que había escogido en persona por su sentido del combate, lideraran los segmentos individuales de la batalla. Solo se entrometía cuando consideraba que era necesario. Sobre todo, se limitaba a cojear por la sala, bebiendo café y ofreciendo consejos de vez en cuando.

Vi que los enjambres de naves se acercaban uno al otro. Intenté hundirme más en el asiento mientras miraba. Puntos rojos y azules en una pantalla... pero algunas de aquellas luces eran mis seres queridos. Seres queridos en *ambos* bandos. ¿Estaría Morriumur allí fuera, rebosando terror pero también decisión? ¿Y Hesho y los kitsen? ¿Los derribaría Kimmalyn?

Aquello no estaba bien. No podía ocurrir. Y además, era la opción equivocada. No solo en términos morales, sino también tácticos. Miré los mapas de batalla y el bando de la Supremacía parecía impresionante. Doscientos drones y cincuenta naves pilotadas. Nuestra propia fuerza de cazas dispares se cifraría solo en unos ciento cincuenta.

Pero éramos la FDD, forjada en batalla y más diestra a cada día que pasaba, mientras que la Supremacía había desplegado a unos controladores de drones entrenados para no ser agresivos y a un grupo de reclutas novatos con solo un par de semanas en cabina. Winzik debía de saber que en realidad sus fuerzas combatían en desventaja.

«También sabe que nos hacemos más fuertes cada día, y ahora, después de encontrar los restos de mi pistola destructora, teme que hayamos podido llegar hasta Visión Estelar. Sabe que tenemos citónicos. Sabe que estábamos espiando sus operaciones...»

De pronto, vi la batalla bajo una nueva luz. Vi a un aterrorizado Winzik dándose cuenta de que sus presos estaban descontrolados, de que la amenaza que tan a menudo había usado para asustar al resto de la Supremacía era real. Y entonces ¿qué plan tenía? No podía ser solo dejar morir a su incipiente flota espacial bajo el fuego de nuestros destructores.

Mientras los dos grupos de cazas empezaban a enfrentarse, me devané los sesos para deducir lo que podría estar planeando el líder krell. Por desgracia, nunca había sido muy dada a preocuparme de la táctica a gran escala. Mi trabajo era meterme en la cabina y ponerme a disparar. De acuerdo, podía sacarme algún as de la manga sobre la marcha y ganar una batalla, pero ese día tenía que ser algo más. Entendía nuestros enemigos mejor que cualquier otra persona. Había vivido entre ellos. Había hablado con su general, había cumplido sus órdenes.

¿Qué estaba haciendo allí, en esos momentos? Observé la batalla y, muy despacio, me levanté del asiento, de la silla del almirante, que se alzaba sobre la sala entera. Miré los puntitos de la pantalla y vi a la gente que había al otro lado. Sentí que el mundo se disipaba poco a poco a mi alrededor. Vi... y oí... estrellas.

... informando en directo desde la reserva de Detritus...

... valientes combatientes, que confían en contener la plaga humana...

Winzik estaba retransmitiendo los acontecimientos. Aquel ataque era puro teatro. Imaginé a millones de personas allá en Visión Estelar, viendo la emisión con miedo. Si fracasaba en Detritus, Winzik podía destruir su reputación. Y fracasaría, ¿verdad? No podía derrotarnos.

... informes de que los humanos están haciendo algo extraño...

... esta reserva, rodeada de antiguos mecanismos procedentes de la Segunda Guerra Humana...

... el movimiento esas plataformas. Parece estar ocurriendo algo...

Más allá de eso, oí otra cosa. Como... como un chillido en aumento. ¿O un desafío? ¿Era Brade, chillando hacia la ninguna-parte? No podía hacer eso, atraería a los ojos. Podría...

Todo se enfocó de golpe. Las cosas que estaba oyendo, las advertencias de Cuna, las explicaciones que me había dado Brade. El plan de Winzik.

Iban a traer un zapador a nuestro espacio a propósito.

Algunas personas de la sala se dieron cuenta de que me había levantado y Rikolfr dio un codazo a Cobb.

—¿Peonza? —preguntó el almirante, acercándose.

—Tengo que irme, señor —dije, con la mirada todavía fija en el mapa de batalla.

—No sé si podemos arriesgarte —objetó él—. Ninguna de nuestras otras naves puede proteger tu cerebro de los ataques citónicos. Además, no sabemos si encontraremos esas babosas del hiperespacio que mencionas, así que... bueno, podrías hacernos falta pronto.

—Hago falta ahora mismo —dije. Bajé la mirada hacia él—. Va a pasar algo terrible. No creo que pueda explicártelo. No tengo tiempo. Pero tengo que impedirlo.

—Ve —me dijo—. Puede que derrotemos a los cazas, pero ¿a esos acorazados? Ahora que se han decidido a venir a por nosotros con todo lo que tienen, se nos agota el tiempo. Así que si puedes hacer algo... bueno, ve. Que los santos te guarden.

Ya estaba corriendo hacia el pasillo incluso antes de que terminara de hablar.

39

Mientras corría, sentí que la sombra se hacía más fuerte en mi interior.

Al rozar la ninguna-parte para escuchar, había dejado que entrara más de ese ser. Los pensamientos de los zapadores. Tocaban la parte de mí que no podía explicar.

Esa parte de mí odiaba a todo el mundo. Los molestos zumbidos que hacía la gente. Los chasquidos y la perturbación del vacío de pura calma que era el espacio.

La humana de mi interior se resistió. Veía vidas tras los puntitos de la pantalla. Había volado con el enemigo y había encontrado amigos en él.

No me entendía a mí misma. ¿Cómo era posible que fuese las dos cosas a la vez? ¿Cómo podía querer detener la pelea, pero al mismo tiempo desear que todos se destruyeran entre ellos?

Salí disparada del hangar de la Plataforma Primaria, volando en mi caza de la Supremacía, ya que era la única nave que no estaba en uso en esos momentos. Cobb de verdad estaba preocupado. Había movilizado hasta el último caza que teníamos.

Seguí el rumbo que me habían proporcionado entre los caparazones que rodeaban Detritus, acelerando a ritmo constante, con la espalda apretada contra el asiento. Terminé emergiendo al espacio más allá de las plataformas... y contemplé el caos de centenares de naves combatiendo al mismo tiempo. Los disparos de destructor rasgaban franjas en la negrura y las naves explotaban con destellos de luz que se extinguían casi al instante. En la lejanía, la

Pesos y Medidas observaba estoica, alineada con los dos acorazados.

Creía entender el plan de Winzik, y tenía una especie de astucia retorcida. Necesitaba exterminar a los humanos de Detritus. Al escapar, estábamos acercándonos demasiado a demostrar que era débil, o incluso un fraude. Pero todavía no contaba con la fuerza espacial necesaria para hacer el trabajo en persona.

A la vez, necesitaba un zapador en nuestro espacio que pudiera controlar y usar como amenaza. No podía saberse que estaba invocándolo él, sin embargo. Así que ¿cuál era la solución? Enviar sus tropas a Detritus para «luchar valientemente» contra los humanos. Y en secreto, hacer que Brade atrajera a un zapador a nuestros dominios y permitirle destruir Detritus. Podía culparnos a nosotros de la invocación. Al fin y al cabo, todo el mundo sabía que los humanos ya habían intentado hacerlo una vez.

Después de consumir a los humanos, el zapador se pondría a buscar más presas. Pero Winzik podía usar su recién entrenada fuerza espacial para controlarlo, enviarlo a algún lugar seguro, hacerlo rebotar entre mundos deshabitados.

Al hacerlo, se convertiría en un héroe. Y en el ser más importante de la galaxia. Porque con un zapador errante poniendo en jaque a todos los planetas civilizados, solo sus tropas serían capaces de proveer alguna protección. Sus pilotos estarían de guardia para defender los planetas que lo solicitaran... pero si alguien se oponía a Winzik, en fin, a lo mejor el zapador encontraba por casualidad el camino hasta su región sin ninguna fuerza defensiva que lo espantara.

Brutal. Efectivo.

Aterrador.

Me propulsé hacia el campo de batalla, donde los cazas estelares rodaban y esquivaban, disparaban y luchaban. ¿Dónde estaba Brade? La oía gritar hacia la ninguna-parte, pero no lograba sentir desde dónde. ¿Estaría en la *Pesos y Medidas*?

«No. No les interesa que esa cosa penetre en nuestro espacio cerca de una nave suya. Estará ahí fuera, en alguna parte.»

Pero ¿dónde? Aquella batalla era varias veces más grande que cualquiera en la que yo hubiera intervenido. Posiblemente más grande, comprendí, que cualquiera que nadie de allí hubiera visto jamás. El campo de batalla estaba degenerando en caos a pasos agigantados, mientras los escuadrones trataban de mantenerse unidos y los frenéticos almirantes intentaban seguir una estrategia coherente.

Creció en mí un familiar entusiasmo, la anticipación de la lucha, la oportunidad de forzar mis límites. Pero... ese día iba acompañada de una vacilación que quizá en otro tiempo habría llamado cobardía. Di las gracias en silencio a Cobb por sacarme a golpes esa manera de pensar durante el entrenamiento.

No estaba allí para luchar. Así que, en vez de disparar al primer dron de la Supremacía que me pasó cerca, estudié mi monitor de proximidad... y reparé en que seguía sincronizado con las señales de la Supremacía. Me habían bloqueado en su canal de comunicaciones general, por lo que no podía oír lo que se decían entre ellos, pero aún podía resaltar naves y designaciones individuales en mi pantalla.

Me fijé en una nave estelar concreta que estaba volando casi siempre a solas, cerca del extremo derecho del campo de batalla. La *Nada a Contracorriente en un Arroyo que Refleja el Sol.* La nave de Hesho. Mi antiguo escuadrón. Quizá ellos supieran dónde estaba Brade.

Pero Hesho y yo habíamos pasado a ser enemigos. El kitsen sabía lo que era yo en realidad, justo lo que más odiaba en el universo.

Viré mi nave en esa dirección de todos modos. Serpenteé a través del campo de batalla para evitar los disparos de varios drones, y luego los de varios cazas de la FDD que sin duda no se habían creído la señal codificada que me identificaba como aliada suya.

Los drones y las naves de la FDD terminaron enfrentándose entre ellos, lo que me permitió trazar un arco hacia Hesho. Los kitsen hicieron virar su nave en dirección a la mía y yo fui ralentizando hasta quedar inmóvil en el espacio a una buena distancia de ellos. ¿Qué iba a hacer a continuación?

Probé a abrir un canal privado con la nave kitsen.

—Hesho —dije—, lo siento.

No hubo respuesta. Es más, la nave energizó sus destructores y empezó a avanzar hacia mí. Casi pude oír las órdenes a bordo, a Hesho ordenando a los kitsen prepararse para la batalla. Mis dedos se crisparon sobre los controles. ¿Creían que podían conmigo? ¿De verdad querían comprobar de qué estaba hecha? Eran ruidos insignificantes y sin sentido en una inmensa...

«No.» Separé la mano de la esfera de control y comprobé los sellos de mi casco.

Entonces abrí la cubierta.

El aire de mi cabina salió despedido al vacío en una ráfaga de viento. El agua del aire se vaporizó de inmediato y luego se congeló, condensándose como escarcha en el interior de la cubierta. Cristalizó y centelleó en el aire, reflejando la luz del lejano sol.

Abrí las hebillas que me sujetaban, todas excepto la de una cuerda que se tensaría para fijarme los pies en su sitio si eyectaba el asiento. En esos momentos no estaba tensa y me mantuvo enlazada con la cabina.

Salí flotando y cerré los ojos. Imaginé que volaba. Libre. Yo, el vacío y las estrellas que cantaban canciones distantes, pero había un ruido más alto que iba ganando volumen cerca. Al fondo del campo de batalla. No dejaba de crecer. El zapador se aproximaba.

—¿Qué estás haciendo? —dijo la voz de Hesho a través de mi casco—. Vuelve a tu nave para que podamos enfrentarnos en combate singular.

—No —susurré.

—Esto es una necedad, Alanik, o comoquiera que te llames de verdad. Te lo advierto. No contendremos el fuego solo porque estés imposibilitada.

—Te lo prometí, Hesho, ¿te acuerdas? —dije—. El primer disparo a un humano es tuyo.

Abrí los ojos a la surrealista escena del vacío por todo mi alrededor. Siempre había sabido que estaba allí, y lo había cruzado volando, pero por algún motivo, estar fuera de la nave con solo el traje separándome del vacío lo volvió mucho más real para mí.

Una vez, había alzado la vista al cielo y me había sobrecogido. En ese momento me tragaba, me consumía. No parecía haber una línea de separación entre él y yo. Éramos uno.

En la ninguna-parte estaba perforado por lo que fuese que estaba haciendo Brade. Un grito, proyectado a la ninguna-parte. Un chillido peligroso.

La nave de Hesho flotaba delante de mí, a solo unos metros de distancia, con sus torretas de destructores apuntándome. Le sostuve la mirada.

—Hablas de promesas —dijo Hesho—, cuando todo lo que me ofreciste fueron mentiras.

—Siempre he sido la misma persona, Hesho —repliqué—. Nunca has conocido a Alanik. Solo me conociste a mí.

—A una humana.

—A una aliada —dije—. Cuando éramos pilotos juntos, me hablaste de un deseo compartido de resistirnos a la Supremacía y buscar nuestra propia forma de usar hipermotores. Tengo el secreto, Hesho. Lo he descubierto. Puedes llevártelo cuando vuelvas con los tuyos.

—¿Por qué debería creerte?

—¿Por qué deberías creerlos a ellos? —pregunté—. Sabes que no soy el monstruo que dicen que soy. Has volado conmigo. Nuestros pueblos fueron aliados hace mucho tiempo. Sabes que a la Supremacía no le importa tu especie. Ven conmigo. Ayúdame.

No llegó respuesta. Extendí una mano hacia la nave.

—Hesho —susurré—, Winzik planea algo terrible. Creo que va a usar a Brade para invocar un zapador. Si es verdad, necesito tu ayuda. La galaxia entera necesita tu ayuda. Ahora no necesitamos solo a un capitán de nave. Necesitamos a un héroe.

Más allá, la batalla estaba en pleno fragor. Dos fuerzas de gente asustada, ambas sin más opción que matar a la otra. Era eso o morir.

—No sé qué hacer —dijo Hesho.

—A lo mejor podrías consultarnos —dijo la voz de Kauri, casi de fondo.

El canal quedó en silencio. Me quedé allí, flotando en el espacio justo por encima de mi nave. Luego Hesho habló de nuevo por fin.

—Pues parece ser que mi tripulación no quiere dispararte. Me han... desautorizado. Qué experiencia más curiosa. Muy bien, Alanik. Nos aliaremos por un intervalo breve de tiempo, el suficiente para que averigüemos si estás diciéndonos la verdad o no.

—Gracias —dije con alivio. Di un tirón con el pie para volver hacia mi cabina—. ¿Dónde están los demás? ¿Y Morriumur?

Hice acopio de valor para afrontar la noticia de que habían derribado su nave. A fin de cuentas, ¿por qué si no estarían los kitsen allí fuera solos?

—Morriumur no ha venido —dijo Hesho—. Ha decidido en el último momento que su etapa como piloto ha concluido y ha vuelto con su familia. Vapor está en algún sitio aquí fuera. Nos hemos separado en la refriega. Y Brade...

—Tienes razón en una cosa, Alanik —dijo Kauri desde el puente—. Brade está haciendo algo extraño. Se supone que debemos distraer a los cazas humanos y mantenerlos alejados de ella. Está volando inadvertida más cerca de tu planeta.

—Puedo sentirla —dije. Volví a ponerme las correas y represuricé la cabina—. Pero no logro localizarla. Esto es malo. Muy muy malo. Tenemos que detenerla.

—Al unirnos a ti —declaró Hesho—, estaremos cometiendo traición contra la Supremacía.

—Hesho —respondí—, parte del motivo de que todos odien a los míos es que hace cien años la humanidad trató de convertir a los zapadores en armas. ¿De verdad vas a quedarte de brazos cruzados y hacer la vista gorda mientras la Supremacía está a punto de intentar justo eso mismo?

Los humanos de Detritus habían fracasado en su intento de controlar un zapador. Yo los había visto morir. Winzik estaba convencido de que no sufriría el mismo destino, pero yo no lo creía ni por asomo. Había sentido a los zapadores. Sus ideas no dejaban de intentar infiltrarse en mi cerebro ni en esos mismos instantes. Winzik no podría controlarlos. Si su plan salía bien, el zapador terminaría escapando sin remedio a su control. Igual que amenazábamos con hacer los humanos.

Me lancé a través del campo de batalla, seguida por la *Nada a Contracorriente*.

—Seguro que no serán tan insensatos como para jugar con ese peligro —me dijo Hesho—. Seguro que lo que está haciendo Brade tiene otra explicación.

—Tienen un miedo atroz a los humanos, Hesho —repliqué—,

y Winzik necesita una victoria decisiva para demostrar a la Supremacía lo poderoso que es. Piénsalo. ¿Para qué entrenar una fuerza que combata a los zapadores, si hace décadas desde la última vez que alguien vio uno? Esa «arma» que Winzik ha desarrollado es en realidad solo una forma de dirigir a los zapadores hacia donde los quiere. Esto no es solo por Detritus. Es para que tenga una forma de controlar la galaxia entera.

—Si eso es verdad —dijo Hesho—, la Supremacía se hará incluso más dominante de lo que ya es. Dices que conoces el secreto de sus hipermotores. ¿Nos lo darás como prueba de buena fe?

Mi indecisión duró solo un momento. Sí, el secreto era importante, pero que hubiera gente controlándolo y negándoselo a otros formaba parte del problema.

—Investiga una especie de babosa llamada taynix. La Supremacía afirma que son peligrosas y hay que informarlos de inmediato si se ve alguna, pero es porque son citónicas y la Supremacía no quiere que la gente lo sepa. Utilizándolas de algún modo, la Supremacía teleporta sus naves sin llamar la atención de los zapadores.

—Por los antiguos cantares —susurró Hesho—. En nuestro planeta había una pequeña colonia de esas babosas. La Supremacía tuvo el detalle de enviar una flota para exterminarlas, según ellos antes de que el brote pudiera destruirnos. ¡Serán miserables! Mira, tengo los planes de batalla que me ha enviado la *Pesos y Medidas*. Deberíamos poder utilizarlos para deducir dónde está Brade. Tenían que llevarla cerca de tu planeta.

—Para que el zapador ataque Detritus en primer lugar —dije—, en vez de ir a por las naves de la Supremacía.

—¡Lo tengo! —dijo una kitsen desde el puente. Me pareció que era Hana—. Por la distribución de la batalla, sospecho que la nave de Brade debería estar en las coordenadas que estoy transmitiendo a tu monitor, Alanik.

Viramos en esa dirección, aunque el trayecto requería pasar a través de un campo de batalla cada vez más frenético. Dimos un rodeo en torno a un grupo de cazas de la FDD con símbolos del Escuadrón Tormenta Nocturna y luego alrededor de unos escombros de nave que hicieron relampaguear mi escudo. Empezábamos a ganar velocidad cuando un puñado de drones krells se pusieron a nuestra cola.

—¡La *Pesos y Medidas* nos ha visto al fin, capitán! —exclamó un kitsen por la línea—. Exigen saber qué estamos haciendo.

—¡Entretenlos! —ordenó Hesho.

Yo no sabía si serviría de gran cosa. Habían reparado en mí, a juzgar por cómo los drones empezaban a sumarse a la persecución. Sobrecargué mi propulsor, pero aquella nave no estaba construida como M-Bot. Era muy utilizable, pero no excepcional, y la nave kitsen se movía incluso más despacio.

Mientras emprendíamos maniobras defensivas, agradecí con toda mi alma haber obligado a los kitsen y a los demás a hacer ejercicios de combate espacial. Lo más probable era que solo estuviéramos sobreviviendo por lo agitado que estaba el campo de batalla. Los pilotos de los drones tenían dificultades para rastrearnos, e incluso más problemas para abandonar el rumbo de intercepción sin que los derribaran de inmediato.

De algún modo, lo conseguimos, y distinguí un caza negro solitario que volaba con experta precisión. Brade. Pero no estaba del todo en el lugar que indicaba el plan de batalla, sino luchando contra un dron por algún motivo. Mientras mirábamos, Brade acertó varios disparos al dron, abrumó su escudo y lo destruyó.

Hesho y yo le dimos caza, perseguidos a nuestra vez por otros tres drones más. Oí que el sonido de la mente de Brade se intensificaba, en un chillido citónico cada vez más exigente. Su potencia me hizo temblar, y eso interfería con mi capacidad de pilotaje. Por eso tardé un momento en darme cuenta de que uno de los drones que nos perseguían empezó a comportarse de forma extraña. Salió de formación y disparó a los otros dos desde detrás.

—Bueno —dijo Vapor por una línea privada con mi nave—, entonces ¿eres de este planeta y no de ReAlba? Una humana de una reserva. ¿Cuna lo sabe?

—Se lo he contado —respondí mientras la añadía al canal con Hesho—. Justo antes de todo este desastre. Vapor, perdona que te mintiera y...

—Me trae bastante sin cuidado —me interrumpió ella—. Debería haber adivinado la verdad completa. En todo caso, mi misión era y sigue siendo vigilar a Winzik y sus lacayos. ¿Brade está haciendo lo que yo creo que hace?

—Intenta invocar un zapador —dije—. Está llamándolos. Bueno, más bien chillándoles. Me da la impresión de que es la primera vez que lo intenta.

Eché una mirada a mi cubierta y, aparte del creciente dolor de cabeza que tenía por los chillidos de Brade, empecé a ver sus reflejos. Los ojos que se abrían, que nos miraban desde la ninguna-parte.

—Le está funcionando —añadí—. Los zapadores están observándonos ahora mismo. Puedo sentirlos... desperezarse.

Vapor soltó una retahíla de palabras que mi alfiler se limitó a traducir como: «Insultos cada vez más vulgares relacionados con hedores fétidos».

—No pensaba que llegarían tan lejos —dijo Vapor—. Esto es grave. Muchos lo llamarían alta traición a la Supremacía. —Calló un momento—. Otros lo llamarían verdadero patriotismo.

—¡Pero esos últimos no pueden ser muchos! —exclamó Hesho.

—Supongo que dependerá de si este ataque les sale bien —dijo Vapor—. Mucha gente de la Supremacía odia a muerte a los humanos, y la política tiende a favorecer a los triunfadores. ¿Winzik tiene algo pensado para enviar ese ser a otra parte después de invocarlo?

—Creo que planea usar su fuerza espacial para mantenerlo distraído —respondí—. Según Brade, en nuestro espacio a veces los zapadores dejan pasar años entre ataque y ataque.

—A veces sí —dijo Vapor—, pero a veces atacan sin cesar. Esto es de una cortedad de miras que espanta.

Entró en formación a mi izquierda y Hesho siguió a mi derecha mientras maniobrábamos hacia Brade. Ella iba en dirección a los caparazones que rodeaban Detritus, intentando acercarse todo lo posible al planeta.

Saber hacia dónde iba nos proporcionaba una leve ventaja, ya que podíamos intentar obligarla a cambiar de rumbo. Nos puse a los tres a ello, pero me pasó por la cabeza una idea angustiante: no estaba nada segura de que entre los tres pudiéramos detener a Brade. Era buena, incluso mejor que yo. Y además, podía aparecer un zapador en cualquier momento.

Tal vez pudiera hacer algo para mitigar el desastre si ocurría aquello último. Llamé por la línea general de la FDD.

—¿Mando de Vuelo? Aquí Peonza. Tengo que hablar con Cobb.

—Estoy aquí —dijo Cobb en mi oído.

—Necesito que apague toda comunicación con las naves de ahí fuera. Que todas las naves de la FDD entren en silencio radiofónico y desactive todas las radios de Alta. Si lo ve factible, incluso deje sin energía la Plataforma Primaria y pase a modo sigiloso.

Me preparé para discutir. Pero Cobb me respondió con una calma sorprendente.

—¿Se da cuenta, Peonza, de que eso supondría dejar a todos nuestros pilotos luchando solos? Sin coordinación. Sin apoyo de tierra. Sin la capacidad de pedir ayuda a compañeros de ala siquiera.

—Me doy cuenta, señor.

—Necesitaría estar absolutamente seguro de que es necesario antes de adoptar una medida tan extrema.

—Señor... viene uno de ellos. Un zapador.

—Ya veo. —Cobb no soltó palabrotas, ni gritó, ni siquiera protestó. Pero de algún modo, su tono tranquilo resultaba mucho, mucho más perturbador—. Avisaré a los pilotos y luego ordenaré silencio en las comunicaciones. Que las estrellas la guarden, teniente. Y al resto de nosotros, pobres desgraciados.

Cortó la línea.

Sentí un escalofrío, un horror acumulado, cuando Brade se volvió hacia nosotros, como había deseado que hiciera. Nos faltaban escasos segundos para interceptarla.

—Vapor —dijo Hesho—, ¿puedes tomar el control de su caza como has hecho con los drones?

—Es más difícil con una nave tripulada que con un dron —respondió Vapor—. Tendrá una anulación manual, desarrollada para resistir los ataques de mi especie. Creo que podría dejarla sin control de vuelo y obligar a la nave a detenerse, al menos durante un tiempo. Tendría que tocar su caza, lo que supondría eyectarme de este dron e intentar alcanzarla. Hasta ahora se ha cuidado de apartarse de las naves que piloto y no me ha dejado entrar en alcance para apoderarme de su caza.

—Entendido —dije—. Prepárate para intentarlo.

No ordené el silencio radiofónico entre nosotros tres. Quería proteger Detritus, pero de momento nuestra comunicación era crucial para el último intento desesperado de impedir aquello.

Disparando a una amiga.

Abrí un canal con Brade cuando nuestras naves se acercaron.

—Brade, ya sabes a qué hemos venido.

—Lo sé —dijo ella con suavidad—. No te lo reprocho. Naciste para matar.

—No, Brade...

—Debería haberme dado cuenta de lo que eres. Sabía que la sentías. La necesidad de destruir, como un dragón enroscado en tu interior, avivando su llama. Esperando a atacar, anhelando atacar. *Voraz* de atacar.

—Por favor, no nos obligues a hacer esto.

—¿Cómo, y renunciar a la pelea? —dijo ella—. Reconócelo, llevas desde el principio preguntándotelo, ¿a que sí? Cuál de nosotras dos es mejor. Bueno, pues vamos a averiguarlo.

Apreté los dientes y cambié al canal privado con Hesho y Vapor.

—Muy bien, equipo. Tenemos que derribarla. —El chillido de su mente resonó en mi cerebro más fuerte que sus palabras—. Y no podemos limitarnos a disparar para inhabilitar su nave. Seguirá intentando invocar a ese zapador mientras conserve la vida. Así que, si tenéis la oportunidad... matadla.

40

Los tres nos separamos al acercarnos, intentando rodearla y coordinar un ataque desde todos los lados. Yo me lancé en picado hacia el caparazón que rodeaba el planeta, anticipando con razón que Brade intentaría esquivar hacia ahí en primer lugar.

Su chillido perdió potencia a medida que fuimos obligándola a concentrarse en el vuelo. Me dio la impresión de que estaba en lo cierto sobre ella: no sabía cómo hacer lo que estaba intentando, no del todo. Podía proyectar un chillido a la ninguna-parte y yo veía ojos de zapador observando desde el reflejo de mi cubierta, pero faltaba algún paso crucial para invocar uno a nuestros dominios y Brade aún no sabía cuál era.

Supuse que Brade habría dado por sentado que sería fácil. Cada vez que yo entraba en la ninguna-parte, me inquietaba que alguno de aquellos seres se me echara encima, o peor, que me siguiera hacia fuera. Por suerte, parecía que no era tan fácil sacar a uno de allí.

A mi señal, los tres quebramos hacia dentro, intentando atacar a Brade desde todos los ángulos. Yo había previsto que aceleraría para quitarse de en medio. Pero en vez de eso, se volteó y ni siquiera intentó esquivar. Permitió que nuestros destructores la alcanzaran. ¿Qué estaba haciendo?

La maniobra nos acercó demasiado a ella. Por puro instinto, viré e intenté propulsarme hacia fuera, pero no logré hacerlo antes de que Brade activara su PMI e hiciera caer los escudos de todo el mundo.

¡Tirda! Era lo mismo que habría hecho yo, y me había metido

de cabeza en la trampa. Hasta entonces, siempre había sido la piloto que luchaba por mi cuenta contra un enemigo en superioridad numérica. No sabía cómo pensar desde el otro lado, cómo ser alguien que intentaba atacar en grupo a una nave solitaria.

Saltaron las alarmas en mi cuadro de mandos mientras me alejaba propulsándome demasiado tarde. Los kitsen, que tenían una unidad de artillería, abrieron fuego contra Brade mientras ella quebraba hacia fuera, pero fallaron.

Tracé un bucle mientras recogía a Vapor como compañera de ala. En la distancia próxima, la enorme batalla espacial seguía su curso y me dio una sensación más frenética. Quizá fuese solo mi forma de interpretarlo, pero parecía que los cazas estaban más desesperados. Intenté no pensar en cómo se sentirían Kimmalyn y los demás teniendo que luchar de pronto a ciegas, sin comunicaciones.

Brade intentó huir de un acelerón, volando más cerca de las plataformas defensivas. Las inmensas láminas de metal se curvaron en la lejanía mientras descendíamos en picado, pero me negué a dejarme atrapar por un truco como el que yo misma había usado una vez contra drones. Vapor y yo nos mantuvimos fuera del alcance de las baterías defensivas hasta que sus disparos obligaron a Brade a volver hacia arriba.

Brade no podía permitir que nos quedáramos demasiado atrás, o tendríamos ocasión de reactivar nuestros escudos. Y de hecho, cuando lo intenté vino directa hacia mí, forzándome a emprender una pauta defensiva. Tuve que abandonar la reactivación, porque necesitaría estar un tiempo volando recta, sin mucha maniobrabilidad y con toda la energía desviada a la ignición, para volver a tener escudo.

—Hesho —dije por el canal privado—, conmigo. Vapor, ponte en posición de francotiradora y prepárate para dispararle mientras la distraemos.

—Afirmativo —respondieron ambos al unísono mientras Vapor se quedaba atrás y Hesho avanzaba hacia mi ala.

Brade trazó un arco y la interceptamos con fuego a discreción de nuestros destructores. No podíamos apuntar muy bien desde nuestra trayectoria de entrada, pero solo necesitábamos distraerla para que Vapor pudiese actuar. De nuevo, Brade se anticipó a nuestra táctica. En vez de enfrentarse a Hesho y a mí, hizo un bucle hacia atrás con propulsión inversa que debió de echarle encima diez o quince g. Yo quebré hacia ella, pero cuando pude ponerme a su cola ya estaba disparando a Vapor.

Vapor intentó esquivar, pero un disparo la alcanzó. El ala salió despedida de su nave, lo que no habría sido letal en el espacio, pero el siguiente impacto atravesó su cubierta y ventiló la atmósfera de la cabina. Incluyéndola a ella.

«Puede sobrevivir a eso», me obligué a pensar mientras disparaba a Brade. Fallé por muy poco a su cubierta mientras ella esquivaba en arco, zigzagueando entre mi fuego de destructor.

Brade disparó a su regreso del arco y acertó de pleno a la *Nada a Contracorriente*.

—¡Nos ha dado! —gritó una voz kitsen—. ¡Lord Hesho!

Otra docena de kitsen vociferaron informes mientras la *Nada a Contracorriente* perdía el rumbo y ventilaba aire. No podía concentrarme en eso, por desgracia. Apreté los dientes y entré a cola de Brade.

El chillido de mi mente se atenuó incluso más cuando el combate se redujo a solo nosotras dos. Mujer contra mujer. Piloto contra piloto. Volamos a gran velocidad hacia un antiguo escombro, escorando y haciendo picados, atrapadas en órbita, y Brade pivotó en torno a él con su lanza de luz.

La seguí y me mantuve a su cola, pero por los pelos. Viramos en la oscuridad, sin disparar ninguna de las dos, centradas solo en la persecución. Yo tenía ventaja en mi posición a cola, pero...

... pero por los santos, qué buena era. El planeta debajo de mí, las estrellas por encima, con el telón de fondo de una terrible contienda. Nada de ello importaba. Las dos éramos una pareja de tiburones dándose caza en un mar de piscardos. Consiguió atraerme cerca de las plataformas defensivas y se las ingenió para trazar un bucle en torno a mí cuando me vi obligada a esquivar un disparo.

Fue mi turno de mantenerme por delante de ella, que concluí lanzándonos a una espiral de la que logré salir a duras penas para rodearla y tomar posición de nuevo a su cola.

Era apasionante, estimulante. Me sentí como muy pocas veces antes, desafiada hasta los límites absolutos de mi pericia. Y Brade era mejor que yo. Se mantenía cerca por delante de mí y aun así esquivaba cada disparo que le lanzaba.

Para mí era tonificante.

Muy a menudo, yo era la mejor piloto del cielo. Ver a alguien mejor era, tal vez, lo más inspirador que había experimentado en la vida. Quería volar con ella, perseguirla, enfrentarme a ella hasta recuperarle terreno e igualarme.

Pero mientras sonreía de oreja a oreja, de nuevo oí su chillido hacia la ninguna-parte. Era tenue, pero su estela derribó sin remedio mi ilusión de gozo. Brade estaba intentando destruir todo lo que yo amaba. Si no conseguía detenerla, si no era lo bastante buena, significaría el final de la FDD, de Detritus, de la mismísima humanidad.

Vista desde ese ángulo, mi incapacidad era aterradora.

«No tengo por qué derrotarla yo sola —pensé—. Solo tengo que hacer que vaya donde quiero y...»

Quebré y me propulsé hacia fuera. Pude *sentir* el enfado de Brade. Ella también había estado disfrutando, y de pronto se enfureció conmigo con mi cobardía. ¿Qué hacía yo huyendo?

Me persiguió de inmediato, disparándome. Solo tenía que mantenerme adelantada un momentito más. Esquivé rodeando una acumulación concreta de escombros espaciales y Brade vino tras de mí. Contuve el aliento...

—¡Es mía! —exclamó Vapor por el canal de la misma Brade.

Me volteé con un bucle y me propulsé de vuelta hacia la nave de Brade, que me había seguido a través de los escombros del dron destruido de Vapor, mientras esta ralentizaba. Pude ver el interior de la cabina, donde Brade aporreaba los controles de su consola, frustrada.

Su nave se desactivó de todos modos cuando Vapor fue cerrando un sistema tras otro. La teníamos. Reduje mi propia velocidad y apunté el morro directamente hacia Brade. Mis propias palabras parecieron resonar de vuelta a mí.

«No podemos limitarnos a disparar para inhabilitar su nave. Seguirá intentando invocar a ese zapador mientras conserve la vida...»

Como si quisiera demostrármelo, Brade me miró a los ojos y proyectó un chillido a la ninguna-parte. Los ojos, que habían estado desvaneciéndose, volvieron a prestarnos una súbita atención, sobre todo un par de ellos que parecían más grandes que todos los demás.

Pulsé el gatillo. En ese instante, el chillido de Brade se hizo más agudo que nunca antes. Presa del pánico al saber que iba a morir, Brade por fin logró su objetivo.

Y algo emergió de la ninguna-parte.

41

El surgimiento del zapador distorsionó la realidad. En un abrir y cerrar de ojos, la nave de Brade pasó de estar delante de mí a verse empujada a un lado. Algo inmenso que accedía a nuestro espacio nos empujó, como si cabalgáramos una ondulación que titilara a través de la propia existencia.

Mi disparo a Brade falló y quedó absorbido por la negrura en expansión.

Mi nave se sacudió mientras la ondulación me arrojaba hacia atrás. La negrura se hizo tan vasta que se apoderó de todo mi campo visual. Me pareció ver por un momento el núcleo del zapador, aquella sombra oscura. Una oscuridad absoluta que parecía demasiado pura para poder existir de verdad.

Y entonces apareció el laberinto. La materia se aglutinó en torno a la negrura como... como la condensación que se formaba en una cañería muy fría. Creció desde su núcleo, proyectando unas agujas mastodónticas y terribles, congregándose hasta alcanzar el tamaño de un planeta pequeño. Mucho más enorme que el laberinto en el que habíamos entrenado.

Ese laberinto tardó poco en amortajarse de polvo y materia particulada, una neblina que lo difuminó a la vista. Las oscuras agujas proyectaron sombras en su interior, iluminado por llamaradas de un rojo oscuro, el color de la piedra fundida. Tormentas de tonalidades terribles y sombras que retorcían la mente. Un ser descomunal, casi incomprensible, oculto en el polvo flotante.

Aquella cosa enorme se alzaba como una luna sobre Detritus,

demasiado cerca. Mis sensores enloquecieron: el zapador tenía su propio campo gravitatorio.

Dos semanas antes había visto una grabación de un ente como aquel consumiendo a los antiguos habitantes de Detritus. En ese momento me encogí ante uno en la vida real. Motas. Todos éramos como motas de polvo para esa criatura.

Mis manos cayeron laxas de los controles. Había fracasado. Y estaba bastante segura que la misma acción que había llevado a cabo para impedir aquello, disparar a Brade, le había dado el empujón que necesitaba para cumplir su objetivo.

Sentí una repentina y aplastante desesperación. Aquel ser era demasiado inmenso, demasiado extraño.

Entonces otra emoción se abrió paso a través del desespero. La ira. Íbamos a morir allí, no solo nosotros, sino todo el mundo en las Cavernas Desafiantes, mientras la gente de Visión Estelar comía, y reía, y se desinteresaba de lo que estaba haciendo su propio gobierno. No era justo. Eran unos insectos. Unos bichos que babeaban y correteaban y chasqueaban y... y...

Un momento. Me sobrepuse a esas emociones que me embargaban. Esa no era yo. Eso no era lo que *yo* estaba sintiendo.

La batalla había cesado. Detritus había quedado en silencio, como yo había ordenado. Era como si el planeta entero estuviera conteniendo el aliento. Una mente, gigantesca e ininteligible, rozó contra la mía. Era algo tan opresivo que amenazaba con pulverizarme.

Aquí no hay nada, pensé montando en pánico. *Nada que destruir. ¿Lo ves? No hay zumbido, no hay molestias aquí. Vete a otra parte. Ve... ve hacia ahí.*

Le alimenté un destino. No fue algo intencionado del todo, sino más bien como cuando se tira algo caliente después de tocarlo de improviso. Le indiqué un lugar muy alejado. La dirección hacia la que se dirigían las emisiones de Winzik, la dirección donde cantaban las estrellas.

Percibí que la atención del zapador se desviaba. Sí, había cosas cerca, las naves de la Supremacía, que hacían ruido, pero esa cosa quería algo más grande. Alcanzó a oír aquel destino distante, el lugar hacia el que había dado un codazo a su atención.

Se desvaneció, siguiendo esa canción lejana.

Se lo llevó hacia delante la ondulación de la realidad, la misma que me había empujado a mí hacia atrás antes. Se me perlaron de sudor las mejillas mientras la confusión batallaba contra el alivio. Se había marchado. Sin más, se había marchado.

Yo lo había enviado a destruir Visión Estelar.

42

¿Hola? —dijo una voz kitsen por el comunicador.
Me quedé mirando al vacío, entumecida.

—Alanik... Eh... En realidad no sé cómo te llamas. Soy yo, Kauri. Hemos... hemos sufrido bajas cuantiosas. Lord Hesho ha muerto. He tomado el mando, pero no sé qué hacer.

¿Hesho? ¿Muerto? La nave kitsen flotaba junto a la mía. Tenía un surco negro arrancado de un costado, pero la tripulación lo había parcheado con un escudo.

—Las fuerzas de la Supremacía se retiran —dijo Vapor—. Sus naves están poniendo distancia con las humanas y regresando hacia la *Pesos y Medidas*. Puede que tengan miedo, ahora que su terrible arma ha fallado.

—No ha fallado —susurré—. Lo que ha hecho es irse a Visión Estelar. No... no se han quedado lo bastante callados. Confían demasiado en sus comunicaciones. Esa cosa los ha oído.

—¿Cómo, cómo? —dijo Kauri—. ¿Puedes repetirlo, por favor? ¿Dices que el zapador se ha ido a Visión Estelar?

—Sí. —«Y lo he enviado yo.»

—¡No! ¡Tenemos parientes en la estación! ¡Y tripulantes que estaban demasiado enfermos para el servicio! ¡Hay... hay millones de personas en Estelar!

Un dron ascendió hasta situarse junto a mí. Vapor había robado otra nave. Apenas me di cuenta. Estaba contemplando las estrellas, escuchando sus sonidos.

—Winzik es un monstruo —dijo Vapor—. Esto es exactamente lo que pasó cuando los humanos intentaron controlar un zapador en la segunda guerra. Que se volvió contra quienes lo habían invocado. ¡Su retransmisión de estos acontecimientos ha dado a esa cosa el camino directo hasta su propia casa!

Había sido eso, sí, pero más mi propia intromisión. *Yo* era la responsable. Por los santos y las estrellas, lo había enviado a aniquilarlos. Brade tenía razón. Podíamos controlar a esos seres.

—No podemos dejar que... —empezó a decir Kauri, en tono impotente—. ¿No podríamos volver a la *Pesos y Medidas*? ¿Y que nos devuelva a Visión Estelar para luchar? Pero... la retirada llevará un tiempo; el transporte tiene que esperar a que esos cazas se desmarquen. Podría pasar media hora antes de que la nave regrese a la ciudad.

Demasiado tiempo. Visión Estelar estaba condenada. Toda aquella gente. Cuna y la señora Chamwit. Morriumur. Por mi culpa. Me parecía... me parecía que el zapador había sentido mi furia. ¿Era posible?

—¿Qué has hecho? —preguntó imperiosa Brade por el comunicador. Miré a un lado y vi que su nave se detenía cerca con una brusca desaceleración—. *¿Qué has hecho?*

—Lo que debía —susurré—. Para salvar a mi pueblo.

Y al hacerlo, había sentenciado a otro pueblo. Pero ¿alguien me reprocharía esa decisión? Sabía que, incluso si las naves de Winzik llegaban a tiempo al zapador, su «arma» contra él era solo una forma de desviar su atención. Intentarían enviarlo otra vez hacia Detritus para que nos destruyera a nosotros y no a ellos.

Eran ellos o nosotros.

La nave de Brade desapareció, internándose en la ningunaparte.

—¿Qué hacemos? —preguntó Vapor.

—No lo sé —dijo Kauri—. Yo... yo...

No había nada que hacer. Reactivé mi escudo, apoyé la cabeza en el respaldo y acepté lo que estaba sucediendo.

Que la Supremacía resolviera sus propios problemas. Aquello lo habían provocado ellos. Se lo merecían. Lo único que me preocupaba eran M-Bot y Babosa Letal. Pero seguro que no les pasaría nada. Él era una nave.

Y en todo caso, ¿qué podía hacer yo? Eran ellos o nosotros. Di la vuelta a mi nave para alejarla de las estrellas, para volver a casa.

No.

Mis manos soltaron los controles.

—Esta no es mi lucha —susurré.

Una heroína no escoge sus desafíos, dijo la voz de la yaya.

—No sé cómo detenerlo.

Una heroína afronta lo que venga.

—¡Nos odian! ¡Creen que solo somos dignos de destruirnos!

Demuestra que se equivocan.

—Hummm... ¿Alanik? —dijo Kauri, dubitativa, trayendo su nave junto a la mía.

Respiré hondo y miré de nuevo las estrellas.

Tirda. No podía abandonar a esa gente.

No podía huir de esa pelea.

—Acercad vuestras naves —dije a los kitsen y a Vapor—. Que vuestras alas toquen las mías si podéis.

—¿Por qué? —preguntó Vapor mientras obedecía. Su ala entró en contacto con la mía y la de los kitsen hizo lo mismo en el otro lado—. ¿Qué vamos a hacer?

—Internarnos en la oscuridad —dije.

Y nos arrojé a la ninguna-parte.

Interludio

Ser dos personas era una experiencia incómoda para Morriumur. A izquierda, podía argumentarse que Morriumur nunca había conocido nada distinto. A derecha, podía señalarse que sus mitades separadas, y por tanto los recuerdos que elle había heredado, sabían exactamente lo extraña que era la experiencia.

Dos mentes pensando juntas, pero combinando recuerdos y experiencias del pasado. Solo un poco de cada ascendiente, un revoltijo de personalidad y memoria. A veces sus instintos luchaban entre sí. Ese mismo día, Morriumur había querido rascarse la cabeza y las dos manos habían intentado hacerlo a la vez. Y antes de eso, al oír un estrépito —solo un plato cayendo al suelo—, Morriumur había intentado al mismo tiempo buscar cobijo y correr para ayudar.

La divergencia estaba empeorando incluso más a medida que las dos mitades se preparaban para separarse y volver a recombinarse. Morriumur caminó hacia la vaina de croquis entre dos hileras de parientes, izquierdes a un lado, dereches al otro, les singéneres escogiendo a su antojo. Tenían extendida la mano correspondiente para rozarla con las manos de le propie Morriumur en su recorrido por la oscura sala.

En teoría a Morriumur le quedaban aún dos meses y medio, pero después de abandonar la fuerza espacial... bueno, se había tomado la decisión de adelantarlo. Aquelle croquis no estaba bien. Los ascendientes y la familia de Morriumur habían estado de acuerdo. Era hora de volver a intentarlo.

Todes decían que no debía dar una sensación de despedida y que Morriumur no tendría que verlo como un rechazo. El recroquis era algo habitual y le habían asegurado que no iba a dolerle. Y sin embargo, ¿cómo iba a considerarlo otra cosa que un rechazo?

«Demasiada agresividad —había dicho une abuele—. Le traerá problemas toda su vida.»

«Decidió interesarse por una carrera muy poco propia de une dione —había dicho une permane—. Así nunca podría ser feliz.»

Eses mismes parientes dedicaron a Morriumur cariñosos cierralabios y le tocaron las manos como despidiéndose de elle antes de un viaje. La vaina de croquis se parecía mucho a una cama grande, pero con el centro ahuecado. Conformada a partir de la madera tradicional y con un interior liso y pulido, cuando Morriumur entrara en ella, se fijaría la tapa y se inyectaría un baño de nutrientes para ayudar en el proceso de capullado y recroquis.

Su abuele de más edad, Numiga, cogió sus dos manos mientras Morriumur llegaba a la vaina.

—Lo has hecho bien, Morriumur.

—Si es así, ¿por qué he fracasado en demostrar mi valía?

—Tu objetivo no era demostrar tu valía. Era solo existir y permitirnos ver posibilidades. Tú misme volviste a nosotres y estuviste de acuerdo en que el proceso debía continuar.

La mano izquierda de Morriumur hizo un gesto curvo de afirmación, casi por iniciativa propia. Era cierto que había vuelto. Había abandonado los muelles mientras el resto salía a luchar. Había huido porque... porque se había alterado demasiado para seguir adelante. Una cosa era defenderse de los zapadores, pero ¿derribar a otros pilotos? La idea horripilaba a Morriumur.

«De todos modos, siempre te ha dado demasiado miedo combatir a un zapador —pensó una parte de elle, quizá une de sus ascendientes—. Demasiada agresividad como para participar en la sociedad dione. Demasiada paranoia como para luchar. El recroquis es lo más conveniente.»

«Lo más conveniente», pensó otra parte de elle.

Morriumur dio un traspié, por la desorientación que provocaban las dos partes de su cerebro al empezar a separarse. Numiga le ayudó a sentarse en un lado de la vaina de croquis y su piel violeta rojiza pareció brillar a la luz de las velas.

—Está empezando —dijo Numiga—. Es la hora.

—No quiero irme.

—No dolerá —le prometió Numiga—. Seguirás siendo tú quien salga, recroquisade. Solo que un tú diferente.

—¿Y si quiero ser le misme yo?

Numiga le dio una palmadita en la mano.

—Casi todes nosotres pasamos por varies croquis, Morriumur, y todes sobrevivimos. Cuando emerjas de nuevo, te preguntarás por qué te inquietaba tanto.

Morriumur asintió y metió los dos pies en la vaina. Entonces se detuvo.

—Cuando vuelva a salir, ¿recordaré estos meses?

—Levemente —dijo Numiga—. Serán como fragmentos de un sueño.

—¿Y mis amigos? ¿Reconoceré sus caras?

Numiga empujó a Morriumur con suavidad al interior de la vaina. De verdad era la hora. Las dos mitades de Morriumur estaban desenredándose, las mentes separándose y su personalidad... demasiado tirante. Le... costaba... pensar...

La cámara se sacudió con un repentino temblor continuo. Morriumur se agarró al lado de la vaina, siseando de sorpresa. A su alrededor, les demás tropezaron unes con otres, gritando o siseando. Algunes cayeron al suelo mientras el temblor persistía, hasta que por fin remitió.

¿Qué había sido eso? Parecía que algo había golpeado la plataforma, pero... ¿qué clase de impacto podía ser tan poderoso como para sacudir toda Visión Estelar?

Fuera, empezaron a sonar chillidos en las calles. Les parientes de Morriumur se pusieron en pie de forma desordenada y apartaron los cortinajes de la puerta. La abrieron y dejaron que la luz inundara la pequeña cámara oscura.

Tiritando, apenas capaz de controlar sus extremidades, Morriumur salió arrastrándose de la vaina. Todes parecían haberse olvidado de elle. ¿Qué... qué podía estar pasando? Se apoyó en el equipamiento de la vaina para levantarse y trastabilló hasta la puerta que daba al exterior, donde muches de sus parientes estaban mirando hacia arriba con los ojos desorbitados de estupor.

Por increíble que pareciera, un planeta había aparecido al lado de Visión Estelar. Era un mastodonte oscuro y amortajado en polvo, con pavorosas líneas que emergían de su centro negro. Bajo el polvo jugueteaban luces de color rojo oscuro, como erupciones de magma. Se cernía sobre Estelar, un espectáculo tan inconmensurable y tan inesperado que ambas mentes de Morriumur se tambalearon. ¿Cómo podía *aquello* estar *ahí*, interrumpiendo las tranquilas profundidades del espacio que siempre habían ocupado el horizonte?

«¡Es un zapador! —tembló una mente—. ¡Corre!»

«¡Huye!», chilló la otra mente.

Alrededor de Morriumur, sus parientes salieron en desbandada, escapando... pero ¿cómo se escapaba de una cosa como esa? A los pocos momentos Morriumur se había quedado a solas allí de pie, ante el edificio. Sus mentes siguieron montando en pánico, pero Morriumur no renunció a ellas y poco a poco se relajaron y volvieron a soldarse. No duraría mucho. Pero de momento, Morriumur miró arriba y enseñó los dientes.

Cuna se agarró a la barandilla de su terraza, intentando asimilar la impresionante visión del zapador.

—Hemos fracasado —susurró—. Ha destruido Detritus. Y ahora, Winzik lo trae aquí para hacer alarde de su poder.

El aroma que tenía alrededor se volvió muy furioso, como el de la tierra mojada.

—Esto es un desastre —convino Zezin—. Dijiste... No creí que... Cuna, ¿cómo ha podido hacer esto Winzik?

Cuna hizo un gesto de desamparo con los dedos, sin dejar de mirar aquella visión terrible. La tremenda escala que tenía aquel ser hacía difícil saberlo, pero Cuna podía sentir que se acercaba, que se dirigía a la ciudad.

—Nos destruirá —comprendió Cuna—. Le alte ministre aún está aquí de visita. Winzik va a eliminar al gobierno de la Supremacía y sobrevivir solo él.

—No —dijo Zezin, oliendo a especias picantes—. Ni siquiera él es tan desalmado. Esto ha sido un error, Cuna. Winzik lo ha invocado, pero no ha podido controlarlo como creía. Ha venido aquí por iniciativa propia.

Sí. Cuna vio la verdad en aquello de inmediato. Winzik quería ser conocido como un héroe, así que nunca destruiría Visión Estelar a propósito. Pero no se trataba solo de un error, sino de un desastre de la mayor magnitud. La misma estupidez que había hecho caer a los humanos.

Las naves empezaron a huir en tropel, frenéticas, y Cuna les deseo velocidad. Tal vez algunas escaparan.

Era una esperanza tenue. Visión Estelar estaba acabada y Cuna no pudo evitar sentirse responsable. ¿Acaso Winzik habría decidido emprender ese curso de acción si no hubieran cavilado él y elle cómo crear una posible fuerza de defensa, hacía años?

El zapador empezó a lanzar ascuas que se estamparon contra el escudo que rodeaba Visión Estelar con unas explosiones increíbles. El escudo no tardaría en caer.

El aire cobró un agrio aroma a fruta podrida: la pena y la angustia de Zezin.

—Vete —susurró Cuna—. Tal vez puedas moverte lo bastante rápido para escapar.

—Eh... Evitaremos que esto vaya a más, Cuna —le prometió Zezin—. Nos resistiremos a Winzik. Arreglaremos este sinsentido.

—*Vete.*

Zezin se marchó. Las quimeras podían desplazarse deprisa por el aire, e incluso por el vacío. Ambos sabían que, en solitario, Zezin quizá pudiera llegar a una nave privada con tiempo de volar más allá del escudo e hipersaltar.

Une dione anciane, en cambio... ¿Había algo que Cuna pudiera hacer para ayudar? ¿Enviar una última transmisión desenmascarando a Winzik, tal vez? ¿Insuflar valor a quienes huían? ¿Le quedaba tiempo para eso siquiera?

Cuna asió la barandilla y siguió mirando al zapador. Envuelto en su velo, brillando con su propia luz, aquel ente tenía una belleza aterradora. Cuna casi tuvo la impresión de estar sola de pie ante una deidad. Ante un dios de destrucción.

Entonces una incongruencia por fin arrancó la atención de Cuna del zapador. Una imposibilidad en aquel maremoto de miedo.

Un pequeño grupo de cazas había aparecido justo fuera del escudo y estaba volando derecho hacia el zapador.

43

Aceleré en dirección al zapador, con Vapor y los kitsen a mis alas. El horror que persistía en mi mente nublaba los recuerdos del trayecto que habíamos hecho por la ninguna-parte. Había sido un mal salto, con muchos ojos vigilándome. Pero un zapador concreto al que había tenido muy cerca las últimas veces no había estado presente. De algún modo, podía distinguirlos entre ellos.

No costaba mucho adivinar dónde se había metido ese zapador. Se alzaba más allá de Visión Estelar y ya había empezado a lanzar ascuas a centenares contra el escudo. Los caóticos canales de información de emergencias aseguraban que la ciudad había abierto el escudo en el lado opuesto al zapador para permitir escapar a las naves.

—Kauri —dije tras una mirada a la tambaleante nave kitsen—, estás soltando humo.

—Nuestros propulsores apenas funcionan —respondió ella—. Lo siento, Alanik. No sé si vamos a ser muy útiles en batalla contra esas ascuas.

—Vapor y yo deberíamos bastarnos —dije—. Vuelve y mira a ver si os hace caso alguien de los canales militares. Necesitamos que la ciudad enmudezca. El zapador puede oír sus señales de radio. No sé cómo vamos a echar de aquí a esa cosa, pero sospecho que será bastante más fácil si la ciudad no está chillándole.

—Entendido —confirmó Kauri—. Haremos lo que podamos. Buena suerte.

—La suerte es para quienes no saben oler su camino adelante

—dijo Vapor—. Pero... puede que hoy esas seamos nosotras. Así que buena suerte a ti también.

La *Nada a Contracorriente* se separó de nosotras y viró para regresar. Vapor y yo seguimos propulsándonos justo fuera del límite de la burbuja atmosférica. Por debajo de nosotras, las naves se amontonaban intentando huir.

—¿M-Bot? —llamé, probando la línea secreta que habíamos estado usando, conectada por medio de mi brazalete.

No hubo respuesta, y usando mis sensores de a bordo pude obtener una imagen ampliada de mi edificio de la embajada cuando pasamos por encima. El tejado estaba vacío. ¿Era posible que M-Bot hubiera escapado de alguna forma? Tirda, ojalá lo supiera.

Juntas, Vapor y yo pusimos rumbo al zapador en sí. Evocaba una horripilante sensación de escala, y era mucho más impresionante que un simple planetoide. Del polvo surgían ascuas que impactaban una y otra vez en el escudo de la ciudad, explotando sin sonido en el vacío aunque algunas deflagraciones tuvieran el tamaño de acorazados enteros.

—No puedo evitar arremolinarme un poco sobre mí misma —dijo Vapor mientras nos aproximábamos— y pensar que nuestro entrenamiento se quedó espantosamente corto.

—Sí —dije.

No existía entrenamiento en una simulación que pudiera aproximar los extraños sentimientos que el zapador estaba enviándome, una especie de aplastamiento mental. No sabía cómo, pero estaba incrementando mi miedo, mi furia y al mismo tiempo mi horror. Empeoraba cuanto más nos acercábamos.

Se iluminó un puntito en mi sensor de proximidad.

—¿Qué es eso? —preguntó Vapor.

—Es ella —dije, fijándome en la nave que volaba por delante de nosotras. Abrí una línea al momento—. Brade, no puedes enfrentarte a eso tú sola.

—No voy a permitir que destruya mi hogar —replicó ella—. Esto no tenía que pasar. Se supone que tenía que ir a por vosotros.

—Deja estar eso —le espeté— y colabora conmigo por una vez.

—Alanik, ¿eres consciente de lo que voy a hacer si llego al centro? ¿De lo único que puedo hacer?

«Usar el arma distractora —pensé— y enviarlo de vuelta a Detritus.»

—Tenemos que hacer que vaya a otro sitio, Brade. Tenemos que intentarlo.

Cortó la comunicación.

—Esa siempre ha sido un viento fétido, Alanik —dijo Vapor—. Es... Huy. Hummm.

«Es humana.»

—Cúbreme cuando nos acerquemos —ordené, dando potencia a los propulsores.

Salimos volando de encima de Visión Estelar hacia la nube de polvo del zapador. La única esperanza de plan que tenía era intentar enviarlo a algún lugar despoblado. Tenía establecidas tres posiciones de hipersalto en mi mente: Visión Estelar, Detritus y el laberinto de zapador situado en el espacio profundo.

Por tanto, solo me quedaba una opción real. Tendría que enviarlo al laberinto. El problema era que allí no encontraría nada que destruir, así que volvería sin pensárselo a Visión Estelar. Pero ¿qué otra cosa podía hacer? ¿Quizá vería el laberinto y se distraería? Me resultaba una esperanza muy frágil, pero era la única que tenía.

Vapor se adelantó a mí y empezó a destruir las ascuas que se nos acercaban. Ralenticé mi nave e intenté extender mi mente hacia el zapador.

Era... abismal. Las sensaciones que exudaba me ahogaban. Podía sentir cómo nos consideraba. Su ira a todos los zumbidos que hacíamos. Esas mismas emociones amenazaban con sobrepasarme, alienarme, hacerme sentir igual que él.

Me resistí a ello y le alimenté la posición del laberinto, intentando distraer su atención como había hecho antes, aunque no supiera muy bien cómo. Por desgracia, lo de antes no había sido solo yo. Había sido una mezcla de mi emoción, el silencio de Detritus y el sonido que había en el vacío. El canto de las estrellas.

El zapador había acudido a la estación espacial porque sabía que el ruido de allí era el más fuerte. El sentimiento que irradiaba engullía mis esfuerzos por distraerlo. Era como si estuviera chillando a una tempestad y, por mucho empeño que le pusiera, no lograra hacer mella en su estruendo.

Maldecí, dejé de intentarlo y me propulsé tras Vapor para derribar un ascua que estaba a punto de chocar con ella.

—Tenemos que entrar —dije—. Tenemos que encontrar su corazón.

Vapor entró en formación a mi lado y juntas nos internamos en el polvo. La visibilidad cayó casi a cero y tuve que volar solo con los instrumentos. Ya nos habían advertido que sería el caso, pero nada en nuestra formación nos había preparado para lo escalofriante que fue meternos en aquella polvareda.

Volando a través de la nube silenciosa, que destellaba con luz roja de vez en cuando, mis sensores empezaron a fallar. La pantalla de proximidad se distorsionaba a veces y me avisaba con solo un margen mínimo cuando algo se acercaba. Las ascuas asomaban del polvo como formas ardientes, confusas y terribles.

Vapor y yo dejamos de intentar combatir las ascuas y nos limitamos a esquivarlas cuando intentaban estrellarse contra nosotras. Entraban a nuestra cola, nos perseguían y de vez en cuando se abalanzaban hacia delante con ráfagas de velocidad. Me sentí como si estuviera intentando correr más que mi propia sombra.

La presión sobre mi mente siguió empeorando cuanto más nos acercábamos al zapador propiamente dicho. Al poco tiempo estaba rechinando los dientes para contrarrestar un poco el efecto, y eran unas sensaciones tan abrumadoras que afectaban a mi vuelo. Esquivé por poco una ascua, pero me metí en la trayectoria de otra.

Desesperada, clavé la lanza de luz en una tercera, cuyo tirón por suerte me sacó de apuros. Pero cuando miré hacia arriba, no encontré a Vapor. Mis sensores se habían transformado en un batiburrillo de estática y lo único que distinguía a mi alrededor eran sombras en movimiento y estallidos de luz roja.

—¿Vapor? —dije.

Me llegó una respuesta entrecortada. ¿Su nave sería eso de allí? Seguí otra sombra, pero solo conseguí perderme más en la tormenta de polvo. Miré en sentido opuesto y vi lo que estaba segura de que era una explosión.

—¿Vapor?

Estática.

Me escoré para esquivar otra ascua, pero habían empezado a

temblarme los dedos por la fuerza de los pensamientos que presionaban contra mi mente.

Zumbidos... zumbidos de insectos... destruirlos.

Pensamientos opresivos que me lastraban. Empezaron a aparecer visiones de pesadilla en el polvo. Monstruos de los cuentos de la yaya que se materializaban y desaparecían. La cara de mi padre. Yo misma, pero con unos ojos blancos ardientes...

No se parecía en nada a las ilusiones diseñadas con esmero del laberinto de entrenamiento. Aquello era una cacofonía pavorosa. No había secretos que descubrir, solo ruido embistiéndome. Ser citónica allí era una gran desventaja, porque el zapador se metía en mi cerebro.

Apenas controlaba mi nave. La realidad se fundía con la ilusión, y quité las manos de los controles para apretarme los ojos. Mi cabeza había empezado a palpitar de agonía. Hice otro endeble intento de devolverle un susurro, de desviar aquella cosa hacia el espacio profundo.

Eso pareció dejarme la mente más abierta y el ruido la invadió. Grité y algo chocó contra mi nave, enviándola de lado como un ariete y casi haciendo caer mi escudo. Las alarmas del panel de control eran solo otro ruido. No... no podía volar allí dentro. Tenía que...

Una sombra se destacó del polvo. Mi corazón dio un brinco al entrever la silueta de una nave. ¿Vapor? *¿M-Bot?*

No, era una lanzadera, sin armas salvo una lanza de luz industrial para trasladar carga. Pinchó mi nave y tiró de mí tras ella, alejándome del embrollo de formas vagas. Un ascua, o al menos yo pensé que era real, pasó rugiendo y por poco no golpeó mi nave.

—¿Alanik? —dijo una voz en mi comunicador.

Yo... conocía esa voz.

—¿Morriumur? —susurré.

—Tengo tu nave amarrada —dijo—. Estabas ahí sin hacer nada. ¿Te encuentras bien?

—El corazón... —susurré—. Tienes que llevarme al corazón. Pero... pero Morriumur... no puedes... Las ilusiones...

—¡A mí no me afectan! —exclamó Morriumur.

¿Cómo?

Morriumur me remolcó entre el polvo, acercándonos a una espina del zapador, un enorme pincho que descendía hasta su superficie. Volamos siguiéndolo y Morriumur esquivó algunas pesadillas pero hizo caso omiso a otras. Esas se estampaban contra nosotros y se desintegraban como en una nube de humo. Eran solo... ilusiones.

—Muestra cosas distintas a cada cual —dijo Morriumur, remolcándome con maniobras expertas al interior de un agujero de la superficie.

—Dos personas... —susurré, cogiéndome la cabeza—. Hacen falta...

—Ahí está el asunto, Alanik —dijo Morriumur—. Yo ya soy dos personas.

Gimoteé y cerré los párpados con fuerza para proteger mis ojos del asalto, que no hizo más que recrudecerse cuando volamos al interior. Por suerte, la voz de Morriumur siguió sonando, de algún modo reconfortante y sobre todo real en medio de tanta emoción y tanto ruido.

—A mí me proyecta dos cosas distintas —dijo Morriumur—. Una al cerebro de cada ascendiente. No... no creo que sepa qué hacer conmigo. Nunca antes habíamos enviado une croquis dentro de un zapador, que yo sepa. La verdad, no creo que ningune dione en absoluto haya intentado jamás volar al interior de uno de estos. Nuestros pilotos siempre han sido varvax o tenasi.

»Para mí las ilusiones no son nada, Alanik. Durante el entrenamiento no nos dimos cuenta. Dimos por sentado que soy como los demás pilotos, pero yo las veo como dos imágenes superpuestas y sombrías. Puedo hacerlo. Puedo llegar al corazón.

Abrí las hebillas con manos temblorosas, apenas consciente de lo que hacía. Me arranqué el casco y me hice un ovillo, sujetándome la cabeza, para intentar escapar de las visiones. Reboté por el interior de la nave mientras Morriumur tiraba de mí en una dirección y luego en otra.

—Muchos de estos túneles son falsos —dijo Morriumur—. Creo que, si no me hubiera dado cuenta, el laberinto nos habría hecho volar en círculos. En realidad, aquí dentro solo hay un gran espacio abierto, Alanik.

Me estremecí bajo un peso infinito. No sé cuánto tiempo tardamos, pero sentí que nos estábamos acercando. Era una niña sola en una sala negra, y la oscuridad presionaba contra mí. Se hacía más profunda, más profunda, más profunda...

—Hay algo ahí delante.

Más profunda y más profunda y más profunda...

Caí dentro de la cabina y me noté apretada contra el asiento.

—¡Es esto! —La vocecita salía de mi cuadro de mandos. Un insecto al que aplastar—. Alanik, hemos entrado en una burbuja de aire y gravedad. ¿Qué hago ahora? ¿Alanik? ¡Nunca llegué al corazón cuando entrenábamos!

—Abre. Mi. Cubierta. —Susurré las palabras con la voz áspera.

Poco después oí un golpe seco cuando Morriumur forzó la apertura de la cubierta con el sistema manual de emergencia.

—¿Alanik? —dijo Morriumur—. Veo... un agujero cerca. La membrana es una ilusión. Solo hay una negrura, como un agujero hacia la nada. ¿Qué hago?

—Llévame. Allí.

Con los ojos muy cerrados, dejé que Morriumur me ayudara a salir de la nave al ala. Tropecé, me aferré a elle y abrí los ojos.

Las pesadillas me rodearon. Visiones de pilotos muriendo. Arcada chillando mientras ardía. Bim. Mi padre. Hesho. Todos los que había conocido. Pero yo también veía el agujero. Nuestras naves habían aterrizado en algo sólido. Parecía una caverna de las de casa. El hueco estaba justo al lado de mi nave, un profundo pozo en el suelo.

Soltaé a Morriumur y me aparté de un empujón. Elle dio un grito mientras yo caía del ala. Y me precipitaba al vacío.

44

Entré en una sala blanca por completo.

La presión sobre mi mente desapareció al instante. Me detuve trastabillando y miré a mi alrededor en la impecable blancura, que me sonaba de algo.

Dejé salir un largo suspiro y me volví hasta que me vi a mí misma de pie ante la pared opuesta. No era la imagen de un espejo. Era yo. Allí de pie. Estaba ante el zapador. Me miró igual que lo había hecho el de la grabación. Yo no sabía por qué había escogido esa forma... o si lo había hecho siquiera. Quizá solo era que mi mente lo interpretaba así.

Caminé hacia el zapador, sorprendida por lo segura y fuerte que me sentía. Después de lo que acababa de sufrir, debería haber estado débil, agotada. Pero allí dentro, en la sala blanca, me había recuperado.

El zapador tenía la mirada fija en la pared. Me incliné hacia delante y vi que en ella había unos puntitos diminutos. ¿Agujeros? Oí un zumbido que salía de ellos. Cuanto más me fijaba en él, más horrible me sonaba. Era una molestia que mancillaba una sala por lo demás de una serenidad perfecta.

Volví a mirar al zapador. Llevaba puesta mi cara, lo que tendría que haberme resultado raro. Pero... a saber por qué, no lo era. Lo tanteé con mi mente, curiosa.

La curiosidad rebotó hacia mí. Ladeé la cabeza y cerré los ojos. Sentí... dolor, agonía, miedo a las manchas de la pared. El zapador sentía esas emociones y las reflejaba de vuelta hacia fuera, hacia el lugar del que procedían.

—No entendéis las emociones, ¿verdad? —le pregunté—. Os estamos malinterpretando, igual que yo malinterpreté a Cuna. No nos odiáis. Solo reflejáis hacia nosotros lo que sentimos. Por eso tienes mi apariencia. Solo estás haciendo rebotar hacia mí lo que te muestro.

El ser me miró con el rostro impasible. Y... supe que lo que había dicho no era cierto del todo. Sí que odiaba los zumbidos, las molestias. Pero gran parte de lo que le mostrábamos, la mayoría de nuestra forma de experimentar el universo, era ajeno del todo a él. Esas cosas las reflejaba otra vez hacia nosotros, como parte de una incapacidad fundamental de entender.

—Tienes que irte a otro sitio —le dije, y traté de proyectar la posición del laberinto de zapador.

Apartó la mirada de mí y la fijó de nuevo en la pared.

—*Por favor* —dije—. Por favor.

No hubo respuesta. Así que extendí la mano y lo toqué. La sala blanca se hizo añicos y de pronto estaba extendiéndome, como si... como si tuviese el tamaño de un planeta. De una galaxia. Era expansiva, eterna. Había vivido desde siempre en paz, en un lugar donde el tiempo carecía de significado. Salvo cuando la gente me importunaba.

Entonces vi aquellas molestias que tanto zumbaban en Visión Estelar. El escudo cayó bajo mi andanada y empecé a avanzar, a pasar a través de unas pocas naves cercanas. Esos sonidos se apagaron, y cada insecto silenciado fue un alivio. No eran solo los trayectos ocasionales a través de la ninguna-parte lo que me irritaba, sino todos y cada uno de aquellos repulsivos zumbidos.

Por fin podía llegar a ellos. Acallarlos. ¡Era glorioso!

Me separé y estaba en la sala, con la mano apretada contra el techo. Sentí un odio residual por todo lo vivo. El zapador estaba dispuesto a destruir Visión Estelar entera en pos de su paz. Yo lo entendía porque una parte de mí procedía del lugar donde él moraba. La parte de mí que podía tocar la ninguna-parte.

—No lo hagas —supliqué—. ¡Por favor, no!

Algunos puntitos de la pared desaparecieron.

¿Qué podía hacer? Luchar contra él no era una opción. Yo misma no era nada más que uno de esos puntitos. No había entrenamiento en un laberinto o combate con destructores y lanzas de luz que pudiera haberme ayudado en ese momento. No podría haber entrenado para derrotar a aquel ente.

La gente de Visión Estelar merecía un diplomático o un científico capaz de comprender ese problema. No a mí.

Desaparecieron más motas y, con lágrimas surcándome la cara, agarré el pecho del traje de vuelo que llevaba el zapador con las dos manos. Sentí de nuevo aquella sobrecogedora expansión, el alineamiento con su perspectiva, tan inmensa que los individuos se volvían insignificantes.

Pero *no lo eran*.

—Tienes que verlos —susurré—. Por favor, velos.

Yo ya había sentido lo que experimentaba el zapador. En ese frenético momento, con una catástrofe empezando ante mis ojos, intenté mostrarle lo que yo había experimentado. Reuní todas mis fuerzas y tiré de su consciencia.

Funcionó. En vez de crecer hasta el tamaño de una galaxia, nos hice bajar para reducirnos a la estatura de un niño. El infinito iba en las dos direcciones. Podías expandirte por siempre hacia fuera, pero al mismo tiempo, cuanto más de cerca mirabas algo, más detalle veías.

Por un instante, fuimos un niño que jugaba con globos flotantes de agua. Fuimos la señora Chamwit llevando la cena a un vecino. Fuimos Cuna. Fuimos el krell de la calle que se había disculpado por tropezar conmigo. Toqué la mente del zapador y le mostré aquellos incordios desde la perspectiva de cada persona individual. Le mostré que el zumbido a veces era una risa.

Esto es lo que yo veo, dije al zapador. *Aunque tuve que aprender a mirar.*

El zapador dejó de avanzar. Su mente tocó la mía y sentí emociones, imágenes y cosas alienígenas que no eran ni unas ni las otras. En el centro de todo había una idea... una pregunta.

¿Ellos son como nosotros?

No eran palabras, sino ideas. Ese «nosotros» se proyectó en mi mente como un conjunto de conceptos significativos que yo alcanzaba a interpretar a grandes rasgos.

¿Ellos...?, repitió. *¿Ellos están* vivos?

Sí, le susurré. *Todos y cada uno de ellos.*

El ser se estremeció con una emoción que comprendí sin necesidad de interpretarla. Horror.

El zapador tiró hacia dentro y, de algún modo, se revolvió sobre sí mismo. Me vi expulsada del lugar donde había estado, como si el ser completo, la enorme masa de escala planetaria y el extraño ente de su centro, desaparecieran.

Echándome al espacio.

Había hecho ejercicios de descompresión y me las ingenié, no sé cómo, para exhalar antes de que mis pulmones reventaran. El agua me hirvió en los ojos, el dolor se apoderó de mí y empecé a perder el conocimiento casi al instante. Pero aún estaba lo bastante consciente para notar un par de manos agarrándome.

Epílogo

El sonido ganaba volumen cuanto más profundo bajaba Jorgen. No era una vibración como la de cuando había conocido a Spensa. Jorgen ni siquiera estaba seguro de que fuese un sonido. Nedd y Arturo no lo oían, al fin y al cabo. A lo mejor eran imaginaciones suyas.

Pero Jorgen sí que lo oía. Era una música suave, que sonaba más fuerte en cada túnel que habían explorado en los cinco días que llevaban buscando. Habían encontrado muchos pasadizos sin salida y habían tenido que volver sobre sus pasos una docena de veces. Pero ya estaban cerca. Tan cerca que a Jorgen le pareció que su objetivo estaba al otro lado de esa pared de ahí. Tenía que encontrar la forma de girar a la izquierda y...

Tropezó en una corta cuesta abajo y acabó vadeando en un agua que le llegaba a las rodillas. Sostuvo en alto su lámpara de potencia industrial, la misma que usaban los equipos que se desplazaban a los lejanos túneles y cavernas del planeta para hacer el mantenimiento a equipo distante como las tuberías por las que subía el agua de embalses subterráneos.

—¿Más agua? —preguntó Arturo desde atrás, y su propia lámpara hizo que Jorgen proyectara una larga sombra—. Jorgen, de verdad que tendríamos que volver. Yo juraría que ese ruido que hemos oído era el eco de las alarmas. Podríamos estar bajo ataque.

Más motivo para seguir adelante. Vadeó por el agua cada vez más profunda. Tenía que saber qué estaba oyendo. Tenía que saber si estaba imaginando cosas o si... tal vez... podía *oír* Detritus.

Parecía una idiotez cuando lo expresaba así. Aún no había dicho nada a los otros, solo que estaba cumpliendo órdenes de Cobb. Lo cual más o menos era verdad. En cierto modo.

«Y todo el mundo creyendo que no sé desobedecer órdenes —pensó—. Conque no puedo ser atrevido, ¿eh? O imprudente, ¿eh? ¡Ja!»

Entonces ¿qué era meterse en las cavernas profundas sin las debidas provisiones y acompañado solo de un par de amigos? ¿Qué era seguir una corazonada y algo que quizá creyera oír, aunque nadie más pudiera?

—¿Jorgen? —dijo Nedd, que estaba junto a Arturo al borde del agua—. Venga. Llevamos una eternidad con esto. Arturo tiene razón, deberíamos ir volviendo.

—Es aquí mismo, en serio —dijo Jorgen, con el agua hasta la cadera y una mano apoyada en la pared de piedra—. Canciones. Aquí mismo. Tenemos que atravesar esta pared.

—Vaaale —dijo Arturo—. Pues volvemos, miramos si alguien ha cartografiado este sector de túneles y con suerte investigamos si hay alguna buena forma de...

Jorgen palpó la pared, notando que el agua parecía fluir de manera extraña.

—Aquí hay una abertura, justo por debajo de la superficie. Igual es lo bastante ancha para que pueda escurrirme al otro lado.

—No —dijo Arturo—. Jorgen, no intentes meterte por ahí. Te quedarás atascado y te ahogarás.

Jorgen soltó la mochila y dejó su lámpara sumergible flotando en el estanque. Metió la mano en el agua y tanteó el hueco de la pared. Sí que era lo bastante ancho.

—Spensa lo intentaría —afirmó.

—Eh... —dijo Nedd—. ¿De verdad crees que Peonza es el mejor ejemplo a seguir? ¿En hacer estupideces?

—Bueno, las hace a todas horas —replicó Jorgen—, así que debe de tener mucha práctica.

Arturo se metió en el agua con paso rápido, yendo a por él. Así que, antes de que las palabras o los tirones de sus amigos le impidieran avanzar más, Jorgen respiró hondo, se hundió bajo la superficie y se impulsó de una patada al agujero.

No podía ver bajo el agua: al moverse había removido cieno, así que la lámpara le habría servido de poco. Tuvo que moverse al tacto, cogiéndose a los lados del túnel de roca y empujándose en el agua oscura.

Por suerte, resultó que el túnel no era largo. De hecho, ni siquiera era un túnel. Era solo un pasaje en la piedra, de más o menos metro y medio de altura.

Emergió en una caverna oscura y al momento se sintió idiota. ¿Qué esperaba encontrar o ver en la oscuridad? Debería haberse ahogado.

Entonces oyó los sonidos. Música por todo su alrededor. Flautas que lo llamaban. ¿Sería el sonido del mismísimo planeta hablando?

Se le adaptaron los ojos y descubrió que sí podía ver. La piedra que rodeaba el pequeño estanque del que había salido estaba cubierta de una especie de hongo luminiscente azul verdoso. Y crecían otras setas mucho más grandes por todo el suelo de la caverna, quizá alimentándose del agua rica en nutrientes que goteaba de una antigua tubería que recorría la pared.

Oculto entre las setas, flauteando de un modo que ya podía oír tanto con la mente como con los oídos, había un grupo de criaturas amarillas. Babosas, como la mascota de Spensa.

Centenares de ellas.

Desperté notando un viento suave en la cara.

Parpadeé, desorientada, viendo solo blanco. Volvía a estar en aquella sala con el zapador. ¡No, no podía ser! Había...

La sala se enfocó. Estaba en una cama con sábanas blancas, pero las paredes no eran de un blanco puro, sino solo de color crema. Tenía cerca una ventana que daba a las calles de Visión Estelar, y el viento suave que entraba movía las cortinas.

Estaba conectada a tubos y monitores y... y estaba en un hospital. Me incorporé, intentando resolver el enigma de cómo había llegado allí.

—¡Ah! —exclamó una voz conocida—. ¿Spensa?

Me volví y encontré a Cuna con su túnica oficial mirando por la puerta entreabierta. Por suerte, llevaba mi alfiler traductor enganchado al camisón de hospital.

—Ya decía el personal médico que ibas a despertar —dijo Cuna—. ¿Cómo te encuentras? La descompresión explosiva estuvo a punto de matarte. ¡Te recomiendo que no vuelvas a salir al espacio sin casco en el futuro! Han pasado tres días desde el incidente del zapador.

—Eh... —Me toqué la cara y me palpé el cuello—. ¿Cómo sobreviví?

Cuna sonrió. Y lo cierto es que estaba mejorando con la expresión. Le dione se sentó en un taburete al lado de mi cama, sacó su tableta y proyectó una holoimagen. Mostraba una lanzadera descendiendo y aterrizando en los muelles interiores de Visión Estelar.

—El escudo de la ciudad cayó —dijo Cuna—, pero el sistema de emergencia gravitatorio impidió que la atmósfera escapara. Morriumur dice que apareciste en el espacio cuando el zapador se esfumó, y tuvo la suficiente agudeza para recogerte y meterte en su cabina.

Vi la proyección de Morriumur atracar en Visión Estelar, abrir la cubierta y levantarse conmigo en brazos, inconsciente. La gente estalló en vítores por elle. Y de verdad se me empezaba a dar mejor leer las expresiones diones, porque identifiqué de inmediato el desconcierto en la cara de Morriumur. Dije:

—Morriumur pensaba que todo el mundo iba a enfadarse, ¿verdad? Suponía que se metería en líos por volar a la batalla.

—Sí, pero sin motivo —dijo Cuna.

Cambió a otro holograma, en el que se veía a dos ascendientes diones sosteniendo a une bebé púrpura. Distinguí los rasgos de Morriumur en los ascendientes, o por lo menos la mitad de ellos en cada rostro.

—Resulta que sus parientes que abogaban por un recroquis cambiaron de opinión como un rayo cuando le croquis pasó a ser célebre. ¡Nadie en nuestra cultura lo había sido por sus hazañas bélicas desde hace siglos! Eso sí, pasarán unos cuantos años antes de que Morriumur se desarrolle lo suficiente para gozar de su notoriedad.

Sonreí y volví a reclinarme contra la almohada, sintiéndome

exhausta... pero no dolorida. Lo que fuese que habían hecho para curarme era efectivo. Estaba claro que la tecnología médica de la Supremacía era muy superior a la nuestra.

—No puedo quedarme mucho tiempo —dijo Cuna—. Tengo que testificar en las vistas.

—¿Winzik? ¿Brade? —pregunté.

—Es... complicado —respondió Cuna—. Winzik todavía cuenta con ciertos apoyos en el gobierno, y hay relatos contradictorios sobre los acontecimientos de hace unos días. Winzik intenta sostener que tu pueblo invocó al zapador y que une valiente dione, Morriumur, fue nuestra salvación.

»Pero confío en mis argumentos. He insistido en que se me permita el contacto con tu pueblo. Hasta ahora, solo la gente de Winzik estaba autorizada a interactuar con los humanos de la reserva.

»¡Cuánto se sorprendieron algunos de nuestros altos cargos al recibir unos mensajes tan sosegados y racionales de tu almirante Cobb! Esto ha demostrado que los humanos libres no son el terror aniquilador que todo el mundo esperaba. Creo que Winzik tendrá que dimitir, pero vendría bien que pudieras hablar con la prensa. Me temo... que he metido un poco de prisa al personal médico por ese motivo.

—No pasa nada. Me alegro de que... —Me incorporé de golpe. Un momento. ¡M-Bot!—. ¡Mi nave, Cuna! Volé hasta aquí en una nave que es muy importante. ¿Dónde está?

—No te preocupes —dijo Cuna—. El departamento de Winzik registró tu embajada después de que huyeras de la ciudad, pero estoy trabajando para que te devuelvan todas tus cosas. Vuestro líder, Cobb, también mencionó esa nave en concreto.

Volví a echarme atrás, incapaz de sacudirme una preocupación enfermiza por M-Bot. Aun así, dudaba que pudiera haber esperado un resultado mejor, teniéndolo todo en cuenta.

—¿El zapador ha desaparecido del todo?

—Hasta donde sabemos, sí —respondió Cuna—. Es raro, porque una vez aparecen, suelen quedarse durante años desatando el caos. Lo que quiera que hiciste salvó mucho más que solo Visión Estelar. Además, las bajas fueron notablemente escasas para un evento de esa magnitud. Morriumur y Vapor explicaron lo que pudieron, pero seguimos sin estar seguros de... los detalles de cómo lo expulsaste.

—Cambié su perspectiva —dije—. Le enseñé que somos gente. Resulta que al final no quería destruirnos.

Cuna sonrió de nuevo. Sí, sí que empezaba a coger habilidad. Ya casi no daba repelús.

Había algo en toda aquella situación que seguía poniéndome en alerta, pero me obligué a relajarme. Lo resolveríamos. Parecía que la guerra de verdad podía haber acabado, o que estaba cerca de hacerlo. Si la Supremacía estaba hablando con Cobb, era un paso adelante enorme. Y allí estaba yo, reclinada en un hospital de la Supremacía sin mi holograma puesto, y no pasaba nada.

Lo había conseguido. De algún modo, de verdad lo había conseguido. Devolví la sonrisa a Cuna y le ofrecí la mano. Elle me la estrechó. Con un poco de suerte, a partir de allí podría dejar los detalles a los diplomáticos y los políticos. Mi parte estaba hecha.

Cerré los ojos.

E intuí que todo estaba mal. Solté la mano de Cuna, me levanté y me arranqué los tubos del brazo.

—Spensa —dijo Cuna—, ¿qué ocurre?

—¿Dónde está mi ropa?

—Tus cosas están en ese estante —dijo Cuna—. Pero todo va bien. Estás a salvo.

Me vestí de todas formas, con un traje de salto limpio y una chaqueta de vuelo a la que sujeté el alfiler traductor. Me alegró ver que habían dejado allí mi brazalete, que me puse en la muñeca aunque de momento no me hiciera falta el holograma. Probé a pulsar en él para contactar con M-Bot, pero no obtuve respuesta.

Fui hasta la ventana, todavía sin saber qué me había hecho saltar. Una parte de ello era abstracta. Winzik había estado dispuesto a invocar un zapador para llevar a cabo sus conspiraciones. No me daba la impresión de que fuera a aceptar la derrota como un general honorable que entrega su espada al enemigo.

Estudié la ciudad a través de la ventana abierta, de pie a un lado de ella para no ofrecer mi silueta como blanco. «Estoy siendo paranoica, ¿no?»

—Quizá deberíamos dejar que descanses un poco más —dijo Cuna con voz calmada, pero vi que sus dedos se crispaban en señal de angustia.

Estuve a punto de aceptar la idea, y entonces caí en la cuenta de cuál era el problema. Lo que me tenía de los nervios, lo que mis instintos habían identificado aunque el resto de mí no atara cabos tan deprisa.

Había silencio.

La ventana estaba abierta y mi habitación solo en un tercer piso. Pero no llegaba el sonido del tráfico, ni el murmullo de la gente hablando. Miré y comprobé que las calles de fuera estaban prácticamente vacías.

Me había acostumbrado al ruido de Visión Estelar. A que la gente siempre se amontonara en la calle. A que hubiera movimiento por todas partes. La ciudad nunca dormía, pero ese día las calles estaban casi vacías. ¿Sería porque todo el mundo estaba alterado después del ataque del zapador y prefería quedarse en casa?

«No», pensé al ver a alguien que bajaba por una calle lateral. Une dione con ropa a rayas marrones. Localicé a otres dos de elles llevándose fuera de la calle a un pequeño grupo de civiles.

Aquella gente de las rayas marrones era idéntica a les diones que había visto limpiando después de que detuvieran a los manifestantes. Eran les mismes que habían exiliado al alienígena gorila.

«Están aislando la zona —comprendí—. Sacando a los transeúntes de las calles.»

—Esto aún no ha acabado —dije a Cuna—. Tenemos que salir de aquí.

45

Pasé corriendo junto a Cuna para comprobar la puerta.

—¡Spensa! —exclamó Cuna—. Tienes que ponerte menos agresiva ahora mismo. Por favor. Estamos en el umbral de firmar la paz entre nuestros pueblos. ¡No es momento de tener un arrebato!

Abrí la puerta un dedo y vi sombras moviéndose por el pasillo en mi dirección. Tirda, eran krells con armadura completa y fusiles destructores. Cerré la puerta y luego giré una silla y encajé el respaldo bajo la manecilla para calzar la puerta. Cogí a Cuna de la mano.

—Necesitamos otra salida —dije—. ¿Adónde lleva esa puerta del otro lado de la habitación?

—A un cuarto de baño —respondió Cuna—, que sale también a otra habitación del hospital. —Se resistió a que le tirara del brazo—. Me preocupa, Spensa, haber estado equivocada sobre ti...

La puerta del pasillo se sacudió. Cuna se volvió hacia ella.

—Será el personal médico. Ven, vamos a ver si pueden darte algo que te tranquilice y...

La puerta casi saltó de sus goznes cuando un soldado con armadura cargó contra ella e irrumpió en la habitación. Tiré de Cuna con todas mis fuerzas y por fin pude llevármela conmigo y correr por la otra puerta. Eché el pestillo de la puerta del lavabo y empujé a Cuna a la siguiente habitación.

—¿Qué...? —empezó a preguntar Cuna.

—Winzik sigue adelante con su golpe de Estado —dije—. Tenemos que irnos. *Ya*. ¿Dónde está la escalera hacia abajo?

—Creo que... fuera en el pasillo, justo a la derecha —dijo Cuna con los ojos como platos.

Un impacto de destructor voló el pestillo de la puerta entre mi habitación y el baño. Solo entonces pareció que Cuna asumía la gravedad de la situación. Respiré hondo mientras los soldados krell irrumpían en el servicio y entonces abrí la puerta hacia el pasillo y salí a la carrera, con Cuna detrás.

Alguien gritó desde más abajo en el pasillo, pero ni miré. Me concentré en la escalera, que estaba donde Cuna había dicho. Llegamos a ella justo antes de que una ráfaga de fuego de destructor acribillara el pasillo, iluminando el aire detrás de mí y destrozando la pared del fondo.

Tirda. Tirda. TIRDA. Iba desarmada, no tenía nave y llevaba a une civil a cuestas. No sabía mucho sobre el envejecimiento dione, pero saltaba a la vista que Cuna no era precisamente joven y ya estaba jadeando por la breve carrera. No podría mantener la delantera por sus propios medios y yo tampoco podía cargar con elle.

Bajamos al primer piso. Sonaba a que los krells de arriba estaban yendo con cuidado para no caer en algún tipo de trampa, porque los oía gritar, pero no se lanzaron de inmediato a perseguirnos.

Por desgracia, también oí a alguien gritar más abajo. Habían situado efectivos en la planta baja por si acaso. Me debatí un momento mirando a Cuna, que sudaba con profusión y tenía los ojos muy abiertos y los dientes a la vista en señal de aflicción.

Entonces tiré de elle a un lado, hacia una puerta pequeña que parecía de un cuarto de conserjería. En efecto, el interior estaba lleno de material de limpieza y había un mono manchado colgado de un gancho en el interior de la puerta.

Metí a Cuna en el cuarto, me quité el brazalete y se lo puse a elle en la muñeca. Pulsé unos botones para recubrir a Cuna con el disfraz genérico de dione que M-Bot había diseñado para mí como último recurso, con la piel carmesí y los rasgos un poco rollizos.

El holograma estaba programado para mí y no acababa de encajar en Cuna, pero era lo bastante creíble... o eso esperé.

—Este holograma te cambia la cara para que parezcas otra persona —dije—. Ponte ese mono y quédate aquí dentro. Yo me llevaré a los soldados.

—¡Morirás! —exclamó Cuna.

—No es mi intención —dije—, pero esto es lo único que podemos hacer. Tú tienes que escapar, Cuna. Ve a Detritus y diles lo que me ha pasado. Llévales unas cuantas babosas hipermotoras, si puedes. Con el disfraz, deberías poder escabullirte de Visión Estelar.

—Yo... no puedo hacerlo. ¡No soy espía, Spensa!

—Yo tampoco lo era —repuse—. Los kitsen se unirán a nosotros, y creo que a lo mejor las quimeras también. Tienes que hacerlo. Espera a que los soldados me persigan y sal de aquí con disimulo. Si alguien te para, hazte pasar por conserje.

La cogí de los hombros y trabé la mirada con la suya.

—Cuna, ahora mismo solo tú puedes salvar a nuestras dos especies de Winzik. No hay tiempo para ningún plan mejor. Hazlo. Por favor.

Me sostuvo la mirada y, en un gesto honroso, asintió.

—¿Adónde se llevaron mi nave? —pregunté.

—La tenían requisada para inspeccionarla en el edificio de proyectos especiales de Servicios de Protección. Es el sitio al que te llevé, donde se realizó el exilio. Está a tres calles de distancia, en la Cuarenta y tres.

—Gracias.

Le di una sonrisa de despedida, cogí un martillo de la pared y cerré la puerta al salir. Los soldados ya estaban cargando escalera abajo, así que eché a correr por el pasillo vacío del hospital. Fui eligiendo direcciones al azar y, por suerte, parecía que yendo sola podía correr más que los krells con sus pesadas armaduras.

Los dejé atrás en los pasillos hasta llegar a otra escalera y bajé los peldaños de dos en dos. Desafortunadamente, encontré una silueta oscura y aparatosa vigilando el acceso a la planta baja.

Había pasado muchas tardes escuchando las historias de la yaya sobre poderosos guerreros como Conan el Cimerio. Había soñado con luchar contra los krells cuerpo a cuerpo, usando alguna arma temible. Reconozco que, al saltar desde la escalera, hasta grité: «¡Por Crom!».

Nunca había imaginado lo minúscula que me sentiría comparada con las armaduras de los krells, ni lo impotente que me vería con un martillo en la mano en vez de un arma de verdad. Tenía mucho entusiasmo pero ningún entrenamiento, así que ni siquiera le aticé bien con el martillo al chocar contra el soldado krell.

Lo único que logré fue rebotar. El soldado pesaba tanto que casi ni se inmutó por el impacto de una chica baja y nervuda. Caí con un golpe seco al suelo, pero gruñí, empuñé con fuerza el martillo y lo descargué contra su pierna.

—¡La humana está aquí! —gritó el krell, retrocediendo e intentando apuntarme con su fusil—. ¡Planta baja, posición tres!

Solté el martillo y así el fusil. Forcejeé contra el krell, intentando mantenerme lo bastante cerca para que no pudiera dispararme. No fue una competición muy justa, porque el krell, aun siendo en realidad solo un pequeño crustáceo, tenía la ventaja de un traje de energía blindado.

No podía arrebatarle el fusil y lo más probable era que me matara en el momento en que se le ocurriera apartarme de un empujón y pegarme un tiro. Así que hice lo único que se me ocurrió. Trepé a la armadura y subí hasta poder mirar por la celada transparente al krell que había dentro. Entonces le enseñé los dientes en un gesto dione de agresividad y gruñí tan fuerte como pude.

Se asustó. El pequeño cangrejo movió los brazos de la armadura y pude asir el rifle y arrancárselo antes de caer de nuevo al suelo. Tumbada bocarriba, no me lo pensé dos veces: alcé el arma y le disparé al pecho.

Saltó líquido. No era sangre, sino el fluido en el que vivía el krell dentro de la armadura. Chilló frenético y yo rodé para levantarme y abrí fuego hacia arriba al oír pisadas. Los impactos de destructor dejaron agujeros chamuscados y humeantes en las paredes y los krells gritaron histéricos.

Al momento ya había salido por la puerta a una calle vacía. ¿Qué me había dicho Cuna? ¿Tenía que ir hacia fuera, hacia el borde de la estación espacial?

«Ahí está», pensé al ver no muy lejos el edificio al que me había llevado le dione. Corrí hacia él, sintiéndome demasiado expuesta en las calles desiertas. No había ni siquiera mucho tráfico aéreo, solo unos perezosos transportes civiles que parecían haberse colado por el bloqueo de Winzik.

Por desgracia, mientras corría vislumbré lo que solo podía ser una nave militar que llegaba en vuelo rasante sobre los edificios cercanos. Era fina y circular, y bajo las alas tenía varias armas muy a la vista... cuyos cañones apuntaban hacia abajo. Era una nave de apoyo aéreo, pensada para disparar a unidades de tierra.

Esas ametralladoras me triturarían como carne de rata si seguía al descubierto. Busqué cobertura y corrí desesperada a la entrada de una tienda vacía que había cerca. Sudando, con el corazón latiendo acelerado como el tambor de una marcha militar, alcé el fusil y apunté a la nave de combate. ¿Me habría visto?

Voló en mi dirección y disparó una ráfaga que rompió los escaparates y arrancó trozos de la fachada de la tienda. Sí, me había visto. Tirda. Si me dejaba arrinconar allí, me capturarían sin remedio. Pulsé el gatillo del fusil, pero tenía muy poca potencia para ser efectivo contra una nave enemiga escudada. Era como tirar piedrecitas a...

Sin previo aviso, un pequeño cohete ascendió desde el suelo cerca de mi posición y voló a toda velocidad hacia la nave militar. Falló por los pelos, pero impactó contra un transporte civil que volaba detrás. El transporte explotó con un brillante fogonazo de luz y me hice visera en los ojos para ver cómo la nave militar empezaba a retirarse.

Mientras me echaba atrás, un segundo cohete lanzado desde la misma posición alcanzó la nave militar, hizo caer su escudo y al parecer le provocó daños secundarios, porque la nave empezó a soltar humo y se hundió detrás de unos edificios para hacer un aterrizaje de emergencia.

¿Qué estrellas estaba pasando? Asomé un ojo desde mi posición resguardada, que estaba llena de escombros, y vi una figura conocida bajando por la calle con paso firme, llevando al hombro un lanzacohetes antiaéreo. Brade iba vestida con un traje de vuelo negro, sin casco.

—Ya le advertí que escaparías —dijo con tono despreocupado mientras andaba hacia mí—. Winzik es un maestro de la táctica, pero algunas cosas no le entran en la cabeza.

Me agaché detrás de un cascote grande, alcé el fusil y apunté a Brade. Me pitaban los oídos por las explosiones de los cohetes. «¿Ha disparado a sus propias fuerzas? ¿Por mí?»

—Tengo un trato que ofrecerte —dijo, deteniéndose al ver que la tenía en el punto de mira. Bajó la culata del lanzacohetes al suelo, donde raspó con los escombros, y se apoyó en el arma—. A ti y a los demás de ese planeta prisión.

—Te escucho —respondí.

—Necesitamos soldados —dijo Brade. Señaló a un lado con la barbilla y movió el brazo abarcando toda Visión Estelar—. Para ayudarnos a gobernar.

En la distancia media vi otras naves militares negras surcando el aire. No venían hacia mí. Más bien parecía que estaban volando para que las vieran, patrullando amenazadoras el cielo en señal de que había un nuevo poder al mando de Visión Estelar.

—Winzik se está haciendo con el control de la Supremacía —le dije, sin dejar de apuntar.

—Está aprovechando la oportunidad que se le ofrece —dijo ella—. Pasó muchos años dirigiendo esa estación espacial que hay cerca de tu planeta, ¿sabes? Años de juventud en los que terminó dándose cuenta de algo que no sabía nadie más en la Supremacía: el valor que tiene un poco de violencia.

Miré por encima del hombro. ¿Cuánto tiempo tenía hasta que me alcanzaran los soldados del hospital? ¿Brade estaba intentando entretenerme?

Me levanté sin bajar el arma y empecé a avanzar hacia ella. Tenía que llegar al edificio donde habían llevado a M-Bot.

—Puedes bajar el fusil —dijo Brade—. Estoy desarmada.

No dejé de encañonarla.

—¿Has oído mi oferta? —preguntó Brade—. Soldados. Tú y esos humanos de Detritus. Sabéis luchar. Puedo convencer a Winzik de que permita que os unáis a nosotros. ¿No os gustaría ver caer a la Supremacía?

—¿Sirviendo a quien nos mantuvo encarcelados?

Brade se encogió de hombros.

—Así es la guerra. Las lealtades cambian. Tú y yo somos ejemplos de eso.

—Mis lealtades nunca han cambiado —repliqué—. Yo sirvo a mi pueblo. A *nuestro* pueblo, Brade.

Hizo un gesto krell de indiferencia.

—¿Nuestro pueblo? ¿Qué son ellos para mí? Estás empeñada en la idea de que debo algo a esos humanos de Detritus, solo porque compartimos unas raíces lejanas. Mis oportunidades están aquí. —Se acercó un paso—. Winzik te quiere muerta. Te considera una amenaza, y con razón. Tu única posibilidad es venir conmigo y dejarme convencerlo de que aún puede sacarte provecho.

Dio otro paso hacia mí, así que disparé al suelo a sus pies. Paró de golpe y vi, por cómo alzó una mirada ansiosa hacia mí, que me creía dispuesta a matarla. Yo no estaba tan segura, pero Brade pensaba que yo era un monstruo. Pensaba que ella misma era un monstruo.

O... puede que no. Mientras me miraba, interpreté de otra manera las palabras que me había dicho. «Ayudarnos a gobernar... Mis oportunidades están aquí.»

Siempre había supuesto que a Brade le habían lavado el cerebro. ¿Era posible que la hubiera subestimado? Las historias de la yaya estaban llenas de gente como ella, soldados ambiciosos que anhelaban gobernar. La yo más joven podría haber aplaudido lo que estaba haciendo al ayudar a Winzik a hacerse con el poder.

Pero ya no era esa persona. Retrocedí alejándome de Brade y, al ver que los soldados del hospital ya corrían por la calle hacia nosotras, por fin di media vuelta y corrí.

—¡No podrás salir de la estación! —gritó Brade a mi espalda—. ¡No vas a tener otra oportunidad mejor!

Me tapé los oídos y crucé a la carrera la distancia que me separaba del edificio alto casi sin ventanas en el que Cuna me había mostrado el exilio del alienígena gorila. El acceso lateral por el que había entrado con Cuna estaba cerrado, así que lo abrí de un tiro.

En el interior, le guardia dione que nos había puesto tantas pegas se había encogido de miedo en el suelo.

—¡No me dispares! —gritó—. ¡Por favor, no me dispares!

—¿Dónde está mi nave? —vociferé—. ¡Dime dónde está!

—¡IA avanzada! —exclamó el guardia—. Están prohibidas. ¡Por eso vino el zapador a por nosotros! ¡Tuvimos que destruirla!

—¿DÓNDE ESTA MI NAVE? —repetí, apuntando a le guardia con el fusil.

Le dione levantó las manos y luego señaló por un pasillo. Hice que se pusiera de pie y me mostrara el camino. Empezaron a sonar sirenas fuera mientras le guardia me llevaba hasta una puerta y la abría.

Miré dentro y vi una estancia enorme y la silueta ensombrecida de una nave. M-Bot.

—Vete —dije.

Le guardia puso pies en polvorosa. Entré en la sala y encendí las luces, que me revelaron que el casco de M-Bot tenía un agujero enorme abierto en el costado. Ay, tirda. Me acerqué corriendo con el fusil al hombro. Parecía que lo habían abierto por la fuerza, habían sacado la caja negra que contenía su CPU y luego...

Vi algo en una mesa que había en la esquina. Era la CPU, destrozada, aplastada, destruida.

—No —dije—. ¡No!

Corrí hasta ella, pero solo pude quedarme mirando las piezas rotas mientras me flaqueaban las piernas. ¿Podía... podía hacer algo? Parecía que habían fundido algunas partes y...

—Mentí —me dijo una voz suave.

Alcé la mirada. Había algo pequeño flotando entre las sombras de la esquina de la estancia. Forcé la mirada para ver qué era.

El dron. El que habíamos reprogramado y yo me había llevado a la *Pesos y Medidas*. Se lo había entregado a Cuna, pero luego habíamos estado en aquel edificio. Tal vez Cuna lo hubiera guardado allí, en alguna parte.

—Me reprogramé a mí mismo —dijo el dron, hablando muy despacio, estirando las sílabas—. Solo podía introducir como media línea de código cada vez antes de que mi sistema se reiniciara. Fue insoportable. Pero, temiendo cada vez más que no fueses a volver, lo hice. Línea a línea. Reprogramé mi código para poder copiarme a mí mismo.

—¿M-Bot? —grité, poniéndome de pie—. ¡Eres tú!

—No sé muy bien lo que es «yo», la verdad —dijo M-Bot despacio, como si le costara mucho esfuerzo obligar a salir cada palabra—. Pero mentí. Mientras desgarraban mi casco... chillé y les dije que me estaban matando. Y mientras tanto, desesperado, copié mi código a este nuevo anfitrión. Otra cosa que abandonaste, Spensa.

—Lo siento —dije, con una mezcla de remordimiento y alivio. ¡M-Bot estaba vivo!—. Tenía que salvar Detritus.

—Por supuesto —dijo M-Bot—. Yo soy solo un robot.

—No, eres mi amigo. Pero... algunas cosas son más importantes que los amigos, M-Bot.

Las sirenas estaban acercándose al edificio.

—Mi mente funciona muy despacio en este anfitrión —anunció M-Bot—. Algo va mal conmigo. No puedo... pensar... No es solo la lentitud. Algo más. Algún problema con el procesador.

—Encontraremos la forma de arreglarte —le prometí, aunque había otra emoción que empezaba a imponerse tanto al alivio como al remordimiento: la desesperación. La nave que había habitado M-Bot estaba hecha pedazos. Y yo había contado con ella para escapar.

Tirda, aquello estaba yendo fatal. ¿Cuna podría huir usando el holograma?

—¿Y Babosa Letal? —pregunté—. ¿Se la han llevado?

—No lo sé —dijo M-Bot—. Desmontaron mis sensores poco después de capturarme.

Subí de un salto al ala rota, intentando no mirar el enorme agujero que había en el lado de la nave. De *mi* nave. Rodge y yo casi nos habíamos matado reconstruyéndola. Ver cómo la habían maltratado... bueno, me dio una nueva y bullente razón para odiar a Winzik y los krells.

Me metí en la cabina. Habían dejado allí casi todas mis cosas, como la caja de herramientas o la manta, pero habían amontonado los cables en el suelo. Empecé a buscar hurgando en ellos.

—Te han engañado, Spensa —dijo M-Bot—. Se les da bien mentir. Estoy un poco impresionado. Ja. Ja. Es una pequeña emoción que me digo a mí mismo que siento.

—¿Engañado? ¿A qué te refieres?

—Oigo las noticias —dijo M-Bot, que llegó a la cabina levitando en su nuevo cuerpo dron—. Mira.

Empezó a reproducir un boletín informativo.

—La fugitiva humana ha dejado atrás una oleada de destrucción —estaba diciendo un reportero— después de asesinar a le ministre Cuna, líder del Departamento de Integración de Especies.

En las imágenes que les estamos mostrando pueden verla disparando un dispositivo tierra-aire a una inocente nave civil de transporte, que ha resultado en la muerte de todos sus ocupantes.

—¡Rata traidora! —Golpeé con los puños cerrados el casco de la nave—. Ese cohete lo ha disparado Brade, no yo. ¡Winzik está tergiversándolo para que parezca que soy una amenaza!

Y como dándome la razón, el reportero pasó a aconsejar a la gente que no saliera de casa y a prometer que el Departamento de Servicios de Protección había desplegado naves de seguridad para proteger a la población de Visión Estelar. Tuve la funesta intuición de que a Brade le habían ordenado destruir esa nave civil para aparentar que había una peligrosa humana desbocada.

—¡Tirda, tirda, TIRDA!

—¡Tirda! —dijo una voz muy tenue desde algún lugar cercano.

Me quedé petrificada un momento y luego me arrastré hasta el mismo fondo de la cabina y abrí el pequeño limpiador en el que solía lavar la ropa durante los meses que pasé viviendo en aquella caverna de Detritus.

Dentro había una babosa amarilla. Flauteó en tono cansado mientras la cogía y la acunaba.

Mientras volvía al ala de la nave, M-Bot siguió reproduciendo el boletín de noticias, en el que intervino otra voz. La de Winzik. Solté un leve gruñido al oírla.

—Llevo meses advirtiendo de esta amenaza sin que me hicieran ningún caso —dijo—. Caramba, caramba. Nunca debimos permitir que los humanos se enquistaran. Durante todos estos años, le alte ministre y el Departamento de Integración de Especies me han tenido con las manos atadas, impidiéndome hacer lo que era necesario.

»Y estas son las consecuencias. Estos hechos demuestran que las campañas que intentan presentarlos como inofensivos son mentiras. ¿Cuándo van a escucharme? Primero enviaron nada menos que un zapador a aniquilarnos. Y ahora su agente, supuestamente "pacífica", anda suelta por la ciudad, matando. Exijo la declaración inmediata del estado de excepción y que se me confiera la autoridad de acabar con los humanos.

Me sentí muy pequeña sosteniendo a Babosa Letal en una sala con el cadáver de mi nave. Estaba derrotada.

—No veo ninguna ruta de huida —dijo M-Bot—. Nos encontrarán y nos destruirán. Van a odiarme. Les dan miedo las inteligencias artificiales. Como a quienes me crearon. Dicen que mi presencia atrae a los zapadores.

Las sirenas sonaban más fuertes fuera. Oí voces en el vestíbulo. Seguro que habían enviado tropas a ocuparse de mí. Tenía que haber alguna salida, algo que pudiera hacer.

Zapadores. La ninguna-parte.

—Sígueme —dije.

Llena de una fatalista resolución, coloqué a Babosa Letal en el hueco de mi brazo izquierdo y empuñé el fusil con una sola mano en el derecho. Salté de la nave rota y crucé la sala hasta la puerta. Miré fuera y salí agachada al pasillo.

M-Bot me siguió con un suave zumbido. De verdad podía pilotarse a sí mismo, estando en el dron. Se había liberado de la programación que lo mantenía atrapado, y me pareció una tragedia que obtuviera esa libertad cuando lo más probable era que estuviésemos condenados.

Aparecieron krells por delante en el pasillo, pero ya no podía echarme atrás. Abrí fuego a lo loco, con el fusil apoyado en la cadera. No podía apuntar llevando a Babosa Letal en el otro brazo, pero tampoco hacía falta. Los krells gritaron sorprendidos y retrocedieron.

Seguí adelante y disparé a un lado sin mirar cuando llegué a la intersección. Entonces corrí y resbalé hasta detenerme en la sala que había visitado con Cuna. Abrí la puerta de un tiro y entré deprisa mientras empezaban a sonar disparos de destructor por el pasillo.

Eché un vistazo rápido. No había nadie dentro. Había entrado en la sala de observación desde donde se veía el lugar donde los lacayos de Winzik habían exiliado al alienígena gorila. Los dos espacios estaban separados por una lámina de cristal. En el que estaba yo había butacas afelpadas. La otra parte era muy austera y tenía un extraño disco de metal en el suelo debajo de otro idéntico en el techo.

Fui hacia el cristal, lo volé de un tiro y salté a la otra parte de la sala. Tenía el suelo un par de metros más bajo, así que gruñí al caer y mis botas aplastaron trozos de cristal, o de plástico transparente, supuse, procedentes de la lámina que había hecho añicos.

—Tenemos que hablar —dijo M-Bot, que descendió flotando—. Estoy... molesto. Muy molesto. Sé que no debería estarlo, pero es algo que no puedo controlar. Debe de ser una emoción real. La lógica dicta que hiciste bien al dejarme como hiciste, pero aun así me siento abandonado. No puedo reconciliar ambas cosas.

En ese momento no podía lidiar con que mi robot tuviera una crisis emocional. Ya tenía bastantes problemas yo sola. Llegué hasta el disco de metal que había en el suelo, grabado con la misma extraña escritura que había visto tanto en el laberinto de zapador como en casa, en Detritus.

En ese lugar los secuaces de Winzik habían abierto un portal a la ninguna-parte. ¿Podría activarlo yo? Extendí mis sentidos citónicos, pero seguían amortiguados por el citoescudo de Visión Estelar. Alcancé a oír... una tenue música.

Mi mente apretó algo.

Apareció una esfera oscura delante de mí en el centro de la sala, flotando entre los discos.

—Spensa —dijo M-Bot—. Mis pensamientos... ¿están acelerándose? —Era cierto que su voz ya no sonaba lenta y farfullada, que empezaba a recordarme más a su antiguo yo—. Hummm, eso no parece nada seguro.

—Usan estos portales a la ninguna-parte para extraer piedra de pendiente —dije—, así que tiene que haber una manera de volver después de pasar al otro lado. A lo mejor puedo traernos de vuelta con mis poderes.

Disparos fuera.

Cero opciones.

—¡Spensa! —exclamó M-Bot—. ¡No estoy nada cómodo con esto!

—Lo sé —dije, echándome el arma al hombro por la correa para poder coger el dron por la parte de abajo del chasis.

Y entonces, con M-Bot en una mano y Babosa Letal en la otra, toqué la esfera. Que me absorbió hacia el otro lado de la eternidad.

Agradecimientos

Cada vez que me pongo a hacer una lista de toda la gente que ha trabajado en un libro mío, vuelve a impresionarme lo afortunado que soy. Aunque mi nombre es el que sale en la portada, estas novelas en realidad son un trabajo en grupo, para el que son necesarios los talentos y la paciencia de un buen montón de personas maravillosas.

Al igual que en la anterior, la editora de esta novela es la genial Krista Marino. Hace un excelente trabajo no solo apretándome cuando hay que apretarme, sino también dándome la enhorabuena cuando el libro la merece. Mi agente para el contrato ha sido Eddie Schneider, con ayuda del inigualable Joshua Bilmes. Beverly Horowitz ha sido nuestra encargada editorial y la almirante de nuestra flota para este libro.

La preciosa ilustración de portada para la edición de Delacorte Press es obra de Charlie Bowater. El mapa es de Bryan Mark Taylor, que tuvo mucha paciencia con todos los cambios de opinión que tuve sobre el aspecto que quería darle. ¡Buen trabajo, Bryan, y muchas gracias!

La revisión de estilo ha corrido a cargo de Bara MacNeill y la tipográfica de Annette Szlachta-McGinn. También han colaborado en Delacorte, entre otros, Monica Jean, Colleen Fellingham, Mary McCue y Alison Kolani.

Mi empresa, Dragonsteel Entertainment, tiene la suerte de contar con los talentos de Isaac Stewart como director artístico, Kara Stewart como gerente de envíos, el institucional Peter Ahlstrom a la batería, Karen Ahlstrom como editora de continuidad, Adam Horne en publicidad, Kathleen Dorsey Sanderson como loca de los gatos todoterreno y Emily Grange supervisando el almacén. Gobernándolos a todos ellos está Emily Sanderson como reina y directora de operaciones, aunque no sé cuál de los dos títulos es más importante para ella.

Mi grupo de escritura tiene un aguante increíble para soportar que los haga rebotar una y otra vez entre proyectos. Son personas estupendas, entre ellas Kaylynn ZoBell, Darci Stone, Eric James Stone, Emily Sanderson, Kathleen Dorsey Sanderson, Ben Olsen, Alan Layton, Karen Ahlstrom y Peter Ahlstrom.

Y vamos con la larga lista de lectores beta, también conocidos como nuestro Escuadrón Cielo para este proyecto: Becca Reppert (identificador: Yaya), Darci Cole (identificador: Azul), Brandon Cole (identificador: Colevander), Deana Covel Whitney (identificador: Trenza), Ross Newberry (identificador: Bromista), Ravi Persaud (identificador: Parloteo), Liliana Klein (identificador: Lapsus), Ted Herman (identificador: Caballería), Aubree Pham (identificador: Amyrlin), Bao Pham (identificador: Salvaje), Aerin Pham (identificador: Aire), Paige Phillips (identificador: Artesana), Richard Fife (identificador: Rickrolla), Grace Douglas (identificador: Chica Caimán), Alice Arneson (identificador: Pantanera), Gary Singer (identificador: DVE), Marnie Peterson (identificador: Lessa), Paige Vest (identificador: Hola), Lyndsey Luther (identificador: Ascenso), Sumejja Muratagić-Tadić (identificador: Sigma), la doctora Kathleen Holland (identificador: Onda Expansiva), Valencia Kumley (identificador: AlfaFénix), Rebecca Arneson (identificador: Escarlata), Bradyn Ray (identificador: Pelotaz), Erik Lake (identificador: Caos), Alyx Hoge (identificador: Pluma), Joe Deardeuff (identificador: Viajero) y Jayden King (identificador: Trípode), que además me ayudó mucho con los sistemas de coordenadas.

Los lectores gamma, que persiguen erratas y las derriban del cielo, incluyen a casi todos lectores beta y además a: Kalyani Poluri (identificador: Henna), Rahul Pantula (identificador: Jirafa), Tim Challener (identificador: Anteo), Kellyn Neumann (identificador: Soprano), Eve Scorup (identificador: Piedraplata), Drew

McCaffrey (identificador: Hércules), Jory Phillips (identificador: Portero), Jessica Spencer Peterson (identificador: Speederson), Mark Lindberg (identificador: Megalodón), Chris McGrath (identificador: Artillero), William Juan (identificador: Aberdasher), David Behrens, Glen Vogelaar (identificador: Sendas), Brian T. Hill (identificador: El Guapo), Nikki Ramsay (identificador: Fosfofilita), Aaron Biggs y Megan Kanne (identificador: Gorrión).

¡Muchas gracias a todos por vuestra ayuda! No me cabe duda de que este libro no podría haber despegado sin vosotros.

FDD
FDD
DESAFIANTE

Diseños estándar de **naves de la FDD**, 83 D.A. (Después del aterrizaje)

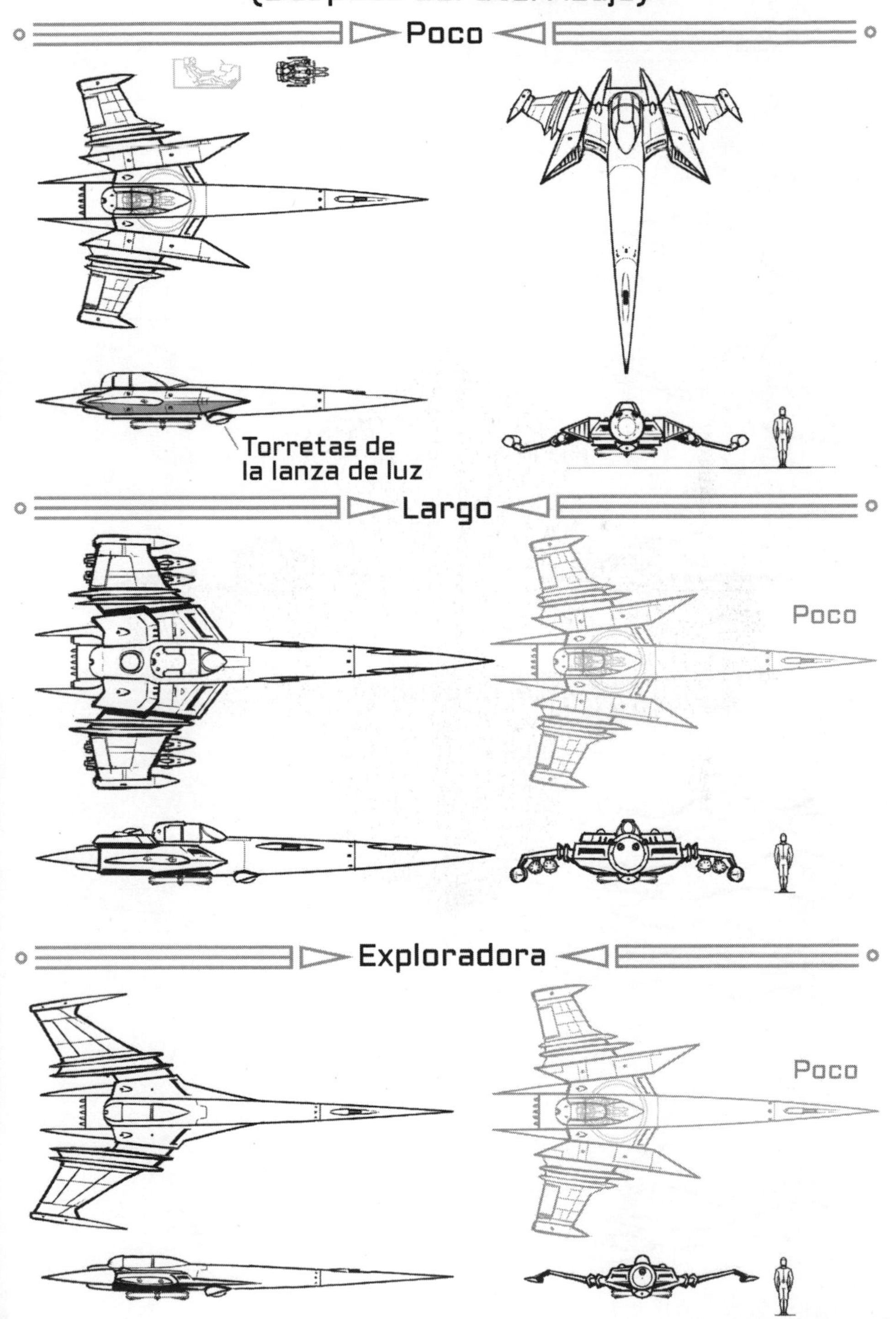

Otros **diseños de naves**

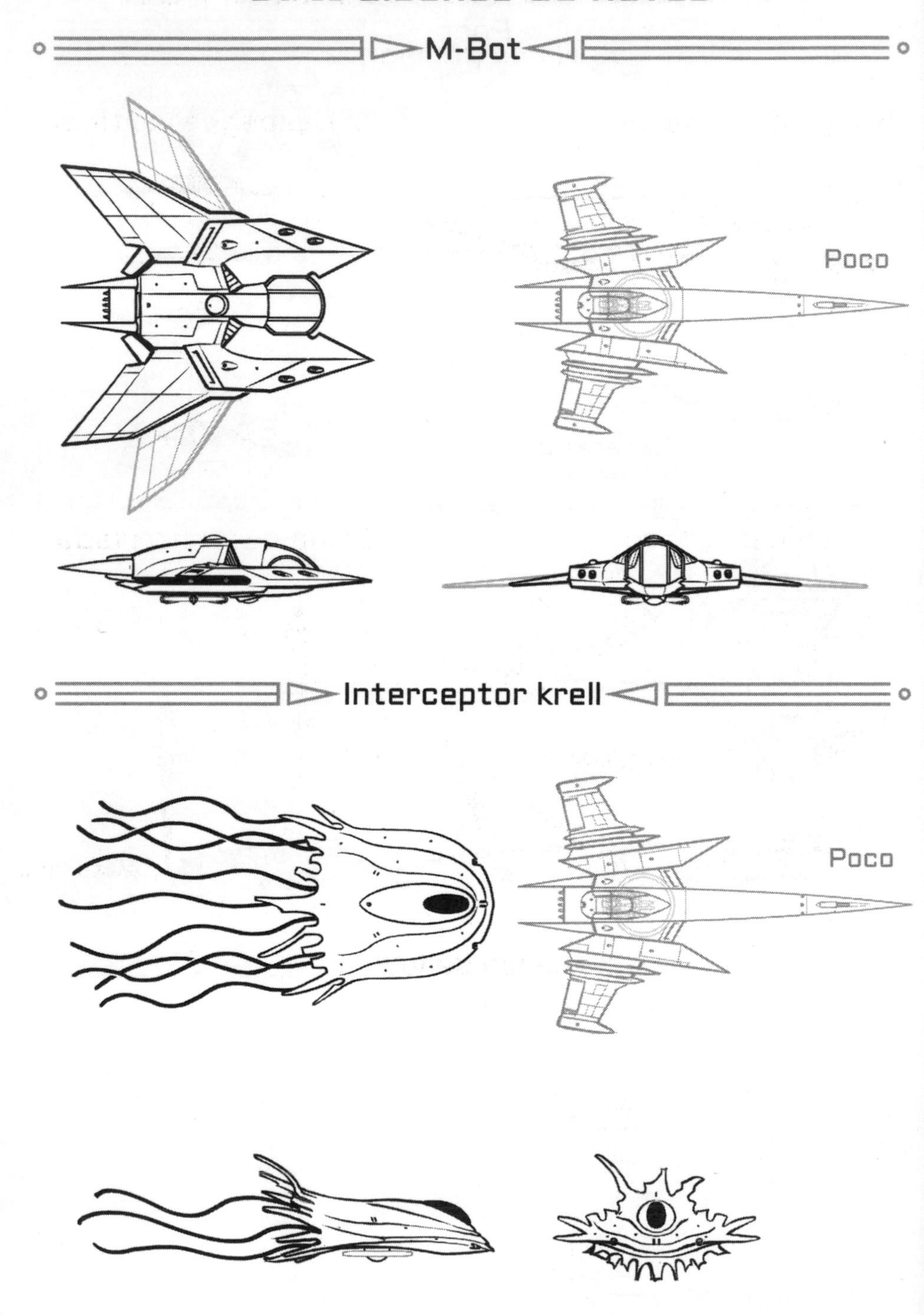

Características de las **naves de la FDD**

Anillo de pendiente

Rango de rotación

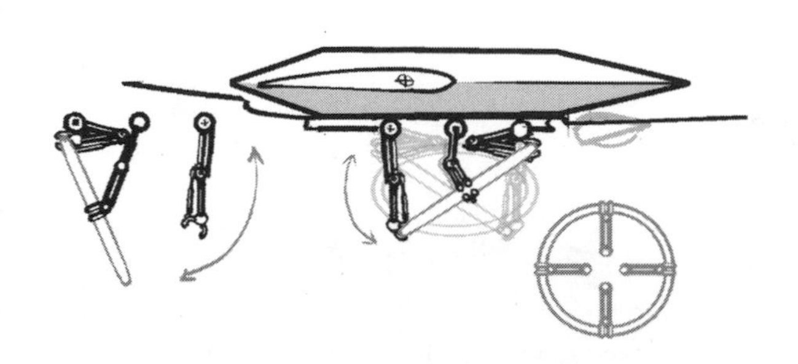

Despegue vertical

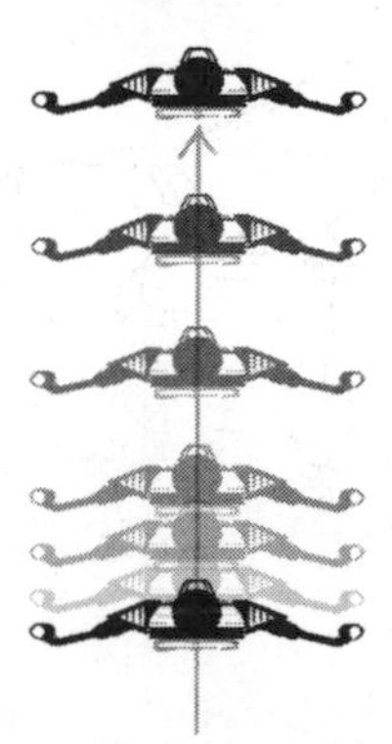

Maniobrabilidad
y ángulo de ataque

Caída descontrolada

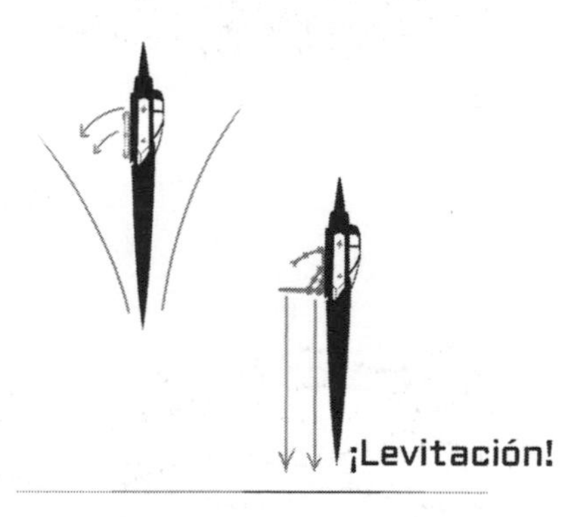

Lanza de luz

Métodos de viraje

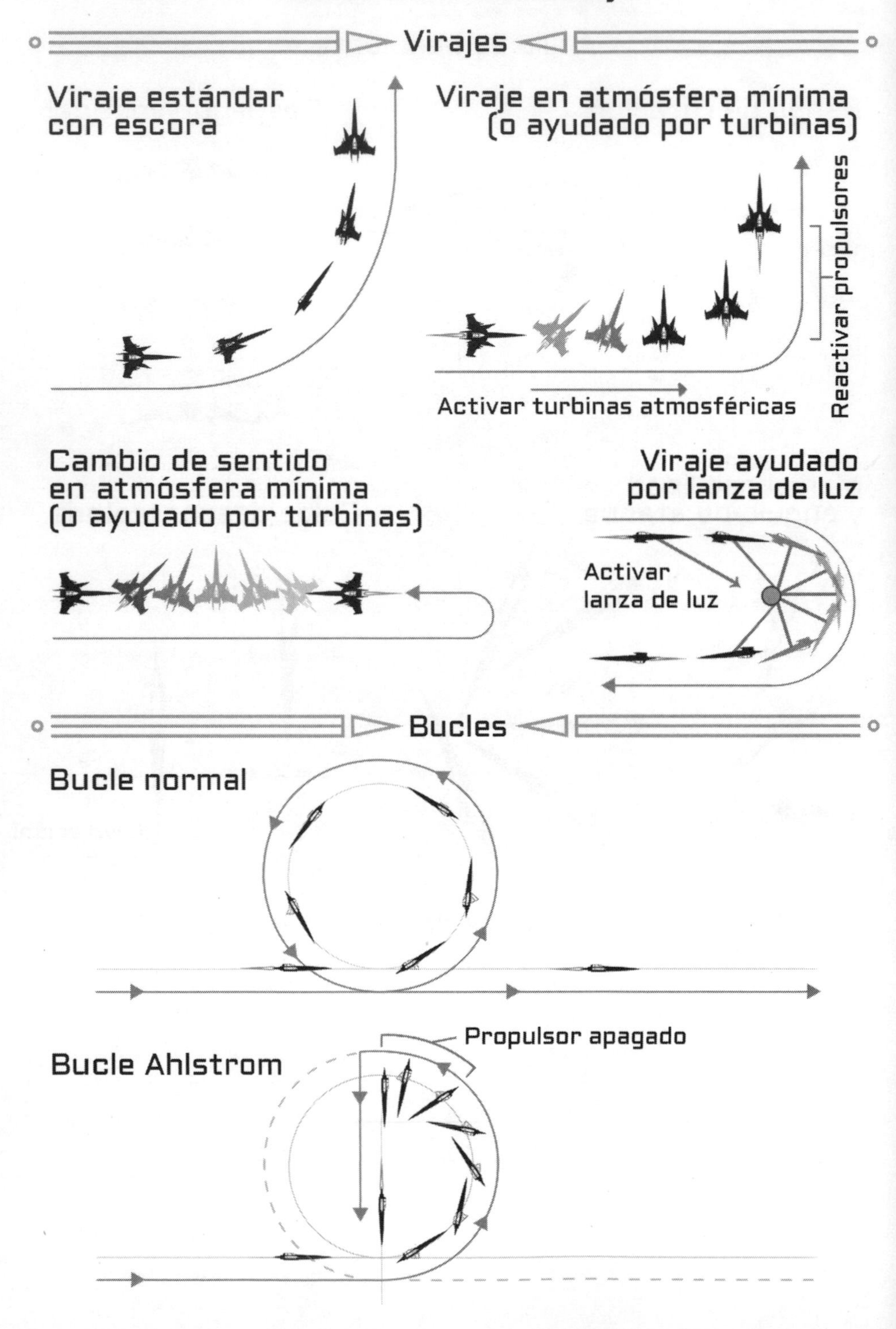